Aus der Taschenbuchreihe JERRY COTTON – Neuer Roman – sind nachstehende Romane erhältlich. Fragen Sie im Buch- oder Zeitschriftenhandel nach diesen Titeln:

31 250 Die Anti-Mafia	31 277 Wunderkind der Mafia
31 251 Unser Freund, der Mörder	31 278 Der Cop, den alle haßten
31 252 Des Satans schwache Stunde	31 279 Skandal im Pentagon
31 253 Das Killer-Auge	31 280 Tödliches Dreieck
31 254 Playgirl der Mafia	31 281 Das Verschwörer-Syndikat
31 255 Mord nach Art des Hauses	31 282 Mörder-Quiz mit Cora
31 256 Mister Brutalo	31 283 Die Kamikaze-Gang
31 257 Kreuzfahrt durch die Unterwelt	31 284 Aufsteiger des Jahres
31 258 Eiskalt in die Hölle	31 285 Rotes Blut – weißer Mohn
31 259 Mitternachts-Lady	31 286 Die Nacht der Vollstrecker
31 260 Killer-City	31 287 Keinen Cent für eine Leiche
31 261 Das unvorstellbare Verbrechen	31 288 Der beste Mann der Mord-AG
31 262 Die Venus vom Broadway	31 289 Todesblumen aus Bangkok
31 263 Meine Stunde wird kommen	31 290 Bis zum Jüngsten Tag
31 264 Die Republik der Mafia	31 291 Mein Mord-Kontrakt
31 265 Der Tod der weißen Dame	31 292 Golden Girl
31 266 Richter Thompsons letzter Fall	31 293 Ein General tritt ab
31 267 Jet-Set-Killer	31 294 Die Heldin der Nation
31 268 Die fünfte Todsünde	31 295 R wie Rache
31 269 Die goldenen Witwen	31 296 Killer nach Maß
31 270 Die schöne Kunst des Überlebens	31 297 Haremsdamen killt man nicht
31 271 Ballett in Sing Sing	31 298 Ein guter Ort zum Sterben
31 272 Stellvertreter eines Killers	31 299 Debüt eines Killers
31 273 Die Jackpot-Königin	31 300 Der einsame Cop
31 274 Der Dompteur des Syndikats	31 301 Die Amazonen-Gang
31 275 Kalter Kuß	31 302 Das Haus der tanzenden Gangster
31 276 Neues vom Maulwurf	31 303 Der Teufels-Trucker
	31 304 Mörder-Musical
	31 305 Meine Gangsterbraut

Jerry Cotton

Festival der Killer

Kriminalroman

BASTEI-LÜBBE-TASCHENBUCH
Jerry Cotton
Band 31 306

Die auf unserem Titelfoto dargestellten Schauspieler stehen in keinem Zusammenhang mit dem Titel und Inhalt dieses Bastei-Romans.

© Copyright 1986 by Bastei-Verlag
Gustav H. Lübbe GmbH & Co., Bergisch Gladbach
All rights reserved
Titelfoto: Bastei-Archiv
Umschlaggestaltung: Manfred Peters, Köln
Druck und Verarbeitung: Ebner Ulm
Printed in Western Germany
ISBN 3—404—31306—2

Der Preis dieses Bandes versteht sich einschließlich
der gesetzlichen Mehrwertsteuer.

Zwei Männer betraten die Hotelhalle. Ein breitschultriger Weißer mit strammem Haarschnitt, einem Amboßkinn, verschwitztem rotem Gesicht und ein einheimischer mittelbrauner Neger, schlank, sehnig und so verdammt britisch wie das ganze Hotel, die ganze Insel und der ganze Staat.

Daß beide Bullen waren, daran gab es nicht den leisesten Zweifel.

Ich verkroch mich hinter meiner Zeitung. Der Druck des Revolvers unter der linken Achsel übte keine beruhigende Wirkung aus. Wenn die Jungens mich meinten, würde es in der menschenwimmelnden Hotelhalle zu einem Krach kommen, von dem niemand das Ende voraussagen konnte. Auf jeden Fall würden den fetten amerikanischen Touristen ein paar ungemütliche Minuten bevorstehen. Sollte ich eine oder mehrere Geiseln nehmen?

Heimlich musterte ich die bunten, lauten Heerscharen. Ältere Frauen waren ebenso ungeeignet wie dicke, alte Männer. Die einen kreischen möglicherweise los wie Sirenen, wenn man ihnen eine Revolvermündung ans wabbelnde Doppelkinn setzt, die anderen bekommen Herzanfälle und kippen aufs Pflaster.

Am besten wäre ein Ehepaar, nicht älter als 30, bei dem die Angst nicht nur ums eigene Leben, sondern auch um das des Partners beide besonders gefügig macht. Aber ich sah niemanden in der Halle, der mit einem Exemplar des anderen Geschlechts Händchen hielt.

Zielstrebig wie Panzerwagen kamen die Jungens in die Halle. Sie fuhren auf mich zu. Ich hörte die Ketten rasseln. Es sah so aus, als sei es besser, die Zeitung zusammenzufalten.

Plötzlich wechselten sie die Richtung und stürzten

sich auf eine Frau, die links von mir in einem Ledersessel saß und gelangweilt in einem Modejournal geblättert hatte.

Mit der Langeweile war es vorbei. Der Weiße riß ihr das Heft aus der Hand, packte sie an den Armen und brüllte sie an: »Verhaftet! Keine Bewegung, oder es geht dir dreckig!«

Mag sein, daß sie für einen Augenblick die Fassung verlor, aber es war wirklich nur ein Augenblick. Dann kreischte sie los, trat ihn vors Schienbein, zog die Knie an, ohne Rücksicht darauf, daß ihr Rock bis zu den Schenkeln hochrutschte, und versuchte, ihn an einer Stelle zu treffen, an der es ihm wirklich wehgetan hätte.

Eine echte Chance hatte sie nie. Er verstand sein Geschäft, drehte sich zur Seite weg, blieb aus Reichweite ihrer schönen Beine und zerrte sie aus dem Sessel hoch. Sie verlor einen Schuh, der in hohem Bogen durch die Halle flog, aber sie gab nicht auf. Sie benutzte ihre Ellbogen und eine Menge schmutziger Wörter. Doch der rotgesichtige Bulle ließ sich weder von dem einen noch dem anderen beeindrucken.

Der Farbige mischte sich nicht ein. Er behielt die Menschen in der Halle im Auge. Sein Gesicht zeigte einen Ausdruck von Besorgnis. Anscheinend rechnete er damit, irgendwer könne der Lady zur Hilfe kommen, und ich glaube nicht, daß er dabei an einen Touristen dachte.

Auch ich sah keine Veranlassung, den feinen Kavalier zu spielen, der sich um jede in Bedrängnis geratene Dame kümmert. Zugegeben, die Frau, der der Bulle jetzt die Arme verdrehte, war mir vor zehn Minuten, als alles noch auf einen friedlichen Tag hindeutete, aufgefallen. Sie sah hinreißend aus. Eine große, schlanke Blondine, sonnengebräunte Haut, graue Augen, dunkle Wimpern, alle Kurven vorhanden und hübsch ausgeprägt, ganz zu schweigen von ihren Beinen, die jeden Strumpffabrikanten ins Träumen versetzt hätten.

Nicht nur einen Strumpffabrikanten. Auch ich hatte darüber nachgedacht, wie sich die Beziehungen zu dem Mädchen und seinen Beinen verbessern ließen, bevor die verdammten Polypen aufgekreuzt waren und die Stimmung verdorben hatten.

Ich hielt den Augenblick für gekommen, mich aus der Gefahrenzone zu entfernen. Das Geschrei der Schönen hatte die meisten Leute in der Halle aufmerksam gemacht. Sie glotzten herüber und drängten heran, obwohl eine Verhaftung unter Gewaltanwendung in ihrem Sightseeing-Programm nicht vorgesehen war. Ich stand auf und wandte mich angewidert von der häßlichen Szene ab.

Verdammtes Pech, daß der schwarze Schnüffler mich genau in der Sekunde ansah!

Er war ein intelligenter Junge. Ich sah, wie in seinen Augen der Funke des Erkennens aufblitzte. Er riß seine Jacke auf und griff nach seiner Kanone, die er in einem Gürtelhalfter trug.

Blitzschnell trat ich vor den Sessel, aus dem ich gerade aufgestanden war. Das Ding schlitterte ihm gegen die Beine und brachte ihn aus dem Stand, ohne ihn umzuwerfen. Er bekam seine Kanone nicht richtig in den Griff.

Ich zog und gab es ihm. Mit drei Kugeln nietete ich ihn um. Auf seinem weißen Hemd, links und rechts von seinem Schlips, sprangen drei rote Flecke auf, zwei links und einer rechts. Er kippte um und verschwand hinter dem Sessel.

Klar, daß den Touristen der Spaß am Zuschauen verging, als es krachte. Nach allen Seiten stoben sie auseinander, rannten sich gegenseitig um und warfen sich hin.

Für mich war nur ein Mann in der Halle gefährlich. Der zweite Bulle!

Noch hatte er die Lady nicht losgelassen.

Ich sprang über den niedrigen Couchtisch und stieß ihm die Mündung unters Amboßkinn. »Keine Bewegung, Mann!«

Er erstarrte zur Salzsäule. Seine braunen Augen quollen aus den Höhlen.

»Laß die Lady los!«

Er öffnete seine Pranken und gab die Blonde frei. Sie sah sich wild um wie ein Tier, das einen Fluchtweg sucht.

»Nimm ihm die Waffe ab!«

Sie begriff und wühlte dem Bullen unter der Jacke herum, bis sie einen riesigen 45er Revolver ans Licht brachte, der so schwer war, daß sie ihn mit beiden Händen halten mußte.

»Habt ihr einen Wagen vor der Tür?« fragte ich und verlieh meinem Revolver mehr Druck.

Er klimperte mit den Wimpern und signalisierte auf diese Weise ein »Ja«.

»Du wirst uns zum Wagen bringen! Mich und die Lady! Wenn irgend etwas schiefläuft, wirst du als erster umgelegt.«

»Okay!« flüsterte er so vorsichtig, als fürchte er, die Lippenbewegung könne sich auf meinen Abzugsfinger übertragen.

»Bleib dicht neben mir!« befahl ich der Blonden. »Zeig allen die Kanone!«

Niemand hielt uns auf, auch nicht der Hoteldetektiv, falls es einen gab. Die große Ausgangstür öffnete sich automatisch, denn den Lichtzellen war es völlig gleichgültig, ob wir oder der die Schranke durchschritten.

Der Wagen parkte direkt vorm Ausgang, obwohl dort nur zum Aus- und Einsteigen gehalten werden durfte. Aber die Polizei nimmt sich ja immer Sonderrechte heraus.

In unserem Fall war es nicht ungünstig. Ich zwang den Bullen hinters Steuer und setzte mich neben ihn. Die Blonde sprang in den Fahrgastraum.

Ich stieß ihm den Revolverlauf zwischen die Rippen. »Gib Gas, Bastard!«

Ungeschickt hantierte er an Zündung und Schaltung. Der Wagen war ein alte britische Karre, und er schien sich nicht damit auszukennen, aber endlich brachte er ihn doch in Gang.

Wir rollten aus der Hotelauffahrt auf die Straße.

»Wohin?« gurgelte er.

Ja, verdammt! Das war die Frage! Von den 29 Inseln der Bahamas war diese eine der kleinsten, und alle Straßen mündeten im Ozean.

»Batata-Bucht!« sagte die Blonde.

Ich drehte mich zu ihr um. »Was meinst du?«

»Er soll zur Batata-Bucht fahren!«

»Du sollst zur Batata-Bucht fahren!« brüllte ich dem Bullen ins Ohr.

»Ich weiß nicht, wo das ist«, zischelte er und sprühte vor Nervosität feinverteilte Spucke gegen die Windschutzscheibe.

»Wieso kennst du dich nicht auf der Insel aus, auf der du rumläufst und nette Leute verhaftest?«

»Bin Amerikaner!«

Das hätte mir längst auffallen können, denn er knetete jedes Wort breit wie Kaugummi. Die Einheimischen sprachen ein näselndes, spitzes Englisch, als hätten sie alle in Oxford studiert.

»Von welcher Truppe?«

Er schluckte! Sein Adamsapfel stieg auf und ab. Ich ließ ihn den Revolver spüren.

»Wie heißt der Verein, der dich losschickte?«

Die Blonde hämmert vor Wut mit den Fäusten gegen die Rückenlehne. »Er soll zur Batata-Bucht fahren!« schrie sie. »Das ist die falsche Richtung!«

»Wenden!« befahl ich. Zu ihr sagte ich: »Sag ihm, wie er fahren soll! Nur nicht noch einmal am Hotel vorbei! Das können wir uns nicht leisten.«

Für mich als New Yorker war es fast unglaublich, wie friedlich die Welt blieb. Keine Sirene heulte! Keine Alarmklingel schrillte. Nicht zu Fuß, nicht zu Pferde und auch nicht auf Rädern tauchten Polizisten auf. Kein rotes Flackerlicht signalisierte: Gefahr!

Die Sonne schien! Sightseeing-Busse schaukelten Touristen zu den Stränden. In offenen Buggy Cars fuhren sonnenverbrannte Boys und Girls zum Tauchen und Fischespeeren. Jedermann schien nur sein Vergnügen im Kopf zu haben.

Hatte ich nicht vor drei Minuten einen Polizisten umgenietet und einen anderen als Geisel genommen?

Es kam mir fast vor, als interessiere sich niemand dafür. Anscheinend besaßen die vier oder fünf Dutzend Cops, die es auf der Insel geben mochte, nicht genügend Erfahrungen mit Verbrechen oberhalb eines Taschendiebstahls. Der Wagen, den wir gekapert hatten, besaß nicht einmal eine Sprechfunkeinrichtung.

Die Blonde dirigierte den Bullen mit genauen Anweisungen.

Rechts! Links! Wieder rechts! Jeden Befehl begleitete sie mit einem Faustschlag. Sie hatte nur eine kleine Hand, aber sie schlug kräftig zu.

Unterdessen leerte ich seine Brusttaschen, fand 230 Dollar, einen Brief der amerikanischen Botschaft weit weg in Nassau auf der Hauptinsel und einen Ausweis des US-Justizministeriums. Unser neuer Freund hieß Hendrich Ferguson und arbeitete in der Anti Drug Force. Die Jungens bekämpfen den Rauschgifthandel weltweit, weil sich die US-Regierung darüber ärgert, daß mit dem Zeug soviel Geld verdient und davon so wenig Steuern gezahlt werden.

Nach acht Minuten durchbrausten wir einen schmalen Dschungelpfad, der sich zum Meer senkte und in einer dieser zauberhaften Buchten mündete: weißer Strand, kristallklares Wasser, wiegende Palmen. Na ja, Sie wissen schon, wie es die Reiseprospekte beschreiben.

In dieser Bucht lieferte ein schmales, schnittiges knallrotes Motorboot das Tüpfelchen zur Traumkulisse. Der Kahn schaukelte dicht am Strand an einer ausgeworfenen Boje.

Der Sand war so fest, daß der Wagen nicht stecken blieb, sondern bis ans Wasser rollte.

»Halt!« befahl die Blonde und hämmerte dem Bullen zum letzten Mal die Faust gegen den Hinterkopf.

Er trat auf die Bremse. Noch bevor der Wagen stand, stieß sie die Tür auf, sprang hinaus und rannte zum Boot. Das Wasser spritzte unter ihren Füßen.

»Halt!« schrie ich meinerseits. »Wartet!«

Ich wollte aus dem Wagen springen, besann mich aber und brüllte den Polizisten an: »Tür auf!«

Er drückte die Tür auf. Ich schlug zu, und er kippte seitlich aus dem Wagen.

Ich sprang raus und rannte der Blonden nach. Das Wasser war so seicht, daß es mir, als ich das Boot erreichte, kaum bis zum Knie schwappte.

Sie saß schon im Boot, und der Mann, der ihr hineingeholfen hatte, warf gerade den Außenbordmotor an. Bei meinem Anblick ergriff er einen armlangen Baseballknüppel und zeigte sich entschlossen, mir eher den Schädel einzuschlagen, als mich an Bord zu nehmen.

Ich hob den Revolver. »Wenn ich zurückbleiben muß, kommt keiner von hier weg!«

»Laß ihn an Bord, Big!« sagte die Blonde. »Die Bullen suchen ihn.«

Der Mann legte den Knüppel aus der Hand und holte die Boje ein.

Ich schwang mich über die Bordkante. Das Boot legte sich schräg. Die Blonde rutschte vom Sitz, und wir fielen gegeneinander. Ich hielt mich an ihr fest. Sie war nicht der schlechteste Halt für einen Mann in bedrängter Lage.

»Verdammter . . .«

Wie immer sie mich nannte, das Wort ging im Aufbrüllen des Außenbordmotors unter. Das Boot nahm die Nase aus dem Wasser, wurde von dem Mann am Steuer gewendet, als wäre es ein Pferd, das auf der Hinterhand herumgerissen wird, und raste hinaus auf die offene See.

Big, der Bursche am Steuer, der offenbar so genannt wurde, weil er groß, breit und dick zugleich war, wandte den Kopf. »Es wird Hymes wenig gefallen, daß du 'nen Fremden mitbringst«, rief er durch das Brüllen des Motors.

Nach allem, was ich über Howard Hymes wußte, gab es nur sehr wenige Dinge, die ihm gefielen.

Wahrscheinlich nur zwei: erstens er sich selbst und zweitens der Anblick gebündelter 100-Dollar-Noten in hohen und zahlreichen Stapeln.

Soweit erwartete ich mir von der Begegnung keine Überraschung.

Das Problem lag darin, daß Howard Hymes alles, was ihm nicht gefiel – gleichgültig ob Gegenstand oder Mensch –, kurzerhand zu vernichten pflegte.

Die Blonde faßte mich ins Auge.

»Wer bist du? Warum hast du dich eingemischt?«

»Eingemischt?« Ich lachte. »Denkst du, ich hätte deinetwegen einen Bullen umgenietet? So schön bist du nicht, Schätzchen. Der braune Schnüffler erkannte mich. Ich weiß nicht, was du auf dem Kerbholz hast, aber ich wette, falls sie nur ein Paar Handschellen bei sich hatten, wäre ihnen die Wahl zwischen dir und mir nicht schwergefallen.«

»Wer bist du?« wiederholte sie.

»Jesse Caught«, antwortete ich mißgelaunt. »Augenblicklich laufe ich unter dem Namen William Dunn und mit einem schlecht gefälschten Paß herum.«

»Warum wirst du gesucht, Caught?«

»Weil ich mich ungebührlich benommen habe.«

»Quatsch!«

»Nein, die Wahrheit! In einer Bank! Sie waren über mein Benehmen und das meiner Kumpel so empört, daß sie die Bullen riefen. Ich war der einzige, der rauskam. Die anderen müssen nachsitzen. Die Beerdigung von zwei Cops soll eine feierliche Angelegenheit gewesen sein.«

»Hat es sich gelohnt?« fragte sie sachlich.

Ich verzog das Gesicht zu einer Grimasse. »Ein bißchen Kleingeld brachte ich raus, aber das liegt in einem Koffer unter meinem Hotelbett.«

Big drehte sich am Steuer um und rief: »Ein Polizeiboot!«

Ein weißer Kahn mit flatternden Wimpeln am kurzen Antennenmast preschte aus Westen auf uns zu. Ein Uniformierter stand im Bug und glotzte durch sein Doppelglas. Die hohe Bugwelle erweckte den Eindruck großer Geschwindigkeit. Die Sirene heulte in kurzen, atemlosen Stößen.

Big änderte die Richtung um ein paar Strich und gab Vollgas. Der Abstand zwischen dem Bullenboot und unserem Wellenflitzer wuchs. Die beeindruckende Bugwelle war nur Bluff.

Sie erkannten, daß wir nicht einzuholen waren, setzten einen Blinkscheinwerfer in Betrieb und morsten Drohungen: »Sofort beidrehen, oder wir eröffnen das Feuer!«

Big kümmerte sich nicht darum. Der Polizist vertauschte das Fernglas mit einer Maschinenpistole, aber er hatte zu lange gewartet. Der Abstand betrug 300 Meter. Sein Boot tanzte auf den Wellen. Unser Boot tanzte auf den Wellen. Wie sollte er treffen? Er setzte zwei Serien in den Ozean, warf die Kugelspritze weg und griff wieder zum Fernglas. Okay, solange seine Augen keine Laserstrahlen verschossen, hatte ich nichts dagegen, daß er uns beglotzte.

»Wie geht's weiter?« fragte ich die Blonde. »Habt ihr genug Sprit im Tank für die Reise bis Kuba?« Ich kratzte die Stelle hinter meinen Ohren. »Ich weiß nicht, ob ich überhaupt dahin will. Sie haben zwar keinen Auslieferungsvertrag mit den USA, aber auch keinen Sinn für freie Entfaltung. Ich möchte nicht auf einer Zuckerrohrplantage arbeiten müssen.«

»Das ist nicht die Richtung nach Kuba«, sagte die Blonde. »Vorn liegt Howard Hymes' Schiff!« Sie zeigte auf die Umrisse eines großen Kajütkreuzers am Horizont.

»Glaubst du, die Bullen lassen uns an Bord gehen?«

»Die Blue Star liegt außerhalb der Hoheitszone.«

»Vielleicht kümmern sie sich einen feuchten Kehricht darum.«

»Das wäre Piraterie! Howard würde sich dagegen wehren.«

»Die Cops sind bewaffnet.«

Sie grinste mich an. Hübsche Zähne hatte sie. »Wir auch!«

Die Umrisse des Hymes-Bootes wurden rasch größer und deutlicher. Rumpf und Aufbauten waren nicht weiß wie meist üblich, sondern azurblau lackiert.

»Sie geben auf!« sagte die Blonde. Tatsächlich erstarb am Polizeiboot die Bugwelle. Eine Minute später dümpelte das Schiff antriebslos in der schwachen Dünung.

Auf der Blue Star standen vier Männer an der Backbordreling. Der große, hartgesichtige Mann mit dem flatternden schwarzen Haar war Howard Hymes. Das wußte ich. Von den anderen Mitgliedern der Besatzung wußte ich wenig. Daß Hymes nicht mit Schlappschwänzen auf große Fahrt ging, war ohnedies klar.

Mit einer Handbewegung schickte er einen Mann an die Heck-Davits, mit denen das kleine Rennboot an Bord genommen werden sollte.

Big drosselte die Geschwindigkeit. Wir glitten an der Bordwand entlang. Hymes beugte sich über die Reling und brüllte: »Wer ist der Hundesohn?«

»Er wird von den Bullen gesucht!« rief die Blonde zurück.

Big befestigte die Haken der Davitstaue in den Ösen am Heck. Ich machte mich nützlich und tat dasselbe am Bug. An Bord sprang der Motor an. Das Rennboot wurde aus dem Wasser gehievt.

Übrigens heiße ich Grace Moran«, sagte die Blonde, während wir mit dem Boot nach oben schwebten.

Sie erzählte mir keine Neuigkeit.

Ich sprang an Bord und half Grace aus dem Boot. Als letzter schwang sich Big auf die Planken der Bluestar.

»Ich hab' keine Schuld, Boß!« sagte er. »Sie wollte, daß ich den Mann mitnehme.«

Wir standen uns gegenüber, Hymes einen halben Schritt vor den drei Männern der Besatzung. Unter dichten Augenbrauen starrten mich seine runden schwarzen Raubvogelaugen kalt und ausdruckslos an. Ohne den Kopf zu wenden, befahl er: »Wirf die Maschine an, Teller!«

Ein untersetzter Graukopf mit breitem Gesicht löste sich aus der Gruppe, enterte die Leiter zur Brücke und verschwand im Steuerstand. Die anspringenden Dieselmotore ließen das Schiff erzittern. Die Blue Star nahm Fahrt auf.

»Komm her!« sagte Hymes und meinte Grace Moran.

Sie ahnte, was geschehen würde, und versuchte, seinen Händen zu entgehen.

»Ich konnte nichts dafür, Howard«, erklärte sie hastig. »Ich saß in der Hotelhalle und wartete auf Careno, wie du mir befohlen hattest. Er kam nicht. Statt dessen tauchten zwei Polizisten auf und stürzten sich auf mich.«

»Dieser Bastard«, knirschte Hymes. »Ich habe ihm nie getraut. Sprich weiter!«

Grace wies auf mich. »Es saß in der Halle. Als er aufstand und weggehen wollte, versuchte der zweite Polizist, ihn festzunehmen. Er schoß ihn nieder.«

»Wirklich?« fragte Hymes und zog die schweren Augenbrauen hoch.

»Ja, er legte den Bullen um und nahm den anderen, der mich festhielt, als Geisel.«

»Wirklich?« fragte er zum zweiten Mal und in einem Tonfall, als höre er ein völlig unglaubwürdiges Märchen. Dann schnippte er mit den Fingern und sagte: »Loogby, häng dich rein und hör dir an, was sie über den Zwischenfall nach Nassau berichten!«

Diesmal entferte sich ein junger blonder Bursche von etwa 26 Jahren und ging in die Funkkajüte.

»Im Polizeiwagen rasten wir zur Bucht«, fuhr Grace fort. »Während ich an Bord ging, erledigte er den zweiten Polizisten und . . .«

»Wieder mit einer Kugel?« Hymes wollte es genau wissen.

Ich tat den Mund auf. »Nein. Ich zog ihm den Revolverlauf über den Schädel.«

Hymes schien es nicht zu gefallen, daß ich selbst zu reden wagte. Aber da ich schon angefangen hatte, setzte ich hinzu: »Ich heisse Jesse Caught.«

»Warum sucht dich die Polizei?«

»Banküberfall in Miami am 4. Mai!«

»Der Überfall auf die Filiale der Florida State Bank?« fragte Hymes.

Na, also! Der große Hai hatte den Köder geschluckt. Zumindest schnupperte er daran. Denn am 4. Mai hatte sich Mr. Hymes in Florida aufgehalten, und es war selbstverständlich, daß er von diesem aufsehenerregenden Bankraub gehört hatte, bei dem zwei Polizisten erschossen worden waren.

»Das warst du?« vergewisserte er sich.

»Nicht ich allein.«

»Kommen die toten Bullen auf dein Konto?«

Ich hob die Hand und reckte den Daumen. »Einer!«

»Wie bist du rausgekommen?«

»Falscher Paß und 20 000 Dollar für den Trip auf einem lausigen Fischerboot.«

»Ich kann nichts mit dir anfangen«, sagte Hymes, rieb die Handflächen gegeneinander und nickte Big und dem letzten Mann seiner Crew, der noch neben ihm stand, zu.

»Werft ihn über Bord!«

Er sagte den Satz so lässig, als wünsche er, daß das Licht gelöscht würde.

Grace Moran empörte sich. »Howard, er hat mich befreit. Ohne ihn würde ich jetzt hinter Gittern sitzen!« schrie sie.

Big und der andere Mann bewegten sich auf mich zu. Big sah aus, wie er hieß. Knapp zwei Meter, gut 200 Pfund und ein schwarzer Fußsack von Bart als Draufgabe.

Der andere hatte auch keine Sonderration für unterernährte Jugendliche nötig. Ein bulliger Halbschwergewichtler mit Stiernacken und den runden Schultern des schnellen Schlägers.

»Wie wär's mit einem bißchen Dankbarkeit, Mr. Hymes?« sagte ich. »Immerhin habe ich Ihnen Ihr Mädchen zurückgebracht. Ohne mich müßten Sie heute nacht allein in Ihrer Koje frieren.«

»Weg mit ihm!« schrie er, und sofort kam der Halbschwergewichtler herangeschossen und feuerte einen wuchtigen Haken nach meinem Kinn.

Sein Distanzgefühl taugte nicht viel. Fünf Zentimeter, um die ich den Kopf zurücknahm, genügten. Wie eine fehlstartende Rakete zischte seine Faust ins Leere. Der eigene Schwung riß ihn nach vorn. Er stolperte in zwei linke Konter und einen rechten Haken hinein. Ein Handkantenschlag gab ihm den Rest.

Ich trat zwei Schritte zur Seite, damit er Platz hatte. Da lag er nun auf den Planken und heulte.

Hymes richtete den Blick seiner runden Raubvogelaugen erst auf den Mann, dann auf den Revolver in meiner Hand. Er erkannte, daß ich seinen Bauchnabel als das Schwarze in einer Zielscheibe ansah, und es wurde ihm klar, daß ich bei der kurzen Entfernung, die uns trennte, nicht sehr weit danebentreffen würde.

Er streckte eine Hand aus, schloß die Finger um Graces Arm und versuchte, sie vor sich zu ziehen. Andere als Kugelfang zu benutzen, entsprach seinem wichtigsten Charakterzug.

Mit zwei großen Schritten stand ich vor ihm und verkürzte den Abstand zwischen der Revolvermündung und seinem Bauchnabel auf lächerliche zehn Zentimeter.

»Warum willst du einen Mann über Bord werfen lassen, der bereit ist, für dich zu arbeiten?« fragte ich. »Ich weiß nicht, welches Geschäft du betreibst, aber ich bin gelehrig.« Ich suchte seinen Blick. »Und ich mache alles.«

»Ich arbeite nicht mit Fremden«, antwortete er finster.

»Mach eine Ausnahme!« schlug ich vor.

Er schwieg, und ich setzte langsam hinzu: »Du hast

keine andere Wahl, als mit mir eine Ausnahme zu machen. Ich kann nicht gut schwimmen.«

Eine neue Stimme hallte übers Schiff. »He du! Wirf deine Kanone weg!«

Ich hob den Kopf. Auf der Kommandobrücke stand der grauhaarige Teller, den Hymes hinaufgeschickt hatte, um die Blue Star in Gang zu bringen. Er hielt eine kurzläufige Maschinenpistole in der Hand.

»Laß fallen!« wiederholte er.

Ich schob die Hand vor und überbrückte die letzten zehn Zentimeter zwischen Hymes' Haut und der Mündung. Nein, ich stieß sie ihm nicht in die Magengrube. Sehr sanft setzte ich die Mündung auf.

Ich spürte, wie er zusammenschauerte.

»Dein Mann kann nicht verhindern, daß ich den Finger krümme, Hymes, und wenn es das letzte ist, das ich auf dieser Welt tu.« Ich lächelte. »Laß uns das häßliche Spiel beenden! Wenn du für mich Verwendung hast, werde ich gute Arbeit leisten. Wenn nicht, setz mich im nächsten Hafen ab, den dein Boot anläuft! Ich nehme nicht an, daß du als erstes Ziel einen Hafen in den USA ansteuern wirst.«

Sein Gesicht verriet, wie wenig ihm der Vorschlag gefiel. Er haßte es, zu einer Entscheidung gezwungen zu werden, die ihm nicht schmeckte. Hinter der gefurchten Stirn zermarterte er sein Gehirn auf der Suche nach einem Ausweg, der ihn von der Revolvermündung weggebracht und ihm doch die Möglichkeit verschafft hätte, mich den Haien zum Fraß vorzuwerfen.

In diesem Augenblick kam Loogby, der blonde Junge, der für die Funkbude zuständig war, aus der Kajüte links neben der Brückenleiter.

Erstaunt blickte er sich um. Mit einem Kopfhörer

auf den Ohren hatte er von der Auseinandersetzung auf Deck nichts mitbekommen.

»Boß . . .«, begann er, brach ab und starrte auf den Revolver.

»Sprich weiter!« sagte Hymes.

»Sie melden den Tod eines Constable Lieutenants und die Verletzung eines amerikanischen Agenten. Nassau schickt einen Hubschrauber.« Loogby stotterte bei seinem Bericht und konnte die Augen nicht vom Revolver wenden. Bestimmt hatte er Hymes noch nie in solcher Situation gesehen.

»Okay!« Hymes nickte dreimal mit einer gewissen Feierlichkeit. »Du kannst an Bord bleiben.«

Er drehte den Kopf nach links und rechts und verkündete seinen Leuten: »Bis auf weiteres gehört Caught zur Crew.«

Auf der Brücke ließ Teller die Maschinenpistole sinken. Ich zog den Revolver zurück und schob ihn ins Halfter. »Danke, Hymes!« sagte ich.

Er verzog keine Miene. »Du wirst die Kabine mit Big teilen!«

Big, der sich aus der Sache herausgehalten hatte, zerrte an seinem Bart und zeigte keine Begeisterung.

Hymes drehte sich um, enterte die Leiter zur Brücke hoch und verschwand mit Teller im Kommandostand.

Eine leichte Hand legte sich auf meinen Arm.

Grace Moran lächelte mich an.

»Willkommen an Bord«, sagte sie.

Hendrich Ferguson, Agent der Anti Drug Force des US-Justizministeriums, abkommandiert zu einem Sondereinsatz der Geheimhaltungsstufe 3 A, preßte den Eisbeutel gegen seinen Hinterkopf.

»Er hat zugeschlagen«, beschwerte er sich. »Richtig und hart zugeschlagen.«

»Mir scheint es nur eine Beule zu sein«, meinte Phil.

»Mindestens eine Gehirnerschütterung«, widersprach Ferguson. »Mir ist schwindlig. Nie wieder halte ich meinen Schädel für einen ähnlichen Einsatz hin.«

Das Gespräch fand am Rand des Hubschrauberlandeplatzes statt, der auf dem Gebiet der kleinen Armeegarnison lag. In einiger Entfernung wartete eine Gruppe Soldaten unter dem Kommando eines Feldwebels. Mit scheuen Blicken betrachteten sie die zugedeckte Bahre, die sie aus dem Ambulanzwagen ausgeladen hatten und in den Hubschrauber tragen sollten, sobald die Maschine gelandet war.

Ferguson wechselte die Hand, mit der er den Eisbeutel hielt. »Glauben Sie, daß Ihr Kumpel die Begegnung mit Howard Hymes überlebt hat?« fragte er.

»Ich bin sicher«, antwortete Phil.

»Woher nehmen Sie Ihre Gewißheit? Zwei unserer Leute, die Hymes zu nahe kamen, verschwanden spurlos. Verstehen Sie, was ich meine? Sie verschwanden, als hätten sie nie existiert.«

Ratternder Motorenlärm näherte sich. Wie ein Insekt, dessen schlagende Flügel in der Sonne flirren, tauchte der Hubschraber über den Wipfeln der Palmen auf, wurde schnell größer und landete. Die kreisenden Rotoren wirbelten Staubfontänen auf.

Der Pilot stieg nicht aus, sondern begnügte sich damit, die Seitentür zu öffnen.

Phil machte dem Feldwebel ein Zeichen, der seine Soldaten in einer Doppelreihe zur Bahre führte. Er kommandierte: »Achtung! Stillgestanden!«

Die Männer standen stramm. Der Feldwebel salutierte einige Sekunden lang. Auf ein neues Kommando hoben sie die Bahre auf und trugen sie zum Hubschrauber. Als sie die Bahre verladen hatten, wiederholten sie die Ehrenbezeigung. Dann marschierten sie im Gleichschritt in Richtung der Unterkünfte.

Phil und Ferguson stiegen in den Hubschrauber.

Neben der Bahre blieb nicht viel Platz. Phil nickte dem Piloten zu, der Gas gab und die Rotoren schneller kreisen ließ.

Der Helikopter hob ab. In einer Steilkurve zog der Pilot die Maschine über die Palmen hinweg.

Phil bückte sich zur Bahre, löste die Verschnürung, schlug das Segeltuch zurück und sagte: »Sie können Luft schnappen, Mike. Aber vor der Landung müssen Sie wieder unter Deck.«

Constable Lieutenant Michael Jackson richtete sich auf. Sein dunkles Gesicht war schweiß überströmt.

»Ich war nahe daran zu ersticken«, sagte er und zeigte ein fröhliches Grinsen. »Dann hätten Sie eine echte Leiche vorzeigen können.«

Er knöpfte sein blutgetränktes Hemd auf und betastete die Stellen, an denen er getroffen worden war. »Es tat verdammt weh!«

»Damit die Geschosse platzen, müssen sie mit einiger Wucht auftreffen«, sagte Phil.

»Es tat so weh, daß mir der Gedanke durch den Kopf zuckte, Ihr Freund könne die Kugeln verwechselt haben.«

Ferguson hob den Eisbeutel ab und befühlte die Beule. »Diese G-men-Jungens gehen hart zur Sache«, meinte er mißmutig. »Sie schonen weder Freund noch Feind.«

Richard Sturgeon betrat die Halle des Royal French Hotels in New Orleans kurz nach 10 Uhr morgens. Er winkte dem Chef der Reception zu, der seinerseits grüßend die Hand hob und »Guten Morgen, Richard!« hinüberrief.

Die Mädchen am Empfang knipsten ihr bestes Lächeln an, denn Sturgeon war nicht nur das Prachtexemplar eines knapp 40jährigen blonden Mannes vom Schlage Robert Redford, er managte außerdem die Showsendungen der TV-Station Delta Channel. Theoretisch verfügte er über die Möglichkeit, jedes Mädchen vom Dasein hinter dem Desk zu erlösen und zu einem Showstar zu machen.

Sturgeon lächelte zurück. Das bedeutete nichts, sondern war reine Gewohnheit.

Er ging in die Ladenstraße des Hotels, in der sich ein Luxusgeschäft ans andere reihte, und öffnete die Glastür zu einer Parfümerie. »Hallo, Tania!«

Das Mädchen, das als einzige Verkäuferin geschliffene Flakons in einem Spiegelschrank aufstellte, drehte sich um. »Hallo, Rich!«

Sie trug ein hautenges Kleid aus Goldlamee mit dem Schriftzug eines französischen Stardesigners zwischen Busen und Schulter. Da dieser Modekaiser für seine neue Kollektion die Schönheit der Beine wiederentdeckt hatte, endete der Rocksaum zwei Handbreit überm Knie, was sich in Tania Tavaros Fall lohnte.

Sie tauschte mit Sturgeon vorsichtige Wangenküsse, denn sie trug ein sorgfältig zusammengestelltes Make-up, wie es der Job verlangte. Ihr Aussehen sollte Kundinnen beeindrucken und zur Nachahmung anregen.

Sturgeon schnupperte an ihrem Hals. »Was ist das für ein Parfum?«

»Essence de la Lune! Die neueste Kreation von Pierre Duvin.«

»Paßt zu den Mädchen in der Bourbon Street.«

»Kein Mädchen in der Bourbon Street könnte sich Essence de la Lune erlauben. Der kleinste Flakon kostet 800 Dollar.«

»Was machst du am Wochenende?« fragte Sturgeon.

»Keine Pläne!«

»Ich bringe eine interessante Einladung. Hast du Lust, drei Tage auf einer Insel zu verbringen?«

»Auf welcher Insel?«

»Cherry Island. Sie liegt vier oder fünf Meilen vor der Küste und ist Privatbesitz.«

»Wem gehört sie?«

»Einem reichen Mann, Mr. Jack Glonn. Er hält Anteile an unserem Sender. Er lud mich, Steve Kerrigan und Melville Spector, meinen Produzenten, ein. Er unterhält ein großes Haus auf der Insel. Sie muß einen Traumstrand haben. Glonn sagte, das Wasser sei kristallklar und man könne die Fische mit der Hand fangen. Es gibt keine Dienerschaft. Man muß seine Fische nicht nur selbst fangen, sondern auch selbst braten. Ich glaube, uns allen täten ein paar Tage primitives Leben gut. Du glaubst nicht, Tania-Darling, wie mir diese künstliche Studiowelt mit Scheinwerfern, Kameras und haufenweise elektronischen Tricks stinkt.«

»Mir stinkt mein Parfümladen nicht weniger«, sagte sie, und beide lachten über das Wortspiel.

»Du kommst also mit?«

»Ja, ich werde Miß Wright bitten, mich zu vertreten. Ich hoffe, ich bin nicht das einzige Mädchen.

»Nein, bestimmt nicht! Kerrigan bringt eine europäische Journalistin mit, eine Schwedin oder Deutsche oder so etwas ähnliches. Und Melville Spector trennt sich nie von seiner Sekretärin, nicht im Büro, nicht beim Dinner und nicht beim Frühstück.« Er fuhr sich mit der linken Hand durchs Haar, das er nach Künstlerart sehr lang trug.

»Da ist noch ein Problem, Tania«, sagte er. »Kennst du ein Mädchen, das wir zusätzlich einladen könnten?«

»Für wen?«

»Glonn machte eine Andeutung, daß er augenblicklich ziemlich anhanglos in der Gegend herumstehe.«

»Ich kann Jill Deanin anrufen und sie nach ihren Plänen fürs Wochenende fragen.«

»Jill?« Sturgeon entstöpselte eine Parfümflasche und roch daran. »Hübscher Name. Wie ist sie?«

»Sehr nett. Sie hat Tanz und Musik studiert. Sie ist farbig. Würde das etwas ausmachen?«

»Eine Negerin? Nein, ich glaube nicht. Glonn macht nicht den Eindruck eines Ku-Klux-Klaners.«

Tania nahm ihm den Parfümflakon aus der Hand. »Rich, ich hoffe, Mr. Glonn verspricht sich keine Orgie vom Weekend auf seiner einsamen Insel? Du weißt, daß ich dabei nicht mitmache, und Jill tut es auch nicht.«

»Unsinn!« Sturgeon schüttelte in gespielter Entrüstung den Kopf. »Jede Unschuld wird respektiert. Ruf Jill an!«

Tania ging zum Telefon, das ebenso aus Glas war wie jeder Gegenstand im Laden. Sie erreichte ihre Freundin und sprach mit ihr. Sturgeon hörte, daß das Wort »Okay« fiel.

Tania legte auf und sagte: »Jill ist einverstanden. Wie gelangt man auf Mr. Glonns Cherry-Insel?«

Er sagte, er werde einen Hubschrauber chartern, sobald er weiß, wie viele Personen mitkommen. Ich werde ihn anrufen.«

Er beugte sich vor, küßte Tania auf den Mund, der mit Monsieur Duvin's Lippenstift-Kreation Crie d'Amour geschminkt war, und sagte begeistert: »Es wird ein fabelhaftes Weekend werden!«

Nirgendwo lernt man die Mitreisenden schneller kennen als auf einem kleinen Schiff.

Big hieß nicht Big, weil er groß und dick war, sondern so hatte schon sein Vater geheißen und zwar mit einem doppelten G am Ende, also Bigg. Sein Vorname lautete Allan, aber Howard Hymes benutzte nie die Vornamen seiner Leute, wenn er sie rief oder ihnen Befehle erteilte.

An Bord hatte Bigg für die Küche zu sorgen. Seine Kochkünste bestanden darin, daß er Büchsen öffnete und den Inhalt erwärmte. Die Kajüte, die ich mit ihm teilen mußte, lag im Heck neben der Kombüse. Die zweite Kajüte auf der anderen Seite des schmalen Gangs teilten sich Ruben Loogby, der Funker, und der Halbschwergewichtler, der immer, wenn ich durch sein Blickfeld lief, nach seinem stark angeschwollenen Hinterkopf tastete. Dazu schielte er vor Wut. Er hieß Vince Acorn und verbarg nicht, daß er darauf brannte, die Rechnung zwischen uns auszugleichen.

Der Graukopf mit der Maschinenpistole hieß Hardy Teller. Er wurde als Hymes' Stellvertreter betrachtet, schien am meisten von Seefahrt zu verstehen und bewohnte die sogenannte Brückenkajüte hinter dem Kommandostand.

Hymes selbst benutzte die einzige Deckkajüte, die geräumig war und über einen eigenen Waschraum verfügte. Wahrscheinlich teilte er die Kajüte mit Grace Morgan, obwohl es unter dem Bugdeck eine weitere Koje gab.

Den ganzen Tag über bekam ich weder Hymes noch Grace Moran zu Gesicht. Für mich gab es keine Arbeit an Bord. Die meiste Zeit lag ich auf dem hinteren Deck in einem Longchair, blickte in den Himmel und ließ mich von der Sonne bescheinen.

Bigg und Vince Acorn saßen im Windschutz des Brückenaufbaus und spielten Blackjack um zehn Dollar je Partie.

Der blonde Loogby hockte in seiner Funkbude und hörte mit, was zwischen den Schiffen geredet wurde. In der karibischen See sind kaum weniger Schiffe unterwegs als Autos auf den Highways von Los Angeles. Zehntausende von Motorbooten jeder Größenordnung, Touristendampfer, Kreuzfahrer, Sportangler auf der Jagd nach Schwertfischen und Haien, Netzfischer in brüchigen Uraltkähnen, Frachter und hochmoderne Containerschiffe, ganz zu schweigen von den Tankern und den Stahlpotten der US-Marine, die mißtrauisch ihre Kreise um das kommunistische Kuba ziehen.

Ich weiß nicht, ob irgendeine See- und Luftüberwachung fähig ist, dieses Durcheinander zu sortieren, aber ich zweifle daran.

Am Nachmittag kam Hardy Teller von der Brücke, zog sich einen Deckstuhl heran und setzte sich.

»Schon mal erwischt worden, Caught?« fragte er und klemmte sich eine schwarze Zigarre zwischen die Zähne.

»Was meinst du? Beim Falschparken?«

Er spuckte die abgebissene Zigarrenspitze über Bord. »Ich dachte an härtere Sachen.«

»Unbefristete Jugendstrafe wegen Körperverletzung und Vergewaltigung«, zählte ich auf. »Vier Jahre in St. Quentin wegen einer Einbruchserie und noch einmal fünf für einen mißglückten Raubüberfall. Danach habe ich jedem auf die Finger geklopft, der mir die Hand auf die Schulter legen wollte.«

Die Aufzählung war korrekt. Sie stimmte mit Jesse Caughts Lebenslauf überein.

»Beschreib mir, wie es in St. Quentin aussieht!«

»Kennst du den Bau?«

Er nickte. »Ich saß vier Jahre in Block B ab.«

»Zu meiner Zeit saßen in Block B nur Schwarze«, erklärte ich, und sprach mit ihm über das große kalifornische Zuchthaus, als wäre ich darin aufgewachsen.

Teller paffte Rauchwolken und ließ nicht erkennen, ob er mit meiner Schilderung zufrieden war. »Verstehst du etwas von Booten?«

»Höchstens von Ruderbooten.«

»Wie stellst du dir die Zukunft vor?« fragte er in väterlichem Tonfall, obwohl er kaum 45 sein konnte.

»Ich träume von einer Bank mit einem Kassenbestand von einer Million Dollar und einem Totalausfall der Alarmanlage.«

Er lachte so heftig, daß er sich am Zigarrenrauch verschluckte und husten mußte. »Hymes bezahlt seine Leute gut«, sagte er, als er wieder sprechen konnte.

»Welches Geschäft betreibt er?«

»Sei nicht zu neugierig, Caught!«

Ich zuckte die Achsel. »Ich kann's mir denken. Die meisten Boote, die vor der US-Küste herumzuckeln, haben Schnee oder H an Bord und versuchen, den Stoff an Land zu bringen. Lieg' ich richtig?«

»Mag sein, aber du hast keine Ahnung von Hymes Größenordnung!«

Ich grinste innerlich. Wenn ich nicht gewußt hätte, daß Howard Hymes einer der dicksten Fische war, die in der Karibik herumschwammen, hätte ich mir nicht soviel Mühe gemacht, an Bord zu kommen.

Er war der Hauptlieferant des Drei-Brüder-Syndikats gewesen, und wir schätzten, daß er Heroin und Kokain im Großhandelswert von rund 50 Millionen Dollar an Bill, Donald und Sol Greyman verkauft hatte, bevor Donald sich von Bill betrogen fühlte, den eigenen Bruder anschoß und Sol sich aus Angst vor Bruder Donald in die Arme der Mafia flüchtete.

Es bekam ihm nicht gut. Die große Spinne wickelte ihn ein, saugte ihn aus und warf seine leere Hülle weg, was wörtlich genommen werden kann, denn Sol Greymans Leichnam wurde nackt auf einer Müllhalde gefunden.

Die Mafiabosse bauten das Vertriebssystem des Syndikats in die eigene Organisation ein, aber Hymes verlor seinen Kunden, denn die Mafia besaß genügend Lieferanten. Damit stand fest, daß Howard Hymes sich nach einem neuen Abnehmer umsehen würde, und ein neuer Abnehmer bedeutete noch mehr Rauschgift auf dem Markt, noch mehr Kriminalität, noch mehr Elend der Süchtigen.

Was Hymes besonders gefährlich machte, war, daß er beide Sorten Rauschgift, Heroin und Kokain, in großen Mengen besorgen konnte. Es war klar, daß er sich das Kokain aus Mittel- und Südamerika verschaffte, aber wir wußten nicht, aus welchen Quellen er Heroin bezog.

»Woher stammt deine Kanone?« fragte Teller. Die Frage überraschte mich.

»Aus der Produktion von Smith & Wesson«, antwortete ich, zog den Revolver aus der Halfter und wog ihn in der Hand.

Es war ein kurzläufiges Chief's Special-Modell aus rostfreiem Stahl, das beste, das in dieser Größenordnung auf dem Markt war.

»Registriert?« wollte Hardy Teller wissen.

»Jede Kanone, mit der ein Mann umgenietet wurde, ist registriert, weil die Schnüffler das Riefenmuster der Kugel besitzen. So können sie jederzeit vergleichen. Seit der Schießerei in der Florida State Bank laufe ich leider mit einer gezinkten Kanone herum.«

»Hymes meint, daß du dich nützlich machen kannst, aber er will nicht, daß du mit einer identifizierbaren Waffe für ihn arbeitest. Wir tauschen deinen Revolver gegen eine frische Kanone aus. Wir haben genügend unregistrierte Schießeisen an Bord, alle ausländischer Herkunft.«

»Einverstanden«, sagte ich. »Kann ich aus eurer Kollektion auswählen?«

»Selbstverständlich!«

Er streckte die Hand aus und wollte den 38er an sich nehmen. Ich hielt ihn außer Reichweite.

»Langsam, Teller. Ich will keinen schlechten Tausch machen.«

»Du bekommst die Waffe, sobald du sie brauchst«, antwortete er und bemühte sich, weiter heiter und gelassen auszusehen.

»In Ordnung. Bis dahin behalte ich dieses Stück Stahl.«

Er konnte nicht länger verhindern, daß sein Gesicht sich verfinsterte.

»Nur zwei Männer an Bord sind ständig bewaffnet«, sagte er, und ferner Donner grollte in seiner

Stimme. »Hymes selbst und ich. Die anderen erhalten Waffen, sobald es notwendig ist. Wenn du für Hymes arbeiten willst, gilt die Regel auch für dich.«

Ich ließ meinen Revolver unter der Jacke verschwinden.

»Tut mir leid, Teller! Hymes wollte mich über Bord werfen lassen, und nur das kleine Ding unter meiner Achsel verhinderte, daß es tatsächlich geschah. Solche Ereignisse stärken die Anhänglichkeit.«

Er nahm die Zigarre aus den Zähnen und warf sie über Bord. »Das war ein Angebot, Caught«, sagte er. »Überleg's dir gut. Bevor du's endgültig ausschlägst!« Er stand auf, reckte die Arme und gähnte. »Auch du hast hinten keine Augen«, setzte er hinzu, ging zur Brücke und enterte die Leiter zum Kommandostand hoch.

In der Nacht landete Phil, von Nassau auf den Bahamas kommend, in Miami. Noch vom Flughafen rief er John D. High in New York an.

»Der erste Akt ist gelaufen, Sir«, meldete er. »Jerry befindet sich an Bord der Blue Star.«

»Ohne jeden Zweifel?«

»Für mich ohne jeden Zweifel, Sir«, bestätigte Phil. »Ich bin sicher, daß Jerry sich nicht überrumpeln läßt, solange er über einen geladenen Revolver verfügt. Nur drei Kammern waren mit Bluffmunition geladen, und er trägt genügend Munition bei sich.«

Da die Aktion nicht unter Leitung der FBI-Distrikts New York stand, war Mr. High über Einzelheiten nicht informiert.

»Wie soll die Sache weiterlaufen?«

»Wir vermuten, daß die Blue Star eine Ladung

Rauschgift an Bord hat. Unser Problem liegt darin, daß wir nicht wissen, wo und wann sie die Küste anlaufen wird. Washington gab strikte Weisung, die Coast Guard nicht einzuschalten, da in den letzten Monaten Fälle von Korruption unter den Überwachungsbeamten festgestellt wurden. Solange sich die Blue Star auf offener See befindet, erhalten wir einmal täglich eine Standortmeldung der Navy. Sobald sie die Zwölf-Meilen-Zone erreicht, verfüge ich über einen Helicopter mit einem FBI-Piloten. Wir werden ohne die Küstenüberwachung arbeiten. Die Maschine hat Radar an Bord.«

»Mit einer Maschine und einem Piloten läßt sich der Weg der Bluestar nicht über 24 Stunden verfolgen!« warf Mr. High ein.

»Sir, wir sind ohnedies gezwungen, Hymes' Kahn an langer Leine laufen zu lassen. Wenn ständig Hubschrauber am Himmel auftauchen würden, hätte Hymes schnell Verdacht geschöpft.«

»Was geschieht, wenn Sie den Anschluß verlieren?«

»Jerry besitzt die Möglichkeit, uns ein Signal zu geben, allerdings nur einmal und für die Dauer von 30 Minuten. Die Reichweite beträgt 20 Meilen.«

Phil hörte, daß der Chef einen Seufzer unterdrückte.

»Rufen Sie mich bitte so oft wie möglich an, Phil!«

»Selbstverständlich, Sir.«

»Wo befindet sich die Blue Star jetzt?«

»Wir nahmen an, das Schiff würde einen Ort an der Küste von Florida anlaufen. Das scheint nicht der Fall zu sein. Sie hat Kap Sable passiert und befindet sich auf dem Weg in den Golf von Mexiko.«

»Wann erhalten Sie eine neue Standortmeldung, Phil?«

»Nicht vor morgen mittag.«

»Ich wünsche Ihnen viel Glück«, sagte High. »Ihnen und Jerry.«

Die Kojen in der Kajüte lagen übereinander. Ich hatte die obere gewählt. Unter mir schnarchte Bigg.

Ich lag wach und dachte über Tellers Drohung nach. Klar und deutlich hatte er mir zu verstehen gegeben, daß ich bei der ersten Gelegenheit abgeschossen würde, wenn ich mich nicht unterwarf und meine Waffe ablieferte.

Aber was würde geschehen, wenn ich mich von der Kanone trennte? Hymes war zu jeder Gemeinheit fähig.

Ich tastete nach der Waffe. Nein, ich würde meinen Chief's Special behalten. Okay, ich hatte hinten keine Augen, aber ich konnte die beiden, die ich besaß, offenhalten.

Bei dem Gedanken mußte ich lächeln. Nein, ich konnte sie nicht ununterbrochen offenhalten. Vielleicht würde ich viele Tage an Bord der Blue Star bleiben müssen, und niemand schafft es, länger als für 30 oder 40 Stunden auf Schlaf zu verzichten. In Wahrheit ist es besser, nicht durch krampfhaftes Wachhalten in eine totale Übermüdung hineinzurutschen, die am Ende zu einem so abgrundtiefen Erschöpfungsschlaf führt, daß der Kerl, der einem den Schädel einschlagen will, zweimal daneben treffen kann, ohne daß man aufwacht.

Ich beschloß, mich auf mein Gehör und meine Reflexe zu verlassen, verdrängte alle Gedanken an Gefahr und schlief tatsächlich ein.

Als ich aufwachte, wußte ich, daß ich mehrere Stunden geschlafen haben mußte. Nicht ein Geräusch, sondern die Stille hatte mich aufgeweckt.

Das gleichmäßige Motorengeräusch war erstorben. Auch Biggs Schnarchen war verstummt. Aber er lag noch auf seiner Pritsche und warf sich krachend herum.

Jemand polterte den kurzen Niedergang vom Deck zu unseren Kajüten herunter. Die Tür wurde aufgerissen, und Teller rief: »Raus, Bigg! Sie kommt!«

Er schaltete das Licht ein und fragte spöttisch: »Gut geschlafen, Caught?«

Er hielt einen Gürtel mit Halfter in der Hand. Aus der Halfter ragte der Griff einer Waffe.

»Nicht für dich bestimmt«, sagte er und warf den Gürtel Bigg zu, der ihn auffing und sich anschickte, ihn umzuschnallen. Teller drehte sich um und ging zurück an Deck.

»Wer kommt?« fragte ich Bigg.

»Der Milchmann«, grunzte er, streifte einen Pullover über und schnürte ächzend seine Turnschuhe. Bei jeder Bewegung verbreitete er durchdringenden Schweißgeruch. Schließlich stampfte er aus der Kabine. Die Tür ließ er offen.

Aus der zweiten Kajüte kamen Vince Acorn und Ruben Loogby. Der Halbschwergewichtler trug eine kurzläufige Maschinenpistole.

Ich schwang mich von der Pritsche und ging an Deck.

Die See war ruhig und glatt. Noch befand sich die Sonne unterm Horizont. Dort, wo sie in Kürze aufgehen würde, glühte der Himmel.

Howard Hymes stand auf dem Vorderdeck. Er trug eine schwarze Lederjacke. Vor seinen Füßen stand ein mittelgroßer Koffer. Er blickte zu einem Schiff hinüber, das in 300 Meter Entfernung lag. In der Hand hielt er ein Sprechfunkgerät.

Ich näherte mich ihm. Er warf mir einen Seitenblick zu, kümmerte sich nicht weiter um mich, sondern sagte ins Mikrofon des Walkie-Talkie: »Welchen Reinheitsgrad hat der Stoff?«

Eine Männerstimme, die Englisch mit hartem Akzent sprach, gab die Antwort: »Über 80 Prozent.«

Der Empfang war so klar, daß ich die Worte aus dem Lautsprecher noch in fünf Schritten Abstand verstehen konnte.

»Welchen Preis verlangst du?« fragte Hymes.

»100 Dollar pro Gramm.«

Das Schiff, auf dem Hymes' Gesprächspartner sich befand, war ein kleiner Trampfrachter von höchstens 4000 Tonnen. In großen Rostplacken blätterte die Farbe vom Rumpf. Brücke und Aufbauten zeigten unregelmäßige stumpfrote Flächen, die mit Mennige bearbeitet worden waren, um die Verrottung mühsam zu stoppen.

Hymes feilschte den Preis auf 40 Dollar herunter. Dann fragte er: »Wieviel hast du an Bord?«

»70 Kilo.«

»Ich übernehme alles.«

»Kannst du 2,8 Millionen Dollar bar zahlen?«

Hymes wies auf den Koffer. »Darin sind zwei Millionen«, sagte er ins Walkie-Talkie. »Den Rest holen wir.«

»In Ordnung! Kommt längsseits!«

Hymes machte ein Zeichen zum Kommandostand. Die Maschine der Blue Star sprang an. In langsamer Fahrt lief das Boot auf den Frachter zu.

Je näher wir kamen, desto deutlicher war zu erkennen, wie vergammelt das Schiff war. An der verbeulten Reling zeigten sich ein halbes Dutzend Gestalten mit braunen Gesichtern. Nur ein Mann trug eine Mütze und steckte in einem blauen Uniformrock mit Rangabzeichen auf den Ärmeln.

In ausgelaufenen, verwaschenen Buchstaben stand der Name am Bug: *Semiramis*. Darunter waren krause arabische Schriftzeichen gepinselt, und der Name des Heimathafens am Heck lautete: *Tripolis – Republik Libanon*.

Hardy Teller schob den Kopf aus dem Seitenfenster des Steuerstands und rief: »Fender auf die Steuerbordseite!«

Loogby und Bigg hängten die massigen Gummipolster aus. Geschickt steuerte Callan die Blue Star an den Rumpf der Semiramis heran und nahm im richtigen Augenblick die Fahrt weg. Auf dem Deck des Frachters hallten Befehle in kehligem Arabisch. Taue wurden herübergeworfen.

Zum ersten Mal richtete Hymes das Wort an mich.

»Steh nicht rum, Caught!« brüllte er. »Befestige ein Tau am Heck!«

Ich lief zum Heck, erwischte das pendelnde Tau und schlang es um einen stählernen Poller.

Vom Deck der Semiramis rief ein Mann »Okay« und grinste zu mir herab, denn der Frachter überragte die Blue Star um gut zwei Meter. Die Brücke von Hymes' Schiff reichte knapp bis in die Höhe der Reling.

Eine kurze Strickleiter, ein Fallreep, wurde herabgelassen. Drei Männer turnten herunter, schwarzhaarige Burschen mit scharfgeschnittenen Gesichtern, dunklen Augen und dichten Schnurrbärten auf der Oberlippe. Sie trugen elegante Anzüge, Seidenkrawatten und schwarze, auf Hochglanz polierte Schuhe, als kämen sie nicht von einem schrottreifen Frachter, sondern von einem Luxusschiff. Zwei hatten über ihre Jacken Gürtel geschnallt, in deren Halfter schwere Armypistolen steckten. Der dritte schien unbewaffnet.

Dieser Dritte und Howard Hymes begrüßten sich mit Handschlag. Hymes bückte sich und öffnete den Koffer. Der andere ging in die Hocke, nahm mehrmals Bündel mit Geldscheinen heraus, zählte sie durch und redete auf Hymes ein.

Die Prozedur war langwierig. Zwischendurch ließ Hymes den Libanesen allein, ging in die Kajüte und kam mit einer prallen Aktentasche zurück, deren Inhalt der Libanese ebenfalls einer genauen Prüfung unterzog.

Ich blickte zum Deck der Semiramis hoch. Zwei Männer an der Reling hielten Maschinenpistolen im Anschlag. Das Modell war inzwischen via Südamerika bis in US-Gangsterkreise vorgedrungen: Kalaschnikoffs, ein erfolgreicher russischer Exportartikel.

Der Mann, der seine Kugelspritze mehr oder weniger genau auf mich gerichtet hielt, zeigte in fröhlichem Grinsen sein Prachtgebiß und rief: »Amerika sehr gut! Haben Zigaretten?«

Ich zuckte die Achsel.

Hymes und der Libanese wurden sich endlich einig. Wieder drückten sie sich die Hände. Der Libanese gab Befehle auf Arabisch.

In einem groben, zusammengeschnürten Netz wurden weiße Leinensäcke von der Semiramis auf das Deck der Blue Star abgeseilt. Das Netz wurde aufgeknotet. Howard Hymes zählte die Leinensäcke, wählte drei aus und trug sie auf die Brücke, wo er im Kommandostand verschwand.

Die Libanesen zündeten sich Zigaretten an und warteten geduldig, bis Hymes die Ware geprüft hatte.

Bigg kam zu mir gestampft.

»Geh nach vorn! Ich übernehme deinen Platz.«

»Warum?«

»Weil der Boß es befohlen hat.«

Er schob mich zur Seite, machte sich am Tau zu schaffen und tat, als prüfe er die Schlinge.

Ich ging langsam nach vorn. Als ich an Hymes' Kajüte vorbeikam, wurde die Tür einen Spaltweit geöffnet. Ich roch Parfüm und sah Grace Morgans Augen. Sie zischte: »Vorsicht!«

Sofort schloß sie die Tür wieder. Niemand hatte den kleinen Zwischenfall bemerkt.

Die Libanesen betrachteten mich mit mißtrauischem Interesse. Ich zog die Lippen von den Zähnen. Ich fürchte, mein Lächeln fiel dünn aus und überzeugte nicht.

Was bedeutete Graces Warnung?

Hatte Hymes mit den Libanesen ausgehandelt, daß ich von ihnen umgelegt werden sollte? Als Gratiszugabe zum abgeschlossenen Geschäft?

Ich blickte nach links und rechts. Zwei Taue verbanden die Semiramis und die Blue Star. Am Bugpoller stand Vince Acorn. Vom Heckpoller hatte mich Bigg vertrieben. Ruben Loogbyn, der blonde Funkspezialist, schien sich irgendwo unter Deck aufzuhalten. Teller und Hymes befanden sich im Kommandostand und damit etwa auf Höhe des Decks der Semiramis. Und auch auf einer Höhe mit den Kalaschnikoffs der beiden Männer an der Reling des Frachters.

Ich stellte mich mit dem Rücken gegen die Stahlkonstruktion der Brücke. Damit war ich zwar vor einer Kugel in den Rücken sicher, stand aber den Libanesen ohne jeden Schutz gegenüber.

Mein Blick fiel auf den Niedergang zur unbenutzten

Bugkajüte. Ich rechnete mir aus, daß ich mit einem Sprung hinkommen würde. Falls die Tür mir keinen allzu hartnäckigen Widerstand leistete, konnte ich notfalls in Sekundenschnelle vom Deck verschwinden, immer vorausgesetzt, ich fing mir unterwegs keine Kugel ein.

Scheinbar gelassen lehnte ich mich an die Wand und schob beide Hände in die Taschen.

Die Libanesen zündeten eine zweite Runde Zigaretten an.

Über meinen Kopf trat Hymes aus dem verglasten Kommandostand, beugte sich über das Brückengeländer und rief dem Anführer der Libanesen zu: »Mahout, die Proben sind nicht in Ordnung! Der Stoff hat weniger als 50 Prozent Reinheit. Alles andere ist Milchpulver.

»Unmöglich!« rief der Libanese zurück. »Es ist 80 prozentige Ware.«

»Komm rauf! Sieh dir die Proben an!«

Mahout wechselte ein paar Sätze mit seinen Leuten, bevor er sich aus der Gruppe löste. Den Koffer behielt er in der Hand. Er schleppte schwer an den zwei Millionen Dollar. Die Aktentasche mit dem Rest blieb bei seinen Leuten zurück.

Alles ging sehr schnell.

Hymes schleuderte einen schwarzen Gegenstand von der Größe einer Zigarrenkiste zur Semiramis hinüber. Das Ding explodierte im Augenblick des Aufschlags.

Ein kurzes Höllenkonzert brach aus. Maschinenpistolen ratterten in vier oder fünf Tonlagen. Schwere Revolver erzeugten wummernde Paukenschläge, und Querschläger heulten mißtönige Kadenzen heraus.

Mit einem gewaltigen Satz sprang ich in den Niedergang, rumpelte die kurze Treppe runter und krachte wuchtig gegen die Kajütentür, die keinen Zoll nachgab, sondern als Prellbock gegen meinen Körper diente. Ich hätte daran denken sollen, daß Schiffstüren immer nach außen aufgehen, damit sie bei Sturm nicht von überkommenden Brechen aufgedrückt werden können.

Die Maschinen der Blue Star sprangen an. Unter dem vollen Druck der Schrauben knirschte der Rumpf in allen Nieten. Träge zunächst, dann immer schneller löste sich die Blue Star vom libanesischen Frachter.

Ich packte den Griff und rüttelte an der Tür. Sie war nicht verschlossen. Ich riß sie auf und brachte mich in Sicherheit.

Über meinem Kopf hallten Schreie. Schnelle Füße trampelten über das Deck. Ein Körper klatschte ins Wasser.

Das Rauschen der Bugwelle setzte ein. Die Blue Star wurde immer schneller.

Eine letzte lange MPi-Serie hämmerte. Sie hörte sich an wie sinnloses Hinterhergeschimpfe.

Die Kajüte war kleiner als die, die ich mit Bigg teilte. Das schmale Spind stand offen. Ich sah ein paar Kleider, und herumliegende Wäschestücke aus durchbrochenem weißen Spitzenstoff bewiesen, daß Grace Morgan zeitweise die Kajüte benutzte.

Ich nahm den 38er in die Hand und ging zurück. Ich wollte unbedingt wissen, was passiert war.

Vorsichtig bewegte ich mich die kurze Treppe hinauf, bis ich das Deck der Blue Star überblicken konnte.

Das erste, das ich sah, waren Bigg und Acorn, die den Körper des Libanesen Mahout über Bord warfen. Ich wollte schreien, sie anbrüllen. Es war schon zu spät. In weitem Bogen und mit flatternden Gliedern flog der Körper über die Reling und verschwand im aufspritzenden Wasser.

Schon lag der Frachter eine halbe Meile zurück. Mittschiffs stieg eine schwarze Rauchwolke hoch. Dazwischen züngelten rote Flammenzungen.

Howard Hymes kam von der Brücke. Mit langen, federnden Schritten ging er zu den weißen Leinensäcken im groben Netz, hockte sich nieder, nahm einen der kleinen Säcke in beide Hände, warf ihn hoch und fing ihn auf.

»Hymes!« rief ich halblaut.

Er wandte den Kopf über die Schulter. Triumph leuchtete in seinen Augen. Er brach in Gelächter aus und schrie: »Heh, Teller! Nicht einmal ihn haben die Libanesen erwischt! Die Jungens waren die größten Nullen des Jahrhunderts.«

Teller trat auf den Brückenbalkon, von dem Hymes die Sprengladung auf das Deck der Semiramis geschleudert hatte, blickte auf mich, zuckte die Achseln und verschwand wieder im Kommandostand.

»Komm hoch, Caught!« befahl Hymes. »Hilf Bigg, die Ware zu verstauen!«

Ich wußte, daß ich nicht in Gefahr war, solange ich ihn vor der Mündung hatte.

»Du hast die Libanesen reingelegt?«

»Ich habe drei Millionen Dollar gespart.«

»Wie viele Männer hast du dafür erschossen?«

»Verdammt dämliche Frage für einen Mann, der wegen ein paar lumpiger Dollars aus einer Bankkasse Polizisten umlegt. Hier an Bord mußten wir nur Mahout umlegen. Seine Freunde sprangen freiwillig über die Reling.«

Er blickte zum Schiff hin, dessen Silhouette immer kleiner wurde.

»Natürlich weiß ich nicht, ob auf dem Seelenverkäufer ein paar Leute von der Sprengladung für immer umgeblasen wurden. Es war mehr Wumm drin, als ich erwartet hatte.«

Bigg und Vince Acorn näherten sich ihrem Boß.

»Das ist gut gelaufen«, sagte Acorn. »Ich glaube, sie haben nicht einmal das Schiff getroffen.«

»Teller wird euch sagen, wo die Ware verstaut werden soll. Die Waffen braucht ihr nicht mehr. Gebt sie Teller zurück!«

Acorn hielt noch die kurzläufige Maschinenpistole in der Hand. Er ging zur Brückenleiter und legte sie auf die unterste Stufe. Bigg schnallte den Gürtel mit der Halfter ab.

Hymes sah mich an. »Gutes Beispiel, Caught«, sagte er.

Ich schob meinen Revolver in die Achselhalfter.

Hymes preßte die schmalen Lippen aufeinander, wandte sich um und hob die pralle Aktentasche auf. Der Koffer lag einige Schritte weiter mittschiffs.

Hymes faßte den Griff, hob den Koffer an und setzte ihn sofort wieder ab.

»Bring Wasser und ein Tuch, Bigg!« rief er. »An dem Koffer ist Blut.«

Eine große Touristengruppe lärmte an Bord der Mississippi-Fähre. Die Leute genossen es, den Ol' man River für ganze zehn Cent überqueren zu können.

Lieutenant Arthur Plate von der Louisiana State Police stieg aus seinem Wagen und ging an der Reihe der anderen Autos im Unterdeck der Fähre entlang, um sich eine Flasche Coke aus dem Automaten zu holen.

Im Vorbeigehen fiel sein Blick auf den Mann am Steuer eines Mercury.

Der Mann raucht, und aus diesem Grund fiel er dem Lieutenant auf, denn auf dem Autodeck der Fähre war Rauchen wegen der Brandgefahr verboten.

Plate, der keine Uniform trug, klopfte gegen das Seitenfenster.

Widerwillig kurbelte der Mann das Fenster nach unten. »Was willst du, Blacky?« fragte er.

Der Lieutenant überhörte die Beleidigung, die seiner Hautfarbe galt.

»Sie sollten nicht rauchen, Sir«, sagte er höflich. »Sie gefährden das Schiff und die Passagiere.«

»Möchtest du die Kippe haben, Blacky? Nicht nötig, daß du Tricks anwendest. Frag mich einfach, und ich geb sie dir!« Er hielt dem Lieutenant die qualmende Zigarette hin.

Plate faßte den Mann ins Auge. Er hatte ein langes blasses Gesicht mit starken Falten zwischen Nase und Mundwinkeln. Das blonde Haar trug er lang, und eine Strähne fiel ihm in die Stirn. Die graugrünen Augen hatten einen stechenden Blick. Er schien einer dieser Typen zu sein, die gern Streit suchen, und Plate dachte nicht daran, wegen einer Zigarette den Polizeibeamten herauszukehren und dem Burschen seinen Ausweis unter die Nase zu halten.

»Sie riskieren eine Strafe von 500 Dollar.«

»Du riskierst einen Tritt in den Arsch, wenn du nicht sofort verschwindest, Blacky.«

Der Mann auf dem Beifahrersitz mischte sich ein. »Halt dein blödes Maul, Softy!« schnauzte er den Blonden an. »Mach die verdammte Zigarette aus!«

Er beugte sich vor und sagte zu Plate: »Entschuldigen Sie, Sir! Manchmal denke ich, dieser Armleuchter hat seine fünf Sinne nicht beisammen.«

»Dann sollte er nicht autofahren«, sagte Plate.

»Tut mir wirklich leid, Sir«, wiederholte der Mann.

Plate nickte und ging weiter. Der dritte Mann, der hinten im Wagen saß, hatte sich aus dem kurzen Streit herausgehalten.

Der Lieutenant warf einen kurzen Blick auf das Kennzeichen des Mercury. Der Wagen trug ein Nummernschild des Staates Kentucky.

Plate holte die Flasche Coke aus dem Automat. Als er auf dem Rückweg am Kentucky-Mercury vorbeikam, hatte der Blonde die Zigarette im Aschenbecher zerdrückt, starrte geradeaus und tat, als bemerke er den Lieutenant nicht. Der Mann auf dem Beifahrerplatz lächelte und hob grüßend die Hand.

Arthur Plate setzte sich in seinen Wagen und trank von der Coke. Der Zwischenfall beschäftigte ihn. Irgend etwas an den Männern im Kentucky-Auto kam ihm bekannt vor. Es hing nicht mit ihrem Aussehen zusammen. Plate war sicher, keinen früher schon einmal gesehen zu haben. Trotzdem wurde er das Gefühl nicht los, in einer Schublade seines Gehirns etwas über sie zu wissen.

Die Fähre legte auf dem New-Orleans-Ufer an. Sicherlich war es nicht auf den sanften Stoß des Anlegemanövers zurückzuführen, daß die Schublade in Plates Gehirn plötzlich aufsprang.

Der Beifahrer hatte den Blonden Softy genannt. Plate erinnerte sich, vor Wochen ein Fahndungsrundschreiben gelesen zu haben, in dem die Verbrechen von zwei Killern beschrieben wurden. Fotos hatten nicht beigelegen. Die Personenbeschreibungen waren dürftig gewesen. Nur in einer Fußnote wurde erwähnt, daß einer der Killer den Spitznamen Softy trug, obwohl er alles andere als sanftes Benehmen an den Tag legte, sondern als streitsüchtig und grob bekannt war.

Schilderung und Spitzname paßten auf den Blonden.

Der Fahrer des Wagens hinter Plates Fahrzeug hupte. Plate schreckte aus seinen Gedanken auf. Er sah, daß das Signal auf Grün umgeschaltet war und die Wagen vor ihm bereits über die Rampe ans Ufer rollten.

Er startete, fuhr an, steuerte seinen angejahrten Maverick von der Fähre, scherte aus dem Strom der Autos aus und wartete auf den Mercury. Als das Kentucky-Auto vorbeiglitt, hängte er sich an.

Der Maverick war Plates privater Wagen und besaß keine Sprechfunkeinrichtung. Er folgte dem Mercury über 15 Minuten, bis das fremde Fahrzeug vor einem Haus am Ende der Grashwood Street stoppte. Das Haus, ein schäbiger Holzbau, schien nicht bewohnt.

Die drei Männer verließen den Mercury.

Plate sah, daß der Blonde ein großer Bursche mit breiten Schultern und langen Armen war. Der andere hatte gewelltes dunkles Haar, war einen halben Kopf kleiner und bewegte sich mit der Geschmeidigkeit eines Mannes, der seinen Körper auf Leistung trainiert hat. Plate schätzte die beiden Männer auf Mitte 30 und ungefähr gleichaltrig. Der dritte war zweifellos jünger, höchstens 26. Im blassen Gesicht flackerten unruhige schwarze Augen. Der große Mund besaß aufgeworfene rote Lippen.

Sie gingen die kurze Treppe hinauf und verschwanden im Haus.

Der Lieutenant zögerte. Er hätte gern Unterstützung herbeigeholt, bevor er sich mit den Männern befaßte, aber weit und breit gab es kein Telefon.

Er öffnete das Handschuhfach, holte seinen Revolver heraus und steckte ihn in den Gürtel. Dann fuhr er den Maverick neben den Mercury, stieg aus und ging zum Haus.

Die Eingangstür war nicht verschlossen, sondern stand halb offen. Plate blickte in einen großen Raum, der früher als Kneipe gedient hatte, denn er enthielt eine Theke, ein Flaschenregal und einige Tische und Stühle, alles verdreckt und mit dickem Staub überzogen.

Er stieß die Tür weit auf und machte einen Schritt in den Raum hinein.

Der Schlag traf seinen Kopf und löschte sein Bewußtsein so schnell aus, wie Licht erlöscht, wenn der Schalter gedreht wird.

Plates Bewußtlosigkeit dauerte nicht lange. Als der Lieutenant die Augen öffnete, fand er sich in einem Sessel wieder. Dicht vor ihm stand der Mann mit dem dunklen Haar. Er hielt Plates Dienstausweis in der Hand.

»Warum läufst du uns nach, Polizist?« fragte er und zeigte auf den Blonden, der links neben ihm stand. »Bist du wütend auf ihn, weil er dich beleidigte?«

Plate fiel das Sprechen schwer. »Ja, ich wollte wissen, wer er ist.«

»Kennst du uns?«

»Nein.«

»Ich weiß, daß wir uns auf der Fähre zum ersten Mal begegneten, aber vielleicht hast du unsere Fotos gesehen oder über uns gelesen?«

»Nein«, antwortete Plate.

Ein Faustschlag traf Plates Mund so heftig, daß die

Lippen aufsprangen. »Lüg nicht, Nigger! Du hast uns erkannt. Du weißt, daß ich Rod Shann bin und er Softy Blame ist. Gib es zu, Mann!«

»Nein«, flüsterte der Lieutenant und schüttelte den Kopf.

Der Mann trat einen halben Schritt zurück. »Warum sollen wir unsere Zeit damit vergeuden, die Wahrheit aus dir herauszuprügeln?« sagte er achselzuckend.

Er schnippte mit den Fingern und befahl: »Ches! Komm her!«

Der Junge trat vor und hustete nervös. »Ja, Shann?« Seine Stimme kickste, als wäre er im Stimmbruch.

»Übernimm ihn!«

Der blonde Softy lachte laut. »Los, Ches! Zeig uns, daß du dein Geld wert bist!«

Lieutenant Plate sah, daß die Hände des Jungen sich öffneten und schlossen wie in einem Kampf. Dann plötzlich blitzte in der linken Hand eine breite Messerklinge auf.

Plate wollte auffahren, schreien und sich zur Seite werfen, aber das alles fand nur in seinem Kopf statt.

In Wahrheit saß er reg- und wehrlos, als die Klinge ihn traf.

Ich trug fünf weiße Leinensäcke. Vor mir gingen Bigg und Acron mit der gleichen Menge. Hardy Teller ging voraus und wies uns den Weg.

Er öffnete die Luke an der Steuerbordseite der Brücke und stieg als erster die Schrägleiter in den Laderaum der Blue Star hinunter.

Der Raum grenzte an den Verschlag aus Stahlblech, in dem der Doppeldieselmotor röhrte, dessen Kraft die Blue Star vorwärtspeitschte. Bis auf einen schmalen Zugang zum Motor war er vollgepropft mit genormten Dieselkanistern, von denen jeder 20 Gallonen Treibstoff faßte. Die Kanister standen in Regalen aus Aluminium.

Teller wählte einen Kanister aus, öffnete die Verschlußkappe und zog einen Einsatz heraus, der bis an den Rand mit Treibstoff gefüllt war, aber höchstens zehn Prozent des Kanistervolumens besaß. Bigg mußte den Einsatz halten, während Callan die Leinensäcke in den Kanister senkte. Der Trick dieser Konstruktion lag auf der Hand. Der Einsatz täuschte eine Füllung mit Dieseltreibstoff vor, während in Wahrheit 90 Prozent des Kanisters mit Heroin vollgepackt werden konnten.

»Gute Idee«, sagte ich, »aber womit läuft euer Kahn, wenn ihr statt Treibstoff Rauschgift bunkert?«

Teller lachte. »Uns genügen zehn Trickkanister.«

»Warum zehn? Die 70 Kilo Heroin bringst du in zwei oder drei Behälter spielend unter.«

»Richtig! Sieben andere sind mit 250 Kilo Reinkokain gefüllt. Wir sind ein Gemischtwarenladen, Caught! Rauschgift für jeden Geschmack.«

»250 Kilo Kokain?« staunte ich. »Der Schnee bringt mindestens fünf Millionen Dollar.«

»Du kennst die Preise nicht. Hymes wird eine Million Dollar mehr herausholen.«

»6 Millionen Dollar Koks«, rechnete ich. »3 Millionen Dollar Heroin. Dieser Kahn trägt eine kostbarere Fracht als ein Luxuskreuzfahrtschiff mit 100 Millionärsfrauen samt all ihren Klunkern an Bord.«

»Vergiß nicht die drei Millionen in bar!«

»Waren es echte Dollars, mit denen Hymes die Libanesen köderte?«

»Mit Falschgeld lassen sich die Jungens im Rauschgiftgeschäft nicht übertölpeln. Der Trick ist zu alt.«

»Wenn die Libanesen vorsichtiger gewesen wären, hätte Hymes sein Boot und alle Dollars verlieren können.«

»Howard pokert immer hoch. Nur voller Einsatz reizt ihn.«

»Drei Millionen in bar«, wiederholte ich träumerisch. »Die Blue Star ist eine schwimmende Bank.«

»Ja, das ist sie. Darum mag Hymes keinen bewaffneten Bankräuber an Bord.« Er stieß mir die Faust vor die Brust. »Von dir ist die Rede, Caught.«

»Von mir hat Hymes nichts zu fürchten. Im Gegenteil! Er imponiert mir. Ich würde gern für ihn arbeiten.«

»Dann trenn dich von deiner Kanone!«

»Vielleicht später, Teller«, antwortete ich lächelnd, »wenn Land in Sicht ist.«

Er zuckte die Achseln. Bigg, Acorn und ich holten die restlichen Leinensäcke, und Teller brachte das Rauschgift in den präparierten Kanistern unter.

An Deck stieß ich auf Grace Moran. Sie hatte einen Liegestuhl in den Windschatten der Brücke gerückt und sonnte sich, bekleidet mit knapp zehn Quadratzentimetern Stoff eines Tangas aus glitzerndem Goldlamee.

»Danke für die Warnung!« sagte ich halblaut.

»Ohne dich würde ich in einer schmutzigen Zelle sitzen. Das war der Grund.«

»Weißt du immer über Hymes' Pläne Bescheid?«

»Ich kenne ihn gut«, antwortete sie ausweichend.

Sie streckte den Arm aus und legte ihre Hand auf mein Knie. »Ich kenne ihn so gut, daß ich ihn nicht ausstehen kann«, flüsterte sie. »Ich hasse ihn. Ich wünschte, ich könnte ihn loswerden.«

»Für das Problem gibt es eine einfache Lösung. Geh im nächsten Hafen an Land und nimm ein Flugzeug nach irgendwo!«

»Er würde mich umbringen.«

»Das ist ziemlich schwierig, wenn 1000 Meilen zwischen dir und ihm liegen. Die Strecke schafft ein Flugzeug in zwei Stunden.«

»Ich besitze nicht einmal genügend Geld, ein Ticket zu kaufen.«

»Leihen kann ich dir nichts. Ich bin total pleite.«

»Die Blue Star hat drei Millionen Dollar an Bord«, sagte sie und sah mich bedeutungsvoll an.

»Leider sitzt Hymes auf dem Zaster wie ein Drachen. Ich weiß nicht einmal, wo er das Geld verwahrt.«

»Ich weiß es«, flüsterte sie, und ihr Blick wurde immer bedeutungsvoller.

»Denkst du, du könntest rankommen?«

»Ja. Mit deiner Hilfe!«

»Soll ich ihn umlegen? Was hätten wir davon? An Bord der Blue Star können wir keinen einzigen Dollar ausgeben. Außerdem sind da noch Teller, Bigg, Loogby und Acorn.«

»Nur Teller ist gefährlich.« Unruhig blickte sie sich um. »Kannst du heute nacht in die Bugkabine kommen?«

»Ich kann es versuchen.«

»Komm nach Mitternacht! Ich weiß, wie wir Hymes und Teller ausschalten und die anderen unter Kontrolle bringen können.« Sie stand auf. »Ich muß gehen! Hymes ist mißtrauisch.«

Sie ging zur Brücke und stieg die Leiter zum Kommandostand hinauf. Ich hörte sie rufen: »Howard, hast du Zeit für mich?«

Ich sah ihr nach. Vielleicht war ihr Charakter nicht gerade erstklassig, aber ihre Figur war makellos.

Phil wählte die Geheimnummer des Navy Control Center. Wie immer wurde abgehoben, ohne daß jemand sich meldete.

Phil nannte das Codewort.

Erst danach sagte eine Männerstimme: »Um 12 Uhr Greenwich-Zeit befand sich das Objekt an folgendem Standort . . .« Er nannte die Koordinaten und setzte hinzu: »Mit Kurs Nordwest.«

»Danke! Die Halbinsel von Florida scheint nicht sein Ziel zu sein.«

»Das Objekt hält auf die Mississippi-Mündung zu. Die Geschwindigkeit lag zuletzt bei zwölf Seemeilen. Wenn es die Richtung nicht ändert, wird es morgen abend die Kontrollzone der Küstenwache erreichen.«

»Mit Miami sitze ich anscheinend auf dem falschen Stuhl.«

»New Orleans wäre richtiger, vorausgesetzt, das Objekt schlägt keine Haken.«

»Danke«, wiederholte Phil.

»Wir haben noch eine Meldung, die für Sie interessant sein könnte. Die Besatzung eines Minenräumboots wurde auf den libanesischen Frachter Semiramis aufmerksam, weil vom Schiff eine Rauchsäule aufstieg. Ein Kommando ging an Bord. Unsere Leute stellten fest, daß an Deck eine Explosion stattgefunden hatte. Vier Besatzungsmitglieder waren verletzt. Außerdem fanden sich Spuren von Kugeleinschlägen. Die Libanesen logen das Blaue vom Himmel herunter. Da der Frachter in internationalen Gewässern lief, konnte nichts unternommen werden. Die Bewegungslinien beider Schiffe deuten darauf hin, daß eine

Begegnung zwischen Ihrem Objekt und der Semiramis stattgefunden hat.

»Ich rufe Sie morgen wieder an.«

»Sie wissen, daß unsere Überwachungsbefugnisse nur bis zur Zwölf-Meilen-Zone bestehen?«

»Das ist bekannt. In Küstennähe übernehmen wir selbst die Kontrolle.«

Phil drückte die Gabel nieder, ließ sie hochschnellen und wählte die Zimmernummer von Frank Warring, der im selben Hotel wohnte.

Auch Warring war FBI-Beamter, allerdings mit einer Sonderausbildung als Hubschrauberpilot. Er meldete sich sofort.

»Frank, die Blue Star wird nicht an der Küste von Florida ihre Ladung löschen. Das Ziel scheint New Orleans zu sein.«

»Sollen wir unseren Standort verlegen?«

»Das halte ich für richtig. Wenn wir in Miami sitzen bleiben, wird die Anflugstrecke zu lang.«

»Okay, wir können sofort umziehen«, erklärte Warring. »Ich packe.«

Kurz nach Mitternacht kletterte ich lautlos aus der Koje. Bigg unterbrach sein Schnarchen nicht. Ich öffnete die Kajütentür und schlich an Deck.

Die Maschinen der Blue Star liefen gleichmäßig und ruhig. Die vorgeschriebenen Backbord- und Steuerbordlampen brannten. Ihr Schein war seewärts gerichtet. Auf Deck fiel nur Streulicht.

Im Kommandostand der Brücke schimmerte die Instrumentenbeleuchtung. Die Blue Star besaß eine vollautomatische Steuerungsanlage, die es überflüssig machte, daß ständig ein Mann am Ruder stand.

Vorsichtig bewegte ich mich über das dunkle Deck, erreichte den Niedergang zur Bugkajüte, ertastete die Tür und öffnete sie.

Licht brannte in der Kajüte nicht. Ich hörte das Atmen eines Menschen.

»Komm!« flüsterte Graces Stimme.

Ich zog die Tür ins Schloß. Eine kleine Wandlampe wurde angeknipst.

»Hallo«, sagte ich.

Grace Morgan lag auf dem schmalen Bett. Sie trug ein leichtes Kleid mit einem Reißverschluß vom Hals bis zum Saum.

Sie lächelte. »Setz dich!«

Außer dem Bett gab es keine Sitzgelegenheit. Bereitwillig machte sie Platz.

»Trink einen Schluck!«

Eine Flasche Bourbon und ein Glas standen auf dem Boden. Ich füllte zwei Daumenbreiten Whisky ins Glas.

»Wird Hymes dich nicht vermissen?«

»Nachts bleibt er oft allein.«

Sie nahm mir das Glas aus der Hand, trank einen Schluck und gab es zurück. »Auf unsere Freundschaft, Jesse!«

Ich leerte das Glas. Da sie selbst von dem Whisky getrunken hatte, war anzunehmen, daß sie nichts hineingemixt hatte.

»Hymes haßt dich«, verkündete sie.

»Damit muß ich leben.«

»Damit wirst du nicht sehr lange leben, mein Freund. Sobald er eine Chance sieht, wird Hymes dich umlegen, es sei denn . . .« Sie legte einen Arm um mich und begann, meinen Nacken zu kraulen. » . . . du kämst ihm zuvor.«

»Mag sein, aber er gibt sich keine Blöße. Wenn er an Deck auftaucht, steht Teller oben auf der Brücke.«

»In seiner Kajüte ist Hymes allein«, sagte sie und zog meinen Kopf zu sich herunter. Ich leistete ein bißchen Widerstand, aber sie brachte unsere Gesichter so dicht aneinander, daß ich den Bourbon in ihrem Atem roch.

»Allein mit mir«, hauchte sie.

»Und . . .?«

»Ich besorg's ihm.« Ihre grauen Augen flackerten. »Gib mir deinen Revolver! Er ahnt nichts. Er weiß nicht, daß ich eine Waffe habe. Ich warte, bis er liegt. Nein, ich gehe von hinten an ihn heran. Schon die erste Kugel zertrümmert seinen verdammten häßlichen Schädel und dann . . .«

Ihr Atem ging schneller. Sie keuchte.

Der Vorschlag bot eine einfache Lösung des Falls, aber die Methode stand in krassem Gegensatz zu den Dienstvorschriften.

»Baby, wir sollten . . .«, versuchte ich zu widersprechen. Weiter kam ich nicht. Sie landete einen perfekten Touchdown ihrer Lippen auf meinem Mund, und weil sie noch eine Hand frei hatte, zog sie den Reißverschluß nach unten, soweit sie reichen konnte.

Drei Minuten blieb ich mit ihr im Clinch. Sich sofort freizustrampeln, wäre unhöflich gewesen. Dann löste ich ihre Arme und richtete mich auf.

Tatsächlich fehlten nur ein paar Zentimeter Reißverschluß in Kniehöhe. Im offenen Teil bot Grace den uneingeschränkten Anblick ihrer Mannequin-Anatomie.

»Komm schon!« sagte sie ungeduldig.

Das Whiskyglas lag dicht neben ihrem rechten Oberschenkel. Ich nahm es, hob die Flasche vom Boden, und während das Lächeln langsam auf Graces

Gesicht erlosch, füllte ich einen kräftigen Schluck um.

»Ich bin für faires Spiel, Süße«, sagte ich. »Wenn du meinen Revolver als Bezahlung für ein Stündchen Sport und Spaß erwartest, muß ich dich enttäuschen. Solange ich gezwungen bin, auf der Blue Star zu bleiben, werde ich meine Lebensversicherung nicht aus den Händen geben.«

Sie richtete sich mit einem Ruck auf. »Mißtraust du mir?«

»Stell dir vor, du würdest Hymes verfehlen?«

»Ich kann mit jeder Waffe umgehen.«

»Warum versuchst du es dann nicht mit einem Stuhlbein?«

Funken der Wut sprangen in ihren Augen auf. »Raus!« zischte sie. »Raus, du . . .«

Daß sie eine Menge übler Schimpfworte kannte, hatte ich bei ihrer Verhaftung in der Hotelhalle erfahren, als sie den Polizisten damit überschüttete. Jetzt nannte sie mich einen feigen Bastard, einen Hundesohn und einiges andere in dieser Richtung.

Ich stand auf, leerte das Bourbonglas, sagte: »Erkälte dich nicht« und verließ die Kajüte.

Vorsichtig stieg ich an Deck. Dort verharrte ich, bis die Augen sich an die Dunkelheit gewöhnt hatten.

Eine Gestalt zeichnete sich am Geländer des Kommandostandes ab. War es Hymes oder Teller?

Ich zog den Revolver und nahm die letzten Stufen.

Der Mann auf der Brücke drehte sich um und ging in den verglasten Teil. Als er sich bewegte, konnte ich sehen, daß er groß war, nicht breit und untersetzt wie Teller.

Wußte Hymes Bescheid? Hatte Grace mir einen Bühnenzauber vorgespielt?

Ich wog den Revolver in der Hand.

Ohne ihn würde ich mir in dieser feinen Gesellschaft verdammt nackt vorkommen, noch nackter als Grace mit geöffnetem Reißverschluß.

Am Freitagmorgen holte Richard Sturgeon seine Freundin Tania Tavaro vom Royal French Hotel ab. Tania war kaum geschminkt. Sie trug Jeans und eine leichte Bluse.

»Was hast du eingepackt?« fragte Sturgeon und nahm die karierte Freizeittasche.

»Zwei Kleider, Wäsche, Tauchbrille und Flossen.«

Sie gingen zu Sturgeons Wagen.

»Jill wartet in einer Cafeteria auf uns«, erklärte Tania.

Sie fuhren zur Losfort Street. Sturgeon wartete im Wagen, während Tania in die Cafeteria ging und mit einer großen, schlanken Negerin zurückkam.

»Das ist Jill Deanin«, stellte sie vor.

»Steigen Sie schnell ein, Jill, bevor ich mir ein Strafmandat einhandle!«

Als Manager von Showsendungen hatte Sturgeon ständig mit attraktiven Frauen zu tun. Trotzdem verfehlte die Ausstrahlung des dunkelhäutigen Mädchens nicht ihre Wirkung. Er war sicher, daß Jill auch Jack Glonn gefallen würde. Als Anteilseigner besaß Glonn erheblichen Einfluß bei Delta Channel. Ein gelungenes Wochenende würde für Sturgeons Karriere nützlich sein.

Sie fuhren zum Hubschrauberlandeplatz am Mississippi-Ufer, wo Steve Kerrigan mit einem rotblonden Mädchen und Melville Spector mit seiner Sekretärin Katie Syde im Abfertigungsgebäude auf sie warteten.

Kerrigan war Komponist und lieferte Musik für Sturgeons Sendungen. Das rotblonde Mädchen sprach Englisch mit Akzent. Sie kam aus Schweden und hieß Inga Jansen.

Auch Melville Spector arbeitete mit Sturgeon zusammen. Seine Abteilung produzierte die Show. Spector trug die Verantwortung für Ausstattung und Kosten. Die Beziehungen zwischen ihm und seiner Sekretärin reichten weit ins Private hinein.

Mit Ausnahme von Jill Deanin kannten sich alle untereinander.

Fünf Minuten nach Sturgeon kam Jack Glonn in einem Cadillac, der von einem Chauffeur gefahren wurde. Glonn war ein Mann von ungefähr 45 Jahren, der aussah, wie Filmemacher sich einen Bomberkapitän vorstellen mögen. Im kantigen Gesicht blickten eisgraue Augen mit kühler Distanz. Das braune, über der Stirn gelichtete Haar war kurz geschnitten. Der schmallippige Mund verriet Selbstbewußtsein und Energie. Glonn entstieg dem Luxuswagen in nachlässiger Kleidung. Er trug Turnschuhe, weiße Jeans, ein offenes blaues Hemd. In der Hand hielt er eine Segeltuchtasche.

Sturgeon begrüßte ihn und machte ihn mit den Mädchen bekannt. »Ich freue mich, daß sie meine Einladung angenommen haben«, sagte Jack Glonn. »Wir können sofort zur Maschine gehen.«

Er nahm Jill Deanin die Weekendtasche aus der Hand und berührte leicht ihren Arm.

»Oh, danke, Mr. Glonn!«

»Machen Sie mir die Freude, und nennen Sie mich Jack!«

»Danke, Jack!«

Unter Glonns Führung verließen sie das Abfertigungsgebäude.

»Unser Pilot ist Stanley Scott«, erklärte Glonn. »Wir

werden mit einem Bell VIP Helicopter fliegen. Ich habe für genügend Getränke an Bord gesorgt, damit wir einen schäumenden Start bekommen.«

Scott wartete an der weißen Maschine. »Nett, Sie wieder einmal zu fliegen, Mr. Glonn«, sagte er. »Willkommen an Bord, Ladies und Gentlemen.« Bewundernd ging sein Blick von einem Mädchen zum anderen.

»Wollen Sie eine Schönheitskonkurrenz auf Cherry Island veranstalten, Mr. Glonn?«

»Welcher würden Sie den ersten Preis geben, Stan?« fragte Glonn lachend zurück.

»Unmöglich zu entscheiden, Sir!«

Er half den Mädchen in die Kabine, die luxuriös mit vier Doppelsesseln, einem Mitteltisch, Kühlschrank und Gläserbord eingerichtet war.

»Stellen Sie die Gläser in die Metallhalter!« erklärte er. »Meine Maschine liegt nicht so ruhig in der Luft wie ein Jumbo.«

Scott zwängte sich durch die schmale Tür zum Pilotensitz, setzte das integrierte Kopfhörermikrofon auf und schaltete die Bordanlagen ein.

»Verständigung okay, Mr. Glonn?« fragte er über den Lautsprecher.

Glonn nahm einen Telefonhörer aus dem Wandhalter über seinem Sitz. »Im Passagierraum alles in Ordnung, Stan!«

»Roger! Ich starte. Übrigens, wenn eine der Ladies es vorziehen sollte, bei mir mitzufliegen, ist sie auf dem Copilotenplatz herzlich willkommen. Sie darf auch meinen Steuerknüppel anfassen.«

»Vorschlag abgelehnt, Stan! Ihre Braut ist die Maschine!«

»Aye, aye, Sir!« sagte Scott resigniert.

Er startete den Motor. Der Helicopter erzitterte. Pfeifend begannen die Rotore zu kreisen, bis sie die nötige Drehzahl gewannen.

»Auf geht's!« teilte Scott mit.

Die Bell VIP hob ab und schraubte sich in den Himmel. Die Mädchen klatschten in die Hände. Scott dankte für den Beifall. Schnell gewann die Maschine an Höhe, ging zum Horizontalflug über und folgte dem Lauf des Mississippi.

»Passagiere können sich losschnallen«, sagte Scott, obwohl niemand angeschnallt gewesen war.

Jack Glonn stand auf, verteilte Gläser und holte eine Flasche Champagner aus dem Kühlschrank.

»Trinken wir einen Schluck auf das Gelingen unseres Weekends!«

Als er die Gläser füllte, bockte die Maschine. Champagner floß über den Tisch.

»Jill, befehlen Sie dem Piloten, ruhiger zu fliegen!« sagte er unter allgemeinen Gelächter.

Jill Deanin nahm den Telefonhörer und teilte Scott mit: »Mr. Glonn ist mit Ihnen unzufrieden, Pilot. Ihretwegen hat er Champagner im Wert von 15 Dollar verschüttet.«

»Wenn Mr. Glonn mir nicht umgehend ein Glas Champagner, an dem ein Mädchen hängt, ins Cockpit schickt, werde ich die Maschine auf den Kopf stellen!« drohte Scott.

Er ließ den Hubschrauber durchsacken. Die Passagiere schrien auf. Tania klammerte sich an Sturgeon. Kerrigans Schwedin kreischte etwas in ihrer Sprache, und Melville Spector rief lachend: »Um Himmels willen, Jack, lieber schicke ich ihm Katie, bevor er Ernst macht!«

»Ich gehe freiwillig!« schrie Katie Syde, ergriff ein

Glas und öffnete die Tür zum Cockpit. Sie reichte Scott das Glas. Der Pilot hielt ihre Hand fest und begann, ihren nackten Arm zu küssen.

Jill sagte feierlich ins Telefon: »Hier spricht die Flugkontrolle! Pilot Scott, Ihre Maschine verläßt die vorgesehene Route! Haben Sie Schwierigkeiten an Bord?«

Spector sprang auf, faßte Katie um die Hüfte und zog sie in den Passagierraum zurück. »Zumindest als Sekretärin brauche ich sie noch!« rief er. Der Satz löste eine neue Lachsalve aus.

Glonn hob sein Glas. »Ich mache einen Vorschlag! Laßt uns Brüderschaft trinken!«

Mit Jill stieß er zuerst an, und sie küßten sich.

Über Lautsprecheranlage weinte Scott: »Um mich kümmert sich niemand. Kein Küßchen für den lieben Stanley!«

Die Schwedin nahm den Telefonhörer. »Wenn Sie uns sicher landen, Mr. Scott, werde ich Sie kussen vielmals.«

»Ich gehe sofort auf Höchstgeschwindigkeit.«

Glonn protestierte. »Schön langsam, Scott! Wir wollen den Flug genießen.«

Die Maschine wechselte die Richtung, löste sich vom breiten gelben Band des Mississippi und überflog nach 20 Minuten die Küste. Bis an den Horizont dehnte sich das blaue Wasser des Golfs, in das Inseln jeder Form und jeder Größe hineingesprenkelt waren. Boote schnitten zarte Furchen ins satte Blau.

Scott drückte den Hubschrauber. In 1000 Fuß Höhe huschte die Maschine über Inseln, Wasser und wieder Inseln hinweg.

Alle Inseln waren von grüner Vegetation überwuchert und hatten einen weißen Strandstreifen auf der Seeseite. Auf den meisten leuchteten im Grün weiße

Häuser. Boote schaukelten in kleinen Hafenbecken.

»Achtung! Achtung!« meldete sich Scott im Lautsprecher. »In wenigen Minuten überfliegen wir Cherry Island! Stellen Sie die Champagnergläser aus der Hand und klammern Sie sich aneinander! Sie müssen mit einer rauhen Landung rechnen.«

In niedriger Höhe drehte er eine Runde über Glonns Insel. Das weiße, rotgedeckte Haus lag auf einem kleinen Hügel oberhalb des breiten Strandes. Eine Kaimauer sprang im leichten Bogen ins Meer vor und schützte ein kleines Hafenbecken, in dem ein offenes rotes Boot lag.

Hinter der Villa stieg das Gelände stark an. Aus dichter Vegetation ragten Fächerpalmen. Helle Streifen von Fußwegen durchzogen die grünen Hügel, die auf der Nordseite steil zum Meer abfielen.

»Landung!« verkündete Scott.

Glonn umarmte Jill Deanin. Die anderen Paare umklammerten sich, wie der Pilot empfohlen hatte. Nur Melville Spector begnügte sich damit, Katie nachlässig die Hand zu tätscheln.

Keine rauhe Landung erschütterte die Maschine. Sanft wie auf Daunenkissen setzte Stanley Scott den Hubschrauber auf die betonierte Fläche in gut 100 Meter Abstand vom Haus.

»Bravo!« rief Tania als erste, und wieder klatschten alle Beifall. Scott stand auf und verbeugte sich wie ein Künstler.

Er kam vom Cockpit in die Passagierkabine, öffnete den Ausstieg und verließ die Maschine.

Ein lauer, leichter Wind wehte. Tania, der Scott als erster über die kurze Leiter half, reckte die Arme und atmete tief ein.

»Wundervoll! Wer geht mit zum Schwimmen?«

Glonn stoppte sie. »Zuerst wird gearbeitet! Die Vorräte müssen ausgeladen und ins Haus gebracht werden.«

Scott und die Männer luden vier Aluminiumkisten, die alles Notwendige für einen Drei-Tage-Aufenthalt enthielten, aus dem Stauraum.

»Soll ich die beiden Flaschen Whisky aus dem Bordkühlschrank als eiserne Reserve hierlassen?« fragte Scott.

»Whisky ist genug im Haus«, antwortete Glonn. »Ich denke, wir haben alles, was wir brauchen. Sie werden uns am Sonntag wie vereinbart gegen 8 Uhr abends abholen, Stan! Ich möchte meinen Freunden das Erlebnis eines Nachtflugs verschaffen.«

»Ich werde die Beleuchtung in der Maschine abschalten«, sagte Scott anzüglich.

»Steigen Sie in Ihre Maschine und schwirren Sie ab!«

»Hat nicht jemand noch ein Versprechen einzulösen?« Scott blickte in die Runde, und sein Blick blieb auf Inga haften.

Sie kam zu ihm, legte den Kopf schräg und hauchte: »Zu deiner Verfügung, Captain!«

Scott zog sie an sich, und beide vertieften sich in einen Kuß, der länger und länger dauerte. Die anderen brachen in Bewunderungsrufe aus mit Ausnahme von Steve Kerrigan, dessen Gesicht immer saurer wurde.

Schließlich griff Glonn ein. »Scheren Sie sich endlich zum Teufel, Jack!«

Scott gab das Mädchen frei, schwang sich in den Hubschrauber, warf Kußhände und rief: »Good-bye, ihr schönen und wundervollen Leute!«

Er schob die Einstiegstür zu, kletterte auf den Pilotensitz und startete den Motor. Die Rotoren kreisten.

Alle zogen sich von der Maschine zurück und wendeten die Köpfe ab in der scharf aufgepeitschten Luft.

Die Bell VIP hob ab. Scott winkte aus der Kanzel, bevor er die Maschine in schräger Parabel weit aufs Meer hinauszog. In wenigen Minuten war sie am Horizont verschwunden.

»Ein verrückter Bursche, aber ein ausgezeichneter Pilot«, sagte Glonn. »Steve, faß an dieser Kiste an! Mel und Dick können die zweiten Kiste tragen. Die Mädchen nehmen das übrige Gepäck.«

Sie gingen zum Haus, das im Schatten großer Palmen stand. Eine breite Terrasse verlief auf der Vorderseite, von der die Eingangstür ins Haus führte.

Glonn blieb abrupt stehen. »Oh, ich hatte uneingeladenen Besuch!«

»Was meinst du?« fragte Kerrigan.

Wortlos wies Glonn auf die offene Tür.

»Einbruch?«

»Ja, es sieht so aus. Am besten bleiben die Mädchen erst einmal zurück. Wer kommt mit?«

Die Männer kamen alle. Nur Spector zögerte eine Sekunde.

Die Tür öffnete sich in einen großen, quadratischen Raum mit offenem Kamin. Wegen der herabgelassenen Jalousien herrschte Dämmerung.

Große Sessel, niedrige Tische, Teppiche und Bilder an den Wänden verliehen dem Raum eine Atmosphäre von Behaglichkeit und Reichtum.

An zwei Wandschränken standen die Türen offen.

»Wartet auf mich!« bat Glonn.

Ein Flur führte zu den Schlafzimmern. Er besichtigte die Räume und ging dann in den Keller, wo er so lange blieb, daß Kerrigan, Sturgeon und Spector unruhig wurden.

Ein sanftes Brummen war zu hören.

»Was ist das?« fragte Spector nervös.

Wenig später kam Glonn zurück. »Sorry, daß es länger dauerte. Ich habe den Generator angeworfen.«

Er drückte auf einen Schalter. Die Lampen an der Decke leuchteten auf.

»Funktioniert!« stellte er zufrieden fest. »Damit ist gesichert, daß wir Eiswürfel für die Drinks machen können.«

»Und der Einbruch?« fragte Sturgeon.

»Damit muß man rechnen, wenn man ein unbewachtes Haus auf einer unbewohnten Insel herumstehen läßt. Meistens sind es Jugendliche aus New Orleans. Sie wagen sich mit klapprigen Kähnen weit raus, vagabundieren von Insel zu Insel und stehlen, was ihnen wertvoll scheint. Zum Glück können sie nur kleine Gegenstände in ihren brüchigen Booten transportieren, und manchmal saufen sie bei den Raubzügen ab, wenn sie von einem Wettersturz überrascht werden.«

»Was haben sie gestohlen?« wollte Spector wissen.

»Ein paar Flaschen Scotch, alle Waffen und die Sprechfunkgeräte.«

»Welche Waffen?«

»Zwei Schrotflinten, zwei Jagdgewehre, einen Revolver und eine Signalpistole.« Er schlug Sturgeon auf die Schulter. »Macht euch keine Gedanken darüber! Laßt euch die Stimmung nicht verderben! Den Mädchen sagen wir am besten nichts.«

Glonn ging zur Tür und rief: »Es ist nichts passiert. Ihr könnt hereinkommen!«

Tania, Jill, Inga und Katie kamen ins Haus und sahen sich um.

»Großartig!« flüsterte Jill ihrer Freundin zu.

Inga riß die Augen auf, klatschte in die Hände und staunte ihren Gastgeber an. »Man sieht, du bist ein richtiger Millionär. Hast du schon eine Frau?«

»Gehabt«, antwortete Glonn lachend. »Schon zweimal! Hört zu, Leute! Wir räumen die Lebensmittel in die Kühlschränke, verteilen die Schlafzimmer, klemmen uns ein paar Champagnerflaschen unter den Arm und gehen zum Strand! Alle einverstanden?«

Er erhielt Zustimmung von allen Seiten.

Nur etwas schien knapp zu sein an Bord der Blue Star: Wasser.

Als Trinkwasser wurde es nicht gebraucht. Zum Durstlöschen standen Cola-, Saft- und Bierbüchsen im Kühlschrank vor Biggs winziger Kombüse. Jeder holte sich, was er brauchte.

Aber Wasser zum Waschen fehlte völlig. Die einzige Dusche gab keinen Tropfen von sich. Nach zwei Tagen und zwei Nächten kam ich mir ziemlich verdreckt vor. Zwar rasierte ich mich mit einem elektrischen Apparat, der Ruben Loogby gehörte, und übergoß mich mit seinem Rasierwasser, aber ich besaß keine Wäsche zum Wechseln.

Den anderen schien der Wassermangel nichts auszumachen, und Hymes, Teller und selbstverständlich auch Grace tauchten jeden Morgen frisch geduscht auf, weil sie als einzige den Waschraum und die offensichtlich funktionierende Dusche von Hymes' Kabine benutzen durften.

Der Tag nach meiner nächtlichen Begegnung mit Grace verlief ohne besondere Ereignisse. Die meiste Zeit lag ich auf dem Deck herum und blickte aufs Meer hinaus. Von Zeit zu Zeit zeigten sich die Umrisse von

Schiffen in mehr oder weniger großer Entfernung. Flugzeuge zogen weiße Kondensstreifen in den Himmel. Zweimal wurde die Blue Star in geringer Höhe von heulenden Düsenjägern überflogen, die von einem jenseits des Horizonts schwimmenden Flugzeugträgers stammen mochten.

Am Nachmittag fiel mir auf, daß die Blue Star nur noch mit halber Kraft lief. Hymes kam von der Brücke und verschwand in der Funkkajüte, in der Loogby schon den ganzen Tag saß. Am Stand der Sonne ließ sich erkennen, daß das Boot mehrmals den Kurs wechselte, und als die Sonne unterging und die karibische Nacht fast übergangslos hereinbrach, säuselten die Dieselmotoren nur noch sanft, und die Blue Star trieb auf der Stelle.

Ich ging hinunter und fand Bigg und Acorn in Biggs Kajüte. Sie schaufelten Cornedbeef aus Dosen auf die Kauleisten, mampften das Zeug herunter und spülten mit Bier nach.

»Warum liegen wir still?« fragte ich.

Bigg antwortete mit Gegrunze, und Vince Acorn sagte gehässig: »Soll der Boß dich um Erlaubnis bitten?«

Ich holte mir eine Büchse Coke und ging an Deck zurück. Die Sterne schienen zum Greifen nah am samtschwarzen Himmel zu hängen. Die Stille war so tief, daß ich die Schritte des Menschen hörte, obwohl er Segeltuchschuhe oder Mokassins trug.

Ich fuhr herum, und der 38er lag schon in meiner Hand. »Mach keinen Ärger, Mann!«

»Ich bin's«, antwortete Grace. »Howard will mit dir sprechen.«

»Wo?«

»In seiner Kabine!«

Sie ging voraus und öffnete die Kabinentür. Für einen Augenblick fiel Licht auf das Deck und erinnerte mich daran, daß heute nacht die roten und grünen Positionslaternen nicht brannten.

Natürlich war Hymes' Kabine nicht so groß wie ein Festsaal, aber viel geräumiger als das Loch, das ich mit Bigg teilte. Außer für die Couch bot sie Platz für zwei Sessel und einen Tisch.

»Willst du einen Drink?« fragte Hymes.

»Immer!«

Er nickte Grace zu. Sie machte sich an einem eingebauten Barschrank zu schaffen und brachte jedem ein Glas Scotch.

»Cheers!« Hymes hob das Glas. »Von jetzt an rechne ich dich zur Mannschaft.«

»Ohne daß ich dir meine Kanone aushändige?«

»Ja.«

»Welchen Grund hast du für deine Meinungsänderung?«

»Weil ich dich brauchen kann.«

Ich leerte mein Glas. »Komm mit ein paar Einzelheiten rüber, Hymes!«

Das leere Glas gab ich Grace. Sie vergewisserte sich mit einem Blick zu Hymes, ob sie es noch einmal füllen sollte. Er nickte Gewährung.

»Du weißt, welche Ware ich an Bord habe?«

»Rauschgift!«

»Richtig! Rauschgift im Gegenwert eines Vermögens! Wenn ich es ohne Verlust an Land bringen kann, mache ich den Schnitt meines Lebens.«

Er sprach nicht von den drei Millionen Dollar Bargeld, mit denen er außer dem Rauschgift herumsegelte. Anscheinend betrachtete er den Zaster als Betriebskapital.

»Wir alle machen einen Schnitt, nach dem wir uns zur Ruhe setzen können. Nie wieder brauchst du dir eine Bank daraufanzusehen, ob du sie ausrauben kannst. Du wirst genügend Geld besitzen, um ein fettes Konto bei ihr zu eröffnen.«

»Wieviel Geld? Ich wüßte es gern genau. Vorfreude ist die schönste Freude.«

»Bigg und Acorn erhalten jeder 100000 Dollar. Loogby bekommt mehr, weil er ein Spezialist ist. Dir biete ich eine Viertelmillion.«

Grace stieß mich an, und ich merkte, daß sie mir schon eine Weile das Glas hinhielt.

Ich nahm es und ließ den Scotch und die Eiswürfel kreisen. »Viel Geld«, sagte ich. »Für welche Arbeit?«

Der Blick von Hymes' Raubvogelaugen hatte eine Starrheit, die schlecht zu ertragen war. Ich wußte, daß er 44 Jahre alt war, aber er wirkte viel älter. Das schwarze Haar fiel in langen Strähnen in den Nacken. Er war hager, aber breitschultrig. Die großen Hände hingen an massiven Gelenken. Er konnte mit jeder Waffe umgehen, und wenn es darauf ankam, konnte er schnell und entschlossen handeln. Ich hatte gesehen, wie er die Sprengstoffladung auf das Deck der Semiramis geschleudert hatte.

Er war ein wirklich gefährlicher Mann.

»Okay, es gibt nichts zu verschweigen! Wir liegen dicht vor der Zwölf-Meilen-Zone. Zwar beträgt die Entfernung zur Küste an die 100 Seemeilen, aber alle Inseln sind US-Hoheitsgebiet, und die Zone wird von der am weitesten im Meer liegenden Insel an gerechnet. Sobald wir die Zwölf-Meilen-Grenze überschreiten, können wir von der Küstenwache aufgebracht und kontrolliert werden. Sollte der Fall eintreten, werden wir den Wassercops die Zähne zeigen! Dafür brauche ich jeden Mann.«

»Haben wir eine Chance, den Cops zu entkommen?

»Wir haben eine erstklassige Chance, ihnen gar nicht zu begegnen. Die Coast Guard setzt für die Überwachung Flugzeuge und Hubschrauber ein. Alle Meldungen werden in einer Zentrale ausgewertet. Mein Partner hat dem richtigen Mann die Augen mit Dollarscheinen zugeklebt. Die Blue Star wird vom Lageplan verschwinden wie ein Geisterschiff.«

Er legte den Kopf in den Nacken und lachte. Er hatte starke, verfärbte Zähne, und sein Gelächter klang wie Rabengekrächze.

»Ich wünschte, mir wäre so etwas mit dem Mann am Alarmknopf der Bank gelungen«, sagte ich. »Warum willst du einen Haufen Dollars ausspucken, wenn du weißt, daß alles reibungslos abläuft?«

»Ob wirklich alles klappt, steht nie vor dem Ende fest. Außerdem gibt es andere Arbeit, die getan werden muß. Das Geschäft, Rauschgift gegen Dollars, wird auf einer Insel abgewickelt. Auf der Insel werden wir auf einige Leute treffen, die nichts mit dem Geschäft zu tun haben. Hältst du es für gut, daß sie sich an unsere Gesichter erinnern und der Polizei beschreiben, wie wir aussehen?«

»Die Bullen wissen sowieso, wie ich aussehe.«

»Von mir wissen sie es nicht«, sagte Hymes.

Ich setzte das Glas an. Das erleichterte es, ein Grinsen zu unterdrücken.

»Trotzdem ist es mir gleichgültig«, fuhr er fort, »denn ich werde die USA nie wieder betreten. Ich habe vorgesorgt. Auf mich wartet eine neue Identität in einem Land, in dem niemand danach fragt, auf welche Weise ein Mann sein Geld gemacht hat, solange er genug davon um sich streuen kann.«

»Wo liegt dann das Problem?«

»Meine Partner, die das Rauschgift übernehmen, müssen den Stoff in den USA verkaufen. Sie können sich Augenzeugen nicht leisten.«

»Also ist es ihr Bier. Sollen sie sehen, wie sie damit fertig werden!«

Wieder stieß er sein krächzendes Gelächter aus. »Betrachte es als eine Art Kundendienst! Ich habe den richtigen Mann für die Arbeit an Bord. Für einen Killer muß es ein Festival sein, ohne Risiko einige Leute umzulegen. Sogar die Methode stellen wir dir frei.«

»Ich bin kein Killer«, antwortete ich wütend.

»Mann, du hast zwei Polizisten umgelegt. Glaubst du, die Bullen billigen dir Notwehr zu?«

»Wie viele Leute sind es?«

»Das weiß ich nicht. Vielleicht vier, vielleicht auch ein halbes Dutzend.«

Ich fühlte, daß ich in eine böse Lage zu geraten drohte. Daß Hymes die Libanesen mit Sprengstoff und MPi-Salven angegriffen hatte, war nicht zu verhindern gewesen. Aber selbstverständlich würde ich nicht mit den Händen in den Taschen zusehen, wenn er unschuldige Menschen umbrachte.

Zusehen?

Er verlangte, daß ich die Morde beging!

Nun, vielleicht lag darin die beste Chance, sie zu verhindern.

»Wann laufen wir die Insel an?«

»Ungefähr um Mitternacht.«

»Willst du, daß die Leute sofort umgelegt werden?«

»Das muß nicht sein. Wir werden bis Sonntag auf der Insel bleiben.«

»Warum habt ihr euch nicht eine Insel ausgesucht, die unbewohnt ist?«

»Weil mein Partner einen angemeldeten Flug braucht, um das Heroin sicher aufs Festland zu bringen. Unangemeldete Hubschrauberflüge werden nach der Landung vom Zoll gefilzt.«

»Dein Partner scheint ein ausgekochter Junge zu sein.«

»Das denke ich auch.«

»Wirst du versuchen, ihn reinzulegen, wie du die Libanesen reingelegt hast?«

Er schüttelte den Kopf.

»Dieses Geschäft wird ehrlich abgewickelt, weil es unter den Augen der Polizei stattfindet.«

Ich muß wohl ein dämliches Gesicht gemacht haben, denn er grinste breit.

»Wir hätten eine Übergabe der Ware in internationalen Gewässern organisieren können, aber dann wären wir wahrscheinlich beide der Versuchung erlegen, mit der Maschinenpistole abzurechnen, statt Dollars gegen Ware und Ware gegen Dollars zu tauschen. Am Sonntag treffen wir uns innerhalb der Zwölf-Meilen-Zone. Jeder kann den anderen an die Polizei verpfeifen. Ein Funkspruch genügt. Sowohl der Hubschrauber wie die Blue Star haben die nötige Einrichtung. Verlaß dich darauf, daß Loogby am Sonntag in seiner Funkbude sitzen wird, und zwar mit voller Leistung auf dem Sender!«

»Kann ich noch einen Schluck haben?« fragte ich.

»Ich werde ihn voll Bewunderung auf deine Gesundheit trinken!«

Auf seinen Wink kam Grace mit der Flasche.

Ich hob das Glas gegen Hymes. »Jetzt weiß ich, warum ich's nicht weitergebracht habe. Ich bin nicht schlau genug. Ich dachte immer, es genügt, mit einem Revolver eine Bank abzukassieren, aber . . .«

»Trink aus! Komm mit auf die Brücke!«

Ich gehorchte. Wir verließen die Kajüte. Er enterte die Leiter hoch. Ich folgte ihm schnell und hatte ein bißchen Angst, er könnte mir von oben eins über den Schädel geben. Aber er hatte mich anscheinend im Ernst eingekauft.

Im Kommandostand schimmerte die Instrumentenbeleuchtung. Tellers breite Gestalt zeichnete sich gegen das Frontfenster ab.

»Alles in Ordnung?« fragte Hymes.

»Sieht gut aus, Boß! In Südwest zeigt das Radar einen großen Pott, aber in unserer Richtung haben wir freies Wasser.«

»Dann geh auf volle Fahrt!«

Teller betätigte zwei Knöpfe und einen Schalthebel. Das sanfte Summen der Diesel steigerte sich zum Dröhnen.

Die Blue Star nahm Fahrt auf.

»Der Lichtpunkt im Quadrat 38«, sagte Frank Warrings Stimme im Kopfhörer, »das ist die Blue Star!«

Phil starrte auf den Radarschirm, dessen kreisender Lichtstrahl bizarre Lichtpunkte und seltsame Umrisse aufglühen und ins Dunkel zurückfallen ließ, sobald der Strahl weiterwanderte.

Die verformten Punkte waren Boote, die Umrisse entsprachen der Küstenlinie von Inseln.

Seit zwei Stunden kreiste der Hubschrauber mit Warring und Phil am nächtlichen Himmel. Die Maschine war ein Longranger II, aus der jede Ausrüstung zugunsten von Zusatztanks entfernt worden war.

»Sieht nicht so aus, als ob er die Insel anliefe«, stellte Phil fest.

Warring tippte auf die Umrißkarte oberhalb des Radarschirms.

»Noch hat er die Auswahl zwischen zwei Dutzend Inseln. So viele liegen auf 50 Seemeilen. Vielleicht hat er nicht eine Insel als Ziel, sondern marschiert durch und steuert die Küste an.«

Wieder zuckte der Lichtpunkt im Radarstrahl auf. Phil dachte, wie seltsam es war, daß der winzige Lichtfleck ein Schiff bedeutete, an dessen Bord sich Jerry befand und das eine gewaltige Ladung Rauschgift transportierte.

Aber so war es, und solange sie diesen Lichtpunkt nicht verloren, konnte alles gut ausgehen.

Er stieß Warring an. »Was machen wir, wenn sie bis zum Morgen zwischen den Inseln kreuzt?« fragte er. »Dann reicht unser Sprit nicht.«

»Warum sollen die Jungens sinnlos herumschippern? Sie haben eine heiße Ladung an Bord. Sie müssen daran interessiert sein, sie so schnell wie möglich loszuwerden.« Er klopfte gegen ein Anzeigeninstrument. »Außerdem können wir noch fünf Stunden oben bleiben. Bis dahin ist es hell.«

Phil sah wieder auf den Radarschirm.

Der Schirm war dunkel. Kein Lichtstrahl wanderte im Kreis.

»Frank, das Radar ist ausgefallen!«

Warring beugte sich vor und drückte einige Knöpfe. »Oh, verdammt!« knurrte er und ging die Skala noch einmal durch. Kurz zuckte der Radarstrahl auf, verschwand aber nach einem halben Kreis wieder.

»Übernimm die Maschine!«

Sie tauschten die Plätze. Obwohl er kein Spezialist

war, wußte Phil, wie man einen Hubschrauber in der Luft hält.

Warring nahm eine Taschenlampe, schaltete sie ein und untersuchte das Radargerät. Nach fünf Minuten richtete er sich auf. »Tut mir leid, Phil! Mit Bordmitteln nicht zu reparieren.«

Die Maschine sackte durch.

»Vorsichtig, alter Junge!« rief Warring.

Der Helicopter machte einen Sprung, als wolle er die verlorene Höhe wiedergewinnen.

»Geh weg vom Steuer!« sagte Warring ruhig. »Laß mich ran!«

Sie zwängten sich aneinander vorbei. Wilde Rüttelbewegungen erschütterten den Hubschrauber. Phil stürzte zu Boden.

Warring fing die Maschine ab, und Phil gelang es, sich auf den Copiloten-Platz zu ziehen. Er hatte das Gefühl, in einem rasch abwärtsfahrenden Fahrstuhl zu sitzen, und wußte, daß der Hubschrauber rasend schnell an Höhe verlor, aber seine Aufmerksamkeit galt noch immer dem leblosen Radarschirm. Wieder versuchte er das Gerät in Gang zu bringen.

»Frank, wenn wir den Kontakt verlieren, gerät Jerry in tödliche Schwierigkeiten.«

»Wir sind an der Reihe«, antwortete Warring nüchtern. »Ich fürchte, ich kann die Krähe nicht in der Luft halten.«

Phil wurde bewußt, daß das Turbinengeräusch der Longranger sich verändert hatte und sich anhörte wie das vielfach verstärkte Keuchen eines Asthmakranken. »Versuchst du eine Notlandung?«

»Ich versuche, diesen verdammten Mistvogel zur Vernunft zu bringen! Er reagiert nicht auf die Steuerung. Wir driften auf die offene See hinaus. Die

Schwimmweste für dich liegt unter deinem Sitz.«

Zehn Minuten kämpfte Warring gegen den drohenden Ausfall der Turbine, die die Rotorblätter antrieb. Vorübergehend gelang es ihm, die Leistung auf einem niedrigen Niveau zu stabilisieren. Die Longranger hatte inzwischen so viel Höhe verloren, daß sie dicht über den Wellen flog.

»Ich bring' sie nicht wieder hoch«, sagte Warring. »Höchste Zeit, daß wir die Mitwelt auffordern, sich um uns zu kümmern.«

Er schaltete den Sender auf Notfrequenz.

»Mayday! Mayday! Helikopter ACT 902! Absturzgefahr! Seegebiet südlich Scovie Island! Bitten um Anpeilung und Maßnahmen! Mayday!«

Ein Gischtfontäne traf die Kanzelverglasung. Warring warf sich zurück, als wollte er die Maschine mit Muskelkraft hochziehen.

Er sah Phil an. »Besser, wir steigen freiwillig in den Pool, bevor die Mühle reindonnert und der Treibstoff explodiert. Schieb die Seitentür zurück!«

Phil gehorchte. Ein brausender Windzug fegte in den Hubschrauber.

»Spring, wenn ich dir ein Zeichen gebe!«

Phil nahm den Kopfhörer ab und schnallte sich vom Sitz los.

Warring veränderte die Stellung der Rotorblätter und versuchte, die Longranger wie bei normaler Landung im Sinkflug auf die Wasserfläche zu setzen.

Wieder sprühten Gischtfontänen auf, und Wasser schlug durch die offene Tür in die Maschine.

Phil sah, wie Warring vom Sitz aufstand und mit einer Hand den Ausstieg auf seiner Seite öffnete, ohne den Steuerknüppel loszulassen.

Ein schwerer Stoß erschütterte die Maschine.

»Spring!« brüllte Warring so laut, daß sein Schrei das wütende Geheul des Windes durchschlug.

Phil stieß sich ab und sprang in die Nachtschwärze hinaus.

»Langsame Fahrt!« befahl Hymes. »Wir sind dicht dran!« Gebannt starrte er auf den Radarschirm, auf dem sich bei jeder Kreisbewegung die Umrisse der nahen Küste abzeichneten.

Ich blickte auf die Leuchtziffern der Armbanduhr. 20 Minuten fehlten bis Mitternacht. Seit mehr als vier Stunden standen Hymes Teller und ich im engen Kommandostand der Blue Star.

Zuerst mit Vollgas, später mit halber Kraft hatte sich das Boot unter Tellers Führung im Gewirr der Inseln vorgearbeitet, bis Hymes schließlich feststellen konnte: »Jetzt liegt sie nur noch zwei Seemeilen voraus in Nordnordost.«

Das Dröhnen der Dieselmotoren sank zum gemächlichen Brummen herab.

»Mit wem willst du an Land gehen?« fragte Teller halblaut.

»Mit Acorn und unserem neuen Freund Caught. Auch Grace kann mitkommen. Der Anblick einer Frau beruhigt die Nerven.«

»Rechnest du mit Ärger?«

»Kaum! Es sind friedliche Leute.«

»Ohne Beleuchtung und ohne Benutzung unserer Scheinwerfer können wir uns beim Einlaufen in den Hafen die Nase zerbeulen.«

»Wir nehmen den Außenborder.«

Hymes verließ die Glaskanzel und trat ans Freigeländer der Brücke. Mit dem Fernglas an den Augen beobachtete er lange das Meer in Fahrtrichtung der Blue Star.

Nach zehn Minuten kam er zurück und sagte:

»Ich sehe Licht. Nimm noch etwas Fahrt raus!«

»Laß mich mal sehen!« verlangte ich. Wortlos reichte er mir das schwere Nachtglas.

Ohne Schwierigkeiten entdeckte ich vier Lichtflecke. Es schienen erleuchtete Fenster zu sein.

Eine halbe Stunde später stoppte Teller die Maschine. Nur noch das sanfte Rauschen der Bugwelle war zu hören, und auch dieses Geräusch erstarb, als die Blue Star keine Fahrt mehr machte.

Hymes forderte mich auf, mit ihm die Brücke zu verlassen. Er holte zwei Maschinenpistolen aus seiner Kabine, sprach kurz mit Ruben Loogby und ging zum Heck, wo Grace, Bigg und Acorn auf ihn warteten. Eine Maschinenpistole gab er an Acorn weiter.

»Alle ins Boot!«

Grace, der frühere Halbschwergewichtler und ich kletterten über die Reling in den schnittigen Außenborder. Hymes folgte als letzter und übernahm das Ruder.

Bigg betätigte die Winde. Langsam senkte sich die Red Starlet, wie der Name des Bootes lautete, in den Davits, bis sie die Wasserfläche berührte.

Acorn und ich klinkten die Haken an Bug und Heck aus. Sobald Red Starlet von der Blue Star frei war, startete Hymes den Motor. Er gab wenig Gas und hielt die Drehzahl niedrig, damit der Motor nicht losbrüllte. Gemächlich glitten wir auf den Strand zu.

Die Nacht war mondlos, aber so klar, daß alle Umrisse sich scharf abzeichneten. Jenseits des Strandstreifen lag das Haus auf einer Anhöhe. Aus vier erleuchteten Fenster fielen breite Lichtstreifen.

Ich erwartete, daß die Menschen im Haus das Motorengeräusch hören und sich darum kümmern würdene, aber nichts geschah. Das Ufer war so flach, daß die Red Starlet sich sanft auf den Sand setzen ließ.

Hymes kippte Motor und Schraube hoch. Acorn und ich sprangen über Bord und zogen das Boot so weit aufs Trockene, daß es sich nicht selbständig machen konnte.

Ich hörte Musik, erkannte einen Jive-Rhythmus, unterstützt von Händeklatschen und Anfeuerungsrufen. Damit war klar, aus welchem Grund sie auf unser Motorengeräusch nicht reagiert hatten. Sie feierten ein Fest und machten selber Krach.

Wir stampften durch den Sand des breiten Strandstreifens. An seiner Landseite führte ein Fußweg die Anhöhe hinauf zum Haus.

Als wäre er schon einmal hier gewesen, stiefelte Hymes über die Terrasse zum Eingang. Ich warf einen Blick durch ein offenes Fenster und sah eine große Halle mit Kamin. Auf einem niedrigen Tisch stampfte eine schlanke, große Negerin den Jive als Solo-Show. Ein halbes Dutzend Männer und Mädchen umstanden den Tisch und klatschten den Rhythmus mit.

Alle waren groß in Fahrt. Dann trat Hymes wuchtig vor die Tür, und wir brachen wie eine Horde Gorillas in die Halle ein. Hymes und Acorn fuchtelten mit ihren widerlichen Uzi MPi's, die so niedlich aussehen wie Kinderspielzeug und in Wahrheit Mordwaffen sind.

Hymes brüllte: »Hände hoch! Wer 'ne falsche Bewegung macht, wird umgelegt!«

Die Menschen im Haus hatten eine lange Schrecksekunde. Sie waren in guter Stimmung und hatten so viel gebechert, daß Hymes' Gebrüll die rosaroten Wolken in ihren Köpfen nicht wegblasen konnte. Wahrscheinlich hielten die meisten unseren Auftritt für einen Scherz. Zwar stellte die Negerin ihr Jive-Gestampfe ein, aber das Tonband lief weiter, und aus dem Lautsprecher dröhnten die Trommeln sinnlich und wild.

Ich sah sie mir an. Vier Mädchen! Vier Männer!

Die Negerin auf dem Tisch, langbeinig, kurzes Haar, große Augen, bekleidet mit einem improvisierten Lendenschurz aus einem weißem Badtuch. Drei weiße Mädchen! Eine davon groß und dunkelhaarig mit slawischem Gesichtsschnitt, die zweite rothaarig, üppige Figur und ein paar Sommersprossen auf der kurzen Nase, die dritte wieder mit braunem Haar, kleiner als die anderen, und mit einer strengen Pagenfrisur.

Wer von den Männern zu welchem Mädchen gehörte, war auf den ersten Blick nicht zu erkennen. Alle trugen Freizeitkleidung, bunte Waikiki-Hemden, weiße und blaue Jeans, während die Mädchen sich mit Ausnahme der Negerin auf Südsee zurechtgemacht hatten: knöchellange bunte Röcke, Brusttücher und jede Menge Haut. Eine stolze Anzahl leerer Champagnerflaschen lag in der Gegend herum.

Ganz allmählich dämmerte in ihren Gesichter, daß unser Besuch nicht nur ein fröhlicher Gag zu mitternächtlicher Stunde war. Das Lächeln erlosch hier und da. Ein Mann, der einzige, dem ein Bauch das Waikiki-Hemd wölbte, stieß plötzlich und heftig die Arme in die Luft.

»Er hat kapiert«, sagte Hymes. »Den anderen sag ich's nur noch einmal. Hände über den Kopf! Auch die Mädchen!«

Der Mann, der uns am nächsten stand, verfiel auf

die Idee, den Helden zu spielen. Wahrscheinlich schäumte zuviel Champagner in seinem Blut.

»Hören Sie zu, Mister!« sagte er wütend. »Diese Insel ist Privatbesitz. Sie begehen schweren Hausfriedensbruch! Am besten für Sie wäre es, wenn Sie . . .«

»Halt den Mund, Rich!« befahl ein anderer Mann.

Mir sträubten sich die Haare. Wie gebannt starrte ich auf Hymes' Finger am Abzug der Uzi, und ich ging mit zwei großen Schritten dicht an ihn heran, ohne wirklich zu wissen, wie ich eine Katastrophe verhindern konnte.

Der Bursche ließ sich nicht stoppen. Er war ein großer blonder Junge, ein Typ, wie ihn Frauen, Mütter und Großmütter mögen. In seinen blauen Augen blitzte Zorn. Er ging auf Hymes los, als wäre die MPi ein Scherzartikel aus Plastik.

In letzter Sekunde blitzte der rettende Einfall in meinen Gehirnwindungen auf. Ich vertrat ihm den Weg, schob mich zwischen ihn und die Mündung der Uzi und wischte ihn mit einem sauberen rechten Haken von der Bildfläche.

Es mußte echt aussehen. Ich konnte ihn nicht schonen. Sicherlich hätte ich noch härter zuschlagen können, aber für ihn war es hart genug. Er taumelte rückwärts und prallte gegen den Tisch, auf dem die Negerin stand. Sie rettete sich mit Geistesgegenwart und einem weiten Sprung. Der Blonde brach in die Knie und fiel aufs Gesicht.

Ich trat zur Seite, drehte mich um und grinste Hymes an. »Zufrieden?«

Er gab keine Antwort, sondern wandte sich an die anderen. »Ist er der Besitzer?«

Ein großer Mann trat einen halben Schritt vor. »Der Besitzer bin ich.«

Er hatte ein kantiges Gesicht, graue Augen, einen breiten, schmallippigen Mund. Er schien seine Nerven unter Kontrolle halten zu können. Seine Stimme verriet keine Erregung.

»Wie heißt du?«

»Jack Glonn!«

»Okay, Glonn! Ich, meine Leute und mein Boot werden bis Sonntag deine Gäste sein. Welche Waffen habt ihr?«

»Keine! Ich hatte einige Gewehre, aber sie wurden bei einem Einbruch gestohlen.«

»Du wirst mir alle Walkie-talkies aushändigen!«

»Tut mir leid«, antwortete Glonn. »Meine Funksprechgeräte ließen die Jungens mitgehen, ebenso wie die Signalpistole samt Raketen. Wenn ich meinem nächsten Inselnachbarn eine Nachricht geben will, muß ich hinschwimmen.« Er spreizte die Finger einer Hand. »Fünf Seemeilen!«

Hymes' Geiergesicht zeigte ein häßliches Lächeln. »Falls du lügst, wird es dir leidtun. Die Insel hat einen künstlichen Hafen?«

»Richtig!«

»Wie tief?«

»Vier Meter bei Normalwasser!«

»Das genügt! Läßt sich die Einfahrt beleuchten?«

»Nur eine Positionslampe auf der Molenspitze.«

Hymes nahm das Sprechfunkgerät von der Schulter und rief Teller an Bord der Blue Star.

»Wirf die Maschine an! Wir setzen die Positionslampen der Hafeneinfahrt in Betrieb. Du kannst die Scheinwerfer benutzen, Teller. Wir haben alles unter Kontrolle.«

Er wandte sich an Acorn und mich. »Ihr haltet diese

Gesellschaft in Schach! Niemand darf den Raum verlassen!«

Mit einem Wink der Maschinenpistole befahl er Glonn: »Du gehst voraus! Denk daran! Ich habe immer einen Finger am Abzug.«

»Und ich?« fragte Grace Moran.

»Such ein Zimmer und ein Bett für uns!« Hymes lachte krächzend. »Die 36 Stunden, die wir Zeit haben, will ich auf festem Boden verbringen.«

Er trieb Jack Glonn aus dem Haus. Acorn, Grace und ich blieben mit vier Mädchen, zwei Männern und dem ausgeknockten Blonden zurück.

Noch immer lieferten die Lautsprecher der HiFi-Anlage Musik vom Tonband, statt des Jive eine hitzige Rumba. »Stellt die Anlage ab!« befahl ich.

Die Männer wagten nicht, sich zu rühren. Das Mädchen mit der strengen Pagenfrisur handelte. Sie nahm die Arme herunter, ging zu einem Wandschrank und öffnete ihn . . .

Vince Acorn folgte ihr mit großen Schritten, packte ihren nackten Arm und riß sie grob zurück.

»Laß den Unsinn!« fauchte ich.

Er gab das Mädchen nicht frei.

»Du bist leichtsinnig, Caught«, sagte er. »Kann sie nicht eine Kanone hier liegen haben?«

Das Mädchen wand sich im harten Griff seiner Schlägerfaust. Ihm machte ihre Hilflosigkeit Spaß. »Mann, Caught, ich hatte fast vergessen, wie gut sich Weiberfleisch anfühlt.«

Ich ging zu ihm und seinem Opfer. »Jetzt weißt du's wieder! Laß sie los!«

Er gehorchte unter Zähneknirschen. »Okay, sie ist nicht erste Wahl für mich. Ich stehe auf rotes Haar oder schwarze Haut.«

Das Mädchen flüchtete zu den anderen und rieb sich den mißhandelten Arm.

Der Schrank barg die Stereoanlage. Ich schaltete sie aus.

»Am besten setzt ihr euch nebeneinander«, wandte ich mich an unsere Gefangenen. »Die Arme dürft ihr sinken lassen, aber sorgt dafür, daß wir immer eure Hände sehen!«

»Darf ich mich um Richard kümmern?« fragte das Mädchen mit den slawischen Gesichtszügen.

»Meinetwegen! Wie heißt du?«

»Tania Tavaro.«

»Und er?« Ich wies auf den Blonden, der versuchte, sich aufzurichten.

»Richard Sturgeon.«

Sie kniete neben ihm nieder und flüsterte auf ihn ein. Mit dem Fuß schob ich ihr einen Kühler zu, der auf dem Boden stand. »Legt ihm ein paar Eisstücke aufs Kinn!«

Grace schlich durch den Raum wie eine Katze, die nach Beute sucht.

Ich trat an ein Fenster und öffnete es. Ungefähr 100 Meter von der Stelle, an der wir an Land gegangen waren, sandte ein weißes Blinklicht in regelmäßigem Takt sein Signal in die Nacht. Scheinwerfer näherten sich vom Meer. Die Blue Star glitt langsam und vorsichtig auf die enge Einfahrt des Hafens zu, den eine schmale Molenmauer gegen die offene See abschirmte.

Eine halbe Stunde dauerte es, bis die Blue Star in dem schmächtigen Hafenbecken, das gerade noch groß genug für sie war, festlag. Die Stimmen Tellers und Biggs schallten bis zum Haus herauf.

Ich schloß das Fenster und drehte mich um.

Der Blonde hing in einem Sessel. Die Mädchen saßen aneinandergedrängt auf einer Couch. Die beiden anderen Männer standen noch.

Aus irgendwelchen Räumen tauchte Grace Morgan auf, griff sich eine kaum angebrochene Champagnerflasche und füllte drei Gläser.

»Zu holen gibt es hier wenig, Caught«, sagte sie unzufrieden. »Die Nutten warten alle noch auf den ersten geschenkten Brillanten. Keine hat ein vernünftiges Schmuckstück im Gepäck.«

»Wenn Hymes seinen großen Schnitt gemacht hat, wird er dich behängen wie einen Christbaum.«

Sie leerte ihr Glas. »Du kennst ihn nicht«, sagte sie verächtlich.

Vice Acorn pendelte vor der Couch auf und ab, auf der die Mädchen saßen. »Zwischen euch fällt mir die Wahl schwer«, grunzte er und wischte sich mit dem Handrücken den Speichel von den Lippen. »Wie wäre es mit uns beiden, Süße?« Er griff der Rothaarigen ins Haar und zog ihr den Kopf in den Nacken.

»Bitte, lassen Sie mich los!« Ihr Englisch hatte einen Akzent.

Acorn beugte sich zu der Negerin. »Du reizt mich noch mehr, Baby! Zu dritt macht's auch mehr Spaß. Einverstanden?«

Die Tür wurde aufgestoßen. Hymes kam mit Jack Glonn zurück. Ihm folgten Bigg und Teller auf dem Fuß.

»Geh zu deinen Leuten!« befahl Hymes.

Glonn ging zu den Mädchen. Er sprach leise und beruhigend auf sie ein. Er warf Acorn, der die Rothaarige endlich losgelassen hatte, einen schnellen Blick zu, drehte sich um und sagte zu Hymes: »Ich hoffe, Sie verhindern, daß ihre Männer die Mädchen belästigen.

Hymes stieß sein Rabengekrächze aus. »Sag deinen Jungfrauen, sie sollen uns ein anständiges Essen auffahren! Seit zehn Tagen leben wir von aufgewärmten Konserven. Was gibt's bei dir zu trinken, Glonn? Verdammt, ich glaube, du bist ein schlechter Gastgeber. Los, los, bewegt eure hübschen Hintern! Wir haben eine glückliche Landung zu feiern!«

Er nahm ein gefülltes Glas.

»Wer hat die Musik abgestellt? Vorwärts, Leute! Werft die Party wieder an!«

Pablo Pequez kam mit einer Flasche Tequila an Deck seines Fischkutters, entkorkte sie, nahm einen Schluck und reichte die Flasche weiter.

»Der Fang war gut, Amigos.«

Vor einer Stunde hatten sie das letzte Netz eingeholt. Der Bauch der Anunciada war randvoll mit Tontos und Bonitos.

Die drei Besatzungsmitglieder tranken. Die Männer besprachen den möglichen Erlös, den sie für ihren Fang erzielen würden, und ließen die Flasche ein zweites Mal kreisen, als Pequez plötzlich von Jaime Olivar, der am Steuer im Brückenhaus stand, angerufen wurde: »Komm rauf, Pablo! Steuerbord treiben zwei Lichter!«

Pequez enterte auf die Brücke. Er setzte das einzige Nachtglas an, das es an Bord gab und das er ständig auf der Brust trug.

Die beiden Lichter tanzten in der sanften Dünung und blinkten.

»Schiffbrüchige!«

Pequez öffnete den Schrank, der das Funkgerät

barg, setzte den Kopfhörer auf, schaltete auf Empfang und stellte die Notfrequenz ein.

Das Signal kam deutlich und präzise.

»Schiffbrüchige!« wiederholte er. »Vermutlich tragen sie Schwimmwesten mit automatischen Sendern und Blinklampen!«

»Amerikaner?« fragte Jaime Olivar.

»Auf keinen Fall Leute wie wir, Jaime! Solche Westen kosten mehr Pesos, als zwei Fänge einbringen. Nimm Kurs auf die Lichter!«

»Wir sind noch in ihren Gewässern«, murmelte der Steuermann.

»Ich weiß, aber wir dürfen Christenmenschen nicht ertrinken lassen. Die Madonna würde uns nicht verzeihen.«

»Vielleicht waren die Haie schon da, und nur die Schwimmwesten treiben noch im Meer«, sagte Jaime und drehte das Steuerrad.

Pequez beugte sich aus dem Seitenfenster und rief seinen Leuten zu: »Macht euch bereit! Wahrscheinlich müssen wir Schiffsbrüchige bergen!«

Das Manöver nahm eine Stunde in Anspruch. Am Ende gelang es der Besatzung der Anunciada, zwei Männer zu bergen, von denen einer bewußtlos, der andere zu erschöpft zum Sprechen war.

Pequez' Leute trugen die Männer in die Kajüte, flößten ihnen heißen, stark gesüßten Tee ein, zogen ihnen die Kleider aus und hüllten sie in Decken.

Der Bewußtlose kam zu sich und schlug die Augen auf.

»Benachrichtigt Central Action Command in Washington!« flüsterte er. »Es ist dringend.«

»«Si, si, Señor«, versicherte Pequez, der englisch verstand. »Beruhigen Sie sich!«

Der Mann schloß die Augen. Pequez flüsterte einem Matrosen den Befehl zu, bei den Geretteten zu bleiben, und ging zu Jaime Olivar auf die Brücke.

»Sie wollen, daß wir irgendwen benachrichtigen«, sagte er sorgenvoll.

»Sind sie Amerikaner?«

»Ja.«

»Wenn du über die Notfrequenz bekannt gibst, daß wir amerikanische Schiffsbrüchige an Bord genommen haben, schicken sie ein Schiff. Dann sehen sie, daß wir in ihren Gewässern gefischt haben, beschlagnahmen den Fang und schleppen uns nach Port Arthur oder Galveston. Sie verurteilen uns zu einer Strafe und geben das Schiff erst frei, wenn wir gezahlt haben. Aber wir können nicht zahlen, Pablo. Du rettest zwei Männer und verlierst dein Schiff.«

»Wir werden niemand benachrichtigen«, entschied Pequez. »Wir haben sie gerettet. Das genügt. Sie können bis Matamoros an Bord bleiben.«

»Sobald sie sich erholt haben, werden sie darauf bestehen, daß du eine Nachricht über ihre Rettung absetzt.«

»Ich werde sagen, daß unser Funkgerät kaputt ist. Daran können sie nichts ändern.«

Er schüttelte die Tequilaflasche, um festzustellen, ob sie noch einen Schluck enthielt.

»Alt genug ist es«, sagte er, trank und gab die Flasche an Jaime weiter.

Um 4 Uhr morgens gähnte Hymes, schob den Teller zurück, griff nach dem Glas und goß sich den Inhalt in die Kehle.

»Mit deiner Küche bin ich zufrieden, Jack«, sagte er zu Glonn.

Der Mann, dem die Insel gehörte, lächelte dünn. »Soll ich sagen: Besuchen Sie mich bald wieder?«

»Soviel Selbstverleugnung wird nicht verlangt«, antwortete Hymes.

Inzwischen wußten wir, wer unsere unfreiwilligen Gastgeber waren. Alle kamen aus New Orleans und arbeiteten für einen lokalen Privatsender mit Ausnahme von Jack Glonn, der ein Paket Aktien des Senders besaß und ein reicher Mann zu sein schien.

Das schmale Mädchen mit dem Pagenkopf hieß Katie Syde und war Sekretärin und Freundin des dicklichen Melville Spectors. Tania Tabaro verkaufte Parfüm in einer Luxusboutique. Die rothaarige Inga Jansen kam aus Schweden. Und die Negerin hieß Jill Deanin und hatte Musik und Tanz studiert.

Es wäre übertrieben gewesen zu behaupten, sie hätten sich an unsere Anwesenheit gewöhnt, aber die erste Angst hatten sie verloren. Sie grillten Steaks für uns, servierten Salate und füllten die Gläser. Die Männer, mit Ausnahme von Glonn, kauerten in einer Ecke und wußten nicht, was sie mit sich anfangen sollten. Glonn saß bei uns am großen Tisch und scheute sich nicht, ein paar Gläser mitzutrinken.

Natürlich fraß Bigg unmäßig. Vince Acorn konnte es nicht lassen und machte wieder und wieder die Mädchen an. Teller behielt einen kühlen Kopf. Hymes war zwar redseliger und lockerer als gewöhnlich, aber er trank vorsichtig.

Ruben Loogby war an Bord geblieben, weil Hymes verlangte, daß er den Funkverkehr überwachte. Loogby war ein merkwürdiges Exemplar von einem Gangster. Um nichts kümmerte er sich so gründlich wie um seine Sende- und Empfangsgeräte. Für Funktechnik war er ein erstklassiger Spezialist. Daß er seine Kenntnisse und Fähigkeiten einem Rauschgifthändler und Mörder verkaufte, machte ihm nichts aus, denn er hatte sieben Jahre in einem Gefängnis zugebracht, weil er mit einem Messer zu schnell gewesen war.

Allein Grace Morgan hatte sich an Glonns Champagner bis zum Lallen betrunken.

»Wo können wir dich und deine Freunde verwahren?« Hymes richtete die Frage an Glonn.

»Cherry Island ist eine Insel.« Glonn schüttelte den Kopf. »Wir können nicht weglaufen.«

»Ich schlaf ruhiger, wenn ich euch hinter Schloß und Riegel weiß.«

»Alle Räume haben Fenster. Sie können uns bewachen lassen.«

»Meine Jungens sind übermüdet. Wir brauchen ungestörten Schlaf.«

Teller stand auf. »An Loogby denkt niemand«, knurrte er. Mit einer Handbewegung winkte er Katie Syde zu sich.

»Grill noch ein Steak, Mädchen, und richte einen Tomatensalat an!« Er wandte sich an Hymes. »Ich bringe ihm das Essen an Bord. Auch 'ne Flasche Schampus hat er verdient.«

Mit Katie verschwand er in der Küche.

»Nur der Vorratskeller hat keine Fenster, und die Tür läßt sich verriegeln«, sagte Glonn.

»Will ich sehen! Bigg! Caught! Ihr kommt mit! Acorn, du paßt auf die anderen auf!«

Ich ließ Vince ungern mit den Mädchen allein, aber Widerspruch gegen Hymes war unmöglich.

Glonn führte uns durch einen Korridor vorbei an Türen, die zu den Schlaf- und Gästezimmern führten.

Am Gangende senkte sich eine Treppe in das ausgemauerte Fundament des Hauses, das einen großen Kellerraum barg. Die Eingangstür konnte von außen verriegelt werden. Ein massives Vorhängeschloß lag auf dem Boden.

Glonn stieß es mit dem Fuß an. »Nicht benutzbar! Von den Einbrechern geknackt. Wenn der Riegel vorgeschoben wird, kann die Tür von innen auch ohne Schloß nicht geöffnet werden.«

Hymes untersuchte den Kellerraum gründlich. In einem separaten Verschlag brummte der Dieselgenerator, der Elektrizität für die Beleuchtung und die Wasserpumpe erzeugte. Die Abgase wurden durch eine Öffnung nach außen geführt, die nicht größer war als ein Männerarm.

»In Ordnung!« entschied Hymes. »Ihr werdet ein paar Stunden hier unten verbringen.«

Er faßte Glonn ins Auge. »Warum verhältst du dich so kooperativ, Mann?«

»Was soll ich sonst tun?« fragte Glonn zurück und warf einen deutlichen Blick auf die Maschinenpistole. »Außerdem hoffe ich, daß Sie meine Gäste und mich schonen, wenn wir keine Schwierigkeiten machen.«

»Sehr vernünftig«, antwortete Hymes eiskalt, obwohl er den Tod der acht Menschen längst beschlossen hatte.

Wir gingen zurück, begegneten Teller, der mit einem Korb und einer Champagnerflasche unter dem Arm sich anschickte, das Haus zu verlassen.

Glonn wandte sich an seine Freunde. »Kommt bitte mit in den Keller! Wir müssen ein paar Stunden dort unten zubringen, bis unsere Besucher sich ausgeschlafen haben. Ich denke, es wird nicht unerträglich sein. Nehmt Kissen und Polster mit!«

Vince Acorn sprang auf. »Boß, willst du die Girls auch runterschicken?« schrie er wütend. »Bigg und ich, wir freuen uns schon seit Stunden darauf, zwei von den Süßen zu vernaschen. Verdirb uns nicht den Spaß!«

Hymes zuckte die Schulter. »Meinetwegen!« sagte er gleichgültig.

Da war die Situation, die ich seit Stunden befürchtete. Wie sollte ich verhindern, daß Acorn und Bigg die Mädchen vergewaltigten?

»Danke, Boß!« brüllte Acorn. »Los, Al! Du die Rothaarige, ich das schwarze Schätzchen! Wie vereinbart!« Er wollte losstürmen.

Hymes stoppte ihn mit einer Handbewegung. »Die Kugelspritze! Ich will nicht, daß irgendwer die Uzi in die Finger bekommt, wenn du eingepennt bist – hinterher!«

Acorn warf ihm die leichte MPi zu, die Hymes geschickt auffing. »Und nun komm, Baby!«

In Panthersätzen sprang er auf das dunkelhäutige Mädchen zu. Bigg wuchtete sich aus dem Sessel hoch, breitete die mächtigen Arme und grölte die Schwedin an: »Daddy wartet auf dich, Darling!«

Bigg war nicht bewaffnet. Wie es seiner Gewohnheit entsprach, hatte Hymes nicht mehr Waffen verteilt, als er für nötig hielt.

Die Schwedin flüchtete schreiend.

Für Worte war es zu spät. Zum Revolver durfte ich nicht greifen. Hymes hätte auf den Anblick sofort mit der MPi reagiert.

Ich stellte mich Acorn in den Weg, rammte ihn mit einem wuchtigen Schulterstoß und warf ihn aus der Bahn, ohne ihn von den Füßen holen zu können.

»Was soll das, du Scheißkerl?« brüllte er.

»Vor meinen Augen wird kein Mädchen vergewaltigt! Frag sie, ob sie dich will! Und wenn sie dich nicht will, dann . . .«

Ich schlug ihm ein einsames Verfahren vor.

Die Wut brachte ihn um den Verstand. Er sprang mich an und keilte auf mich ein, und er traf auch. Meine Rippen krachten unter schnellen und harten Haken. Ein wüster Schwinger riß mir als Streifschuß die Unterlippe auf. Er trieb mich zurück, bis eine Wand mich stoppte.

»Da hast du's!« röhrte er und legte alles, was er an Muskelkraft und Körpermasse besaß, in einen Schlag, der meinem Kinn galt.

Ich nahm den Kopf weg. Seine Faust schrammte an der Wand entlang, die rauh genug war, ihm die Haut über den Knöcheln aufzureißen.

Er schrie vor Schmerz. Das war der richtige Augenblick. Ich stieß mich ab und ging in ihn hinein.

Der dritte Haken kam voll bei ihm an. Er taumelte rückwärts und prallte gegen einen Tisch, auf dem Flaschen standen. Der Tisch wackelte. Die Flaschen fielen um. Er packte eine Flasche am Hals und zerschlug sie an der Tischkante.

Ich sah mich nach einer Waffe um. Dann wählte ich einen Stuhl mit Stahlrohrgestell.

Wir umkreisten uns.

Acorn stierte mich aus blutunterlaufenen Augen an. Ein blutiger Speichelfaden sabberte aus einem Mundwinkel. »Bigg, hilf mir!« keuchte er.

Der riesige Bigg stand unschlüssig, Acorns Hilfeschrei brachte ihn in Bewegung. Es war klar, daß ich mit dem Ex-Boxer Schluß machen mußte, bevor er sich einmischte und mich mit seinem Gewicht einfach erdrückte.

Ich schlug mit dem Stahlstuhl um mich. Vince wich zurück. In der Sekunde, in der er absolut nicht damit rechnete, ließ ich den Stuhl fallen, sprang Acorn an, packte seinen Arm am Handgelenk und hebelte ihn aus.

Er ließ die angebrochene Flasche fallen und heulte: »Bigg! Schnell!«

Ich gab seinen Arm frei. Er konnte ihn nicht zur Deckung hochnehmen. Mit einem ausgekugelten Schultergelenk schaffte das niemand. Ich konnte ihm die Faust so haargenau auf den Punkt setzen, als wäre er eine Schaufensterpuppe, und wie eine Schaufensterpuppe kippte er steif um.

Bigg kam! Bigg war schon da! Aber Bigg war schwerfällig und langsam wie die meisten übergroßen und übergewichtigen Typen.

Ich wechselte die Technik.

Kung-Fu statt Boxen!

Ich sprang ihn an, Füße voran. Ich trat ihm gewissermaßen in den verfilzten Bart.

Er fiel um wie ein Leuchtturm, dem das Fundament weggesprengt wurde. Dicht hinter ihm stand ein massiver Sessel, auf den er fiel. Er zerbrach unter Biggs Ochsengewicht wie ein Kinderstühlchen. Bigg lag in den Trümmern und glotzte verständnislos um sich.

»Jetzt können wir alle schlafen gehen«, sagte ich und schnappte nach Luft.

Hymes stand mir gegenüber, Acorns Maschinenpistole in der Hand und die eigene an der Schulter. Ich hatte nicht die leiseste Chance, an den 38er heranzukommen, bevor er den Finger krümmte, falls er ihn krümmte ...

»Warum mischst du dich ein?« fragte er und starrte

mich aus seinen runden Augen an. »Warum willst du den Jungens den Spaß nicht gönnen?«

»Ich sag's dir, Hymes!« Ich wischte mir das Blut von der Unterlippe. »Als ich 17 Jahre alt war, hatte ich eine Freundin, in die ich verknallt war, wie man es nur einmal im Leben und nur mit 17 Jahren ist. Eines Abends bei einem Spaziergang begegneten wir drei Rockern. Mir donnerten sie ein paar Brocken vors Kinn. Dann nahmen sie sich das Mädchen vor. Noch heute höre ich manchmal im Traum ihre Schreie. Der Zwischenfall veränderte mein Leben, denn meine erste Strafe erhielt ich, weil ich Wochen später einen der Rocker aufspürte und so behandelte, daß er gerade noch am Sarg vorbeischrammte. Seitdem reagiere ich allergisch auf Kerle, die ein Mädchen mit Gewalt nehmen wollen.«

Acorn gab erste Lebenszeichen von sich.

»Wenn er nicht aufgibt, bringe ich ihn um!« drohte ich.

Hymes schien unschlüssig. Ein schiefes Lächeln krümmte seinen lippenlosen Mund.

Die vier Mädchen standen aneinandergedrängt wie verängstigte Gazellen.

Grace Morans Gelächter zerriß die Spannung. »Du verdammter Lügner«, schrie sie, und ihre Zunge stolperte über jede Silbe. »Du bist selber scharf auf das Niggergirl!«

Natürlich war die Geschichte, die ich Hymes verkaufen wollte, nicht wahr. Genauer gesagt, nicht ich hatte sie erlebt, sondern sie stammte aus irgendeiner Polizeiakte. Aber Grace Morans Behauptung stimmte auch nicht, so hübsch die Mädchen waren.

Hymes schwenkte die Maschinenpistole nach links. »Bring deine Mannschaft in den Keller!« herrschte er

Glonn an. »Es ist besser, wenn die Pussykätzchen unter Verschluß gehalten werden, bevor meine Leute sich ihretwegen umbringen.«

»Beeilt euch!« sagte Glonn halblaut.

Sie rafften ein paar Kissen und Polster zusammen und verließen hastig den großen Wohnraum. Hymes folgte ihnen. Er trieb sie durch den Gang und die Treppe hinunter wie eine Herde Schafe, die für die Nacht in einen Pferch gesperrt wird.

Bigg raffte sich aus den Trümmern auf, glotzte mich lange an und grunzte: »Dir hätte ich in der ersten Nacht die Kehle zudrücken sollen!«

Auch Vince Acorn kam auf die Füße, unsicher und torkelnd wie ein Boxer nach einem schweren Knockout.

Grace Moran fand die Situation komisch. Mit einem Glas und einer Flasche Champagner wankte sie zu Bigg und Acorn. »Kleine Erfrischung gefällig? Oh, Jesus, was für eine klägliche Vorstellung habt ihr geboten!«

Hymes kam zurück. »Einer von euch bleibt in der Halle! Wer?«

»Ich!« meldete sich Acorn.

Wortlos warf ihm Hymes die Maschinenpistole zu, die er vor der Prügelei zurückgefordert hatte. Vince fing die Waffe ab, packte sie mit beiden Fäusten und sah mich an. Ein wilder Wunsch lag in seinem Gesicht.

»Sag ihm, daß er nicht auf den Gedanken verfallen soll, sich ein Mädchen aus dem Keller zu holen!« forderte ich.

»Den Riegel an der Tür öffne ich! Kein anderer! Ist das klar?« schrie Hymes.

Acorn gab einen Knurrlaut von sich, der Zustimmung bedeutete.

»Ihr könnt die Schlafzimmer benutzen. Das erste Zimmer nehmen Grace und ich.« Er riß Grace die Flasche aus der Hand und schnauzte sie an: »Hör endlich auf, dich um den Verstand zu saufen!«

Er packte ihr Handgelenk und zog sie mit sich. Beide verschwanden hinter der Tür des ersten Zimmers.

Ich wählte das letzte Zimmer vor der Treppe zum Keller. Es war nicht groß, besaß aber ein Doppelbett und eine Waschecke mit Dusche.

Das Fenster blickte zur Landseite der Insel. Wehende Palmwipfel zeichneten sich gegen den Nachthimmel ab, an dem die Sterne allmählich blasser wurden. Der neue Tag war nicht fern.

Im Zimmer roch es nach Parfüm. Weibliche Kleidungsstücke lagen herum, und die Flaschen, Haarsprays und Etuis in der Waschecke wiesen in die gleiche Richtung.

Ich drehte an den Hähnen der Dusche. Warmes und kaltes Wasser sprudelte aus dem Brausekopf.

Nichts brauchte ich dringender. Ich hängte die Halfter mit dem Revolver griffgerecht an die Vorhangstange, zog mich aus und duschte lange.

Handtücher gab es genug, aber nichts an Wäsche, die mir gepaßt hätte. Ich mußte wieder in mein verschwitztes Zeug steigen.

Als ich mich aufs Bett fallen ließ, war es schon hell. Ich schlief sofort ein.

Mit äußerster Anspannung kämpfte sich Phil aus der dumpfen Schwärze tiefer Bewußtlosigkeit. Er nahm Licht und intensiven Fischgeruch wahr. Langsam begriff er, daß der Lichtschimmer durch das Bullauge einer Schiffskajüte drang.

Die Erinnerung kehrte zurück an den Sprung ins Wasser, an das häßliche, schmetternde Krachen, mit dem der Hubschrauber Hunderte von Metern durchs Wasser pflügte und sich dabei in seine Bestandteile auflöste.

Er erinnerte sich an den Gestank von Treibstoff und das panische Angstgefühl bei dem Gedanken, daß ein Funken das Meer in Flammen setzen konnte.

Die Schwimmweste hatte sich automatisch aufgeblasen. Die Batterie hatte das Blinklicht und den Peilsender in Gang gesetzt. Obwohl Phil nur eine Handvoll Sekunden vor Frank Warring aus der Maschine gesprungen war, trieben sie in großem Abstand.

Erst 20 Minuten nach dem Absturz machte Phil das Blinklicht von Warrings Schwimmweste aus, arbeitete sich heran und fand Frank bewußtlos treibend. Der Kragen verhinderte, daß sein Kopf unter Wasser geriet. Phil band Frank und sich mit der Sicherungsleine aneinander.

In den ersten Stunden fiel es ihm nicht schwer, die Hoffnung auf Rettung aufrechtzuhalten. Frank erlangte zeitweise das Bewußtsein zurück, und sie wechselten ein paar Worte miteinander. Aber nach drei Stunden bemächtigte die Erschöpfung des Körpers sich auch seines Geistes.

Der Gedanke an Haie tauchte auf. Phil wußte, daß die Schwimmwesten automatisch eine Chemikalie ans Wasser abgaben, die Haie fernhalten sollte, aber er konnte sich ausrechnen, daß der Stoff sich verbrauchen würde, je länger sie im Wasser trieben.

Keine Erinnerung hatte er an die Rettung. Ihm war

klar, daß er sich auf einem Schiff befand. Aber was war mit Frank Warring geschehen?

Er wandte den Kopf. Jenseits des schmalen Gangs lag Warring, bis ans Kinn zugedeckt, in einer Koje.

Phil rief ihn an: »Frank!« Er rief nicht, er flüsterte, ohne es zu wissen.

Warring reagierte nicht, und Phil fürchtete, Frank sei tot. Mit großer Anstrengung zog er den linken Arm unter der Decke hervor und streckte ihn aus. Der Arm sank herab, ohne daß Phil etwas dagegen tun konnte.

Aus den Decken der Koje über Franks Lager schälte sich ein Mann, sprang herunter und beugte sich über Phil.

»Okay, Gringo, alles ist okay!« sagte er in rauhem Englisch. »Auch dein Kumpel ist okay! Bleib liegen! Ruhe dich aus!«

»Wo . . . sind . . . wir?«

»An Bord meines Schiffs! Ich bin Pablo Pequez. Verstehst du? Pablo Pequez!«

Er zeigte mit dem Daumen auf sich und lachte breit. »Wir haben euch rausgezogen. Ihr hattet Glück, daß wir vor den Haien zur Stelle waren. Mucha Suerte!«

»Ihr . . . müßt . . . eine Nachricht durchgeben.« Jedes Wort mußte Phil seiner Schwäche abringen. »Central Action Command.«

»Schon geschehen, Amigo!« Der Mann nickte eifrig. »Deine Leute sind unterwegs! Sie kommen! Sie holen dich und deinen Compañero!«

Er holte eine Blechtasse und stützte Phils Kopf. »Trink! Es muy bueno!«

Phil schluckte. Die Flüssigkeit brannte in der Kehle.

»Die Nachricht . . .«, wiederholte er. »Dringend!«

»Sie kommen!« Der Mann nickte nachdrücklich. »Schlaf!«

Er ließ Phils Kopf zurücksinken und zog die Decke hoch.
Phil schloß die Augen. Die Erschöpfung überwältigte ihn.

Das Geräusch, das mich weckte, war nicht laut. Nur ein langes, gequältes Stöhnen, ein zum Seufzer erstickter Schrei.

Der letzte Atemzug eines Menschen!

Ich packte den 38er und sprang aus dem Bett.

Glas klirrte. Die Fensterscheibe prasselte in den Raum. Kopf und Oberkörper eines Mannes zeichneten sich ab.

Und eine MPi!

Ich hechtete quer durch den Raum, schlug auf und rutschte gegen die Tür zum Badezimmer, die aufsprang.

Die Hölle brach aus!

Mit einer langen Serie streute der Bastard das Zimmer ab, als wolle er jede Mücke an den Wänden mit einer Kugel plattschlagen.

Ich schnellte hoch wie ein Aal auf dem Trockenen und rollte mich in die Waschecke, deren letztes Drittel er vom Fenster aus nicht bestreichen konnte.

Er wußte, wo ich war. Vier Kugeln trafen das Klosett und ließen Porzellansplitter in die Gegend spritzen.

Ich kauerte auf dem Boden, den 38er im Anschlag. Wenn er kam, mußte ich zuerst treffen.

Er kam nicht. Er drang nicht in das Schlafzimmer ein.

Irgendwo im Haus hämmerte eine zweite MPi, und eine Frauenstimme kreischte im höchsten Diskant.

Ich sprang auf, stürzte zurück ins Schlafzimmer und rannte zum zertrümmerten Fenster.

Ich sah ihn. Er hatte das Gebüsch, das auf der Landseite den Berg bedeckte, schon erreicht. Es war tropisches Gebüsch, übermannshoch, und ich sah nur noch die Bewegung und zweimal seinen Kopf.

Ich grätschte die Beine, stützte das Gelenk mit der linken Hand ab und feuerte.

Ich traf ihn. Er schrie. Er stürzte vermutlich, denn für ein paar Sekunden bewegten sich die Zweige und Blätter nicht mehr. Aber er blieb nicht liegen, denn die Bewegung im Gebüsch setzte wieder ein.

Fußtritte krachten gegen meine Tür.

»Caught!« brüllte Hymes' Stimme. »Bist du drin?«

Beim nächsten Tritt brach das Schloß auf. Hymes stand im Rahmen, nackt bis auf einen Slip, die Uzi-MPi im Anschlag.

»Sie haben Vince umgebracht!« heulte er. Zum ersten Mal benutzte er Acorns Vornamen. »Sie sind aus dem Keller ausgebrochen, und sie haben Waffen.«

Er stürmte die Treppe hinunter. Ich folgte ihm, so schnell ich konnte. Als er sah, daß der Riegel an der Tür vorgeschoben war, stockte er eine Sekunde lang. Dann stieß er den Riegel zurück.

Ich packte seinen rechten Arm. »Sei nicht voreilig!«

Er riß die Tür auf und hob die Maschinenpistole.

Im Keller brannte Licht. Die vier Mädchen kauerten eng beieinander auf zwei Luftmatratzen. Glonn und Richard Sturgeon standen in ihrer Nähe. Spector und Steve Kerrigan hatten sich in die äußerste Ecke des Raums verdrückt.

Ich drückte den Lauf von Hymes Waffe nach unten. »Sie sind alle hier! Sie waren es nicht. Keiner konnte den Keller verlassen.«

Er drehte sich zur Seite weg und brachte Abstand zwischen sich und mich. »Wer dann?«

»Fremde!«

Jack Glonn wagte es, Fragen zu stellen. »Was ist passiert? Wir hörten Schüsse!«

Sofort ging Hymes auf ihn los und stieß ihm den Lauf in die Magengrube. »Wer treibt sich außer euch auf der Insel herum? Wer lebt noch hier?«

Glonn breitete die Arme aus. Er war sehr blaß. »Sie ist unbewohnt. Aber ich kann nicht verhindern, daß irgendwelche Leute ohne mein Wissen herkommen.«

»Irgendwelche Leute!« wiederholte Hymes wütend. »Irgendwelche Leute, die mit Maschinenpistolen losballern und uns allen die Luft abdrehen wollen?! Willst du mir erzählen, auf deiner Scheißinsel finde zufällig ein Festival der Killer statt?«

»Laß ihn in Ruhe!« sagte ich energisch. »Er weiß nichts. Warum versuchst du nicht herauszufinden, was sich tatsächlich abgespielt hat?«

Ich verließ den Keller. Hymes folgte mir, schloß die Tür und schob den Riegel vor. Erleichtert atmete ich auf. Es war wichtig, daß Glonn und die anderen nicht Opfer einer Kurzschlußhandlung wurden. Hymes schien zu allem fähig.

Die Tür zum Zimmer, in dem ich geschlafen hatte, stand noch auf.

»Ein Mann zerschlug das Fenster und versuchte, mich wegzupusten. Dann türmte er.« Ich trat ans Fenster und zeigte auf das Gebüsch. »Wahrscheinlich habe ich ihn angekratzt«, erklärte ich Hymes. »Nicht gründlich genug, daß er liegengeblieben wäre. Wir können nachsehen, ob wir Blutspuren finden.«

»Später!« antwortete er.

Er stürmte weiter. Grace Moran und Bigg kamen

uns im Gang entgegen. Graces Gesicht war völlig verstört. Das Haar hing ihr zerrauft bis zu den Schultern. Bekleidet war sie mit einem Bademantel und sonst nichts. Bigg tappte herum wie ein Bär, der aus dem Winterschlaf gerissen wurde und noch nicht ganz wach ist.

Hymes rannte in das Schlafzimmer, das er für sich und Grace beschlagnahmt hatte. Ich ging weiter in die Halle.

Der Anblick war scheußlich. Sie mußten Vince Acorn im Schlaf überrascht haben und hatten versucht, ihn lautlos zu töten. Ich fand eine Decke und breitete sie über seinen Körper. An zwei Stellen schlug das Blut als rote Nässe durch.

Hymes kam. Er war in seine Hosen gestiegen, hielt das Walkie-talkie in der Hand und rief Loogby auf der Blue Star: »Hallo! Hier spricht Hymes! Melde dich, Loogby! Hörst du mich, Mann? Ist Teller an Bord?«

Ich trat an ein Fenster, das auf den Strand und den Hafen hinausblickte.

Die Blue Star füllte das Hafenbecken wie ein Walfisch ein zu kleines Bassin. Nichts regte sich an Bord. Das Boot, mit dem wir an Land gegangen war, lag unverändert am Strand.

Ich sah mich nach der zweiten Maschinenpistole um. Sie war verschwunden.

Hymes kam zu mir ans Fenster. »An Bord sitzen sie auf den Ohren.«

»Wo ist Teller?«

»Ist nicht ins Haus zurückgekommen. Scheint an Bord geblieben zu sein.«

Wieder versuchte er sein Glück mit dem Walkie-talkie.

Der Lautsprecher blieb stumm.

Wütend schüttelte Hymes das Gerät. »Verstehst du das?« fragte er.

»Warum siehst du nicht selbst nach? Die Entfernung beträgt höchstens 400 Meter.«

Er dachte nach und rief: »Bigg!«

Bigg trabte heran. »Boß?«

»Geh runter zur Blue Star! Teller und Loogby sollen ins Haus kommen.«

»Ich?« Bigg kratzte nervös in seinem Bartgestrüpp. »Du kannst sie über das Walkie-talkie raufholen!«

»Das Mistding funktioniert nicht.«

»Gib mir 'ne MPi mit!« verlangte Bigg.

»Ich habe nur die eine. An Bord sind Waffen genug. Nimm dir, was du willst! Teller soll Munition mitbringen!«

Bigg trat von einem Fuß auf den anderen.

»Geh!« schrie Hymes. »Ich gebe dir Feuerschutz!«

Er stieß die Tür auf und ging auf die Terrasse hinaus. Zögernd folgte ihm Bigg.

Ich sah ein Fernglas, das an einem Wandhaken hing, nahm es und ging hinaus.

Bigg stampfte die vier Treppenstufen von der Terrasse zum Fußweg hinunter.

Ich setzte das Glas an die Augen. Die Vergrößerung holte das Deck der Blue Bird so nah heran, daß Einzelheiten zu erkennen waren. Die Tür zu Loogbys Funkkajüte stand offen.

Der Fußweg führte über den planierten und betonierten Landeplatz für den Hubschrauber. Er senkte sich dann an der Flanke der Anhöhe, auf der das Haus stand. Für eine halbe Minute verschwand Bigg aus dem Blickfeld. Als er am flachen Strand wieder auftauchte, lief er, als hätte er die Absicht, um die Insel zu joggen.

60 Meter trennten ihn vom ausgemauerten Hafenbecken. Die Luft ging ihm aus. Er fiel in Schritt wie ein abgetriebener Gaul.

Zwei Schüsse peitschten.

Bigg blieb stehen, als wäre er gegen ein unsichtbares Hindernis angerannt. Seine Knie gaben nach. Sekundenlang schien es eine bewußte und kontrollierte Bewegung zu sein. Dann verloren Sehnen und Muskeln jede Spannung. Biggs mächtiger Körper stürzte nach vorn, und schlug schwer auf.

Ich schwenkte das Fernglas nach links.

Der Mann, der auf Bigg geschossen hatte, stand neben einer starken Palme. Er hielt ein Gewehr in den Händen und blickte zum Haus hinauf. Sein Gesicht war deutlich zu sehen. Er hatte breite Backenknochen, eine schmale Nase und dichte Augenbrauen. Das Haar war dunkel und leicht gewellt. Sein Alter schätzte ich auf etwa 35 Jahre.

Hymes drückte auf den Abzug und ließ seine Maschinenpistole Feuer spucken.

Der Killer trat hinter die Palme. Hymes' Serie lag so schlecht, daß ich keine Einschläge sah. Ich nahm das Fernglas von den Augen und fragte: »Wieviel Munition hast du noch?«

»Verdammt«, keuchte er und ließ die Uzi sinken.

Zwei Handbreiten über seinem Kopf fetzte eine Kugel Holzsplitter aus einem Balken der Dachkonstruktion. Gleich darauf traf der Knall unsere Trommelfelle.

Hymes duckte sich. Ich blickte durchs Glas. Ich sah die Gewehrmündung, die Hände und ein paar Quadratzentimeter Kopf des Killers hinter der Palme.

Mündungsfeuer blitzte. Die zweite Kugel schlug ein.

Es war sinnlos, so lange auf der Terrasse herumzustehen, bis er traf. Wir spurteten ins Haus zurück.

Grace Moran stürzte uns entgegen. Sie krallte sich an Hymes' Hemd fest. »Ich habe Angst, Howard! Ich will nicht sterben! Sie bringen uns um. Bringen uns alle um!«

Hymes brüllte sie an: »Laß mich in Ruhe!« Er riß sich los und schleuderte sie mit einer brutalen Armbewegung zur Seite.

Nur ein paar Schritte neben Acorns zugedeckter Leiche stürzte sie zu Boden. Sie kreischte und kroch auf Händen und Knien weg.

Ich stand am Fenster und blickte zu Bigg hinunter. Er lag reglos. Zweifellos war er tot.

Ich schwenkte das Fernglas zur Palme. Der Killer hatte die Deckung verlassen. Er schien nicht sehr groß zu sein, und er war gekleidet wie ein Mann, der normalerweise in einer Stadt zu Hause ist. Er trug Jeans, schmutzig-weiße Turnschuhe, eine schwarze Lederjacke.

Das Gewehr in seinen Händen war eine Jagdwaffe mit aufgesetztem Zielfernrohr. Ich hätte gern gewußt, ob es eins der gestohlenen Gewehre aus Glonns Besitz war.

Biggs Mörder schien unschlüssig, was er tun solle. An seinen Kopfbewegungen erkannte ich, daß er abwechselnd zu seinem Opfer und zum Haus blickte. Wahrscheinlich hätte er gern Biggs Taschen durchsucht, aber er wagte sich nicht in das deckungslose Gelände.

Nach drei Minuten drehte er sich um, ging vom Hafenbecken in Richtung der Anhöhe und verschwand im Dickicht der tropischen Büsche.

»Er ist weggegangen«, sagte ich. »Wir können versuchen, uns um Bigg und die anderen zu kümmern.«

Hymes hatte sich in einen Sessel fallen lassen. Er benahm sich, als hätte er meine Worte nicht gehört.«

»Warum tun sie das?« stöhnte er. »Warum wollen sie uns töten?«

Seine Naivität war überwältigend. Genau betrachtet, entsprang sein Verhalten gar nicht der Naivität oder gar Dummheit. Hymes war nicht dumm, aber er wollte sich die Wahrheit nicht eingestehen.

Ich hatte keinen Grund, ihn zu schonen. Ich lachte ihn aus. »Du fragst, warum sie uns umlegen wollen?« höhnte ich. »Die Antwort ist einfach. Sie wollen dein Heroin, dein Kokain, und sie denken nicht daran, auch nur einen Cent dafür zu bezahlen.«

Ich setzte mich auf die Tischkante, beugte mich zu ihm und sagte: »Und die drei Millionen Dollar, die du an Bord hast, wollen sie auch!«

Der Mann rüttelte Phil an den Schultern. »Comida, Gringo!«

Er hielt einen Teller in den Händen.

Phil richtete sich auf. »Gracias, Amigo!«

Er nahm den Teller in immer noch unsichere Hände. Fischstücke schwammen in einer roten Brühe, die scharf roch.

»Wie geht es ihm?« fragte er und machte eine Kopfbewegung zu Frank Warring.

»Muy bien!« antwortete der Mann.

Phil aß. Die stark gewürzte Suppe brannte im Rachen.

»Wo ist dein Boß? Donde es el Capitan?«

»Dorme!« Der Mann legte den Kopf schräg und ahmte Schnarchgeräusche nach. »Es muy fatigado. Er ist sehr müde«.

»Habt ihr den Funkspruch abgesetzt?«

»No comprendo!«

»Radiotelegrafia! Radiogramma?«

»Si, si, Señor! Muy bien!«

»Wer hat sich gemeldet?«

»Gringos!« Er zeigte auf den Teller. »Mehr essen, Hombre!«

Phil würgte ein paar Löffel Suppe herunter, gab den Teller zurück und versuchte aufzustehen. Als er die Füße auf den Boden setzte, wurde ihm schwindlig.

»Hilf mir! Por favor!«

Der Matrose stützte ihn. Phil berührte Warring auf der Nachbarkoje.

Frank schlug die Augen auf. Auf seinen Lippen zeichnete sich ein schwaches Lächeln ab. »Sieht aus, als hätten wir es geschafft«, flüsterte er.

»Wie geht's dir, Frank?«

»Mein Schädel platzt vor Kopfschmerzen. Ich glaube, der Rotor hat mir einen Abschiedsschlag versetzt.«

Die Augen fielen ihm wieder zu.

»Willst du essen, Frank?«

Warrings Stimme wurde immer leiser. »Himmel, nein! Nur etwas trinken!«

Durch Gesten machte Phil dem Mexikaner Warrings Wunsch klar.

»Subito, Señor!«

Er verließ die Kajüte.

»Unsere Leute werden bald kommen«, sagte Phil. »Dann kümmert sich ein Arzt um dich.«

Noch einmal öffnete Warring die Augen. Er bewegte die Lippen. Phil mußte sich über ihn beugen, um die Worte zu verstehen.

»Habe ich meine Füße noch?« flüsterte Frank.

»Klar, alter Junge! Du kannst sie sehen! Sie zeichnen sich unter der Decke ab.«

»Ich hatte gräßliche Angst, daß ein Hai ...« Erschöpft brach er ab.

Der Mexikaner kam mit einer Mineralwasserflasche zurück.

»Sie haben dich reingelegt, Hymes«, sagte ich. »Sie haben dir eine Falle gestellt. Du sitzt drin. Das Gitter ist schon runtergerasselt.«

»Dieser Hundesohn!«

Die Wut würgte ihm die Stimme ab.

»Du hast dir deinen Geschäftspartner nicht genau genug angesehen.«

»Er zahlte eine Million Dollar an.«

»Jetzt holt er sich die Anzahlung zurück und kassiert die Ware, ohne einen Dollar zu investieren. Er hat hoch gepokert. Zuerst sah es wie ein Bluff aus, aber in Wahrheit hält er einen Royal Flush in der Hand. Wer ist der Mann?«

»Er nannte sich Charles Brook und vertrat ein Syndikat.«

»Eine Mafiafamilie?«

»Nein, kein Sizilianer-Clan! Sein Syndikat hatte die Geschäfte meiner früheren Partner mitfinanziert, sich aber im Hintergrund gehalten. Inzwischen verfügen sie über eine eigene Verteilerorganisation und wollen groß einsteigen.«

»In erster Linie verfügen sie über gute Killer. Das macht den Einstieg billig. Auf deine Kosten, Hymes!«

»Er blätterte eine Million Dollar auf den Tisch! Ich schöpfte keinen Verdacht. Wer eine Million Bucks in ein Geschäft steckt, meint es ernst.«

»Wenn ich an die Verzinsung denke, wird mir schwindlig«, lachte ich.

»Aus der einen macht er 12 oder 15 Millionen Dollar. Wo trafst du ihn?«

»Vor vier Monaten in New Orleans.«

»Schlug er diese Insel als Umschlagplatz vor?«

»Ja, er sagte, von der Insel könne er den Stoff unbehelligt ans Festland bringen.«

»Ein prächtiger Plan! Während du mit der Blue Star das Rauschgift heranschippertest, setzte er eine Crew bewährter Killer auf der Insel ab. Gleich in der ersten Nacht dezimierten sie deine Mannschaft.«

»Sie haben nur Bigg und Acorn umgelegt.«

»Schreib deine Illusionen in den Schornstein, Hymes! Auch Teller und Loogby sind tot.«

Ich stand auf, trat ans Fenster, blickte durchs Fernglas. Nichts hatte sich verändert, außer daß die Sonne höher gestiegen war. Weit draußen zeichnete sich eine Schiffssilhouette ab. Mit der Sendeanlage der Blue Star hätte man versuchen können, die Besatzung um Hilfe zu bitten. Die Reichweite des Walkie-talkie genügte nicht.

Mir fiel ein, daß Jack Glonn erwähnt hatte, beim Einbruch seien nicht nur Gewehre, sondern auch Funksprechgeräte und eine Signalpistole gestohlen worden. Sie hatten an alles gedacht.

Bis Sonntag, bis der Hubschrauber zum Abholen kam, waren wir ihren Killern fast hilflos ausgeliefert. Nur Hymes' Maschinenpistole und mein 38er hinderten sie daran, ins Haus einzudringen und ein Killer-Festival zu veranstalten, das nur noch mit dem Chicago-Massaker zu vergleichen war.

Ich fragte mich, ob sie auch Jack Glonn, seine Freunde und die Mädchen umbringen würden.

Nichts sprach dafür, daß sie mit Schonung rechnen konnten.

»Warum schickst du Grace nicht zum Kaffeekochen in die Küche?« fragte ich. »Kaffee würde uns allen gut tun.«

»Nein, nein, ich will nicht allein sein!« kreischte Grace los.

»Dann werde ich selbst in die Küche gehen«, erklärte ich. »Auch die Leute im Keller müssen versorgt werden.«

»Warte noch!« sagte Hymes.

Er brütete vor sich hin, starrte mit seinen Raubvogelaugen Löcher in die Luft und dachte über einen Ausweg nach.

Die Uzi-Maschinenpistole lag auf seinen Knien. Er hatte ein neues Magazin eingesetzt, das letzte, das er im Haus besaß.

Ich überlegte, ob ich ihn ausschalten sollte. 24 Stunden früher hätte ich nicht gezögert. Aber die Lage hatte sich gründlich verändert.

Draußen lauerten gemeinsame Gegner. Mörder, die Hymes, mich und vielleicht alle Personen auf der Insel umbringen wollten. Hymes und ich standen in einer Front.

»Hol sie rauf!« befahl er. »Die Männer und die Mädchen!«

»Alle?«

»Ja, alle!«

»Okay, aber vorher sollten wir Acorns Leiche raustragen.«

»Im Gegenteil! Sie sollen sehen, was sich abgespielt hat.«

Ich ging an den Schlafzimmern vorbei, die Treppe hinunter und entriegelte die Tür.

»Mein Boß will, daß ihr raufkommt«, erklärte ich. »Hört euch vorher ein paar Verhaltensregeln an! Bleibt im Haus! Haltet euch von Fenstern fern! Wenn ihr einen Fremden seht, schreit sofort und so laut wie möglich!«

»Warum?« fragte die schmächtige Sekretärin mit dem Pagenkopf. Ihr Name fiel mir nicht sofort ein. Dann erinnerte ich mich.

»Du bist Katie, nicht wahr?«

Sie nickte.

»Okay, ich sag's dir und allen anderen. Mein Boß hat sich die Insel als Umschlagplatz für eine Warenlieferung ausgesucht. Für Sonntag erwartete er den Aufkäufer mit dem großen Geld. Schlaue Leute versuchen immer, Geld zu sparen. Statt am Sonntag mit den Dollarkoffern einzufliegen, hat die andere Seite eine Killer-Crew auf der Insel stationiert, die heute morgen in Aktion trat. Wir verloren vier Männer.«

Ich sah, daß Freude in Sturgeons Augen aufblitzte. Ich ging zu ihm und tippte ihm mit dem Zeigefinger auf die Brust.

»Ich verstehe, daß du dich über unsere Schwierigkeiten freust. Leider sind es auch deine Schwierigkeiten! Du darfst eine Killer-Mannschaft nicht mit einem Special Combat Team der Polizei verwechseln. Ihr Ziel ist nicht, euch zu befreien, sondern uns zu beseitigen. Solche Typen hassen es, Augenzeugen zurückzulassen. Jeder von euch ist gefährdet.«

»Was wollen Sie tun?« fragte Jack Glonn.

Ich zuckte die Achseln. »Hymes entscheidet!«

Die Negerin kam zu mir. »Ich möchte Ihnen danken.«

»Ich auch!« rief die Schwedin.

Jill Deanin suchte meinen Blick. »Warum haben Sie

sich eingemischt und verhindert, daß Inga und ich vergewaltigt wurden?«

»Wärm die Story nicht auf, Baby! Was euch und uns erwartet, ist möglicherweise schlimmer. Gehen wir!«

In der Türöffnung drehte ich mich um. »Acorns Leiche liegt im Wohnraum. Hymes wollte, daß ihr sie seht. Macht euch auf einen schlimmen Anblick gefaßt!«

Ich führte sie nach oben. Hymes empfing uns mit der Maschinenpistole im Anschlag. Entsetzt starrten die Mädchen und Männer auf das blutige Tuch, unter dem sich Vince Acorns Körper abzeichnete.

»Was mit ihm geschah, erwartet uns alle«, sagte Hymes. »Unsere einzige Rettungsmöglichkeit ist mein Schiff!« Er streckte den Arm aus und wies auf das Fenster, das zum Hafen blickte. »Ich werde euch alle an Bord nehmen. Sobald es dunkel geworden ist, laufen wir aus. Später werde ich euch irgendwo absetzen, und wir werden uns trennen, als hätten wir uns nie gesehen. Einverstanden?«

Ich verstand, daß er sich, sein Rauschgift und sein Geld in Sicherheit bringen wollte. Aber aus welchem Grund bot er den anderen an, sie mitzunehmen? Technisch war die Blue Star so ausgestattet, daß sie von zwei Männern in Fahrt gehalten werden konnte. Und noch mußte Hymes der Meinung sein, daß er auf mich zählen konnte.

Wollte er Glonn und seine Freunde als Geisel mitnehmen? Was versprach er sich davon, wenn er ihnen anbot, sie nicht der Willkür der Killer zu überlassen?

Der nächste Satz enthüllte seine Absichten.

»Vorher müssen wir wissen, ob die Blue Star in Ordnung ist«, sagte er. »Wir brauchen Munition und Waffen, die sich an Bord befinden. Ich wünsche, daß mindestens zwei von euch zum Schiff gehen und feststellen, was mit Teller und Loogby geschah und Munition aus meiner Kajüte holen.«

Er zeigte auf Jack Glonn. »Dich lasse ich nicht gehen. Du kannst mit Waffen umgehen. Deinen Freunden traue ich nicht viel zu. Aber ich will nicht riskieren, daß sie sich mit einer Kanone in der Hand stark fühlen und auf dumme Gedanken verfallen. Ich schicke zwei Mädchen. Wer geht?«

»Der Plan ist Unsinn«, sagte ich. »Entweder hält sich mindestens ein Killer an Bord auf. In diesem Fall sehen wir die Mädchen nicht wieder. Oder sie haben deine Waffenkammer längst ausgeräumt, und die Mädchen riskieren ihr Leben für nichts.«

»Misch dich nicht ein!« brüllte er. »Ich will wissen, wie es an Bord aussieht.«

»Dann geh selbst! Du kannst dich wehren. Du hast die MPi!«

Er fletschte die Zähne wie ein Raubtier. »Ja, die habe ich!« zischte er. »Damit kann ich dafür sorgen, daß meine Befehle befolgt werden. Die Mädchen gehen, oder sie . . .«

»Ich werde gehen«, sagte Jill Deanin.

»Dann gehe ich mit«, erklärte Tania Tavaro. Sie musterte Hymes mit kalter Verachtung. »Sagen Sie uns, was wir an Bord tun sollen!«

»Okay, okay! Ihr seid mutige Girls! Macht euch keine Sorgen! Ich werde von der Terrasse auf euch aufpassen. An Bord findet ihr auf der Steuerbordseite der Brücke den Eingang zu meiner Kajüte, und ...«

»Du kannst dir deine Erklärungen sparen«, sagte ich und öffnete die Tür. »Ich werde mitgehen. Go on, Girls! Bringen wir's hinter uns!«

»Du bleibst!« verlangte Hymes.

»Wie willst du mich festhalten? Willst du auf den Abzug drücken? Dann müßtest du dich allein mit den Killern herumschlagen.«

Mit den Mädchen verließ ich das Haus. Hymes folgte uns auf die Terrasse und suchte sich einen gut gedeckten Platz hinter einem Tragbalken.

Wir gingen die vier Stufen hinunter.

»Wartet einen Augenblick!« sagte ich, legte die Arme um Jills und Tanias Schulter und zog beide zu mir heran.

»Was wir tun müssen, ist gefährlich«, sagte ich. »Die anderen besitzen Gewehre mit Zielfernrohren. Damit können sie auf uns Jagd machen wie auf Kaninchen. Wenn geschossen wird, werft euch hin. Vermutlich wird nichts geschehen, solange wir den Weg durchs Gebüsch benutzen. Erst wenn wir den deckungslosen Strand überqueren müssen, wird es richtig gefährlich.«

»Wir haben Vertrauen zu Ihnen!« Jill sah mich aus großen, sehr dunklen Augen an, und Tania Tavaro legte den Kopf schräg, so daß ihre Wange meine Hand auf ihrer Schulter streifte.

Ach, zum Teufel, es war eine beschissene Situation! Welche wundervollen Stunden zu Wasser, zu Lande und zu Bett hätte man mit Geschöpfen wie Jill und Tania erleben können! Statt dessen mußte ich mit ihnen Krieg spielen, und es war kein Spiel, sondern blutiger Ernst.

»Nennt mich Jesse!« sagte ich, ließ sie los und ging voran.

Der Weg zum Strand machte zwei Windungen. Er führte durch mannshohe, blühende Hibiscusbüsche. Wir umgingen die Freifläche des Hubschrauber-Landeplatzes. Am Fuß der Anhöhe trennten uns 100 Meter vom ausgemauerten Hafenbecken, 100 Meter Strand, auf denen es keine Deckung gab, die höher war als ein Zehn-Zentimeter-Grasbüschel.

Auf halber Strecke lag Biggs Leiche. Jill und Tania hielten den Atem an.

Noch deckten uns die Hibiscusbüsche. Ich schob den Kopf vor und blickte zu der Palme, hinter der Biggs Mörder gestanden hatte.

Nichts rührte sich hinter dem Stamm, aber es standen eine Menge anderer Palmen in der Landschaft herum.

Das Deck der Blue Star überragte die Hafenmauer um einen halben Meter. Auch an Bord blieb alles still.

Ich machte den Mädchen ein Zeichen, sich hinzukauern, und hockte mich zu ihnen. Wir steckten die Köpfe zusammen.

»Ich versuche, die Blue Star zu erreichen. Ihr bleibt hier. Sollte ich abgeschossen werden, kehrt ihr auf dem Weg, auf dem wir gekommen sind, ins Haus zurück!«

Jill legte eine Hand auf meinen Arm. »Soll ich als erste gehen? Ich kann schnell laufen!«

Ich schüttelte den Kopf. »Das ist kein Job für ein Mädchen!«

Sorgfältig überprüfte ich den 38er, behielt ihn in der Hand und startete.

Nein, ich verfiel nicht in das Tempo eines Sprinters auf Weltrekordjagd. Ich rannte in kurzen Sätzen, stoppte, wechselte die Richtung, rannte weiter und schlug Haken. Die verdammten Palmen ließ ich nicht aus den Augen, und als ich Biggs Leiche übersprang, hatte sich noch nichts bewegt, abgesehen von den Palmwedeln im Wind.

»Jesse!« schrie Jill! »Ein Mann!« Tania schrie mit,

nicht Worte, sondern einfach aus Angst und Entsetzen.

Der Mann mußte an Bord der Blue Star in Hymes Kajüte gelauert haben. Er hatte uns von Anfang an gesehen, aber wir ihn nicht, weil trotz offener Tür das Innere der Kajüte im Dunkel lag. Aus sicherer Finsternis hätte er mich abschießen können. Aber er machte zwei Schritte nach vorn, bevor er die Waffe hochnahm. So sah ich ihn in der offenen Tür.

Ich feuerte mit voller Konzentration.

Aus seiner Waffe sprühte Mündungsfeuer. Hart hämmerte das Staccato der Schüsse, brach ab und setzte wieder ein, unregelmäßig wie ein stotternder Motor.

Dann erst kam der Aufschrei!

Ich rannte tief geduckt und prallte gegen die Bordwand.

Die Maschinenpistole hämmerte wie besessen. Alles, was er noch im Magazin hatte, jagte er in fünf Sekunden draus. Treffen konnte er nicht. Die Bordwand deckte mich vollkommen. Seine Kugeln schrammten den Lack von den Planken, mehr nicht.

Dann war Schluß mit dem Feuerwerk.

Ich schnellte hoch, schwang mich über die Reling und brach in Hymes' Kajüte ein.

Er saß auf dem Boden und versuchte, das Magazin zu wechseln. Ich riß ihm die MPi aus der Hand und gab ihm einen Stoß, als er unter die Jacke griff. Er knallte mit dem Kopf gegen die Wand. Ich beugte mich über ihn und setzte ihm die Revolvermündung ans Ohr.

»Keine Bewegung! Bist du allein an Bord?«

»Nicht schießen!« heulte er. »Ich bin angeschossen!«

»Ob du allein an Bord bist, will ich wissen!«
»Ja. Allein!«
Ich tastete ihn ab und fand ein schweres Fallmesser in einer Innentasche der Jacke.
»Dreh dich um! Gesicht nach unten!«
»Ich kann nicht! Mein Bein!«
Sein rechtes Hosenbein war von Blut durchtränkt. Ich wälzte ihn herum und zwang ihn, die Arme auf den Rücken zu legen. Mit einem Stück Kordel, das ich vom Vorhang des Kajütenfensters abriß, verschnürte ich seine Handgelenke.
Er stöhnte: »Hilf mir! Ich verblute!«
Ich zog den Vorhang vorm Fenster weg. Tageslicht fiel in die Kajüte.
Der Mann war mittelgroß und mager. Im blassen Gesicht flackerten kleine schwarze Augen. Er hatte einen großen Mund mit dicken, rissigen Lippen. Er sah jung aus und konnte höchstens 25 Jahre alt sein.
»Wie viele Leute seid ihr?«
»Drei.«
»Wo sind die anderen?«
»In unserem Lager. Wir haben ein Zelt.«
Ich verließ die Kajüte, ging an Deck, legte die Hände an den Mund und rief: »Jill! Tania!«
Sie kamen aus dem Dickicht der Hibiscusbüsche, und sie sahen so prächtig aus wie zwei Mädchen in einem Dschungelfilm. Die tropischen Büsche, übersät von riesigen roten Kelchblüten, waren der richtige Hintergrund, vor dem sich Jills weiße Shorts und braune Haut ebenso prächtig abhoben wie Tanias weiße Haut und blaue Jeans. Ich wünschte mir, ich wäre mit ihnen auf einer wirklich unbewohnten Insel gestrandet. Ich glaube, ich hätte es mit der Rettung nicht eilig gehabt.

Leider war Cherry Island keine unbewohnte Insel, sondern eine Schlangengrube und nicht der Ort, Träume zu verwirklichen.

»Geht zurück zum Haus!« rief ich. »Beeilt euch!«

»Bist du in Ordnung?« rief Jill zurück.

Ich winkte. »Ich bin okay!«

Auf der Hausterrasse konnte ich Hymes' Gestalt sehen. Durchs Fernglas starrte er auf die Blue Star hinunter.

Ich ging in Hymes' Kajüte, löste den Gürtel des Gangsters und zog ihm die Hosen aus.

Das Bein war blutüberströmt. Meine Kugel hatte ihn in den Oberschenkel getroffen und war steckengeblieben. Ich wußte nicht, ob der Knochen verletzt war.

»Wie heißt du?«

»Ed Chesney.«

»Und die anderen?«

»Rod Shann und Matthew Blame.«

»Wer ist der Boß?«

»Rod Shann.« Er hob beide Hände. »Tu was für mein Bein! Laß mich nicht verbluten!«

Ich sah mich in der Kajüte um.

Sie hatten gründlich gewütet, jeden Schrank geöffnet, alle Schubladen herausgerissen, die Bilder von den Wänden gefegt. Dabei hatten sie den Wandsafe freigelegt, aber sie hatten ihn nicht knacken können. Er war geschlossen.

Mit Ausnahme der Maschinenpistole, die Chesney benutzt hatte, fehlten alle Waffen. Für die MPi fand ich nur ein zweites, noch gefülltes Magazin, das Chesney nicht mehr hatte einsetzen können. Von der sonstigen Ausrüstung lag ein Walkie-talkie auf dem Tisch.

Ich nahm es in die Hand und schaltete es ein.

»He, Hymes! Hörst du mich?« sagte ich ins Mikrofon. Eine Antwort bekam ich nicht. Wahrscheinlich lag Hymes' Gerät irgendwo herum.

Chesney wimmerte wie ein verwundetes Tier. Ich wußte, daß sich eine Erste-Hilfe-Ausrüstung im Kommandostand befand. Ich verließ die Kajüte, enterte die Leiter hoch und sah, daß sie die Steuerung zerstört hatten. Aus den Schaltschränken hingen herausgerissene Kabel. Alle Hydraulikleitungen waren durchschnitten.

Von der Brücke überblickte ich das Hafenbecken bis zur Einfahrt. Ein menschlicher Körper trieb im Wasser, die Arme ausgebreitet, das Gesicht nach unten. An der Kleidung erkannte ich Hardy Teller.

Ich nahm die Tasche mit der Erste-Hilfe-Ausrüstung, trug sie zu Chesney und verband sein Bein.

»Tellers Leiche treibt im Wasser. Wo ist Loogby?« fragte ich, während ich mich mit seinem Oberschenkel beschäftigte. Er antwortete bereitwillig, weil er Angst hatte, ich könnte aufhören und ihn verbluten lassen.

»Beide Männer wurden über Bord geworfen!«
»Vorher habt ihr sie getötet?«
»Nicht ich! Shann und Blame erledigten sie.«
»Wann?«
»Den Blonden in der Funkkabine als ersten, als alle anderen von Bord gegangen waren. Shann glaubte, die anderen würden zurückkommen, aber es kam nur einer. Blame schlug ihn nieder. Später erdrosselte er ihn. Wir warteten bis zum Morgen. Shann schlich zum Haus, kam zurück und sagte, alle lägen im Schlaf und wir könnten sie in einem Aufwasch wegräumen. Er führte uns zum Haus und . . .«

Er wollte nicht weitersprechen.

»Wie war die Rollenverteilung?«

»Blame sollte einen Mann durch ein Fenster erschießen. Den Mann im Wohnzimmer erledigte Shann. Es ging nicht lautlos ab. Blame wurde verwundet. Shann und ich mußten aus dem Haus flüchten, weil ein Mann mit einer Maschinenpistole auftauchte.«

»Wurde Blame schwer verletzt?«

»Er erhielt einen Streifschuß am Oberarm.«

Draußen rief ein Mann: »Ches! Heh, Ches!«

»Wer ist das?« fragte ich Chesney und vertauschte das Verbandszeug mit der Maschinenpistole.

»Das ist Shann«, antwortete er.

»Sag ihm, er soll an Bord kommen!«

Nicht eine Sekunde zögerte er, seinen Kumpan in die Falle zu locken, sondern rief, so laut er konnte: »Komm an Bord, Rod! Ich bin verletzt.«

Ich schob mich vorsichtig ans Kajütenfenster heran. Einen Teil des Strandes konnte ich überblicken. Ich sah niemanden. Shann war vorsichtig. Er blieb in der Deckung des Gebüsches oder hinter einer Palme.

»Wer hat geschossen?« rief Shann.

Ich brauchte Chesney nichts vorsagen. Er log selbständig.

»Ein Mann versuchte, das Schiff zu stürmen. Er schoß auf mich und flüchtete, als ich mit der MPi antwortete. Aber mein Bein wurde getroffen. Ich brauche Hilfe, Rod! Ich kann nicht laufen.«

»Du dreckiger Bastard!« brüllte Shann zurück. »Denkst du, ich fall auf dein Gewimmer rein?«

Seine Maschinenpistole ratterte. Kugeln prasselten gegen die Kajütenwand. Das massive Glas des Fensters zersprang.

Chesney kroch tiefer in die Kajüte aus Angst, zum zweiten Mal getroffen zu werden.

Es war nur ein kurzes Feuerwerk. Ich riskierte einen

Blick nach draußen. Noch immer war nichts von Shann zu sehen.

»Er hat dir die Freundschaft gekündigt«, sagte ich zu Chesney. »Ich will wissen, wer euch angeheuert hat.«

»Das weiß ich nicht. Nur Shann kennt die Auftraggeber.«

»Wer hat euch auf die Insel gebracht?«

»Ein Hubschrauber aus New Orleans.«

»Wer war der Pilot?«

»Shann redete ihn mit Charly an! Mehr weiß ich nicht.«

»Beschreib ihn!«

»Kann ich nicht! Er trug eine Strumpfmaske mit Schlitzen für die Augen.«

Während ich Chesney verhörte, beobachtete ich den Strand. Shann ließ sich nicht blicken. Anscheinend dachte er nicht daran, die Blue Bird zu stürmen. Er zog es vor, auf eine Chance aus dem Hinterhalt zu lauern.

»Brachtet ihr eure Ausrüstung mit?«

»Nein, wir fanden alles auf der Insel. Das Zelt war aufgebaut.«

»Gab der Hubschrauberpilot Anweisungen?«

»Nein, er sprach kaum ein Wort. Shann wußte, was zu tun war. Er wußte, wo das Zelt stand, und er kannte sich in dem Haus aus, in das wir einbrachen.«

»Ihr holtet Waffen und Signalgeräte aus dem Haus?«

»Ja. Shann sagte, die Leute dürfen keine Möglichkeit haben, Hilfe herbeizurufen.«

»Wo steht das Zelt?«

»Jenseits der Anhöhe auf der anderen Seite der Insel.«

»Ihr habt gewartet, bis die Blue Star auftauchte?«

»Zuerst brachte ein Hubschrauber den Besitzer der Insel und seine Freunde mit ihren Mädchen. Wir beobachteten ihre Ankunft. Shann sagte, sie kämen erst nach der Besatzung der Blue Star an die Reihe.«

»Sollen sie umgebracht werden?«

»Ja, ich denke, daß Shann so etwas meinte, als er von ihnen und der Reihenfolge sprach.«

»Acht Personen? Und sieben Personen von der Blue Star! Wollt ihr 15 Menschen umbringen?«

Seine unruhigen, flackernden Knopfaugen wichen meinem Blick aus. »Ich weiß nicht, wie groß Shanns Auftrag war«, murmelte er. »Einmal sagte er, der Job werde uns eine Million Dollar bringen. Für eine Million . . .«

Er brach ab. Er wollte nicht aussprechen, was er dachte: daß 15 Menschenleben nicht zuviel waren im Vergleich zu einer Million Dollar.

»Kennst du Grund für das Killer-Festival, das auf der verdammten Insel stattfinden soll?«

»Das Schiff hat eine große Ladung Rauschgift an Bord.«

»Wie soll das Rauschgift weitertransportiert werden? Die Steuerung der Blue Star habt ihr zerstört.«

»Das weiß nur Shann. Er sprach von einem Hubschrauber, der am Sonntag erwartet wird.«

Das Walkie-talkie, das auf dem Tisch lag, gab Summtöne von sich. Ich hob es auf und meldete mich.

Aus dem Lautsprecher drang Hymes' Stimme. »Bist du es, Caught?«

»Aye, aye, Sir! An Bord der Blue Star! Genauer gesagt: an Bord des Wracks der Blue Star«, antwortete ich.

»Was heißt das?« schrie er.

»Sie machten dein Boot unbrauchbar!«

»Die Ladung? Wo ist die Ladung?«

»Keine Ahnung! Ich habe noch nicht nachgesehen.«

»Geh in den Maschinenraum! Bitte, Caught! Sieh nach, ob die Ladung noch da ist!« Ein Hungernder hätte nicht flehentlicher um ein Stück Brot bitten können. »Sie ist in Kanistern versteckt. Wenn du die Deckel öffnest und den Einsatz herausnimmst, dann . . .«

»Ich weiß Bescheid«, unterbrach ich. »Ich war dabei, als Teller das Heroin verstaute. Merkwürdig, wie manche Ereignisse sich wiederholen. Du hast die Libanesen um den Kaufpreis betrogen, und nun kassieren deine Partner die Ware bargeldlos. Schon mal darüber nachgedacht, Hymes?«

Ich wartete seine Antwort nicht ab, sondern steckte den Kopf aus der Kajüte. Prompt knallte es. Die Kugel traf auf Metall und heulte als Querschläger ins Blaue hinaus. Der scharfe Peitschenschlag sprach dafür, daß Shann das Jagdgewehr benutzte, mit dem er Bigg getötet hatte.

Ich legte mich flach auf den Boden und robbte aus der Kajüte. Solange ich mich nicht aufrichtete, deckte mich die Schanzenverkleidung, auf die die Reling aufgesetzt war.

Die schmale Funkkabine am Fuß der Brücke ließ sich mit einem Blick überprüfen. Wie im Kommandostand hatten sie alle Geräte gründlich zerstört.

Ich robbte auf die Steuerbordseite der Blue Star, öffnete die Luke zum Laderaum und glitt die Schrägleiter nach unten. Das Licht, das durch die Lukenöffnung fiel, erfaßte nur das erste Regal mit den Treibstoffkanistern. Als ich den Lichtschalter kippte, leuchteten die Lampen im schmalen Gang zur Maschine auf. Die Akkus der Blue Star lieferten noch Strom.

Niemand schien hier gewesen zu sein. In langen

Reihen standen die Kanister in den Regalen. Ich hob einen Behälter heraus, öffnete den Verschluß, entfernte den mit Treibstoff gefüllten Einsatz und griff hinein. Ich fühlte die Leinensäcke. Hymes' Rauschgiftschatz befand sich noch an Ort und Stelle.

Callan hatte mir gesagt, daß nur zehn Kanister als Versteck für Heroin und Kokain genügten. Die übrigen waren tatsächlich mit der Treibstoffreserve für die Diesel der Blue Star gefüllt.

Warum hatten sich die Killer nicht um das Rauschgift gekümmert? Nach Chesneys Worten wußten sie, daß die Blue Star eine große Ladung Rauschgift an Bord hatten. Wollten sie warten, bis der Hubschrauber kam, um sie und ihre Beute abzuholen?

Ich kletterte aus dem Laderaum, schloß die Luke und enterte von Steuerbord auf die Kommandobrücke.

Aus sicherer Deckung überblickte ich den Strand, die sattgrüne Anhöhe, das weiße Haus mit seinem roten Dach. Die Sonne hatte die Mittagshöhe überschritten. Eine leise Brise trieb sanfte Wellen an den weißen Sandstrand. Die Palmen wiegten ihre Wipfel. Alles sah so aus, wie Reiseprospekte ihre Ferienparadiese anpreisen.

Biggs großer, regloser Körper, von der Sonne bis in die kleinste Einzelheit ausgeleuchtet, lag inmitten der Pracht wie eine lautlose, grausige Warnung, daß irgendwo in diesem Paradies ein Killer mit einem Präzisionsgewehr lauerte.

Vor der zerstörten Steuerung der Blue Star stand unverändert der verankerte Sessel für den Schiffsführer. Ich setzte mich und dachte nach.

Als wir die Schau in der Hotelhalle abzogen, die mich an Bord der Blue Star bringen sollte und gebracht hatte, waren alle anderen Vorkehrungen längst getroffen, um den Weg des Rauschgiftschiffs zu verfolgen. Ich war sicher, daß mein Freund und Kollege Phil die Blue Star und mich nie aus den Augen verloren hatte und wußte, wo wir waren.

Natürlich hofften wir, mit der Aktion dem Rauschgifthandel einen schweren Schlag zu versetzen. Es war unser Ziel, nicht nur Hymes auszuschalten, sondern auch seine Abnehmer zu fassen. Phil und die Polizei sollten erst eingreifen, wenn Verkäufer und Käufer festgenommen werden konnten.

So lange durfte ich nicht warten. Mit einem persönlichen Risiko hatte ich immer gerechnet, aber nicht damit, daß Unbeteiligte in Lebensgefahr geraten würden. Chesneys Äußerungen ließen keinen Zweifel daran, daß die Männer und Mädchen in Glonns Haus nicht geschont werden würden. Zu viele Millionen standen auf dem Spiel. Phil mußte sofort alarmiert werden.

Ich zog beide Schuhe aus, entfernte aus den Absätzen zwei Schrauben und hob sie ab. In jedem Absatz war ein Hohlraum ausgespart. Der linke Schuh barg ein winziges, kompaktes Sendegerät, der rechte eine Hochleistungsbatterie, die so viel Energie lieferte, daß der Sender ein vorprogrammiertes Signal eine halbe Stunde lang ausstrahlen konnte. Sobald Phil das Signal empfing, würde er den Einsatz auslösen.

Ich verband die Batterie mit dem Sender. Ein winziger Spannungsanzeiger schlug aus. Der Sender arbeitete. Ich legte die Apparatur aufs Dach des Kommandostands, befestigte die Absätze, zog die Schuhe an und robbte zurück in Hymes' Kajüte.

Chesney sah erbärmlich aus. »Ich habe Durst«, stöhnte er.

Aus dem Walkie-talkie quäkte Hymes' Stimme: »Verdammt, melde dich, Caught!«

»Hier bin ich«, sagte ich.

»Wo ist der Stoff?«

Ich spannte ihn absichtlich auf die Folter und fragte zurück: »Sind die Mädchen zurückgekommen?«

»Zum Teufel, ja! Hast du nachgesehen?«

»Dein Rauschgiftschatz liegt in den Kanistern. Soll ich dir eine Prise mitbringen?«

»Sobald es dunkel geworden ist, komme ich an Bord.«

»Wozu?«

»Wir reparieren die Blue Star und laufen aus!«

Ich brach in Gelächter aus. »Um repariert zu werden, braucht dein Schiff drei Wochen Liegezeit auf einer Werft!

Ich hörte ein merkwürdiges Geräusch. Viel später wurde mir klar, daß Hymes dicht am Mikrofon vor Wut mit den Zähnen knirschte.

»Sie bekommen die Ware nicht!« schrie er. »Wir verteidigen das Schiff.«

»Willst du eine längere Belagerung durchstehen? Du vergißt Glonn und seine Freunde. Wenn sie am Montag nicht in ihre Büros kommen, wird man nachforschen. Ich schätze, daß spätestens gegen Mittag ein Polizeihubschrauber die Insel überfliegen wird.«

»Richtig«, antwortete Hymes, und seine Stimme klang plötzlich gelassen und normal. »Das wissen die anderen auch. Wenn wir sie lange genug vom Stoff fernhalten können, müssen sie sich mit uns einigen.«

»Ohne mich!« sagte ich. »Sobald der Hubschrauber landet, schlage ich mich ins Gebüsch. Ende!«

Ich schaltete das Walkie-talkie ab.

Hymes' Hartnäckigkeit beeindruckte mich. Er war

noch immer gefährlich. Wenn Phil und die Polizei kamen, würde er acht Menschen als Geisel nehmen können. Ein Mann wie er, der alles auf eine Karte setzte, war zu jeder unberechenbaren Handlung fähig.

Ich beschloß, ins Haus zurückzugehen. Sobald Phil auf das Signal reagiert hatte und das Rattern der ersten Polizeimaschine zu hören war, mußte ich Hymes ausschalten.

Ich öffnete eine Büchse Coke und gab sie Chesney.

»Eigentlich müßte ich dich mitschleppen«, sagte ich, »aber ich will dich nicht unnütz quälen.«

»Wohin gehst du?«

»Zurück zum Haus!«

Er ließ die Cokebüchse fallen und krallte beide Hände um meinen Arm.

»Laß mich nicht zurück!« jammerte er.

»Warum nicht?«

»Shann wird mich umbringen!« schrie er.

Ein scharfer Sonnenstrahl fiel durchs Bullauge.

Phil rief Frank Warring an: »Hörst du mich, Frank?«

Warring schlug die Augen auf. »Hallo, alter Junge!« flüsterte er.

»Wie geht's dir, Frank?«

»Wenn ich meinen Kopf abschrauben könnte, würde es mir besser gehen«, antwortete Warring hauchleise mit dem Versuch zu scherzen.

»Frank, wir müßten längst von unseren Leuten gehört haben! Warum schicken Sie keinen Rettungshubschrauber? Warum holen sie uns nicht von dem Pott runter?«

»Vielleicht brauchen sie alle Maschinen für eine Parade.«

Phil schwang sich aus der Koje. In den Knien hatte er ein flaues Gefühl, als wären seine Knochen nachgiebig wie Schaumgummi.

Er arbeitete sich die kurze Treppe hoch und stemmte sich gegen die Tür, die sofort nachgab.

Frischer Seewind blies ihm ins Gesicht. Phil fühlte sich so schlapp, daß er sich festhielt, um nicht vom Wind in die Kajüte hinuntergeblasen zu werden.

Ein Matrose sah ihn und kam mit großen wiegenden Schritten.

Er faßte Phils Arm und befahl grob: »Go down, Gringo!«

»Ich will den Kapitän sprechen.«

Der Matrose rief: »Pablo!«

Ein Mann beugte sich aus dem Seitenfenster des Kommandostandes, sah Phil und kam über die Leiter an Deck.

Phil erinnerte sich an das breite Gesicht mit dem schmalen schwarzen Schnurrbart auf der Oberlippe und den dunklen Indianeraugen.

»Hallo, Americano!« Er grinste Phil an. »Ich freue mich, dich auf den Füßen zu sehen. Trotzdem solltest du in der Koje bleiben.« Er sprach ein hartes Englisch.

»Bist du der Kapitän?«

»Pablo Pequez! Hast du meinen Namen vergessen?«

»Kapitän, warum haben meine Leute noch nicht auf den Funkspruch reagiert?«

»Welchen Funkspruch?«

»Ich bat, Central Action Command zu benachrichtigen.«

Pequez nickte eifrig. »Haben wir getan! Zwei Funksprüche!« Er hob die Schultern. »Keine Antwort!«

»Ihr konntet senden, bis eine Antwort . . .«

»Sender fiel aus, Americano! Sehr altes Gerät! Oft kaputt. Wir sind zu arm für eine neue Anlage. Vielleicht, wenn du uns für eure Rettung belohnst, werde ich ein feines amerikanisches Funkgerät kaufen.«

»Kannst du es nicht reparieren?«

Pequez streckte die Hände und spreizte die Finger. »Sieh meine Hände, Americano! Zu grob für die Reparatur an einem Funkgerät. Damit kann ich nur Netze flicken.«

»Laß mich nachsehen!«

In Pequez' Gesicht erlosch das breite Lächeln.

»Geh unter Deck, Gringo!« sagte er. »Das ist mein Schiff! Sei froh, daß wir euch aus dem Wasser zogen!«

»Kapitän, es hängen Menschenleben davon ab, daß Central Action Command benachrichtigt wird.«

»Ich kann nichts daran ändern, daß meine Funkanlage nicht funktioniert. Ich bin ein armer Mexikaner. Alles, was ich besitze, ist alt und brüchig. Wie kannst du erwarten, daß meine Geräte funktionieren, wenn eure teuren Hubschrauber versagen? Heute nacht legen wir in Matamoros an! Dann kannst du dir ein Telefon suchen und deine Zentrale anrufen!«

Er fiel ins Spanische, sprudelte eine Menge Worte hervor, die nach Flüchen und Beschimpfungen klangen, und schob Phil zurück in die Kajüte.

Phil verlor den Halt und rutschte die steilen Stufen hinunter. Pequez und der Matrose schmetterten die Tür zu. Als Phil sich aufraffte und einen zweiten Versuch machte, fand er sie von außen verriegelt.

Chesney lehnte an der Wand, stützte sich mit den Händen ab und hatte das Gewicht seines Körpers auf sein gesundes Bein verlagert.

»Überleg's dir!« sagte ich. »Du mußt 200 Meter deckungsloses Gelände überqueren.«

»Ich kann laufen«, versicherte er.

»Wie du willst, Mann! Versuch dein Glück, wenn ich die Büsche erreicht habe!«

Vorsichtig verließ ich Hymes' Kabine. Die Maschinenpistole hielt ich schußbereit, und ich beobachtete scharf die Palmen und achtete auf jede Bewegung.

Alles blieb ruhig.

Ich flankte über die Reling, verharrte und rannte dann los.

Der scharfe Peitschenknall zerriß die laue Friedlichkeit. Abrupt blieb ich stehen, bemerkte die Bewegung hinter dem Stamm einer Palme und drückte auf den Abzug.

Die Kugeln fetzten die Rinde vom Stamm und zwangen den Killer, sich schmal und dünn zu machen.

Ich begnügte mich mit einem kurzen Feuerstoß. Dann rannte ich weiter. Drei Schüsse fielen. Giftig wie eine angreifende Hornisse sirrte eine Kugel. Die rettende grüne Wand der Hibiscusbüsche schien immer weiter zurückzuweichen, und der feine Sand machte das Laufen schwer.

Zehn, sieben, fünf, drei Meter . . . Aus dem letzten Satz wurde ein Hechtsprung. Zweige krachten unter meinem Gewicht. Rote Blüten regneten auf mich herab. Ich rollte mich um die eigene Achse und blieb sekundenlang auf dem Rücken liegen.

Ein letzter Schuß knallte. Dann Stille, in der nur noch das Hämmern meines Herzens in meinen Ohren dröhnte.

Ich richtete mich auf und kroch vorsichtig nach

links, bis ich den Strand, den Hafen und die Blue Star sehen konnte.

Wie oft war geschossen worden? Ich war sicher, daß zwei Killer an dem kurzen, intensiven Feuerwerk mitgewirkt hatten. Mit den weittragenden Jagdgewehren und den Zielfernrohren waren sie scheußlich im Vorteil, weil sie auf eine Distanz schießen konnten, auf der meine MPi nur noch Kugel in der Gegend herumstreute. Ein Wunder, daß ich den Palmenstamm getroffen hatte, und ein zweites Wunder, daß sie mich nicht erwischt hatten.

Ich hoffte, Chesney würde die Lust vergangen sein, aber ich irrte mich. Seine Gestalt tauchte in der Kajütentür auf, und er schickte sich an, zur Reling zu hinken. »Bleib, wo du bist!« rief ich.

Er war wie taub. Die Angst vor den eigenen Freunden brachte ihn um den Verstand. Hartnäckig arbeitete er sich zur Reling vor.

Ich sah den Lauf des Gewehrs, der langsam hinter einem Stamm vorgeschoben wurde, nahm die Maschinenpistole hoch und gab Feuer.

Der Gewehrlauf verschwand. Trotzdem fielen zwei Schüsse. Chesney warf die Arme hoch, kippte über die Reling und schlug auf die Mauerkante des Hafenbeckens auf.

Ich sah nicht, wo der zweite Schütze stand. Es hätte auch wenig Sinn gehabt, denn meine MPi spuckte die letzte Kugel aus und gab ihren Geist auf.

Kein Magazin ist unerschöpflich, und ich war verdammt leichtsinnig mit meinem einzigen Vorrat umgegangen.

Am liebsten hätte ich die nutzlose Kugelspritze weggeworfen, aber ich hängte sie über die Schulter. Vielleicht taugte sie noch für einen Bluff.

Ich benutzte den Strandweg zum Haus. Als ich die Terrasse erreichte, stieß ich nicht nur auf Hymes. Auch Jill, Tania, Jack Glonn und Sturgeon hatten sich ins Freie gewagt.

Hymes tobte vor Wut. »Warum bist du nicht an Bord geblieben?« brüllte er mich an. »Ich hatte dir befohlen, bis zur Dunkelheit an . . .«

Ich ließ den Riemen der MPi von der Schulter gleiten und legte die Hand ums Schloß. Es sah nachlässig und eher zufällig aus, aber Hymes stellte sein Gebrüll ein, und ich erzielte den ersten Blufferfolg mit meiner leeren Waffe.

»Wer kocht Kaffee für mich?« fragte ich die Mädchen und ging an Hymes vorbei ins Haus.

Die anderen Glonn-Gäste und Grace Moran saßen im großen Wohnzimmer. Grace hing in einem Sessel und hatte ihre Angst in irgendeinem Gesöff ertränkt. Ihr Anblick konnte kein Männerherz erfreuen.

Auch Spector und Steve Kerrigan hielten sich an Whiskygläsern fest. Inga, die Schwedin, und Katie Syde, hantierten in der Küche, als gäbe es in jeder Lage nichts Wichtigeres zu tun, als das Geschirr zu spülen.

Irgendwer hatte sich ein Herz gefaßt und dafür gesorgt, daß Acorns Leiche weggeschafft worden war. Ein Teppich verdeckte die Stelle, wo der Körper gelegen hatte.

Ich ließ mich in einen Sessel fallen. »Kann ich einen Schluck Whisky haben?«

Jill nahm die Flasche, die vor Grace Moran auf dem Tisch stand. Grace lallte einen müden Protest und ließ den Kopf zurücksinken.

Jill kniete neben meinem Sessel nieder und gab mir ein Glas. »Ich hatte Angst um dich«, sagte sie halblaut.

»Danke!« Der Whisky rann durch die Kehle und entzündete ein angenehmes Feuerchen in meinem Inneren.

Sie legte die Hand auf meinen Arm. »Werden die Männer uns alle umbringen?«

»Zunächst haben sie es auf Hymes und mich abgesehen.«

»Wie viele Männer sind es?«

»Noch zwei!«

»Nur zwei?« wiederholte sie mit leichter Veränderung. »Können wir nicht gegen sie kämpfen?«

»Wen meinst du mit wir? Hymes und mich? Ich vertrau' dir ein Geheimnis an!«

Ich legte die Lippen an ihr Ohr. Zum Teufel, wie machte sie es, daß sie noch immer gut roch?

»Das Magazin der Maschinenpistole ist leer, aber für meinen Revolver besitze ich noch zwölf Kugeln. Hymes verfügt über ein Magazin. Die Konkurrenz ist bis an die Zähne bewaffnet.«

»Sollen wir abwarten, bis sie uns töten?«

Ich warf einen Blick auf die Armbanduhr. Seit 20 Minuten strahlte der Sender das Signal aus. In einer Stunde, so schätzte ich, würden die Hubschrauber heranschwirren und dem Festival der Killer ein Ende machen.

Für einen Augenblick fühlte ich mich versucht, Jill einzuweihen. Ich unterdrückte die Regung. Es wäre leichtsinnig und nicht fair gegenüber den anderen gewesen.

Ich legte eine Hand um ihren schlanken Nacken, zog ihr Gesicht so dicht heran, daß meine Lippen die Samtheit ihrer Haut spürten und ich noch einmal an ihr herumschnuppern konnte.

»Sie kriegen uns nicht«, sagte ich.

Die Maschine kam aus Washington und landete bei Dunkelheit auf dem New Orleans Airport. John D. High, Chef des FBI-Distrikts New York, wurde von seinem Kollegen Robert Luce erwartet und in Empfang genommen. Die Männer kannten sich aus gemeinsamen Anfangsjahren beim FBI. Luce leitete die Abteilung für Sonderaktionen.

»Gibt es neue Nachrichten?« fragte High auf der Fahrt über das Flugfeld in Luces Wagen.

Luce schüttelte den Kopf. »Die Suche nach Überlebenden des Hubschrauberabsturzes blieb bis jetzt ergebnislos.«

»Und die Blue Star? Wissen wir, wo sie ist?«

»Wir kennen die letzte Standortmeldung der Navy. Danach übernahmen Phil und Warring die Beschattung. Mit dem Absturz ihres Hubschraubers riß auch die Verbindung zur Blue Star ab.«

Im Terminal führte Luce den Besucher in einen VIP-Raum der Fluggesellschaft, der für ihn reserviert worden war. Eine Stewardeß fragte, ob Getränke gewünscht würden. High bat um eine Tasse Kaffee. Schweigend warteten die Männer, bis das Mädchen den Kaffee gebracht und den Raum wieder verlassen hatte. Luce öffnete eine Aktentasche und breitete eine Karte aus. Er zeigte High eine angekreuzte Stelle.

»Der letzte Standort der Blue Star, noch außerhalb der Zwölf-Meilen-Zone.«

»Und die Absturzstelle des Hubschraubers?«

»Unbekannt, John! Vergiß nicht, daß wir das Unternehmen vor der Küstenüberwachung geheimhalten mußten! Für die Suche waren wir auf die Hilfe der Navy angewiesen.«

»Ist es denkbar, daß Phil und Frank Warring von einem fremden Schiff aufgefischt wurden?«

»Denkbar, ja. Aber wenig wahrscheinlich. Die Aufnahme von Schiffbrüchigen wird von allen Kapitänen sofort gemeldet. Solche Meldung gibt es nicht. Die Navy richtete eine Anfrage an alle Schiffe im vermuteten Absturzgebiet. Eine positive Antwort erhielt sie nicht.«

John D. High schwieg und rührte mechanisch in der Kaffeetasse. Luce sah, daß sich die Wangenmuskeln unter der Haut hart abzeichneten, und begriff, daß der andere um seine Fassung kämpfte.

Schließlich hob John D. High den Kopf. »Okay, Bob, wenn wir für Phil und Frank Warring nicht mehr tun können, als schon getan wird, müssen wir uns um Jerry kümmern. Wichtigste Frage: Wo ist die Blue Star?«

»Washington hob die Einsatzbeschränkung für die Coast Guard nicht auf, John. Der Korruptionsverdacht ist zu dringend. Die Rauschgiftbosse haben sich zweifellos ein paar schwarze Schafe unter den Männern der Küstenwache gekauft.«

»Ich sprach in Washington mit dem stellvertretenden Direktor«, unterbrach John D. High. »Drei Helicopter und ihre Besatzungen werden von ihren Aufgaben abgezogen und nach New Orleans verlegt. Die Navy hat zugestimmt, daß sie den Militärflughafen Mississippi Cross als Stützpunkt benutzen. Die erste Maschine wird noch heute nacht eintreffen.«

Er schwieg einige Sekunden lang, bevor er hinzusetzte: »Die Blue Star muß wiedergefunden werden, Bob! Rechtzeitig!«

Ich öffnete ein Fenster und lauschte in die Nacht hinaus. Zum wievielten Mal?

Mindestens 20mal in den letzten Stunden hatte ich ein Fenster geöffnet oder war auf die Terrasse hinausgegangen und hatte meine Ohren strapaziert in der Hoffnung, über dem sanften Geräusch der Brandung das Brummen ferner Motoren zu hören. Immer vergeblich.

Worauf hoffte ich noch? Seit vier Stunden war der Sender des Notsignals verstummt, falls er jemals funktioniert hatte. Kein Polizeihubschrauber war am Himmel über der Insel aufgetaucht. Kein schnelles Boot war herangerast und hatte Männer in grünen Overalls mit kugelsicheren Westen und Maschinenpistolen abgesetzt.

Es war zwecklos, sich Illusionen hinzugeben. Phil hatte mein Signal nicht gehört.

Ich spürte eine sanfte Berührung.

Jill lehnte ihren Körper gegen meinen Rücken. »Worauf wartest du?« flüsterte sie.

Ich drehte mich um. Sie blieb an mir hängen. Sie legte die Arme um meinen Hals. Zwischen ihr und mir war ein kleines Feuerchen aufgeflackert. Sie schien völlig vergessen zu haben, daß ich als Gangster in ihre Insel-Idylle geplatzt war.

»Ich warte auf die Landung von Superman. Er taucht immer auf, wenn es gilt, ein bedrohtes Mädchen zu retten. Auf Cherry Island hätte er die Chance, sich vier Mädchen auf einmal unter die starken Arme zu klemmen. Warum kommt er nicht?«

»Wenn du noch Witze machst, kann es nicht schlecht um uns stehen.«

Ich sagte ihr nicht, daß eine Menge Galgenhumor mitschwang.

»Geh weg vom Fenster!« befahl ich, löste ihre Arme und zog sie in das Zimmer.

Hymes und Grace Moran fehlten in der Gesellschaft. Bis zum Einbruch der Dunkelheit hatte Hymes fast ununterbrochen durch das Fernglas auf sein Schiff gestarrt. Nichts hatte sich am Hafen verändert. Die Killer waren nicht an Bord gegangen.

Später hatte Hymes noch einmal versucht, mich für seinen Plan zu gewinnen. Er wollte sich auf seinen Rauschgiftschatz setzen und ihn mit Zähnen und Klauen verteidigen. Ich sagte ihm, er könne machen, was er wolle, aber ich würde nicht mitkommen.

Er ließ seinen Zorn an Grace Moran aus, zwang sie unter eine kalte Dusche und schloß sich mit ihr in ein Schlafzimmer ein, denn er war übermüdet wie wir alle und brauchte einn paar Stunden Schlaf. Mir traute er nicht mehr, und von den anderen wollte er sich nicht im Schlaf überraschen lassen. Er wählte das Zimmer, in dem er die erste Nacht verbracht hatte.

Kerrigan, Glonn und Sturgeon mußten ihm helfen, einen schweren Schrank vors Fenster zu schieben. Welche Vorkehrungen er für die Sicherung der Tür traf, weiß ich nicht.

Der dicke Melville Spector betrank sich bis zur Bewußtlosigkeit und schnarchte so gräßlich, daß Sturgeon und Kerrigan ihn in den Keller schleiften, damit er außer Hörweite war.

Die Mädchen zeigten gute Nerven. Sie beschlossen, zusammen in einem Raum zu schlafen.

Glonn, Sturgeon und ich blieben in der Wohnhalle zurück.

»Sie verlangen nicht, daß wir die Nacht im Keller verbringen?« fragte Glonn.

»Nein, denn die Lage hat sich gründlich verändert.«

»Warum gehen Sie nicht mit Hymes an Bord des Schiffs?«

»Weil mir mein Leben wichtiger ist als seine Dollarmillionen. Wenn der Hubschrauber mit dem Mann kommt, der diese Sache ausgekocht hat, schlage ich mich in die Büsche und rette meine Haut. Ich glaube nicht, daß sie sich mit einer Suche aufhalten.« Ich genehmigte mir einen Schluck Sodawasser. »Das sollten wir alle tun«, sagte ich.

»Was sollten wir alle tun?« fragte Sturgeon verständnislos.

»Das Haus verlassen und uns in Mr. Glonns Privatdschungel verkriechen. Aber erst nach der Landung des Hubschraubers.«

»Ich verstehe.« Jack Glonn rieb sich das Kinn. »Im Haus sitzen wir in einer Falle. Wenn sie angreifen, können sie uns alle töten.«

»Vor der Landung des Hubschraubers werden sie keine Gewaltaktion starten. Aber danach ist alles möglich.«

»Warum verlassen wir das Haus nicht sofort?«

»Weil sie dann Zeit genug hätten, nach uns zu suchen. Sie würden uns einzeln aufstöbern, und ich fürchte, sie würden vor keinem Mord zurückschrecken. Sobald der Hubschrauber gelandet ist, müssen sie sich beeilen, denn sie sind gezwungen, die vorgegebenen Flugzeiten einzuhalten. Sie wollen einen angemeldeten Flug vortäuschen. Wann solltet ihr abgeholt werden?«

»Morgen abend! Wir wollten bei Dunkelheit zurückfliegen.«

»Um so besser für uns.«

»Sie reden, als stünden Sie auf unserer Seite«, sagte Sturgeon. Vorsichtig betupfte er die geschwollene

Stelle an seinem Kinn und sah mich feindselig an. Er haßte mich, weil ich ihn niedergeschlagen hatte, noch dazu vor den Augen seines Mädchens. »Mich können Sie nicht täuschen. Wenn es in eure Rechnung paßt, werdet ihr uns so wenig schonen wie die Killer dort draußen.«

Glonn stieß ihn an und schüttelte den Kopf. »Sei still, Richard! Caught hat verhindert, daß die Mädchen vergewaltigt wurden, und du wärst ohne sein Eingreifen schon seit 24 Stunden ein toter Mann.«

»Wenn an dir ein paar Dollars zu verdienen wären, Sturgeon«, sagte ich, »hättest du vielleicht recht, denn ich kam mit Hymes auf diese Insel, um etwas Geld für einen ruhigen Lebensabend einzusacken. Leider wird kein einziger müder Dollar aus dem 20-Millionen-Geschäft für mich abfallen. Also schreibe ich die ganze Sache als mißlungene Börsenspekulation in den Schornstein und versuche, meine Haut zu retten.«

»Wie wollen Sie, wenn alles vorüber ist, die Insel verlassen?« fragte Glonn. Ich sah, daß er ein Lächeln unterdrückte.

»Oh, da gibt es einen einfachen Weg. Sobald der Hubschrauber, der dich und deine Freunde abholen soll, gelandet ist, werde ich den Piloten bitten, mich als ersten auszufliegen. Mit einer Revolvermündung an der Schläfe wird er sich nicht weigern.«

Glonn stand auf. »Etwas dagegen, daß ich versuche, ein paar Stunden zu schlafen?«

»Mach, was du willst! Ich bleibe in der Halle.«

»Rechnen Sie mit einem zweiten Überfall?«

»Keine Ahnung! Durchaus möglich, daß sie reinen Tisch machen wollen, bevor der Hubschrauber kommt.

Glonn und Sturgeon verließen die Wohnhalle. Ich

schob zwei massive Sessel zusammen, löschte alle Lampen bis auf zwei Außenleuchten auf der Terrasse und machte es mir in den Sesseln bequem.

Ich versuchte, wach zu bleiben, aber ich hatte nur zwei Stunden geschlafen und kämpfte hart gegen die Müdigkeit an. Die große Halle lag im Dunkel. Die Außenleuchten auf der Terrasse schwangen im Wind und erzeugten wechselnde Schatten vor den Fenstern.

Es war nicht still. Viele Geräusche erfüllten die Nacht. Das Rauschen der Brandung, klagende, heulende Rufe von Nachtvögeln, das trockene Rascheln der großen Palmen und das gleichmäßige Brummen des Generators, das die Mauern sanft vibrieren ließ.

Ich fürchte, irgendwann in dieser Nacht schalteten sich meine strapazierten Sinne ab, und ich sackte in eine kurze Bewußtlosigkeit. Einfach ausgedrückt: Ich schlief ein.

Als ich aufwachte, spürte ich die Nähe eines Menschen. Lautlos legte ich die Hand auf den Griff des 38ers.

Schritte waren nicht zu hören, und doch wußte ich, daß jemand sich in der Halle bewegte.

Ich richtete mich auf. Die Polster knirschten.

Eine Stimme flüsterte: »Jesse?«

Die Luft trug einen bestimmten Duft heran. Ich ließ den Revolvergriff los.

»Jesse?«

Ich stieß einen leisen Pfiff aus, nicht lauter als Grillenzirpen.

Eine Hand berührte mich und tastete nach meinem Gesicht. »Jesse?«

»Für zwei gibt's hier keinen Platz«, murmelte ich.

Jill lachte nahezu lautlos.

»Das wird sich finden«, zischelte sie. Ihr Gesicht berührte mein Gesicht. Ihre Lippen fanden meinen Mund, und das war noch lange nicht alles.

Durch das schmutzige Glas des Bullauges sah Phil das kreisende Licht eines Leuchtturms. Er hörte das Tuten von Schiffssirenen. Der Fischkutter passierte einen beleuchteten großen Frachtdampfer.

Seit dem Zusammenstoß am Mittag hielten die Mexikaner ihn und Warring gefangen. Zweimal brachten sie Essen und Mineralwasser. Auf Fragen antworteten sie nicht. Als er an Deck gehen wollte, hinderten sie ihn daran.

Frank Warring bekam die Ereignisse nicht mit, denn er fieberte seit Stunden.

Die Kajütentür wurde geöffnet. Ein Matrose kam, legte Phils Kleider auf den Tisch, kramte in einer Tasche seiner Hose und brachte Phils Uhr zum Vorschein, die er auf den Kleiderstapel legte. Dann drehte er sich um und ging an Deck.

Phil ergriff die Uhr. Er sah, daß sie funktionierte. Es war kurz nach Mitternacht.

Er betastete die Kleider und fand sie trocken, aber klebrig vom Seesalz. Er zog sich an.

Der Kapitän kam in die Kajüte. »In einer Stunde legen wir in Matamoros an«, erklärte Pequez. »Ich werde dich und deinen Freund der Hafenbehörde übergeben.«

»Frank fiebert. Er muß sofort in ein Krankenhaus gebracht werden.«

»Die Beamten der Hafenbehörde werden dafür sorgen.«

Beide Männer schwiegen für eine Minute. Dann

fragte Phil: »Warum hast du unsere Rettung nicht über Funk gemeldet?«

Pequez' dunkle Indianeraugen zeigten keine Regung. »Das Funkgerät fiel aus«, wiederholte er seine alte Behauptung.

»Ich glaube dir nicht«, sagte Phil, »aber ich danke dir für die Rettung.«

Eine gute Stunde später saß Phil einem uniformierten Beamten der Hafenpolizei gegenüber.

»Sollen wir die amerikanische Küstenwache benachrichtigen?« fragte der Mexikaner.

»Verschaffen Sie mir eine Telefonverbindung mit New Orleans!« bat Phil und nannte die Nummer.

Irgend etwas hatte sich verändert.

Ich hob den Kopf.

Die Außenlampen auf der Terrasse waren erloschen. Das sanfte Brummen des Generators war verstummt.

»Laß mich los!« flüsterte ich Jill zu.

Sie reckte sich und gab einen unwilligen Seufzer von sich.

»Wach auf! Der Spaß ist zu Ende.«

Was immer sie geträumt haben mochte, von einer Sekunde zur anderen stürzte sie zurück in die Wirklichkeit. Sie wollte auffahren. Ich drückte sie in den Schutz der massiven Sessel.

»Bleib, wo du bist!«

Ich turnte über sie hinweg und nahm den 38er in die Hand. Die Leuchtziffern meiner Armbanduhr zeigten 4.10 Uhr morgens. In einer Stunde würde es hell werden.

Der starke weiße Lichtkegel einer Handlampe fiel

durch ein Fenster, geisterte durch den Raum, blieb auf den zusammengeschobenen Sesseln haften, hinter denen Jill lag, glitt weiter und bewegte sich auf mich zu.

Ich grätschte die Beine, hob die Waffe und feuerte.

Glas zersprang, aber es war nur das Glas des Fensters. Die Lampe und den Mann, in dessen Hand sie lag, traf ich nicht.

Er behielt die Nerven und schaltete die Lampe nicht ab. Der Lichtstrahl zickzackte duch den Raum, erfaßte mich, verlor mich, kam zurück und heftete sich auf mich wie der körperlose weiße Zeigefinger des Todes.

Aus dem Stand hechtete ich in die rettende Dunkelheit jenseits des weißen Lichtes.

Mündungsfeuer durchzuckte die Halle wie Wetterleuchten. Harte Hammerschläge einer MPi-Serie krachten in rasender Geschwindigkeit.

Ich prallte gegen den großen Tisch, der den Mittelpunkt der Einrichtung bildete, ein wuchtiges Gebilde aus massiven Bohlen, zu groß und zu schwer, um von einem Mann getragen zu werden.

Mit aller Kraft stemmte ich mich dagegen, wuchtete ihn hoch und ging hinter der Platte in Deckung.

Schreie füllten das Haus.

Der weiße Lichtfinger heftete sich auf den Tisch.

Ich atmete tief ein und versuchte, meine Nerven unter Kontrolle zu halten.

Hymes' Stimme hallte durchs Haus. »Caught! Wo bist du? Caught!«

»Vorsicht!« rief ich. »Sie sind . . .«

Fünf Schüsse krachten! Nicht die harten, schnellen, hysterischen Schläge einer Uzi, sondern das wummernde Dröhnen eines schweren Revolvers. Und diese Schüsse fielen nicht draußen! Sie fielen im Haus.

»Hymes?« schrie ich. »Hymes!«

Antwortete er, oder antwortete er nicht? Eine zweite Serie aus einer Maschinenpistole überdröhnte für zehn Sekunden jedes Geräusch.

Schwarze Gedanken zuckten mir durch den Kopf. Wenn sie Hymes erwischt hatten, war ich das letzte Hindernis. Ich und meine Handvoll 38er-Munition gegen ihr Arsenal. Einer von beiden war im Haus, der andere hielt mich mit der Maschinenpistole und der verdammten Lampe unter Druck.

Großer Gott, während ich hinter dem Tisch kauerte, konnte der Killer in alle Zimmer eindringen, konnte jeden töten. Die Mädchen, Glonn, Sturgeon, einfach alle.

Ich mußte treffen!

Der Gedanke hämmerte in meinen Schläfen.

Ich mußte den Mann am Fenster ausschalten.

Hartnäckig klebte der Lichtkegel auf der Tischplatte.

Er wußte, wo ich war, und ließ die Lampe eingeschaltet, damit er die kleinste Regung wahrnahm.

Mit fliegenden Fingern ersetzte ich zwei verschossene Kugeln in der Trommel.

Jetzt, dachte ich, jetzt!

Ich richtete mich auf und zog durch.

Ich feuerte auf die verdammte Lampe, das Fenster und auf alles, was sich hinter dem blendenden Lichtkreis verbarg.

Was auch geschah, ich feuerte. Ich nahm den Kopf nicht weg, als die Maschinenpistole loslegte. Sechsmal zog ich durch. Erst nach der letzten, der sechsten Kugel ließ ich mich zurückfallen.

Hatte ich einen Schrei gehört?

Noch dröhnte der Widerhall der Schüsse in meinen

Ohren. Noch reagierten die Trommelfelle nicht auf schwaches Geräusch.

Ich lud die Trommel. Vier Kugeln grub ich aus meinen Taschen.

Das war der Rest.

Ich hob den Kopf und spähte über den Rand des umgestürzten Tisches.

Die Lampe brannte noch, aber ihr Lichtstrahl war nicht mehr in der Halle, sondern schräg in den Himmel gerichtet. Schon tanzten Motten und Insekten durch das weiße Band.

»Jill?« fragte ich halblaut.

»Oh, Jesse!« antwortete sie.

Es war still im Haus!

Ich richtete mich auf.

Der zweite Killer!?

War er noch im Haus? War er geflüchtet?

Ich rief Namen: »Katie! Inga! Tania!«

Sie antworteten vielstimmig: »Wir sind hier! Hier!«

»Glonn! Sturgeon!«

»Ich bin nicht verletzt!« rief Glonn. Von Sturgeon kam keine Antwort, aber Steve Kerrigan schrie: »Wir sind okay!«

»Bleibt alle in den Zimmern!« befahl ich.

Der zweite Killer?

Lauerte er im Gang zu den Schlafzimmern?

Ich tastete mich durch die Dunkelheit, trat auf die Splitter eines zerschossenen Gegenstands, stieß gegen ein umgestürztes Möbelstück, erreichte den Flur, an dem die Schlafzimmer lagen und an dessen Ende die Treppe in den Keller führte.

Die linke Hand ließ ich an der Wand entlanggleiten. Schon die erste Tür stand offen. Ich hörte die heftigen Atemzüge eines Menschen. Es war die Tür zum

Zimmer, das Hymes für sich und Grace gewählt hatte.

»Bist du Grace?« fragte ich.

Sie antwortete mit einem halb erstickten Ja. Mit dem nächsten Schritt stieß ich gegen ein Hindernis, das nur ein menschlicher Körper sein konnte.

Ich bückte mich und ließ die Hand über die reglose Gestalt gleiten. Als ich den Kopf und das lange, strähnige Haar berührte, wußte ich, daß es Hymes war, und als ich die offenen Augen berührte, wußte ich, daß er tot war.

Ich kehrte um, durchquerte die Halle und stieß die Tür zur Terrasse auf.

Die Lampe lag auf dem Terrassenboden und sandte ihren Lichtstrahl in die Nacht. Ich hob sie auf und ging ins Haus zurück, das vom Weinen einer Frau erfüllt war.

Jill rief mich an.

»Warte noch!« antwortete ich.

Ich war vorsichtig und schaltete die Lampe ab, bevor ich den Gang betrat.

Das Weinen war ganz nah.

Ich drückte auf den Schaltknopf.

Grace Moran kauerte neben Hymes' Leiche. Sie hielt den Kopf gesenkt. Das wirre Haar verdeckte ihr Gesicht. Schluchzen schüttelte sie.

Außer dem toten Gangster und Grace war niemand im Gang.

Um 4 Uhr morgens landete der erste FBI-Hubschrauber auf dem Militärflughafen Mississippi Cross. John D. High ging hinaus, um mit den Piloten zu sprechen.

»Mute ich Ihnen zuviel zu, wenn ich Sie bitte, sofort

mit der Suche nach der Blue Star zu beginnen?« fragte er die Männer.

»Durchaus nicht, Sir«, antwortete der Ältere. »Sobald die Maschine aufgetankt ist, starten wir.«

John D. High gab ihnen Aufnahmen der Blue Star, die vor Monaten in einem südamerikanischen Hafen von einem Geheimagenten der Anti Drug Force geschossen worden waren.

»Mit einem Erfolg können wir erst nach Tagesanbruch rechnen, Sir«, gab der Pilot zu bedenken. »Wir haben zwar Radar an Bord, aber es ist schwierig, ein Schiff dieser Größenordnung nach dem Radarbild zu identifizieren.«

»Ich bin sicher, daß Sie Ihr Bestes tun werden.«

Ein Navy Sergeant trat zu ihnen. Er salutierte. »Sir, Mr. Luce bittet Sie, in die Flugkontrolle zu kommen. Es ist dringend.«

John D. High folgte dem Sergeant.

In einem Büro des Kontrollturmes stand Robert Luce, den Hörer eines Telefons in der Hand. Seine Augen leuchteten.

»Hier ist ein Anruf für dich, John«, sagte er. »Ein verdammt erfreulicher Anruf.«

John D. High übernahm den Hörer und nannte seinen Namen.

Es rauschte und knackte in der Leitung. Die Verbindung war schlecht. Trotzdem erkannte er die Stimme sofort, die durch das Rauschen und Geknister sagte: »Phil Decker, Sir! Ich melde mich aus Matamoros in Mexiko.«

Ich beugte mich zu Grace Moran, hob sie auf und führte sie von Hymes' Leiche zurück ins Zimmer.

»Bleib hier! Die Mädchen werden sich um dich kümmern.«

Sie sank auf das verwühlte Bett und vergrub das Gesicht in den Händen.

Ich leuchtete die Umgebung des Toten ab. Ich hoffte auf Hymes' Maschinenpistole. Mit vier Kugeln in der Trommel kam ich mir verdammt arm vor.

Die Uzi-MPi war verschwunden.

»Glonn!« rief ich.

Eine Tür wurde geöffnet. Glonn trat in den Flur.

»Warum ist der Generator ausgefallen?«

»Keine Ahnung!« sagte er.

»Gibt es Lampen im Haus?«

»Ich glaube, es liegen zwei oder drei im Geräteschrank. Sie wurden nie gebraucht. Der Generator arbeitet sehr zuverlässig.«

»Ich werde nachsehen, ob ich ihn in Gang bringen kann.«

»Soll ich mitkommen?« fragte Glonn.

»Ja, das wäre gut.«

Wir gingen die Treppe hinunter. Die Tür zum Keller stand offen. Mir fiel ein, daß Sturgeon und Kerrigan den betrunkenen Melville Spector in den Keller getragen hatten, weil sein ungehemmtes, rasselndes Schnarchen alle nervös machte.

Ich leuchtete den Raum aus. Spector lag auf einer der Matratzen, die gestern in den Keller gebracht worden waren. Er lag auf dem Rücken, die Arme ausgebreitet. Aus einer Platzwunde an der Stirn sickerte Blut, aber an dieser Wunde war er nicht gestorben.

Die Schlinge, mit der er erwürgt worden war, lag noch um seinen Hals.

»Nein«, sagte Glonn halblaut. »Nein, das kann nicht wahr sein!«

Ein idiotischer Satz angesichts dessen, was er sah. Aber Menschen sagen oft unsinnige Sachen, wenn sie erschreckt und überrascht sind.

»Wie ist der Killer ins Haus eingedrungen, ohne daß einer von uns etwas gemerkt hat?« fragte ich. »Ich war in der Halle. In Hymes' Zimmer ist das Fenster verbarrikadiert. Und in den anderen Zimmern waren die Mädchen oder ihr.«

»Nicht in allen Zimmern«, antwortete Glonn. »Niemand wollte in dem Zimmer schlafen, in das wir die Leiche des Mannes brachten, der gestern ermordet wurde.«

»Sieh nach, ob du den Generator in Gang bringen kannst!«

Er überprüfte die Anlage im Licht der Handlampe, legte einen Schalter um und drückte auf den Startknopf. Der Motor sprang an. Das Brummen des Generators setzte ein.

»Er war nur abgeschaltet«, sagte Glonn.

»Der Mann kannte sich in deinem Keller aus.«

»Beim Einbruch hatten sie Zeit genug, sich gründlich umzusehen.«

Er öffnete einen Wandschrank. Neben vielerlei Werkzeug hingen drei Stablampen, von denen nur zwei funktionierten.

Ich fand eine Decke und breitete sie über Melville Spector. Ein paar Fragen schossen mir durch den Kopf. War Spector aufgewacht, hatte er den Killer gesehen? Oder hatte er bewußtlos vom Whisky weitergeschnarcht und war trotzdem umgebracht worden?

Glonn und ich gingen zurück.

Im Flur brannte Licht. Katie Syde kam uns entgegen. »Wo ist Mel?« fragte sie angstvoll. »Kann ich zu ihm?«

Glonn legte einen Arm um ihre Schulter. »Geh nicht hinunter, Katie!«

Sie starrte ihn an. »Ist er . . .?«

Glonn nickte.

Sie schlug die Hände vors Gesicht und brach in Schluchzen aus. Die Schwedin Inga eilte zu ihr, umarmte sie und flüsterte beruhigend auf sie ein.

Kerrigan und Sturgeon standen mit verstörten Gesichtern im Flur. Sie bemühten sich, Hymes' Leiche nicht anzublicken. Tania und Jill kümmerten sich um Grace Moran.

Ich kniete neben Hymes nieder und untersuchte seine Taschen. Ich fand ein Bündel Dollarnoten, einen flachen Schlüssel, der wahrscheinlich ins Schloß des Tresors in seiner Kabine paßte, ein goldenes Feuerzeug. Was ich wirklich brauchte – eine Handvoll Munition – für den 38er – fand ich nicht.

»Deckt ihn zu!« befahl ich Sturgeon und Kerrigan. Das Geld, den Schlüssel und das Feuerzeug steckte ich ein, was für die anderen wie Leichenfledderei aussah.

»In welchem Zimmer liegt Acorn?«

Glonn öffnete die Tür zu einem schmalen Raum, in dem nur eine Pritsche und ein Spind standen. Vince Acorns Körper lag auf der Pritsche. Die Decke war verrutscht und gab den Kopf frei.

Das Fenster stand offen. Es ging auf den Landeplatz.

Ich zog die Decke über Acorns Körper und Kopf und wandte mich an Glonn. »Sag Sturgeon und Kerrigan, sie sollen Hymes in dieses Zimmer bringen!«

»Okay«, antwortete er und ging zu den Männern, die gerade dabei waren, den Toten zuzudecken.

Überall im Haus brannte Licht. Auch die Außenleuchten auf der Terrasse verbreiteten ihre im Wind schwankende Helligkeit. Bevor ich hinausging, schaltete ich sie aus.

Die Nacht war auf dem Rückzug. Im Osten zeichnete sich ein breiter heller Streifen über dem Meer ab. Unten im Hafen waren die Umrisse der Blue Star schon auszumachen.

Ich fand die Stelle vor dem Fenster, durch das er mich unter Druck gesetzt hatte, sehr schnell. Seine Maschinenpistole hatte so viele Hülsen ausgeworfen, daß sie unter meinen Schuhen knackten, als träte ich auf große, harte Käfer.

Von der Terrasse folgte ich dem Weg, der zum Strand führte. Ich schaltete die Lampe ein, die die Killer zurückgelassen hatten. Die großen tropischen Sträucher machten den Weg schmal. Überall sah ich abgebrochene Zweige, und der Weg war übersät von den roten Blüten, die empfindlich waren und bei Berührung leicht abfielen.

Nach rund 50 Schritten gelangte ich an eine Stelle, an der ein zertrampelter Strauch zeigte, daß ein Mensch den Weg verlassen und sich eine Schneise durch die Büsche gebrochen hatte.

Ich folgte der Fährte. Der Lichtkegel traf die Füße eines Mannes, dessen Körper von Zweigen verdeckt war. Die Schuhspitzen wiesen nach oben. Der Mann lag auf dem Rücken.

Ich bog die Zweige zurück und legte Kopf und Körper frei.

Er hatte ein langes Gesicht mit starken Falten zwischen Nase und Mund, und ich konnte sehen, daß die Iris seiner Augen grünlich war, denn die Augen standen offen, und die Pupillen reagierten nicht auf Licht.

Er war tot. Sein blondes Haar, das in Strähnen in seine Stirn fiel, spiegelte die Lichtreflexe wieder, als besäße er noch Leben.

Bekleidet war er mit Jeans und einem blauen T-Shirt. Seine Arme waren verdreht, als wäre ihm die Jacke ausgezogen worden, nachdem er tot war. Am linken Oberarm trug er einen Verband.

Die Schramme am Oberarm machte klar, wer er war. Chesney hatte gesagt, daß der Killer, den ich angeschossen hatte, Matthew Blame hieß und von meiner Kugel am Oberarm gestreift worden war. Beim zweiten Mal hatte er weniger Glück bewiesen. Der Einschuß lag fünf Zentimeter über der Gürtelschnalle. Nur wenig Blut war ausgetreten, aber die Kugel mußte lebenswichtige Organe in seinem Körper zerrissen haben. Bis zu dieser Stelle hatte er sich schleppen können. Dann war er zusammengebrochen und innerlich verblutet.

War er allein so weit gekommen? Hatte ihn jemand gestützt? Seine Jacke fehlte. Vielleicht hatte er keine getragen, und die verdrehten Arme waren nur zufällig in diese Haltung geraten. Aber er hatte mich mit einer Maschinenpistole beharkt, und ich sah keine Waffe in seiner Nähe.

Ich geriet ins Nachdenken.

Ed Chesney hatte behauptet, daß nur drei Killer auf der Insel abgesetzt worden waren: er selbst, Matthew Blame, der tot vor lag, und Rod Shann, der Boß des teuflischen Trios. Wenn Shann ins Haus eingedrungen war und Spector und Hymes getötet hatte, wer hatte dann Blames Maschinenpistole an sich genommen?

Gab es einen vierten Mann? Einen Mann, von dem Ed Chesney nichts wußte?

Ich schaltete die Lampe aus und hob den Kopf.

Am Himmel waren die Sterne verblaßt. Sehr bald würde es hell werden.

Ich schob den 38er in die Halfter zurück – einen Revolver mit vier Kugeln! Verdammt wenig, um einen ganzen Tag zu überstehen. Ohne die Lampe zu benutzen, ging ich zum Haus zurück. Die erleuchteten Fenster vermittelten den Eindruck von Geborgenheit.

Geborgenheit? Ich mußte gegen meinen Willen lachen.

Ich überquerte die Terrasse und stieß die Tür auf.

Jill stand in der Halle. Sie kam auf mich zu. In den Händen hielt sie Hymes' Sprechfunkgerät.

»Es lag in seinem Zimmer«, sagte sie. »Jemand spricht!«

Sie reichte mir das Walkie-talkie. Aus dem Lautsprecher quäkte eine Stimme. Ich regulierte Einstellung und Lautstärke.

». . . rufe den letzten Mann der Blue-Star-Gang«, sagte eine Männerstimme. »Zum Teufel, warum meldest du dich nicht? Hallo! Hallo! Der letzte Mann der Blue Star! Ich rufe . . .«

Ich schaltete auf Sendung und sagte ins Mikrofon: »Hier spricht Jesse Caught von der Blue Star! Ich höre! Kommen!«

»Wer ist das?« fragte Jill. Ich schüttelte den Kopf und machte ihr ein Zeichen zu schweigen.

Gelächter drang aus dem Mikrofon. »Also Caught heißt du? Wie machst du's, daß wir dich nie erwischen?«

Glonn, Sturgeon, Kerrigan und Tania drängten heran. Tania faßte Jills Arm und flüsterte: »Polizei? Kommt Hilfe?«

»Du bist Rod Shann, oder?«

»Hat der Hundesohn Ed Chesney unsere Namen genannt?«

»Ja«, antwortete ich trocken.

»Na ja, scheißegal, ob du's weißt oder nicht. Deinen Boß haben wir erledigt, nicht wahr?«

Ich schwieg, obwohl er auf Empfang schaltete, und nach ein paar Sekunden meldete er sich wieder.

»Komm, Mann! Gib's ruhig zu! Wenn er noch lebte, hätte er dich nicht ans Walkie-talkie gelassen. Wir haben jeden umgelegt, der zur Besatzung der Blue Star gehörte, nur nicht das Weibsbild und dich. Die Frau zählt nicht, und du standest nicht auf unserer Liste. Daß du an Bord warst, wußte unser Auftraggeber nicht. Mit dir müssen wir noch klarkommen.«

»Versuch's doch noch einmal!«

Wieder drang nach dem Umschalten Gelächter aus dem Lautsprecher.

»Wünsch dir das nicht, Caught. Wir sind trotz Chesneys Ende noch immer zwei gegen einen.«

»Du lügst! Ich fand Blame! Kommen!«

Dieses Mal lachte er nicht.

»Na schön«, sagte er. »Mit einem Mann zu teilen, fällt mir nicht schwer. Du bekommst Blames Anteil.«

»Hört sich nicht schlecht an! Welche Gegenleistung wird erwartet?«

»Halt den Verein im Haus unter Kontrolle, bis der Hubschrauber gelandet ist!«

»Und dann?«

»Holen wir den Stoff aus Hymes' Schiff, laden ihn in den Hubschrauber um und schwirren ab.«

»Welche Garantie habe ich, daß ihr nicht 500 Meter überm Meer die Tür aufmacht und mir 'nen Stoß gebt?«

»Ich denke, du hast eine Kanone, Mann. Oder verlangst du mein großes Ehrenwort?«

Das Walkie-talkie verzerrte seine Stimme und ließ nichts aus dem Klang erkennen.

»Okay, wo können wir uns begegnen, Shann? Kommen!«

»Laß uns vorsichtig sein, Caught! Ich glaube, du schießt gut, und du hast dich bestimmt mächtig darüber geärgert, daß wir dich als Zielscheibe wählten. Ich kenne dich nicht! Vielleicht bist du scharf darauf, mir's heimzuzahlen und...«

Ich schaltete auf Sendung: »Red keinen Unsinn! Sag, was du forderst!«

»Schick mir zwei Mädchen!« antwortete er. »Ich werde dafür sorgen, daß bei unserer Begegnung die Mädchen zwischen uns stehen, bis wir uns aneinander gewöhnt haben. Einverstanden?«

»Einverstanden! Hast du Wünsche für die Auswahl? Kommen!«

»Auswahl? Nein! Schick zwei, von denen du dich leicht trennst.«

»Wohin willst du sie geliefert haben?«

»Bring sie an den Rand des Landeplatzes! Geh zurück ins Haus! Ich hole sie!«

»Verdammter Quatsch!« schrie ich wütend ins Mikrofon. »Soll ich die Mädchen an einen Baum binden wie im King-Kong-Film als Opfer für den großen Affen? Wenn du dich mit mir einigen willst, triff dich mit mir ohne Mätzchen!«

»Eine Einigung und die Beteiligung am großen Geschäft gibt es nur zu meinen Bedingungen, Caught! Wenn du nicht willst, warte ich, bis der Hubschrauber mit meinem Auftraggeber und seinen Leuten gelandet ist. Dann laden wir ohne deine Hilfe um und verschwinden. Vielleicht zünden wir euch vorher das Haus über den Köpfen an. Die Entscheidung liegt bei dir! Ich höre!«

Ich schaltete auf Sendung: »Wenn dir soviel an zwei Weibern liegt, sollst du sie haben«, sagte ich. »Ende!«

Ich ließ das Walkie-talkie sinken.

Glonn, Sturgeon, Kerrigan, die Mädchen Jill, Tania, sie alle sahen mich an. Sie hatten die Forderung des Killers gehört.

»Meldet sich jemand freiwillig?« fragte ich.

In Jills dunklen Augen flammte zorniges Funkeln auf. »Ich werde gehen«, fauchte sie, »und dich, Jesse Caught, nenne ich einen verdammten, dreckigen . . .«

»Gib dir keine Mühe!« unterbrach ich. »Niemand wird gehen. Ich bin kein Gangster, sondern FBI-Agent. Mein richtiger Name ist Jerry Cotton.«

Wie ein Sturmstoß blies der Rotorwind über den Platz. Die Männer mußten die Gesichter abwenden. Der FBI-Helicopter schraubte sich in den noch dunklen Himmel.

John D. High sah der Maschine nach, bis er das weiße Positionslicht aus den Augen verlor.

Er wandte sich Robert Luce zu. »Bob, der zweite Hubschrauber wird in 40 Minuten landen. Wenn wir alles gut vorbereiten, können wir ihn eine Stunde später für die Suche im zweiten Sektor einsetzen.«

»Die Piloten haben einen 1500-Kilometer-Flug hinter sich. Eine Pause wäre für die Männer wichtig.«

»Okay, Bob, aber ich bin sicher, daß sie weitermachen, wenn sie erfahren, worum es geht.«

Sie stiegen in einen Jeep, an dessen Steuer ein Navy-Soldat saß.

»Zum Kontrollturm!« sagte Luce.

John High blickte auf seine Armbanduhr. »Für alle Fälle sollten wir das Einsatzkommando in Alarmbereitschaft versetzen«, schlug er vor.

»Du bist optimistisch, John. Rechnest du mit einem schnellen Erfolg bei der Suche nach der Blue Star?«

»Ich hoffe darauf«, antwortete High.

Niemand schien sich wirklich zu freuen.

Jill hatte noch immer den zornigen Glanz in den schönen dunklen Augen. Tania sah mich an, als wäre ihr der Unterschied zwischen G-man und Gangster nicht klar. Sturgeon betastete sein Kinn wie immer, wenn er mir gegenüberstand.

Allein Jack Glonn brachte ein paar Worte über die Lippen. »FBI-Agent? Ist das Ihr Ernst?«

»Absolut! Trotzdem darf niemand glauben, wir alle wären damit außer Gefahr. Die Verbindung zu meiner Zentrale ist abgerissen. Ich kann keine Hilfe herbeirufen, und in der Trommel meines Revolvers stecken nur noch vier Kugeln.«

Na, also! Jills Gesicht entspannte sich. Ein Lächeln öffnete den großen, ausdrucksvollen Mund. Zwischen den starken Lippen blitzten die weißen Zähne.

»Genau betrachtet, hat sich an unserer Lage wenig verändert«, sagte ich. »Wir müssen damit rechnen, daß . . .«

»Warum gehen Sie nicht raus und erledigen den einen Killer, der übriggeblieben ist?« unterbrach Sturgeon. »Haben Sie Angst?«

Ich lächelte. »Du solltest mir endlich den Fausthieb

verzeihen, Sturgeon. Das war eine rein dienstliche Angelegenheit ohne persönliche Gefühle.

»Sei kein Narr, Dick!« fauchte Tania Tavaro ihren Freund an.

»Wir müssen damit rechnen, daß Shann blufft, daß die Killertruppe nicht aus drei, sondern aus vier Männern bestand. Daß der Hubschrauber landen wird, läßt sich nicht verhindern. Ich weiß nicht, wie viele Gangster sich an Bord befinden werden, aber ein Mann ist schon zuviel. Also werden wir, sobald der Hubschrauer zur Landung ansetzt, das Haus verlassen und uns in das Gebüsch flüchten. Wir haben eine gute Chance, daß sie sich nicht mit einer langen Suche aufhalten.«

Ich drehte den Kopf und blickte zu den Fenstern. »Bleibt im Haus!« sagte ich. »Ich geh zum Hafen.«

»Warum?« fragte Jack Glonn.

»Das liegt auf der Hand, Jack! Ich bin in diesen Einsatz geschickt worden, um einen großen Rauschgiftdeal zu verhindern. Unser Ziel war, ein Syndikat aus Großlieferanten und Verteilern zu sprengen. Die Hälfte der Arbeit haben uns die Killer abgenommen. Aber die Verteilerorganisation in den Staaten lahmzulegen, läßt sich nicht verwirklichen. Also werde ich dafür sorgen, daß eine riesige Menge Heroin und Kokain, zusammen über 300 Kilo, nicht auf den Markt gelangt.«

Als ich das Haus verließ, schob die Sonne gerade den äußersten Rand über den Horizont. Ich rannte den Fußweg zum Strand hinunter. Den deckungslosen, flachen Geländestreifen hätte ich besser bei Dunkelheit überquert, aber es war zu spät. Schon lag volles Tageslicht auf der Insel.

An der grausigen Szenerie hatte sich nichts geändert. Die Körper von Bigg und Chesney lagen unverändert, der eine im Sand, der andere dicht beim Schiff.

Ich löste mich aus der Deckung und ging auf die Blue Star zu. Den 38er hielt ich schußbereit in der Hand. Meine ganze Aufmerksamkeit konzentrierte ich auf das Schiff. Wenn Shann an Bord war, mußte ich die leiseste Bewegung sofort wahrnehmen, oder ich würde Nr. 3 der Toten an diesem Strand sein.

Alles blieb ruhig. Am Heck schwang ich mich über die Reling.

Ich stand still und lauschte.

Die Blue Star hatte sich in ein Geisterschiff verwandelt. Das Ächzen der Taue, an denen sie festgemacht war, die Tür zur Funkkabine, die in den Angeln knirschte, wenn sie bei den sanften Bewegungen des Schiffes hin- und herschlug, waren die einzigen Geräusche.

Ich ging in Hymes' Kajüte. Der Wandtresor lag frei. Das Bild, das ihn verdeckte, hatten Shann und seine Freunde von der Wand gerissen, als sie die Kajüte durchwühlten.

Der Schlüssel aus Hymes' Tasche paßte. Trotzdem ließ der Safe sich nicht öffnen, denn er besaß ein Kombinationsschloß, bei dem der Schlüssel nur gedreht werden kann, wenn vorher die richtige Zahlenreihe eingestellt war. Die Dollars mußten also bleiben, wo sie waren.

Ich verließ die Kajüte und ging zur Steuerbordseite. Die Luke zum Laderaum stand noch offen.

Bis zu diesem Augenblick hatte ich nicht darüber nachgedacht, wie das Heroin und das Kokain am besten zu vernichten wären. Es würde viel Zeit kosten, die Kanister zu öffnen, die Einsätze herauszunehmen, die Säcke an Deck zu tragen und ins Meer zu werfen.

In welchen Kanistern das Heroin versteckt war, hatte ich mir einigermaßen merken können. Nach dem Kokain mußte ich erst suchen.

Ich faßte einen anderen Entschluß, glitt die Leiter nach unten und machte mich daran, einen Kanister nach dem anderen zu öffnen. Die offenen Kanister kippte ich aus den Regalen.

Diesel gluckerte in den Laderaum. Wenn ich einen Kanister erwischte, der einen Tarneinsatz und Rauschgift enthielt, kam nicht viel Diesel, aber die prallen Leinensäcke rutschten heraus und platschten in den Treibstoff, der immer größere Flächen des Bodens bedeckte, denn aus den »ehrlichen« Behältern floß das Zeug in großen Mengen.

Durchdringender Gestank machte sich breit, der die Sinne benebelte. Meine Kleider und die Schuhe bekamen dicke Güsse ab. Ich begann wie ein Benzinfaß zu stinken. Schon stand Treibstoff zollhoch im Laderaum und schwappte ins Maschinenabteil hinüber.

Ich hatte unten angefangen. Dann turnte ich in der 2. Etage der Regale, kippte Kanister nach Kanister aus seiner Halterung und füllte den Bauch der Blue Star mit Treibstoff wie einen Swimmingpool mit Wasser. Wenn ich auf Kanister stieß, die Kokain enthielten, klatschten braune Lederbeutel in die schillernde Dieselbrühe, und ich hörte das Aufklatschen mit großer Befriedigung.

Meine Sinne drohten zu verschwimmen. Der Dunst des Treibstoffs wirkte wie Chloroform. Ich wußte, daß ich raus mußte aus dem unbelüfteten Stauraum. Aber ich hatte meine Aufgabe noch nicht gelöst.

Vielleicht wissen Sie, daß Dieseltreibstoff sich nur schwer entzünden läßt. Es genügt nicht, ein Streichholz hineinzuwerfen. Es würde erlöschen, als wäre es in Wasser gefallen. Um frei herumschwappendes Dieselöl zu entzünden, braucht man eine Art Docht oder noch besser irgend etwas, das sehr schnell und sehr heiß brennt und die Hitze auf das träge Dieselöl überträgt, zum Beispiel gewöhnliches Autobenzin.

Die Blue Star hatte nicht nur gewöhnliches Benzin, sondern feinsten hochoktanigen Supertreibstoff an Bord. Das Super wurde für den hochgezüchteten Motor der Red Starlet gebraucht. Es stand in einem separaten Regal. Seine Kanister waren mit roter Warnfarbe markiert.

Drei Kanister öffnete ich und ließ den Inhalt als Würze in die Dieselsuppe fließen. Mit dem vierten in einer Hand turnte ich aus dem Regal an die Leiter, kletterte an Deck, öffnete den Verschluß und stieß den Kanister um. Das Superbenzin floß über das Deck und zurück in den Laderaum und bildete eine flüssige Zündschnur.

Ich holte Hymes' goldenes Feuerzeug aus der Tasche. Wenn sein großer Deal gelungen wäre, hätte er vielleicht eins gekauft, das mit dicken Brillanten besetzt gewesen wäre. Jetzt benutzte ich sein Feuerzeug zur Vernichtung von allem, worauf Howard Hymes seine Hoffnungen gebaut hatte.

Im Augenblick, als ich mich bückte, hörte ich ein hartes Klicken. Ich warf den Kopf hoch.

Am Bug der Blue Star stand Jack Glonn, Hymes' Uzi-MPi im Anschlag.

»Weg vom Laderaum!« befahl er. »Arme über den Kopf, G-man!«

Als der zweite FBI-Hubschrauber abhob, lag das Flugfeld Mississippi Cross im vollen Tageslicht.

John D. High und Robert Luce standen neben dem Kontrolltisch, von dem aus ein Navy Sergeant die Verbindung mit beiden Maschinen hielt. Die Flugrouten und Kontrollzonen der Maschinen markierte er auf einer großen Karte der Küste und der vorgelagerten Inseln. Der Kontakt zu den Helicoptern lief unter den Codeworten Manhattan und Brooklyn.

Bis jetzt hatte die Besatzung von Manhattan, dem zuerst gestarteten Helicopter, kaum mehr als die Koordinatenziffern der Flugroute durchgegeben. Nur in zwei Fällen waren die Piloten mit der Flughöhe heruntergegangen, um Schiffe zu überfliegen, die in Größe und Aussehen der Blue Star ähnelten, jedesmal mit negativem Ergebnis.

John D. High ergriff einen Kopfhörer, drückte eine Muschel ans Ohr und hörte die Zahlen mit, die Manhattan nannte. Gleichzeitig sah er, wie der Navy Sergeant die rote Linie der Flugroute von der Insel, deren Küste die Maschine abgeflogen hatte, über die blaue Fläche freier See weiterführte zur nächsten Insel, die auf der Karte mit dem Namen Cherry Island bezeichnet war. Darunter standen in kleiner Schrift die Worte: *Privater Besitz.*

Der Copilot meldete sich: »Manhattan an Kontrolle! Anflug aus Nordnordwest. Flughöhe weiterhin 3000 Fuß. Ausgemachte Objekte: Haus, Hafenbecken mit Schiff, kleineres Boot am Strand. Achtung! Wir gehen zur Überprüfung auf 1000 Fuß!«

»Verstanden!« antwortete der Navy Sergeant und zeichnete ein Kreuz neben den Namen Cherry Island.

Noch immer spuckte der Kanister Benzin aus.

Hymes' Feuerzeug hielt ich in der rechten Hand. Der 38er steckte im Gürtel, den Griff nach rechts. Ihn schnell genug zu ziehen, war schlicht unmöglich.

Die Hände hob ich nicht.

»Überleg dir gut, was du tust, Glonn!« sagte ich.

In seinen grauen Augen las ich eiskalte Entschlossenheit. »Ich lasse mir ein Millionengeschäft nicht von einem hergelaufenen Schnüffler kaputt machen!«

»Ich verstehe! Du bist der große Drahtzieher hinter den Kulissen! In deinem Auftrag wurde das Geschäft mit Hymes abgeschlossen, und du wußtest, daß eine Killer-Crew auf der Insel auf die Blue Star wartete.«

»Nimm die Arme hoch!« wiederholte er.

»Und du bist der vierte Mörder! Weder Shann noch Blame waren im Haus. Du gingst in den Keller und schaltetest den Generator ab. Weil Melville Spector aufwachte und dich sah, brachtest du ihn um. Dann gingst du nach oben, wartetest, bis Hymes aus dem Zimmer stürzte, und erschossest ihn. Du warst nie waffenlos. Du hattest immer einen Revolver versteckt. Ein guter Plan, Glonn! Du warst der Organisator. Wenn alles nach deinem Plan abgelaufen wäre, hättest du wie ein unbeteiligtes Opfer ausgesehen – ein Mann, der seine Freunde zu einer Weekend-Party einlädt und mit ihnen in die Auseinandersetzung zweier Gangs gerät. Meinetwegen mußtest du die Maske fallen lassen.«

Er zog die Lippen von den Zähnen und zeigte ein häßliches Grinsen. »Was du weißt, wirst du niemandem mehr erzählen.«

»Das ist nicht nötig. Wenn du allein vom Schiff zurückkommst, wissen alle, daß du mich umgelegt hast.«

»Du irrst dich, G-man! Alle wissen, daß ich das Haus verließ, um dir zu helfen. Niemand sah, daß ich eine MPi hatte. Nicht ich werde dich töten, sondern ein Killer, den niemand kennt und dem ich nur mit Glück und Mühe entkommen konnte.«

Motorengeräusch war zu hören, noch aus großer Ferne. Aber es kam näher.

Glonn runzelte die Stirn. Das Geräusch schien ihn zu stören.

Aus dem Kanister floß nur noch ein dünnes Rinnsal. Das Benzin war nicht nur in den Laderaum gedrungen. Es hatte sich auch übers Deck ausgebreitet.

Das Motorengeräusch wurde lauter und deutlicher. Ich erkannte das harte Rattern eines Hubschraubers, das dadurch entsteht, daß die kreisenden Rotorflügel die Lärmwelle des Motors in gleichmäßigem Rhythmus zerschlagen.

Brachte die Maschine Glonns Partner? In dem Fall sanken meine Chancen, jemals als abgetrabter FBI-Agent eine Staatspension zu beziehen, auf den absoluten Nullpunkt. Aber meine Entschlossenheit, Glonn und seine Killer um den Lohn ihrer Verbrechen zu bringen, wurde davon nicht beeinträchtigt.

Ich lauerte darauf, daß er für einen Sekundenbruchteil den Blick abwenden und zur Maschine hochblicken würde. Fünf Meter hinter mir endete die Brücke. Eine Sekunde genügte für einen Sprung in die Deckung.

»Deine Freunde, Glonn?« fragte ich und zeigte nach oben. Er fiel nicht darauf herein und folgte meiner Geste nicht mit den Augen.

In der nächsten Sekunde schwoll das Rattern gewaltig an. Der Hubschrauber kam herunter, und dieser Veränderung konnte Glonn nicht widerstehen. Sein

Kopf zuckte nach rechts. Seine Blicke ließen mich los.

Ich sprang. Vermutlich war es der größte Satz rückwärts, den ich jemals zustandebrachte.

Hymes' MPi in Glonns Händen hämmerte los.

Ich ließ mich nach rechts fallen, knallte aufs Deck und schnellte mich in die Deckung des Brückenaufbaus. Mit der linken Hand riß ich den 38er aus dem Gürtel, zog die Beine an und sprang auf die Füße.

Okay, ich hatte es geschafft, und Glonns Millionen würden in Rauch aufgehen.

Der Hubschrauber röhrte über der Insel. Erst jetzt wagte ich einen Blick nach oben. Es war eine mittelgroße weißlackierte Maschine mit großer Glaskanzel, die in engen Schleifen herunterkam. Wenn sie Glonns Freunde brachte, durfte ich keine Zeit verlieren.

Ich rieß einen Fetzen von meinem Hemdsärmel ab.

Jack Glonn überbrüllte den Hubschrauberlärm.

»G-man, ich biete dir fünf Millionen Dollar! Hörst du? Fünf Millionen!«

Hymes' Feuerzeug funktionierte perfekt. Ich hielt die Flamme an den Stoff, der soviel Diesel und Benzin abbekommen hatte, daß er sofort brannte. Ich knüllte ihn zu einer kleinen, brennenden Kugel zusammen, versengte mir dabei die Finger und schleuderte ihn aus der Deckung zur Ladeluke.

Mit einem gewaltigen Wummern explodierte das Benzin. Eine Wand aus Feuer sprang auf.

»Manhattan an Zentrale«, hörte John D. High die Meldung des Copiloten im Kopfhörer. »Schiffsfarbe blau stimmt mit gesuchtem Objekt überein. Heckdavits für Beiboot vorhanden.«

Mr. High bemerkte, daß der Mann einen Augenblick stockte, bevor er hastiger sagte: »Ich erkenne liegende Menschen, etwa 50 Meter vor dem Schiff. Keine Bewegung festzustellen. Der Mann könnte tot sein. Achtung! An Bord zwei Personen! Wir drücken unsere Flughöhe auf . . .«

Ein undefinierbares Geräusch dröhnte. Mr. High hörte den Aufschrei des Copiloten.

Der Sergeant rief ins Mikrofon: »Manhattan! Melden Sie sich!«

Prompt kam die Antwort: »Explosion auf dem Schiff. Starke Flammen- und Rauchentwicklung!«

John D. High nahm den Navy Sergeant das Mikrofon aus der Hand. »Manhattan! Hier spricht High! Landen Sie, und unterstützen Sie unseren Agenten!«

»Verstanden, Sir! Wir landen!«

»Danke!«

John D. High gab das Mikrofon zurück und wandte sich an Luce: »Okay, Bob! Schick das Einsatzkommando los!«

Der Hubschrauber schwenkte seitlich weg und wurde hastig hochgezogen. Die Explosion hatte den Piloten erschreckt.

Zum zweiten Mal krachte es wuchtig, diesmal im Inneren der Blue Star. Auf der Steuerbordseite flogen ein paar Quadratmeter Deck in die Luft. Flammen und dicke schwarze Rauchwolken hüllten zwei Drittel des Schiffs ein.

Ich sprang an Land und lief am Schiff entlang.

Jack Glonn tauchte aus dem schwarzen Qualm auf. Er versuchte, die Reling zu überklettern, blieb hängen und fiel über Bord. Er prallte auf die Hafenmauer, raffte sich auf und rannte gebückt aus der Gefahrenzone.

Ich schnitt ihm den Weg ab. »Bleib stehen!«

Die Maschinenpistole hatte er verloren. Sein Gesicht war von Ruß und Rauch verdreckt, das Hemd zerfetzt.

Wilde Wut verzerrte sein Gesicht.

»Ich bring' dich um!« brüllte er und stürzte sich auf mich.

Er keilte auf mich ein. Ich wich keinen Schritt zurück. Mit kalten Kontern beantwortete ich seine wüsten Schwinger, und als der erste Haken voll traf, veränderte sich sein Blick. Zum ersten Mal flackerte Angst in seinen Augen.

Vor der Kulisse der brennenden Blue Star und im Höllenlärm des Hubschraubers, der neu heranschwirrte, kämpften wir verbissen. Aber der Kampf dauerte nicht lange. Der vierte harte Treffer brach seinen Willen und lähmte seine Reflexe.

Ein kurzer Haken brachte das Ende. Jack Glonn brach in die Knie. Ich trat einen Schritt zurück. Steif kippte der Oberkörper nach vorn. Mit dem Gesicht nach unten fiel der Mann in den Sand und lag reglos da.

Ich bückte mich, packte ihn an den Schultern und drehte ihn um, damit er nicht bewußtlos mit Mund und Nase im Sand erstickte.

Die dritte Explosion, stärker als die ersten beiden, riß die Flanke der Blue Star auf. Der große Treibstofftank war in die Luft geflogen. Die Seile, mit denen das Schiff vertäut war, rissen wie Bogensehnen.

Der Fahrtwind des Hubschraubers blies die Qualmwolken seewärts. Die Maschine kam herunter und setzte in 20 Metern Entfernung auf.

Ich griff zum Revolver.

Die Türen wurden geöffnet. Zwei Männer sprangen aus dem Helicopter. Der Größere hob die Hand. »Schöne Grüße von John D. High!« rief er.

Ich traute meinen Ohren nicht. »FBI?«

Er nickte. »Elmer Clee und Frank Bockard, Distrikt San Francisco!«

»Jerry Cotton! Habt ihr Handschellen bei euch?«

»Haben wir«, antwortete Clee und holte eine Plastikschlinge aus einer Tasche seines Overalls. Er kam zu mir und klopfte mir auf die Schulter. Bockard kletterte zurück in den Hubschrauber und gab eine Meldung durch.

Ich band Glonns Hände zusammen.

»Ist er die Nr. 1?« fragte Clee.

»Das ist eine lange Geschichte, Elmer!«

Er wies auf das brennende Schiff, auf die Körper von Bigg und Chesney.

»Das alles sieht nach einer größeren Veranstaltung aus!«

»Ein Killer-Festival! Hast du etwas 38er-Munition für mich?«

»Selbstverständlich!«

Er gab mir einen Nachladerahmen.

»Wir müssen zum Haus!«

Frank Bockard rief vom Hubschrauber: »Dein Chef will dich sprechen!«

»Später! Komm mit, Elmer!«

Ich rannte über den Strand zum Weg, der zum Haus hinaufführte. Clee folgte mir.

Wir steckten noch in den Hibiscusbüschen, als wir Schreie aus dem Haus hörten und zwei Schüsse fielen.

»Oh, verdammt!« stöhnte ich und blieb stehen.

»Wer ist das?« fragte Clee.

»Rod Shann, ein Profi-Killer. Er hat eure Landung gesehen, ist ins Haus eingedrungen und hat die Bewohner als Geisel genommen.«

»Wie viele Personen?«

»Fünf Frauen und zwei Männer!«

»Großer Gott!«

Shanns Stimme hallte über die Anhöhe. »He, Schnüffler! Hörst du mich?«

»Antworte ihm!« flüsterte ich Clee zu. »Halt ihn hin! Ich brauche Zeit!«

»Warum antwortest du nicht, Schnüffler?« rief Shann. »Soll ich dir beschreiben, wie's im Haus aussieht? Vor der Mündung meiner MPi stehen sieben Leute, fünf hübsche Girls und zwei Männer. Wenn ihr auf meine Forderungen nicht eingeht, lege ich meine erste Geisel um, und ich fange mit dem Negermädchen an.«

»Wer sind Sie?« rief Elmer Clee. »Machen Sie keinen Unsinn, Mann! Welche Forderungen haben Sie?«

Ich arbeitete mich durch die Büsche. Ich bewegte mich mit äußerster Vorsicht.

»Ihr werdet mich von dieser verdammten Insel bringen!« rief Shann. »Ich gehe mit zwei Mädchen an Bord und werde dafür sorgen, daß ich beide ständig vor der Mündung habe. Ihr fliegt mich aufs Festland ohne Meldung an irgendeine Flugkontrolle oder an eure Zentrale. Sobald ich festen Boden unter den Füßen habe, gebe ich die Mädchen frei.«

»Du kannst nicht entkommen, Mann!« rief Clee zurück. »Sei vernünftig und . . .«

Ich erreichte die freie Fläche des Hubschrauberlandeplatzes. Da Shann mit seinen Geiseln in der Wohnhalle war, konnte er nicht sehen, wie ich über die Betonfläche zum Haus lief.

Das Fenster in der Giebelwand stand offen, und ich gelangte in den schmalen Raum, in dem Vince Acorns Körper auf der Pritsche lag und in den Sturgeon und Kerrigan den toten Hymes gebracht hatten.

Ich schob mich an den beiden toten Männern, Opfern der eigenen und der Gier anderer nach dem großen schnellen Geld, zur Tür und öffnete sie lautlos.

»Geht zum Hubschrauber und wartet, bis ich mit den Mädchen komme!« hörte ich Shann rufen. »Wartet neben der Maschine!«

Ich trat mir die Schuhe von den Füßen und schlich durch den Gang, bis ich in die Wohnhalle sehen konnte.

Shann hatte alle zusammengetrieben, auch Katie Syde und Grace Moran, hatte sie gezwungen, sich an einer Wand aufzustellen und die Hände über den Kopf zu halten.

Er wandte mir den Rücken zu. Eine Maschinenpistole hing über der linken Schulter, die Mündung nach unten. Eine zweite MPi hielt er im Anschlag an der Hüfte.

Er war kein großer Mann. Er trug eine schwarze Lederjacke, Jeans und Turnschuhe. Das gewellte dunkle Haar reichte tief in den Nacken.

Ich hob den 38er und zielte sorgfältig.

Ich mußte schießen. Ohne Warnung! Mehr noch, ich mußte töten. Die Situation, die Shann heraufbeschworen hatte, ließ keine andere Wahl.

»Shann!« sagte ich halblaut. »Gib auf!«

Verlangen Sie keine Erklärung!

Ich war einfach nicht fähig, ihn hinterrücks umzulegen. Mein Zeigefinger wollte sich nicht krümmen.

Shann wirbelte herum. Die Maschinenpistole lag schußbereit in seinen Händen.

Was tat er?

Er warf die Arme hoch! Er kreischte: »Nicht schießen! Ich ergebe . . .«

Um einen Sekundenbruchteil zu spät!

Mein 38er krachte. Zwei Kugeln fegte Rod Shann von den Füßen. Nur um eine Winzigkeit senkte ich im Anschluß die Hand, und die Kugeln zerschmetterten nicht seinen Kopf, sondern trafen ihn in die rechte Schulter.

Als es krachte, ließen sich alle fallen und warfen sich hin.

Mit einer Ausnahme.

Ich ging zu Shann, stieß eine MPi mit dem Fuß weg und nahm ihm die andere ab.

Nur zwei Schritte trennten mich von Jill. Die allein stand. Ihre Augen leuchteten.

»Oh, Jesse!« sagte sie leise.

»Jerry«, verbesserte ich. »Von jetzt ab Jerry!«

Um 8 Uhr abends dröhnte erneut Hubschrauberlärm über Cherry Island.

Im Haus brannten alle Lichter, und die Beleuchtung des Landeplatzes war eingeschaltet.

Elegant und sicher landete ein mittelgroßer Transporthubschrauber vom Typ Bell 222. Der Pilot stellte die Rotoren ab und stieg aus.

Ich stand jenseits der Beleuchtung im Dunkel und rief ihn an: »Hände hoch, Stanley Scott!«

Er hob die Arme so bereitwillig, als hätte er auf den Befehl gewartet, und genau das hatte er.

»Hallo!« rief er.

Ich löste mich aus der Dunkelheit. Je näher ich kam, um so klarer wurde ihm, daß ich ein anderer war, als er erwartet hatte, und desto ratloser wurde sein Gesicht.

»Wer sind Sie?« stotterte er.

»Nicht der Mann, der deine Maschine entführen will, wie es vereinbart war zwischen dir, Glonn und Rod Shann.«

»Ich weiß nicht, wovon Sie reden!«

»Shann und Glonn haben längst gestanden. Shann sollte mit einer Kanone herumfuchteln und dich zwingen, ihn, seine Leute und das Rauschgift an Land zu bringen. Ihr hättet das Rauschgift in ein vorbereitetes Versteck gebracht, Shanns Killer-Mannschaft wäre von der Bildfläche verschwunden und du hättest dich als Opfer einer Flugzeugentführung gemeldet. In Wahrheit war alles verabredet. Du bist der Mann, der unter dem Namen Charles Brook in Glonns Auftrag und mit Glonns Geld das Geschäft mit Howard Hymes in Gang brachte.«

Er blickte sich wild um, als suche er nach einem Fluchtweg. Männer des Einsatzkommandos betraten den Platz und kreisten Scott und seine Maschine ein.

48 Stunden später trafen Phil und ich gut ausgeschlafen auf dem Militärflughafen Mississippi Cross zusammen.

»Hallo, Alter!« lachte Phil und klopfte mir auf die Schulter. »Fein, daß du's geschafft hast.«

»Boy, ich bin glücklich, daß dich die Haie nicht erwischt haben«, sagte ich und boxte ihn in die Rippen.

»Nach soviel Wasser freue ich mich auf das Pflaster von New York.«

»Ich auch«, versicherte ich und massierte mein Kinn. »Trotzdem mußt du allein zurückfliegen. Mr.

High hat mir sieben Tage Urlaub bewilligt. Ich will die Zeit in New Orleans verbringen. Ich möchte mir die Stadt ansehen.«

»Viel Spaß, alter Junge!« sagte Phil und grinste. »Hoffentlich findest du einen guten Fremdenführer. Oder hast du schon einen gefunden?«

Ein Navy Lieutenant kam zu uns. »Wir haben Anweisung, Sie zum New-Orleans-Flughafen zu bringen.«

»Danke, Lieutenant!« Ich wies auf Phil. »Nur Mr. Decker wird Sie begleiten. Ich bleibe noch ein wenig in Ihrer schönen Stadt.«

»Bitte, folgen Sie mir, Sir!« sagte der Lieutenant. »Der Hubschrauber wartet.«

Phil blieb abrupt stehen. »Ich wäre Ihnen dankbar, wenn wir ausnahmsweise ein Auto nehmen könnten«, sagte er.

ENDE

Jerry Cotton

Auch lebenslänglich ist vergänglich

Kriminalroman

BASTEI-LÜBBE-TASCHENBUCH
Jerry Cotton
Band 31 313

Die auf unserem Titelfoto dargestellten Schauspieler stehen in keinem
Zusammenhang mit dem Titel und Inhalt dieses Bastei-Romans.

© Copyright 1987 by Bastei-Verlag
Gustav H. Lübbe GmbH & Co., Bergisch Gladbach
All rights reserved
Titelfoto: Bastei-Archiv
Umschlaggestaltung: Manfred Peters, Bergisch Gladbach
Satz: Fotosatz Steckstor, Bensberg
Druck und Verarbeitung: Ebner Ulm
Printed in Western Germany
ISBN 3−404−31313−5

Der Preis dieses Bandes versteht sich einschließlich
der gesetzlichen Mehrwertsteuer.

Das Walkie-talkie verband mich mit der Außenwelt. Sonst war ich so allein, wie ein Mensch nur sein kann. Schon vier Stunden. Allein in einer Bank, allein mit einem Tresor. Die Nacht hatte erst gerade angefangen.

Mein Walkie-talkie krächzte und schepperte. Ich meldete mich mit leiser Stimme. Die dunkle Ecke in der Schalterhalle erlaubte mir einen guten Überblick. Der Duft der Zimmerpflanzen, alles noch Einweihungsgeschenke, war betäubend.

»Zehn-fünf. Zehn-zehn.« Phils Durchsage dauerte keine Sekunde. Ich schaltete das Gerät aus und steckte es in die Tasche. Zehn-fünf bedeutete: *Sie sind im Anmarsch.* Zehn-zehn hieß: *Keine weitere Durchsage.*

Ich richtete mich auf und verließ meinen Platz. Für den Bankjob hatte ich mich zweckmäßig ausgerüstet. Tennisschuhe. Überall im Gebäude lag Teppichboden, den Klebstoff roch man noch. Ich war lautlos wie ein Geist. Jogginghose. Kein Schlagen oder Schaben von Stoff. Sweatshirt. Das Riemengestell mit der Schulterhalfter und dem Smith & Wesson trug ich darüber, denn hier brauchte ich nichts zu verheimlichen.

Die Nachtbeleuchtung war eingeschaltet. Von draußen konnte man tatsächlich meinen, daß hier noch ein besserer Schreibtischbrüter hockte, der den Hals von Zahlenkolonnen nicht vollkriegen konnte. Ich mied die Lichtkreise und lief über die frei in die Halle herabschwebende Treppe ins obere Stockwerk, wo sich die Einzelbüros befanden. Filialleiter, Kreditsachbearbeiter, Anlageberater, Datenerfasser. Insgesamt arbeiteten nur zehn Angestellte hier, in der neuen Zweigstelle der Putnam Savings Bank, Mahopac Falls, New York.

Das Office des Bankdirektors hatte eins dieser auf alt gestalteten Erkerfenster. An der Südseite des Gebäudes, der kritischen Seite. Im Schutz des Schreibtischs ging ich zu Boden und schob mich auf das winklige Glas zu. Ich nahm es in Kauf, den Teppichkleber noch intensiver schnüffeln zu müssen.

Der Mond strahlte sein bleifarbenes Licht aus. Der Maschendrahtzaun an der südlichen Grundstücksgrenze, nur zehn Meter entfernt, war kein Hindernis. Und das Waldstück dahinter bildete den prächtigsten Unterschlupf. Die Umweltschützer hatten sich gegen die Sicherheitsfachleute durchgesetzt. Kein einziger Baum durfte beim Bankneubau gefällt werden. Und weil das Grundstück nun einmal nicht größer bemessen war, ließ sich die Nähe zum Wald nicht vermeiden.

Natürlich kamen sie von dort. Wir hatten uns in ihre Lage versetzt und alle Gedankenmodelle durchgespielt. Es lief immer wieder auf das eine hinaus: Die Südseite und der Wald waren der beste Ausgangspunkt. Vorausgesetzt, man versuchte es nicht während der Schalterstunden. Mit Geiselnahme und allen erhöhten Risiken.

Ich brauchte kein Nachtsichtgerät.

Sie waren direkt am Zaun und trafen ihre Vorbereitungen. Drei Gestalten. Mit dunklen Overalls bekleidet, damit das Mondlicht sie nicht zu sehr hervorhob. Sie bauten ihre erste Trittleiter auf, obere Höhe etwa drei Meter, unmittelbar am Maschendraht. Einer stieg hinauf und schob die zweite Leichtmetalleiter vorsichtig über den unsichtbaren Strahl der Alarmanlage hinweg. Die Zaunoberkante war gesichert, und der Maschendraht wirkte gleichzeitig als Alarmauslöser, wenn man ihn berührte. Sie schafften es mit den zwei Leitern innerhalb von vier Minuten, die Zeit für das Hinüberheben des Werkzeugs inbegriffen.

Sie legten die Leiter auf der Zauninnenseite flach. Das gleiche tat der vierte Mann, draußen an der Waldseite. Das helle Leichtmetall wäre von der Straße oder vom Nachbargebäude an der Westseite zu sehen gewesen. Der vierte Mann verschwand im Wald, wo sie ihren Wagen stehen hatten. Die drei anderen hatten Werkzeug und Ausrüstung herangeschleppt und begannen mit der Arbeit, fast direkt unter mir, nur zwei Meter zur Linken.

Ihre Spaten wirbelten. Das Erdreich war weich und leicht, die Außenanlagen noch nicht hergestellt. Die Baufirma hatte es eben geschafft, das Gebäude zum vorgesehenen Termin fertigzukriegen. Rasch gruben sie sich ein. Bislang hatte keiner von ihnen ein Walkietalkie benutzt. Wir vermuteten trotzdem, daß sie Funkkontakt mit ihrem Mann im Wald herstellen konnten.

Sie brauchten nur 20 Minuten, bis ihr Loch an der Kellerwand Stehhöhe hatte. Der nächste Moment brachte mir eine Überraschung. Das Werkzeug hatten sie am Boden der Grube auf eine Kunststoffplane gelegt. Und was sie nun als Abdeckung über die Grube zogen, war bestens zusammengestellt. Ein Drahtgeflecht, eine zehn Zentimeter dicke Matte aus Glaswolle und obendrauf eine schwarze Segeltuchplane. Sie waren sie nicht mehr zu sehen und kaum zu hören.

Nur ich konnte ihre Schläge mit stoffumwickelten Hämmern vernehmen. Phil, der mit County Sheriff Robert Faith in dem benachbarten Wohnhaus auf der Lauer lag, würde wahrscheinlich nichts hören. Wie erwartet, hatten die Burschen ihren Plan perfekt den Gegebenheiten angepaßt.

Ich verließ meinen Beobachtungsplatz und genoß die klarere Luft in etwa 1,80 Höhe. Wir hatten mit den Baufachleuten gesprochen und die möglichen Zeitspannen berechnet. Weil die Gangster keinen Preßlufthammer benutzen konnten, blieb ihnen nur die langwierige Handarbeit. Der Weg durch den Lichtschacht eines Kellerfensters schied aus, weil dort die Alarmanlage unüberwindbar war. An der kritischen Südseite, die von der Straße und von den Nachbargebäuden her nicht einzusehen war, bestand die Kellerwand aus doppelten Kalksandsteinblöcken.

Ihre Hammerschläge blieben im raschen Rhythmus. Sie waren unermüdlich. Ich traute es ihnen zu, daß sie den Mauerdurchbruch in einer Stunde schafften.

Den gebührenden Empfang sollten sie erst im Augenblick größter Freude erleben. Dann nämlich, wenn ihnen beim Anblick gebündelter Dollarnoten die Augen übergingen.

Leichtfüßig und lautlos betrat ich den mit Elektronik vollgestopften Raum im Erdgeschoß, in dem sich neben Telefonanlage und Fernschreiber auch die Schaltzentrale der Alarmanlage und die Steuerung der Videokameras mit den automatischen Aufzeichnungseinrichtungen befanden. Fachleute des New Yorker FBI hatten die Sicherung des Tresorraums um eine Infrarotkamera erweitert. Ich wußte, welche Knöpfe und Schalter ich bedienen mußte, um den Bildschirm und den dazugehörigen Recorder einzuschalten.

Sobald ich sie beweiskräftig auf dem Videoband hatte, konnte ich zum Empfang schreiten.

Das Elektronikzentrum der kleinen Bankfiliale war abgedunkelt. Im schwachen Licht einer sparsamen Schreibtischleuchte konnte ich es mir leisten, heißen Kaffee aus einer Thermoskanne zu genießen und eine

Zigarette zu rauchen. Ich rief mich innerlich zur Ordnung, denn das Gefühl, eine Aufgabe von der Leichtigkeit eines Spaziergangs zu haben, wollte sich immer wieder aufdrängen. Solche Gedanken können selbst den erfahrensten G-man leichtsinnig machen.

Das dumpfe Hämmern war die Begleitmusik meiner Ruhepause.

Es war dieses Schema, nach dem sie arbeiteten: Kleine Bankzweigstellen, möglichst abseits gelegen. Überdies waren es immer Neubauten, die erst kurz vorher ihren Betrieb aufgenommen hatten. Die Serie solcher Coups in verschiedenen Bundesstaaten hatte den FBI auf den Plan gerufen. Die Bargeldbeute war in den einzelnen Fällen gering, aber es summierte sich. Nach unserer Addition hatte das Syndikat, das dahinter stecken mußte, mittlerweile eine gute halbe Million zusammengekratzt.

Der Ordnungssinn und die Genauigkeit eines Mannes hatten uns die erste heiße Spur geliefert. Bei dem Bauunternehmer Cecil Nash in der größeren Nachbarstadt Mahopac war vor vier Tagen eingebrochen worden. Die Täter hatten Bargeld aus seinem Bürotresor und hochwertige Geräte gestohlen. Keiner der Detectives von der State Police hatte auf die Idee kommen können, daß hinter dem Einbruch eine ganz andere Absicht steckte.

Cecil Nash, den seine Mitarbeiter manchmal als Pedanten belächelten, stellte fest, daß sein Fotokopiergerät in der Einbruchsnacht benutzt worden war – und das, obwohl die Gangster das Zählwerk zurückgestellt hatten. Nash stieß darauf, als er die Pläne für den Bankneubau in Mahopac Falls etwas verrutscht in ihrem Regalfach fand. Natürlich hatten die Einbrecher keinen einzigen Fingerprint hinterlassen. Profiarbeit. Nach dem Hinweis Nashs verständigten uns die Kollegen von der State Police sofort. Und der County Sheriff und seine Deputys unterstützten uns beim Einsatz.

Der am Rand von Mahopac Falls gelegene Bankneubau war wie geschaffen für das Schema der Gangster. In den kommenden Jahren erst sollte in der Umgebung ein Wohn- und Einkaufszentrum entstehen. Abgesehen von den beiden Nachbarhäusern herrschte gähnende Leere. Ödland auf der anderen Straßenseite und nur vereinzelte Wohngebäude bis zum 500 Meter entfernten Stadtrand.

Das Hämmern geriet aus dem Rhythmus.

Und verstummte.

Ich klemmte mir eine neue Zigarette in den Mundwinkel und schaltete den Bildschirm und die Stromversorgung des Recorders ein. Surrende Geräusche durchdrangen das Gebäude. Das Zeichen, daß sie sich dem Tresorraum näherten. Für ihre Spezialbohrmaschinen war der beste Yale-Schließzylinder kein Hindernis. Daß sie einen Tresorfachmann dabeihatten, verstand sich von selbst.

Welche Tresorfabrikate in den Einöd-Bankfilialen verwendet wurden, wußten sie nach ihrer Erfolgsserie mittlerweile genau. Wo nur begrenzte Bargeldbeträge aufbewahrt wurden, hielt sich auch die Investitionsfreudigkeit der Bankzentrale in Grenzen. Für 50 000 oder 100 000 Dollar an Banknoten mußte man nicht das Dreifache ausgeben, um das Sicherheitsniveau von Fort Knox zu erzielen.

Die Infrarotkamera lieferte mir ein Bild von milchigem Grau. Scharfgezeichnet waren dennoch die Umrisse der mannshohen Tresortür und der Fußbodenleisten. Nicht im Bild die Fortsetzung des Tresorraums nach links, wo sich die Schließfächer befanden.

Unvermittelt wurde die Bildqualität besser. Der Panzerstrahl der Tresortür nahm eine metallisch schimmernde Farbe an, und die weiße Wandfarbe wurde erkennbar. Die Gestalten, die sich ins Bild schoben, verwendeten eine Handlampe, die sie nun auf den Boden stellten. Das Licht bündelte sich auf den Stahl, dessen Schlösser sie zu knacken gedachten. Keine langwierigen Schweißarbeiten, geschweige denn eine Sprengung. Sie hatten den Tresorfachmann, der mit elektronischem Horchgerät und feinen Stahlstiften traumhaft sicher umzugehen verstand.

Er begann mit der Arbeit. Trotz der mäßigen Bildqualität konnte ich erkennen, mit wieviel Fingerspitzengefühl er zu Werke ging. Die anderen reichten ihm das Werkzeug, als assistierten sie einem berühmten Chirurgen. Die Kamera war so eingebaut, daß die Gangster im Profil aufgenommen wurden. Sie trugen Strumpfmasken. Auch damit hatten wir gerechnet. Nicht damit, daß sie erst versuchen würden, alle Videokameras aufzuspüren und unschädlich zu machen. Diese Männer – ganz im Bewußtsein ihrer Erfolgsserie – arbeiteten einzig und allein nach praktischen Gesichtspunkten.

Die Tresortür schwang auf.

Der Panzerstahlchirurg packte seine Instrumente zusammen, während die anderen anfingen, Dollarbündel in Segeltuchtaschen zu packen.

Ich ließ Bildschirm und Recorder weiterlaufen und marschierte los. Auf dem Weg durch die Schalterhalle rollte ich die Sohlen sorgfältig ab. Stahlbeton dröhnte meist dann, wenn man am allerwenigsten damit rechnet. Ohne das leiseste Geräusch zu verursachen, öffnete ich die Tür zum Keller, die der Filialleiter unverriegelt gelassen hatte. Ich kannte jede Treppenstufe und jeden

Winkel. Ich hatte mich tagsüber gründlich umgesehen, denn ich wußte von vornherein, daß ich mich bei völliger Dunkelheit zurechtfinden mußte – ohne irgendwo anzustoßen. Alles Bewegliche, was umfallen oder ein Scharren verursachen konnte, war weggeräumt worden.

Ich erreichte den Fuß der Treppe und bewegte mich zügig weiter. Nach wenigen Schritten schon sah ich schwachen Lichtschein. Alle drei Verbindungstüren standen offen.

Ich zog den 38er, ohne zu verharren.

Im Vorraum, fünf Meter weiter, hörte ich die Geräusche. Sie arbeiteten wortlos, nur das Klatschen der Geldscheinbündel, die sie in die Segeltuchtaschen warfen, war zu hören. Ich spannte die Muskeln. Die letzten vier Meter überbrückte ich mit zwei federnden Sprüngen.

Ich schnellte in den Schatten hinter ihrer Handlampe. Breitbeinig, den Smith & Wesson im Beidhandanschlag.

»Keine Bewegung! FBI!« rief ich schneidend.

Ein Peitschenhieb hätte sie nicht schlimmer treffen können. Die beiden Banknotenpacker, halbrechts von mir, zuckten zusammen, ruckten herum und erstarrten. Der andere, links neben der offenen Tresortür, überwand seinen Schreck blitzartig. Seine Rechte fuhr in den halboffenen Brustteil des Overalls. Ich hatte keine Wahl.

Ich jagte ihm die Kugel in die rechte Schulter. Der Schuß hallte wie Donner zwischen den Wänden und ließ die Ohren schrillen. Den Tresorspezialisten riß es herum. Die Wucht des Einschusses nagelte ihn gegen den Panzerstahl. Die Automatik, eben aus der Halfter gerissen, flog in hohem Bogen davon. Er schrie, krümmte sich und preßte die Linke gegen die blutende Schulter.

Ich schwenkte den Kurzläufigen im selben Atemzug. Die beiden anderen, die eine Sekunde lang Morgenluft gewittert hatten, steckten wieder auf. Der eine hatte sein Walkie-talkie schon in der Hand.

»Laß fallen!« sagte ich, und er befolgte meinen freundlichen Rat. Auch die Befehle, die ich ihnen kurz und knapp erteilte, führten sie ohne Widerworte aus. Vor dem Lauf meines Dienstrevolvers jagte ich sie nach links auf die freie Fußbodenfläche. Willig legten sie sich lang, die Nase auf den Beton, die Arme nach vorn gestreckt, die Beine gespreizt. Dem Verwundeten erlaubte ich stehenzubleiben. Unter der Strumpfmaske sah sein Gesicht grünlich gelb aus.

Ich nahm mein Walkie-talkie und gab ein knappes »Zehn-elf« an Phil durch. Damit war alles gesagt. Ich hatte die drei Kerle in der Gewalt. Und Nr. 4 hatte noch nicht die leiseste Ahnung, was ihm blühte.

Bevor meine Kollegen einrafen, klopfte ich die Männer am Boden noch mit der Linken ab.

Dabei förderte ich zwei Klappmesser, eine Beretta und einen Ruger zutage. Zusammen mit der Automatik des Tresorbezwingers schob ich die Waffen in die entfernteste Ecke.

Im Erdgeschoß wurden Stimmen laut. County Sheriff Robert Faith und zwei Deputys eilten mit schnellen Schritten die Kellertreppe herunter und waren in der nächsten Sekunde zur Stelle. Sie hatten ihre langläufigen Smith & Wessons, Modell Police Special, gezogen. Wir konnten die Gangster an der Wand aufbauen und ihnen die Strumpfmasken abziehen — noch vor der Kamera, die damit ihre Aufgabe erfüllt hatte. Die Gesichter waren mir geläufig, wenn ich sie auch nicht auf Anhieb einstufen konnte. Garantiert würden wir ihre Portraits im Archiv finden.

Sheriff Faith, ein breitschultriger Mann mit hartem Gesicht, nickte mir zu, lächelte und hob die Faust mit hochgerecktem Daumen. Ich wußte Bescheid. Phil und die anderen Beamten hatten also schon zugepackt. Nr. 4 brauchte ebenfalls nicht mehr an Flucht zu denken.

Zehn Minuten später versammelten wir uns zur abschließenden Lagebesprechung in der Schalterhalle der Bank. Der Verwundete war unter scharfer Bewachung ins Hospital von Mahopac gebracht worden. Die drei anderen befanden sich in einem Gefangenentransporter auf dem Weg zur Federal Plaza. Die Kollegen vom Vernehmungsdienst würden sich gleich morgen früh mit ihnen befassen.

Mein Freund und Kollege berichtete, daß der vierte Mann in einem Ford-Kastenwagen auf einer Waldlichtung festgenommen worden sei. Das Fahrzeug, so stellte sich nach einer Funkanfrage der Deputys heraus, war am Vortag in White Plains gestohlen worden. Der Filialleiter der Bank traf ein und überzeugte sich, daß der Bargeldbestand bis auf den letzten Dollar stimmte. Die Gangster hatten sich nicht einmal heimlich einen Schein unter den Nagel reißen können.

Ein Spurensicherungskommando der State Police erschien am Tatort. Sheriff Faith erklärte sich auf meine Bitte bereit, am nächsten Tag die Presse zu informieren. Wir wollten uns vorerst heraushalten und die Angelegenheit nicht öffentlich als FBI-Fall hochspielen. Aber die, die es anging, sollten wissen, daß ihre Erfolgsserie nicht ewig andauern würde.

Mit meinem Jaguar fuhren Phil und ich zurück nach New York City. In Höhe der Bronx, auf dem Interstate Highway 87, erreichte uns eine Funknachricht von der

Zentrale. Die drei Gangster waren bereits identifiziert worden. Fess Langley, Al Somers und Gringo Sebastian – letzterer ein Chicano-Findelkind aus Texas, das es in jugendlichen Jahren nach New York verschlagen hatte. Auch über den Tresorspezialisten erhielten wir noch per Funk Aufschluß. Sein Name war Adam Grainge. Auch kein Unbekannter.

»Gehobene Mittelklasse«, sagte Phil. »Damit dürfte feststehen, daß keiner von ihnen auch nur eine Silbe von sich gibt.«

Ich nickte und brummte zustimmend. Ich fand kein Argument, um Phil zu widersprechen. Was er andeutete, war: Leute wie Grainge und Co. arbeiteten nur für die größeren Syndikate. Und das bedeutete, daß sie den Mund hielten, wenn sie geschnappt wurden.

Denn solche Gangster kennen die Vor- und Nachteile der großen Organisationen. Sind sie erfolgreich, kassieren sie schneller und besser ab als bei den besten denkbaren Einzelgängerjobs. Haben sie aber Pech, schickt ihnen das Syndikat einen Killer auf den Hals, sofern sie es wagen, etwa an die Möglichkeiten eines Kronzeugen zu denken. Und Killer gibt es selbst innerhalb von Gefängnismauern.

Dagegen ist einfach kein Kraut gewachsen.

Regen trommelte gegen die Fensterscheibe, die die gesamte Gartenseite des Liwing-room einnahm. Ließ die große Glasfläche bei schönem Wetter Licht und Sonne herein, so gab sie jetzt das Gefühl, dem trüben Tag hilflos ausgeliefert zu sein.

Sharon Bailey beobachtete einen schwarzen Chevrolet Cavalier. Die kompakte Limousine glitt im Schrittempo durch die Wohnstraße. Hinter dem Regenvorhang erweckte die leuchtend rote Flankenlinie des Wagens den Eindruck, als zöge jemand mit einem unsichtbaren Lineal einen waagerechten roten Strich durch das Grau.

Sharon blickte auf den Rasen hinaus, wo jeder Regentropfen eine winzige Fontäne hervorrief. Sie bedauerte es, die Kinder nicht selbst zu der Geburtstagsfeier gebracht zu haben. Das Alleinsein in dem Bungalow kroch wie eine schwere, dumpfe Last in ihr Bewußtsein. Nun, Mary Jane hatte zweifellos ihre Gründe dafür, daß sie Debbie-Lees Partygäste abholte und auch wieder nach Hause brachte. Das ersparte ihr die Redeschwälle gelangweilter Mütter, die »nur eben auf einen Kaffe hereinschauten« und stundenlang blieben. Mary Jane war eben eine vorbildliche Mutter, die die Geburtstagsparty ihrer Tochter von Anfang bis Ende betreute.

Das Telefon tönt mit seinem Elektroniksignal durch die Stille des Hauses auf Long Island.

Sharon wandte sich vom Fenster ab und versenkte sich in den Sessel, der extra neben dem Telefontischchen stand. Sie schlug die schlanken, wohlgeformten Beine übereinander und zupfte eine Falte aus dem weichen Stoff des Hausanzugs. Sie nahm den Hörer ab.

»Sharon? Sind Sie es?« Eine Männerstimme.

»Am Apparat«, sagte Sharon enttäuscht. Sie hatte auf ein anregendes Gespräch mit einer Freundin gehofft. Dieser Anrufer jedoch hatte ihr in all den Tagen nichts als Unruhe gebracht. Innere Unruhe.

»Hören Sie, Sharon! Es geht mir saumäßig. Ich kriege den Hintern nicht mehr hoch. Sorry, aber haargenau so sieht es aus.«

»Sind Sie krank?«

»Ja.« Der Mann schnaufte in den Hörer. »Es muß

doch was dran sein an diesem Mutterinstinkt, den jede Frau haben soll. Sie merken doch sofort, was mit einem los ist, was?«

»Das heißt nicht, daß ich wild darauf bin, ausgerechnet Sie zu bemuttern, Mr. Langers. Was wollen Sie schon wieder?«

»Himmel, Sharon, nun tun Sie nicht so, als ob Sie einem jedes bißchen Stimmung rauben können! Dafür sind Sie gar nicht der Typ.«

Sie glaubte, daß er getrunken hatte und sich am Telefon mit ihr vergnügen wollte. »Wenn Sie nicht sagen, was Sie wollen, lege ich auf«, sagte sie schroff.

»Okay«, seufzte Langers. »Nicht böse sein, Lady! Ein Kerl wie ich wird manchmal weltfremd. Das kommt, wenn man tagelang in der Bude festhängt und einem die Decke auf den Kopf fällt.«

Bei diesen Worten war sie fast geneigt, ein verbrüderndes Gespräch mit ihm anzufangen. Aber sie beherrschte sich. Seine Anrufe bereiteten ihr immer Unbehagen. »Sie sind noch immer nicht zur Sache gekommen, Mr. Langers«, entgegnete sie mit erhobener Stimme. »Ich gebe Ihnen noch eine Sekunde. Langsam habe ich das Gefühl, Sie wollen sich nur wichtig machen.«

»Nein, Sharon.« Seine Stimme klang jetzt ernst und ohne einen hörbaren Hinweis auf Hintergedanken. »Es ist so: Ich muß ins Hospital. Wahrscheinlich noch heute. Der Doc war gestern zuletzt da, und es ist seitdem schlimmer geworden. Magengeschwüre, verstehen Sie? Es besteht die Gefahr, daß mindestens eins durchbricht.«

»Tut mir leid für Sie. Rufen Sie mich an, nur um mit jemand darüber zu reden? Haben Sie Angst vor der Operation?«

»Das auch. Aber es geht um die Sache. Unsere Sache. Ich bin in einem Hotelzimmer. Am Telefon will ich nicht darüber reden. Außerdem habe ich neue Hinweise gekriegt. Schriftliches Material. Ich muß es Ihnen geben, bevor ich unters Messer komme.«

Sharons Magen begann zu schmerzen. Sie hatte sich gegen die Andeutungen dieses Mannes aufgelehnt, immer wieder. Und nun schien es so, als ob Eric wirklich in Gefahr sei — seine Existenz und die seiner Familie in dem hübschen Bungalow in Glen Cove, Long Island. »Was haben Sie eigentlich davon?« fragte Sharon und konnte nicht verhindern, daß ihre Stimme zitterte.

»Ich hab's Ihnen schon ein paarmal gesagt, und ich will's nicht wiederholen. Jetzt schon gar nicht.«

Natürlich. Es tat es, weil er seinem ehemaligen Boß eins auswischen wollte. Unvorstellbar! Sharon hatte bei dem ersten Anruf geglaubt, ins Bodenlose zu stürzen. Die Welt des Verbrechens, ja, nur die Halbwelt, war etwas, das immer außerhalb ihres Denkens gelegen hatte. Und jetzt sollte sie hineingezogen werden. Nein, Eric war der eigentlich Betroffene. Sie haßte sich dafür, schon wieder zuerst an sich selbst zu denken statt an ihren Mann, der seinen täglichen Kampf zu bestehen hatte. Ein Schwarzer mußte wirklich kämpfen, jede Stunde und jeden Tag. Und vor allem dann, wenn er in seinem Beruf eine gehobene Position zu verteidigen hatte.

»Sie wollen also, daß ich komme«, sagte Sharon mühsam. Die Aufregung machte sie kurzatmig.

»Gut, daß Sie so schnell begreifen. Es liegt in Ihrem eigenen Interesse, und Sie wissen es. Normalerweise bin ich kein hilfsbereiter Bursche. Sie haben bloß den Nutzen von meiner persönlichen kleinen Rache. Also bilden Sie sich nicht ein, daß ich Ihnen an die Wäsche will ... oder so was!«

Sharon erschauerte. Allein aus der Redeweise dieses Mannes klang eine Welt, in die sie nie hinabgestiegen wäre. Sie hätte es auch nie für möglich gehalten, dazu gezwungen zu werden. »Wo finde ich Sie?« fragte sie. Sie kämpfte gegen die Tränen.

»Ein Freund von mir holt Sie ab, Sharon. Ist schon unterwegs. Müßte jeden Moment da sein. Stellen Sie jetzt nicht schon wieder Ihre Fragen! Es muß sein. Allein wären Sie zu unbeholfen. Ich muß damit rechnen, daß man mich beobachtet. Mein Kumpel bringt Sie unauffällig her. Er wird Ihnen seinen Namen nicht sagen, aber er hat einen Zettel mit meiner Unterschrift. Alles klar?«

»Ja«, hauchte Sharon, obwohl alles in ihr sich dagegen aufbäumte. Ihr fiel der schwarze Chevrolet ein, der suchend durch das Wohngebiet geschlichen war. Nun gut, vielleicht würde keiner sehen, daß sie mit einem fremden Mann wegfuhr. Die Nachbarschaft war um diese Tageszeit praktisch ausgestorben. Meist waren beide Ehepartner berufstätig, weil sie Haus und Grundstück sonst nicht finanzieren könnten. Eric gehörte zu den Spitzenverdienern und Sharon zur kleinen Elite der Frauen, die zu Hause bleiben konnten.

Der Haustürgong dröhnte durch ihre angstvollen Gedanken.

Regen trommelte auf das schwarze Wagendach und rann in Sturzbächen über die feuerrote Flankenlinie. Komischerweise war es das, was Sharon zuerst wahrnahm, obwohl der Mann direkt vor der Tür stand.

Er sah aus wie einer von diesen erfolgreichen jungen

Geschäftsleuten, deren gewohntes Aufenthaltsgebiet die Wall Street ist. Er war schlank und athletisch, hatte glattes schwarzes Haar und trug einen eleganten hellgrauen Zweireiher. Jetzt, im Trockenen unter dem Vordach, klappte er seinen Regenschirm zusammen. In der anderen Hand trug er einen handgearbeiteten ledernen Aktenkoffer mit Messingecken.

Sharon starrte ihn an. Die Leere des Hauses hinter ihr wurde zum Ausdruck ihrer Schutzlosigkeit. Sie spürte, wie der Blick des Mannes ihren Körper abtastete, obwohl er es geschickt und unauffällig tat, nicht etwa unverhohlen und plump herausfordernd. Und sie wußte, daß der Hausanzug vorteilhaft für ihre Figur war. Der dunkelrote Jerseystoff bildete einen wirkungsvollen Kontrast zu ihrer ebenmäßig dunklen Hautfarbe und der eleganten Frisur, die ihre Naturkrause in eine betont einfache Form einbezog.

»Mrs. Bailey, nicht wahr.« Der Mann ließ es nicht wie eine Frage, sondern wie eine Feststellung klingen. Er stellte den Aktenkoffer ab, griff in die linke Jackettasche und hielt ihr einen Zettel hin. »Ich nehme an, Sie wurden bereits angerufen.«

Sharon nickte nur. Ihre Stimmbänder schienen nicht zu funktionieren. Sie nahm den Zettel nicht in die Hand. Lesen konnte sie ihn auch so.

Der Überbringer dieser Nachricht ist ein guter Freund von mir. Befolgen Sie seine Anweisungen!
Josh Langers

Sharon nickte abermals, um zu bestätigen, daß sie den Text gelesen hatte, Der Mann steckte den Zettel wieder ein und lächelte. Sie sah, daß seine Hautfarbe hellbraun war. Das Gesicht wirkte kantig. Er war schwer einzustufen. In seiner Ahnenreihe mußte es Weiße und Schwarze, vielleicht auch Indianer gegeben haben.

»Ich werde im Wagen warten«, sagte er. »Sicherlich wollen Sie sich umziehen.«

»Ja, ja. Ich muß . . . ich muß auch noch telefonieren. Wegen der Kinder. Wann werde ich zurück sein? Ich meine, die Kinder könnten zur Not etwas länger bleiben. Sie sind bei einer Geburtstagsfeier und . . .« Sie preßte die Lippen zusammen und schüttelte den Kopf über ihre eigene Unsicherheit.

»Wir fahren nach Queens und zurück«, antwortete der Fremde. »Rechnen Sie mit zwei Stunden! Höchstens drei.« Er lächelte und nickte ihr aufmunternd zu. Dann ließ er seinen Schirm aufklappen und wandte sich ab, nahm den Aktenkoffer, der ohne Zweck zu sein schien, und ging zum Wagen.

Es beeindruckte sie. Manch anderer Mann hätte bestimmt versucht, die Situation für ein sexuelles Abenteuer auszunutzen. Immerhin wußte er, daß sie allein im Haus war.

Sie ging hinein und verriegelte die Tür, obwohl sie sich ruhiger fühlte. Der Fremde wirkte vertrauenerweckend. Sie nahm den Telefonhörer ab, und ihr Blick fiel auf die leeren Regale an der gegenüberliegenden Wand des Living-room.

Während sie Mary Janes Nummer wählte, dachte sie an das Gespräch mit Langers. Warum hatte sie nicht erwähnt, daß vor zwei Tagen eingebrochen worden war?

Unsinn. Es konnte einfach keinen Zusammenhang geben. Langers sprach von Gangstern, die ihren Mann bedrohen wollten. Solche Leute gehörten zu einer ganz anderen Kategorie als die kleinen Ganoven, die in ein

Wohnhaus einbrachen und Fernseher, Videorecorder und Stereoanlage stahlen. Außerdem war alles geregelt. Sie hatte der Versicherung den Schaden gemeldet, nachdem die City Police den Fall aufgenommen und ihr das Aktenzeichen genannt hatte. Eine normale Angelegenheit, wie sie in New York täglich hundertfach passierte.

»Hallo?« Die Frauenstimme stach in ihr Ohr. Aus dem Hintergrund waren helle Kinderstimmen zu hören. Sie machten den üblichen Trubel. Mary Janes Haus würde am Abend aussehen wie ein Schlachtfeld.

»Ich bin's, Sharon. Ich muß in die Stadt, Mary Jane. Eric hat angerufen. Ich soll ein paar Unterlagen zur Firma bringen. Sie werden ihm die Sachen nach Illinois telekopieren, verstehst du?«

»Aber ja!« lachte Mary Jane. »Du willst also sagen, daß es später werden könnte, Ich behalte die Jungen so lange hier, bis du sie abholst. Okay?«

Sharon bedankte sich, legte auf und beeilte sich mit dem Umziehen. Sie entschied sich für Stiefel, Jeans und die dick gefütterte Jacke mit dem farbenfrohen Fantasiemuster. Sie überzeugte sich, daß sie genug Kleingeld in der Handtasche hatte, um notfalls ein Taxi für den Rückweg bezahlen zu können. Schließlich wußte sie nicht, ob der Mann mit dem Chevrolet Cavalier auch vorhatte, sie wieder nach Glen Cove zu bringen.

Sorgfältig schloß sie die Haustür ab, spannte den Schirm auf und lief über den Plattenweg. Der Regen trommelte auf den Schirmstoff. Der Fremde öffnete von innen die Beifahrertür für sie.

Auf der kurzen Fahrt durch die Wohnstraßen sah sie, daß in der Nachbarschaft wirklich niemand etwas mitkriegte. Die Fenster der Bungalows waren wie leblose, leere Augen. Die Väter und Mütter arbeiteten. Die Kinder waren in Tagesstätten, Schulen oder Clubs untergebracht. Sharon hatte es dennoch nie bereut, in dieser reinen Schlafgegend, wie Eric sie nannte, zu wohnen. Das gesellige Leben der Erwachsenen spielte sich eben hauptsächlich abends ab, und die Sommerabende auf Long Island waren lang und mild.

Der Fremde nahm den State Highway 107 und dann den Interstate 495. Er fuhr tatsächlich nach Queens. Es hatte alles seine Ordnung. Sharon entspannte sich in den Sitzpolstern. Unablässig schaufelten die Scheibenwischer die Regenfluten beiseite. Die Fahrt war ein Dahinschwimmen in nebelartigen Schwaden, die von den Autoreifen hochgewirbelt wurden. Über der Nässe der Fahrbahn glühten die Rückleuchten der Fahrzeuge, gelegentlich die Bremslichter, und nur als helle Flecken waren die Scheinwerfer der entgegenkommenden Wagen zu erkennen. Es war einer dieser Tage, an denen es nie richtig hell wurde.

Der Fahrer bog von der Roosevelt Avenue in den Junction Boulevard ab. Das war alles, was Sharon mitbekam. Die Fassaden der Häuser wirkten hinter dem Striemenvorhang des Regens wie eine einheitliche düstere Wand. Erst als sie ausstiegen, stellte Sharon fest, daß die Straßenlampen eingeschaltet waren. Der Übergang von Tageslicht zur Dämmerung war nicht erkennbar gewesen. Bald würde es dunkel werden, und auch das würde man kaum spüren.

Es war ein Hotel, das sie betraten. Der Regen zwang zur Eile. Sharon achtete deshalb nicht auf den Namenszug, der in Leuchtschrift über dem Eingang stand. In der Lobby roch es nach kaltem Zigarettenrauch, den die Hotelgäste über Jahre in den abgetretenen Teppichboden und die zerschlissenen Sitzpolster gepafft hatten. Der einzige Anwesende war ein hagerer alter Mann hinter dem Reception Desk. Vermutlich schon der Nachtportier, ein Pensionär, der sich sein Zubrot verdiente.

Sharon fragte nicht, warum Langers in einem Hotel wohnte. Gewiß, dies war kein Wohlfahrtshotel, in dem Obdachlose unterkamen. Aber es mußte einen Grund geben, weshalb Langers eine so billige Absteige gewählt hatte. War es allein Geldmangel?

Der elegant gekleidete Cavalier-Fahrer brachte sie in einem bedrohlich rumpelnden Fahrstuhl in den 4. Stock. Der Korridorfußboden knarrte bei jedem Schritt. An den Wänden hingen Farbfotos von Filmstars aus den 60er Jahren. Sharons Begleiter klopfte an eine Tür, von der die Metallziffern längst abgefallen waren. Nur noch die Ränder auf dem Holz ließen die Zahl 415 erkennen. Das Klopfen hatte einen bestimmten Rhythmus. Ein vereinbartes Zeichen!

Schlurfen und Dielenknarren näherten sich drinnen. Der Schlüssel drehte sich im Schloß. Jemand linste durch den Kettenspalt. Dann schwang die Tür auf. Der Dunst von Rauch und Bier in einem ungelüfteten Zimmer wehte heraus. Eine gebeugte Gestalt in einem billigen Hausmantel hatte sich bereits abgewandt und schlurfte in das Halbdunkel zurück. Als Sharon und der elegante Fremde eintraten, lag der Mann schon wieder auf dem Bett. Er war blaß. Er sah wirklich kränklich aus. Wie einer, der sein Leben lang im Büro gearbeitet und nie viel Sonne gesehen hatte. Auch das strähnige Haar wirkte stumpf und farblos, die Augen waren grau.

Er lag auf der Seite, auf den Ellenbogen gestützt, und betrachtete Sharon Bailey voller Hingabe. Auf dem Nachttisch ein übervoller Aschenbecher, Zigaretten, Bierflasche und das Telefon. Illustrierte und Zeitungen lagen auf der unteren Hälfte des Betts.

»Hallo, Sharon«, sagte der Blasse. »Ich bin Josh Langers, und Sie sind noch hübscher, als ich Sie mir vorgestellt habe.« Er wandte sich dem Eleganten zu, der seinen Aktenkoffer auf eine Kommode gestellt und aufgeklappt hatte. Langers grinste auf einmal. »Allright, Bunk, dann knöpfen wir sie uns mal vor, was?«

Sharon erschrak. Aber sie fühlte sich bewegungsunfähig. Die Muskeln gehorchten ebensowenig wie die Stimmbänder.

Der Elegante drehte sich von seinem Koffer weg und kam auf Sharon zu. Seine kalten Augen ließen sie erbeben. Alles in ihr schrie nach Flucht, aber sie war wie angenagelt. Der Elegante hob etwas Weißes.

»Spinnst du?« rief Langers vom Bett her. »Was soll denn so ein Quatsch, Mann?« Er war im Begriff aufzuspringen.

Der andere handelte blitzartig. Er schnellte auf Sharon zu und preßte ihr den Wattebausch auf das Gesicht. Ein Instinkt veranlaßte sie noch, ihr Einatmen zurückzuhalten, so lange es ging. Sie wollte sich sträuben, den Kerl von sich stoßen. Aber gegen seine Kraft war nichts auszurichten.

Durch aufwallende Nebel hörte sie Langers brüllen, als sie schon in sich zusammensank: »Bist du verrückt geworden? Menschenskind, wir sollen sie bearbeiten, damit sie ihrem Alten die Pläne . . .«

Krachende Schläge löschten seine Stimme aus. Sharon begriff nicht, daß es Schüsse waren. Und sie begriff noch viel weniger, daß die Wucht der Geschosse ihn auf das Bett zurückschleuderte. Ihr Wahrnehmungsvermögen versiegte. Sie sah nicht mehr, wie der Mörder sich an ihrer Handtasche zu schaffen machte, wenige eilige Handgriffe erledigte, seinen Koffer zuklappte und schon nach Sekunden das Zimmer verließ.

Sie erwachte mit einem würgenden Übelkeitsgefühl.

Ihre rechte Hand war schwer und kalt, von einer harten, kantigen Last auf den Fußboden gedrückt. Benommen wälzte sie sich herum und blickte an ihrem ausgestreckten rechten Arm entlang.

Sie sah brünierten Stahl.

Entsetzt zog sie die Hand weg. Die Pistole polterte auf den schmutzigen Teppich. Wankend kam sie auf die Beine. Sie mußte sich am Bettpfosten festhalten.

Sie riß die Augen auf. Ihr Mund öffnete sich weit. Im letzten Moment konnte sich sich zwingen, nicht zu schreien. Ihre Beine zitterten. Sie schlug die linke Hand vor den Mund.

Langers lag quer über dem Bett. Die Kugeln hatten ihn in den Kopf und in die Brust getroffen. Überall war Blut.

Sharon konnte nicht mehr denken. Ihre Sinne gerieten in ein wildes Kreisen. Panische Angst trieb sie. Nie hatte sie einen so grauenhaft zugerichteten Toten gesehen. Das Bild von Blut und Leblosigkeit war unauslöschlich. Sie ergriff ihre Handtasche, ohne daß ihr dies wirklich bewußt wurde. Und sie wankte hinaus. Das Knarren des Fußbodens im Korridor verfolgte sie wie ein dröhnendes Echo.

Sie hastete durch die Lobby. Der hagere alte Mann beachtete sie nicht. Den Regen spürte sie erst, als sie schon den nächsten Häuserblock erreicht hatte. Geistesabwesend stellte sie sich in einen schützenden Hauseingang. Ihr Denkvermögen war noch immer blockiert. Nur dumpfe Leere war in ihr.

Als sie das Gelb eines Taxis in den Regenschwaden erkannte, lief sie auf die Bordsteinkante zu und winkte.

Es nannte sich das *Pink Roseland* und prahlte in Riesenbuchstaben über der Toreinfahrt mit einem Super Drive-in Service. Ich konnte mir beim besten Willen nicht vorstellen, wie ein Bordell mit Drive-in funktionieren sollte.

Ich lenkte den Jaguar in die Einfahrt neben der bondonrosa getünchten Hausfassade an der Eigth Avenue. Auf dem Innenhof war sogar der Asphalt mit rosa Kunststoffarbe überzogen. Die Rückseiten der Gebäude, U-förmig um den Hof gruppiert, setzten das Rosa fort, einschließlich der Feuerleitern. Schwarze Pfeile auf dem rosafarbenen Boden wiesen unterhaltungswilligen Autolenkern die Richtung.

Erleuchtete Bildtafeln in Blickhöhe zeigten nackte Girls in herausfordernden Posen und ließen keinen Zweifel offen, um welche Art von Unterhaltung es im *Entertainment Center Pink Roseland* ging. Etwas, was sich offiziell als Bordell bezeichnen darf, gibt es in Manhattan nämlich nicht.

Ich stoppte vor einer weiß-rosa gestreiften Schranke, die die Einfahrt zur Tiefgarage versperrte. Das Wärterhäuschen war ein großes bonbonfarbenes Herz aus Kunststoff, mit einem kleinen Fenster und einer kleinen Tür, beide herzförmig. Ein langbeiniges Girl trat heraus. Die Wärterdienstkleidung bestand aus einem rosa Bikini und einer gleichfarbigen Schirmmütze – erstaunlicherweise nicht herzförmig, sondern rund.

Die Wärterin beugte sich zu mir herab, während ich die Scheibe abwärts schnurren ließ. Der Einblick war überwältigend. Ich rief meine Konzentrationsfähigkeit zur Ordnung und zwang mich, an die Aufgabe zu denken, die ich mir gestellt hatte. Aber es war zu früh, den Silberadler offen spazieren zu tragen.

»Waren Sie bereits Gast unseres Hauses, Sir?« Die

Offenherzige ahmte diesen dahinplätschernden Tonfall nach. Sie hatte ihn Fernsehansagerinnen abgelauscht.

»Nein«, gestand ich. »Bin ich deshalb zweite Klasse?« Ich spielte eine Mischung von Schüchternheit und Besorgtheit.

»Aber nein, Sir!« Sie lachte, und die Offenherzigkeit wogte. »Man wird sich besonders liebevoll um Sie kümmern. Schließlich möchten wir alle, daß Sie wiederkommen.«

»Wie nett«, sagte ich beeindruckt. »Was muß ich jetzt tun?«

»Nichts, Sir. Ihr persönlicher Engel wird Ihnen alles erklären, was unser Haus bietet, Ihnen alle Fragen beantworten und das für Sie in die Wege leiten, was Ihnen aus unserem Programm am meisten zusagt.«

Mein persönlicher Engel. Ich fing an zu staunen. Die Wärterin wünschte mir einen angenehmen Aufenthalt, richtete sich auf und wandte sich um. Das Manöver war beabsichtigt. Während sie ein Handzeichen in die Richtung der Herztür gab, setze sie ihre Rückenansicht langsam schwingend in Bewegung. Der durchschnittliche Pink Roseland-Besucher mußte bereits zu diesem Zeitpunkt langsam aus dem Häuschen geraten.

Das Zeichen der Wärterin rief den Engel auf den Plan. Im Vorbeigehen tuschelten sie wahrscheinlich: ›Ein Neuer, zieh alle Register, Baby!‹ Ich machte mich auf einiges gefaßt. Der mir zugeteilte persönliche Engel trug keine Plastikflügel auf dem Rücken und auch sonst nichts, was auf eine überirdische Funktion hingewiesen hätte. Bestenfalls konnte ich das schulterlange blonde Haar als Engelshaar einstufen. Die üppigen Formen, von einem stramm sitzenden Bikini betont, waren von dieser Welt. Zum Anfassen, wenn es der Pink Roseland-Besucher so wollte.

Mein persönlicher Engel trippelte hochhackig um die lange Jaguar-Haube herum und lächelte mir vielversprechend und augenzwinkernd zu. Mit einer süßlichen Duftwolke belegte sie den Beifahrersitz mit Beschlag, und ich sah vor meinem geistigen Auge, wie Phil bei unserer nächsten gemeinsamen Dienstfahrt schnüffelnd die Nase bewegte.

»Ich heiße Barbara, Darling, und du darfst Barby zu mir sagen. Fahr erstmal in die Garage runter, okay? Wir nehmen dann den Fahrstuhl, und du darfst mir sagen, was du vorhast.«

Ich grinste schief. »Bei dir darf man ziemlich viel, was?« Ich ließ den Jaguar anrollen.

Sie kicherte grell. »Aber ja, Darling, bei uns ist der Kunde doch König.«

»Im Supermarkt auch.«

Sie kicherte von neuem los, schriller jetzt, und prustend hielt sie sich die Hand vor den Mund. »Himmel, was habe ich mir denn da eingehandelt? Einen Spaßvogel oder so was?«

»Ab sofort bin ich ganz ernst bei der Sache«, sagte ich und parkte den Jaguar neben einem rosa getünchten Betonpfeiler. Wir stiegen aus, und Barby-Darling hängte sich bei mir ein. Jedesmal, wenn sie mit dem rechten Stöckelfuß auftrat, schwang ihr linkes Hüftrund federnd straff gegen meinen eher knochig gearteten Körperbereich gleicher Art.

»Es ist so, Darling«, sagte sie im Plauderton, »ich bin nur dein Engel, verstehst du? Ich sage dir, was du bei uns alles haben kannst. Okay?«

Wir betraten den Fahrstuhl. Die Kabine war mit Samtstoff in Bonbonrosa ausgekleidet. Barby, mein Engel, nahm frontal vor mir Aufstellung, drückte den Knopf für den 2. Stock und näherte sich dabei langsam und lächelnd. Ihre Bewegungen bewiesen Berufserfahrung, wobei ihrem Busen die Aufgabe zufiel, mir den Atem zu rauben.

»Ich möchte zu Bunk Wilson«, sagte ich trocken.

Sie hielt inne und starrte mich an. »Was hast du gesagt?« Ihre Augenlider klapperten schwarzgelackt.

»Bunk Wilson«, wiederholte ich. »Er wohnt in diesem Bonbon-Bau, hat er gesagt.«

»Sag mal, bist du . . .?« Sie sprach es nicht aus.

Ich schüttelte grinsend den Kopf. »Laß bloß Bunk so was nicht hören! Der gibt dir was auf den hübschen Hintern.«

Sie begann die Stirn zu runzeln. »Wer ist Bunk Wilson? Müßte ich ihn kennen?«

»Ja.«

Ihr fehlten für Sekunden die Worte. »Hör mal!« fauchte sie dann. »Ich kann doch nicht jeden kennen, oder?«

»Habe ich das behauptet?« Ich grinste breiter. »Bunk ist ein feiner Kerl. Hab ihn gestern abend in dieser Kneipe kennngelernt. Zwei Blocks weiter. Dieser Laden mit dem Klavier. Da spielt einer richtig Klavier, verstehst du? Rag . . . Rag . . .« Während ich tat, als suchte ich nach den passenden Silben, stoppte der Fahrstuhl mit sanftem Rucken.

»Ragtime«, sagte Barby wütend. »Ja und?«

Ich tätschelte ihre nackte Schulter. »Na also, Kleines. Du kennst die Kneipe. Logisch, daß du auch Bunk kennst. Ich soll mich bei ihm melden, hat er gesagt. Weil er mir nämlich etwas ganz Besonderes bieten will. Sonderpreis. Begriffen? Und wenn das Engel-Baby nicht spurt, hat er gesagt, dann gibt's Druck. Von Bunk persönlich.«

Ihr Gesichtsausdruck schlug um. Aus Wut wurde

Respekt und Vorsicht. »Hättest du ja auch gleich sagen können«, maulte sie und drückte die 5 in der Reihe der Fahrstuhltasten.

»Und du? Warum wolltest du Bunk nicht kennen?«

»Du könntest ein Bulle sein. Oder etwa nicht?« Es war die Ausrede, die sie sich für den Fall zurechtgebastelt hatte, daß sie Wilson gegenübertreten mußte. Seine Machtstellung mußte herausragend sein.

Für uns vom FBI war der Mann eine unbekannte Größe. Einer, der noch nie in Erscheinung getreten war, wie es im dienstlichen Sprachgebrauch heißt. Was in seinem Fall vermutlich bedeutete, daß er ein vorsichtiger Hund war.

Wir hatten sie alle angespitzt, unsere V-Leute. Nur einem einzigen war bislang etwas eingefallen. Die Namen der Festgenommenen von Mahopac Falls hatten wir allen als Stichwörter gegeben. Cecil Briggs, der bewußte V-Mann, war auf Gringo Sebastian angesprungen. Der Chicano, auffällig wie ein Paradiesvogel, was an der Eigth Avenue von Kneipe zu Kneipe gehüpft. Jeden Abend.

Einer, der immer und überall dabei sein wollte. Bunk Wilson, so der V-Mann, war der einzige, mit dem Gringo ernsthafte und repektvolle Gespräche geführt hatte. Ja, es sollte so ausgesehen haben, als ob Wilson für Gringo eine Art Boß war.

Wir erreichten den 5. Stock. »Den Korridor runter«, sagte Barby-Darling. »Letzte Tür links.«

»Zeig's mir!« bat ich. »Ich kann mir Wegbeschreibungen nicht merken.«

Sie sah mich an, als wollte sie zu einer Kraftprobe mit den Augen antreten. Schon nach einer halben Sekunde gab sie nach. Seufzend wandte sie sich um und ging voraus. Ihre Schritte waren kurz und schnell. Kein

Hüftschwung, nichts. Nur das energische Bestreben, es schnell hinter sich zu bringen.

Die vierte Tür rechts wurde geöffnet. Eine schwarzhaarige Lady in einem tiefausgeschnittenen Traum von Tüll trat heraus. Auf dem Weg zum Dienstbeginn, vermutete ich. Ganz die Eleganz, wie sie um die Jahrhundertwende gepflegt wurde. So etwas schien auch heute noch gefragt zu sein. Barby hob grüßend die Hand, bewegte die Finger dabei und gab ein gequält-freundliches »Hi, Angela!« von sich.

Ich überlegte, ob in diesem Etablissement eine besondere Art von Zeichensprache angewendet wurde.

Auf der linken Korridorseite wurden die Türen spärlicher. Größere Apartments also. Mit allem Komfort. Trotzdem fragte ich mich, wie ein Mann ausgerechnet in einem Bordell wohnen konnte. Es gab nur wenige denkbare Erklärungen, die mir logisch erschienen: Wilson war an dem Laden finanziell beteiligt. Er ließ sich von Zeit zu Zeit aus Kontrollgründen hier blicken. Oder er benutzte die Wohnung als gelegentliche Unterkunft. Fest stand aber, daß er bei seinen Kneipengesprächen damit prahlte, eine Bude im Bordell zu haben.

Die letzte Tür links.

»Hier ist es«, sagte Engel Barby und wollte sich an mir vorbei zum Fahrstuhl begeben.

»Sorry, aber du mußt bleiben«, sagte ich und hielt sie sacht an der Schulter. Mit der anderen Hand klingelte ich. Im Apartment gongte es.

»Warum?« rief Barby erbost. »Jetzt habe ich ja wohl alles getan, was du von mir wolltest. Ich weiß wirklich nicht, was ich noch . . .«

Ich legte mahnend den Zeigefinger auf die Lippen und ließ den Türgong abermals ertönen. Drinnen rührte sich nichts. Kein Lebenszeichen von Bunk Wilson. Als sich auch nach dem drittenmal nichts tat, wandte ich mich meiner Begleiterin zu und legte die Karten auf den Tisch. »Siehst du«, sagte ich. »Das ist es, was ich geahnt habe. Ich brauche dich als Zeugin.« Ich zeigte ihr meinen FBI-Adler und den Durchsuchungsbefehl, ausgestellt wegen mutmaßlicher Beteiligung am organisierten Verbrechen.

Ich mußte ohne meinen Freund und Kollegen auskommen. Phil hielt sich im Gefängnishospital von Rikers Island auf. Grainge, der Tresorspezialist, war vor einer Stunde dorthin verlegt worden.

»Verdammter Mistkerl!« zischte Barby. »Als ob ich's nicht geahnt hätte!«

»Es ist nie zu spät, Erfahrungen zu sammeln«, sagte ich lächelnd, stopfte den Papierkrieg in die Tasche und nahm das Etui mit den feinen Stahlstiften heraus. Ich brauchte weniger als zehn Sekunden, um das Yale-Schloß zu öffnen. Barby, die gezwungenermaßen dicht neben mir stand, beobachtete staunend meine Fingerfertigkeit. Ich ließ ihr den Vortritt, nachdem ich die Tür aufgestoßen hatte. Der Ordnung halber zog ich den Smith & Wesson. Dienstvorschriften haben ihre Gründe. Eine Wohnung, in der niemand auf einen Gong reagiert, muß noch lange nicht leer sein.

Wilsons Bordellbehausung war ein Schwelgen in Weiß. Wände, Polstermöbel, Teppichboden – alles weiß. Nur gelegentlich gab es einen hingeworfenen Farbtupfer. Etwa ein giftgrünes Couchkissen. Oder ein Bild an der Wand, das nichts als eine schreiend rote Fläche darstellte.

Nach einem gemeinsamen Rundgang mit Barby war es sicher: Bunk Wilson befand sich noch auf dem Kneipentrip. Natürlich kamen auch andere Beschäftigungen in Frage.

Die Wohnungstür, die ich offengelassen hatte, klappte zu. Barby und ich standen noch im Kaminzimmer, mit der Feuerstelle aus weißem Marmor. Deshalb konnten wir nicht wissen, ob es nur ein Luftzug gewesen war, der das Klappen verursacht hatte. Falsch! Barby wußte es besser als ich.

Ich sah es an ihrer Miene, die unübersehbaren Triumph spiegelte. Mein persönlicher Engel hatte die Zeichensprache wirksam eingesetzt.

Jetzt hörte ich auch die Schritte.

Zwei Kerle schoben sich in den Durchgang zum Living-room. Beide in taubenblauen Anzügen mit Krawatte. Der eine etwas breiter, mit einem ausladenden Kantenkinn. Der andere athletisch gebaut, voll gebremster Kraft von einem Bein auf das andere tänzelnd.

Und ich hielt den Smith & Wesson noch in der Hand.

»Seht euch vor!« kreischte Barby. »Das ist ein Bulle! Ein gottverdammter FBI-Bulle!« Mit diesem Abgesang entwischte sie mir. Auch die beiden Kerle ließen sie ziehen. Ihr Interesse galt ausschließlich mir.

»Bulle oder nicht Bulle«, brummte der mit dem Kantenkinn. »Was für eine Rolle spielt das schon?« Entsprechend der Größe seines Kinns hatte er einen reichlich großen Mund. Durch sein Grinsen mit leicht entblößten Zähnen sah es aus, als würde ihm das untere Gesichtsviertel abfallen.

Ich halfterte den 38er und löste damit Erstaunen aus. Beide hörten auf zu grinsen, und der etwas Schmalere stellte sogar sein Tänzeln ein. Für den Moment.

»Ich zeige euch, welche Rolle es spielt«, sagte ich ruhig. »Dabei kommt es ganz auf euer Verhalten an, Freunde.«

»Wir sind nicht deine Freunde!« zischte der, der wieder tänzelte. »Was hast du in Wilsons Bude zu suchen?«

»Keine Antwort«, entgegnete ich. »Ihr habt zehn Sekunden Zeit zu verschwinden.«

Kantenkinn klappte den Mund auf. »Sag mal . . .«, blinzelte er. »Hast du noch alle beisammen? Siehst du hier irgendwo einen Zeugen? Woher sollen wir wissen, daß du ein Cop bist? Oder ein G-man. Oder wer weiß was. Für uns siehst du aus wie ein lausiger Einbrecher, der Bunks silberne Löffel klauen will. Klar?«

»Völlig klar«, sagte ich. »Ihr habt jetzt noch fünf Sekunden.«

Sie wechselten einen staunenden Blick. Und dann walzten sie ohne Übergang auf mich los. Der eine tänzelnd von halbrechts, der andere breitbeinig stapfend.

Ich wollte mir kein langes Hin und Her einhandeln. Deshalb ging ich zum Gegenangriff über, bevor sie überhaupt richtig loslegen konnten. Aus dem Stand schnellte ich auf den Tänzelnden zu. Ich unterlief seine Gerade, die unkalkuliert kam. Ich punktete ihm zwei kurze, trockene Haken auf das Zwerchfell, die ihn japsend in Richtung Living-room trieben. Ich sah noch, daß sein Gesicht grünlich anlief. Dann hatte ich keine Zeit mehr für ihn.

Im Herumwirbeln tauchte ich weg. Und tat gut daran. Kantenkinns Upercut zischte über meinen Scheitel hinweg. Ich spürte den Luftzug. Der eigene Schwung riß den Mann auf mich zu. Mir blieb nichts anderes, als ihn mit einem Rammstoß zu empfangen.

Die Woge des Anpralls war enorm. Er klappte über meiner Faust zusammen. Mit knapper Not schaffte ich es, seinem herabruckenden Schädel auszuweichen. Ich stieß ihn weg. Er schnaufte und torkelte.

Aus den Augenwinkeln sah ich den Tänzelnden. Nebenan hatte er Halt gefunden. Er war eben im Begriff, sich von einem weißen Ledersessel hochzuwuchten. Doch dann sackte er zwischen einer weißen Blumensäule und einem Pflanzentrog in sich zusammen.

Der andere war im Anmarsch, leichtfüßig wie eh und je. Was er eingesteckt hatte, mußte er gut verdaut haben. Die Tatsache verlieh ihm neuen Schwung. Und tatsächlich kam er diesmal mit einer Geraden durch, deren Ansatz ich nicht rechtzeitig erkannt hatte. Mein Ausweichmanöver reichte immerhin so weit, daß ich den Hieb nur mit der rechten Schulter kassierte statt mit der Körpermitte. Der Erfolg machte den Tänzelnden übermütig. Er verleitete sich selbst zum Frotalangriff — mit allem, was er hatte.

Ein rechter Haken ging ins Leere. Ein gutgeplantes Fäuste-Trommelfeuer brachte nichts als Luftlöcher. Und zwei sausende Handkanten gaben ihm so viel Schwung, daß er nach vorn gerissen wurde und fast über die eigenen Füße stolperte.

Es war dieser Moment, in dem ich meine Ausweichtaktik beendete und den Kampf mit einem Kinnhaken entschied.

Gerade noch rechtzeitig konnte ich ihn auffangen, damit er die Blumensäule nicht in Trümmer verwandelte.

Ich zog die beiden Bewußtlosen in den Living-room hinüber und legte die stählerne Acht, mit der ich sie aneinanderkettete, um das Stahlbein eines bestimmt zentnerschweren Marmortischs. Ich rief die Cops im Revier an der West 35th Street an und bat sie, mir die beiden Kerle abzunehmen und außerdem ein Spurensicherungskommando zu benachrichtigen.

Ich sah mich weiter um. Die Wohnung schien seit Wochen nicht mehr benutzt worden zu sein, außer von der Reinmachefrau. Alles war so sauber und aufgeräumt, als ob sich nie ein Mensch in diesen vier Wänden aufgehalten hätte. Mir wurde klar, daß Wilson tatsächlich nur selten hier aufkreuzte. Ich hatte geglaubt, Rückschlüsse auf Gringo Sebastians Auftraggeber zu erhalten. Jetzt mußte ich zugeben, daß ich mir Illusionen gemacht hatte.

Es reichte nicht, eine kleine Armee von V-Leuten in Marsch zu setzen. Ich erinnerte mich an Phils Worte. Gehobene Mittelklasse. Die Tatsache, daß Gringo und seine Komplizen sich mit kleinen Bankfilialen beschäftigten, bedeutete eben nicht, daß es ein kleinkarierter Verein war, für den sie arbeiteten.

Kantenkinn und sein Kumpel kamen zu sich. Ich beachtete sie nicht, sondern suchte weiter. In den Schränken war nichts als sorgfältig geordnete Kleidung. Bei dem weißen Schreibtisch in einer Ecke des Living-room handelte es sich offenbar nur um ein Zierstück. Alle Schubladen waren leer. Der Tip von V-Mann Cecil Briggs war das Informationshonorar nicht wert. Doch das war nicht sein Fehler.

Kantenkinn brüllte vor Wut. Er hatte sich den Kopf an der Marmorplatte gestoßen. Ich ging hinüber und erklärte den beiden in sachlichem Ton, daß sie sich geirrt hätten, was die Sache mit den Zeugen betreffe. Die Aussagen eines FBI-Beamten werde vor Gericht immer noch höher eingestuft als die Erklärungen zweier Bordellbeschützer.

Beide starrten mich wütend an und verzichteten auf Widerworte. Wohl deshalb, weil sich Sirenengeheul näherte und gleich darauf einen hohlen Klang annahm.

Die Radio Cars rollten in den Hof des Pink Roseland.

Und keine persönlichen Engel für die Cops!

Der Regen hatte nachgelassen. Es war dunkel geworden.

Wilson stellte den Chevrolet auf dem Parkplatz der Schule ab, in einem Winkel, wo der Wagen von der Straße her nicht zu sehen war. Büsche und Ziersträucher schirmten den Parkplatz ab.

Wilson trug den Aktenkoffer bei sich, mit dem er aussah wie jemand, der aus geschäftlichen Gründen unterwegs ist. Mit der Linken hielt er den geöffneten Schirm. Versicherungsvertreter pirschten auf diese Weise durch Wohngebiete — abends, wenn hart arbeitende Ehepaare zu Hause und müde genug sind, um sich Policen aufschwatzen zu lassen, die sie im Grunde nicht brauchen.

Der Mörder kannte das Wohngebiet in Glen Cove mittlerweile gut genug. Er konnte die Straßen mit den Gärten und Bungalows jetzt auseinanderhalten, obwohl sie alle verdammt gleich aussahen. Zielstrebig brachte er die beiden Straßenzüge hinter sich, die ihn vom Bungalow der Baileys trennten. Es nieselte nur noch. Auf den letzten Metern klappte er den Schirm zusammen.

In den Nachbarhäusern brannte Licht. Irgendwo dröhnte eine Stereoanlage aus einem Dachzimmer. Kein Mensch war außerhalb seiner vier Wände. Es war nicht das Wetter, um in der offenen Garage zu basteln oder bei Lampenlicht auf der Terrasse zu sitzen. Wilson steuerte über den Plattenweg auf den Hauseingang der Baileys zu. Alles war dunkel. Er grinste, während er die Schlüssel aus der Tasche nahm. Natürlich würde Sharon nicht so schnell aufkreuzen. Konnte sie überhaupt nicht. Dazu war sie weder seelisch in der Lage, noch konnte sie es zeitlich schaffen.

Jetzt hing es davon ab, wie gut der Schlosser in der

knappen Zeit gearbeitet hatte. Der Haustürschlüssel glitt leicht und ohne zu haken ins Schloß, und der Schließmechanismus bewegte sich wie von selbst. Wilson trat ein und verschloß die Tür von innen. Er benutzte eine kleine Akku-Taschenlampe, um seinen Weg durch die Zimmer zu finden. Im Living-room stellte er den Aktenkoffer auf den Fußboden und suchte die Wände ab.

Den Safe fand er an einer fantasielosen Stelle, hinter einem Aquarell, das in verfremdeter Farbenpracht eine Straßenszene aus dem French Quarter von New Orleans zeigte. Die Wachsabdrücke, die er von Sharons Schlüssel genommen hatte, waren brauchbar gewesen, hatte der Schlosser gesagt. Der Mann hatte auf dem Hinterhof des Hotels in seinem Kastenwagen mit der fahrbaren Werkstatteinrichtung gewartet. Und Sharon Bailey trug immer alle Schlüssel bei sich. Wie die meisten von Einbrüchen geplagten New Yorker.

Auch die Safeschlüssel paßten.

Wilson nahm den Packen Dokumente und eine kleine Geldkassette heraus und legte alles auf den Wohnzimmertisch, wie er es vorgefunden hatte. Die Geldkassette schob er beiseite, ohne sie zu öffnen. Dann legte er die Papiere in umgekehrter Reihenfolge nebeneinander. Die hauchdünnen Lederhandschuhe behielt er dabei an. Auch auf Papier konnte man Prints hinterlassen, wenn man zufällig ein Stück Kunstdruck erwischte.

Die Baupläne fand er unter einem Stapel von Familienkram, Versicherungsscheinen, Autozulassungen und ähnlichem. Er öffnete den Aktenkoffer, nahm den Taschenkopierer heraus und fing an, die Pläne streifenweise abzulichten. Dazu breitete er sie auf dem freien Teil des Tisches aus und fuhr mit dem rasierapparatgroßen Gerät über die Zeichnungen. Mehrmals mußte er neue Rollen Thermopapier in den Kopierer einlegen. Insgesamt verbrauchte er sechs Rollen von jeweils zehn Meter Länge und vier Zentimeter Breite. Er hatte einen ausreichenden Vorrat mitgenommen, denn es war nicht bekannt gewesen, wieviel von seinem Material Eric Bailey zu Hause aufbewahrte.

Die Ausbeute konnte sich sehen lassen. Wilson numerierte die Kopierollen durch und verstaute sie mit dem handlichen Gerät wieder im Koffer. Die Dokumente und die Geldkassette legte er haargenau in der vorherigen Anordnung in den Safe zurück. Er schloß ab, hängte das Bild wieder auf und überzeugte sich, daß er keine Spuren hinterlassen hatte, indem er mit dem matten Licht der Taschenlampe einmal kurz über die Einrichtung fächerte.

Bevor er ins Freie trat, vergewisserte er sich, daß draußen alles ruhig war. Kein Auto, kein Fußgänger bei diesem Wetter. Er ließ den Schließmechanismus der Haustür zweimal schnappen, wie er ihn vorgefunden hatte. Sobald er das Bailey-Grundstück hinter sich gelassen hatte, fühlte er sich sicher. Niemand konnte ihm jetzt noch nachweisen, wo er gewesen war. Überhaupt würde niemand etwas merken, denn ein Einbruch hatte praktisch nicht stattgefunden. Und es fehlte nichts. Dank des Taschenkopierers.

Bunk Wilson stieg in den schwarzen Chevrolet Cavalier und legte den Aktenkoffer neben sich auf den Beifahrersitz. Die Nachschlüssel würde er erst vernichten, wenn feststand, daß das kopierte Material vollständig und ausreichend war.

Eine erschreckende Kälte empfing Sharon in dem Bungalow. Es war keine körperlich spürbare Kälte. Sie drückte die Haustür von innen zu und lehnte sich mit dem Rücken dagegen. Der Bungalow vermittelte keine Geborgenheit mehr. Da war kein Schutz mehr, den die eigenen vier Wände sonst gaben. Nur noch die Gewißheit, sich nirgendwo mehr verkriechen zu können. Nicht einmal hier. Vielleicht am allerwenigsten hier.

Sharon verspürte die Kälte der Schutzlosigkeit.

Sie löste sich von der Tür und ging mit unsicheren Schritten ins Wohnzimmer. Sie schaltete Licht ein und blieb unschlüssig vor dem Telefon stehen. Ihre Gedanken schienen versiegt zu sein. Ihr Kopf war hohl und leer. Ein trügerisches Gefühl, das wußte sie dennoch. Der Mutterinstinkt hatte sie hergetrieben. Er war stärker gewesen als das Fluchtverlangen.

Die Kinder!

Du mußt anrufen, sagte sie sich. Und du mußt dich zusammenreißen. Mary Jane darf nichts merken.

Warum nicht? Sie stieß den aberwitzigen Gedankenkeim ins Unterbewußtsein zurück. Sie konnte sich keinem Menschen anvertrauen, denn keiner konnte ihr helfen. Es gab keinen Ausweg. Dazu war es zu teuflisch arrangiert.

Die Pistole!

Sie hatte sie erkannt. Eindeutig. Es gab nicht den leisesten Zweifel. Der Fremde, der behauptet hatte, Langers' Freund zu sein, hatte Langers mit ihrer Pistole erschossen. Mit einer Waffe, die es eigentlich gar nicht gab. Weil es sie nicht geben durfte.

Nur die winzige Chance blieb, daß man die Wahrheit nicht herausfand. Wahrhaftig, eine winzige Chance. Der Nachtportier in dem schäbigen Hotel hatte sie gesehen, und er würde sie beschreiben können.

Sharon griff zum Telefonhörer. Die Bewegung war so mechanisch, wie sie die Nummer auswendig wählte. Das Rufzeichen stach. Sie hielt den Hörer ein Stück vom Ohr weg.

Es dauerte ewig, bis Mary Jane sich meldete. Sie klang atemlos, erhitzt, wie ein Schulmädchen nach einem Wettlauf auf dem Campus. »Oh, hallo, Sharon! Mach dir keine Sorgen, du bist noch nicht zu spät dran! Die meisten Partygäste sind noch da. Macht's dir etwas aus, wenn es später wird?«

»Nein, überhaupt nicht«, sagte Sharon.

»Fein. Hör zu, wir fahren die ganze Gesellschaft nachher auseinander! Henry und ich teilen uns die Fuhren. Jeder wird zu Hause abgeliefert. Debbie-Lee hat schon herumtelefoniert. Die Eltern wissen alle Bescheid. Du warst die letzte, weil du ... aber das weißt du ja selber. Also, einverstanden?«

»Aber ja«, antwortete Sharan, froh, daß der Redeschwall ihrer aufgekratzten Freundin ein Ende nahm. »Ich bin dir sogar dankbar, Mary Jane. Ein bißchen Ruhe im Haus tut richtig gut.«

Eine halbe Sekunde lang blieb es still im Hörer. »Sag mal, ist alles in Ordnung bei dir?«

Sharon erschrak. Es war wie in diesen Filmen, die es manchmal gab, diese Thriller. Irgend ein Unbeteiligter wurde auf etwas aufmerksam, das ihn eigentlich gar nichts anging. Und durch so einen Zufall wurde dann der Schuldige gefaßt. »Wieso?« rief sie und strengte sich an, ihre Stimme heiter klingen zu lassen. »Was sollte nicht in Ordnung sein? Wie kommst du darauf?«

»Du hörst dich bedrückt an. Als ob dir eine Laus über die Leber gekrochen ist.«

»Ach so!« Sharon gelang ein kurzes Lachen. »Du kriegst aber auch alles mit, Nachbarin. Im Office haben sie sich herzlich bedankt und mir bei der Gelegenheit gleich mitgeteilt, daß Eric noch mindestens drei Tage länger wegbleibt.«

»Du Ärmste! Laß dich blicken, wenn dir die Decke auf den Kopf fällt! Versprich es!«

»Versprochen«, sagte Sharon. »Bis später dann. Und nochmals: Vielen Dank! Du mußt ganz schön gerädert sein.«

»Ach was! Der Trubel hält jung. Mir macht's Spaß.«

Sharon atmete auf, als sie den Hörer in die Gabel senken konnte. Du bist schuldig, zischte eine häßliche Stimme in ihr. Mach dir nichts vor, denk an die Pistole!

Sie ging in die Küche, um sich einen Drink zu holen. Auf halbem Weg wurde ihr schwindlig. Türrahmen und Flur begannen zu schwanken. Sie mußte sich an der Wand abstützen. Es ging rasch vorüber. Nachdem sie ein paarmal durchgeatmet hatte, hörte das Schwanken auf.

Mit einem Bourbon-Coke ging sie in den Livingroom, nahm Zigarettenschachtel und Feuerzeug und setzte sich in den Sessel neben dem Telefon. Sie trank, rauchte und starrte die Wählscheibe an.

Nein, es gab keinen, der ihr helfen konnte.

Und doch ...

Eric würde es versuchen. Wenigstens versuchen würde er etwas, wenn er auch nichts erreichte. Andererseits würde er Schwierigkeiten in der Firma bekommen, wenn sie ihn hineinzog. Vielleicht war es besser, wenn er von allem nichts wußte. Dann konnte er sich auch keine Unannehmlichkeiten zuziehen.

Noch während zweier Zigarettenlängen wechselte Sharon von einem Argument zum anderen. Dann jedoch, als ihr Gehirn schon wie ausgebrannt war, überwog das eine, das alles entscheidende:

Seitdem sie verheiratet waren, hatten sie keine Geheimnisse voreinander. Immer hatten sie alles gemeinsam angepackt, was es zu bewältigen gab. Und immer hatten sie es gemeinsam geschafft.

Sie holte einen neuen Drink aus der Küche und überlegte noch einmal. Aber ihr Entschluß stand nun fest. Sie klappte das Register auf und wählte Erics Nummer, die sie nach alter Gewohnheit nur mit Bleistift eingetragen hatte. Seine Telefonnummern wechselten zu oft, manchmal jede Woche. Diesmal war es eine Kleinstadt im Norden von Illinois. Rochelle. Das Hotel hieß Woodward Mansion.

Wider Erwarten meldete sich eine weibliche Stimme. Sharon fragte sich, woher sie die Vorstellung hatte, daß Nachtportiers immer Männer sein mußten. Lag es an dem, was sich seit ihrer Begegnung mit Josh Langers in ihrer Erinnerung festgesetzt hatte?

Das Bild des hageren alten Mannes hinter dem Reception Desk schob sich in ihr Bewußtsein. Die vage Ahnung, daß dieser Mann von schicksalhafter Bedeutung für sie werden würde, drängte sich auf.

Die Empfangsdame in Rochelle verband mit Eric, der schon auf seinem Zimmer war.

»Du hast Glück, Kleines. Ausnahmsweise hatte ich mal früh Feierabend. Bis einschließlich gestern hatten wir jeden Abend irgendeine Besprechung. Und morgen das Richtfest. Ich kann dir sagen, das geht ganz schön an die Substanz.« Er unterbrach sich. »He, ich spreche doch wohl nicht mit der alten Sharon? Mit der von früher, die immer nur mißtrauisch und eifersüchtig war?«

Gern hätte sie gelacht und ihm gesagt, daß sie ihm vertraute, wie sie keinem anderen Menschen vertraute. Aber nicht einmal ein Hauch von Heiterkeit wollte sich in ihr regen. »Das ist es nicht, Eric«, antwortete sie mit belegter Stimme und räusperte sich angestrengt. Sie hatten vereinbart, daß sie nur in wirklich dringenden Fällen miteinander telefonieren wollten. Die Gespräche wären wegen der meist großen Entfernung sonst zu teuer geworden. Beinahe flüsternd fügte sie hinzu: »Ich bin in Schwierigkeiten, Darling. In großen Schwierigkeiten. Ich würde dich nicht damit belasten, wenn ich mir einen anderen Rat wüßte.«

»Sag mir alles!« bat er leise. Seine Gelöstheit war verflogen. Auf einmal klang Gespanntheit aus seiner Stimme. »Ich nehme nicht an, daß mit Mark und Joey irgend etwas nicht in Ordnung ist. Sonst hättest du dich anders ausgedrückt.«

Sie erschrak. »Um Himmels willen!« rief sie. »Nein, natürlich ist nichts mit den beiden. Es betrifft mich, Eric, mich ganz allein!« Sie schluchzte, und ihre Stimme versiegte.

»Bitte«, drang seine Stimme beschwörend an ihr Ohr. »Bitte beruhige dich, Kleines! Was es auch ist, wir werden es hinkriegen. Haben wir bislang nicht alles gemeistert? He, haben wir das nicht?«

»Doch, sicher.« Sie schluchzte wieder, nahm ein Taschentuch und verschaffte sich freie Atemwege. »Es ist so . . . weißt du . . . ich habe dir etwas verschwiegen. Schon seit Tagen.«

Seine Betroffenheit war zu spüren. »Ist es . . . ein anderer Mann?«

»O nein!« rief sie. »Wenn es nur das wäre, würde ich dir mit Freuden alles beichten. Nein, Eric, es ist schlimmer. Viel, viel schlimmer. Es fing damit an, daß dieser Langers anrief. Josh Langers. Du warst schon in Illinois, und er schien das genau gewußt zu haben. Hast du den Namen jemals gehört?«

»Nein. Was wollte er von dir?«

»Angeblich wollte er dir und mir helfen. Er hat offen zugegeben, daß er mit Gangsterkreisen zu tun hatte. Er sagte, daß er jemandem, für den er früher gearbeitet hätte, eins auswischen wolle. Dieser betreffende Mann soll vorhaben, dich unter Druck zu setzen.«

»Mich? Womit, zum Teufel? Und warum eigentlich?«

»Eric, kannst du dir das nicht denken? Es geht um die Baupläne für die Bankfilialen. Langers sagte, daß sein früherer ...«

Sie zögerte, das gleiche Wort wie Langers zu gebrauchen. Mehr denn je sträubte sich alles in ihr, sich mit solchen Menschen auch nur verbal auf eine Stufe zu stellen. Aber ihr fiel kein anderes Wort ein.

»... sein Boß einen Weg gefunden hätte, um dich unter Druck zu setzen, Eric. Es soll sogar ein Syndikat sein, das sich für deine Pläne interessiert. Langers war bereit, mir Informationen zu geben, mit denen du dich zur Wehr setzen könntest.«

»Ich habe verstanden«, entgegnete er gepreßt. »Ich halte es für eine sehr fadenscheinige Sache. Nach dem, was ich bis jetzt gehört habe, würde ich annehmen, der Kerl wollte sich nur an dich heranmachen. Und da hat er sich wichtig gemacht – mit dieser Geschichte über die Baupläne. Für welche Firma ich arbeite, kann man leicht herauskriegen. Und dann noch herauszufinden, daß ich für die statischen Berechnungen zuständig bin, ist auch nicht schwer. Schließlich ist unsereins kein Geheimnisträger. Wir arbeiten nicht für das Pentagon.«

»Das alles habe ich zu Anfang auch gedacht, Eric. Aber dann spürte ich irgendwie, daß Langers sich nicht nur etwas ausdachte. In den Händen bestimmter Leute, so sagte er, können deine Baupläne unschätzbaren Wert haben.«

»Das weiß ich.«

»Siehst du. Und ich habe ihn schließlich ernst genommen und ihm sogar versprochen, dir vorläufig nichts zu sagen. Damit du aus verständlicher Unruhe nichts Unüberlegtes tust.«

»Wie mitfühlend von dem Kerl«, knurrte Eric Bailey. »Und dann?«

Sharon schilderte alles. Sie ließ nichts aus, denn sie konnte sich messerscharf an jede Einzelheit erinnern.

Für lange Sekunden blieb es am anderen Ende der Leitung still.

»Bist du noch da?« fragte Sharon. Ihre Stimme zitterte.

»Ja«, antwortete ihr Mann heiser. »Und ich werde sofort meine Sachen packen und zusehen, daß ich die letzte Shuttle-Maschine in Chicago bekomme. Wenn nicht, bin ich aber auf jeden Fall morgen früh bei dir. Unternimm bis dahin nichts! Sag mir nur eins: Wie konnte das mit der Pistole geschehen? Hast du sie etwa in der Handtasche gehabt? Ich meine, hat dieser Unbekannte sie dir wegnehmen können?«

»Nein. Er hat sie schon vorher gehabt, Eric. Da ist noch etwas, was ich dir nicht gesagt habe. Vor zwei Tagen ist bei uns eingebrochen worden. Es ist alles geregelt. Polizei und Versicherung haben den Schaden aufgenommen. Fernseher, Videorecorder, Stereoanlage, du weißt schon. Das, was sie immer stehlen. Nur – sie haben auch die Pistole mitgenommen. Und die konnte ich doch nicht angeben.«

Wieder Stille. Natürlich hatte sie die Pistole nicht angeben können, denn nach den Waffengesetzen des Bundestaates New York durfte sie eine solche Waffe nicht ohne Lizenz kaufen, geschweige denn besitzen oder gar mit sich herumtragen. Eric hatte ihr die Pistole und ein Päckchen Munition in Kansas gekauft, wo die Waffengesetze freizügiger waren. Eine deutsche Pistole. Modell Walther PP, Kaliber neun Millimeter.

Eric hatte die Waffe mit nach New York gebracht, obwohl das verboten war. Sharon hörte noch seine Worte. ›Kleines, du mußt dich irgendwie schützen können, wenn ich weg bin. Man weiß ja nie, was passiert. Wir wissen nur, daß ich oft verdammt lange weg bin.‹

Sie hatte die Pistole in ihren Nachtschrank gelegt.

»Das kann kein Zufall sein«, sagte Eric. »Auf jeden Fall wird sich alles klären. Mach dir keine Sorgen! Das kriegen wir schon hin. Sobald ich da bin, kümmere ich mich um alles.«

»Soll ich die Polizei anrufen?« Sie holte tief Luft. »Eric, ich bin so unentschlossen, so furchtbar unentschlossen! Ich weiß überhaupt nicht mehr, was richtig oder falsch ist. Vielleicht ist es das beste, ein Geständnis abzulegen.«

»Ein Geständnis? Bist du verrückt? Was willst du denn gestehen? Du hast doch überhaupt nichts getan. Nein, Kleines, tu mir den Gefallen und warte, bis ich wieder da bin! Niemand kann dir das später ankreiden. Ich habe es dir geraten, und jeder Anwalt wird das durchboxen. Du warst einfach restlos verwirrt und bist aus dieser Absteige weggelaufen. Hast du Schlaftabletten im Haus?«

»Ja.«

»Gut. Dann nimm eine! Du weißt, ich bin sonst nicht für das Zeug. Aber in diesem Fall ist es zu vertreten. Du mußt dich beruhigen. Morgen früh bin ich spätestens da und kümmere mich um alles. Versprich mir, daß du vorher nichts unternimmst!«

»Ich verspreche es, Eric.«

»All right. Und wie gesagt: Vielleicht erwische ich

noch die letzte Shuttle-Maschine. Dann wäre ich um Mitternacht auf LaGuardia. Weißt du, zwischen diesem Einbruch und dem Mord, den man dir in die Schuhe schieben will, muß es einen Zusammenhang geben. Das mit der Pistole war von langer Hand vorbereitet. Sie müssen dich beobachtet und es ausgekundschaftet haben. Ist der Safe in Ordnung?«

»Ja. Die Polizeibeamten haben ihn überprüft. Sie konnten nichts feststellen, und es fehlt auch nichts.«

»Sieh doch einmal nach, bitte! Ich bleibe am Apparat und fange schon an, meine Sachen zu packen.«

Sharon stand auf, legte den Hörer weg und kramte ihre Schlüssel aus der Handtasche. Nach einer Minute kehrte sie zum Telefon zurück. »Unverändert, Eric. Den Safe haben sie entweder nicht entdeckt, oder sie haben sich nicht daran gewagt. So hat es jedenfalls einer der Polizeibeamten gesagt.«

»Okay. Bring die Jungen zu Bett und beruhige dich! Denk daran, daß ich so schnell wie möglich bei dir bin! Oder ... hör mal, soll ich Henry anrufen und ihn bitten ... ich meine, vielleicht könnte er zusammen mit Mary Jane ...«

»Nein, Eric. Die beiden haben genug mit Debbie-Lees Geburtstag zu tun. Himmel, ich bin kein kleines Kind mehr! Ich werde mich schon durchbeißen. Schließlich weiß ich ja, daß du bald da sein wirst. Aber ... wirst du keinen Ärger bekommen? Was sagen deine Chefs, wenn du einfach alles stehen und liegen läßt?«

»Ich werde es ihnen später erklären, wenn wir alles geregelt haben. So long, Kleines, ich muß mich jetzt beeilen. Wirst du tun, was ich gesagt habe?«

»Ganz bestimmt, Eric.«

»Dann ist es gut. Und vergiß nicht: Ich liebe dich!«

Sharon bereute nicht, Eric angerufen zu haben. Sie

fühlte sich besser. Und später, als Mary Jane die Kinder brachte, wirkte sie äußerlich bereits so gelassen, daß ihre Freundin keine bohrenden Fragen stellte.

Erst gegen 2 Uhr nachts, als Eric aus Chicago anrief, verlor sie erneut die Fassung. Sie brach in einen Weinkrampf aus, als sie hörte, daß er die letzte Shuttle-Maschine verpaßt hatte. Er würde erst am Morgen um 10 Uhr in Glen Cove sein.

»Special Agents Cotton und Decker!« plärrte es aus dem Funklautsprecher, nachdem Phil das Mikro ausgeklinkt hatte. »Ihren Standort bitte!«

Mein Freund grinste mich von der Seite an. »Die schönsten Nachrichten gibt's immer auf dem Nachhauseweg«, sagte er. »Wart's ab!«

»Wenn du vorher eine Wette abschließen möchtest, stehe ich nicht zur Verfügung«, entgegnete ich, ohne meine Aufmerksamkeit von dem abendlichen Verkehr auf der Fifth Avenue abzuwenden.

»Spielverderber! Warum nicht?«

»Special Agents Cotton und Decker, bitte melden!« drängte der Kollege in der Funkzentrale.

»Weil ich ausnahmsweise deiner Meinung bin.«

Phil stöhnte gespielt entnervt, meldete sich und nannte unseren Standort, wie gewünscht.

»Fahren Sie nach Queens, Junction Boulevard, Hotel Rockaway!«

»Eine halbe Weltreise, und das nach Feierabend«, knurrte Phil. »Gibt es keinen, der dichter dran ist?«

»Tut mir leid. Die Nachtbereitschaft ist im Einsatz.«

Phil bestätigte und hängte das Mikro weg. Die Nachtbereitschaft — das waren Steve Dillaggio und Zeerookah. Sie hatten eine Rauschgiftsache am Hals.

Wir hatten es mitgekriegt, kurz bevor wir unser Office an der Federal Plaza verlassen hatten.

Weitere Einzelheiten über die Sache in Queens erfuhren wir auf dem Weg dorthin. Im Hotel Rockaway, einer schäbigen Absteige, waren Schüsse gefallen. Ein Hotelgast oder der Nachtportier – genau stand das noch nicht fest – hatte die Cops alarmiert. Ein Toter war in seinem Zimmer gefunden worden. Und die Tatwaffe. Die mutmaßliche Tatwaffe.

Ein Mord genügt normalerweise nicht, um automatisch den FBI auf den Plan zu rufen. Unsereins ist nur in bestimmten Fällen zuständig. Etwa wenn bei dem betreffenden Verbrechen Grenzen von Bundesstaaten überschritten worden sind.

Oder wenn das organisierte Verbrechen eine Rolle spielt. Der Kampf gegen die Syndikate der Gangster ist ein Kampf des FBI.

Josh Langers war ein Syndikatsmann gewesen. Der Tote im Hotel Rockaway war von den Beamten der Homicide Division Queens, der zuständigen Mordabteilung, identifiziert worden. Laut Auskunft von NYSIS (New York State Intelligence System), dem vollelektronischen Archiv aller Polizeidienststellen des Bundesstaats New York, war Langers ein sogenannter Springer gewesen. Was bedeutete, er hatte in den Diensten verschiedener Syndikate gestanden. Eine gefährliche Angelegenheit. Denn bisweilen konkurrierten die Bosse mit harten Bandagen, wenn sie sich bei ein und demselben Geschäft ins Gehege gerieten. Für einen Springer wurde es in solchen Fällen meist ungemütlich.

War das schon die Erklärung für den Mord an Langers?

»Ich habe es zuerst geglaubt«, sagte Lieutenant Robeson, der Leiter der Mordkommission. »Alles schien mir nach einem Racheakt auszusehen. Bis auf ein paar Kleinigkeiten, die nicht dazu passen wollten.«

»Die Tatwaffe«, nickte ich, nachdem Phil und ich uns im Zimmer umgesehen hatten. Der Tote war bereits abtransportiert worden. »Syndikatsgangster hätten nie die Mordwaffe zurückgelassen.«

»Es sei denn, sie wollen eine falsche Spur legen«, warf Phil ein.

»Auf Anfängerart?« Ich zog die Schultern hoch.

Der Lieutenant zeigte uns einen Plastikbeutel, in dem sich die Pistole befand. »Walther PP, ein deutsches Modell«, erklärte Robeson. »Sechs Patronen fehlen aus dem Magazin, vorausgesetzt, es war voll geladen. Aber die Zahl der Einschüsse deckt sich damit.« Der Lieutenant legte den Beutel weg und sah uns an. »Erst habe ich auch an die Theorie der falschen Spur geglaubt. Aber dann haben unsere Erkennungsdienstler etwas entdeckt, was mich stutzig machte. Wir haben eine Menge brauchbarer Prints. An der Tatwaffe, an der Tür, am Bettpfosten und sonstwo. Es handelt sich um Fingerprints einer Frau.«

Phil stieß einen leisen Pfiff aus. »Also höchster Schwierigkeitsgrad«, folgerte er.

Leider hatte er nicht ungrecht. Fingerabdrücke von Frauen sind in den seltensten Fällen registriert. Weil nur wenige Frauen Armyangehörige sind oder waren, weil sie prozentual weniger Straftaten begehen als Männer und weil die Mehrzahl der im öffentlichen Dienst Beschäftigten auch immer noch Männer sind. Trotz allen feministischen Druchsetzungsvermögens.

»Sind die Prints ausgewertet?« fragte ich.

Lieutenant Robeson nickte. »Wir haben einen Teil der Erkennungsdienstler schon vor einer halben Stunde abgezogen. Ich nehme an, daß sie die Printcodes inzwischen durch die Datensysteme jagen. Wenn NYSIS nichts hat, können wir immer noch auf NCIC zurückgreifen.« Er zwinkerte uns zu. NCIC steht für National Crime Information Center, das Zentralarchiv des FBI-Hauptquartiers in Washington D. C.. Der FBI-Direktor läßt in Presseerklärungen bisweilen gern verlauten, NCIC sei auf einem so hohen Stand, daß es praktisch nichts gebe, worüber das Zentralarchiv nicht Auskunft geben könne.

Doch bei Fingerprints einer Mörderin, so stand zu befürchten, mußte auch NCIC passen. Womit sich abzeichnete, daß Phil und ich einem Fall von Zeitverschwendung aufgesessen sein konnten. Langers mochte zehnmal ein Springer gewesen sein. Aber gestorben war er unter Umständen wegen eines Eifersuchtsdramas. Und so etwas hat selten mit einem der Syndikate zu tun. Ich telefonierte mit dem Kollegen in der Zentrale des FBI-District Office. Wir einigten uns, daß weitere Ermittlungen während der Nachtstunden weder möglich noch nötig waren. Ich bat Lieutenant Robeson, sich an unseren Bereitschaftsdienst zu wenden, falls es wider Erwarten doch Erkenntnisse über die Fingerabdrücke geben sollte.

Als Phil und ich endlich nach Manhattan zurückkehrten, hatten wir satte drei Stunden Verspätung. Drei Stunden, die uns an der wohlverdienten Nachtruhe fehlten. Wie sollten wir auch ahnen, daß wir uns in einem Fall für nicht zuständig hielten, der uns Tage und Wochen später noch in Atem halten sollte? Nicht nur uns, sondern nahezu alle Bürger der Vereinigten Staaten! Ohne Übertreibung!

Und ebensowenig ahnten wir, daß es sich um einen Fall handelte, in dem wir längst ermittelten – seit jenem Einsatz in Mahopac Falls.

Es war eins der Häuser im französischen Viertel von New Orleans. Sharon lief die Außentreppe hoch, auf den Balustradengang, und zog an der Türglocke. Drinnen schrillte und schepperte es. Unten auf der Straße lärmte eine Brassband mit wilden Rhythmen. Schreiend bunt gekleidete Menschen tanzten von Bürgersteig zu Bürgersteig. Die Trompeten gellten, und die Klarinetten nahmen einen kreischend schrillen Klang an.

Niemand reagierte auf die Türglocke. Sharons Freude, die Eltern wiederzusehen, wich Verzweiflung. Sie hämmerte an die Tür. Und noch immer schepperte die Glocke. Die eigenen Eltern ließen sie nicht ein! Was, in aller Welt, hatte sie getan, um so verstoßen zu werden?

Und die Glocke schepperte, obwohl sie den Zug gar nicht mehr anfaßte.

Keuchend fuhr sie im Bett hoch. Erst nach Sekunden begriff sie, daß es nur ein Traum gewesen war.

Nur die Türglocke war Wirklichkeit, hier in Glen Cove, Long Island, New York.

Die Verzweiflung des Traums war wie weggewischt. Sharon atmete auf, sprang aus dem Bett und schenkte sich die Mühe, den Morgenmantel überzustreifen. Sie rannte im Nachthemd nach vorn. Und sie rief, bevor er es überhaupt hören konnte: »Eric, endlich! Gott sei Dank, daß du da bist! Ich bin ja so froh!«

Sie löste die Riegel, schloß auf und riß die Tür nach innen. Sie wollte sich ihrem Mann in die Arme werfen. Ihr Freudestrahlen gefror. Sie erstarrte, wie von einem grausamen Eiszapfen durchbohrt. Und sie brachte kein richtiges Wort hervor. Sie konnte nur noch stammeln: »Wer... was... ich... ich... verstehe nicht...«

Zwei Männer. Beide schlank und ernst. Die Anzüge waren von schlichter Eleganz. Der eine war blond wie ein Schwede, hatte ein markant geschnittenes Gesicht. Die Gesichtszüge des anderen waren indianisch, seine Krawatte aus reiner Seide.

»Mrs. Bailey?« sagte der blonde Mann. Seine Stimme hörte sich weder barsch noch unsympathisch an.

Sharon beendete ihr Stammeln. »Ja«, hauchte sie.

Beide Männer klappten Lederetuis auf. Darin befand sich eine Metallplakette, die wie Silber schimmerte. Im Zentrum der Plakette mit der oval verlaufenden Umschrift das Relief eines Adlers. Das Wappentier. Sharon konnte das Wort *Federal* lesen, mehr nicht. Ihr Blick wurde verschwommen.

Das Schwindelgefühl war wieder da. Sie mußte sich am Türrahmen festhalten.

»Ich bin Special Agent Steve Dillaggio«, sagte der blonde Mann. »Dies ist mein Kollege Zeerookah, Madam. Dürfen wir eintreten?«

Sharon staunte in Gedanken darüber, daß dieser hochgewachsene Blonde einen italienischen Namen hatte. Man hätte ihn für einen direkten Nachfahren von Wikingern halten können, nicht aber für einen, der von Italienern abstammte. Sie ließ sie in den Korridor treten und war dankbar, daß die Nachbarn nicht unbedingt etwas mitkriegen mußten. Erst als die Tür zufiel, ertappte sich Sharon bei diesen Nebensächlichkeiten. War sie sich der Lage auf einmal nicht mehr bewußt?

FBI!

Erschrocken blickte sie an sich hinab. »Ich ... ich ... muß mir etwas anziehen. Verzeihen Sie, Gentlemen, ich dachte ... ich war sicher ..., daß mein Mann ...«

»Bitte haben Sie Verständnis, daß wir das noch nicht erlauben können, Madam!« sagte Zeerookah. »Eine Beamtin der City Police wird gleich hier sein und sich um alles Notwendige kümmern. Wir haben einen Haftbefehl auf Ihren Namen, Madam. Sie sind Mrs. Sharon Bailey?«

Sharon starrte die Männer an.

»Sie haben von 1972 bis 1975 als Sekretärin im Pressezentrum der Vereinten Nationen gearbeitet«, fügte Steve Dillaggio hinzu. »Ist das richtig? Aufgrund dieser Tätigkeit, die mit einer Sicherheitsstufe verbunden war, wurden auch ihre Fingerabdrücke in der Personalakte registriert.«

Sharon gab einen Laut von sich, der Ja bedeuten sollte, aber nur wie ein Krächzen klang. Sie mußte sich mit beiden Händen festhalten. Es war, als ob der Fußboden unter ihr nachgäbe. Die beiden FBI-Beamten schienen vor ihr auf und ab zu tanzen.

»Sie sind verhaftet wegen des Verdachts, einen Mann namens Josh Langers ermordet zu haben«, erklärte Zeerookah. »Es geschah gestern abend im Hotel Rockaway in Queens. Die genaue Tatzeit wird noch ermittelt.«

»Sie brauchen jetzt nichts zu sagen«, fügte Dillaggio hinzu. »Ich muß Sie pflichtgemäß über Ihre Rechte belehren, Madam . . .«

Wie durch Watte gefiltert hörte Sharon die Verhaftungsformel, die sie aus dem Fernsehen kannte. Ihr Verstand setzte aus. Nur noch ein dumpfes Gefühl war in ihrem Kopf. Sie hörte die FBI-Beamten nach ihren Familienangehörigen fragen, und sie konnte nicht antworten. Die Polizeibeamtin, die wenig später eintraf, trug Zivil. Eine freundliche junge Frau, blond und hübsch, sehr einfühlsam. Sie beaufsichtigte Sharon bei der Morgentoilette und versprach, sich um die Jungen zu kümmern, die erst in anderthalb Stunden zur Schule mußten.

Joey und Mark schliefen fest. Sie hatten weder die Türklingel noch die Stimmen im Haus gehört. Sharon brachte es nicht fertig, sie zu wecken, um sich von ihnen zu verabschieden.

»Ihre Söhne werden Sie noch heute besuchen können«, versprach die Polizistin, die Susan hieß.

»Sagen Sie ihnen die Wahrheit!« bat Sharon mit erstickter Stimme. »Wir haben in unserer Familie nie Geheimnisse gehabt. Nie wirkliche Geheimnisse. Und wenn Eric kommt...« Sie konnte nicht weitersprechen. Tränen schossen ihr in die Augen, und Susan mußte sie stützen.

»Ich werde hier sein«, sagte sie Beamtin.

Steve Dillaggio und Zeerookah nahmen Sharon Bailey in die Mitte, als sie sie zum Dienstwagen brachten. Sharon trug ein hellgraues Kostüm, das ihren dunklen Teint wirksam zur Geltung brachte. Pressefotografen und Kameraleute sollten sie in diesem Kostüm tausendfach ablichten und ihr Bild über das gesamte Gebiet der Vereinigten Staaten verbreiten.

Zeerookah setzte sich neben ihr in den Fond der Limousine.

Unvermittelt, als Steve den Wagen schon in Gang gesetzt hatte, richtete sich Sharon auf. Ihr Stimme war fest und klar. »Ich habe Langers nicht getötet. Ich werde kämpfen. Für meinen Mann, für unsere Söhne.«

Steve und Zeery wechselten einen Blick durch den Innenspiegel. Beide verspürten einen Druck in der Kehle.

John D. High ließ uns nicht erst Zeit, unser Office aufzusuchen.

Noch bevor ich den Jaguar im Hof der Fahrbereitschaft abstellte, erreichte Phil und mich der Funkspruch des Chefs. Höchste Dringlichkeit. Wir hatten uns schleunigst zu einer Besprechung in seinem Büro einzufinden.

Helen, Mr. Highs Sekretärin, zog bedauernd die Schultern hoch, als wir durch das Vorzimmer stürmten. Was soviel hieß wie: Sorry, aber heute werdet ihr auf den Kaffee verzichten müssen, Gents. Mit anderen Worten: Aus einem Grund, den wir gleich erfahren sollten, war Eile geboten.

Steve und Zeery waren schon anwesend. Sie hatten sich nicht erst gesetzt. Ihre Mienen waren so steinern wie die des Chefs. John D. High blickte uns an, wobei er die Ellenbogen auf die Schreibtischplatte stützte und die Kuppen der gespreizten Finger gegeneinander preßte. Eine vertraute Geste, die uns zeigte, unter welcher inneren Anspannung er stand. Mit einem Nicken bat er Steve zu berichten.

»Wir haben eine Frau festgenommen, die wegen Mordes angeklagt werden wird«, sagte Steve dumpf.

Es traf uns wie ein Schlag. Ohne nachfragen zu müssen, wußten wir, worum es ging. Der Tote im Hotel Rockaway. Wider Erwarten waren die Erkennungsdienstler mit ihren Prints zum Zuge gekommen.

Steve und Zeery schilderten abwechselnd, welche Erkenntnisse sich ergeben hatten, seit Phil und ich in der Nacht den Tatort verlassen hatten.

»Die Medien werden sich auf den Fall stürzen«, sagte John D. High. »Sharon Bailey ist Schwarze.«

Wir brauchten nicht weiter darüber zu sprechen. Was der Chef ausdrücken wollte, ließ sich auf einen einfachen Nenner bringen. Es gibt bei uns keine Ungerechtigkeiten gegenüber Menschen dunkler Hautfarbe. Aber da sind noch immer die unterschwelligen Vorurteile der Unverbesserlichen. Und die Zeitungs- und Fernsehleute haben ein Gespür für Themen mit besonderer Reizwirkung. Wenn sich herausstellen sollte, daß Sharon Bailey auch noch hübsch war, dann würde die Gier der Reporter keine Grenzen kennen.

Zeery schien meine Gedanken lesen zu können. »Mrs. Bailey ist eine Schönheit«, sagte er leise. »Stimmt's, Steve?«

Der Kollege nickte. »Das ist nicht übertrieben.«

»Jerry und Phil«, sagte er Chef. Er legte die Handflächen auf den Schreibtisch und sah uns an. Die Furchen in seinem Gesicht zeigten dabei eine solche Härte, wie wir sie selten an ihm erlebten. »Sie werden den Fall Sharon Bailey übernehmen, denn Sie stecken schon mitten drin.«

»Wie bitte?« entgegnete ich verblüfft.

»Eric Bailey, der Ehemann der Festgenommenen, ist Bauingenieur. Leitender Angestellter der New Yorker Firma Averett & Sons, Contructors. Eine mittelständisches Unternehmen mit ungefähr 100 Beschäftigten, spezialisiert auf Bankneubauten und -renovierungen. Wobei besonders die Sicherheitseinrichtungen bedacht werden.«

Phil und mir verschlug es die Sprache. Was für uns bislang nur Ahnungen gewesen waren, nahm auf einmal handfeste Formen an. Hinter den Einbrüchen in die kleinen Bankfilialen steckte eindeutig eine Gangsterorganisation. Wir mußten nur noch herausfinden, auf welche Weise Sharon Bailey mit Langers zusammengeraten war und ob der Springer wirklich aktuelle Verbindungen zu einem Syndikat hatte.

»Steve und Zeerookah stehen Ihnen zur Verfügung, wenn Sie Unterstützung brauchen«, fuhr der Chef fort. »Kümmern Sie sich zunächst um Eric Bailey! Er müßte bald zu Hause eintreffen, wenn er nicht schon da ist. Eine Kollegin von der City Police wird ihn in Empfang nehmen. Sobald Sie zurück sind, können Sie mit der Vernehmung Sharon Baileys beginnen. Sie ist im Moment noch nicht in der Lage dazu. Der Arzt behandelt sie wegen möglicher Schockfolgen. Wir werden sehen, wie es heute nachmittag mit ihr steht.«

»Wie ist Ihr Eindruck, Sir?« fragte ich. »Haben Sie Mrs. Bailey gesehen?«

»Ja«, antwortete er. Er wußte, welche Frage die Kollegen und mich gleichermaßen bewegte. Und er sagte es uns: »Ich glaube nicht, daß sie eine Mörderin ist.«

»Ihre ganze Reaktion spricht dagegen«, erklärte Steve überzeugt.

»Es ist so, als ob sie noch gar nicht richtig begriffen hat, in was sie hineingeraten ist«, fügte Zeery hinzu. »Als wir in Glen Cove abgefahren sind, hat sie sich anfangs ganz gut erholt. Sie war entschlossen zu kämpfen. Das hat sie gesagt, und es hörte sich so an, als ob sie es auch meinte. Dann aber, im Vernehmungstrakt, ist sie zusammengebrochen.«

Ich konnte es mir verdammt gut vorstellen. Was wir bislang wußten, war eine geheimnisvolle Geschichte — wahrscheinlich genauso geheimnisvoll für Sharon Bailey selbst. Wie sollte sie anders darauf reagieren als durch einen Schock?

Phil und ich verloren keine Zeit. Wir schwangen uns in den Jaguar und meldeten uns bei der Zentrale ab. Auf der Fahrt nach Long Island gab es keine Funksprüche. Der Fall Bailey hatte Vorrang. Dahinter mußten zunächst auch die Ermittlungen in Sachen Bankfiliale zurückstehen.

Wir hatten Glück, gegen den Fahrzeugstrom des morgendlichen Berufsverkehrs zu schwimmen. Nach dem Queens Midtown Tunnel wählte ich den Long Island Expressway, der uns am schnellsten in Richtung

Glen Cove brachte. Die Fahrspuren auf unserer Seite waren fast leer. Ich hatte das Magnet-Rotlicht aufs Dach gepappt und scheuchte den roten Flitzer mit 100 Meilen pro Stunde dahin. Auf die Sirene verzichtete ich. Es kam uns ohnehin kaum jemand in die Quere. Und Streifen der Highway Patrol sollten wissen, daß wir zur Geschwindigkeitsüberschreitung berechtigt waren.

Wir erreichten das Wohngebiet in Glen Cove um 9.10 Uhr. Susan Gardner gehörte der Detective Division der City Police an und stand im Rang eines Lieutenants. Die blonde Beamtin öffnete die Tür für uns. Sie war über unser Kommen unterrichtet worden. Wir nannten ihr unsere Namen. Auf meinen fragenden Blick antwortete sie mit einem Nicken.

Eric Bailey war bereits zu Hause.

Lieutenant Gardner führte uns in den Living-room. Sie hatte die Kinder zur Schule geschickt und würde sich auch den Rest des Tages um alles Weitere kümmern, was getan werden mußte, damit das Leben für die beiden Jungen wenigstens einigermaßen normal weiterlaufen konnte.

Eric Bailey stand aus einem Sessel auf, als wir eintraten. Ein hochgewachsener Mann, ebenfalls von dunkler Hautfarbe, mit hoher Stirn und nur leicht gekraustem Haar. Sein Gesichtsschnitt strahlte Energie aus und wurde von einer randlosen Brille betont. Er trug einen dunkelgrauen Straßenanzug. Die Krawatte hatte er gelockert. Seine dunklen Augen wirkten stumpf und hoffnungslos. Phil und ich stellten uns vor.

»Wann kann ich Sharon sehen?« fragte er tonlos.

»Noch heute«, erwiderte ich. »Sind Sie bereit, unsere Fragen zu beantworten, Mr. Bailey?«

Er sah mich erstaunt an. »Selbstverständlich! Weshalb sollte ich das nicht tun?«

»Es gibt gewisse Rechtsgrundsätze, die gewahrt werden müssen«, erklärte Phil. »Sie sind nicht verpflichtet, unsere Frage zu beantworten, bevor Sie nicht mit einem Anwalt gesprochen haben.«

»Das verstehe ich nicht«, entgegnete Bailey kopfschüttelnd. »Ich bin doch nicht angeklagt. Ich will doch alles tun, um Sharon zu helfen.«

»Eben drum«, entgegnete ich. »Familienangehörige haben das Recht, die Aussage zu verweigern, falls sie sich dadurch in Gewissensnot bringen. In dem sie beispielsweise durch ihre Erklärungen den Tatverdacht erhärten würden . . . oder sogar bestätigen.«

Wir setzten uns. Auch unsere Kollegin blieb im Living-room.

Eric Bailey starrte uns an. »Wollen Sie damit sagen«, hauchte er, »daß sie an Sharons Schuld glauben?«

»Wir sind keine Juristen«, antwortete Phil. »Wir haben keinerlei Wertung abzugeben. Unsere Aufgabe ist es, Tatsachen zusammenzutragen. Für oder gegen den späteren Angeklagten — unparteiisch und ohne Ansehen der Person, wie es in unseren Dienstvorschriften heißt.«

»Natürlich«, murmelte Bailey. »Ich verstehe. Entschuldigen Sie meine Naivität, Gentlemen! Ich bin vielleicht etwas durcheinander. Ich habe mir die halbe Nacht in Chicago um die Ohren geschlagen und dann die erste Shuttle-Maschine nach New York genommen. Aber eins steht fest, auch wenn meine Gedanken nicht die klarsten sind: Ich werde aussagen, und ich werde nichts verschweigen. Offenheit und Ehrlichkeit lassen einen im Leben mit allen Schwierigkeiten fertigwerden. Das haben meine Eltern mir beigebracht, und es hat immer gestimmt. Immer.«

»Wir wollen Sie in keiner Weise beeinflussen«, sagte

ich. Ich reichte meine Zigarettenschachtel herum.

Eric Bailey bediente sich und die Kollegin. Phil knipste die Feuerzeugflamme an.

»Ich weiß Ihr Verhalten zu schätzen, Gentlemen«, sagte Bailey. »Nicht alle Gesetzesvertreter sind so anständig. Das hört und liest man immer wieder.« Er gab sich einen Ruck. »Aber kommen wir zur Sache! Ich nehme an, Sie möchten unabhängig von Sharon hören, was ich weiß. Mit der Absicht, Widersprüche zur Aussage meiner Frau aufzuspüren. Ist es nicht so?«

»Nein«, entgegnete ich rauh. »Wir ermitteln weder gegen noch für Ihre Frau. Wir ermitteln, um den Mordfall Langers aufzuklären.«

»Verzeihen Sie«, sagte Bailey und senkte den Kopf. »Es war nicht recht von mir, so etwas zu sagen. Nehmen Sie es mir nicht übel! Ich muß zugeben, daß ich mich nicht so unter Kontrolle habe wie nach einer normalen Nacht.«

»Im übrigen haben wir ihre Frau noch nicht vernommen«, erklärte Phil.

Eric Bailey nahm einen tiefen Zug aus der Zigarette und nickte bedächtig.

»Sie rief mich gestern abend an«, begann er gedehnt. »Ich war in Rochelle, Illinois. Das ist ein kleines Nest. Ich konnte erst nicht glauben, was sie sagte...« Er schilderte uns in allen Einzelheiten, was Sharon ihm am Telefon berichtet hatte.

Phil und ich hörten geduldig zu. Mehr als einmal wechselten wir einen ungläubigen Blick. Und dann, als Eric geendet hatte, war es die Kollegin, Lieutenant Susan Gardner, die es aussprach.

»Sie hat kaum eine Chance. Tut mir leid, das sagen zu müssen, Eric. Aber es steht sehr schlecht um Sharon.«

Er sperrte den Mund auf und konnte ihn nicht wieder

schließen. Sein fassungsloser Blick wechselte von Phil zu mir, zu Susan und zurück.

»Es ist so, wie Susan sagt«, bestätigte ich betroffen. »Ihre Frau ist in eine Falle gelockt worden, Eric.«

»Das verstehe ich nicht.« Er hob ruckartig den Kopf, und seine Augen strahlten Hoffnung aus. »Heißt das, Sie glauben an Sharons Unschuld?«

»Es ist zu früh, das eindeutig erkennen zu können. Für mich hört es sich nach einer Falle an — ohne daß ich mir die Gründe erklären kann. Verstehen Sie, Eric: Wenn Sharon als Sündenbock ausgewählt wurde, muß es einen plausiblen Grund dafür geben, daß Langers sterben sollte.«

Ich spürte Phils Blick von der Seite, und ich wußte, daß er das gleiche dachte wie ich. *Langers, der Springer.* Ein Gangster, der in ständiger Lebensgefahr geschwebt hatte. Es gab jedoch keinen Anlaß, Eric gegenüber etwas davon zu erwähnen.

»Aber wie sollen wir denn diesen Grund kennen?« rief Eric verzweifelt. »Ich meine — Sharon und ich.«

»Unsere Aufgabe«, entgegnete Phil trocken. »Verlassen Sie sich darauf, Eric! Wir werden dahinterkommen.«

Ich verstand. Phil wollte ihm Mut machen, ihn moralisch aufrichten. Bailey brauchte das. Er würde seiner Frau beistehen müssen, und er würde den Kindern erklären müssen, was geschehen war und was weiter geschah. Verständliche Erklärungen mußten es sein, denn gerade Mark war mit seinen 13 Jahren in einem Alter, in dem sich Jungen selten mit vagen Ausreden abspeisen lassen.

Wir brauchten eine Personenbeschreibung von dem Mann, der Sharon abgeholt und ins Hotel Rockaway gebracht hatte. Wir mußten uns den Nachtportier vorknöpfen und ihn fragen, ob er den Begleiter Sharons gesehen hatte.

Punkt eins war aber die Pistole.

Es mußte von vornherein klargestellt werden, weshalb Sharon den Diebstahl der Waffe verschwiegen hatte. Vielleicht gab es dazu Hilfe vom zuständigen Einbruchsdezernat der City Police. Ich konnte mir den Attorney vorstellen, wie er sich vor Gericht in diesen Punkt verbiß. Wenn der Beweis nicht erbracht werden konnte, daß die Walther PP aus dem Bungalow der Baileys gestohlen worden war, würde Sharons Aussage als glatte Lüge hingestellt werden.

Die nächste Schlußfolgerung, daß sie ein Interesse daran gehabt hatte, Langers zu töten, war dann nur noch ein kleiner Schritt. Ich sah es kommen. Entweder würde man ihr andichten, sie habe ein Verhältnis mit Langers gehabt. Oder es würde heißen, Langers habe ihr Erics Baupläne abgeschwatzt, und sie habe sie mit Waffengewalt zurückfordern wollen.

Es sah schlimm aus für Sharon Bailey.

Je mehr wir uns gedanklich in die Sache hineinknieten, desto klarer wurde es uns.

Phil und ich nahmen Eric mit nach Manhattan. Susan Gardner blieb in dem Bungalow, um die Jungen in Empfang zu nehmen, wenn sie von der Schule zurückkehrten. Später würde sie mit Joey und Mark zur Federal Plaza fahren, damit die beiden ihre Mutter sehen konnten.

Die Welt in Staten Island war eine andere.

Zumindest in diesem Teil der Insel.

Wilson hatte es immer gesagt, und an diesem Tag schien es ihm deutlicher als je zuvor. Wer so wohnte wie Kyle Ormond, auf einem grünen Hügel oberhalb der Vanderbilt Avenue, der wurde nicht nur von der Sonne verwöhnt. Manhattan und Brooklyn waren so nahe, daß man meinte, einen Stein hinüberwerfen zu können. Und doch ließ sich die Welt namens Manhattan oder Brooklyn durch nichts mit Staten Island vergleichen, dem einzigen New Yorker Stadtteil, der einen Hauch von Provinz hat.

Und vom allerhöchsten Lebensstandard.

Ormonds Villa überragte diesen Hügel an der Vanderbilt mit dem schneeigen Weiß eines altgriechischen Tempels, von würdevollen Koniferen wie Säulenzypressen und ähnlichem Zeug aus den Katalogen der Großgärtnereien umgeben. Und da war das Grün hinter der Villa, sonnenüberflutet in der frühen Morgenstunde. Ormond trainierte Golf an der straßenabgewandten Seite seines Grundstücks, denn er wollte die Leute nicht allzu aufmerksam und zwangsläufig neidisch machen.

Die kleine Übungsfläche leuchtete smaragdfarben im Sonnenlicht. Wilson trat mit dem athletisch gebauten blonden Mann hinaus und zog den Golfkarren für ihn.

Im Schatten einer Platane blieb Ormond stehen. Wilson stellte den Golfkarren senkrecht und nahm mit gemurmeltem Dank die dünne Havanna an, die der 15 Jahre ältere Mann ihm anbot. Er wußte, Kyle Ormond war 43. Ein Alter, das man ihm nicht ansah. Jede seiner Muskelfasern war durchtrainiert. Er hatte Zeit, sich um seinen Körper zu kümmern. In dem erstklassigen Wohngebiet galt er als wohlhabender Geschäftsmann, Inhaber mehrerer Handelsfirmen und mittlerer Industriebetriebe. Daß es die legalen Aushängeschilder für seine Rackets waren, wußten nur Männer wie Bunk Wilson.

»Nun?« fragte Wilson. »Wie ist meine Arbeit von gestern abend ausgefallen?« Er wußte, daß Ormond den Platz hier draußen für abhörsichere Gespräche wählte.

»Überflüssige Frage«, sagte Ormond grinsend. »Sie wissen genau, daß Sie immer perfekte Arbeit liefern. Warum müssen Sie es noch bestätigt haben, Bunk?«

»Ein bißchen Lob braucht der Mensch zum Leben, Sir.« Wilson genoß die vornehme Atmosphäre in Ormonds Umgebung jedesmal von neuem. Dieser Lebensstil behagte ihm, und mit seinem beigefarbenen Seidenanzug hatte er sich dem Stil vollendet angepaßt. Ormond konnte ihn jedem zufälligen Besucher aus der Nachbarschaft als Geschäftsfreund vorstellen. Niemand würde daran zweifeln.

»Also gut«, lachte Ormond und nahm einen Golfschläger, um ihn auszuprobieren. »Daran soll es nicht fehlen. Ich habe meine Leute gleich an die Arbeit gesetzt. Sie haben alles zusammengeklebt. Die Streifen waren vollständig und so gut gekennzeichnet, daß es überhaupt kein Rätselraten gab. Wir haben dann den nötigen Satz Kopien für alle Beteiligten angefertigt.«

»Fein«, antwortete Wilson. »Hauptsache, so eine Plankopie kommt nicht in falsche Hände.«

»Da habe ich überhaupt keine Bedenken, Bunk. Die Geschichte in Mahopac Falls ist nicht passiert, weil es innerhalb unserer Organisation eine Schwachstelle gab. Nein, das war nur durch diese Krämerseele von Bauunternehmer möglich.«

»Ich stimme Ihnen zu«, sagte Wilson. »Aber mir ist nicht ganz wohl bei dem Gedanken, daß Grainge oder einer der anderen doch noch umkippen könnte. Die Verhörmethoden des FBI sollen nicht die schlechtesten sein.«

Ormond winkte ab. »Ich widerspreche nicht. Aber auch beim FBI wird nur mit Wasser gekocht. Außerdem wissen unsere Jungs, daß sie sich auf uns verlassen können. In jeder Beziehung.« Ormond grinste wieder.

Wilson verstand die Zweideutigkeit der Bemerkung sehr gut. Einen Atemzug lang grauste ihm vor dem Gedanken, selbst einmal in die Lage von Gringo Sebastian, Adam Grainge und den anderen zu geraten. Deshalb konnte er nichts verschweigen. Er durfte es nicht. Denn wenn bei Ormond das geringste Mißtrauen erwachte, wurde er zu einem bösartigen alten Wolf.

»Sie werden weiter schweigen«, sagte er. »Da bin ich auch sicher. Aber die G-men versuchen es natürlich auch mit anderen Mitteln. Ich komme deshalb darauf: Gestern abend hat ein FBI-Mann meine Bude im Roseland gefilzt. Zwei Guards sind festgenommen worden. Wie kommen sie auf mich, frage ich mich? Wo es doch keine Polizeiakte über mich gibt!« Ein Umstand, auf den Wilson stolz war. So etwas erhöhte den Marktwert eines Mannes bei den Syndikaten. Er hatte nie vor Gericht gestanden und war auch nie Soldat gewesen.

Kyle Ormonds morgendliche Heiterkeit war nur für einen kurzen Moment gewichen. Er schmunzelte nur, wie über eine amüsante Begebenheit. »Im Roseland haben Sie doch schon lange nicht mehr gewohnt, Bunk, stimmt's? Oder hatten Sie's mal wieder nötig?«

Wilson schüttelte den Kopf und grinste kumpelhaft vertrauensselig. »In meinem Apartment am East River ist es gemütlicher, Sir.«

»Na also!« Ormond klopfte auf die Schulter und nahm einen anderen Golfschläger in die Hand. »Und wenn wirklich einmal etwas schiefgehen sollte, genießen Sie den gleichen Schutz wie Grainge und die anderen.«

Wilson nickte und schluckte trocken hinunter. Eben drum. Wenn etwas schiefging, hing er tiefer drin als alle anderen. Das mit dem Schutz war dann so eine Sache. Ormond wußte das sehr genau. Wilson verdrängte die Gedanken. An diesem sonnigen Morgen in Staten Island gab es wahrhaft angenehmere Themen. »Ich hätte gern einen Drink«, sagte er ungeniert. »Ist das unverschämt?«

»Aber nein!« lachte Ormond. Er nahm den Sender der drahtlosen Hausrufanlage aus der Tasche und gab einem Hausangestellten Befehl, die fahrbare Bar zu bringen.

Fünf Minuten später waren die beiden Männer mit allem versorgt. Die Bar hatte die Form eines Golfkarrens und war vom Eiswürfelfach bis zu Gläsern und Aschenbecher mit allem ausgestattet, was eine anregende Plauderstunde noch anregender machte.

Und Bunk Wilson wollte nicht, daß es mehr als eine Plauderstunde wurde. Die Arbeit, die er geleistet hatte, war absolute Spitze. Ormond hatte keinen Grund, aus der Sache im Pink Roseland einen großen Aufstand zu machen. »Dann wären wir also so weit, daß wir richtig loslegen können«, sagte Wilson. »Oder warten wir ab, bis Sharon Bailey verurteilt worden ist?«

Ormond schüttelte den Kopf. »Genau das werden wir nicht tun. Wir wollen ihnen keine Gelegenheit geben, sich abzuschotten.«

»Aber wir haben die Originalpläne nicht verschwinden lassen.«

»Na und? Daß es Taschenkopierer gibt, wissen nicht nur wir. Stellen Sie sich nur einmal vor, alle Bankfilialen, die von Bailey mitgeplant wurden, werden rund um die Uhr von Privatpolizisten bewacht! Dann sehen wir ganz schön grau aus, nicht wahr, Bunk?«

»Ich glaube nicht, daß es soweit kommt. Erst einmal werden sie überhaupt nicht darauf kommen, daß wir uns die Pläne unter den Nagel gerissen haben.«

Ormond nickte. »Davon bin ich im Grunde auch überzeugt.« Er versorgte Wilson und sich selbst mit Bourbon-Coke auf Eis. »Trotzdem fangen wir an. Verglichen mit den Möglichkeiten, die wir jetzt haben, war alles Bisherige Kleinkram. Trinken wir darauf!«

Sie prosteten sich zu. Bunk Wilson warf den Havannastummel in den Aschenbecher und zündete sich eine Zigarette an. Er fühlte sich wohler. Wegen der Langers-Geschichte brauchte er sich wirklich keine Sorgen zu machen. Sharon Bailey war wie erwartet festgenommen worden, und die Kette der Beweise gegen sie war lückenlos.

Wenn alles klappte, würde ihr Mann in den Verdacht geraten, hinter den Bankeinbrüchen zu stehen.

Es gab keine Einzelheiten, die sich widersprochen hätten.

Zwei Stunden lang hatten Phil und ich Sharon Bailey vernommen, und die Klimaanlage in dem schmucklosen Raum mußte gegen beträchtliche Schwaden von Zigarettenrauch ankämpfen. Phil und ich hatten abwechselnd frischen Kaffee geholt. Jedesmal hatten wir den Kopf schütteln müssen, wenn Eric, der im Aufenthaltsraum wartete, uns fragend ansah. Wir konnten ihn noch nicht zu seiner Frau lassen. Auch war der Anwalt noch nicht eingetroffen.

Sharons Aussage war in allen Punkten schlüssig. Alles stimmte mit dem überein, was Eric uns über ihren Anruf gesagt hatte.

»Gibt es irgend etwas«, fragte ich behutsam, »womit Sie beweisen können, daß Ihre Pistole bei dem Einbruch gestohlen wurde?«

Obwohl ich leise und vorsichtig gesprochen hatte, erschrak Sharon. Sie spürte sofort, daß es eine der entscheidenden Fragen war. Wenn nicht die entscheidende Frage überhaupt. »Nein«, murmelte sie und senkte den Kopf. »Ich weiß, daß es darauf ankommt. Ich habe immer wieder darüber nachgedacht. Und es ist so: Es gibt keinen Beweis, daß die Pistole überhaupt jemals vorhanden war. Eric und ich haben die Existenz der Waffe ja bewußt verheimlicht. Sie kennen den Grund.«

Ich nickte.

»Sie müssen vor Gericht mit einer harten Nervenprobe rechnen«, sagte Phil. »Deshalb stelle ich Ihnen jetzt eine Frage, wie sie der Attorney stellen wird: Sie behaupten, jemand anders habe Langers mit Ihrer Pistole getötet. Wie konnte dieser Jemand an Ihre Pistole herankommen, wenn kein Mensch außer Eric und Ihnen von der Waffe überhaupt wußte?«

Sharons Blick heftete sich auf meinen Kollegen. Die aufkeimende Verzweiflung war in ihren Augen zu lesen. Mehr und mehr ahnte sie, womit sie vor Gericht rechnen mußte. »Ich weiß es nicht«, flüsterte sie. »Es ist ein Rätsel.«

»Denken Sie nach!« drängte ich. »Es muß eine Erklärung geben. Wo haben Sie die Waffe aufbewahrt?«

»In der Nachttischschublade. Eric hat gesagt, daß es der richtige Platz wäre.«

Phil und ich lehnten uns zurück. Sharon preßte die Lippen aufeinander. Das systematische Nachdenken fiel ihr schwer. Die Wirkung der Beruhigungsmittel war noch nicht vollständig abgeklungen.

Wir hatten mit den zuständigen Beamten vom Einbruchsdezernat gesprochen. Bei der Spurensicherung waren keine Fingerabdrücke gefunden worden. Nur anhand der Einkaufsquittungen hatten die Kollegen feststellen können, daß die von Sharon angegebenen Geräte tatsächlich fehlten. Aber kein Wort von einer Pistole. Keine Spuren, nichts, was darauf hingedeutet hätte, daß jemand die Nachttischschublade geöffnet und etwas herausgenommen hätte.

»Langers!« rief Sharon plötzlich. »Langers wußte es!«

»Daß Sie eine Pistole hatten?« entgegnete ich stirnrunzelnd.

»Ja, natürlich! Sie wissen, daß er mir bei seinen Anrufen von der angeblichen Gefahr erzählte, die Eric und mir drohte. Dabei hat er mich auch gefragt, ob irgendwie für meine Sicherheit gesorgt sei. Ich habe mich hinterher geärgert, daß ich ihm gegenüber etwas von der Pistole sagte. Aber der Kerl hat sich einfach irgendwie mein Vertrauen erschlichen. Verstehen Sie, ich war viel allein, mir fiel die Decke auf den Kopf. Da ist man froh, wenn man jemand hat, mit dem man . . .« Sie unterbrach sich. »Nein«, murmelte sie dann. »Es war nicht richtig. Ich hätte auf diesen Kerl nicht reinfallen dürfen.«

Phil und ich schüttelten den Kopf. Es ergab keinen Sinn. Weshalb sollte ausgerechnet das Mordopfer die Waffe stehlen oder stehlen lassen, mit der es später erschossen wurde?

Es gab keinen anderen Weg: Solange wir nicht wußten, weshalb Josh Langers überhaupt hatte sterben müssen, kamen wir nicht voran. Den Nachtportier, einen alten Mann namens Alfred Berger, hatten Steve und Zeery befragt.

Der Mann behauptete steif und fest, nur Sharon allein gesehen zu haben. Von einem Begleiter wußte er nichts. Nachdem die Schüsse gefallen waren, hatte er dann auch nur Sharon Bailey allein fliehen sehen. Und dann hatte er schleunigst die Cops alarmiert. Aus der letzteren Tatsache würde man dem Alten keinen Strick drehen. Er hatte die Polizei reichlich spät verständigt, nicht sofort, als die Schüsse gefallen waren. Er würde sich mit Schwerhörigkeit oder Ähnlichem herausreden.

Ich würde im Zeugenstand darauf hinweisen, daß ich Berger für bestochen hielt. Ob es etwas nützte, war fraglich. Wenn wir nicht beweisen konnten, daß es diesen geheimnisvollen Begleiter Sharons wirklich gegeben hatte, konnten wir erst recht nicht beweisen, daß er als der wirkliche Mörder Zeit gebraucht hatte, um nach den Todesschüssen alles so zu arrangieren, daß Sharon als die Mörderin festgenommen werden würde.

»Langers fällt als Zeuge leider aus«, sagte ich, und an Sharons betrübtem Nicken, sah ich, daß sie sofort verstand, was ich meinte. »Versuchen wir es also anders herum!« fuhr ich fort. »Können Sie den Mann beschreiben, der Sie abgeholt hat?«

»Und Langers getötet hat«, fügte Phil hinzu.

Sharon zündete sich eine neue Zigarette an. »Ich werde es versuchen«, sagte sie entschlossen. »Breite Schultern, mittelgroß. Alles in allem eine sehr gepflegte Erscheinung. Glattes schwarzes Haar. Von der Hautfarbe her kein Weißer und kein Schwarzer. Ich hatte den Eindruck, daß er auch Indianer in seiner Ahnenreihe haben könnte.« Mich riß es fast vom Stuhl. Aber ich beherrschte mich und blieb äußerlich ruhig, um Sharon nicht plötzlich Riesenhoffnungen zu machen. »Bunk Wilson«, sagte ich. »Die Beschreibung paßt.« Ich erinnerte mich genau an den Mann, wie V-Mann Cecil Briggs ihn mir geschildert hatte.

»Bist du sicher?« stieß Phil hervor. »Wie kannst du so

sicher sein? Ich denke, wir haben keine Akte über diesen Wilson?«

»Das weiß ich«, knurrte ich. »Er ist und bleibt das unbeschriebene Blatt. Aber wir wissen immerhin, daß es ihn gibt. Dafür haben wir Briggs als Zeugen.«

»Was auch nicht unbedingt etwas heißen will. Es gibt eine Menge Burschen, die so ähnlich aussehen wie Wilson. Und bewiesen ist damit überhaupt nichts.«

»Doch«, widersprach ich. »Wenigstens so viel, daß Mrs. Bailey den Begleiter zum Hotel Rockaway nicht ihrer Fantasie verdankt.«

Sharon hatte das Gespräch zwischen Phil und mir mit großen Augen verfolgt. »Ich weiß nicht, wie ich Ihnen danken soll«, sagte sie zögernd. »Ich möchte Ihnen nichts unterstellen, was vielleicht anmaßend wäre. Aber ich habe das Gefühl, daß Sie mir helfen wollen. Dafür bin ich Ihnen dankbar.«

»Es geht um die Gerechtigkeit«, sagte ich rauh. »Es darf nicht geschehen, daß ein Mensch in diesem Land zu Unrecht verurteilt wird. Wir müßten allerdings auch Beweise gegen Sie sammeln, wenn es sie gäbe.«

»Ich weiß«, antwortete Sharon und senkte den Kopf. »Das weiß ich nur zu gut.«

»Denken Sie weiter über alles nach!« riet ich ihr, während wir aufstanden. »Vielleicht finden Sie Einzelheiten, an die sie noch nicht gedacht haben. Selbst wenn es etwas ist, was Ihnen nebensächlich erscheint, könnte es wichtig sein.«

»Ich verstehe«, antwortete sie. Ihre Stimme klang belegt, und Tränen standen in ihren Augen, als sie mich ansah. »Was wird aus den Kindern? Wissen Sie, Eric darf seinen Arbeitsplatz nicht vernachlässigen. Trotz allem nicht. Er hat zwar einen leitenden Posten, aber der ist jetzt nicht mehr so sicher – nicht für einen

Schwarzen, der eine Frau hat, die unter Mordverdacht steht.«

Phil und ich begriffen. »Wir besorgen eine Betreuerin«, sagte mein Freund. »Und wir überzeugen Eric, daß er sich weiter um seinen Job kümmern muß.«

Wir verabschiedeten uns.

Kurz nachdem wir ihren Mann zu ihr geschickt hatten, erschien Susan Gardner mit den Jungen. Joey und Mark waren zwei aufgeweckte kleine Kerle, tapfere Burschen, die sich im Zaum hielten und ihre Mutter trösteten, statt selbst in Tränen auszubrechen.

Noch bevor wir den Vernehmungstrakt verließen, war auch Sharons Anwalt zur Stelle. Kenneth Hall. Ein rundlicher kleiner Mann, der viel redete und dabei mit beiden Händen gestikulierte. Dadurch erweckte er den Eindruck, daß er ständig in hektischer Bewegung war. Aber er galt als einer der besten New Yorker Strafverteidiger.

»Sie ermitteln weiter im Fall Bailey?« fragte er und blinzelte angestrengt. Wir wußten, daß dieses Blinzeln nichts mit Vertrauensseligkeit zu tun hatte. Er trug Kontaktlinsen, die ihn gelegentlich zwickten. Auch das schwarze Toupet auf dem eigentlich kahlen runden Kopf gehörte zu den Versuchen, seine Eitelkeit zu befriedigen.

Wir nickten. Seine Frage war berechtigt. In den meisten Fällen werden die Vernehmungen von anderen Kollegen durchgeführt. Wir hielten es jedoch für richtig, keine Umwege in Kauf zu nehmen.

Stimmengewirr erfüllte den Saal mit einem dumpfen Summen. Der größte Saal des Gerichtsgebäudes an der Centre Street. Sämtliche Plätze waren besetzt. Die

Hälfte von schreibenden Journalisten. Die Fotografen und Fernsehleute hatten den Saal vor Verhandlungsbeginn verlassen müssen. Während einer Gerichtssitzung darf nicht fotografiert oder gefilmt werden.

Die Geschworenen hatten sich bereits auf ihren Bänken niedergelassen. Alle Blicke konzentrierten sich auf Sharon Bailey, die auf der Anklagebank von zwei uniformierten Polizistinen flankiert wurde. Sie trug Handschellen, die sie unter der Holzbrüstung verbarg. Es war ihr nicht erspart geblieben. Der Verfahrensordnung entsprechend, durfte jemand, der wegen Mordes angeklagt war, nicht ohne die stählerne Acht in den Gerichtssaal gelassen werden.

Phil und ich saßen auf der Zeugenbank neben Mr. High. Es war möglich, daß auch der Chef eine Aussage machen mußte, da er in die Anfangsermittlungen unmittelbar eingegriffen hatte. Vier Wochen waren seitdem vergangen. Wir hatten zusammengetragen, was es zusammenzutragen gab. Aber es war nichts mehr herausgekommen, was Sharon in der geringsten Weise entlastet hätte.

Das Stimmengewirr verklang, als eine Tür in der Holztäfelung neben dem Richterpult geöffnet wurde. Der Vorsitzende, Richter Charles B. Morton, nahm seinen Platz ein und ließ die Hammerschläge erschallen, die die Verhandlung symbolisch für eröffnet erklärten. Der Attorney, ein schmallippiger Mann namens Andrew Lockhart, verlas die Anklage wegen Mordes an Josh Langers. Es waren all die Punkte, die wir kannten, über die wir immer wieder nachgegrübelt und doch keinen Ansatz zu weiteren Ermittlungen gefunden hatten.

Richter Morton, ein grauhaariger, väterlich aussehender Mann, wandte sich der Anklagebank zu. »Mrs.

Bailey, Sie haben gehört, was Ihnen zur Last gelegt wird. Haben Sie alles verstanden?«

Sharon war aufgestanden. »Ja, Euer Ehren.« Das Vibrieren in ihrer Stimme war nicht zu überhören.

»Gut, dann beantworten Sie bitte meine Frage! Bekennen Sie sich im Sinne der Anklage für schuldig oder nicht schuldig?«

»Nicht schuldig, Euer Ehren.«

Ein leises Raunen setzte im Gerichtssaal ein, das aber sofort wieder verstummte, als der Vorsitzende den Hammer auf die Hartgummiunterlage knallen ließ. Er erteilte dem Attorney das Wort.

Lockhart stand auf und verneigte sich in steifer Haltung. »Euer Ehren, ich möchte als erstes die Angeklagte aufrufen. Manches, was sich in diesem Fall an Ungereimtheiten und Absurditäten ergeben hat, wird dadurch bereits klar werden. Ich möchte auch die Geschworenen bitten, der Angeklagten besonders aufmerksam zuzuhören. Sie werden sich fragen, ob sie Ihren Ohren trauen können, Ladys und Gentlemen!«

Kenneth Hall sprang auf. In der Robe wirkte er noch rundlicher. »Einspruch, Euer Ehren! Ich halte es für eine unzulässige Beeinflussung der Geschworenen, wenn der Attorney versucht, Mrs. Baileys Aussage von vornherein als unglaubwürdig hinzustellen. Außerdem ist es eine selbstverständliche Pflicht jedes Geschworenen, aufmerksam zuzuhören. Ermahnungen dieser Art dürften überflüssig sein.«

Gelächter wurde laut. Eric Bailey, der in der Bank hinter dem Verteidigertisch saß, nickte voll grimmiger Zufriedenheit. Er entspannte seine Haltung ein wenig. Kenneth Hall machte einen vielversprechenden Anfang.

»Dem Einspruch wird stattgegeben«, sagte Richter

Morton. »Mr. Lockhart, bitte unterlassen Sie künftig Vorausbewertungen von Aussagen! Ihre beanstandeten Äußerungen werden nicht in das Protokoll aufgenommen.«

Lockhart erbleichte. Seine schmalen Lippen waren jetzt nur noch ein Strich. Doch er hatte sich schnell wieder in der Gewalt. Dann, nachdem Sharon Bailey von einem uniformierten Justizbeamten zum Zeugenstand geführt worden war, stellte er kurze einleitende Fragen und beschränkte sich überwiegend auf das Zuhören.

Sharon beschrieb das Geschehen so, wie sie es auch uns geschildert hatte. Sie vergaß nichts, und sie fügte auch nichts hinzu, was vielleicht in einem der schriftlichen Protokolle noch nicht erwähnt worden wäre. Attorney Andrew Lockhart hatte praktisch keine Möglichkeit, Sharons Aussage in Frage zu stellen.

Er würde sich an den alles entscheidenden Punkten festbeißen, das war uns klar. Aber im nächsten Moment fielen wir aus allen Wolken. Denn er tat es auf eine Weise, die wir nicht für möglich gehalten hätten.

»Nun, Ladys und Gentlemen«, sagte er gedehnt und trat vor die Geschworenen hin. »Lassen Sie die Aussage der Angeklagten in sich nachwirken! Versuchen Sie einmal, sich darüber klarzuwerden, was ihre Behauptungen bedeuten! Da wird jemand von einem großen Unbekannten abgeholt, aus fadenscheinigem Grund in eine Absteige gebracht – nur, um ausgerechnet dort die Pistole zu finden, die ja vor ein paar Tagen *zufällig* gestohlen wurde. Natürlich war es auch der große Unbekannte, der die Pistole nahm und Josh Langers auf seinem Bett erschoß. Schade, daß wir den großen Unbekannten nicht fragen können, was er denn für einen Grund für dieses bösartige Verhalten hatte, nicht wahr, meine Damen und Herren Geschworenen?«

Er ließ seine Worte nachwirken. Tatsächlich schmunzelten einige der Geschworenen.

»Sicher hat Mrs. Bailey eine rege Fantasie!« rief Lockhart, und der Hohn in seiner Stimme war nicht zu überhören. »Vielleicht, das ist ja möglich, wünscht sie sich diesen Unbekannten. Pschologen kennen diese Art von Schuldverdrängung, sich so lange etwas zu wünschen, bis man daran glaubt, daß es existiert.«

»Einspruch!« Kenneth Hall sprang abermals auf. »Ich protestiere auf das schärfste, Euer Ehren. Der Attorney versucht, die Angeklagte in den Augen der Geschworenen lächerlich zu machen. Er verspottet Mrs. Bailey, ohne daß es dafür einen erkennbaren Grund gibt. Ich muß daher annehmen, daß Mr. Lockhart eine persönliche Abneigung gegen meine Mandantin hegt. Ich muß darauf bestehen, daß die möglichen Gründe für eine solche Abneigung untersucht werden. Ich beantrage daher, den Attorney Andrew Lockhart zunächst wegen Befangenheit abzulehnen!«

Es schlug ein wie eine Bombe.

Lockhart wurde blaß. Richter Morton preßte die Lippen aufeinander. Im Saal wurde so es still, daß man eine Stecknadel hätte fallen hören. Ich hielt Halls Antrag für berechtigt. Lockharts Versuche, Sharon Bailey gleichsam als Verrückte hinzustellen, waren in der Tat unglaublich. Ich konnte es mir nur dadurch erklären, daß Lockhart ein Mann war, der noch an seiner Karriere bastelte. Aber er hatte sich in den Mitteln vergriffen, mit denen er gleich zu Anfang Eindruck schinden wollte.

Wenn Morton dem Antrag des Verteidigers stattgab, bedeutete das Vertagung. Völlig klar.

Der Richter brauchte nur Sekunden, um zu einer Entscheidung zu gelangen. Ich war überzeugt, daß er dabei auch an die vielen Presseleute dachte, die gespannt zuhörten. Die meisten würden Lockhart ohnehin in der Luft zerreißen. Denn die Sympathien der Öffentlichkeit standen eindeutig auf Sharons Seite. Die Schlagzeilen, die wir bisher gelesen hatten, belegten das.

Richter Morton ließ den Hammer herabsausen. »Dem Einspruch wird stattgegeben. Das Gericht nimmt Ihren Antrag an, Mr. Hall. Die Verhandlung wird auf übermorgen vertagt. Attorney Lockhart wird wegen Befangenheit seiner Funktion entbunden.«

Lockhart ging zu seinem Platz zurück. Er sah dabei aus, als würde er zusammenbrechen. Den zufrieden lächelnden Verteidiger würdigte er keines Blickes. Mir war klar, daß der Richter keine andere Entscheidung treffen konnte.

Allein die Tatsache, daß Sharon Bailey Schwarze war, hatte dazu führen müssen. Der leiseste Verdacht, daß ausgerechnet der Attorney Vorurteile hegte, mußte beseitigt werden. Ich war überzeugt, daß Lockhart nicht weiter an der Verhandlung teilnehmen würde.

Als Phil und ich in Glen Cove eintrafen, war Eric Bailey noch nicht zurückgekehrt. Wahrscheinlich hatte er Erlaubnis erhalten, kurz mit Sharon zu sprechen. Außerdem gab es wohl noch einiges mit dem Anwalt zu bereden.

Joey und Mark waren noch in der Schule. Im Bungalow der Baileys blitzte alles vor Sauberkeit. Es war, als wäre Sharon nicht einen Tag fortgewesen. Der Gedanke rief das nie Ausgesprochene wach.

Vielleicht würde sie nie wieder hierher zurückkehren.

Obwohl seit vier Wochen eine Fahndung nach Bunk

Wilson lief, hatten wir nicht das winzigste Ergebnis. Es war, als hätte sich alles gegen Sharon verschworen. Der Auftakt der Gerichtsverhandlung hatte gezeigt, wohin das Ganze führen konnte.

Pascal Lejeune war der gute Geist im Bungalow der Familie Bailey. Die junge Frankokanadierin, schlank und mittelblond, sprühte vor Arbeitseifer, als sie uns die Tür öffnete. Sie trug Jeans und Sweatshirt und hatte sich die langen Haare mit einem Tuch hochgebunden. Das Putztuch in ihrer Hand zeigte deutlich, welcher Art ihr Arbeitseifer war.

»Schlechte Nachrichten«, stellte sie fest, nachdem sie uns nur kurz angesehen hatte.

Phil und ich traten ein. Pascal studierte Musik am New Yorker Konservatorium, Fach Klavier. Sie hatte das zweite Semester hinter sich und jobbte in den Ferien für eine Agentur, die dienstbare Geister vermittelte. Phil und ich hatten Pascal nach Glen Cove gebracht, weil wir sie für geeignet hielten, die beiden Jungen zu betreuen. Eric war sofort einverstanden gewesen, denn Pascal hatte ein besonderes Herz für Kinder.

Gleich in den ersten Stunden hatte sie es fertiggebracht, Mark und Joey in Fachgespräche über die neue Baseballsaison zu verwickeln, was bei den beiden besonderen Anklang gefunden hatte. Mit Spielen und Schulaufgaben hatten sie die restlichen Stunden der Nachmittage verbracht, und Eric hatte seine Sprößlinge am Abend stets friedlich schlummernd in ihren Betten vorgefunden.

Für die Dauer des Prozesses ließ seine Firma ihn in ihrem New Yorker Büro arbeiten. Ohne Überstunden ging es jedoch an keinem Tag ab. Die Zeit, die Eric für Besuche bei Sharon oder Gespräche mit dem Anwalt brauchte, fehlte ihm an allen Ecken und Enden. Und er wollte sich in der Firma nicht die geringste Nachlässigkeit leisten. Pascal hatte uns schon bei unseren früheren Besuchen erklärt, wie sehr Eric die Belastung an die Nieren ging.

Doch er beklagte sich nie. Er wußte, daß die Kraft, die Sharon aufbrachte, viel größer war.

Pascal brühte Kaffee für uns auf, den wir gemeinsam mit ihr in der Küche tranken. Wir berichteten ihr über den geplatzten Verhandlungsbeginn. Sie nahm die Zigarette, die ich ihr anbot.

»Selbst wenn es einen unvoreingenommenen Attorney gibt«, sagte sie mit ihrem weichen französischen Akzent, »wird es für Sharon nicht viel besser werden. Ich glaube, dieser Lockhart hat genau das angesprochen, was den Ausschlag geben wird. Es ist nur schade . . .« Sie preßte die Lippen aufeinander und senkte den Kopf. Sie wollte nicht weitersprechen.

»Was meinen Sie, Pascal?« fragte ich.

In ihren Augen schimmerten Tränen, als sie mich ansah. »Ich will es nicht heraufbeschwören, Jerry. Aber ich habe das Gefühl, daß Sharon nie wieder herkommt, in dieses Haus. Es ist furchtbar, das sehen zu müssen: Eine Familie, in der alles stimmt, zwei prächtige Kinder, ein Mann, der einen guten Job hat, ein Haus . . .« Sie holte Luft. »Ich dachte eben daran, wie schade es ist, daß ich nicht ständig hier arbeiten kann. Damit will ich aber um Himmels willen nicht sagen, daß ich froh wäre, wenn Sharon nicht wiederkommt.«

»Unsinn«, sagte ich und konnte doch ihre Gedanken nur zu gut verstehen.

»Sie geben eine prächtige Hauswirtschafterin ab, Pascal«, sagte Phil schmunzelnd. »Bestimmt würde Sharon Sie auch weiterbeschäftigen, wenn sie wieder da ist. Was meinen Sie, wollen Sie nicht Ihr Studium an den Nagel hängen?«

Pascal sah ihn an und mußte lachen. Natürlich. Sie war in ihren Gedanken zu sehr in das Schicksal der Baileys verwoben. Deshalb hatte sie sich ein wenig von der Logik entfernt.

Eric Bailey war eine halbe Stunde später zur Stelle. Seine Miene war düster. Er nahm die Tasse Kaffee, die Pascal ihm einschenkte, und lehnte sich in der Küche an die Fensterbank.

»Ein Kollege von Averett & Sons hat mich im Gerichtsgebäude abgefangen«, sagte er dumpf. Er zog ein zusammengefaltetes Blatt Papier aus der Jackettasche und warf es auf den Tisch. »Der dritte Fall. Diesmal in Pennsylvania. Ardmore. Das ist westlich von Pittsburgh.«

Phil zerknirschte einen Fluch auf den Zähnen.

Ich nahm das Papier und faltete es auseinander. Es war die Aufstellung der Bankfilialen, an deren Bau Eric Bailey mitgearbeitet hatte. Die Pläne hatte er zu Hause gehabt, weil er statische Prüfungen oft nach Feierabend oder an Wochenenden erledigte. Die Aufstellung war eine Fotokopie. Phil und ich hatten ebenfalls Exemplare davon.

»Der Kollege hat mir den Wisch mitgebracht«, knurrte Eric. Ich begriff, was ihn am meisten daran ärgerte. Die Fotokopie war mit einem Sichtstempel versehen, unterzeichnet von Erics direktem Vorgesetzten. Angekreuzt war das Feld *Mit der Bitte um Kenntnisnahme*. Angekreuzt waren weiter die Orte Springfield in Ohio, Presque Isle in Maine und schließlich Ardmore in Pennsylvania, dick unterstrichen und mit dem Vermerk *Nr. 3!* in rotem Filzstift.

Es war die dritte Bankfilliale, in die eingebrochen

worden war, seit Phil und ich nach New York zurückgekehrt waren — seit Sharon Bailey zur Mörderin gemacht worden war. Ich war mittlerweile fest davon überzeugt, daß es sich um ein abgekartetes Spiel handelte.

Obwohl keiner der Baupläne aus Eric Baileys Safe gefehlt hatte, war mir wohler dabei gewesen, eine Liste der schon abgeschlossenen Projekte von ihm aufstellen zu lassen und die Polizeidienststellen in den betreffenden Orten zu verständigen. Eric hatte in seiner Firma keinen Hehl von dieser Maßnahme gemacht. Die Quittung für seine Ehrlichkeit erhielt er jetzt.

Man verdächtigte ihn.

Die Gangster, die nach Phils und meiner Überzeugung dahintersteckten, hatten es teuflisch raffiniert angefangen. Alles lenkte von ihnen ab: der aufsehenerregende Mordprozeß gegen Sharon Bailey und das wachsende Mißtrauen gegenüber Eric Bailey. Es fehlte nur noch, daß die Presse Wind davon kriegte und Eric öffentlich zum Drahtzieher der Bankeinbrüche stempelte. In den letzten drei Fällen waren zusammen immerhin 135.000 Dollar gestohlen worden.

»Es muß etwas geschehen«, sagte ich. »Wir können uns nicht auf die County Police verlassen und hier in New York dem Phantom Bunk Wilson nachgehen.«

Phil nickte. Was geschehen mußte, hatten wir bereits in Mahopac Falls erprobt. Wir mußten nur noch als Zeugen vor Gericht aussagen, dann konnten wir uns die Kerle vorknöpfen, die jetzt anscheinend aufs Ganze gehen wollten.

Der zweite Verhandlungstag im Fall Sharon Bailey begann mit einem noch größeren Aufgebot an Fotografen und Kameraleuten. Die Meute mit ihren zuckenden

Blitzen und den grellen Filmleuchten wurden vor Eröffnung der Verhandlung in den Saal gelassen. Das Interesse galt dem Attorney, der — wie erwartet — Andrew Lockharts Aufgabe als Ankläger übernommen hatte.

Lambert E. Ryder. Ein Mann um die 60. Er strahlte Ruhe und Gelassenheit aus, während er das Blitzlichtgewitter und das Schnurren und Klicken der Kameraverschlüsse über sich ergehen ließ. Nach fünf Minuten räumten die Justizbeamten den Saal. Es gab den üblichen Protest. Die Fotoreporter behinderten sich gegenseitig wie die Wölfe — im Bemühen, das beste Bild zu schießen. Die, die nicht nahe genug herankamen, wehrten sich am lautesten gegen das Ende der Foto- und Filmzeit.

Nachdem die Verhandlung eröffnet worden war, gab es keine Sensationen mehr. Nichts, was sich mit den ironischen Angriffen Lockharts vom ersten Tag vergleichen ließ. Lambert E. Ryder zeichnete sich vor allem durch Ruhe und Sachlichkeit aus.

Ich merkte, daß Sharon sicherer wurde. Ihre Aussage klang bestimmter, als es bei Lockhart der Fall gewesen war.

Nach der Prozeßordnung mußte alles noch einmal von vorn durchgekaut werden. Kenneth Hall stellte Sharon einige Zusatzfragen, die insbesondere auf den unbekannten Begleiter zum Hotel Rockaway und auf die gestohlene Pistole abzielten. Ich glaube zu erkennen, daß die Geschworenen nicht sonderlich davon beeindruckt waren. Neue, überraschende Erkenntnisse ergaben sich nicht.

Erst nach der Mittagspause konnten Zeugen aufgerufen werden.

Attorney Ryder benannte als ersten den Nachtportier des Hotels in Queens, Alfred Berger. Der hagere alte

Mann machte in der Zeugenbank einen nervösen Eindruck. Unablässig knetete er seine Finger. Seine Antworten hörten sich zerstreut an, die Formulierungen waren linkisch. Ryder befragte ihn zu seinen Personalien und zu seinem Dienst im Hotel Rockaway.

»An dem betreffenden Abend«, fuhr Ryder fort, »hatten Sie Ihren Dienst als Nachtportier eben angetreten. Schildern Sie dem Gericht, was geschah!«

Berger hob den Kopf und hörte für den Moment mit dem Fingerkneten auf. »Die Lady, Sir . . .« Er deutete mit einer Kopfbewegung auf Sharon, » . . . die Angeklagte, also . . . sie kam rein, ins Hotel, meine ich, und erschoß Langers. Der war Hotelgast, wissen Sie.«

Ich wechselte einen Blick mit Phil und Mr. High. Zeugen dieser Art waren die unbrauchbarsten. Ihre Beobachtungsgabe beschränkte sich auf Augenfälliges. Es sei denn, Bergers Gestammel war Absicht. Dann mußte er ein guter Schauspieler sein.

»Nun, Mr. Berger«, sagte der Attorney geduldig. »Wir müssen das etwas genauer haben. Ich nehme an, Mrs. Bailey betrat das Hotel durch den Haupteingang, von der Straße her. Und Sie sind ganz sicher, daß es Mrs. Sharon Bailey war, die hier und heute wegen Mordes angeklagt ist?«

»Ganz sicher, Sir. Ist doch klar . . . so eine Lady, so eine hübsche Lady, die verwechselt man doch nicht.«

Ich konnte den Zorn in Eric Baileys Miene lesen.

»Mrs. Bailey kam also durch den Haupteingang?«

»Ja, wie denn sonst?« Berger grinste. Sein Grinsen erlosch aber sofort wieder, als er merkte, daß niemand darauf reagierte.

»Bitte beantworten Sie meine Fragen nicht mit Gegenfragen!« entgegnete Ryder scharf. »Das Gericht ist auf eine genaue Klärung des Sachverhalts angewiesen, um überhaupt ein Urteil fällen zu können. Sie als Zeuge haben Ihren Beitrag dazu zu leisten. Da Sie außerdem unter Eid stehen, sind Sie gehalten, Ihr Erinnerungsvermögen so weit wie möglich auszuschöpfen. Haben Sie mich verstanden, Mr. Berger?«

»Ja, Sir.«

Ich glaubte es nicht. Berger war der Typ, der nur langsam begriff, wenn überhaupt.

»Gut«, sagte der Attorney. Er beendete ein kurzes Auf- und Abschreiten und blieb vor der Zeugenbank stehen. »Mrs. Bailey betrat das Hotel Rockaway durch den Haupteingang. Wo befanden Sie sich zu diesem Zeitpunkt, Mr. Berger?«

»Na, hinter meinem Pult. Wo denn s . . .« Er biß sich auf die Unterlippe und senkte betreten den Kopf. Wie ein ertappter Schuljunge.

Ryder verzieh ihm mit einem Lächeln. Seine nächste Frage klang beiläufig, als handelte es sich um eine Nebensache. »War Mrs. Bailey allein?«

»Klar«, sagte er, ohne die atemlose Stille und die gespannten Blicke aller Anwesenden zu bemerken. »Klar war sie allein.« Man rechnete unwillkürlich noch mit einem ›Was denn sonst?‹, aber er schien sich hinreichend an die Ermahnung des Attorneys zu erinnern.

Sharon Baileys Blick war starr vor Fassungslosigkeit. Nicht anders sah Eric aus. Obwohl sie gewußt hatten, wie Berger ausgesagt hatte, war ein Funke Hoffnung doch nicht erloschen gewesen.

Vielleicht hätte der alte Mann es sich anders überlegen können.

Vielleicht würde er doch die Wahrheit sagen.

Aber nein.

Es gab den Hoffnungsfunken nicht mehr.

Ryder legte die Hände auf den Rücken und schlenderte auf die Geschworenen zu. Seine Frage an den Zeugen stellte er, ohne sich umzudrehen. »Sie haben gesagt, Mr. Berger, daß Mrs. Bailey das Hotel allein, also ohne Begleitung betrat. Habe ich Sie richtig verstanden?«

»Ja, Sir.«

»Gut.« Der Attorney blieb vor den Geschworenen stehen und blickte zu ihnen auf. »Sie haben es gehört, Ladys und Gentlemen. Sharon Bailey, über deren Schuld oder Nichtschuld Sie zu befinden haben, war nach Angaben von Mr. Berger allein, als sie die Eingangshalle des Hotels Rockaway betrat. Das deckt sich mit dem Ergebnis der bisherigen Ermittlungen.«

»Einspruch!« peitschte Kenneth Halls Stimme. Er sprang auf, federnd wie ein schwarzer Gummiball. »Der Attorney versucht den Eindruck zu erwecken, als gäbe es mehrere Ermittlungsergebnisse, aus denen geschlossen werden könnte, daß meine Mandantin allein in dem Hotel ankam. In Wahrheit ist es aber einzig und allein die Aussage des Nachtportiers, aus der das hervorgeht.«

»Stattgegeben.« Richter Charles B. Morton blickte den Attorney über den Rand seiner Lesebrille hinweg an. »Formulieren wir es so, Mr. Ryder: Das deckt sich mit der vorherigen Aussage von Mr. Berger. Einverstanden, Ihre Bemerkung in dieser Form ins Protokoll aufzunehmen?«

»Selbstverständlich, Euer Ehren.«

»Gut. Ich bitte auch die Geschworenen, vom Inhalt dieser Protokolländerung Kenntnis zu nehmen. Der Einspruch des Verteidigers war gerechtfertigt. Bitte fahren Sie fort, Mr. Ryder!«

»Was tat Mrs. Bailey als als nächstes?« wandte sich der Attorney wieder dem Zeugen zu. »Konzentrieren

Sie sich auf den Moment, in dem sie die Halle betrat! Ging sie schnell weiter? Zögerte sie? Sagte sie etwas? Wie war ihr Verhalten?«

»Unfreundlich«, knurrte Berger, ohne zu überlegen. »Hat nicht mal guten Abend gesagt. Hab noch gedacht ›Mann, so eine hübsche Lady und sagt nicht mal guten Abend‹. Eilig hatte sie's, Sir. Ist gleich rauf zu den Zimmern. Na ja, und dann hat's geknallt.«

Ryder versuchte weitere Einzelheiten aus ihm herauszukitzeln. Ohne Erfolg. Berger behauptete zwar, die Lady habe gewußt, in welchem Zimmer Langers wohnte. Aber auf die Frage, ob er Sharon vorher schon einmal gesehen habe, mußte er passen. Wir kannten diesen Versuch. Dazu gehörte auch das Bestreben der Anklagevertretung, unter dem Hotelpersonal Leute aufzutreiben, die bestätigen konnten, Sharon Bailey schon einmal im Rockaway gesehen zu haben. Der Beweis, daß Sharon öfter mit Langers zusammengewesen war, ließ sich nicht erbringen. Man wollte ihr unterschieben, sie hätte ein Verhältnis mit dem Mann gehabt. Zumindest dieser Versuch des Attorneys mußte mißlingen.

Es blieb aber bei dem einen entscheidenden Punkt.

Sharon sollte die Absteige allein betreten und auch allein verlassen haben. Es gab keinen Gegenbeweis, keinen anderen Zeugen, der Bergers Aussage widerlegen konnte.

»Mr. Berger«, eröffnete Kenneth Hall sein Verhör. »Ist Ihnen bewußt, daß Sie vereidigt worden sind?«

»Hm, ja, Sir.«

»Wissen Sie, daß Zeugen für Falschaussagen bestraft werden können? Wissen Sie, was ein Meineid ist?«

»Ich denke schon, Sir. Nur damit können Sie bei mir nicht landen, Sir. Hier läuft nichts Verkehrtes, klar? Was ich sage, stimmt!« Sein Ton war unverschämt geworden. Er stufte den Verteidiger instinktmäßig ein. Er schrieb ihm weniger Autorität zu als dem Attorney. Einen anderen Grund konnte ich nicht finden.

Und Kenneth Hall nahm es hin.

Es war Richter Morton, der Berger zur Ordnung rief und ihn aufforderte, sich höflicher zu verhalten. Hall schien keinen Wind mehr in den Segeln zu haben. Die Fragen, die er weiter an Berger richtete, klangen lahm.

Einzig aufschlußreich für die Geschworenen war möglicherweise noch das rätselhafte Verhalten Bergers, als er die Schüsse gehört hatte. Seine Erklärung, die Schüsse zwar gehört, aber nicht sofort begriffen zu haben, um was für ein Geräusch es sich handelte, bekam dadurch Gewicht, daß er normalerweise ein Hörgerät trug, es während des Dienst als Nachtportier jedoch nicht einsetzte, da er mit keinem sprechen mußte. In der ersten Verhandlungspause des Nachmittags rief ich im District Office an. Ich bekam Steve an den Apparat und erfuhr, daß inzwischen die Bestätigung von allen Polizeidienststellen vorlag, die wir per Telex angeschrieben hatten. In sämtlichen Orten, die noch auf Eric Baileys Liste standen, lief jetzt eine unauffällige Überwachung. Die neuerbauten Bankfilialen wurden ab sofort rund um die Uhr beobachtet. Nicht etwa bewacht.

Ich hatte es in dem Telex besonders betont: Die Beschattung hatte so stattzufinden, daß kein Unbeteiligter etwas davon mitkriegen konnte. Mit Eric hatte ich darüber gesprochen. Von der Lage her war das geplante Vorgehen in allen Fällen möglich. Die Bankgebäude standen nie isoliert, sondern stets waren Nachbargebäude da, von denen aus eine unauffällige Beobachtung einzurichten war.

Nach der Verhandlungspause waren wir als Zeugen dran. John D. High sagte als erster aus. Seine Angaben beschränkten sich auf den zeitlichen Ablauf der ersten Ermittlungen. Kenneth Hall verzichtete darauf, unseren Chef ebenfalls zu befragen.

Phil und ich schilderten die Tatsachen, wie wir sie bereits in den Protokollen angegeben hatten. Ich konnte mir eine Zusatzbemerkung nicht verkneifen.

»Ich hoffe«, sagte ich laut und vernehmlich, »noch während dieses Prozesses beweisen zu können, daß der Zeuge Berger lügt. Er wird sich in einem Prozeß wegen Meineids zu verantworten haben.«

Ein Raunen entstand. Ich las Dankbarkeit in Sharons tränennassen Augen. Der Hammer des Richters knallte auf die Gummiplatte. Die Kugelschreiber der Journalisten rasten über die Notizblöcke.

»Ruhe!« rief Richter Morton. »Ich bitte um sofortige Ruhe!« Immerhin drohte er noch nicht damit, den Saal räumen zu lassen. Es hätte einen Aufschrei des Protests gegeben, bei dem großen Interesse, das die Öffentlichkeit am Fall Sharon Bailey hatte.

Mortons Rüge, mich auf Tatsachen zu beschränken, schluckte ich, ohne mit der Wimper zu zucken. Ich hatte erreicht, was ich wollte. Durch die Zeitungen würde die Gegenseite erfahren, daß wir nicht locker ließen. Nach meinem Besuch im Pink Roseland würde sich die Syndikatsspitze auch leicht zusammenreimen können, daß ich wußte, wie Bunk Wilson aussah.

Ich hütete mich jedoch, darüber etwas vor Gericht auszusagen oder auch nur anzudeuten. Es würde zur Folge haben, daß das Syndikat Wilson aus dem Verkehr zog, bevor wir ihn erwischen konnten.

Innerhalb des Gerichtssaals konnten wir für Sharon Bailey nichts mehr tun.

Ich hoffte, daß wir außerhalb der Mauern des Gebäudes an der Centre Street mehr Glück haben würden. Denn zur Zeit sah es noch verdammt danach aus, daß uns – und damit Sharon – tatsächlich nur Glück weiterhelfen konnte.

Ein letzter Schlag klang dumpf durch das Kellergeschoß, dann war Ruhe. Die Männer ließen die lappenumwickelten Vorschlaghämmer sinken und horchten.
 Stille.
 Weder draußen noch drinnen hatte jemand etwas mitgekriegt. Die drei Männer grinsten zufrieden und begannen, ihre Taschen durch das gerade autoradgroße Loch im Mauerwerk zu schieben. Dann zwängten sie sich selbst hindurch und erreichten wenig später den Tresorraum, wo sie es riskieren konnten, eine Batterielampe einzuschalten.
 Shay Heeley, ein untersetzter Mann mit roten Haaren, wischte sich den Schweiß von der Stirn. »Okay, Freunde, jetzt haben wir eine Pause verdient, was?«
 Rock Wellman nickte zustimmend. Er war ein breitschultriger Mann mit kurzgeschorenem Haar. Neben Heeley hatte er die Hauptarbeit beim Aufstemmen des Mauerwerks geleistet. »Klar, zehn Minuten sind immer drin. Jetzt, wo wir das meiste geschafft haben. Bloß noch einsacken, und dann raus!«
 Der dritte Mann, Herb Schofield, war schon dabei, die Tresortür zu untersuchen. Er ruckte herum. Seine Augen wurden schmal. »Bildet euch keine Schwachheiten ein!« zischte er. »Eine Pause gibt's erst dann, wenn wir 100 Meilen weit weg sind. Klar?«
 Heeley und Wellman, die schon nach den Zigarettenpackungen gegriffen hatten, starrten ihn feindselig an.

Sie arbeiteten zum erstenmal zusammen, und es hatte ihnen von Anfang an nicht gepaßt, daß Schofield den Boß spielte. Sie waren gleichberechtigt. Jeder hatte seine Aufgabe, die er so gut und so schnell wie möglich erledigte. Teamwork. Gute Zusammenarbeit. Das war es, was bei den Jobs zählte. Nicht, daß einer sich als etwas Besseres fühlte.

»Hör mal«, knurrte Heeley. »Was bildest du dir eigentlich ein, daß du glaubst, du könntest...«

»Keine Diskussionen!« fauchte Schofield. »Wir sind hier in Delaware. Klar? Und Delaware liegt auf einer gottverdammten Halbinsel. Wenn was schiefgeht, sitzen wir fest. Zwischen Chesapeake und Delaware City machen sie den Laden in einer Viertelstunde dicht. Also fangt gefälligst nicht an rumzuspinnen!« Er drehte sich um und betastete weiter die Hebel und Stellräder der Tresortür.

Heeley und Wellman sahen sich an und zuckten die Achseln. Sie steckten die Zigaretten wieder ein. Chesapeake und Delaware City, das waren die Orte an der schmalsten Stelle der Halbinsel, oben im Norden. Smyrna, das Nest, in dem sie die Filiale der Delaware Savings Bank um ihren Kassenbestand erleichterten, war eine knappe Autostunde von der bewußten Schmalstelle entfernt. Unmöglich zu entwischen, wenn etwas schiefging. Und noch schlechter sah es im Süden der Halbinsel aus, schon in Virginia. Dort, über die Brücke nach Norfolk, brauchte man erst recht keinen Fluchtversuch zu unternehmen.

Schofield hatte recht, das mußten die beiden Gangster einsehen. Sie begriffen immerhin, daß sie sich ein Armutszeugnis ausstellen würden, wenn sie ihm widersprächen. Schweigend sahen sie ihm zu, wie er mit geschickten und zielstrebigen Handbewegungen den Schließmechanismus der Tresortür schachmatt setzte und das schwere Ding öffnete. Und sie fingen an, die Banknotenbündel in eine Tasche zu packen, nachdem Schofield zur Seite getreten war und ihnen die Handlangerdienste überließ.

Sie wollten die Tasche schließen.

Schofield war noch nicht damit fertig, sein Werkzeug zusammenzupacken.

Eine schneidende Stimme ließ alle drei hochfahren.

»FBI! Keiner rührt sich! Die Hände hoch!«

Der Mann in der offenen Tür war hochgewachsen und breitschultrig. Den FBI-Adler trug er außen auf der Brusttasche seines Jacketts. Darunter ein kleines Namensschild, deutlich lesbar: *Phil Decker*. Augenfälliger war aber der kurzläufige Revolver, den er im Beidhandanschlag hielt.

Ein Smith & Wesson. Kaliber 38 Police Special.

Die Gangster sahen die Einzelheiten wie im Aufzucken einer Momentaufnahme.

Schofield gehorchte. Er streckte die Arme hoch, mit den Handflächen nach vorn.

Heeley und Wellman glaubten, den Überblick zu haben. Sie hielten sich zu dritt für stark, für überlegen. Sie griffen nach den Waffen, die sie unter den Jacken trugen.

Schofield stieß einen Wutschrei aus. Sein Schrei ging im Krachen der Schüsse unter. Der G-man hatte nur zweimal gefeuert.

Heeley taumelte rückwärts. Er brüllte vor Schmerzen, krümmte sich und schlug hin.

Wellman stand stockstef und starrte auf die Automatik, die ihm aus der Hand fiel. Es war das letzte, was er in seinem Leben sah. Blut sickerte aus der Wunde in der linken Hälfte seiner Brust. Blut rann aus seinen Mundwinkeln. Er war tot, noch bevor die korkenzieherartige Bewegung seines Zusammensinkens endete.

Phil Decker legte dem Unverwundeten Handschellen an und verständigte seinen Kollegen über Walkie-talkie.

Ich war drei Minuten später zur Stelle. Phil sah blaß aus, und ich wußte, warum. Ich durchsuchte die beiden Gangster, die noch am Leben waren. Ihre Waffen stieß ich in eine Ecke. Dann ließen wir sie abtransportieren. Die Verwundeten wurden sofort von einem Ambulanzwagen übernommen, der vorsorglich bereitgestanden hatte.

Bei dem Toten fanden wir einen zusammengefalteten Plan. Wir strichen das Ding glatt. Eine Bauzeichnung. Dargestellt waren die Mauern der neuen Bankfiliale in Smyrna, Delaware.

»Komische Kopie«, murmelte ich. »Sieh mal diese Linien an.«

Phil reagierte nicht. Er starrte ins Leere.

»Himmel!« knurrte ich. »Es war Notwehr. Oder etwa nicht?«

»Doch«, antwortete er. »Und er hätte mich erwischt, wenn er eine Zehntelsekunde schneller gewesen wäre.«

»Dann hör auf mit den Selbstvorwürfen!«

»Du hast gut reden. Würde es dir anders gehen?«

Schweigend richtete ich mich auf, faltete den Plan zusammen und steckte ihn ein. Phil hatte recht. Notwehr hin, Notwehr her. Man erschießt keinen Menschen, ohne mit der Wimper zu zucken. Selbst das Wissen, es mit einem skrupellosen Gangster zu tun zu haben, ist da keine seelische Stütze. Man fühlt sich als der einsamste Mann auf der Welt, wenn es geschehen ist. Aber irgendwann begreift man, daß es nur die eine Möglichkeit gab.

Oft hilft es, einen bewußten Blick auf die Gedenktafel zu werfen, die gleich hinter dem Eingang des FBI-Distriktgebäudes an der Federal Plaza in die Wand eingelassen ist. Es ist die Tafel mit den Namen der Kollegen, die im Kampf gegen Gangster ihr Leben lassen mußten.

Der Verhandlungstag nach unserer Rückkehr aus Delaware hatte es in sich. Attorney Lambert E. Ryder hatte sich ein neues Motiv für den Mord an Josh Langers ausgedacht. Phil und ich hörten von Anfang an mit, da wir im Office bereits alles geregelt hatten, was die Festgenommenen aus Delaware betraf. Unsere Kollegen von der Vernehmungsabteilung befaßten sich bereits mit Schofield und Heeley. Falls es einen Erfolg gab, würden wir sofort benachrichtig werden. Auch im Gerichtssaal.

Ryder hatte Sharon Bailey erneut in den Zeugenstand geholt.

»Wir wollen uns ein bißchen mit der Zeit vor Josh Langers' Tod beschäftigen«, sagte er in seiner ruhigen und sachlichen Art. Während er sprach, schlenderte er unablässig zwischen der Zeugenbank und den Plätzen der Geschworenen hin und her. »Erzählen Sie uns, wie Sie Langers kennengelernt haben, Madam!«

»Ich habe ihn überhaupt nicht kennengelernt«, erwiderte Sharon. »Er hat nur öfter angerufen. Gesehen habe ich ihn zum erstenmal an dem Abend, an dem sein angeblicher Freund mich zu ihm brachte und ihn tötete.«

»Mrs. Bailey, ich muß Sie nun wirklich bitten, uns nicht länger dieses Märchen aufzutischen!«

»Ich kenne meine Rechte, Sir«, entgegnete sie tapfer. »Sie können mich nicht zu einer Aussage zwingen, wie Sie sie gern haben möchten. Ich sage die Wahrheit. Es gibt diesen Mann. Ich habe seine Personenbeschreibung zu Protokoll gegeben.«

Ihr Blick erreichte mich. Aber ich konnte ihr kein aufmunterndes Zeichen geben. Wir hatten Bunk Wilson noch immer nicht aufgespürt. Nicht einmal eine Spur gab es. Aber Hoffnung. Smyrna in Delaware sollte kein Einzelfall bleiben. Wenn es uns gelang, dem Syndikat weitere Coups zu vereiteln, würde irgendwann einer der Gangster anfangen auszupacken.

Je größer unsere Erfolge, desto rascher würde der Konkurrenzkampf um den besten Platz als Kronzeuge einsetzen.

Sharon wußte inzwischen um die Wirkung von Presse und Fernsehen. Die Sympathien standen auf ihrer Seite. Deshalb konnte sie es sich leisten, etwas forscher aufzutreten. Und Ryder mußte sich hüten, etwa in Lockharts Fahrwasser zu geraten.

»Also gut«, sagte er mit mühsamer Geduld. »Kehren wir aber nun bitte zu der Sache zurück, um die es geht! Sie behaupten, Sie hätten Langers nur telefonisch gesprochen? Immer nur telefonisch?«

»So ist es, Sir. Es ist keine Behauptung von mir, sondern eine Schilderung der Tatsachen.«

Ryder ging nicht darauf ein. »Könnte es nicht, sein«, rief er mit erhobener Stimme, »daß Sie Mr. Langers schon lange vorher kennenlernten? Um es deutlich zu sagen, Mrs. Bailey: Meine Mitarbeiter und ich sind zu der Vermutung gelangt, daß Sie ein Verhältnis mit Josh Langers hatten.«

Wieder war eine Bombe eingeschlagen.

In die Stille fiel nur das Rascheln von Papier, wenn

Journalisten voller Eile ihre Notizblöcke umblätterten.

Sharon starrte den Attorney fassungslos an. Sie brachte keine Silbe heraus.

»Eine andere Erklärung ist nicht möglich«, fuhr Ryder fort. »Ihre Beziehung zu Langers hat sich vielleicht über längere Zeit gehalten und wurde dann untragbar, als möglicherweise Ihr Mann dahintergekommen ist. Langers fing an, Sie zu erpressen, und Sie sahen keinen anderen Ausweg, als ihn zu erschießen. Die Waffe dazu hatten sie ja. Alles andere, was Sie uns zu erzählen versuchen – von dem angeblichen Freund des Mr. Langers bis zum angeblichen Diebstahl Ihrer illegal erworbenen Pistole – dürfte wirklich nur der Versuch sein, einen kaltblütig geplanten Mord zu verschleiern.«

Sharon stieß einen Schrei der Empörung aus. Sie schlug sich die Hand vor den Mund, und Tränen schossen ihr in die Augen.

Ich sah, wie Eric Bailey auf seinem Platz die Hände zu Fäusten ballte.

»Einspruch!« rief Kenneth Hall. Es klang nicht mehr so voller Elan wie zu Beginn der Verhandlung. Hatte ihn die Zuversicht verlassen? »Ich erhebe Einspruch, weil der Attorney versucht, meiner Mandantin Kaltblütigkeit zu unterstellen. Jemandem, der bislang ein untadeliges Leben geführt hat, noch dazu einer Mutter von zwei Kindern, wird man wohl kaum andichten können, mit der Skrupellosigkeit eines professionellen Killers zu töten.«

»Einspruch abgelehnt«, sagte Richter Morton. »Es dürfte eine Ermessensfrage sein, wo Kaltblütigkeit anfängt. Wir wollen uns nicht in Disskussionen darüber ergehen. Es würde nicht zur Klärung der Sachlage beitragen.«

Hall setzte sich, und er wirkte müde dabei.

Ryder spann seine Theorie vom Verhältnis Sharons mit Langers weiter, und ich sah, daß Eric mehrere Male kurz davor war, voller Wut aufzuspringen und seine Meinung über den Unsinn hinauszubrüllen. Unsinn war es auch. Anders konnte ich es nicht nennen.

Sharon war einem Zusammenbruch nahe. Sie schluchzte, und ihre Schultern zuckten wie in Krämpfen, als sie wieder zur Anklagebank geführt wurde. Die Beamtinnen kümmerten sich um sie.

In der Mittagspause sprachen Phil und ich auf dem Korridor mit Eric Bailey.

»Ich habe selten einen wirklichen Haß auf jemand«, knurrte er. »Aber diesem Attorney könnte ich den Hals umdrehen. Er ist ein Wolf im Schafspelz. Vielleicht wären wir mit Lockhart doch besser bedient gewesen.«

»Das glaube ich nicht«, sagte ich überzeugt und schüttelte den Kopf. »Ich kann Ihre Empörung verstehen, Eric. Aber Sie sollten versuchen, in dem Attorney einfach einen Mann zu sehen, der seine Aufgabe zu erfüllen hat.«

»Die Aufgabe, Unschuldige ins Gefängnis zu bringen?« Sein Blick loderte.

»Darüber entscheiden die Geschworenen und der Richter«, sagte Phil. »Jerry hat recht. Sie müssen es einsehen, wenn Sie sich nicht selbst verrückt machen wollen.«

Eric schwieg und nickte. »Ich werde es zumindest versuchen.« Er zündete sich eine Zigarette an und blickte aus dem Korridorfenster. Der Innenhof des Gerichtsgebäudes lag im Schatten. Eine düstere Szenerie, die nicht gerade ermunternd wirkte. »Haben Sie wenigstens etwas Positives?« murmelte Eric, ohne sich umzudrehen.

Ich berichtete von unserem Einsatz in Smyrna, Delaware, und zeigte ihm die Fotokopie, von der ich inzwischen wußte, wie sie entstanden war. »Das haben wir bei einem der Gangster gefunden.«

»Ich erinnere mich an das Projekt«, sagte Eric, nachdem er den Plan nur kurz angesehen hatte. »Keine besonders gute Kopie, würde ich sagen. Eine Kopie von einer Kopie. Woher kommen diese merkwürdigen Streifen?«

»Von einem Taschenkopierer«, sagte ich. »Haben Sie davon gehört?«

Eric Bailey zog die Brauen hoch. »Richtig!« rief er. »Im Fernsehen lief mal was. Über technische Neuheiten, glaube ich. Da wurde so ein Ding gezeigt. Ich hab's für nutzlose Spielerei gehalten.«

»Jetzt wissen Sie, daß das ein Irrtum war«, sagte Phil. »Die Pläne aus Ihrem Safe im Bungalow wurden nicht gestohlen.« Er tippte auf die Fotokopie. »Hier sehen Sie, weshalb das überhaupt nicht nötig war.«

»Sie meinen, die Einbrecher haben das fertiggebracht?«

»Eine andere Erklärung gibt es nicht«, erwiderte Phil.

Eric schüttelte den Kopf. »Ausgeschlossen. Der Safe war nicht beschädigt, und alles lag unverändert an seinem Platz.«

»Jemand, der die Pläne herausnimmt, um sie zu kopieren, kann sich vorher einprägen, wie die Sachen gelegen haben«, erklärte ich.

»Okay«, nickte Eric. »Das streite ich nicht ab. Aber wie sollen die Einbrecher den Safe geöffnet haben, ohne ihn zu beschädigen?«

»Vielleicht haben sie die Schlüssel im Haus gefunden.«

»Unmöglich. Sharon hat immer alle Schlüssel bei

sich. Das habe ich ihr eingeschärft, und es hat sich bewährt. Es passiert nie, daß sie oder ich irgendwo Schlüssel herumliegen haben, die dann in Vergessenheit geraten.«

»Und eingebrochen wurde am hellen Tag«, sagte ich nachdenklich. »Sharon war nicht zu Hause, also konnten die Gangster auch keinen Safeschlüssel finden. Richtig?«

»Haargenau! Den Zweitschlüssel habe ich nämlich bei mir. Immer.« Eric nahm ein dickes Lederetui aus der Jackentasche und hielt es hoch.

Ich stieß Phil an. »Willst du die andere Erklärung hören? Die, die es deiner Meinung nach nicht gibt?«

»Aha«, sagte mein Freund und Kollege. »Jetzt erleben wir einen Fall von detektivischer Eingebung, schätze ich.«

»Einen Fall von logischem Denken«, verbesserte ich. »Sharon hatte ihre Schlüssel auch bei sich, als der Mord an Langers geschah. Sie hat berichtet, daß der Unbekannte — also Wilson — sie betäubte, nachdem er Langers erschossen hat. Wilson kann Sharon die Originalschlüssel abgenommen haben, oder er hat Wachsabdrücke genommen und sofort Nachschlüssel anfertigen lassen. Dann ist er nach Long Island gefahren, hat die Haustür und den Safe aufgeschlossen und mit seinem Taschenkopierer gearbeitet. Er war fertig damit, bevor Sharon zurückkehrte.«

Phil und Eric starrten mich gleichermaßen staunend an.

»Sharon hat nichts gesagt, daß ihr Schlüssel fehlten«, murmelte Eric. »Sie hätte den Bungalow ja auch gar nicht betreten können, wenn sie ihren Hausschlüssel nicht gehabt hätte.«

»Also Variante zwei«, folgerte Phil. »Die Wachsabdrücke.« Phil zwinkerte mir zu. »Damit ich wenigstens auch meinen Beitrag zum logischen Denken leiste.«

»Trotzdem haben wir keinen Grund zum Frohsinn«, entgegnete ich. »Wir wissen mit ziemlicher Sicherheit, wie die Gangster an Erics Pläne herangekommen sind. Aber wir haben noch immer keine Spur. Und die Festgenommenen werden uns nicht den Gefallen tun, eine zu liefern. Außerdem haben wir nach wie vor keine Ahnung, weshalb Langers sterben mußte.«

Eric Bailey seufzte tief. Er wußte, daß wir beim augenblicklichen Stand unserer Ermittlungen vor Gericht noch keine Chance hatten, etwas Entscheidendes zu bewirken. Okay, wir würden noch einmal die Spurensicherer in den Bungalow der Baileys schicken, damit sie sich den Safe genauer ansahen. Aber ich war überzeugt, daß Fingerprints das letzte sein würden, was sie dort fanden.

Wir befanden uns immer noch in einer Sackgasse.

Ich benutzte ein Diensttelefon, um mich im District Office nach dem Stand der Dinge zu erkundigen.

»Schofield und Heeley sind stumm wie Fische«, sagte John D. High. »Aber ich habe einen Anruf aus Redding Ridge, Connecticut. Eine Kleinstadt von weniger als 10 000 Einwohnern. Man hat verdächtige Personen in der Nähe der neuen Bankzweigstelle beobachtet. Der County Sheriff wäre froh, wenn Special Agents aufkreuzen.«

Ich konnte es mir denken. Der Sheriff entledigte sich damit des Risikos, sich für einen möglichen Fehlschlag verantworten zu müssen. »Wir fahren hin«, sagte ich. »Sofort.«

Der Chef hatte nichts dagegen einzuwenden.

WAR SHARONS OPFER IHR GELIEBTER?

MUSSTE JOSH LANGERS STERBEN, WEIL ER SHARON BAILEY LIEBTE?

MORDMOTIV VERBOTENE LIEBE?

Pascal Lejeune schleuderte die Zeitungen angewidert in den Mülleimer unter der Spüle. Seit Tagen ging das nun schon so. Die Schlagzeilen waren der Gipfel an Geschmacklosigkeit. Im Radio und im Fernsehen hörte es sich nicht viel besser an.

Zwar stellten keine Zeitung und kein Sender Sharon als Lügnerin hin. Im Gegenteil. In den Kommentaren entrüsteten sich Redakteurinnen und Redakteure lauthals über die Unterstellungen, die Attorney Ryder tagelang immer wieder von neuem aufkochte. Das hinderte aber keinen Journalisten daran, eben jene Unterstellungen Ryders auflagensteigernd als Riesenschlagzeilen zu verwenden.

Pascal schenkte sich einen Kaffee ein, zündete sich eine Zigarette an und überprüfte die Töpfe auf dem Herd und die Einstellung der Kochplatten. Sharon Bailey war eine Hausfrau, die jeden Tag komplette Menüs selber fabrizierte. Frisches Gemüse, wenig Fleisch, häufig Fisch. Mark und Joey hatten die lange Liste der Speisen aufgezählt, die im Hause Bailey für Abwechslung sorgten. Und Pascal bemühte sich, alles etwa so zuzubereiten, wie Sharon es auch getan hätte. Die beiden Jungen bescheinigten ihr jeden Tag von neuem, daß ihre Bemühungen durchaus erfolgreich waren.

Mark und Joey.

Ein Gedanke erwachte in Pascal.

Mark war mit seinen 13 Jahren schon ein vernünftiger junger Mann. Unterhalten konnte man sich mit ihm jedenfalls fast wie mit einem Erwachsenen.

Pascal zertampfte die Zigarette im Aschenbecher. Sie

überlegte nicht lange. Sie würde ihren Gedanken in die Tat umsetzen. Noch heute. Das Gericht, der Attorney oder wer auch immer dafür zuständig war, hatte eine Unterlassungssünde begangen. Es mußte ihr gelingen, das auszubügeln. Auch wenn es den zuständigen Leuten ganz und gar nicht paßte.

Aber welches verdammte Interesse hatten sie eigentlich, eine Frau wie Sharon hinter Gitter zu bringen? Wollte man möglichst schnell einen rechtskräftig verurteilten Täter präsentieren? Damit die Öffentlichkeit ruhig wurde? Möglich. Die Gewaltkriminalität nahm immer mehr zu, und New York City gehörte zu den Städten, die auf dem Gebiet traurige Spitzenpositionen einnahmen. Folglich gehörte es zur Politik, Täter vorzuzeigen.

Ein Mittel, der Masse, die man für einfältig hielt, Sand in die Augen zu streuen.

Das vertraute Brummen eines Dieselmotors näherte sich. Der Schulbus hielt an der Straßenecke.

Pascal kannte inzwischen alle Geräusche des Wohnviertels. Und sie konnte fast auf die Sekunde genau die Zeit abzählen, bis Mark und Joey nach dem Anhalten des Busses vor den Hauseingang stürmten.

Sie öffnete den beiden die Tür, wie es Sharon auch immer tat. Sie wußte ziemlich alles, was Sharon tat. Dank der beiden Jungen.

Und darauf beruhte ihr Gedanke.

Joey hob die Nase und schnupperte in den Luftzug, der aus dem Bungalow nach draußen strömte. »Gedünsteter Lachs mit Sahnesoße, Kartoffeln und Broccoli! Hab ich's?«

»Du hast es haargenau erwischt«, sagte Pascal und strich ihm über den dunklen Haarschopf. »Und jetzt rein mit dir, bevor Mark dir alles wegefuttert hat!«

Sie schloß die Tür ab, versorgte die Jungen mit ihrem Essen und leistete ihnen am Tisch Gesellschaft.

»Hast du keinen Hunger?« fragte Mark, da sie nur an ihrer Kaffeetasse nippte.

»Keinen Appetit«, antwortete Pascal wahrheitsgemäß. »Er ist mir vergangen.«

Joey blickte sie aus seinen großen dunklen Augen fragend an, wobei er jedoch weiteraß. »Ich glaube, zwischen Appetit und Hunger gibt's keinen großen Unterschied«, sagte er kauend. »Das eine kann man doch bloß haben, wenn man das andere auch hat. Ich meine, ohne Hunger keinen Appetit. Und ohne . . .«

»Hör auf mit dem Blödsinn!« ordnete Mark an und setzte dabei die strafende Miene des älteren Bruders auf. »Iß deinen Teller leer, und dann sieh zu, daß du pünktlich zum Football-Training kommst!«

Joeys Blick wechselte von Mark zu Pascal und zurück. »Ihr habt ein Geheimnis, was? Ihr wollt mich bloß nicht dabeihaben, stimmt's?«

Mark holte aus, und Joey duckte sich. »Noch ein Ton«, knurrte Mark, »und du fängst dir was!«

»Himmel, streitet euch nicht!« rief Pascal kopfschüttelnd. »Dazu gibt es nun wirklich keinen Grund. Und ein Geheimnis schon gar nicht, Joey. Ich habe mich über die Zeitungsberichte geärgert, die heute über eure Mutter herziehen. Und wenn Mark mit mir darüber reden möchte, freue ich mich. Ich wollte ihn nämlich sowieso darum bitten.«

Der 13jährige lächelte verlegen und voller Stolz.

»Mich kann man dabei natürlich nicht gebrauchen«, maulte Joey und ließ sein Besteck auf den Teller fallen.

»Das ist es nicht, Joey«, sagte Pascal sanft und wollte seinen Arm ergreifen. Er zog ihn weg. Sie atmete durch. »Sieh mal, es ist nicht so, daß du noch zu klein wärst.

Mit dir kann ich genau so gut über alles reden wie mit Mark. Aber es gibt nun einmal Themen, die eignen sich nur für zwei Leute. Und außerdem solltest du dein Training wirklich nicht verpassen.«

»Werde ich nicht!« Joey sprang auf und rannte vom Tisch weg. In der Tür blieb er noch einmal stehen. »Heute abend spreche ich mit Dad, und dann ist keiner von *euch* dabei!« Den Tränen nahe, stürmte er davon. Im nächsten Moment war nur das Zuschlagen einer Zimmertür zu hören.

Mark schob seinen Teller weg und sah Pascal erwartungsvoll an. Sie zündete sich eine Zigarette an und schenkte Kaffee nach.

»Das mit Mom geht Joey mächtig an die Nieren«, sagte Mark mit dem Ernst eines Erwachsenen.

»Dir nicht?« Pascal lächelte mild.

»Doch, natürlich.« Er senkte den Kopf. »Aber ich komme irgendwie besser klar.«

»Sicher.« Pascal legte ihre Hand auf seinen Unterarm. »Ich hätte Joey normalerweise nicht so vor den Kopf gestoßen, wenn es nicht wichtig wäre. Es ist eine Sache, über die ich nur mit dir sprechen kann. Verstehst du?«

Noch deutlicher leuchtete der Stolz in Marks braunen Augen. »Etwas, was Mom betrifft?« entgegnete er leise.

Pascal nickte und stand auf. Sie nahm die Zeitungen aus dem Abfalleimer und hielt sie hoch, so daß Mark die riesengroßen Überschriften der Artikel lesen konnte. »Das ist der Grund, Mark.«

Zorn zeichnete jugendliche Härte in sein Gesicht. »Eine Unverschämtheit«, murmelte er. »Diese Zeitungsleute sind manchmal schlimmer als ... als ... Hyänen! Wir hatten in der Schule mal ein Seminar über das Thema. Darüber, wie sie in den Medien Nachrichten verfälschen. Weil sie nur nach dem zugkräftigen Aufhänger suchen und die wirklichen Nachrichten zur Nebensache machen.«

Pascal warf die Zeitung weg und setzte sich wieder. »So sehe ich es auch, Mark. Als ich das Zeug vorhin gelesen habe, kam mir eine Idee. Vielleicht könnten wir etwas für deine Mom tun.«

»Wir beide?« rief Mark erstaunt.

»Du in erster Linie. Ich wäre praktisch nur das ausführende Organ. Ich will versuchen, als Zeugin vor Gericht zugelassen zu werden.«

»Als Zeugin?« fragte Mark. »Aber . . . mit was für einer Aussage denn?«

»Das ist der springende Punkt. Wir müssen es schonungslos durchsprechen, Mark. Es sieht so aus, als ob sie deiner Mom nichts mehr glauben. Der Attorney hat immer mehr Erfolg mit seiner Geschichte über das angebliche Verhältnis mit Langers. Hinzu kommt die verzwickte Sache mit der Pistole. Dem Attorney ist es jedenfalls gelungen, deine Mom als völlig unglaubwürdig hinzustellen.«

»Ich habe das alles gelesen«, sagte Mark mit bebender Stimme. »Es ist so ungerecht! Warum tun sie das nur?«

»Ein Kommentator hat gesagt, die Anklagevertretung wolle einen schnellen Erfolg. Ich weiß nicht, wann in New York City die nächsten Kommunalwahlen stattfinden, aber ein rasch aufgeklärtes Kapitalverbrechen macht immer einen guten Eindruck.«

»Auch wenn es ein Justizirrtum war.« Mark preßte die Lippen aufeinander.

»Ja, auch dann. Ein Täter ist erstmal da. Zum Vorzeigen. Wenn man später den Irrtum zugeben muß, werden Presse, Rundfunk und Fernsehen schon weitgehend das Interesse verloren haben.« Pascal trank einen Schluck Kaffee und setzte die Tasse mit einem Ruck ab. »Es ist nicht fair, was wir sagen, Mark. So schlimm ist es nicht. Nur eins steht fest: Wir müssen etwas tun für deine Mom, und wir können es.«

»Wie?« fragte der Junge nur.

»Erinnere dich an die letzten Wochen! Hast du jemals einen fremden Mann hier im Haus gesehen?«

Mark zog die Stirn kraus.

»Worauf willst du hinaus? Auf den unbekannten Begleiter, der Mom zu Langers gebracht hat . . . und dann mit ihrer Pistole geschossen hat? Wir waren nicht hier, als er sie abgeholt hat, das weißt du. Wir waren bei dieser Geburtstagsfeier.«

»Den Unbekannten meine ich nicht.« Pascal beugte sich vor, ihre Stimme wurde eindringlich. »Erinnere dich an die Schlagzeilen, die ich dir eben gezeigt habe! Wir haben die Möglichkeit zu beweisen, daß Sharon – deine Mutter – nichts mit Langers gehabt hat. Jedenfalls nicht das Verhältnis, das man ihr anzudichten versucht.«

»Wir sollen etwas beweisen? Wie denn?«

»Ganz einfach. Du wirst dich doch erinnern! Ist deine Mom in den letzten Wochen jemals weggewesen – außer zum Einkaufen und so? Hat sie jemals Besuch von einem fremden Mann gehabt? Von Langers?«

»Nein, nie.« Marks Miene erhellte sich. »Ich verstehe! Aber ja! Sie kann gar kein Verhältnis mit diesem Kerl gehabt haben! Wir werden auch noch andere Zeugen dafür auftreiben – Nachbarn, Freunde.«

Pascal lehnte sich zurück. »Siehst du, Mark, das ist es. Paß auf, du versuchst dich jetzt genau an alle Einzelheiten zu erinnern! Schreib alles auf, was dir wichtig erscheint! Ich setze inzwischen alle Hebel in Bewegung, damit wir mit der Aussage vor Gericht noch zum Zug kommen. Einverstanden?«

»Ja!« rief Mark begeistert. Er sprang auf und lief in sein Zimmer.

Joey hatte unterdessen seine Sportsachen zusammengepackt und erschien mit Leichenbittermiene im Hausflur. Pascal gelang es, ihn mit ein paar freundlichen Worten aufzumuntern. Kurz darauf fuhr der Wagen des Trainers vor, der bereits eine Meute von Jungen eingesammelt hatte. Pascal wartete, bis Joey eingestiegen und der Wagen abgefahren war. Dann lief sie zum Telefon.

Eric hatte Zettel in die kleine Schublade unter dem Apparat gelegt. Sie fand den Zettel mit der Nummer von Kenneth Halls Anwaltskanzlei. Eine spröde Frauenstimme meldete sich.

»Ich möchte Mr. Hall sprechen!« sagte Pascal. »Es ist dringend. Es handelt sich um den Prozeß gegen Sharon Bailey.«

»In dieser Angelegenheit erhalten wir jeden Tag Dutzende von Anrufen, Madam. Da Sie Ihren Namen nicht genannt haben, vermute ich, daß es sich in Ihrem Fall nicht um etwas Ernstzunehmendes handelt.«

Pascal erschrak. In der Aufregung hatte sie völlig vergessen zu sagen, wer sie war. »Verzeihen Sie, das war keine Absicht. Ich heiße Pascal Lejeune und arbeite als Haushälterin bei der Familie Bailey. Hauptsächlich betreue ich die beiden Jungen.«

»Die Söhne der Angeklagten im Mordfall Langers?«

»So ist es, Madam. Und ich habe eine wichtige Aussage zu machen. Deshalb möchte ich Mr. Hall sprechen. Verstehen Sie?«

»Oh, ich bin nicht schwerhörig und auch nicht schwer von Begriff, Miß Lejeune. Warten Sie einen

Moment, und ich werde sehen, was ich für Sie tun kann!« Es knackte in der Leitung.

»Mr. Hall?« rief Pascal erleichtert, als das nächste Knacken zu hören war.

»Nein, tut mir leid.« Es war wieder die Frauenstimme. »Mr. Hall befindet sich in einer wichtigen Besprechung und kann leider nicht selbst mit Ihnen reden. Sie können mir sagen, was Sie zu sagen haben. Ich gebe es dann weiter.«

Pascal hatte das klare Gefühl, abgeschoben zu werden. »Das genügt nicht«, erwiderte sie entschlossen. »Ich bestehe darauf, mit Mr. Hall zu sprechen. Meine Aussage bringt neue Beweise zugunsten von Mrs. Bailey. Es muß sofort etwas unternommen werden. Sofort!«

»Hören Sie, Miß ...«

»Lejeune. Verbinden Sie mich endlich! Mr. Hall ist schließlich Mrs. Baileys Anwalt. Er wird dafür bezahlt, daß er sie vertritt.« Einen Moment lang fürchtete sie, zu forsch gewesen zu sein. Doch dann sagte sie sich, daß ihr Zorn berechtigt war. Wie, um Himmels willen, konnte Hall etwas, was mit Sharon Bailey zu tun hatte, als nebensächlich betrachten? Er mußte doch praktisch jeden rettenden Strohhalm für sie ergreifen!

»Also gut, ich versuche es noch einmal«, seufzte die Kanzleiangestellte, und wieder knackte es.

Diesmal meldete sich tatsächlich eine Männerstimme. Ungehalten, beinahe barsch. »Was, zum Teufel, wollen Sie? Hat Ihnen meine Mitarbeiterin nicht gesagt ...«

»Sie hat!« fiel Pascal ihm ins Wort. Ihre Empörung war nicht mehr zu bremsen. »Ich spreche mit Mr. Hall, nicht wahr, dem Verteidiger von Mrs. Bailey?«

»Allerdings. Ich denke aber nicht daran ...«

»Sie werden mich anhören, Sir. Ich heiße Pascal Lejeune. Ich vertrete Mrs. Bailey im Haushalt, und ich habe eindeutige Beweise dafür, daß sie kein Verhältnis mit diesem Langers gehabt hat.«

Hall lachte. Er blies die Luft durch die Nase, und es klang im Hörer wie ein Schnauben. »Sorry, Miß Lejeune, aber das ist wirklich lächerlich. Die ganze Kiste ist hoffnungslos festgefahren. Und mit so einer Sache, die Sie jetzt an den Haaren herbeiziehen, erreichen Sie überhaupt nichts.«

»Nichts ist an den Haaren herbeigezogen!« rief Pascal empört. »Es handelt sich um die Aussage von Mark, Sharons Sohn. Außerdem werden wir Freunde und Nachbarn befragen. Dieser Langers ist nie hiergewesen, und Sharon hat das Haus nie zu ungewöhnlichen Zeiten verlassen.«

»Die Aussage eines Familienangehörigen bringt herzlich wenig, Miß Lejeune. Lassen Sie sich das gesagt sein! Außerdem — warum fällt es Ihnen erst jetzt ein?«

»Weil sich die Zeitungen darüber das Maul zerreißen! Weil der Attorney erst seit kurzem darauf rumreitet! Das müssen Sie doch besser wissen als ich!«

»Ich widerspreche Ihnen nicht. Allerdings muß ich sagen, daß Ihr Vorhaben von vornherein zum Scheitern verurteilt ist. Die Aussage eines Familienangehörigen, noch dazu im jetzigen Augenblick, ist wirklich ungeeignet, um vor Gericht etwas zu bewirken. Ich muß auch an meinen Ruf als Anwalt denken. Ich werde mich für so etwas nicht hergeben. Tut mir leid. Und jetzt entschuldigen Sie mich bitte, denn ich habe wirklich keine Zeit zu verschwenden!«

Pascal war den Tränen nahe. Sie starrte den Hörer an, als der Mann am anderen Ende einfach aufgelegt hatte. Es war wie ein Schock. Mit allem hatte sie gerechnet, nur nicht mit diesem Verhalten Halls. Was konnte man nun noch tun?

Mark betrat den Living-room, strahlend, einen Notizzettel in der Hand. »Ich habe schon jede Menge aufgeschrieben!« verkündete er. »Ich bin sicher . . .« Er brach ab, als er Pascals Miene sah.

Sie erklärte es ihm. Der Junge konnte sie nur aus großen Augen ansehen. »Ich weiß nicht, was ich noch tun soll«, sagte Pascal mit erstickter Stimme.

»Ruf doch einfach den Attorney an!« sagte Mark. »Er vertritt doch Recht und Ordnung, nur im Auftrag des Staates. Aber an der Wahrheit muß ihm genauso gelegen sein wie dem Verteidiger.«

Pascal zog die Schultern hoch. Mark war optimistisch, wie es seinem Alter entsprach. Vor drei Minuten war sie es selbst noch gewesen. Nun, nach der enttäuschenden Reaktion des Anwalts, fühlte sie sich so niedergeschmettert wie selten zuvor in ihrem Leben. Dennoch versuchte sie es.

Eine halbe Stunde lang telefonierte sie mit den verschiedensten Dienststellen — vom Office des Attorney bis zum Gericht. Von Büro zu Büro wurde sie herumgereicht, ohne daß etwas dabei herauskam. Manchmal, wenn sie schon glaubte, einen verständnisvollen Beamten an der Leitung zu haben, stellte sich doch nur heraus, daß es sich um jemand handelte, der keinerlei Weisungsbefugnis hatte.

Mark hörte alles mit.

Die Enttäuschung in seinem Gesicht schmerzte Pascal am meisten, als sie resignierend den Hörer in die Gabel legte.

Minutenlang herrschte Stille im Living-room.

Pascal hatte das Gefühl, daß ihr Kopf summte. Ihre Gedanken hatten sich in ein wirres Chaos verwandelt.

Die Hoffnung, die sie gehabt hatte, nachdem sie sich über die Schlagzeilen empörte ...

Ihr Gedankenstrom war wie abgeschnitten.

Die Schlagzeilen.

Die Zeitungen.

»Das ist es!« rief sie.

Mark starrte sie an.

Sie erklärte es ihm, und er war Feuer und Flamme. Natürlich, man mußte sie mit ihren eigenen Mitteln zu fassen kriegen. Darauf mußten sie einfach anspringen. Wenn sie das Negative zur Sensation aufbauschten, mußten sie es mit dem Positiven auch tun.

Pascal holte die Zeitungen aus dem Abfalleimer und wählte die Nummer des Morning Echo, eines der größten Boulevardblätter, die an der Ostküste gedruckt wurden.

Der Einsatz in Redding Ridge, Connecticut, hatte länger gedauert als erwartet. Drei Tage. Aber wir hatten den Job mit Erfolg beendet. Vier Festnahmen. Gelungene Videoaufnahmen von Bankräubern vor dem geöffneten Safe.

Allmählich mußte das Syndikat begreifen, daß mindestens eine seiner Rechnungen nicht aufgehen würde.

Ich hoffte, daß unsere Zeit noch reichte, um den Gangstern einen Strich durch sämtliche Rechnungen zu machen.

Wir waren spät in der Nacht aus Connecticut zurückgekehrt und hatten uns in Funkreichweite bei unserer Zentrale abgemeldet, um wenigstens noch eine Mütze voll Schlaf zu bekommen. Ich duschte abwechselnd heiß und kalt und fühlte mich anschließend frisch wie dieser Morgen, der noch verdammt jung war.

Aus der Küche erreichte mich verlockender Kaffeeduft. Gute alte Gewohnheit. Den Maschinenpark anzuwerfen, ist eine meiner ersten Taten nach dem Aufstehen. Der Toaster springt zum programmierten Zeitpunkt an, desgleichen der Eierkocher. Nur die Buchweizenpfannkuchen, die ich mir gelegentlich gönne, mußte ich noch von Hand zubereiten.

Ich betätschelte meine frisch rasierte Gesichtshälfte mit After Shave, schlüpfte in die Kleidung, die ich mir noch in der Nacht zurechtgelegt hatte, und holte die Zeitungen, die durch den Türschlitz gesteckt worden waren. Eine Wohltat, nach drei Tagen Auswärtshausen wieder den Komfort des eigenen Apartments genießen zu können. Ich ging in die kaffeeduftende Küche, machte meine Buchweizenpfannkuchen im Handumdrehen und genoß ein köstliches Morgenmahl.

Jede heiratswillige Dame hätte ihre helle Freude an mir, bin ich doch gewöhnt, erst nach dem Essen zu lesen. Andernfalls wäre mir an diesem Morgen schon der erste Bissen im Hals steckengeblieben.

Ich schenkte die zweite Tasse Kaffee ein, zündete mir die erste Zigarette an und faltete die oberste Zeitung auseinander.

SHARONS HAUSMÄDCHEN: GERICHT WILL MICH NICHT ANHÖREN!

Die Unterzeile war nur wenig kleiner als die Schlagzeile:

Pascal Lejeune: »Mark und ich können beweisen, daß Mrs. Bailey kein Verhältnis mit Josh Langers hatte.«

Ich hatte das Morning Echo erwischt, das nicht gerade zu unseren seriösesten Blättern gehört. Es muß wohl daran liegen, daß diese Zeitung eine Rekordauflage hat. In dem Text wurde mit gefetteten Buchstaben darauf hingewiesen, daß es sich um einen Exklusivbericht handle. Ich sah rasch in den drei anderen Zeitungen nach. Es stimmte. Keine andere wußte etwas von Pascals angeblich so sensationeller Aussagewilligkeit.

Der Mordprozeß war schon nicht mehr das Hauptthema. Die internationalen Nachrichten überwogen. Terroranschläge, Mord und Totschlag. Ich nahm mir wieder das Echo vor, das dem Mordprozeß fast die ganze Titelseite widmete. Im Eiltempo überflog ich den Text.

Es wurde kräftig auf die Tränendrüsen gedrückt. Joey, dem jüngsten Sohn der Baileys, wurde in den Mund gelegt, daß er den Attorney für einen bösen und schlechten Menschen halte, da er seiner Mutter so Ungeheuerliches vorwerfe. Mark dagegen wurde als vernünftig geschildert – und voller Entschlossenheit, seiner Mutter zu helfen. Gemeinsam mit Pascal habe er hin und her überlegt. Und schließlich seien sie auf den springenden Punkt gekommen.

Auf den Beweis, daß Sharon Bailey überhaupt kein Verhältnis mit Josh Langers gehabt haben könne.

Pascal wurde mehrfach in wörtlicher Rede zitiert. Zum Schluß des Artikels mit dem Satz: *Am meisten hat mich das Verhalten von Rechtsanwalt Hall enttäuscht. Als Verteidiger von Mrs. Bailey müßte er doch daran interessiert sein, auch die geringste Entlastungsmöglichkeit für seine Mandantin zu nutzen.*

Ich holte das Telefon und mein Notizbuch, in dem ich die Nummer der Baileys notiert hatte.

Pascal erkannte mich schon an der Stimme. »Bin ich froh, daß Sie anrufen, Mr. Cotton! Sie haben bestimmt die Zeitung gelesen.«

»Allerdings«, sagte ich rauh. »Und ich kann nicht sagen, daß ich froh über den Artikel bin.«

»Warum nicht?« Sie hörte sich bestürzt an. »Wenn

Sie es gelesen haben, dann . . . dann wissen Sie doch, weshalb der Bericht entstanden ist.«

»Eben drum. Warum haben Sie sich nicht an den FBI gewandt? Wir hätten zumindest versuchen können, Ihnen zu helfen. Mein Kollege und ich waren für drei Tage weg, aber unser Chef, Mr. High, hätte garantiert einiges für Sie tun können.«

Pascal atmete hörbar aus. »Es tut mir leid, Mr. Cotton. Ich war so empört und so außer mir . . . und dann noch Marks enttäuschtes Gesicht! Ich konnte einfach nicht mehr nachdenken. In meiner Wut habe ich die Zeitung angerufen. Ich gebe es zu, an den FBI habe ich nicht gedacht.«

Ich konnte ihr nicht böse sein. Beim besten Willen nicht. Wenn ich mich in ihre Lage versetzte, wurde ihr Verhalten sogar verständlich. »Es ist nicht mehr zu ändern«, sagte ich. »Sie haben das Gericht unter Druck gesetzt. Es wird sich eher ungünstig auswirken. Verstehen Sie, eine Aussage, die man unter Zwang hinnehmen muß, dürfte mit einem gewissen Widerwillen betrachtet werden!«

»Dann meinen Sie, daß das Gericht es sich wirklich anders überlegen könnte?«

»Nicht wegen des Zeitungsberichts. Ich werde meinen Chef bitten, sich für Sie einzusetzen. Bleiben Sie im Haus?«

»Ja. Die Jungen gehen gleich zur Schule, und dann fängt für mich die Arbeit richtig an.«

»Allright. Ich rufe Sie an.«

Ausnahmsweise wählte ich die Privatnummer des Chefs. Zu dieser frühen Stunde, das wußte ich, war nicht einmal er schon im Office.

Aber jeder G-man des Distrikts New York hat das Recht, ihn selbst zu den ungewöhnlichsten Zeiten anzurufen. John D. High ist für seine Special Agents immer zu erreichen. Sein Leben hat er dem Kampf gegen das Verbrechen gewidmet. Ich kann mir niemand vorstellen, der für unsereinen ein größeres Vorbild wäre als John D. High.

Ich brauchte ihm nicht viel erklären. Ich sagte ihm, daß ich mit Pascal gesprochen hatte. Der Chef war bereit, sich für sie einzusetzen. Schon zwei Stunden später, als Phil und ich in unserem gemeinsamen Office die Telexmeldungen über weitere Einsätze bei Bankfilialen sichteten, rief der Chef über die Hausleitung an.

Es hatte geklappt.

Pascal Lejeune war für den morgigen Verhandlungstag als Zeugin zugelassen. Es war zugleich der letzte Verhandlungstag. Nach dem genau festgesetzten Zeitplan waren für den Nachmittag die Plädoyers und die Urteilsverkündung vorgesehen.

Nach einem langen Tag und einer kurzen Nacht stoppte ich den Jaguar an der üblichen Ecke, ließ Phil einsteigen und fuhr in Richtung East River, Queensboro Bridge. Weiter auf dem Long Island Expressway.

Unser Ziel war Glen Cove.

Das Wohngebiet lag verschlafen im Morgennebel. Ein gelb-rotes Ungetüm wummerte an den Bordsteinkanten entlang. Eine Kehrmaschine. Sauberkeit und Ordnung herrschten hier auch auf der Straße. Ein Viertel wie Glen Cove unterscheidet sich von der Bronx wie Floridas Badestrände von den Kohlebergwerken Kentuckys. Ich überholte einen weißen Kleinlieferwagen, der laut Schnörkelschrift zum Fuhrpark von *Timothy's Bakery* gehörte. Der kleine Weiße rollte im Schrittempo dahin, während ein drahtiger Bursche mit großen Baseballschuhen in Rekordzeit Brötchentüten vor die Haustüren bracht.

Hier draußen lebte es sich noch behaglicher als in Manhattan.

»Nächste rechts«, sagte Phil. Er klinkte das Mikro aus. Unsere Fahrt nach Glen Cove war in der Zentrale angemeldet. Wir mußten durchgeben, daß wir angekommen waren und das Fahrzeug verließen.

»Bist du sicher?« fragte ich und beugte mich vor, um zu der Einmündung zu spähen.

»Mach mich nicht unsicher!« knurrte mein Freund und rief die Zentrale.

Ich grinste. Straßen und Bürgersteige waren wie eine Uniform für die Häuser. Aber Phil hatte sich nicht getäuscht. Kleine Unterschiede konnte man sich an der Farbe von Gardinen und ähnlichen Einzelheiten merken. Ich bog nach rechts ein. Es war die richtige Straße. Ich ließ den Jaguar vor dem Bailey-Bungalow ausrollen.

». . . verlassen Fahrzeug«, beendete Phil seine Durchsage und klinkte das Mikro ein.

Ich war bereits auf dem Plattenweg, der zum Hauseingang führte, als Phil mir folgte. Ich klingelte. Phil baute sich neben mir auf, schob die Hände in die Hosentaschen und betrachtete die Umgebung. Während er feststellte, daß es sich um eine äußerst friedliche Gegend handeln mußte, ging mir die ungewöhnliche Ruhe im Bungalow auf den Nerv. Pascal Lejeune war kein trockenes Girl, das nicht mal ein Radio einschaltete. Aber kein Mensch reagierte auf den Gong, dessen Dreiklang ich nun immer häufiger durch das Haus hallen ließ.

»Sieh nach, ob es einen Hintereingang gibt!« sagte ich.

»Du glaubst doch nicht . . .« Phil lief los.

Die Haustür war nicht abgeschlossen, nur eingerastet. Ich stellte es fest, als ich meinen Stahlstiftesatz zum Öffnen verwendete. Das Recht dazu hatte ich in diesem Fall auch ohne Durchsuchungsbefehl. Gefahr im Verzug!

Wir hatten Pascal schon gestern nachmittag telefonisch verständigt, daß wir sie abholen würden. Und ich hatte auch heute morgen noch einmal angerufen. Vor anderthalb Stunden war sie noch hiergewesen. Sie hatte gerade damit zu tun gehabt, die Jungen für die Schule zu versorgen. Und jetzt dies. Ihre Aussage vor Gericht war für 11 Uhr vorgesehen.

Ich zog den 38er und betrat den Hausflur. »Pascal!« brüllte ich. »Pascal, wo stecken Sie?«

Keine Antwort. Phil machte sich statt dessen bemerkbar, wie er von der Rückseite des Bungalows vordrang. Wir brauchten zwei Minuten, um alle Zimmer abzusuchen. Nichts. Keine Menschenseele. Aber auch kein Zeichen von Kampf.

Pascal Lejeune war verschwunden. Spurlos. Und das im wahrsten Sinne des Wortes.

Phil lief nach draußen, um über die abhörsichere Funkverbindung den Chef zu verständigen. Eine sofortige Großfahndung mußte eingeleitet werden. Ausgeschlossen, daß Pascal nur eben einkaufen gegegangen war. Oder gefahren? Ich sah in der Garage nach.

Sharons Volkswagen Rabbit stand an seinem Platz. Auch die Fahrräder der Familie waren vollzählig. Pascal besaß keinen eigenen Wagen. Als Studentin war sie auf Subway und Busse angewiesen. Ich sah mir die einzelnen Räume des Bungalows noch einmal genauer an. In den Zimmern von Mark und Joey herrschte Chaos – selbstverursacht. Ich kann solche Unordnung von der unterscheiden, die bei einem Kampf entsteht.

Es gab nicht den geringsten Hinweis. Nach allem, was Phil und ich mit bloßem Auge erkennen konnten, hatte Pascal sich offenbar nicht zur Wehr gesetzt. Oder sie war nicht mehr dazu gekommen.

Ich rief in der Schule an und erfuhr von der Sekretärin des Rektors, daß Mark und Joey in ihren Klassen seien. Die Zeit, in der Pascal verschwunden war, konnten wir also auf etwa eine Stunde vor unserem Eintreffen eingrenzen.

Phil kehrte zurück. »Die Fahndung läuft«, teilte er mit. »Der Chef will außerdem mit dem Attorney sprechen. Vielleicht ist eine Vertagung des Prozesses möglich.«

Mein Freund hatte außerdem ein Spurensicherungskommando angefordert. Die Beamten trafen fünf Minuten später ein, nachdem Phil wieder draußen beim Funkgerät Stellung bezogen hatte. Es gab jetzt einen weiteren Grund für uns, das Telefon nicht zu benutzen. Möglicherweise würden die Entführer anrufen, um ihre Forderungen zu stellen. Ich blieb deshalb im Haus.

Während die Spurensicherer mit ihrer Arbeit begannen, beschloß ich, mir dennoch nichts vorzumachen. Hinter der Entführung Pascals, wenn es denn eine war, steckte eiskalte Taktik.

Es war nicht sicher, ob ihre Kidnapper überhaupt irgendeine Forderung stellen würden. Auf jeden Fall mußte ich aber bleiben, wo ich war. Bevor es keine anderweitigen Erkenntnisse gab, war der Bungalow der Baileys Dreh- und Angelpunkt.

Mein Freund meldete sich über Walkie-talkie. »Kein Fahndungsergebnis. Aber alle Dienststellen sind mit den Einzelheiten versorgt. Der Chef hat mit dem Attorney gesprochen. Das Gericht ist einverstanden, Mark Bailey als Zeugen zuzulassen. An Pascals Stelle. Ich soll ihn von der Schule abholen, nach Manhattan bringen – und zurück. Ich nehme an, du bleibst hier.«

»Es ist das beste. Nimm den Jaguar!«

Phil verabschiedete sich. Er hatte stets einen Zweitschlüssel für den roten Flitzer bei sich. Ich blickte ihm durch das Küchenfenster nach, wie er abfuhr. Der Nebel hatte sich noch immer nicht ganz gelichtet. Ein trüber Tag. Ich glaube nicht an böse Vorzeichen oder ähnlichen Hokuspokus. Aber in diesem Fall hatte ich doch den fatalen Eindruck, daß alles an diesem Tag trübe werden würde.

Mit Pascals Verschwinden hatte es einen schlimmen Auftakt genommen.

Ich ging in den Living-room. Bevor ich den Fernseher einschaltete, fragte ich die Spurensicherer um Erlaubnis. Sie hatten nichts einzuwenden.

Bislang gab es nicht das geringste Ergebnis. Es war schwer, in einer Wohnung zu suchen, in der sich allem Anschein nach nicht das geringste verändert hatte. Fingerabdrücke gab es in Massen. Aber wie sollte man die der Bewohner auf den ersten Blick von fremden Prints unterscheiden?

Kein leichter Job für die Kollegen. Ich nahm an, daß sie erfolglos bleiben würden. Ich dachte an den Wandsafe, in dem sich die Baupläne befunden hatten. Eric Bailey hatte sie inzwischen in die Firma gebracht.

Erkennungsdienstler hatten Safe und Inhalt auf meine Anweisung hin noch einmal gründlich untersucht. Genausogut hätten sie sich den soeben sterilisierten Instrumentenbehälter einer chrurgischen Abteilung vornehmen können.

Die Gangster, mit denen wir es zu tun hatten, waren keine Anfänger.

Aber wir hatten sie an einen Punkt gebracht, an dem

sie nicht mehr so kühl und gelassen vorgingen wie zu Anfang.

Pascals Entführung bewies das. Für mich waren die Zusammenhänge klar. Einen Bankeinbruch nach dem anderen hatten wir vereitelt. Und es würde weitergehen. Sie sollten kein Bein mehr auf die Erde kriegen. Das hieß: Sie mußten ganz einfach ahnen, daß wir ihnen auf die Schliche gekommen waren. Wir hatten Eric Baileys Liste, und wir kannten die Arbeitsweise der Gangster. Das einzige, was uns noch fehlte, war die Verbindung zwischen den Bankeinbrüchen und dem Mordprozeß gegen Sharon Bailey.

Der Grund für den Mord an Josh Langers.

Das lokale Fernsehen berichtete direkt aus dem Gerichtsgebäude. Zwischen Werbespots, kurzen Nachrichtenüberblicken und Informationssendungen wurde immer wieder zur Centre Street umgeschaltet. Der Moderator, ein schmalgesichtiger Mann mit Löwenmähne, schilderte den Stand des Prozesses. Mit Plädoyers und Urteilsverkündung werde planmäßig am Nachmittag zu rechnen sein. Es sei kaum anzunehmen, daß die Geschworenen übermäßig viel Zeit für die Urteilsfindung brauchen würden.

Dem Löwenmähnigen wurde ein Zettel gereicht. Er unterbrach sich und warf einen Blick auf die Notiz. Dann blickte er wieder in die Kamera. »Wie ich soeben erfahre, liebe Zuschauer, ist die erst gestern neu zugelassene Zeugin spurlos verschwunden. Es handelt sich um die Frankokanadierin Pascal Lejeune. Sie erinnern sich: Das ist die junge Musikstudentin, die in den Semesterferien jobbt und im Bungalow in Glen Cowe Sharon Bailey vertritt. In jeder Beziehung? Sie übernachtet nämlich auch dort.« Er grinste augenzwinkerd. »Und Eric Bailey wohnt auch in seinen eigenen vier

Wänden, obwohl er sonst geschäftlich sehr oft außerhalb ist. Nun, er hat immerhin bei seiner Firma durchgesetzt, für die Dauer des Prozesses in New York beschäftigt zu werden.«

Ich schaltete den Kerl weg. Bei seinem Sender hielten sie es mit der Unvoreingenommenheit ohnehin nicht sehr genau. Einer von diesen Sendern, die mehr die sensationslüsterne Gier ihrer Zuschauer befriedigten als alles andere. Aber es nützte mir nichts. Es gab nur diesen einen Sender, der laufend über den Prozeß berichtete.

Ich mußte den anzüglichen Burschen mit der Löwenmähne in Kauf nehmen.

». . . wird also jetzt vom FBI behauptet«, tönte er, »daß Pascal Lejeune entführt worden sei. Jeder mag davon halten, was er will, liebe Zuschauer, aber nach meinem Geschmack ist das etwas zuviel der versuchten Beeinflussung. Die Geschworenen werden sich doch nicht so leicht aufs Glatteis führen lassen! Jeder vernünftige Mensch weiß doch, daß die kleine Pascal vielleicht einfach nur weggelaufen ist. Möglich, daß sie's nicht mehr aushalten konnte, weil sie zu sehr beansprucht wurde!«

Er lachte glucksend. »Wie dem auch sei, man hat nun jedenfalls Mark Bailey an Pascal Lejeunes Stelle zugelassen. Nach allem, was Fachleute hier im Gericht äußeren, dürfte jedoch seine Aussage am Ausgang des Verfahrens ebensowenig etwas ändern wie die Aussage der Frankokanadierin.«

Der Moderator wurde ausgeblendet und von einem Werbespot über Hundefutter abgelöst.

Die Spurensicherer verabschiedeten sich und gaben mir dabei mit einem Handzeichen zu verstehen, daß sie außer Prints nichts Verwertbares gefunden hatten. Und die Prints, das wußte ich im voraus, stammten ausschließlich von den Hausbewohnern, Pascal mitgerechnet.

Ich griff zum Telefonhörer und wählte die Nummer des Privatsenders, der sich mit seiner schreierischen Anzeige auf jeder Telefonbuch-Titelseite als besonders zuschauerfreundlich anpreist. Ich nannte der Angestellten in der Vermittlung meinen Namen und meine Dienststelle und verlangte, den Programmdirektor zu sprechen. Ich kriegte ihn im Handumdrehen an den Apparat.

»Vaughan hier. Melvyn Vaughan. Ich nehme an, Sie rufen wegen der Sendung aus dem Gericht an, Sir.«

»Weshalb nehmen Sie das an?« entgegnete ich und gab mir keine Mühe, meine Stimme freundlich klingen zu lassen.

»Nun, äh . . .« Programmdirektor Vaughan wirkte verdattert. Er schien sich sammeln zu müssen. »Es scheint mir, daß Sie sich über irgend etwas an der Sendung geärgert haben. Sie als FBI-Beamter haben ja einen direkteren Einblick als . . .«

»Ich bin der FBI-Beamte, der Pascal Lejeunes Verschwinden festgestellt hat. Eine mutmaßliche Entführung. Ich habe Pascal außerdem für den Job bei den Baileys vermittelt. Was ich nicht habe, ist der Eindruck, den Ihr Moderator öffentlich verbreitet.«

»Nun, er prescht manchmal ein bißchen weit vor, aber . . .«

»Wie heißt er?«

»Jake Falher, Sir.«

»Notiert. Übermitteln Sie Ihrem Vorprescher eine Nachricht von mir! Sofort! Wenn er sich nicht auf der Stelle genauso öffentlich entschuldigt, wie er Pascal und die Baileys beleidigt hat, schleife ich ihn in ein paar Tagen an den Ohren vor Gericht.«

»Aber, Sir, das können Sie doch nicht . . . ich meine, so grob können Sie doch nicht . . .« Je aufgeregter Vaughan wurde, desto verstümmelter schienen seine Satzbruchteile zu werden.

»Ich kann«, knurrte ich. »Und sollte es nicht klappen – ein Kollege von mir hält sich zu diesem Zeitpunkt im Gericht auf. Ich könnte ihn bitten, sich persönlich um Ihren Giftspucker zu kümmern.«

»Sir, wenn das eine Drohung . . . ich muß Sie darauf hinweisen, daß wir in einem Rechtsstaat . . .«

»Eben drum«, sagte ich und lächelte den Hörer an. »Gleiches Recht für alle. Pascal Lejeune hat kaum eine Möglichkeit, sich gegen die Verleumdungen Ihres Mr. Falher zu wehren. Eric Bailey auch nicht. Begriffen?« Ich legte auf.

Vaughan wußte, daß er mich in fünf Minuten wieder in der Leitung hatte, wenn es nicht klappte.

Ich tippte den Ton höher. Der grinsende Falher berichtete über die Aussage Mark Baileys, die vor wenigen Minuten gehört worden sei. Wie erwartet, hätten fachkundige Beobachter das Gefühl gehabt, daß sich die Geschworenen von dieser Aussage nicht mehr beeindrucken ließen. Falher redete von Mitleid für den armen Jungen, den man vorgeschoben habe, um auf die Tränendrüsen zu drücken, und prompt sei seine Mutter auf der Anklagebank denn ja auch in Tränen ausgebrochen.

Mir wurde fast schlecht.

Wieder erhielt der Löwenmähnige einen Zettel. In seiner frohgelaunten Art unterbrach er sich, um die vermeintliche Neuigkeit so schnell wie möglich an die lieben Zuschauer weiterzugeben. Statt dessen erbleichte er. Die Farbgenauigkeit des Fernsehapparats war erstaunlich. Ich konnte deutlich sehen, wie Falhers

Blässe sich von der Nasenspitze bis zu den Ohren ausbreitete. Er schluckte und räusperte sich. Eine Gehässigkeit schien ihm nicht mehr einzufallen, denn er war wie umgewandelt.

»In Zusammenhang mit der Entführung Pascal Lejeunes, Ladys und Gentlemen, äh . . . in Zusammenhang mit der mutmaßlichen Entführung wird vom FBI mitgeteilt, daß von den Kinappern noch jede Spur fehlt . . .«

Ich grinste. Er suchte eine elegante Art, um sich aus der Affäre zu ziehen. Die Entschuldigung in eine Nachricht zu verpacken. Nicht unklug.

»Bei dieser Gelegenheit konnten auch unsere Reporter neue Erkenntnisse gewinnen, liebe Zuschauer. Es ist nicht so, wie ich zunächst annehmen konnte. Natürlich konzentriert sich Pascal Lejeune ausschließlich auf ihre Aufgaben als Haushälterin. Und einfach weggelaufen dürfte sie aus bestimmten Gründen auch nicht sein. Sollte in diesem Zusammenhang ein falscher Eindruck enstanden sein, so bitte ich dafür ausdrücklich um Entschuldigung. So, und nun wollen wir uns wieder um den Fortgang des Prozesses kümmern . . .«

Immerhin. Er hatte es gesagt. Er hatte sich nicht mit blumigen Worten herausgewunden – nach bewährter Politikerart. Mein Groll war verraucht. Ich konnte Falher wieder zuhören und ihn mit anderen Augen sehen. Gelegentlich, wenn alles ausgestanden war, würde ich ihn zu einem Budweiser einladen. Mitarbeiter des Senders berichteten über die Plädoyers, die bereits begannen. Ich wußte, daß Phil inzwischen mit Mark auf dem Rückweg nach Glen Cove war. Attorney Ryder, so hieß es, stützte sich vor allem auf die Indizien und auf die Ungereimtheiten in Sharons Aussage, wodurch die Last der Indizien noch verstärkt wurde.

Die Fingerabdrücke, die in Langers' Hotelzimmer gefunden worden waren. Die Waffe, die Sharon selbst als ihre eigene bezeichnet hatte. Und die nicht widerlegte Aussage des Nachtportiers.

Hinzu kamen jene angeblichen Ungereimtheiten, die aber zur Zeit von keinem geklärt werden konnten. Der Diebstahl der Pistole, den Sharon den Beamten vom Einbruchsdezernat gegenüber nicht erwähnt hatte. Dann die Sache mit dem vermeintlichen Verhältnis, das Sharon mit Langers gehabt haben sollte. Ihre überstürzte Flucht aus dem Hotel Rockaway mußte sich zusätzlich als belastend auswirken.

»Es sieht schlecht aus für Mrs. Bailey«, sagte Jake Falher.

Ich konnte ihm in dem Punkt nicht widersprechen. Verdammt, ich konnte es nicht.

Phil traf ein. Er hatte Mark in der Schule abgesetzt und unterwegs im Radio gehört, was im Gericht inzwischen gelaufen war. Wortlos schob er mir die Pizza zu, die er thermoverpackt von unterwegs mitgebracht hatte. Wir gingen in die Küche. Phil hatte sich in der Funkzentrale abgemeldet. Bis zum Plädoyer von Kenneth Hall blieb noch Zeit.

»Was hältst du von der Entwicklung?« fragte ich. »Du hast im Gerichtssaal zugehört, nehme ich an.«

Phil schüttelte kaum merklich den Kopf und atmete tief durch. Es hörte sich mühsam an. Er schwieg.

Ich verzehrte die letzten Brocken Pizza und ging hinaus zum Jaguar.

Über Funk erreichte ich den Chef, der noch in seinem Office war.

»Sir, ich habe einen dringenden Beschattungsauftrag«, sagte ich und erklärte, worum es sich handelte.

»Wie wollen Sie das begründen?« entgegnete John D.

High entgeistert. »Ist Ihnen klar, was Sie sich einhandeln, wenn es herauskommt ... und sich als ungerechtfertigt erweist?«

Ich nannte meine Gründe und fügte hinzu: »Wenn nicht ein Wunder geschieht, kann ich vor dem Urteilsspruch nichts mehr für Sharon Bailey tun, Sir. Ich möchte aber wenigstens alles tun, was nach dem jetzigen Stand der Dinge möglich ist.«

Er war einverstanden. Ich konnte heraushören, daß Mr. High von meinem Plan wenig begeistert war. Aber er hatte sich überzeugen lassen. Er ist ein Mann, der sich gute Argumente nicht nur anhört. Er läßt sich auch eines besseren belehren, wenn die Argumente stimmen. Noch bevor ich den Living-room betrat, hörte ich Kenneth Halls Stimme. Er bemühte sich, sein Plädoyer flammend klingen zu lassen. Wie gesagt, er bemühte sich. Und eben das konnte man merken.

»Warum, zum Teufel, ist er nur halb bei der Sache?« rief Phil und stieß seinen Zigarettenrest in den Aschenbecher.

Ich zog die Schultern hoch. »Wahrscheinlich, weil ihm einfach die beweiskräftigen Punkte fehlen. Er sieht ein, daß es aussichtslos ist.«

Phil drehte den Kopf zur Seite und sah mich erstaunt an. »Sag mal, war das jetzt dein Ernst, oder war es Spott?«

»Du wirst es noch herausfinden«, engegnete ich, klemmte mir einen Glimmstengel zwischen die Zähne und konzentrierte mich auf Halls Rede. Phil verzichtete darauf, seine Frage zu vertiefen.

Gedreht werden durfte im Gerichtssaal nicht. Nur Tonaufnahmen waren jetzt erlaubt, da die Beweisaufnahme abgeschlossen war. Der Sender zeigte ein Standbild des Gerichtsportals dazu.

»... bitte ich Sie aber zu berücksichtigen, welch ein untadeliges Leben als Mutter und Hausfrau meine Mandantin stets geführt hat. Fragen Sie sich ernsthaft, meine Geschworenen: Ist eine solche Frau, die ihren Mann und ihre Kinder über alles liebt, fähig, einen brutalen Mord zu begehen? Sie ist auch intelligent genug, um zu wissen, daß sie damit alles zerstört, was ihr Leben ausgemacht hat. Welchen Grund sollte sie also haben, all dies aufs Spiel zu setzen, nein, einfach aufzugeben? Dabei hat sie einen verständnisvollen Ehemann, der ihr sicher verziehen hätte, wenn sie ihm von einem Verhältnis mit Josh Langers gebeichtet hätte...«

In diesem Stil ging es weiter. Es war nicht zu glauben. Hall lieferte nichts Handfestes. Er ließ es außerdem noch so klingen, als würde sogar er das Verhältnis zwischen Sharon Bailey und Josh Langers für möglich halten.

Mark und Joey kehrten von der Schule zurück, als das Gericht eine Verhandlungspause eingelegt hatte. Joey hatte von seinem Bruder bereits erfahren, was geschehen war. Beide Jungen waren so ruhig und ernst, daß es wehtat. Phil und ich kannten die Gründe. Das zu erwartende Urteil gegen ihre Mutter. Und das Verschwinden Pascals. Das Girl, das sie liebgewonnen hatten, auf diese Weise zu verlieren, war ein zusätzlicher Schmerz. Ausgerechnet an diesem Tag.

Die beiden versorgten sich in der Küche aus Konserven. Phil hatte wieder beim Funkgerät im Jaguar Posten bezogen. Ich ging mit Mark und Joey in den Livingroom. Sie wollten die Urteilsverkündung sehen. Ich konnte es nicht verhindern. Es war ihr Recht. Aber ich wollte sie nicht dabei alleinlassen. Als der Sender ins Gerichtsgebäude umschaltete, waren die Geschworenen von der Beratung noch nicht zurückgekehrt.

Jake Falher stand vor der verschlossenen Tür des Gerichtssaals und hielt das Mikrofon so fest, daß das Weiß seiner Fingerknöchel zu sehen war. »Die Spannung«, sagte er leise, »ist so sehr angewachsen, liebe Zuschauer, daß man im gesamten Gerichtsgebäude kaum einen Laut hört. Auch in den Dienstzimmern, wo man eigentlich nichts mit dem Prozeß zu tun hat, wartet man gebannt darauf, wie die Geschworenen entscheiden werden. Lassen Sie sich von Mitleid führen? Oder werden sie sich allein auf die harten Tatsachen stützen, die fraglos gegen die Angeklagte sprechen?« Er hielt inne und horchte in den Ohrhörer, den er trug. »Ja, Ladys und Gentlemen, es ist soweit. Hören Sie den Originalton, wie er Ihnen direkt aus dem Gerichtssaal übermittelt wird!«

Das Standbild, das jetzt eingeblendet wurde, zeigte die Statue der Justitia vor dem Gerichtsportal. Ich sah, wie Mark seinem jüngeren Bruder den Arm um die Schulter legte. Joey rückte näher an ihn heran. Beide saßen stocksteif vor mir auf dem Fußboden. Ich fühlte, wie mir etwas die Kehle zuschnürte.

». . . so nennen Sie jetzt bitte Ihre Entscheidung!« Das war die Stimme von Richter Morton.

»Es folgt jetzt der Sprecher der Geschworenen«, flüsterte Jake Falher erklärend ins Bild.

»Hohes Gericht! Wir, die Geschworenen, in deren Namen ich spreche, haben unseren Spruch einstimmig gewählt. Wir erklären Sharon Bailey im Sinne der Anklage für schuldig!«

Stille.

Im Sender. Und auch hier, im Living-room des Hauses, in das Sharon nun nie mehr zurückkehren sollte.

Mark und Joey rührten sich nicht.

Plötzlich schrie Joey auf. Er klammerte sich an seinen

Bruder. Er zitterte am ganzen Körper. Er schluchzte und wimmerte. Und Mark war nicht groß genug, um es selbst zu verkraften. Tränen rannen über sein Gesicht. Er versuchte, seinen Bruder festzuhalten, doch es war eher so, als müßte er sich selbst festhalten.

Ich stand auf, holte die beiden zu mir und schloß sie in die Arme. Das Beben der kleinen Körper wollte nicht nachlassen. Ich schaltete den Fernseher aus. Ich strich ihnen über die Haare, doch sie schluchzten und schluchzten. Es mußte sein. Anders konnten sie diesen grausamen Moment nicht überwinden.

Ich schwor mir, den Verbrecher zur Strecke zu bringen, der für dies verantwortlich war.

Nie in meinem Leben würde ich den Schmerz der beiden Söhne Sharon Baileys vergessen.

Nachdem sie sich halbwegs beruhigt hatten, sagte Mark seine Probe im Schulorchester für diesen Nachmittag ab. Er mußte bei Joey bleiben. Und Joey nickte nur stumm, als sein Bruder ihn fragte, ob er auch das Football-Training für ihn absagen solle.

Als Eric endlich erschien, war ich froh. Er konnte kaum sprechen, so sehr würgte der Schmerz in seinem Hals. Ich legte ihm die Hand auf die Schulter.

»Mark und Joey brauchen Sie jetzt«, sagte ich. »Wir tun alles, was wir können.«

»Ich weiß«, antwortete er tonlos. »Ich weiß, daß Sie das nicht nur so daherreden.«

Ich ging hinaus zu Phil. Im Jaguar zündete ich mir eine Zigarette an, bevor ich losfuhr. Phil hatte das Gerichtsurteil im Radio gehört. Auf der ganzen Fahrt nach Manhattan sprachen wir kein Wort.

Wir konnten uns nicht fünfteilen.

Fünf Fernschreiben lagen auf meinem Schreibtisch. Fünf Zettel, die im Laufe des Nachmittags aus dem Ticker gezogen worden waren. Fünf Chancen, dem Syndikat weitere empfindliche Verluste beizubringen. Die Gangster mußten den Verstand verloren haben. Oder sie setzten alles auf eine Karte, solange sie noch konnten. Ich neigte zu der Ansicht, daß das letztere zutraf. Bevor wir ihnen den Geldhahn in den kleinen Bankfilialen endgültig abdrehten, wollten sie noch einmal kräftig hinlangen.

Hopewell in New Jersey.

Henryville in Pennsylvania.

Warwick in Maryland.

Wadhams im nördlichen Staat New York.

Sheffield in Massachusetts.

Fünf Kleinstädte waren es, aus denen die Polizeidienststellen meldeten, in der Umgebung der neuen Bankgebäude seien verdächtige Personen beobachtet worden. Fremde. Es war der Vorteil dieser kleinen Städte, daß die Einwohner einen Fremden auf zehn Meilen gegen den Wind erkannten, noch bevor sie sein Gesicht sahen. Da ich selbst aus einem kleinen Ort stamme, Harpersvillage in Connecticut, kann ich mich in das ländliche Milieu immer noch gut hineinversetzen.

Die Gangster hingegen mußten die reinsten Großstadtpflanzen sein.

Wie dem auch sein mochte — sie sollten sich verkalkulieren. Es mußte eine sechsstellige Summe sein, die das Syndikat, das hinter den Bankeinbrechern stand, bislang angehäuft hatte. Ich war sicher, daß die Handlanger in den einzelnen Fällen mit geringem Lohn abgespeist wurden. Die Handlanger hatten den Überblick nicht. Sie sahen jeweils nur die kleine Summe an Bargeldbeute und kamen nicht darauf, höhere Forderungen zu stellen. Ein Kunstgriff, über den der Kopf des Syndikats wahrscheinlich lange nachgedacht hatte, bevor er ihn in die Tat umsetzte.

Wir hatten noch keine Entscheidung getroffen, obwohl die Zeit drängte. Draußen wurde es dunkel. Der Feierabend für die Büroangestellten war längst vorüber. Mit einem Hubschrauber konnten wir jede der Bankfilialen, aus denen wir die Meldungen erhalten hatten, schnell erreichen.

Ein Hubschrauber würde allerdings Aufsehen erregen. Darüber waren wir uns im klaren. Wir mußten weit genug entfernt von der betreffenden Bank landen.

Die einzelnen Polizeidienststellen hatten bereits alles Erforderliche veranlaßt. Ich zögerte weiter mit meiner Entscheidung. Waren wir an Ort und Stelle wirklich nötig? Mußten die Kollegen nicht den Eindruck haben, daß wir uns aufdrängen wollten? Die Sahne abschöpfen?

Ich erkannte zu diesem Zeitpunkt noch nicht, daß es ein Instinkt war, der mich zurückhielt.

»Langsam müssen wir wissen, was wir wollen«, knurrte Phil, der mit zwei dampfenden Bechern Automatenkaffee ins Office zurückkehrte. »Sollen wir hier rumsitzen und Daumen drehen, bis die Kollegen auf dem Lande uns alle Arbeit abgenommen haben?«

»Die Kollegen auf dem Lande sind nicht so hilflos, wie du tust«, entgegnete ich. »Außerdem wissen wir noch immer nichts über Pascal.«

»Tauben fallen einem selten gebraten in den Schoß«, sagte mein Freund. »Das solltest du eigentlich wissen.«

Natürlich wußte ich es. Von selbst würde sich die Entführung Pascal Lejeunes nicht aufklären. Ich meinte, daß das der Grund meines Zögerns war. Ich wollte New York nicht verlassen, ohne zu wissen, was mit Pascal war.

Ich steckte mir eine Zigarette an und schlürfte den brühheißen Kaffee. Wieder summte das Telefon. Ich rechnete mit einem Hinweis aus dem Telexraum. Neues Fernschreiben von außerhalb. Bankfiliale Nr. 6. Das war mehr als wahrscheinlich.

Aber ich täuschte mich.

Steve Dillaggio hatte sich über Funk gemeldet. Zeery und er waren mit der Beschattung dran, von deren Wichtigkeit ich Mr. High überzeugt hatte.

»Objekt hat das Pink Roseland betreten«, lautete die Meldung, die Steve an die Zentrale durchgegeben hatte.

Mich warf die Meldung fast aus den Schuhen. Und Phil erging es nicht anders, als ich es ihm sagte. Es gab nichts mehr zu überlegen. Wir würden an diesem Abend keine abseits gelegene Bankfiliale aufsuchen.

Der Mann in Pink Roseland war Kenneth Hall.

Der Mann, dessen Beschattung ich veranlaßt hatte.

Ein Mann, der glücklich verheiratet war. Jedenfalls nach außen hin. Was suchte er in einem Bordell? Noch dazu in einem, in dem Bunk Wilson ein Apartment besessen hatte.

Wir meldeten uns bei der Funkzentrale ab und baten den diensthabenden Kollegen, Steve und Zeery zu verständigen. Unterwegs erfuhren wir von den beiden, daß ihr Dienstwagen schräg gegenüber der Einfahrt zu dem Unterhaltungszentrum mit Drive-in Service stand. Hall war noch drin. Er war mit seinem Privatwagen vorgefahren, einem dunkelblauen BMW.

Die ersten Blocks in Richtung Uptown, Eighth Avenue, brachte ich mit Rotlicht und Sirene zügig hinter mich. Dann schaltete ich Konzert und Lichtorgel aus. Zwar ist das Geheul in Manhattan nichts besonderes, denn man hört es ständig von allen Seiten. Aber wir brauchten uns trotzdem nicht wie der Elefant im Porzellanladen aufzuführen.

Ich lenkte den roten Flitzer direkt auf den Hof, den ich noch in bester Erinnerung hatte. Ein langbeiniges Girl in Bikini-Dienstkleidung mit Wärtermütze erschien aus dem herzförmigen Schrankenhäuschen. Ich konnte nicht feststellen, ob es das Girl war, das ich kannte. Sie trippelte näher und geriet ganz und gar nicht darüber aus dem Häuschen, daß zwei ausgewachsene Männer in dem roten englischen Renner saßen.

Bevor sie anfangen konnte, uns einen oder zwei persönliche Engel anzuhängen, ließ ich die Scheibe runterschnurren und zeigte ihr den Silberadler. »FBI«, erklärte ich zusätzlich. »Special Agents Cotton und Decker. Hör gut zu, Baby, und fang nicht an, lange zu überlegen! Wenn es nämlich zu lange dauert, haben wir in 20 Minuten einen Duchsuchungsbefehl. Dann stellen wir den Laden von oben bis unten auf den Kopf. Und du kriegst die Schuld. Begriffen?«

»Ja«, hauchte sie und versuchte unsinnigerweise, den Einblick, den ihr Bikinioberteil gewährte, mit der flachen Hand zu verdecken. Die Hand reichte dafür nicht aus.

»Okay«, knurrte ich, um den rauhbeinigen Eindruck zu verstärken. »Dann mal raus mit der schnellen Antwort! Kenneth Hall ist hier. Wir wissen es. Wo steckt er? Was will er hier? Mit wem ist er zusammen?«

Die Kleine mit den langen Beinen erschauerte. Anzunehmen, daß sie auf einmal spürte, wie kühl der Abend war. Aber da wir ohnehin das meiste wußten, schien die Antwort nach ihrem Ermessen nicht übermäßig verfänglich zu sein. »Er ist bei Mandy. Mandy Gould. Im 5. Stock, Suite 1.«

»Suite?« fragte ich verdutzt. Aus den Augenwinkeln heraus sah ich Phil grinsen.

Jetzt grinste die Langbeinige auch. »Mandy ist Superluxusklasse.« Ein wenig Futterneid klang heraus. »So was kann sich nur ein Gentleman wie Mr. Hall leisten.«

»Auch auf die Gefahr hin, daß es eine dumme Frage ist«, fügte ich hinzu, »was will er bei ihr?«

Meine Gesprächsparnerin verstand. »Sie meinen, weil er den treusorgenden Ehemann spielt, wenn er in der Öffentlichkeit auftritt? Nun, er ist nicht zum erstenmal hier. Aber heute abend feiert er seinen Erfolg. Hat er mir selbst gesagt. War richtig froh, der kleine Dicke.«

Ich wechselte einen verblüfften Blick mit Phil. Mit einem Handzeichen bedankte ich mich bei der Langbeinigen und ließ den Jaguar anrollen. Den Weg in die Tiefgarage kannte ich immerhin. Auch mit dem Fahrstuhl wußte ich umzugehen. Sollte es Aufpasser geben, die sich uns in den Weg zu stellen versuchten, so würde es ihnen noch schlechter ergehen alls ihren Kumpels von neulich. Phil und ich waren auf die richtige Weise geladen.

Kenneth Hall feierte seinen Erfolg!

Was immer das bedeuten mochte.

Seinen Erfolg, im Prozeß gegen Sharon Bailey versagt zu haben?

Wir erreichten Etage 5, Suite 1. Die Tür schimmerte matt in bonbonfarbenen Lack, und die Rillen des Türrahmens waren mit Blattgoldimitation ausgelegt. Wir zogen die Kurzläufigen. Ich hämmerte respektlos mit dem Griffstück meines 38ers gegen den zartfarbenen Lack. »Zimmerservice!« brüllte ich. »Aufmachen, Mandy-Baby, oder es rumpelt!«

Ich konnte mir vorstellen, wie sie drin erschrocken zum Haustelefon hastete. Sie würde wenig Erfolg haben damit. Unser Girl aus dem Wärterhäuschen hatte offenbar verlauten lassen, daß zwei G-men im rosafarbenen Abenteuerland aufgekreuzt waren und den Laden allen Ernstes auseinandernehmen lassen würden, wenn sich jemand querstellte.

Auch nach dem zweiten Versuch meldete Superluxus-Mandy sich nicht. Uns blieb nichts anderes übrig, als die Tür mit sanftem Schulterdruck zu öffnen. Phil übernahm das. Längere Hantiererei mit Stahlstiften war nicht ratsam. Trotz aller Rundlichkeit hielt ich Kennth Hall für beweglich genug, um beispielsweise über eine Feuerleiter zu verschwinden.

Phils kurzer, harter Rammstoß ließ das Türholz rings um das vergoldete Schloß splittern. Wir stürmten in ein Traumland aus rosafarbenem Plüsch. Eine von diesen mittlerweile schon aus der Mode geratenen Wohnlandschaften mit flauschigem Teppichboden, Sitzkissen, Podesten und Mulden. Das Dunkelgrün von Zimmerpflanzen bildete den Kontrast zum vorherrschenden Rosa.

Und zu Kenneth Halls glühende Röte.

Er hockte wie ein Buddha auf einem flauschig gepolsterten Podest und hielt sich eine rosafarbene Decke bis unter den Hals.

Mandy Gould stürmte uns wie eine verteidigungsbereite Tigerin entgegen. Ihren Rang in der absoluten Spitzenklasse hatte sie allem Anschein nach nicht zu Unrecht. Eine glutäugige, schwarzhaarige Schönheit, richtig gerundet an den richtigen Stellen. Bekleidet war sie mit einem durchsichtigen schwarzen Hauch von Seide, der nur bis zu den sehenswerten Oberschenkeln reichte.

»Was, zum Teufel, fällt Ihnen ein!« fauchte sie, und es hatte den Anschein, als würde sie sich mit ausgefahrenen Krallen auf uns stürzen.

Ich bremste die Tigerin mit dem metallenen Adler. Anscheinend war sie doch noch nicht dazu gekommen, das Haustelefon zu benutzen. Andernfalls hätte sie wissen müssen, daß es G-men waren, die ihr auf die Luxusbude rückten.

»Die Dinger sollen echt sein?« grollte sie, als auch Phil seine Dienstmarke vorwies. »Hier sind schon Kerle mit den verrücktesten Ideen aufgekreuzt. Ich denke, es ist besser, ich rufe die Cops an.«

Ihr Mißtrauen war bestimmt gerechtfertigt. Jedenfalls hätte ich es ihr nicht übelgenommen, wenn sie tatsächlich die Kollegen benachrichtigt hätte. Am allerwenigsten rechnete sie jedoch damit, ausgerechnet von ihrem gutbetuchten Kunden zu erfahren, daß wir echte G-men waren.

»Vergiß es, Mandy!« sagte er, als sie zum rosafarbenen Telefon wollte. Seiner Stimme nach hatte er sich einigermaßen wieder in der Fassung. »Ich kenne die beiden. Sie kommen wirklich vom FBI.«

Mandy Gould stemmte die Fäuste in die hübsch gerundeten Hüften, starrte ihn an und drehte sich dann langsam zu uns um. »Und was haben die Gents hier zu suchen, wenn man fragen darf? Ich bezahle meine Steuern pünktlich, und ich stehle keine silbernen Löffel. Also, was ist es?«

Humor hatte sie wenigstens. »Ehrlich gesagt«, antwortete ich lächelnd, »würden wir nur gern erfahren, was Mr. Hall hier zu suchen hat.«

Mandy faßte sich an den Kopf. »Du liebe Güte! Seid ihr bei eurem Verein immer noch so verknöchert? Ich hab mal gelesen, daß ihr zu Hoovers Zeiten mit Schlips und Kragen zu Bett gegangen seid.«

»Nicht in Begleitung«, entgegnete Phil grinsend. »Da durfte man den Schlips lockern. Aber das kennen wir auch nur vom Hörensagen.«

Mandy erwiderte sein Grinsen. »Schade«, sagte sie seufzend. »Schade, daß man so was wie euch nicht mal privat kennenlernt.«

»Heißt privat in Ihrem Fall beruflich?« fragte mein Freund feixend.

In Mandy Goulds Miene las ich, daß er damit schon wieder alle Sympathien verspielt hatte. Girls wie sie waren überempfindlich. Das erlebten wir immer wieder, wenn wir mit ihnen zu tun kriegten. Beruflich, in unserem Sinne gemeint.

»Ich habe noch eine Frage offen«, sagte ich.

Mandy sah mich an. »Ich hab's nicht vergessen«, knurrte sie. »Was soll er schon hier wollen? Irgendwas feiern, irgendeinen Erfolg — außer dem ganz normalen Grund. Zufrieden, G-man?«

Ich schüttelte den Kopf. »Ganz und gar nicht. Erstens hat er selber einen Mund zum Sprechen. Und zweitens, Miß Gould, scheinen Sie nicht zu wissen, wer er ist.«

»Auf den Arm nehmen kann ich mich selber, G-man! Es sei denn, er heißt gar nicht Kenneth Hall. Vielleicht ein falscher Hall, was?« Sie kicherte.

Ich sah, wie sich seine Gesichtsfarbe im Hintergrund von bleich zu rot und umgekehrt veränderte. Es schien ihm nicht sonderlich zu behagen, daß über ihn geredet wurde, ohne daß er selbst richtig beteiligt war.

Ich steckte die Dienstmarke ein und schob Mandy sacht zur Seite. Sie protestierte nicht. Sie schien zu spüren, daß der Spaß vorbei war. Und wir hatten keine Zeit für wirklichen Spaß.

Hall hockte noch immer buddhahaft auf seinem Podest, immer noch mit der rosafarbenen Decke. »Sie wissen, daß dies ein Nachspiel haben wird«, sagte er ohne rechte Überzeugungskraft.

»Aber ja«, antwortete ich grinsend. Vor dem Podest blieb ich stehen. »Wir haben nichts zu befürchten, Kenneth, machen Sie sich da nichts vor! Ein G-man kann von seinem Arbeitgeber nicht so einfach gefeuert werden. Ein freiberuflicher Anwalt dagegen . . .« Ich legte bedenklich den Kopf von einer Seite zur anderen. »Einer wie Sie . . . muß immer mit einem Nachspiel rechnen.« Ich schoß den Pfeil auf ihn ab, ohne mit der Wimper zu zucken: »Vor allem dann, wenn er sich kaufen läßt.«

Halls rundes Gesicht verzerrte sich vor Wut. Er wollte aufspringen, erinnerte sich aber daran, daß er ohne die Bonbondecke ein etwas zu dick geratener Adam war. »Das wird Ihnen noch leid tun, Cotton!« sagte er mit zornbebender Stimme. »Ich schwöre es Ihnen. Wenn Sie diese Ungeheuerlichkeit nicht sofort zurücknehmen . . .«

»Regen Sie sich nicht auf!« unterbrach ich ihn kalt. »Ich habe Ihnen noch nicht mal auf den Kopf zugesagt, von wem Sie sich kaufen ließen und wofür. Stimmt's?«

Er nagte auf seiner Unterlippe und schien sein verräterisches Vorpreschen zu bedauern.

Am Rand meines Blickfelds sah ich Superluxus-Mandy, die das Gespräch mit großen Augen und offenem Mund verfolgte. Ich wandte mich wieder dem Rundlichen auf seinem Podest zu. »Was halten Sie davon, Kenneth, wenn Sie anfangen, sich etwas von der Seele zu reden?«

Er hatte sich wieder gefaßt. »Spielen Sie sich nicht auf!« knurrte er. »Sie haben kein Recht, sich hier aufzuspielen, als wären Sie wer weiß wer.«

Ohne ihn zu beachten, wandte ich mich ab und ging auf das bonbonfarbene Telefon zu. »Genehmigt?« fragte ich Mandy mit einem kurzen Seitenblick. Sie nickte stirnrunzelnd, schien etwas zu ahnen, aber immer noch nicht zu begreifen.

Ich nahm den Hörer ab und wählte die Nummer des Morning Echo. »Cotton, FBI«, sagte ich, nachdem sich das Girl in der Vermittlung gemeldet hatte. Ich entdeckte einen bonbonfarbenen Mithörlautsprecher hinter dem Telefon und schaltete ihn ein. »Arbeitet Alvin Klein noch bei Ihnen in der Redaktion?«

»Weshalb sollte er nicht, Sir?«

»Weil das Betriebsklima beim Morning Star nicht das beste sein soll. Was man so hört.«

»Was man so hört, ist meistens falsch, Sir«, belehrte mich das Girl. »Wenn Sie Alvin gut kennen, müßten sie wissen, daß er seit drei Jahren in der Redaktion New Yorker Nachrichten arbeitet.«

»Sorry. So gut kenne ich ihn nun auch wieder nicht. Ist er da?«

»Sie haben Glück, Sir. Ich verbinde.«

Ich wartete, während das Girl, das mir Glück beschieden hatte, Telefontasten tippte. Ich drehte mich um, so daß ich Hall beim Sprechen sehen konnte. Er war jetzt gleichbleibend blaß, die Augen kreisrund auf mich gerichtet. »Hallo?« krächzte Kleins Stimme in mein Ohr und aus dem Lautsprecher. »Jerry, Mann, wann hast du mir das letzte Mal eine Story geliefert?«

»Freiwillig noch nie«, antwortete ich. »Deshalb könnte dies eine Premiere sein. Was hältst du von einer Geschichte über Kenneth Hall?«

»Der Kenneth Hall, der Sharon Bailey verteidigt hat? Oder besser . . . halb verteidigt hat?«

Ich bemerkte, wie Mandys Augen noch größer wurden. Immerhin schien sie den Namen Sharon Bailey schon gehört zu haben, wenn sie auch keine Zeitung las und Nachrichtensendungen in Radio und Fernsehen mied. Hall rang erkennbar nach Atem.

»Genau der«, bestätigte ich. »Ich habe ihn vor meiner Nase, Alvin. Er hat sich eine Decke bis zum Hals gezogen, und eine hübsche schwarzhaarige Lady hat ihn verwöhnt – bis sie von uns gestört wurden.« Ich sah Mandy geschmeichelt lächeln. Immerhin hätte sie manch anderer an meiner Stelle als Prostituierte bezeichnet.

»Jerry!« stöhnte der Zeitungsmann. »Das ist doch keine Story! So was leistet sich doch jeder mal . . . ich meine, nicht jeder, aber . . .«

»Es ist eine Story, Alvin. Mein Kollege und ich befinden uns hier in einem Nobelschuppen. Der gute Kenneth hat jedem, der es wissen wollte, verkündet, daß er heute abend seinen Erfolg feiert.«

»Seinen was?«

»Siehst du, jetzt hast du die richtige Kurve gekriegt, Alvin. Seinen Erfolg!«

»Das kann nicht dein Ernst sein, Jerry. Ich meine, er hat den Prozeß vergeigt, und die arme Mrs. Bailey geht lebenslänglich nach Sing Sing. Wer kann denn da von Erfolg reden?«

»Alvin, vielleicht *sollte* er den Prozeß verlieren.«

Am anderen Ende blieb es still. Der Zeitungsmann mußte verdauen. Ich sah Mandy Gould, wie sie sich Phil zuwandte und ihn entgeistert anstarrte. Sie wirkte glaubhaft geschockt über den Kunden, den sie sich da eingehandelt hatte.

»He, Jerry!« brüllte Klein plötzlich. »Die Adresse? Welcher Laden?«

»Warte einen Moment!« sagte ich. »Eine Story wird's nur, wenn Mr. Hall will.« Ich ließ den Hörer sinken und fragte ihn. »Sprechbereit, Kenneth?«

Er konnte nur noch flüstern. »Sie müssen wahnsinnig sein, Cotton. Sie glauben doch nicht im Ernst, daß ich mich auf so etwas einlasse!«

»Natürlich nicht«, sagte ich – laut genug, damit auch Alvin Klein es noch hören konnte. »Wer unterschreibt schon gern sein eigenes Todesurteil, nicht wahr?« Ich ließ meine Stimme zu klirrender Kälte absinken. »Der Fall ist noch nicht zu Ende, Kenneth. Und bedenken Sie eins: Es geht auch um Kidnapping. Ich schwöre Ihnen, daß es für Sie böse ausgeht, wenn Pascal Lejeune etwas zustößt.«

»Hören Sie auf!« keifte Hall. »Hören Sie mit diesem verdammten Unsinn auf!«

»He, Jerry!« brüllte Alvin Klein, daß der Mithörlautsprecher schepperte. »Was hat die Entführung mit Hall zu tun? Oder umgekehrt? Sag mir endlich die Adresse!«

Ich hob den Hörer wieder ans Ohr. »Noch zu früh, Alvin. Er ist nicht sprechbereit. Aber so etwas ändert sich schnell. Du kriegst die Story, das verspreche ich dir.« Ich legte auf.

Kenneth Hall schien unter der Decke zehn Zentimeter geschrumpft zu sein. Sein Blick flackerte. Die Mundwinkel zuckten. Er wußte, daß ich ihm die Wahrheit auf den Kopf zugesagt hatte. Aber er hoffte noch. Hoffte, daß es für ihn nicht so enden würde, wie es enden mußte. Ich bot ihm nichts an.

Er kannte seine Möglichkeiten selber am besten.

Wenn er sich nicht entschließen konnte, mußte er es vor sich selbst verantworten.

Er blieb stumm.

Ich wandte mich ab.

Mandy Gould sah abwechselnd Phil und mich an. In ihr brannten hundert Fragen. Aber sie zögerte. Einen Moment lang sah es so aus, als wollte sie uns hinausbegleiten. Aber sie ließ es. Sie hatte Angst. Sie fürchtete um ihr Leben, weil sie etwas wußte. Ich zählte zwei und zwei zusammen. Kenneth Hall hatte in ihrer Gegenwart geprahlt. Er war ein Mann, der zum Prahlen neigte. Was er äußerlich nicht hatte, mußte er durch große Töne ausgleichen. Begriff er nicht, daß er einer Frau wie Mandy dadurch am allerwenigsten imponieren konnte?

Ich nickte ihr zu. »Vielleicht hören wir voneinander«, sagte ich augenzwinkernd.

»Ich wäre nicht abgeneigt, G-man«, entgegnete sie.

Wir nahmen den Fahrstuhl, stiegen in den Jaguar und fuhren zwei Blocks weiter. Phil verständigte Steve und Zeery über Funk. Hall mußte weiter beschattet werden.

Die Kollegen konnten sich aber ablösen lassen. Ich stieg aus und ging zur nächsten Telefonzelle, wo ich warten mußte, bis ein paradiesvogelfarbener Zuhälter seine Geschäftsgespräche erledigt hatte.

»Er ist gegangen«, sagte Mandy Gould, als ich mit ihr verbunden wurde. »Sie können mir jetzt ein Angebot machen, G-man.«

Ich verstand. Abhörgefahr. Das Pink Roseland mußte eine geeignete Telefonanlage haben. Ich stellte mich darauf ein. »Ich kann ihre Worte nicht vergessen, Mandy. Ob beruflich oder privat — ich würde wirklich gern mit Ihnen zu tun haben.«

»Dann bin ich also Ihr Typ?« sagte sie und lachte.

Ich spürte, sie wollte das Gespräch in eine bestimmte

Richtung bringen. »Aber ja«, antwortete ich. »Ist Mandy Gould Ihr richtiger Name?«

»Warum fragen Sie?«

»Weil Sie aussehen wie eine feurige Südländerin. Eine Kreolin aus Louisiana. Eine Texanerin mit mexikanischem Blut in den Adern. Zum Beispiel.«

»Sie liegen nicht ganz falsch, Jerry. Ob Sie's glauben oder nicht, ich bin Portorikanerin.«

»Ohne Akzent?«

»In New York geboren. Meine Eltern stammen aus San Juan.«

»Und Sie fühlen sich wohl hier oben?«

»Oh, die Yankees sind nette Leute. Sie machen es einem leicht. Schon George Washington hatte alles gern, was aus dem Süden kam.«

»Woher wissen Sie das?«

»Es läßt sich nachprüfen.«

Ich runzelte die Strirn. Ihre Antwort hallte nach. »Ich werde es tun«, sagte ich. »Warten Sie auf mich?«

»Ich werde für niemand anders zu sprechen sein.«

Ich hängte ein und ging zurück zum Jaguar. Die Kollegen Les Bedell und Floyd Winter, so erfuhr ich von Phil, hatten Steve und Zeery abgelöst. Rechtsanwalt Hall war mit seinem BMW davongerauscht. Die Kollegen hingen dran. Ich fuhr zur Federal Plaza.

»Washington«, sagte ich. »George Washington.«

Phil blinzelte mich von der Seite an. »Ich bin's, dein Kollege! Du kannst ganz ruhig bleiben, ich bin ja bei dir, Alter.«

»Rede keinen Unsinn!«

»Das wollte ich eigentlich dir empfehlen.«

»George Washington ist das Stichwort. Ich wollte mit dir den Versuch von Brainstorming unternehmen.«

»Wenn jemand ›Wetter‹ zu mir sagt«, knurrte Phil,

»kann ich nicht wissen, daß er eine Vorhersage hören will.«

»Also ganz deutlich, damit's auch alle verstehen: Was fällt dir zu dem Stichwort George Washington ein?« Ich fügte hinzu, daß Mandy Gould eine Art verschlüsselten Text gesprochen hatte. Wegen der Abhörgefahr. Kenneth Hall mußte sich ihr anvertraut haben, bevor er gegangen war. Er mußte gespürt haben, daß er sich auf Mandy verlassen konnte. Und er wußte, daß sie mit mir reden würde. Er selbst konnte das nicht tun, ohne Gefahr zu laufen, auf der Stelle ein Rollkommando des Syndikats auf sich zu lenken.

»Präsident George Washington«, sagte Phil.

»Bundesstaat Washington«, entgegnete ich.

»Washington D.C., Hauptstadt.«

»Washington Square.«

Damit waren wir wieder im heimischen Bereich. In Manhattan. Der Washington Square liegt in Downtown, zwischen Broadway und Avenue of the Americas. »George Washington Bridge!« fiel mir ein.

»George Washington Park«, erwiderte Phil, und das war nun wirklich nicht schwierig.

»Aufhören«, sagte ich.

Der Mann sah nicht häßlich aus. Das am allerwenigsten. Man konnte ihn sogar für sympathisch halten, wenn man ihn nicht näher kennenlernte.

Pascal Lejeune war gezwungen, ihn anzusehen. Sie wußte nicht, wie lange schon. Sie hatte das Zeitgefühl verloren. Sie wußte nur, daß es Abend war.

Fast die ganze Zeit hockte er bei ihr im Zimmer, sprach kaum und starrte sie meistens nur an. Von Zeit zu Zeit holte er sich etwas zu essen oder zu trinken von nebenan. Und dann rauchte er Zigaretten und starrte sie an.

Pascal spürte dabei ihren Hunger. Sie wußte, daß sie absichtlich zusehen ließ. Er wollte sie quälen. Wollte sie reif machen für irgend etwas. Gefügig? Sollte sie ihren Willen verlieren? Die Art und Weise, wie er sie anstierte, ließ einen solchen Schluß zu.

Er hatte es bequem in seinem Sessel. Sie dagegen mußte auf einer harten Couch ausharren. Gefesselt an den Handgelenken und an den Fußgelenken. Und mit diesem ekelhaft schmeckenden Klebestreifen als Knebel. Das Atmen, nur durch die Nase, fiel ihr schwer. Ihr wurde bewußt, wie oft ein Mensch, ohne es richtig zu bemerken, durch den Mund atmete.

Auf den Straßen, die nicht sehr weit entfernt sein konnten, hatte der Verkehr nachgelassen. Deshalb wußte sie, daß es Abend geworden war. Auch auf dem nahen Wasser herrschte weniger Betrieb. Schiffsmaschinen dröhnten nur noch vereinzelt herüber.

Das Haus roch nach Brackwasser. Möglich, daß es an der Upper Bay stand, in Brooklyn, Manhattan, Jersey City oder Staten Island. Pascal hatte nichts sehen können, denn der Kidnapper hatte ihr für den Weg hierher die Augen verbunden. Zwischen Vordersitzen und hinterer Sitzbank seines Wagens hatte sie unter einer grauen Decke liegen müssen.

Sie kannte sogar seinen Nachnamen.

Er hatte diesen Namen genannt, als er das Telefon der Baileys benutzte. Nur ganz kurz hatte er den Namen genuschelt und sie dabei angesehen, als ob er spürte, einen Fehler begangen zu haben. Mit seinen dünnen Stoffhandschuhen hatte er den Hörer aufgelegt, nachdem er irgend jemand gemeldet hatte, alles sei in Ordnung. Und dabei hatte er sie etwas fester umklammert

und ihr das Messer mit der Linken noch fester unter das
Kinn gedrückt. Bis jetzt begriff sie nicht, wie er völlig
lautlos in den Bungalow geschlichen war, obwohl sie
doch die Tür abgeschlossen hatte, nachdem die Kinder
gegangen waren.

Entweder hatte er das Schloß ohne ein Geräusch aufgebrochen, oder er besaß einen Schlüssel. Pascal konnte
sich nicht erklären, was sich hinter dieser Möglichkeit
verbarg. Ihre Gedanken drehten sich in einem verworrenen Kreis.

Wilson.

Das war sein Name. Völlig unbedeutend, ein Dutzendname. Er war ihr einziger Bewacher geblieben. Sie
hatte niemand anders gesehen oder gehört. Das Zimmer gehörte zu einer Art Clubhaus, vermutete sie. Es
gab Polstermöbel und mehrere Tische, und es roch nach
kaltem Rauch. An der gegenüberliegenden Wand ein
Glasschrank mit golden und silbern glänzenden Siegerpokalen. Er hatte ihr erst in diesem Zimmer die Augenbinde abgenommen. Außer einem Sandwich und ein
paar Schlucken Limonade hatte er ihr nichts gegeben.
Vielleicht war er zu faul, ihr jedesmal den Klebestreifen
abzunehmen und wieder überzupappen.

Unvermittelt drückte er die Zigarette aus und stand
auf.

Pascal erschauerte, denn sie spürte an seinem Blick,
daß sich etwas an seinem Verhalten änderte. Hing es
damit zusammen, daß es Nacht wurde?

Er näherte sich ihr bis auf drei Schritte. Dann blieb er
stehen und schob die Hände in die Hosentaschen. »Wir
haben viel Zeit«, sagte er leise. »Unendlich viel Zeit. Ich
allein bestimme über dich, verstehst du? Du bist nämlich überflüssig geworden. Sharon Bailey wird morgen
früh nach Sing Sing überführt und lebenslänglich hin-

ter Gitter gebracht. Dann haben wir alles erreicht, was wir erreichen wollten. Und ich entscheide, was aus dir wird. Du kannst es allerdings beeinflussen. Begriffen? Du kannst meine Entscheidung beeinflussen.«

Er wandte sich ruckartig ab und ging nach nebenan.

Pascal hörte ihn mit Flaschen, Gläsern und Tellern hantieren. Gleich darauf sah sie ihn, wie er ein Tablett hereintrug. Eine Chiantiflasche, Gläser, Teller, Besteck. In ihr stieg eine Ahnung auf. Wie zur Bestätigung wehte von nebenan ein Duft von Oregano und Hefeteig herüber.

»Pizza«, sagte Wilson. »Zwar nur tiefgefroren, aber immerhin.« Er deckte einen Tisch in ihrer Nähe, setzte sich so, daß er sie ansehen konnte, und schenkte sich ein halbes Glas Chianti ein. Dann zündete er sich eine Zigarette an und prostete ihr zu. Genußvoll die Lippen bewegend, setzte er das Glas ab und inhalierte einen tiefen Zug aus der Zigarette. Wie beiläufig sagte er: »Ungefähr eine halbe Stunde dauert's im Backofen. So lange hast du Zeit, es dir zu überlegen. Du kannst mir Gesellschaft leisten – trotz allem.«

Er nahm das Glas, lehnte sich zurück und betrachtete scheinbar nachdenklich den rubinroten Wein. Wieder trank er einen Schluck. »Weißt du«, sagte er gedehnt, ohne sie anzusehen. Es sah aus, als wäre er verlegen. »Weißt du, ich würde es nie fertigbringen, eine Frau mit Gewalt zu nehmen. So etwas reizt mich nicht. Es stößt mich eher ab. Wenn du nichts von mir willst – okay! Dann muß ich mir eben etwas anderes überlegen. Dann muß ich dich irgendwie loswerden. Auf alle Fälle zwinge ich dich zu nichts. Ob wir einen gemütlichen Abend haben werden, hängt von dir ab. Ganz allein von dir.« Er atmete tief durch, als hätte ihn das viele Reden angestrengt.

Der würzige Duft aus dem Nebenraum wurde verlockender. Dazu das feine Aroma des Chianti. Der Zigarettenrauch. Pascal spürte, wie ihre Sinne danach schrien nachzugeben — nur um des momentanen Genusses willen. Das bohrende Hungergefühl wurde stärker als zuvor. Alles in ihr drängte danach, diesen kleinen Schritt zu tun.

Nichts und niemand auf der Welt würde sich verändern, wenn sie diesen unbedeutenden, lächerlich nebensächlichen Schritt tat.

Und doch wußte sie, daß sie es nicht fertigbringen würde. Lieber würde sie verhungern oder umgebracht werden. Denn wenn sie dem Mann nachgab, würde sie nie mehr sie selbst sein.

Ebensogut konnte sie tot sein.

Dies war nicht die Wirklichkeit. Nicht dies.

Sharon sagte es sich immer wieder. Sie versuchte es mit aller Gewalt, es sich einzureden. Doch es mißlang. Die Wirklichkeit bestand aus Stahl und Beton und war übermächtig. Stahlgitterstäbe. Betonfußboden. Hallende Schritte in endlosen Korridoren. Und das Zuschlagen von Türen hatte ein dröhnendes Echo.

Eine hochgewachsene Frau in Uniform war ihre ständige Begleiterin. Die Frau hatte ein strenges Gesicht, kantig wie ein Mann. Ihr blondes Haar war zu einem straffen Knoten zurückgebunden. Der hintere Rand der Schirmmütze ruhte darauf. Die Uniformierte trug Stiefel und Stiefelhosen, wie die männlichen Aufseher, die Sharon unten auf dem Hof gesehen hatte. Bei den Frauen überwog dagegen der Uniformrock mit einfachen schwarzen Schuhen, die immerhin halbwegs fraulich aussahen.

Sharon fragte sich, weshalb sie solche Einzelheiten wahrnahm. Die Gestiefelte führte sie in einen großen, saalartigen Raum, in dem ein Dschungel von Kleiderträgern auf Rollen stand. Vorn gab es ein breites Pult, rechts ein halbes Dutzend Umkleidekabinen.

Eine andere Uniformierte erhob sich von einem Tisch hinter der Theke und salutierte vor der Gestiefelten. »Das ist Bailey«, sagte letztere mit einer verächtlichen Kopfbewegung zu Sharon. »Die Lebenslängliche.«

»In Ordnung, Norma«, antwortete die Frau hinter dem Pult. »Willst du es überwachen, oder . . . ?«

Norma grinste. »Aber natürlich, Jean. Ich werde doch unser Schätzchen jetzt nicht aus den Augen lassen! Gerade jetzt nicht!«

Jean erwiderte das Grinsen. Sie blickte Sharon an und zeigte auf die Umkleidekabinen. »Geh da rüber, Baby, und zieh alles aus, was du anhast! Klar? Du nimmst Kabine Nr. 1. Du läßt den Vorhang offen und hängst deine alten Klamotten an den Haken. Alles klar soweit?«

Sharon nickte.

Norma hieb mit der flachen Hand auf die Theke, daß es knallte. »Das heißt Ja, Madam! Immer, wenn du etwas gefragt wirst, antwortest du mit möglichst kurzen Sätzen. Und du sprichst unsereinen immer mit Madam an. Ist das klar jetzt?«

»Ja, Madam«, antwortete Sharon wie ein Automat.

»Sie lernt schnell«, grinste Norma zu Jean gewandt.

Jean nickte. Ihr schmales Gesicht ließ auf ein weiches Herz schließen, und doch war ihr Ton grob. Sie schrie Sharon an, wohl um Eindruck bei Norma zu schinden. »Los, los, beweg dich endlich! Du bist nicht hier, um uns die Zeit zu stehlen!«

Norma lachte.

Sharon fühlte sich wie in einem nichtendenwollenden Alptraum, in dem sie sich selbst beobachten konnte, während sie auf die Umkleidekabinen zuging.

Sharon betrat die erste Kabine. Sie wandte sich nach vorn und begann damit, ihre Kostümjacke abzustreifen. Norma stand breitbeinig vor ihr, die Hände auf den Rücken gelegt.

Sharon erschauderte und wußte, daß sie gehorchen mußte. Sie löste die Verschlußhäkchen des Rockbunds. Danach ging es schneller. Ihr Herzschlag raste, und ein Zittern begann in ihrem Innern. Norma stand mit kantig verkniffem Gesicht da. Hinter ihr hatte Jean einen Stapel von Kleidungsstücken aus groben Stoff zusammengesucht.

Sharon streifte ihren Slip ab, das letzte Stück Stoff.

Die Stille in der Kleiderkammer wurde zu einem körperlich spürbaren Beklemmungszustand.

»Wir sehen uns noch«, flüsterte Norma so leise, daß nur Sharon es hören konnte. »Wir sehen uns ganz bestimmt bald wieder, darauf kannst du dich verlassen.«

Norma trat beiseite, und Jean warf das Kleidungspaket vor ihr auf den Fußboden. Grobe Unterwäsche, grobe Kniestrümpfe, ein wollener Rock und eine Bluse mit Leinenstruktur und feinem Blumenmuster – das einzige Zugeständnis an die Sehnsucht ein bißchen äußerlicher Weiblichkeit.

»Deine Privatsachen kriegst du wieder, wenn du hier rauskommst«, sagte Jean. »So lange werden sie mottensicher verpackt und weggehängt.«

»Red keinen Unsinn, Baby!« rief Norma mit heiserem Lachen. »Bailey hat lebenslänglich. Bei guter Führung hat sie eine Chance, kurz vor ihrem Tod rauszukommen. Glaubst du, dann interessiert sie sich noch für ihre heutigen Klamotten?«

Die beiden uniformierten Frauen lachten.

Anschließend wurde Sharon in ihre Zelle geführt. Vier Pritschen, jeweils zwei übereinander. Norma schloß die Gittertür auf. »Rein da!« befahl sie barsch. »Die anderen sind schon beim Dienst. Du wirst erst zum Mittagessen rausgeholt und anschließend zum Dienst eingeteilt. Freie Auswahl gibt's übrigens nicht. Du wirst da eingesetzt, wo gerade jemand fehlt. Das kann in der Wäscherei oder in der Bürstenfabrik sein. Oder in der Näherei. Wir haben jede Menge Auswahl, Schätzchen.«

Sie knallte die Tür zu und betätigte den Knopf für die elektronisch ausgelöste Verriegelung. Dann hallten die schweren Stiefelschritte davon.

Sharon legte ihre Hand an die Stahlgitterstäbe, als müsse sie prüfen, ob dies die Wirklichkeit war. Die Kälte des Stahls ging ihr durch und durch. Sie sah einen kleinen Ausschnitt von dem langen Korridor des Zellentrakts.

Dies sollte also der Blickwinkel für den Rest ihres Lebens sein.

Der Polizeikreuzer Talkowsky stand an der Manhattan-Seite vor dem mächtigen Pfeiler der George Washington Bridge. Die Maschinen liefen mit geringer Drehzahl, um das schnittige graue Schiff gegen den Strom auf seiner Position zu halten.

Ich stieg in das stark dümpelnde Schlauchboot, das sie für mich gefiert hatten. Für alle Fälle trug ich einen Neopreneanzug, auch wenn ich nicht vorhatte zu tauchen. Meine Dienstwaffe, der Smith & Wesson 375

Magnum, ruhte in einem wasserdichten Futteral an der Hüfte. Der Wellengang auf dem Hudson River ist beträchtlich, und es gab eine Menge Unwägbarkeiten, die mich aus der Nußschale werfen konnten. Wir überprüften die Sprechverbindung mit dem Walkie-talkie. Alles funktionierte.

Captain Mac Spier, der Kommandant des New Yorker Polizeikreuzers, nickte mir von der Reling her zu und stieß den rechten Daumen in die Luft. Ich erwiderte das Zeichen und paddelte los. Captain Spier und seine uniformierten Beamten an Bord der Talkowsky blickten mir nach. Keiner beneidete mich, da war ich sicher.

Wenn es so ablief, wie Phil und ich es uns vorstellten, würde von meinem Geschick das Leben eines Menschen abhängen.

Das Leben Pascal Lejeunes.

In Wolkenkratzerhöhe über mir summten und sangen Autoreifen auf den Fahrspuren der Brücke. Die ersten Pendler, die von der New Jersey-Seite nach Manhattan zur Arbeit fuhren. Letzte Schwaden von Morgennebel lagen noch über dem Fluß. Die Sichtweite betrug aber im Schnitt schon 50 Meter. Genug für meine Zwecke.

Ich hielt mich in zehn Meter Abstand vom Ufer. Ein Kiesweg und gepflegte Grünanlagen erstreckten sich landeinwärts. Weiter oben verlief der Henry Hudson Parkway auf seinen Stelzen. Auch dort sangen die Autos. Die morgendlich Eiligen verteilten sich über die Brückenabfahrten nach Downtown, Midtown und Uptown. Was in meiner Nähe grünte, gehörte zum Washington Park. Ein Buschgürtel begrenzte den Park nach Süden hin, gut 300 Meter von meiner augenblicklichen Position entfernt. Hinter dem Buschgürtel ragten

Bootsstege in den Fluß hinaus. Motor- und Segeljachten lagen dort vertäut, schnittig und weiß.

Der Fort Washington Park, südlich der gleichnamigen Brücke. Ergebnis des Brainstorming, das ich gemeinsam mit Phil betrieben hatte. Das allein hatte zwar noch nicht ausgereicht, aber der nächste Schritt war nur klein gewesen. Das Gelände, das sich unmittelbar südlich dem Park anschloß, gehörte einem Jachtclub, der Henry Hudson Yachting Society.

Es gab eine Menge weiterer Club- und Privatgrundstücke südlich der George Washington Bridge. Aber nur bei diesem einen hatte das Suchprogramm unseres Computers zu einem Piepton geführt, der Erfolg bedeutete. Das bewußte Programm arbeite auf der Basis der NCIC- und NYSIS-Speicher, das heißt, es kennt alle Namen, die in einem der beiden oder in beiden Archiven registriert sind. Zum Vergleich hatten wir Grundstückseigentümer und Clubvorstände eingegeben.

Vorsitzender der Henry Hudson Society war ein Mann, der in unseren Archiven als Untastbarer stand — als Syndikatsboß, bei dem es uns nie gelungen war, Beweise zusammenzutragen, die für eine Verurteilung reichten. Ormonds Geschäfte reichten vom Glücksspiel über die Prostitution bis zum Kreditwucher. Seine Vorliebe für alles, was direkt mit Geld zu tun hatte, mußte wohl zu der Geschäftsidee mit den abseits gelegenen Kleinstadtbanken geführt haben.

Clubhäuser oder Bootshäuser waren ein beliebter Unterschlupf. An Werktagen tat sich in solchen Häusern nicht viel. Jemand, der vorübergehend von der Bildfläche verschwinden wollte, hatte da seine Ruhe.

Ich näherte mich dem Buschgürtel. Das Paddel verwendete ich jetzt weitgehend nur noch zum Steuern.

Die Strömung des Hudson River reichte aus. Ich näherte mich der ersten Jacht, einem Motorflitzer mit Namen Madonna. Ich dachte nicht darüber nach, an welches weibliche Wesen sich der Eigner bei der Namensgebung angelehnt haben mochte. Ich hielt mich am flußwärts gerichteten Bug der Jacht fest und riskierte einen Blick.

Ein weiteres Schiff gab mir Sichtschutz. Ein massiger Kabinenkreuzer, der seine halbe Million Dollar wert war. Mit der Linken an den morgendlich kalten Polyesterrümpfen, tastete ich mich voran. Jenseits des breiten Achterstevens, der zum Kabinenkreuzer gehörte, ragte ein Steg in die freie Wasserfläche — etwa bis zur Höhe der Achterdeckreling.

Ich duckte mich und ließ das Schlauchboot bis an den vorderen Pfahl des Stegs gleiten. Dort verharrte ich, legte die kurze Nylonleine um den Pfahl und schlug einen Knoten. Ich nahm das Walkie-talkie vom hölzernen Bootsboden und schaltete auf Senden.

Captain Spier meldete sich sofort: »Hier Alpha für Bravo. Over.«

»Bravo auf Position«, antwortete ich. »X-Zeit!«

»Verstanden. Over und Ende.«

Ich schaltete das Walkie-talkie aus und legte es weg. Vorerst konnte ich mich auf mein Gehör verlassen. Phil und weitere Kollegen hatten das Gelände an Land auf allen drei Seiten umstellt. Günstig wirkte sich dabei das viele Gebüsch des Parks und auch der Nachbargrundstücke aus.

Es dauerte nur Sekunden.

»Hier FBI!« dröhnte eine Megafonstimme. »Hier FBI! Das Clubhaus der Henry Hudson Yachting Society ist umstellt!« Es war Phils Stimme, das hörte ich jetzt. »Kommen Sie heraus, und heben Sie die Hände über den Kopf! Andernfalls wird das Haus gestürmt. Sie haben zwei Minuten Zeit, sich zu entscheiden. Ich wiederhole. Kommen Sie heraus und . . .«

Ich hörte nicht mehr hin. Vorsichtig wagte ich einen Blick über den Rand des Stegs. Die Holzplanken waren feucht und glitschig vom Morgennebel. Mit den beiden Schiffsrümpfen beiderseits wirkte der Steg wie eine hohle Gasse.

Wer würde auf mich zukommen?

Phil beendete seine Durchsage. Die Stille wurde von den Geräuschen der Schiffe auf dem Hudson River und dem Autoverkehr in Manhattan unterlegt. Über die Planken hinweg beobachtete ich das Haus. Es hatte große Fenster zum Fluß hin. Aber die Vorhänge waren zugezogen, und nichts rührte sich.

»Hier FBI!« setzte Phil von neuem an. »Die zwei Minuten . . .«

Weiter kam er nicht.

Eine Tür an der nördlichen Stirnseite des Clubhauses flog auf.

»Ein Schuß von euch, und sie stirbt!« gellte eine Männerstimme.

Wir hatten es befürchtet. Unsere Ahnung, logisch aufgebaut dank Mandy Gould, wurde zur tödlichen Gewißheit. Ich spannte die Muskeln, duckte mich und öffnete das wasserdichte Futteral. Den schweren Smith & Wesson nahm ich in die Rechte.

»Geben Sie auf, Mann!« rief Phils Stimme. Ich verstand. Er gab mir zu erkennen, daß es sich nur um einen einzelnen Geiselnehmer handelte. »Lassen Sie die Frau frei, und Ihnen geschieht nichts!«

Hohngelächter war die Antwort. Sekunden später dröhnten Schritte auf den Steg. Ich wartete noch zwei Sekunden. Dann packte ich die Kante des Stegs und schwang mich hinauf. Federnd kam ich hoch. Den 357er hatte ich im selben Atemzug in Anschlag.

Es geschah innerhalb von Sekundenbruchteilen.

Er ruckte herum, schon im Begriff, Pascal in ein offenes Sportboot zu stoßen. Ich erkannte ihn, obwohl ich ihm noch nie gegenübergestanden hatte. Bunk Wilson!

Pascal war schon halb auf dem Boot, um Zentimeter von ihm entfernt. Er wollte sie wieder an sich reißen. Der Pistolenlauf schnellte schon auf ihren Kopf zu.

Ich feuerte. Kurz und hart ruckte der Revolver in meinen Fäusten. Nur eine Kugel jagte ich hinaus. Sie traf den genau berechneten Punkt in der Mitte seines Oberkörpers. Die hohe Auftreffenergie des Magnum-Geschosses lähmte sein Nervensystem von einer Tausendstelsekunde zu anderen. Er konnte nicht mehr abdrücken.

Die Wucht des Einschusses schleuderte ihn rücklings auf die Stegplanken. Er rührte sich nicht mehr. Er verlor die Waffe aus der Hand.

Pascal taumelte. Noch an den Händen gefesselt und mit einem Klebstreifen vor dem Mund, verlor sie das Gleichgewicht. Sie stürzte vornüber in das Boot.

Ich war mit wenigen Sätzen zur Stelle, schleuderte die Waffe des Killers weg und sah, wie die Kollegen von allen Seiten auf das Grundstück vordrangen. Ambulanzwagen näherten sich mit Sirenengeheul. Ich holte Pascal aus dem Boot und befreite sie von Fesseln und Knebel.

Sie sank mir in die Arme. Ich verstaute den Smith & Wesson im Futteral, hob Pascal auf und trug sie über den Steg nach vorn. Wilson wurde bereits in einen Ambulanzwagen verfrachtet, der von zwei uniformierten Cops begleitet wurde. Ein zweiter Ambulanzwagen war zur Stelle. Ich übergab Pascal dem Notarzt. Sie mußte schnellstens behandelt werden. Keiner von uns hatte eine Ahnung, was sie durchgemacht hatte.

Phil und ich liefen ins Clubhaus. Den Raum, in dem Wilson seine Gefangene bewacht hatte, fanden wir auf Anhieb.

Der Hörer des Wandtelefons pendelte an der Schnur.

Das Columbia Presbyterian Medical Center, die große Klinik zwischen West 165th und 168th Street, war nur einen Katzensprung entfernt.

Der Fahrer nahm den kürzesten Weg über den Riverside Drive. Der Notarzt und ein Helfer versorgten den Verwundeten, und der Arzt stand in Funkverbindung mit seinem Vorgesetzten in der Unfallchirurgie. Einer der beiden Cops saß vorn auf dem Beifahrersitz, der andere nahe der Hecktür im Kastenaufbau. Wegen der guten Schallisolierung war das Sirenengeheul nur schwach zu hören.

». . . besteht keine Lebensgefahr«, sagte der Notarzt. »Ein meisterhafter Schuß. Zentralnervensystem ausgeschaltet, Geschoß vermutlich aufgepilzt, keine ernsthaften inneren Verletzungen.«

Jäh verloren der Arzt und sein Helfer den Halt, als der Fahrer in die Bremse stieg. Die Reifen kreischten. Der Cop vor der Hecktür wurde von seinem Sitz geschleudert und konnte gerade noch die Hände hochreißen und dadurch verhindern, daß er sich den Schädel an dem stählernen Gestell einschlug, auf dem die Trage festgeklemmt war.

Eine schwere Limousine war aus der Einmündung West 165th Street hervorgeschossen und mit Vollbremsung quer zur Fahrbahn stehengeblieben. Die Türen des schweren Wagens flogen auf. Männer in Straßenanzügen schnellten heraus. Sie verharrten breitbeinig, Maschinenpistolen im Hüftanschlag.

Der Cop auf dem Beifahrersitz stieß die Tür auf und warf sich nach rechts.

Der Notarzt hatte das Funkmikro nicht aus der Hand verloren. »Überfall!« rief er. »Ecke Riverside Drive – 165th Street! Überfall!«

Als der Funkspruch kam, überlegten Phil und ich nicht erst. Wir saßen im Jaguar, während Steve Dillaggio die Durchsage aus dem Medical Center noch zu Ende hörte.

Ich schaltete Rotlicht und Sirene ein, gab den Jaguar-Pferdestärken die Sporen und klebte die Magnet-Lichtorgel aufs Dach.

Klar, was der herabhängende Telefonhörer bedeutet hatte. Wilson hatte seinen Boß angerufen, um Hilfe gebeten. Wilson hatte aber vermutlich nicht geahnt, wie nervös sein Boß war. Und ebensowenig hatte der Killer sich vorstellen können, daß bereits ein Rollkommando in der Nähe bereitstand, um einen Zwischenfall zu nutzen.

Bunk Wilson war sich nicht darüber im klaren gewesen, daß er für Kyle Ormond mittlerweile überflüssig war.

Aber wir hatten auf dem Sprung gestanden. Wir mußten versuchen, das Schlimmste zu verhüten. Auf dem Riverside Drive trat ich das Gaspedal bis zum Anschlag durch. Die bärenstarke Jaguarmaschine drückte Phil und mich in die Sitzpolster. Er gab Position und Einsatzziel an die Zentrale durch und überprüfte gleichzeitig seinen Dienstrevolver. Auch er trug den 357er, die Waffe für Sondereinsätze.

Ich verzichtete darauf, die eine abgefeuerte Patrone

zu ersetzen. Bis auf 100 Meilen pro Stunden zog ich den Flitzer hoch. Der Verkehr auf dem Riverside Drive war so gering, daß ich es riskieren konnte. Und das Geheul gab uns Sicherheit. Wir überwanden die kurze Entfernung wie im Flug.

Ich sah den weißen Ambulanzwagen schräg in der Mitte der Fahrbahn. Dahinter, schwarz und drohend, die querstehende Limousine. Das Hämmern der Maschinenpistolen war zu hören. Ich hielt auf das Heck des Ambulanzwagens zu und bremste. Die Reifen wimmerten. Der Flitzer versuchte auszubrechen, aber ich hielt ihn.

Phil stieß die Beifahrertür auf und schnellte nach draußen. Aus den Augenwinkeln sah ich, wie er sich auf der Fahrbahn abrollte. Noch bevor er hochfederte, hatte ich den Jaguar zum Stehen gebracht und war ebenfalls draußen.

In dem Neopreneanzug fühlte ich mich, als rollte ich über eine Gummimatte. Im Hochfedern hatte ich den 357er im Anschlag. Knapp links neben dem Ambulanzwagenheck, brauchte ich für den Überblick nur einen Sekundenbruchteil.

Ein uniformierter Beamter lag hinter dem linken Hinterreifen des Wagens in Deckung. Eine Kugel hatte ihn an der Schulter erwischt. Er war kampfunfähig.

Beim Limousinenheck sah ich eine Bewegung.

Im selben Moment lag ich flach.

Phils Smith & Wesson wummerte.

Die MPi beim Heck der Limousine hackte ihr Blei in die Morgenluft. Kugeln fauchten an mir vorbei und über mich hinweg. Noch schoß er zu hoch. Ich rollte mich nach links ab und feuerte aus der Rollbewegung heraus viermal hintereinander.

Die Magnumgeschosse durchschlugen das Blech von

Kotflügel und Kofferraumklappe. Den MPi-Schießer schleuderten sie nach hinten weg. Eine kurze Garbe aus seiner Waffe wanderte noch in den Morgenhimmel. Dann war es vorbei.

Auch auf der anderen Seite war es still geworden, Phils Dienstrevolver verstummte. Mit einem kurzen Pfiff gab mir mein Freund zu verstehen, daß die Lage geklärt war. Ich rappelte mich auf. Gemeinsam drangen wir vor und trafen uns vor dem Ambulanzwagen.

Uns drehte sich der Magen um.

Die Front des weißen Fahrzeugs war von Geschossen zersiebt. Der Fahrer hatte es nicht überlebt. Der Cop vom Beifahrersitz hatte es geschafft, einen der Gangster auszuschalten, noch bevor es richtig losgegangen war. Der Cop krümmte sich mit einem Oberarmdurchschuß.

Phil hatte die beiden MPi-Schießer auf seiner Seite kampfunfähig geschossen. Der, den ich durch das Karosserieblech hindurch erwischt hatte, war ebenfalls getötet worden.

Eilends sahen wir im Aufbau des Ambulanzwagens nach dem Rechten. Der Notarzt und sein Helfer lagen noch auf dem Fußboden, hatten es aber unbeschadet überstanden. Die obere Hälfte der Inneneinrichtung war von MPi-Kugeln zerschmettert. Mir stockte der Atem.

Wir beugten uns über Wilson, der unter den Gurten auf der Trage lag. Arzt und Helfer rappelten sich auf. Kugeln hatte Wilson von oben in die Schulter getroffen. Er stöhnte. Er hatte die Augen aufgeschlagen.

»Das war Ormond«, sagte ich. »Er dachte überhaupt nicht daran, dich am Leben zu lassen, Wilson.«

»Woher . . . kennst du . . . mich?« Das Sprechen fiel ihm schwer.

»Aus dem Pink Roseland. Wir sind uns zwar nicht

begegnet, aber ich wußte von Anfang an, wie du aussiehst. Und Sharon Bailey hat dich genau genug beschrieben.«

»Sie ... sie ist ... unschuldig«, flüsterte er. »Alles, was sie vor Gericht ... ausgesagt hat, ... stimmt. Alles ist wahr. Ich ... habe ihr das ... Schießeisen geklaut und ... sie ins Hotel gelockt ... und Langers erschossen.«

»Warum mußte Langers sterben?«

»Er ... war ein ... ein Springer. Ormond wußte, daß ... Langers die ... Geschäftsidee mit den Banken an ... die Konkurrenz ... verkaufen wollte. Deshalb mußte Langers ... beseitigt werden. Auf die ... elegante Tour. Kein Täter in ... den eigenen ... Reihen. Und Langers dachte, wir ... würden uns ... Mrs. Bailey vorknöpfen, damit sie ... ausspuckt, wo ihr Mann ... die Pläne aufbewahrt. Das ... wußte ich ... längst!«

Er hustete, und es schien, als würde er den krampfartigen Anfall nicht mehr überstehen. Doch seine Stimme kam noch einmal wieder. »In meiner Hosentasche ... die Schlüssel. Von Wachsabdrücken ... im Hotel ...« Sein Kopf fiel zur Seite.

Ich nahm die Schlüssel vorsichtig heraus. Phil hatte eine Plastiktüte dabei, in die wir das Beweismittel steckten. Der Arzt und sein Helfer hatten das Geständnis mitgehört. Damit hatten wir genügend Zeugen. Die Beweise würden ausreichen, um auch den Nachtportier auf Trab zu bringen. Alfred Berger, der alte Mann, der so standhaft gelogen hatte.

Aber vorher brauchten wir einen Hubschrauber.

Phil forderte die Maschine über Funk an.

Die Maschine landete fünf Minuten später mitten auf dem Riverside Drive, den die Cops für uns abgesperrt hatten.

Der Nebel war endgültig gewichen. Die Upper Bay und Staten Island im frühen Sonnenschein zu sehen, war ein Anblick wie auf einer kitschigen Postkarte, die für ein südliches Urlaubszentrum wirbt.

Unser Pilot, ein Lieutenant der City Police, hatte den Straßenplan von Staten Island im Kopf. Er legte die Maschine in einem weiten Bogen nach Osten und jagte dann von Südosten her auf das Villengrundstück zu, das sich mit seinem Prachtbau, dem Golfplatz und dem parkartigen Garten deutlich von der Umgebung abhob.

Eine lange, silbern schimmernde Karosserie glitt aus dem Garagentrakt. Ein Cadillac Seville. Aus der Vogelperspektive sah die Luxuskarosse aus wie ein platter Käfer aus Metall.

Kyle Ormond war auf dem Weg zu seinem Privatflugzeug. Zu seiner Privatjacht. Oder zu einem anderen Verkehrsmittel, mit dem man schnell und unauffällig die Staatsgrenzen hinter sich lassen konnte. Was geschehen war, hatte gereicht, ihn in Weltuntergangsstimmung zu versetzen.

Weitere Festnahmen, die der County Police in fünf verschiedenen Kleinstädten gelungen waren. Insgesamt waren es nun schon mehr als 20 Handlanger, die beim FBI auf Nummer sicher saßen.

Dann die Tatsache, die für Ormond ein Schreck in der Morgenstunde gewesen war: Wilsons unverhoffter Anruf aus dem Bootshaus. Das Killerkommando, das bereitgestanden hatte, um Wilson in aller Ruhe und unbemerkt im Clubhaus auszuschalten, hatte nur noch den Zweck erfüllen können, Wilsons Geständnis zu verhindern.

Auch das war mißglückt. Ormond konnte es noch nicht wissen. Aber er hatte den untrüglichen Instinkt des langjährigen Syndikatsbosses. Es war der Instinkt der Ratte, die genau weiß, wann es an der Zeit ist, das sinkende Schiff zu verlassen.

Ich verständigte mich mit Phil und dem Piloten durch ein Handzeichen. Der Lieutenant nickte und grinste. Er würde die Aufgabe bewältigen. Sein fliegerisches Können war gefordert. Es reizte ihn. Mein Freund tippte sich an die Stirn. Aber er wußte auch, daß er mich nicht bremsen konnte.

Im steilen Sinkflug stieß unser Pilot von der Rückseite der Villa her auf die vordere Zufahrt zu.

Erst jetzt kriegten sie es in der gut schallisolierten Luxuslimousine mit. Deutlich war zu erkennen, wie sich das lange Heck senkte. Der Fahrer gab Gas. Ein hartes Lächeln umspielte die Mundwinkel des Lieutenants am Steuerknüppel. Er ließ den Hubschrauber über das Villendach hinwegschweben.

Und dann hielt er mit Direktkurs auf den davonjagenden Wagen zu. Die Säulenzypressen beiderseits der Fahrbahn waren ein gefährliches Hindernis. Er durfte ihnen mit den Rotorblättern nicht zu nahe kommen. Sonst würde die Riesenlibelle abstürzen.

Ich nahm meinen Smith & Wesson aus dem Futteral und ließ mir von Phil Reservepatronen geben. Im Handumdrehen hatte ich nachgeladen. Sorgfältig verschloß ich das Futteral, nachdem ich den 357er darin verstaut hatte. In weniger als zwei Sekunden waren wir haargenau über dem Cadillac. Und Ormond hatte noch die Hälfte der Zufahrt vor sich.

Phil riß die Seitenluke der Kanzel auf. Scharfer Wind schlug herein und wollte mich ins Innere der Maschine zurückstoßen. Ich widerstand. Ich schob mich sitzend über den Bodenrand hinaus. Phil packte mich an den Schultern, um mir Sicherheit zu geben, während ich meine Füße auf die Landekufe zuschob.

Zehn Meter unter mir raste der Cadillac dahin. Asphalt, Rasen und Zypressen verschwammen zu einem huschenden Farbbrei.

Der Pilot zog die Maschine nach links und veränderte die Rotorstellung so weit, daß er nicht mehr an Fahrt zunahm. Langsam sanken wir dem silbermetallicfarbenen Wagen entgegen.

Noch fünf Meter.

Der Cadillac schien gleichfalls stillzustehen. Es war, als bewegten sich nur Erdboden und Pflanzen mit rasender Geschwindigkeit.

Vier Meter.

Mehr war nicht möglich. Ich kalkulierte die Höhe der Säulenzypressen und wußte, daß der Pilot nicht mehr riskieren konnte. Mit einer Kopfbewegung zeigte ich Phil meine Absicht an. Noch im selben Atemzug stieß ich mich ab.

Es kam mir vor, als schwebte ich in Zeitlupe auf den Caddy hinab.

Eisiger Schreck durchzuckte mich im nächsten Moment.

Das Wagendach war zu weit vorn.

Verschätzt!

Und ich konnte nicht mehr tun. Hart schlug ich mit beiden Füßen zugleich auf. Blech dellte sich unter mir. Die Kofferraumklappe. Noch während ich in den Knien einknickte, warf ich mich nach vorn. Gegen den Fahrtwind, der mich nach hinten wegzufegen drohte.

Platt wie eine Flunder landete ich auf dem Dach.

Hinter mir flog die Heckscheibe in einem Krümelregen auseinander. Trotz des Lärms des davonziehenden Hubschraubers hatte ich den Schuß gehört. Ormond oder ein Body-guard hatte nach hinten gefeuert, mich zu erwischen versucht. Es war nur eine Frage von

Sekunden, wann sie durch das Dach schießen würden.

Mit der Linken erwischte ich die Stirnkante des Caddy-Dachs. Während ich mich nach vorn zog, befreite ich gleichzeitig den Smith & Wesson aus dem Futteral.

Aus den Augenwinkeln heraus sah ich den Helicopter, der weiter links auf einer großen Rasenfläche landete.

Der Caddy begann zu schwanken. Der Driver versuchte, mich mit Schlingerbewegungen vom Dach zu schleudern. Ich packte den Dienstrevolver am Lauf und zertrümmerte die Windschutzscheibe mit zwei schnellen Schlägen.

Wie von einer Schnur gezogen, scherte der Caddy nach links weg.

Ich flog nach rechts vom Dach. Geistesgegenwärtig entspannte ich alle Muskeln. Das Neoprene schützte mich, als ich aufschlug und hart über den Asphalt schrammte. Ich rollte mich ab, schaffte es erst nach einer Ewigkeit von Sekundenbruchteilen, mich gegen den Drall anzustemmen und auf die Beine zu kommen.

Es krachte. Blech verbog sich kreischend und scheppernd.

Der Cadillac hatte zwei Zypressen abgeknickt und war an der dritten gescheitert.

Die rechte Hecktür flog auf.

Den durchtrainierten blonden Mann erkannte ich sofort.

Kyle Ormond!

Sein scharfgeschnittenes Gesicht, von den Frauen sonst sicher gern betrachtet, war haßentstellt. Er hatte eine Automatik, die in seiner Rechten hochflog.

Ich zog um eine Zehntelsekunde eher durch. Der 357er brüllte in meinen Fäusten, ruckte, schlug und spie sein großkalibriges Blei aus dem kurzen Lauf.

Ormonds rechter Arm wurde hochgerissen. Die Automatik fiel auf den Asphalt. Der Syndikatsboß schrie, als er in den Türwinkel des Cadillac wankte.

Im selben Augenblick war Phil zur Stelle. Der Lieutenant, der den Hubschrauber geflogen hatte, folgte meinem Freund mit schußbereitem Revolver. Gemeinsam holten sie einen benommenen Driver und einen Leibwächter, der ebenfalls glasige Augen hatte, aus dem halb zertrümmerten Cadillac.

Ormond hatte nur einen Streifschuß am rechten Unterarm. Ich verpaßte ihm die stählerne Acht, indem ich den einen Ring um sein linkes Handgelenk und den anderen um den Fensterholm des Caddy schnappen ließ. Auch die Seitenscheiben waren bei dem Aufprall zu Bruch gegangen.

Ormond starrte mich nur an. Seine Lippen waren ein Strich. Wie schon manchmal zuvor, würde er es mit Schweigen versuchen. Aber diesmal sollte es ihm nichts nützen. Die Beweislast war einfach zu erdrückend.

Sirenengeheul näherte sich. Die Kollegen von den in der Nähe gelegenen Revieren waren über Funk verständigt worden.

Phil und ich liefen ins Haus, während der Lieutnant die Festgenommenen bewachte. Wir trafen nur noch Leute an, die auf Ormonds regulärer Lohnliste standen. Hauspersonal. Keine weiteren Leibwächter.

Ich rief den Chef an und berichtete kurz. Ich erfuhr, daß Steve und Zeery schon unterwegs waren, um Kenneth Hall aus seiner Wohnung abzuholen. Der Anwalt hatte sich telefonisch bereiterklärt, ein Geständnis abzulegen. Er spekulierte auf den Rang des Kronzeugen.

Bevor wir das Villengrundstück verließen, rief ich Mandy Gould an und bedankte mich bei ihr. Nachdem sie den Schock überwunden hatte, so früh am Morgen geweckt zu werden, berichtete ich ihr, wie wir ihren Hinweis entschlüsselt hatten. Sie war stolz auf ihren Beitrag und erzählte mir von Hall, der allen Ernstes seinen Erfolg mit ihr hatte feiern wollen – den Erfolg, Sharon Bailey lebenslänglich hinter Gitter gebracht zu haben. Halls Wandlung nach Prozeßbeginn war von Ormonds Geld bewirkt worden.

Dann rief ich noch Alvin Klein vom Morning Star an und eröffnete ihm, daß er die Story über den bekannten Rechtsanwalt jetzt kriegen konnte. Mr. High würde noch an diesem Tag eine Pressekonferenz veranstalten.

Klein war enttäuscht, keine Exklusivstory zu erhalten. »Die habe ich dir nicht versprochen«, sagte ich und legte auf.

Sharon erlebte es wie im Traum.

Das wütend enttäuschte Gesicht Normas, der gestiefelten Aufseherin, als sie aus ihrer Zelle geholt und in die Kleiderkammer gebracht wurde. Diesmal gab es kein entwürdigendes Ritual wie bei der Einlieferung.

Dann die Fahrt nach Manhattan. Sie trug keine Handschellen mehr, und die Polizeibeamten, die sie begleiteten, behandelten sie nicht mehr wie eine Gefangene. Bis zum ersten Verhandlungstag des Wiederaufnahmeverfahrens blieb sie auf freiem Fuß. Nachbarn und Freunde hatten die Kautionssumme ausgelegt, zu der natürlich auch Eric Bailey einen beträchtlichen Anteil beisteuerte.

Dann, als sie die Zeugenaussagen hörte, wurde aus dem Traum nach und nach Wirklichkeit.

Alfred Berger, der alte Mann, bestätigte, daß er von Wilson 1000 Dollar für seine Lüge vor Gericht erhalten hatte. Eine Lüge, die ihm in einem anschließenden Verfahren wegen Falschaussagen ein Jahr Gefängnis einbringen sollte — zur Bewährung ausgesetzt.

Kenneth Hall schilderte, wie er von Kyle Ormond bestochen worden war. 100.000 Dollar. Eine Summe, die für ihn angemessen gewesen war. Eine Summe, bei der Hall nicht lange überlegt hatte. Hall erhielt Berufsverbot und eine zehnjährige Gefängnisstrafe.

Dann die Zeugenaussagen über das Geständnis Bunk Wilsons unmittelbar vor seinem Tod.

Sharon Bailey wußte zu diesem Zeitpunkt endgültig, daß sie keinen gaukelnden Traum mehr erlebte und daß auch der Alptraum der vergangenen Wochen vorüber war.

Wieder brach sie in Tränen aus, als Richter Mortan das Urteil verkündete. Doch diesmal waren es Freudentränen.

Freispruch wegen erwiesener Unschuld!

Gegen Kyle Ormond begann noch am selben Tag ein getrenntes Gerichtsverfahren. Kenneth Hall wurde als Kronzeuge zugelassen. Dadurch ersparte er es sich, seine zehn Jahre abzusitzen. Hall machte die entscheidende Aussage, die Ormonds Mordauftrag an Wilson belegte. Adam Grainge, der Tresorspezialist, den wir im Mahopec Falls geschnappt hatten, schilderte alle Einzelheiten über die Bankpläne.

Lebenslänglich lautete das Urteil.

Für Sharon Bailey war es vergänglich gewesen.

Für Kyle Ormond blieb es unabänderlich.

Ein paar Tage später gab es im Bungalow der Baileys in Glen Cove eine große Wiedersehensfeier.

Sharon war der umjubelte Mittelpunkt der Party. Das ganze Haus, das ganze Grundstück war voll Menschen. Die Kautionssumme war zurückgezahlt worden. Eric hatte spontan seinen Anteil dafür hergegeben, das Fest für Sharon zu veranstalten. Vorn auf dem Rasen loderte ein Feuer in einer großen Gußeisenschale, und darüber drehte sich ein Spießbraten. Bier- und Weinfässer waren aufgebaut, und die vielen Nachbarn, Freunde und Bekannten bedienten sich selbst. Für die Kinder gab es kistenweise Limonade und Kartons voller Süßigkeiten.

Phil und ich standen auf der Gästeliste, und wir waren von Anfang an dabei. Mr. High hatte darauf bestanden, daß wir teilnahmen. Eine fast dienstliche Anweisung, obwohl wir natürlich dienstfrei hatten.

Und Pascal Lejeune war da. Sie hatte sich prächtig erholt.

»Ich werde jetzt ständig hier arbeiten«, offenbarte sie uns lächelnd.

Mark und Joey, die strahlend aus dem Gedränge auftauchten, bestätigten es.

»Kein Studium mehr?« fragte ich erstaunt.

»Doch, natürlich!« erklärte Pascal. Sie entdeckte Sharon und winkte sie herbei. »Erkläre du bitte den G-man, was wir uns ausgedacht haben! Mir unterstellen sie dauernd, ich vernachlässigte mein Studium.« Dazu zwinkerte sie verschmitzt mit den Augen.

»Oh nein, Pascal wird nichts vernachlässigen«, versicherte Sharon lächelnd. »Sie wird bei uns im Haus wohnen und während der Semesterferien die Jungen betreuen. Dann habe ich Zeit, wieder ein bißchen in meinem früheren Job zu arbeiten. Bei der UN. Ein

Angebot habe ich schon. Urlaubsvertretung, Vertretung in Krankheitsfällen, Aushilfe bei großen Tagungen und Kongressen – es gibt eine Menge, wofür sie mich noch gebrauchen können. Und ich kann mir die Zeit so einteilen, daß ich immer dann arbeite, wenn Pascal zur Verfügung steht.«

Eric gesellte sich zu uns und umarmte seine Freu freudestrahlend. »Sharon geht jetzt unter die Emanzen«, prophezeite er lachend. »Eines Tages werde ich den Hausmann und den Babysitter spielen dürfen.«

»Wenn dieser ferne Tag naht«, entgegnete Sharon schlagfertig, »werden wir mit Sicherheit keine Babys mehr haben!«

Alle stimmten in das Lachen ein. Es war ein befreites Lachen. Das Glück war in den Bungalow in Glen Cove zurückgekehrt.

ENDE

Jerry Cotton

Sonntags-Mörder

Kriminalroman

BASTEI-LÜBBE-TASCHENBUCH
Jerry Cotton
Band 31 314

Erste Auflage: August 1987

Unser Titelfoto zeigt Frederick Stafford in der Hauptrolle
des Agentenfilms »OSS 117 – Pulverfaß Bahia«.
Die auf unserem Titelfoto dargestellten Schauspieler stehen in keinem
Zusammenhang mit dem Titel und Inhalt dieses Bastei-Romans.

© Copyright 1987 by Bastei-Verlag
Gustav H. Lübbe GmbH & Co., Bergisch Gladbach
All rights reserved
Titelfoto: Rank-Film
Umschlaggestaltung: Manfred Peters, Bergisch Gladbach
Satz: Fotosatz Steckstor, Bensberg
Druck und Verarbeitung: Ebner Ulm
Printed in Western Germany
ISBN 3–404–31314–3

Der Preis dieses Bandes versteht sich einschließlich
der gesetzlichen Mehrwertsteuer.

Fast alles, was sich im Nebenzimmer abspielte, konnte er hören.

Maynard Lewis, so nannte er sich in dieser Bude, lag regungslos auf dem Bett, die Arme hinter dem Kopf verschränkt, und blickte in die Streifenbahnen der Morgensonne. Der Staub stand wie eine feste, unverrückbare Masse darin. Lewis stellte sich vor, daß er diese Staubluft atmete, und ihm wurde übel. Warum ließ ein gottverdammtes Seitenstraßen-Hotel an einem Sonntagmorgen in Greenwich Village, Manhattan, so seltsame Gedanken aufkommen?

Das Pärchen nebenan mußte die komischsten Gedanken haben. Launen? Verrücktheiten? Wie man es auch nannte, das Ergebnis war amüsant. Besonders wegen der Geräusche.

Seit sie an diesem Sonntagmorgen aufgewacht waren, stritten sie sich, versöhnten sich und hüpften ohne Umschweife ins Bett. Ziemlich lange ging das schon so. Lewis zählte nicht mehr mit.

Er fing an, den Mann zu bewundern, den er töten wollte.

Das Girl war eine nörgelnde kleine Ziege. Der Teufel mochte wissen, wo Joe sie aufgegabelt hatte. Ständig hatte sie etwas an ihm auszusetzen. Sie führte sich auf, als ob sie zehn Jahre mit ihm verheiratet gewesen wäre.

Lewis konnte zwar nicht mitreden, weil er nicht verheiratet war. Aber er hatte so seine Vorstellungen. Er dachte an Liz Taylor in ihrem Film: »Wer hat Angst vor

Virginia Woolf?« Seitdem wußte er, was man sich unter Ehefrauen vorzustellen hatte. Die Zickige nebenan war die geborene Ehefrau.

Joe Custer konnte einem leid tun.

Lewis schmunzelte, als es wieder losging.

Was erst gewispert und dann langsam lauter wurde, kriegte er nicht mit. Erst wenn die Kleine richtig keifte, konnte er jedes Wort verstehen.

». . . du verdammter, oh, du verdammter Schuft! So habe ich dich eingeschätzt! Du würdest es wirklich fertigbringen, mich mit einem Kind sitzenzulassen?«

»Hab ich nicht gesagt!« brüllte er. »Ich hab gesagt, ich heirate dich nicht!«

»Das läuft aufs selbe hinaus! Du elender Dreckskerl interessierst dich nur für meinen Körper!«

»Stimmt, Baby, stimmt haargenau!« Custer lachte dröhnend. »Du hast einen Rasse-Klasse-Körper.«

Sie stieß einen Wutschrei aus. Vermutlich stürzte sie sich auf ihn. Oder etwas in der Art. »Du Schwein!« keuchte sie. »Du gemeiner Schweinehund! Wenn ich ein Kind von dir kriege, wirst du mich heiraten! Ich habe ein Recht darauf!«

Er brüllte wieder. »Spinnst du? Oder spinne ich? Ich heirate dich nicht, und damit basta!«

Sie kreischte vor Wut. Ihre Stimme schrillte so mordsmäßig, daß es selbst Lewis in den Ohren weh tat. Jetzt waren ihre Worte nicht mehr zu verstehen. Sie mußte regelrecht außer sich sein.

»Hau ab!« fuhr Custer sie plötzlich an. Etwas polterte. Ein umkippender Stuhl oder so etwas. Bestimmt hatte er sie aus dem Bett gestoßen.

Lewis kicherte lautlos.

Da — Custer warf sie hinaus. Sie zeterte und fluchte, jammerte und bettelte. Aber er ließ sich nicht erwei chen. Klar, daß er die Nase voll hatte. Noch draußen auf dem Korridor schrie sie ihre Verwünschungen. Custer verriegelte die Tür von innen und kümmerte sich um nichts mehr.

Schließlich verhallten ihre Schritte trippelnd. Sie mußte ihre Sachen zusammengerafft und sich notdürftig angezogen haben. Erstaunlich, daß sie nicht an Custers Tür hämmerte.

Lewis wartete noch eine Stunde, bis er ganz sicher war, daß die Zeterziege nicht zurückkehrte. Custer hatte in dieser Zeit sein Frühstück bestellt und es bestimmt auch genossen — allein und unbeschwert, wie er jetzt war.

Sein letztes Frühstück. Er fing mit seinen Vorbereitungen an. Viel war es nicht. Er zog das dunkle Jackett über, mit dem er aussah wie jemand, der am Vorabend an einer Familienfeier teilgenommen hatte.

Er nahm die Automatik aus seinem kleinen Koffer, schob das Magazin ins Griffstück und lud durch. Die Sonnenstrahlen fielen jetzt in steilerem Winkel durch das Fenster. Es ging auf Mittag zu. Staubpartikel legten sich auf den matten Stahl der Pistole, die von einem schwachen Ölfilm überzogen war. Lewis zog den Schlitten zurück und füllte das Patronenlager mit Messing, Pulver und Blei. Er überzeugte sich, daß die Waffe, eine Beretta 951, gesichert war. Dann schraubte er den Schalldämpfer auf den Lauf.

Von nebenan waren jetzt Schritte zu hören. Hin und her, auf und ab. Joe Custer hatte sein Sonnabend-Sonntag-Vergnügen gehabt. Was hielt ihn noch in der verstaubten Bude? Er würde seine Zelte abbrechen. Sicher erwarteten ihn seine Freunde vom Syndikat. Am Nachmittag würden sie sich in irgendeinem Creep Joint treffen, um zu pokern. Oder sie ließen sich in einem ihrer

Clubs die neuesten Girls vorführen, die von den Zuhältern an der Eighth Avenue an Land gezogen worden waren.

Joe Custers Bettgefährtin hatte im Grunde recht. Er war ein Schweinehund.

Nebenan polterte es. Dann knarrte eine Schranktür. Custer zog seine Schuhe an. Lewis kannte mittlerweile jedes Geräusch.

Er wartete noch eine halbe Minute. Dann verbarg er die Waffe unter dem Jackett und trat auf den Korridor hinaus. Der abgetretene Teppichboden roch nach trockenem Staub. Dürftige Wandlampen brannten den ganzen Tag, denn es gab kein Fenster. Lewis blickte kurz nach beiden Seiten. Niemand zu sehen. Er wandte sich nach rechts und bewegte sich lautlos auf Custers Zimmertür zu.

Er verharrte knapp davor.

Nur zwei Sekunden verstrichen.

Der Schlüssel knirschte im Schloß.

Lewis trat in dem Moment auf die Tür zu, in dem sie aufschwang. Custers glattes Gesicht formte ein großes Fragezeichen. Lewis rammte ihm die linke Faust vor die Brust und trieb ihn zwei Schritte weit ins Zimmer zurück. Custer riß den Mund auf, um zu brüllen. Lewis drückte die Tür ins Schloß, nahm die Waffe unter dem Jackett hervor und schoß.

Custer brachte keinen Laut mehr heraus. Die Schüsse waren nicht mehr als ein Händeklatschen gewesen. Der Syndikatsmann hatte schon kein Leben mehr in sich, als er rücklings auf das Bett fiel.

Lewis sicherte die Waffe, schob sie unter den Hosenbund und ergriff den Türknauf mit dem Taschentuch. Der Korridor war noch immer leer. Draußen, an Custers Tür, hing noch das Pappschild *Please do not disturb*

— »Bitte nicht stören«. Lewis schmunzelte. Custer würde nie wieder von jemandem gestört werden.

Er kehrte in sein Zimmer zurück, nahm die Automatik auseinander und packte seine wenigen Sachen in den Koffer.

Er überzeugte sich, daß er nichts zurückließ. Auch keine Fingerprints. Unten, hinter dem Rezeptionspult, saß das ältliche Girl mit dem staubgrauen Haar und diesem ausgebleichten lachsfarbenen Pullover, den sie schon gestern angehabt hatte. Er schob ihr den Zimmerschlüssel und seine Kreditkarte zu und wartete, bis sie mit Schreiben und Hantieren fertig war. Er bat sie, ein Taxi zu rufen, und gab ihr zwei Dollar Trinkgeld. Sie taute auf und sprach ein paar Worte mit ihm. Er sagte, daß er am Abend zu Hause sein wolle, in Providence, Rhode Island. Jemand, der auch noch am Wochenende geschäftlich unterwegs sein mußte, wollte wenigstens am Sonntagabend zu Hause sein. Dabei zwinkerte er vielsagend. Ihm folgte ein beinahe sehnsüchtiger Blick, als er hinausging.

Er stieg in das Taxi und ließ sich bis zum Columbus Circle in Manhattan-Uptown fahren, wie ein Tourist, der mit einer der von lahmen Gäulen gezogenen Kutschen durch den Central Park gondeln wollte. Er nahm den direkten Weg in den Südwestzipfel des Parks und betrat ein öffentliches Toilettengebäude unter mächtigen Platanenwipfeln.

Er schloß sich in einer Kabine ein und zog die mittelblonde Perücke vom Kopf. Er tauschte das schwarze Jackett gegen einen leichten Blouson aus dem Koffer. Zuletzt nahm er die Brille ab, stellte seine Utensilien auf den Kofferdeckel und setzte die Kontaktlinsen ein.

Als Robert Karnak, der er wirklich war, verließ er das Gebäude.

An einem Sonntagnachmittag in Manhattan hat man manchmal das Gefühl, daß der Asphalt unter der Sonne aufquillt. So wenig bewegt sich auf den Straßen. Wer über die Bürgersteige schlurft, kann die Leute in den Gitterbalkons der Feuerleitern hocken oder liegen sehen. Aus offenen Fenstern tönen Baseballreportagen oder Rockmusik.

Mein Aufenthaltsort an diesem Sonntagnachmittag war der Bauch eines jener alten Wohn- und Geschäftshäuser in der Midtown von Manhattan. Der Mann, mit dem ich ein kühles Hinterzimmer teilte, war ein zitterndes Häufchen Elend. Er hatte gebeichtet. Alles.

Ich schüttelte den Kopf — nachsichtig mild, aber doch unübersehbar fassungslos. »Willie«, sagte ich, »Sie leben einfach auf zu großem Fuß. Das ist meine Meinung, die Sie hören wollten. Sie leben auf zu großem Fuß, und jetzt müssen Sie mit den Folgen fertig werden.«

»Ich will ja bezahlen«, klagte er wehleidig und ließ die Patschhände auf die Platte seines teuren Mahagoni-Schreibtischs fallen. »Aber die elenden Hurensöhne verlangen so hohe Raten, daß ich ausblute. Mr. Cotton, stellen Sie sich doch bloß mal vor: Meinen gesamten Überschuß aus den Tageseinnahmen soll ich als Tilgung abführen! Da bleibt nichts mehr, um den Laden am Leben zu erhalten. Ich kann nichts mehr einkaufen, kann keine Löhne mehr zahlen, kann nicht mal mehr meinen eigenen Lebensunterhalt . . .« Statt weiterzusprechen, drückte er den Rest des Satzes mit einem tiefen Seufzer aus.

Eben das ist ja auch ihr Ziel, Willie, hätte ich ihm sagen können. Aber ich wollte ihn nicht noch mehr strapazieren nach seiner anstrengenden Beichte. Im Unterbewußtsein war es ihm sicher auch schon deutlich: Die Kredithaie machten ihn finanziell fertig, damit das Syndikat ihm schließlich die Pistole auf die Brust setzen konnte. Entweder war er bereit, seinen feinen Laden zu einem Spottpreis abzugeben, oder sie ließen ihn in den Bankrott schliddern.

Willie Maple hatte unter diesen Umständen nach dem einzigen Rettungsring gegriffen, der ihm noch blieb. Dem FBI. Kreditbetrug gehört zu dem, was wir als organisiertes Verbrechen bezeichnen, für dessen Bekämpfung wir zuständig sind. Willie Maple wußte, ihm blieben nur zwei Möglichkeiten: Finanzieller Ruin und ein künftiges Leben als schlecht bezahlter Geschäftsführer im eigenen Lokal. Oder ein paar Tage Angst, mit der Hoffnung, daß die G-men dem Syndikat den Teppich unter den Füßen wegziehen würden.

Willie Maple war klein und fett, aber sehr beweglich. Wenn er sich bewegte, sah er in seinem dunkelbraunen Lederanzug wie ein leichtfüßiger Tanzbär aus, der über das Parkett schwebt. Auf seinem runden Kopf standen blonde Haare wie Schweineborsten, und sein Schnauzbart sah ebenso stachlig aus.

Mein Walkie-talkie summte. Ich meldete mich. Die Stimme meines Freundes Phil Decker schnarrte aus dem Lautsprecher. »Scheint so, als ob sie im Anmarsch sind. Vier Mann. Der Anführer ist gut 1,80 m groß, schwarzhaarig, mit Vollbart.«

»Das sind sie!« jammerte Willie Maple und schlug die Patschhände unter dem Kinn zusammen. »Mein Gott, das sind sie!«

Ich stand vom Besucherstuhl auf und nahm mein Coke-Glas und den Aschenbecher weg. »Halten Sie durch, Willie! Nur noch ein paar Minuten, dann haben Sie's geschafft. Lassen Sie sich vor allem nichts anmerken!«

»Leicht gesagt«, schnaufte er und stemmte sich aus dem Stuhl neben mir hoch. In seinem schwebenden Tanzschritt begab er sich hinter diesen Schreibtisch, der dem Managing Director eines Bankhauses an der Wall Street gut zu Gesicht gestanden hätte.

Ich zog mich in die Ecke rechts neben der Tür zurück, wo ein Aktenschrank aus Mahagoni eine Nische für mich freiließ. Den Aschenbecher und das Glas ließ ich in der Nische verschwinden.

Natürlich würde Willie schlottern wie ein Mops, der von einer Dogge im Nacken gepackt wurde. Solange er halbwegs die Fassung bewahrte und mich nicht auf Anhieb verriet, war alles in Ordnung. Er hatte ein schwaches Nervenkostüm. Es konnte jede Sekunde passieren, daß er doch noch umkippte. Dann nämlich, wenn seine Angst vor dem Syndikat überwog. Dann würde er versuchen, sich ins allerbeste Licht zu rücken, indem er Phil und mich ans Messer lieferte.

Aber er hatte mir so viel gebeichtet, daß er eigentlich kaum noch umfallen konnte. Sein Lokal, »The Patriot's Inn«, an der Ecke Nineth Avenue und West 48th Street, war im Grunde eine Goldgrube. Prostituierte der Luxusklasse und ihre gutbetuchten Kunden gingen hier ebenso ein und aus wie die Zuhälter der oberen Klasse. Durch die hohen Umsätze hatte Willie sich verleiten lassen, eine Menge Geld in sein Privatvergnügen zu investieren. Ein teurer Mercedes, hohe Verluste bei Rennwetten und Pokerspielen und kostspielige Partys für die vielen guten Freunde hatten ihn an den Rand des Ruins gebracht.

Die Kredithaie des Osburn-Syndikats halfen ihm aus der Klemme. Immer häufiger, mit immer höheren Summen. Bis die Wucherzinsen Willies Finanzkraft restlos aufgefressen hatte. Keiner seiner vielen guten Freunde konnte ihm helfen, als die Kredithaie damit anfingen, Willies Zahlungsrückstände einzutreiben.

Er sah blaß aus hinter seinem dunkel glänzenden Luxusschreibtisch. Ich nickte ihm aufmunternd zu und verstaute das Walkie-talkie in der Jackentasche. Seine fleischigen Hände lagen auf der Mahagoniplatte. Er saß kerzengerade wie ein Musterschüler.

Schritte wurden im Korridor laut. Sie hatten den Weg von vorn genommen, durch die Kneipe.

Phil würde etwa zu diesem Zeitpunkt aus dem Jaguar steigen und ihnen folgen.

Willie Maple biß sich auf die Unterlippe. Seine Wangenmuskeln zuckten unkontrolliert.

Die Schritte nahmen einen dumpfen Klang an und setzten sich ohne Unterbrechung fort, nachdem die Kerle die Tür aufgestoßen hatten. Sie fühlten sich bereits wie zu Hause, dachten nicht einmal mehr im Traum daran, anzuklopfen.

Der Bärtige, den Phil beschrieben hatte, ging auf Willie an seinem Schreibtisch zu. Die beiden anderen blieben zwei Schritte hinter ihrem Anführer, nach links und rechts versetzt. Die Tür wurde ins Schloß gedrückt. Also war der vierte dort, für mich unsichtbar.

Noch hatten sie mich nicht entdeckt.

»Zahltag, Willie«, sagte der Bärtige schroff und klatschte einen Packen zusammengehefteter Papiere auf die blanke Schreibtischplatte. »Und fang nicht an, mir einen ungedeckten Scheck rüberzuschieben! Ich will Bares sehen, Dicker. Klar?«

»Daraus wird leider nichts«, sagte ich und trat aus meiner Nische hervor. Das aufgeklappte Etui mit dem FBI-Adler hielt ich ihnen entgegen.

Sie wirbelten herum. Bei den drei, die ich im Blickfeld hatte, sah die Drehbewegung aus wie das Ergebnis der perfekt einstudierten Choreographie eines Balletts.

Der vierte konnte mir nicht ins Gehege kommen, denn in diesem Moment flog die Tür krachend auf.

»FBI! Keiner rührt sich!« sagte Phil schneidend.

Er hätte ebensogut mit einer der Wände reden können.

Der Bärtige wollte sich nicht auf seine Fäuste verlassen. In dem Moment, in dem ich das Lederetui in meine Jackentasche sinken ließ, fuhr seine Rechte unter das Jackett.

Er zog verteufelt schnell. Eine Automatik flog in seiner Faust hoch, und die beiden anderen Kerle waren im Begriff, seinem Beispiel zu folgen.

Reaktionsschnell zog ich den Smith & Wesson aus der Halfter und sprang nach rechts.

Die Automatik krachte. Ich spürte das Blei an meiner linken Wange sengen und feuerte noch in den Hall des Schusses.

Den Bärtigen schleuderte es zurück. Ich sah, wie der Blutfleck an seiner linken Schulter entstand. Die Wucht des Einschusses warf ihn gegen den Komplizen zu seiner Rechten. Beide Männer taumelten, stolperten rückwärts über die Besucherstühle und gingen mit den Möbelstücken polternd zu Boden.

Ich war breitbeinig stehengeblieben.

Der Kerl, den ich noch vor mir hatte, erstarrte in seiner Bewegung. Die Waffe hatte er schon halb heraus, aber der Blick in die Mündung meines kurzläufigen Dienstrevolvers reichte, um ihn wie schockgefrostet aussehen zu lassen.

Phil hatte den anderen unter Kontrolle.

Willie Maple war hinter seinem Prunkschreibtisch zu Boden gesackt. Der Verwundete stöhnte schmerzerfüllt in dem Wirrwarr von Stühlen.

Phil und ich sicherten uns gegenseitig, während wir den Kerlen ihre Waffen abnahmen und außer Reichweite auf Willies großen Schreibtisch legten. Dann ketteten wir je zwei Mann mit unseren Handschellen aneinander. Im Fall des Bärtigen verwendeten wir dazu den rechten Arm, wo er keine Schmerzen hatte. Phil nahm Willies Telefon und rief das Revier der City Police an der West 50th Street an. Wir brauchten einen Ambulanzwagen und ein paar uniformierte Kollegen, die den Abtransport der Gangster bewachen sollten.

Ich blätterte den Papierpacken auf dem Schreibtisch durch. Willie Maple hatte sich keuchend und schnaufend in seinen Sessel hochgezogen. Aus kleinen Augen beobachtete er, was ich tat. Die Belege waren eindeutig. Die auf die einzelnen Kreditbeträge angerechneten Zinsen erfüllten den Tatbestand des Kreditwuchers. Und das Aufkreuzen des Bärtigen mit seinem Trupp war mindestens Nötigung.

Wir hatten sie.

Ich betete ihnen die Verhaftungsformel vor und erklärte ihnen, weshalb wir sie in den Vernehmungstrakt des FBI-Gebäudes bringen ließen. Der Hinweis, daß sie das Recht hatten, sich von einem Anwalt vertreten zu lassen, bevor sie eine Aussage machten, schien sie nicht sonderlich aufzuheitern. Daß wir ihnen den Haftbefehl am nächsten Vormittag vorlegen würden, überhörten sie sogar.

Statt dessen prophezeite der Bärtige uns eine düstere Zukunft. »Ihr werdet daran ersticken. Darauf könnt ihr Gift nehmen. Und dich ...« Er starrte Willie an, der wie ein graugewordener ängstlicher Frosch hinter seinem Möbelmonstrum hockte. »... werden sie umlegen!«

»Willie braucht sich keine Sorgen zu machen«, widersprach ich laut und vernehmlich, damit auch der

Kneipeninhaber es klar mitkriegte und ein wenig von seiner Angst abbaute. »Er wird nämlich unter Schutz gestellt. US-Marshals übernehmen das.«

Mehr brauchte ich nicht zu erklären. Der Bärtige starrte mich wütend an und sagte nichts mehr. Sein Gesicht spiegelte neben dem körperlichen Schmerz die bittere Erkenntnis, daß ihn nichts mehr vor dem Untergang retten konnte. Wir hatten die Beweise, die wir brauchten, und wir würden dafür sorgen, daß Willie Maple seine Aussage nicht widerrief, sondern bestätigte. An einem geheimen Ort, von den Marshals bewacht, würde er die Zeit bis zum Prozeß sicher überstehen.

Allerdings waren wir uns darüber im klaren, daß unser Erfolg nur ein Teilerfolg war. Dave Osburn würde ein paar Leute aus seiner Organisation opfern müssen – die nämlich, die für den Geldverleih zuständig waren. Aber an ihn selbst kamen wir kaum heran. Niemand in seinem Syndikat wußte genug über ihn, um ihn hinter Gitter bringen zu können. Nicht einmal seine engsten Vertrauten. Er hatte sich nach allen Seiten perfekt abgeschottet.

Es würde ein mühsames Stückwerk werden, Osburns Syndikat zu zerschlagen. Aber wir waren fest dazu entschlossen. In unserem Kampf gegen das organisierte Verbrechen hatten wir alle Unterstützung, selbst von den höchsten Stellen in Washington.

Willie Maples Hilferuf hatte uns in diesem Fall einen bescheidenen Anfang ermöglicht.

Osburns Geldeintreiber waren schweigsam und nachdenklich geworden, als der Ambulanzwagen und die Radio Cars mit ihren Besatzungen zur Stelle waren.

Das Lederei der kleinen Footballspieler flog von der Rasenfläche herüber und torkelte auf den Parkweg, Robert Karnak vor die Füße. Die Jungen stürmten hinterher, zehn bis zwölf Jahre alt waren sie wohl. Karnak grinste und trat das Ei auf die andere Seite des Weges, in einen Teich. Durch den Schwung trieb es vom Schilf weg, in die Mitte der Wasserfläche hinaus. Eine Stockente nahm schnatternd Reißaus.

Die Schar der jungen Footballspieler, die auf der Rasenfläche im Central Park trainierte, blieb empört vor dem schlanken, fast dünnen Mann stehen.

»Warum haben Sie das getan, Sir?« rief der Älteste und Größte, ein sommersprossiger Bursche mit rötlichem Haarschopf.

»Aus Spaß«, antwortete Karnak und freute sich über die Verblüffung in den Mienen der keuchenden kleinen Kerle. »Ihr werdet doch wohl in der Lage sein, euren Ball aus so einem lausigen Tümpel zu holen.«

Sie fingen an, ihn erbost anzuschreien. »Vielleicht sollten Sie ihn holen, Sir!« rief der Sommersprossige, und sein Blick wanderte an Karnak vorbei.

In den erhitzten Gesichtern der Jungen entstand eine Art Triumphgefühl, während sie in die gleiche Richtung blickten wie der Sommersprossige.

Karnak wandte sich um. Er verlor seine Fassung nicht einen Atemzug lang.

Zwei Fußstreifen-Cops schlenderten den Parkweg herauf. Die armlangen Schlagstöcke aus Hartholz pendelten an ihren Hüften. Die Griffstücke ihrer schweren Revolver standen schräg ab.

Drei Jungen rannten los, auf die Cops zu und erklärten ihnen, was geschehen war. Karnak sah, wie die Cops herüberblickten und grinsten. Er grinste zurück und ließ es ein bißchen verlegen aussehen. Dann kamen sie näher. Ein junger Beamter und einer, der Mitte 30 sein mochte.

»Scheint so, Sir, daß Sie unsere jungen Freunde ein bißchen geärgert haben«, sagte der ältere Cop. »Stimmt das?«

»Mir sind die Pferde durchgegangen, Officer. Kann ja mal vorkommen, daß einen so was wie jugendlicher Übermut packt, stimmt's?«

Die Cops musterten ihn stirnrunzelnd. Sein glatt anliegendes schwarzes Haar war sorgfältig gekämmt. Er trug Basketballstiefel und einen hellgrauen Jogginganzug. Über der rechten Schulter die Kordeln des Segeltuchbeutels mit den Sachen, die er verschwinden lassen wollte.

»Stimmt«, sagte der Streifenführer nach einer Weile. »Allright, ich würd's für eine nette Geste halten, wenn sie den Jungs den Ball wiederholen. Sie sind doch auch Sportler, wie's scheint.«

»Wassersportler«, antwortete Karnak stolz. »Ich fahre Kajak.«

Der Beamte deutete mit einer Handbewegung zum Teich. »Nun, Sir, Sie werden nicht mal mehr ein Boot brauchen, um das kleine Problem aus der Welt zu schaffen.«

Karnak wandte den Kopf und sah, daß der eiförmige Ball bereits ans andere Ufer der kleinen Wasserfläche getrieben war. »Okay«, nickte er und zog den Segeltuchbeutel von der Schulter. »Würden Sie mal halten, Officer?«

Der Beamte sah ihn väterlich-wohlwollend an und nahm den Beutel, in dem sich unter anderem die Pistole befand, mit der Robert Karnak am späten Vormittag seinen ersten Mord begangen hatte.

Karnak lief zum Teich, umrundete ihn, zog ein Schilfrohr aus dem morastigen Ufergrund und manövrierte den Ball so nahe heran, daß er ihn greifen konnte. Das Lederei in beiden Händen lief er zum Weg hinauf, fintete hakenschlagend wie ein Angriffsspieler und schlug es dann in hohem Bogen auf die Rasenfläche, wo die Jungen trainiert hatten. Freudig johlend stürmten sie hinterher.

»Die feine Art war das nicht, Sir«, sagte der ältere Cop und gab Karnak den Beutel zurück.

»Ein Grund zur Aufregung wohl auch nicht«, entgegnete er grinsend. Den Cops lag eine Erwiderung auf der Zunge, doch sie ließen es. Vielleicht sahen sie ein, daß es bei ihm keinen Sinn hatte. So tippten sie nur an ihre Mützenränder. Er wandte sich grußlos ab. Mit federnden Schritten setzte er seinen Weg fort, durchquerte den Central Park und erreichte fünf Minuten später den Riverside Park am Ufer des Hudson. Von seiner Wohnung an der East 73rd Street bis hierher brauchte er nur knapp 20 Minuten. Ein Auto hatte er sich nie angeschafft, und er hatte noch immer kein Verlangen danach. Alle Wege, die in Manhattan zurückzulegen waren, konnte er leicht zu Fuß bewältigen. Und wenn es gar nicht anders ging, nahm er eben ein Taxi.

Das Gelände des Bootsclubs war noch geöffnet. Er kannte nur den Hausmeister, der auch für die Herausgabe der Boote verantwortlich war. Mit den anderen Clubmitgliedern hatte er keinen Kontakt.

»Hallo, Bob«, sagte der Hausmeister, ein untersetzter Mann mit einer Knollennase, die ihn gutmütig aussehen ließ. »So spät noch aufs Wasser?«

»Hallo, Fred«, entgegnete Karnak. »Du weißt, Mondscheinpartien sind mir am liebsten.«

»Wenn's zu zweit wäre, würde ich's ja noch verstehen. Aber immer so allein?«

»Aus einem Einzelgänger machst du kein Herdentier, Fred. Ich bin vor Dunkelwerden zurück. Nur eine kleine Spritztour. Diese Sonntagnachmittage öden einen manchmal an. Du kriegst dieses Gefühl, daß du einfach noch mal an die Luft mußt.«

»Verstehe ich, Bob, verstehe ich. Du brauchst dich nicht zu beeilen, Nancy und ich sind den ganzen Abend zu Hause.«

Karnak holte sein Kajak vom Haken, steckte den Segeltuchbeutel in den Stauraum, nahm das Paddel und trug das Boot zum Steg. Er ließ es zu Wasser, stieg ein und paddelte auf den Fluß hinaus, schräg gegen den Strom.

Es herrschte kaum Wind. Deshalb war der Wellengang mäßig. Nur wenn eine der größeren Motorjachten vorbeirauschte, mußte Karnak aufpassen, daß er die Wellen im richtigen Winkel anschnitt. Mit zügigen Paddelschlägen trieb er das Boot immer weiter hinaus, bis er die Flußmitte erreichte.

Ohne sich umsehen zu müssen, wußte er, daß er allein war. Ein paar Freizeitschiffe, die von der Upper Bay hereinkamen und ihre Liegeplätze ansteuerten, waren noch weit entfernt, in Höhe der alten Westside Piers. Karnak zog den Segeltuchbeutel zwischen die Beine und fing an, die ersten Sachen zu versenken. Selbst wenn ihn jemand von den größeren Kähnen aus mit einem Fernglas beobachtete, würde dieser Gaffer doch kaum mitkriegen, was der einsame Paddler da im Hudson River trieb. Der Bootsrumpf erhob sich nur ein paar Zentimeter über die Wasserlinie, und Karnak brauchte nur in den Beutel zu greifen und die Hand ein kleines Stück nach links zu bewegen.

Er hatte die Pistole zu Hause auseinandergenommen und versenkte sie nun in Einzelteilen. Erst den Lauf, dann den Schalldämpfer, das Verschlußteil, das Griffstück mit dem Rahmen und dann das Magazin. Auch die Reservemunition, die er zusammen mit der Waffe nachts auf einem Hinterhof an der Eighth Avenue gekauft hatte, warf er ins Wasser. In seiner Wohnung gab es nun nicht mehr den winzigsten Hinweis darauf, daß er einmal illegaler Waffenbesitzer gewesen war.

Vor allem gab es keine Tatwaffe.

Er begriff nicht, wieso sich ein Mörder aufgrund der Tatwaffe überführen ließ. Wenn sie dem Toten die Kugeln aus dem Körper pflückten, konnten sie auf dem Geschoßblei oder dem Kupfermantel Laufspuren sichern, die so unverwechselbar waren wie ein Fingerprint. Okay. Das nützte ihnen aber nur dann etwas, wenn sie die Tatwaffe fanden. Eine Binsenweisheit. Jeder Killer mußte das wissen. Weshalb ließ dann nicht jeder Killer sofort nach der Tat seine Waffe verschwinden?

Karnak hatte über diesen Punkt lange nachgegrübelt. Er war zu verschiedenen Ergebnissen gekommen, die ihn jedoch alle nicht befriedigten.

Die Kreditkarte hatte er mit Draht an einem faustgroßen Stein befestigt — so, daß sich das Plastikding nie lösen konnte. Den Gedanken, die Karte im Aschenbecher zu verbrennen, hatte er verworfen. Vielleicht brannte der Kunststoff nicht, sondern schmolz nur. Und vielleicht kriegte er den Gestank nicht wieder aus der Bude. Nacheinander versenkte er die Brille, die Perücke und das schwarze Jackett, das er in Greenwich Village getragen hatte. Alles hatte er mit Bindedraht und Steinen sorgfältig verpackt. Die Steine hatte er nachts auf einem Abbruchgrundstück an der West 54th Street zusammengesucht und in seinen Segeltuchbeutel verstaut.

Er schob den Beutel wieder in den Stauraum und fuhr noch ein Stück stromauf. Fred, der Aufpasser im Clubhaus, würde eine Menge dummer Fragen stellen, wenn er schon nach einer halben Stunde wieder aufkreuzte. In der Nähe des Manhattan-Ufers fuhr Karnak bis zur George Washington Bridge hinauf und wendete dann, indem er um den riesigen Brückenpfeiler herum paddelte.

In rascher Folge begegneten ihm nun Motorjachten und Großsegler mit Hilfsmotor. Karnak sah sonnengebräunte Menschen an Bord. Es war immer noch warm, obwohl die Abenddämmerung einsetzte. Es würde einer dieser Abende werden, an denen man bis Mitternacht im Freien sitzen konnte. Auf den Sonnendecks der Jachten sah er ein paar Girls mit blankem Busen. Eine war sogar völlig nackt. Karnak nahm das Fernglas aus dem Segeltuchbeutel und beobachtete die vorbeiziehenden Schiffe.

Eine mollige Lady, die wie eine Galionsfigur auf dem Vordeck eines Seglers saß, bemerkte ihn und richtete sich auf. Feixend reckte sie ihm ihre großen Brüste entgegen. Im Fernglas sah er es wie eine Großaufnahme. Sein Pulsschlag beschleunigte sich. Er ließ das Glas sinken und paddelte weiter.

In den Jachtclubs ging es jetzt rund. Feierabendstimmung nach einem Tag voller Nichtstun, das war es, was sie wohl empfanden. In ihren Clubhäusern oder an Bord der Jachten schütteten sie sich mit teuren Longdrinks voll und wechselten die Bettpartner wie die Hemden. Er hatte ein paar Filme gesehen, die in diesem Milieu spielten. Er verstand die Menschen nicht, die eine solche Art von Leben als etwas Bewundernswertes betrachteten — so sehr, daß die Verlage jede Woche Tonnenladungen von Illustrierten darüber verbreiteten. Er sehnte sich kein bißchen nach diesem Jet-Set-Leben. Es mußte erbärmlich hohl sein.

Es war noch nicht dunkel geworden, als er das Gelände des Bootsclubs verließ. Der Central Park hatte sich jedoch schon geleert. Kinder und Jugendliche befolgten die Anweisungen ihrer Eltern, rechtzeitig zu Hause zu sein. Möglich, daß es aber eher die Angst war, die von der Kriminalstatistik ausgelöst wurde. Wer nach Einbruch der Dunkelheit noch in den Central Park ging und sich wunderte, wenn er ausgeplündert und nackt aus der Bewußtlosigkeit aufwachte, der war selber schuld.

Das Haus an der East 73rd Street war einmal ein alter Wohnklotz von zehn Stockwerken gewesen, in den 30er Jahren für große Familien gebaut. Fünf, sechs Zimmer pro Wohnung. Die neuen Eigentümer hatten die Zeichen der Zeit erkannt und den ganzen Kasten umgebaut.

Apartments für Singles, klein und praktisch. Karnak hatte Glück gehabt und eine Bude erwischt, die einen Balkon zum Hinterhof hatte. Den hatten sie mit Pflanzen geschmückt, denen ein Leben im Schatten nichts ausmachte.

Er warf den fast leeren Segeltuchbeutel in die Garderobenecke, legte die Türsicherungskette vor und versorgte sich mit einer Flasche Rotwein und mit Zigaretten und ging auf den Balkon hinaus.

Der abendliche Verkehrslärm von Manhattan war hier nur ein leises Rauschen. Fast nahm man überhaupt nichts mehr davon wahr. Im Innenhof, von den Balkons der Nachbarhäuser mit umrahmt, regte sich kein Lufthauch. Robert Karnak war allein, wie er es liebte. Von den Nachbarn hörte er nur Gemurmel, manchmal ein Lachen. Sichtblenden aus einfachem Brownstone-

Mauerwerk gaben jedem Wohnungsinhaber das Gefühl der Abgeschiedenheit.

Manche nutzten die Möglichkeit, sich unten im Hof zu treffen. Gelegentlich veranstalteten sie dort auch Partys. Karnak hatte stets nur von oben, vom Balkon zugeschaut. Nichts zog ihn in das Chaos der Geselligkeit. Der Trubel, die Betriebsamkeit mancher Leute, die immer andere um sich herum haben mußten, und die Inhaltslosigkeit der Gespräche störten ihn. Mehr als das. Solche Lebensart stieß ihn ab.

Verdammt, wenn er sehen wollte, wie sie waren, konnte er sie sich im Kino ansehen. Er wollte sie nicht auch noch in Wirklichkeit erleben.

Der Rotwein aus Kalifornien sickerte wie Samt durch seine Kehle. Er blickte dem Rauch seiner Zigarette nach, der sich in der feuchtwarmen New Yorker Abendluft auflöste.

Hatte er alles bedacht?

Reglos und entspannt in seinem Liegestuhl, mußte er über sich selbst grinsen. Noch vor einem halben Jahr hatte er sich das erste Mal verkleidet und sich mit flatternden Nerven in die Nacht von Manhattan gewagt. Doch als es soweit gewesen war, hatte alles geklappt. Es war plötzlich so cool gewesen, daß er staunen mußte, was doch in ihm steckte. Diese Bordsteinschwalbe hatte ihm den Ganoven, den er gespielt hatte, abgekauft. Es war praktisch ein Kinderspiel gewesen, sie einzuschüchtern und ihr die Tageseinnahme abzuknöpfen. Er wußte es noch wie heute. 980 Bucks hatte sie verdient, die Kleine, die gar nicht einmal häßlich gewesen war.

Er stand auf, drückte seine Zigarette aus und ging in den Livingroom, wo er den Tuner der Stereoanlage anschaltete und einen New Yorker Lokalsender suchte.

Er stöpselte den Kopfhörer ein und ging mit den weichen Ohrmuscheln zurück auf den Balkon. Das Kabel hatte er so lang bemessen, daß er sich nahezu in der ganzen Wohnung frei damit bewegen konnte. Er hatte die Zeit richtig abgepaßt und hörte eine Nachrichtensendung von Anfang bis Ende.

Kein Wort über Joe Custer, den Schweinehund, der in einer Absteige in Greenwich Village sein erbärmliches Leben ausgehaucht hatte.

Karnak verringerte die Lautstärke mit der Fernbedienung und ließ die nachfolgende Sendung, die sich mit der Frühzeit des Bebop in New York befaßte, als Geräuschkulisse in seine Ohren rieseln.

Entweder hatten sie Custer noch nicht gefunden, oder sie hatten eine Nachrichtensperre verhängt. Letzteres war unwahrscheinlich. Bei einem Mordfall, in dem es vom Täter praktisch keine Spuren gab, bauten die Cops gern auf die Mithilfe der Bevölkerung. Deshalb gab es dann immer große Aufrufe in den Zeitungen, im Fernsehen und im Radio. *Wer sachdienliche Hinweise machen kann, wird gebeten* . . . und so weiter. Karnak grinste.

Die staubgraue Rezeptionslady konnte auf ihre Gästeliste hinweisen, so viel sie wollte. Der echte Maynard Lewis würde einige Probleme kriegen, wenn man ihn tatsächlich überprüfte. Aber verdächtig war er nicht mehr und nicht weniger als alle anderen Hotelgäste.

Ja, er hatte alles bedacht.

Es gab keine Schlußfolgerung, die er nicht angestellt hätte, keinen Gesichtspunkt, den er nicht in seine Überlegungen einbezogen hätte. Dabei war es nicht einmal ein weiter Weg gewesen — von der einfältigen kleinen Eighth-Avenue-Nutte mit ihren 980 Bucks bis zum perfekt ausgeführten Mordauftrag.

Er zündete sich eine neue Zigarette an und schenkte Rotwein nach. Er brauchte keinen, vor dem er sich mit seinen nebenberuflichen Leistungen brüsten konnte. Er hatte nie einen gebraucht, dem er sich mitteilen mußte. Deshalb vielleicht, so unbeeinflußt wie er war, hatte er das Zeug zum Perfektionisten.

Nach dem 980-Dollar-Raid hatte er weitergemacht, mit mehr System. Immer in seinen wirkungsvollen Verkleidungen tauchte er in die Unterwelt und führte Jobs aus. Anfangs aus eigenem Antrieb, dann aber auch für Auftraggeber, mit denen er jedoch nie direkten Kontakt aufnahm. Er hatte genug über das alte Mafia-Rezept gelesen, sich gegen mögliche Beweislasten abzuschotten.

Einbrüche, kleine Erpressungen, Raubüberfälle und ähnliches.

Er merkte schnell, daß er den meisten in der Branche überlegen war. Denn er hatte etwas, das den meisten fehlte:

Hirn.

Nur einmal wurde er reingelegt. Das war beim letzten Job vor dem Mord. Sie schickten ihn los, einem Pokerspieler, der regelmäßig absahnte, nach dem Treffen im Creep Joint aufzulauern und ihm die Bucks abzunehmen. Es klappte einwandfrei. So, wie sich das Geldbündel anfühlte, mußten es mehrere 1000 Dollar sein. Und dann war irgendein hinterhältiger Halunke zur Stelle, gab ihm eins über den Schädel und verschwand mit der Beute. Im Auftrag der Auftraggeber. Karnak fand es später heraus. Ebenso, wer diese Auftraggeber waren.

Das Osburn-Syndikat.

Er begriff. Als einzelner war man nichts in der Branche. Aber er dachte nicht daran, sich einverleiben zu lassen. Also mußte er ihnen beweisen, daß ihnen ein einzelner durchaus gefährlich werden konnte.

Er horchte ein bißchen herum. Osburn hatte Konkurrenten. Verdammt scharfe Konkurrenten. Aber sie brachten es einfach nicht fertig, dem großen Osburn ein Stück von dem Teppich unter seinen Füßen wegzuziehen.

Nun, er hatte sich ihnen angeboten, und er zeigte ihnen, wie man es machte. Sie würden beeindruckt sein. Aber sie würden lernen müssen, daß sie selbst auch nicht vor ihm sicher waren.

An ihrer eigenen Selbstherrlichkeit sollten sie sich verschlucken. Manhattan gehörte ihnen nicht allein. Nicht in der Nacht und auch nicht am Tag.

Eine ganze Meute von lungernden Reportern stürzte auf Phil und mich los, als wir vor dem Hotel Eagle in Greenwich Village aus dem Jaguar stiegen. Die Fotografen entfachten vorsichtshalber ein Blitzlichtgewitter, da sie nicht wußten, wer wir waren. Sie gingen auf Nummer Sicher, die Burschen. Was sie im Kasten hatten, hatten sie im Kasten.

Die Reporter belästigten uns mit Fragen, während wir versuchten, den Hoteleingang zu erreichen.

»Wer war Joe Custer?«

»Warum wurde er ermordet?«

»War Joe Custer ein Profikiller?«

»Gibt es einen neuen Bandenkrieg in New York?«

»Stimmt es, daß Custer für die Mafia arbeitete?«

Nach jeder Frage zuckten neue Blitzlichter auf. Wir schafften es, die drei flachen Steinstufen hinaufzusteigen. Neben dem Eingang mit der altmodischen Drehtür stand ein uniformierter Sergeant der City Police. Er zog bedauernd die Schultern hoch, mit einer Miene, die seine Machtlosigkeit ausdrücken sollte.

Wir zeigten ihm unsere Dienstausweise. Sofort verstärkte sich das Geschrei der Zeitungsmänner.

»Welche Behörde vertreten Sie?«

»Sind Sie vom FBI?«

»Haben Sie Hinweise auf den Täter?«

Phil und ich drehten uns um und lächelten.

»Wir sind FBI-Beamte«, sagte ich freundlich. »Ich weise die Fotografen darauf hin, daß sie Fotos von uns nicht ohne unsere Genehmigung veröffentlichen dürfen.«

Sie wußten es. Ihre Gesichter wurden lang, wohl, weil sie an das verschwendete Filmmaterial dachten.

»Ihre Fragen heben Sie bitte bis zur Pressekonferenz auf«, fügte Phil hinzu.

»Wann findet die statt?« rief einer aus der Meute.

»Hören Sie«, antwortete mein Freund geduldig, »wir wissen mit Sicherheit weniger als Sie. Also geben Sie uns ein bißchen Zeit! Wenn etwas feststeht, erfahren Sie es rechtzeitig.«

Ihren Gesichtern war anzusehen, daß sie von der Informationsfreudigkeit des FBI und der Polizei im allgemeinen nicht viel hielten.

Wir betraten die Lobby, in der ein Geruch lastete, der entfernt an Mottenkugeln erinnerte. Zivil gekleidete Beamte der Detective Division saßen mit Hotelgästen an den Tischen und füllten die Seiten ihrer Blocks mit Notizen. Ein hochgewachsener Mann, der an der Rezeption lehnte, wandte sich zu uns um. Die grauhaarige Frau, mit der er gesprochen hatte, sah verstört aus.

Er brauchte sich nicht vorzustellen. Ein Namensschild, das über der aufgesteckten Dienstmarke an der Brusttasche seines Jacketts befestigt war, wies ihn als

Captain Vic Darren aus. Wir zeigten unsere ID-Cards, nannten unsere Namen und erfuhren, daß er der Leiter der Mordabteilung Manhattan South war.

»Freut mich, daß Sie so schnell gekommen sind«, sagte Darren.

»Wir ermitteln sowieso gegen das Osburn-Syndikat«, antwortete ich. »Mit einem solchen Brocken hätten wir allerdings nicht gerechnet.« Wir hatten die Nachricht von der City Police kurz nach unserer Rückkehr ins District Office des FBI erhalten. Im Zentralarchiv des FBI in Washington D.C. gab es jede Menge Material über Joe Custer. Dieses Archivmaterial kann sich jeder Polizeibeamte in den Vereinigten Staaten über Standleitungen in Sekundenschnelle auf den Bildschirm holen. Im Fall Joe Custer gab es neben seinem Vorstrafenregister einen Vermerk darüber, daß er dem Bereich des organisierten Verbrechens zuzuschreiben war. Im Klartext: Custer war ein bezahlter Killer.

Doch man konnte ihm ebensowenig etwas beweisen wie seinem Boß. Unsere Informationen, die wir überwiegend von V-Leuten hatten, reichten dafür beim besten Willen nicht aus.

Captain Darren fuhr mit uns in den 3. Stock, wo die Leiche des Syndikatsmannes gefunden worden war. »Er war Stammgast im Eagle«, erklärte Darren, während wir den Korridor entlanggingen. Beamte in Uniform standen Wache. Spurensicherer in Zivil rannten hin und her, meist mit Kunststofftüten.

Wir blieben vor einer offenen Zimmertür stehen, und Darren sprach weiter: »An den Wochenenden, wenn er ein Girl aufgegabelt hat, ist er meist hier aufgekreuzt. Er hatte so etwas wie ein stillschweigendes Abkommen mit der Leitung des Hotels. Für ihn war immer ein Zimmer reserviert.

»Sehr überlaufen sieht der Laden nicht aus«, sagte ich.

»Stimmt«, nickte Captain Darren. »Das Eagle hat schon bessere Zeiten gesehen. Zur Tatzeit war auch nur etwa ein Drittel der Zimmer belegt.«

Wir traten ein. Die Spurensicherer hatten das Zimmer mit Scheinwerfern in gleißendes Licht getaucht. Custers Leiche, von einem guten Dutzend Schildchen mit Ziffern umgeben, war ein erstaunlicher Anblick für uns. Ein Mann, von dem wir seit Jahren wußten, daß er in Osburns Auftrag mordete, lag plötzlich mit vier Kugeln im Körper vor uns.

Die Konsequenzen konnten teuflisch sein.

Im schlimmsten Fall konnte nämlich ein offener Krieg zwischen den Syndikaten ausbrechen. Wenn Osburn nur den leisesten Verdacht hatte, daß sein Konkurrent Edward Perry den Mordbefehl erteilt hatte, war es bereits soweit.

Dann würden die Rollkommandos des Osburn-Syndikats aufmarschieren.

Die Spurensicherer arbeiteten schweigend und mit Konzentration. Nirgendwo im Zimmer würde es auch nur einen Quadratmillimeter geben, den sie nicht untersucht hatten.

Wir hatten bereits über Funk erfahren, daß Custer von dem Girl gefunden worden war, das hier die Nacht mit ihm verbracht hatte. Nach dem Streit, den sie gehabt hatten, war sie noch einmal zurückgekehrt. Aus der Versöhnung war nichts geworden. Custer war schon ein paar Stunden tot gewesen.

»Haben Sie die ungefähre Tatzeit?« fragte Phil.

»Um die Mittagszeit herum«, antwortete der Captain. »Unser Doc hat da immer eine gute Nase. Meistens nimmt er das Ergebnis der Obduktion vorweg.«

»Allright«, sagte ich. »Dann würde ich mich gern mit dem Girl unterhalten.«

Captain Darren nickte. Auf dem Weg zum Fahrstuhl kamen uns zwei Männer in grauen Kitteln entgegen. Sie trugen einen Zinksarg. Phil und ich hatten unsere Aufgabenteilung bereits abgesprochen. Er würde sich mit der Gästeliste befassen.

Wer hatte das Zeug, einen Berufskiller eiskalt zu überrumpeln und zu erschießen?

Das Girl hockte mutterseelenallein im Frühstücksraum und rauchte Kette. Sie war eine Spur zu blond. Das Gesicht war verweint. Ein großes Glas Coke stand vor ihr auf dem Tisch. Darren ließ mich mit ihr allein.

Ich zog mir einen Stuhl heran und setzte mich so, daß ich sie ansehen konnte. Ich sagte ihr, wer ich war. Sie erzählte mir schniefend, daß sie Margie Grant hieß und im Village wohnte. Beruf Unterhaltungsdame. Custer hatte sie also aus einem der Etablissements abgeschleppt, die es auch hier, im Süden Manhattans, gab. Die Macht des Osburn-Syndikats hörte nicht etwa in der Midtown auf.

»Ist Ihnen klar«, sagte ich, »daß Sie zum Kreis der Verdächtigen gehören, Margie?«

In jähem Entsetzen starrte sie mich an. Sie hatte noch nicht einmal darüber nachgedacht.

Ich erklärte es ihr. »Ein Mann wie Custer wird keinen einlassen, den er nicht kennt. Bei Ihnen war das etwas anderes, Margie. Sie wollten sich mit ihm versöhnen, stimmt's?«

»Ja, aber . . .« Sie stockte. Ihre Stimme war nur ein Hauch.

»Sehen Sie, Joe war bestimmt nicht der Mann, der Ihnen unter solchen Umständen nicht die Tür geöffnet hätte.«

Ihre geweiteten Augen zeigten, daß sie nicht verstand. »Aber er ... er war doch schon ... ein paar Stunden tot!«

»Richtig. Aber wer sagt uns, daß Sie unmittelbar nach dem Streit nicht schon einmal hier waren? Sie haben sich eine Schalldämpferpistole besorgt und erschießen Joe in Ihrer Wut. Am Abend kriegen Sie Gewissensbisse, kommen noch einmal her und tun so, als ob Sie ihn erst jetzt gefunden hätten.«

»Sind Sie verrückt?« flüsterte sie. »Was für eine Pistole soll ich mir besorgt haben?«

Ich forderte sie bewußt heraus. »Seien Sie nicht naiv, Margie! Niemand im Hotel hat Schüsse gehört. An einem Sonntag, wo die ganze Stadt sowieso ruhiger ist! Das bedeutet, daß der Täter mit einer schallgedämpften Waffe geschossen hat.«

»Und das soll ich gewesen sein?« schrie sie. »Mann, ich weiß nicht mal, wie so ein Schalldämpferding aussieht! Aber ich mache mir Vorwürfe, das müssen Sie doch kapieren! Wenn ich mich mit Joe nicht gestritten hätte, hätte er mich nicht rausgeworfen. Wer weiß, vielleicht hat er geglaubt, ich komme zurück, und es war der Mörder!« Sie schluchzte erneut.

Ich glaubte ihr. Sie war nicht die Frau, die aus Wut einen Mann tötete. Und gegen einen Joe Custer hätte sie ohnehin kaum eine Chance gehabt. Ich stellte ihr die üblichen Fragen. Ob ihr etwas aufgefallen sei, ob sie jemandem begegnet war, als sie das Hotel verlassen hatte. Ob sie Geräusche gehört hätte.

Es stellte sich heraus, daß Margie Grant eigentlich überhaupt nichts von ihrer Umgebung wahrgenommen hatte. Dazu war sie zu sehr mit Joe Custer beschäftigt gewesen. Ich nahm sie mit in die Lobby und überließ sie der Obhut Captain Darrens.

Phil hatte sein Gespräch mit der grauhaarigen Rezeptionslady beendet und als Ergebnis eine Kopie der Gästeliste mitgebracht. Die meisten Leute hatten sich am Mittag oder am Nachmittag abgemeldet und ihre Rechnung bezahlt. Nur wenige blieben für die Nacht vom Sonntag auf den Montag. Etwa der Handelsvertreter Gregory Evans aus Haverstraw in New York. Oder das Ehepaar John und Loise Hyndman aus Millsboro in Pennsylvania. Die Hyndmans waren auf Verwandtenbesuch in New York, und die Wohnung der Verwandten war nicht groß genug, um darin Gäste aufzunehmen.

Wir gingen die weiteren Namen durch.

Zelda Grimes aus Poultney in Vermont war Angestellte eines Agrarverbunds in ihrem Heimatstaat. Sie absolvierte ein dreiwöchiges Praktikum bei einer New Yorker Großhandelsfirma, die die Produkte aus Vermont vertrieb.

Sie konnte ebensowenig verdächtig sein wie Maynard Lewis aus Providence, Verkaufssachbearbeiter bei den Rhode Island Paper Works. Der arme Kerl mußte sogar an den Wochenenden geschäftliche Beziehungen zu den New Yorker Exporteuren pflegen.

Walter Reed, ein Bankangestellter aus Jersey City, mußte für seinen Hotelbesuch ähnliche Motive gehabt haben wie Joe Custer. Die Rezeptionsangestellte hatte Phil bildhaft geschildert, mit was für einem Flittchen dieser Reed aufgekreuzt war.

Dann hatte es Joe Custer als Hotelgast gegeben und drei Girls, die die Hotelangestellte nur mit deutlichem Zögern erwähnte. Jennifer Carlisle, Prudence Kearney und Mary Elroy. Alle drei gingen in Jersey City dem ältestens Gewerbe der Welt nach, und die Zimmer im Hotel Eagle waren ihr Arbeitsplatz.

Wir fragten Captain Darren nach ersten Ergebnissen der Spurensicherung. Er schüttelte den Kopf. Was sollte man in einem Hotel erwarten, in dem Putzlappen und Reinigungsmittel wahrscheinlich zum seltener benutzten Handwerkszeug gehören? Da sammeln sich auf den Flächen, auf denen die Erkennungsdienstler sonst fündig werden, Hunderte von Prints. Türrahmen, Türgriffe, Schranktüren, Nachttische, Fensterbänke, Badezimmereinrichtungen, Spiegel. In Joe Custers Zimmer hatten die Beamte das reinste Print-Chaos vorgefunden.

Ich bat Captain Darren, uns die komplette Akte nach Abschluß der Spurensicherung zu übergeben. Damit würde der Fall dann auch offiziell vom FBI übernommen werden.

Wir verabschiedeten uns von Vic Darren und traten vor den Hoteleingang. Die Fotografen ließen ihre Kameras sinken, als sie uns erkannten. In den Gesichtern der Reporter las ich den Informationshunger und den Zeitdruck, unter dem sie standen. Ihre Redaktionen konnten nicht mehr lange warten.

»Eine Pressekonferenz findet heute nicht mehr statt«, sagte ich. »Ich kann Ihnen nur das sagen, was bis jetzt bekannt ist. Der Mordfall wird vom FBI übernommen, sobald die erkennungsdienstliche Arbeit abgeschlossen ist. Das Opfer wurde von vier Kugeln getroffen.« Ich legte eine kurze Pause ein.

Die Kugelschreiber flogen über das Papier der Notizblöcke.

»Der Name des Toten ist Joe Custer, männlich, 34 Jahre alt, Weißer, US-Bürger, mehrfach vorbestraft. Es wird angenommen, daß Custer einer kriminellen Vereinigung angehörte. Deshalb die Zuständigkeit des FBI. Bis jetzt gibt es keinerlei verwertbare Spuren, denen nachgegangen werden könnte. Das ist alles. Den Termin für eine Pressekonferenz erfahren Sie von unserer Abteilung für Öffentlichkeitsarbeit im FBI-District Office, Federal Plaza, Manhattan.«

Phil und ich marschierten los, und wieder prasselten die Fragen auf uns ein. Wir beantworteten keine einzige, denn wir konnten keine beantworten. Ruhe kriegten wir erst, als wir die Jaguartüren zuzogen und losfuhren.

Das Fernsehbild zeigte kreisende Rotlichter und den schwarz-weißen Lack von Streifenwagen der New Jersey State Police. Straßenlampen spendeten zusätzliches Licht, und die Fenster einer nichtssagenden Gebäudefassade waren etwa zur Hälfte erleuchtet.

Über den Bildschirm breitete sich der schwarz-gelbe Schriftzug der »*Late News*« aus.

»Unsere Themen zur späten Stunde«, sagte der Sprecher, der noch nicht zu sehen war. »Mord in einem Hotel in Manhattan Downtown – war der Ermordete ein Mörder?« Das Bild wurde ausgeblendet, und es folgte ein Stehbild, das den Bürgermeister in Frack und Zylinder auf einer Bühne zeigte. »Steht New Yorks Bürgermeister eine neue Karriere als Showtänzer bevor? Erleben Sie Ed bei einer Gala-Veranstaltung im Hilton-Hotel!« Das nächste Bild zeigte eine Reihe von Taxis, die vor einer Ampel auf einer der Avenues von Manhattan hielten. »Sterben die echten New Yorker Taxi Driver aus? Werden wir von zu vielen Ausländern kutschiert, die nicht einmal unsere Sprache beherrschen?« Ein Gong ertönte, und der Sprecher erschien im Bild.

Der athletisch gebaute Mann war aus seinem weich gepolsterten Gartensessel hochgefahren. Er hatte sich das tragbare Gerät auf die Terrasse geholt und genoß die milde Abendluft. Das Fernsehbild schien über dem Rasen zu schweben, und in der Dunkelheit stand es vor dem Ausblick, den das Grundstück in Staten Island auf die Upper Bay, auf Manhattan und auf Brooklyn ermöglichte.

Das Bild mit den kreisenden Rotlichtern erschien wieder, diesmal hinter dem Sprecher. »Ein Mann, von dem gemunkelt wird, daß er ein Mörder war, liebe Zuschauer, starb in einem Hotelzimmer in Greenwich Village. Alles deutet darauf hin, daß er gewissermaßen durch einen Kollegen zu Tode gekommen ist. Denn der Mann, von dem es heißt, er sei ein Mörder gewesen, wurde ermordet. Joe Custer war sein Name. Mit vier Bleikugeln im Körper wurde er am frühen Abend im Hotel Eagle an der Waverly Street gefunden...«

Der athletisch gebaute Mann, der einen weinroten Hausanzug aus reiner Seide trug, wartete das Ende des Filmberichts ungeduldig ab. Seine Nerven vibrierten. Er hielt die Sessellehnen mit beiden Fäusten so hart umklammert, daß die Fingerknöchel weiße Punkte hervorriefen.

»Weitere Informationen wird es in Kürze auf einer Pressekonferenz des FBI geben. Wenden wir uns jetzt einer Wohltätigkeits-Gala zu, die am Abend im New Yorker Hilton einen bemerkenswerten neuen Star hervorbrachte! Bürgermeister...«

Der Mann tippte auf die Aus-Taste der Fernbedienung. Das Bild erlosch. Er starrte auf die graue Bildröhre und zwang sich, nicht sofort seiner Wut nachzugeben. Er versuchte, sich zu beruhigen und Argumente zu finden, die ihn vor einem Fehler bewahren konnten.

Aber es gab keine Argumente.

Er stand auf, holte das Telefon auf die Terrasse und

schloß die Tür zum Living-room von außen. Er war nicht verheiratet. Das Girl, mit dem er zur Zeit zusammenlebte, brauchte nicht alles mitzukriegen. Sie stand in der Küche und machte Tortillas für ein Nachtmahl.

Er wählte eine Nummer, die er im Kopf hatte, obwohl er sie nie benutzte.

Eine Männerstimme meldete sich am anderen Ende. »Hallo?«

»Osburn hier«, knurrte er. »Ich will Perry sprechen.«

»Jetzt? Um diese Zeit?« erwiderte der Mann, der irgendein dämlicher Body-guard sein mußte.

»Ich rufe nicht jetzt an, damit ich ihn morgen früh sprechen kann«, fauchte Osburn. »Stell gefälligst durch, Buddy! Oder weißt du nicht, mit wem du sprichst?«

Der Leibwächter schien es erst jetzt zu begreifen. »Okay, okay, sofort, sofort«, haspelte er plötzlich. Dann knackte es in der Leitung.

»Welch eine Überraschung!« ertönte eine Stimme wie gesalbt. »Mein alter Freund Dave Osburn! Bist du's wirklich?«

»Spare es dir, Ed!« knurrte Osburn. »Die alten Zeiten, in denen wir zusammen an der Theke gesessen haben, sind vorbei. Ich würde dich auch nicht anrufen, wenn ich keinen Grund dazu hätte. Nur ein paar Takte Klartext, mehr will ich nicht.«

»Okay, nichts dagegen einzuwenden.«

Osburn schnaufte. »Allright. War das eine Kriegserklärung? Das mit Custer?«

»Wovon sprichst du, verdammt noch mal?«

»Tu nicht so scheinheilig!«

»Dave, ich warne dich. Drück dich klarer aus, oder ich lege auf! Ich hab's verdammt nicht nötig, mir was an den Kopf werfen zu lassen, ohne zu wissen, worum es überhaupt geht.«

»Du willst im Ernst behaupten, du hättest die letzten Nachrichten nicht gesehen?«

»Im Fernsehen?«

»Hölle und Teufel, kannst du die Nachrichten im Radio sehen?«

»Okay, okay, reg dich ab! Ich kann einen Eid darauf leisten, und sage es dir langsam und deutlich: Ich habe keine Nachrichten gesehen, und ich weiß nicht, wovon du sprichst.«

Osburn glaubte es ihm nicht. Aber er mußte sich zunächst damit zufriedengeben. Er kam nicht weiter, wenn er seinen Konkurrenten nur beschimpfte. »Joe Custer ist ermordet worden«, sagte er dumpf. »Ich hab's selbst gerade in den Spätnachrichten gesehen. Und jetzt komm du mir nicht und erzähl mir, du hättest nichts damit zu tun!«

»Joe Custer?« wiederholte Perry, und das Staunen war aus seiner Stimme herauszuhören. »Dein bester Mann, wenn ich richtig informiert bin.«

»Stimmt. Allein das beweist, daß du dahinterstecken mußt.«

»Unsinn! Den Bürgermeister kenne ich auch. Aber deshalb lasse ich ihn noch lange nicht umbringen. Dave, Dave, was für idiotische Sachen unterstellst du mir!«

Osburn runzelte die Stirn. Wie, zum Teufel, kam Perry ausgerechnet jetzt auf den Bürgermeister? Er mußte die Spätnachrichten gesehen haben. Also machte er doch auf scheinheilig! »Also gut«, sagte Osburn mit mühsamer Beherrschung. »Ich werde dir keine Fragen mehr stellen, da du mir offenbar nicht antworten willst. Dafür laß dir gesagt sein, daß ich Joes Tod als eine Kriegserklärung ansehe. Als deine Kriegserklärung!«

»Du bist verrückt.«

»Nicht verrückt genug, um dich für einen ahnungslosen Spaßvogel zu halten.« Osburn knallte den Hörer auf die Gabel. Er schenkte sich einen doppelten Bourbon ein, goß Soda darüber und versenkte sich wieder in den Sessel. Er mußte einige Dinge anleiern. Vor allem brauchte er den geeigneten Mann für den Vergeltungsschlag gegen Perry.

Das durfte kein Mann aus den eigenen Reihen sein.

Es gab ihn noch, den Zeitungskiosk an der Ecke, der von oben bis unten mit Gedrucktem vollgestopft war. Karnak freute sich jeden Morgen darüber. Er kaufte seine Daily News, klemmte sie unter den Arm und machte sich mit strammem Marschtritt auf den Weg in Richtung Downtown. Er brauchte eine gute halbe Stunde für den Weg, und er genoß es besonders in dieser Jahreszeit. In den Bäumen, die die Madison Avenue säumten, zwitscherten Singvögel. Manhattan war eben nicht nur die Steinwüste, als die es immer beschimpft wurde. Man konnte stolz sein auf diese Stadt und diesen Stadtteil.

Karnak war stolz auf Manhattan, seinen Geburtsort.

Die Offices der Firma Marshal, Landers & Co. Inc. befanden sich an der Ecke Madison Avenue und East 55th Street. Ein modernes Gebäude, viel Glas und Zimmerpflanzen, Klimaanlage. Von seinen 33 Lebensjahren hatte Karnak 15 hier zugebracht. Nach der High School hatte er die Lehrstelle gekriegt. Damals waren die Büros noch nicht klimatisiert, und man schwitzte im heißen New Yorker Sommer noch richtig. Aber die Company ging mit der Zeit. Vor sieben Jahren hatten sie den Kasten von oben bis unten renoviert.

Der morgendliche Schwall des Angestelltenheers ergoß sich in die kühle Halle vor den Fahrstühlen. Die oberen Etagen des firmeneigenen Gebäudes waren an zwei andere Unternehmen vermietet. Eine Versicherungsgesellschaft und die New-York-Redaktion einer deutschen Illustrierten. Karnak ließ sich im Menschenschwall treiben. Mit denen, die er kannte, wechselte er flüchtig nickend einen Gruß. Er fuhr bis zum 5. Stock. Der Weg zu seinem Büro führte durch den Großraum, in dem sich der Textverarbeitungs-Pool befand. Schnatternd strebten die Girls ihren Plätzen an den Bildschirmgeräten zu.

Karnak ging den Korridor entlang. Als er seine Bürotür öffnete, sah er Munro, den Leiter der Exportabteilung, seinen unmittelbaren Vorgesetzten, der eben erst auf den Korridor zusteuerte. Munro war 20 Sekunden später dran als er. Er öffnete die Tür betont umständlich und langsam, damit Munro ihn im Näherkommen noch sehen konnte. Der Abteilungsleiter nickte ihm zu. Es war dieses flüchtige Nicken, das sie alle für ihn übrig hatten. Mehr nicht.

Nach all den Jahren erfüllte es Karnak immer noch mit Genugtuung, pünktlich zu sein. Wie weit das Management der Company über seine beruflichen Fähigkeiten und seine Zuverlässigkeit unterrichtet war, wußte er nicht. Seit er vor fünf Jahren einen Büroraum für sich allein erhalten hatte, wußte er jedoch, daß er damit in den kleinen Kreis der leitenden Exportsachbearbeiter aufgenommen worden war. Die Auftragsmappen, die über seinen Schreibtisch gingen, wurden vom Fußvolk vorbereitet, zu dem er selbst einmal gehört hatte. Und er verteilte die Arbeit weiter – an die Fakturenabteilung, an die Textverarbeitung, an die Buchhaltung und an die hauseigene Überseespedition.

Innerhalb der festen Bürostunden konnte er sich seine Zeit so einteilen, wie es ihm gefiel. Munro schaute ihm schon lange nicht mehr auf die Finger.

Er stellte seine Aktentasche neben den Schreibtisch, zog den Fenstervorhang auf, damit mehr Licht hereinfiel und setzte die Kaffeemaschine in Gang, die auf dem kleinen Kühlschrank in der Nische neben dem Waschbecken stand. Er warf die Zeitung auf den Schreibtisch, hängte sein Jackett in den Garderobenschrank und lockerte die Krawatte. Während die Kaffeemaschine brodelte, stellte er seine Tasse bereit und legte Zigarettenschachtel und Feuerzeug neben den Aschenbecher.

Er sortierte die Auftragsunterlagen, die sich auf dem Schreibtisch stapelten, und war auf dem laufenden. Er kannte sein Arbeitspensum für diesen Tag. Es war leicht zu bewältigen. Kein Streß. Aber er gehörte zu denen in der Firma, die den Umsatz kräftig in die Höhe trieben. Das Angenehme an seiner Verkaufstätigkeit war, daß man sie vom Schreibtisch aus erledigte. Er brauchte sich mit Kunden nicht persönlich abzugeben. Das erledigte Munro, wenn er auf Auslandsreisen ging. Munro war für die direkten Kundenkontakte zuständig.

Er schenkte sich Kaffee ein, setzte sich und breitete die Zeitung aus. Auf der ersten Seite hatten sie nur noch einen kleinen Hinweis untergebracht. Der eigentliche Bericht über Custers Tod stand auf Seite 3. Ein Bild vom Hotel, Streifenwagen davor. Auf einem Foto aus der Lobby war die staubgraue Rezeptionslady zu sehen. Karnak las den Text gründlich und in aller Ruhe. Die Zeitungsjournalisten hatten im Grunde nur das ausgewalzt, was ihre Kollegen von Fernsehen und Rundfunk auch schon gebracht hatten.

Karnak blätterte die Zeitung bis zum Ende durch, las

ein paar Sachen, die ihn flüchtig interessierten, und schlug dann die Seiten mit den Anzeigenrubriken ›Kontakte, Begleitungen‹ auf. Er notierte sich die Telefonnummer einer Hosteß, die in Manhattan arbeitete und sich Helga nannte. Sie meldete sich erstaunlicherweise schon beim ersten Versuch. Ihre Stimme klang sympathisch, und sie hatte keinen deutschen Akzent. Also war der Name so was wie ein Künstlername.

»Ich heiße Bob, und ich habe einen Grund zum Feiern«, sagte er.

»Das freut mich für dich«, antwortete sie. »Ich will dir beim Feiern gern behilflich sein. Darf man fragen, was es ist?«

»Ich mache Karriere«, antwortete er. »Ich bin sozusagen eine Sprosse höhergestiegen.«

Er grinste, als sie ihm gratulierte. Himmel, er machte Karriere als professioneller Killer im Nebenjob, und eine Hosteß gratulierte ihm dazu, ohne es zu wissen! Die Welt war voller Verrücktheiten. Er hörte nur mit halben Ohr zu, als sie ihm sagte, wie sie aussah und daß sie 500 Dollar verlange, zu den üblichen Bedingungen. Er nannte ihr seine Adresse, bestellte sie für 8 Uhr abends und legte auf.

Er faltete die Zeitung zusammen und warf sie in den Papierkorb. Er würde sich nicht die Berichte über seinen ersten großen Job ausschneiden. So was taten die Killer, die in den Filmen immer als etwas übergeschnappt dargestellt wurden. Dann tauchte meist ein findiger Schnüffler auf, der ausgerechnet ihre Sammlung von Zeitungsberichten fand.

Während der weiteren Vormittagsstunden arbeitete er rasch und planvoll. Er schloß die Unterlagen der Orders ab, die zur Verschiffung anstanden, sammelte den Stoß von Schnellheftern und trug ihn schließlich zur Fakturenabteilung. Dann erledigte er die Kalkulationen für ein halbes Dutzend Angebote, die er zum Textverarbeitungs-Pool brachte. Marshal, Landers & Co. Inc. gehörten zu den alteingesessenen New Yorker Außenhandelsfirmen mit Kunden in allen Teilen Europas, Afrikas und Asiens, aber auch in Mittel- und Südamerika. Sogar Ostblockgeschäfte liefen gut. Er überprüfte die Liste mit den Terminen der Kunden-Sichtwechsel, machte sein Häkchen dran und brachte sie zur Buchhaltung.

Mittagspause.

Er straffte seine Krawatte, zog das Jackett an und verließ das Officegebäude. Die Agentur der *Daily News* befand sich einen Block entfernt, gleich um die Ecke, in der East 54th Street.

Die freundliche junge Angestellte, blond und hübsch, die ihn vorher immer bedient hatte, unterhielt sich mit einem anderen Kunden. Karnak bemerkte aber, wie sie ihm lächelnd zunickte, und er verspürte ein Gefühl der Wärme, als er ihren Gruß erwiderte. Er verbuchte dieses Lächeln auf die Habenseite seines seelischen Wohlbefindens. Sie fand ihn sympathisch, ganz klar. Angestellte eines so riesigen Ladens wie die *Daily News* hatten es nicht nötig, aus geschäftlichen Gründen freundlich zu sein.

Eine ältere Angestellte bediente ihn. Er nannte die Chiffre-Nummer seiner letzten Kleinanzeige, und sie händigte ihm die eingegangenen Offerten aus. Ein kleiner Stapel von einem halben Dutzend Kuverts. Er gab der Frau die mitgebrachte Anzeigenrechnung, die er mit der Post erhalten hatte, zusammen mit seiner Kreditkarte. Außerdem den Text für eine neue einspaltige Anzeige unter Dienstleistungen.

Übernehme Aufträge. XZ.

Er hatte lange genug in der Branche herumgehorcht, um zu wissen, wie man so eine Annonce aufsetzte. Das einzige Unterscheidungsmerkmal, an dem sich seine Auftraggeber orientieren konnten, waren die beiden Großbuchstaben. Sie würden ihn nie aufspüren können, denn die Geheimhaltung der Chiffres war bei einer Zeitung wie den *Daily News* perfekt. Aber es würde sich bald herumsprechen, daß man unter XZ den Mann zu verstehen hatte, der am zuverlässigsten Mordaufträge ausführte.

Die Angestellte gab ihm die Kreditkarte, den dazugehörigen Beleg und die quittierte Rechnung zurück. Sie gab die neue Kleinanzeige in ihr Bildschirmsystem ein und nannte ihm die Chiffrenummer, die ihm das Anzeigenerfassungssystem zugeteilt hatte. Er bedankte sich, notierte die Nummer und steckte den Zettel ein.

Die Briefe verstaute er in der Innentasche seines Jakketts. Auf dem Rückweg zur Firma trat er an das Durchreichefenster einer Imbißbude und ließ sich einen Beefburger aus der Mikrowelle geben, dazu eine Coke. Er verzehrte den Burger an einem Stehtisch vor dem Laden, trank die Coke in kleinen Schlucken und rauchte eine Zigarette. Pünktlich nach Ablauf der Dreiviertelstunde, die für die Mittagspause festgesetzt war, saß er wieder an seinem Arbeitsplatz.

Er nahm sich die Briefe vor. Er schlitzte sie alle sechs mit dem Brieföffner auf, bevor er nacheinander den Inhalt herausnahm. Ein Restaurant suchte jemand, der nachts von ein bis zwei Uhr Küchenabfälle zusammenhäufte und in die Abfallkübel warf. Ein Taxiunternehmer suchte einen Wagenwäscher in Teilzeitarbeit. Ein Brief enthielt nur einen Zettel mit einer Telefonnummer und einer Uhrzeit, abends ab 6 Uhr. Der Hausmeister eines Kinogebäudes brauchte einen Vertreter für seine

Urlaubszeit. Auf einem Stück Pappe klebte ein Schlüssel mit einem Plastikanhänger, der die Beschriftung *Grand Central Station* trug. Brief Nr. 6 enthielt die kindliche Handschrift einer offenbar jungen Mutter, die einen Babysitter suchte. Sie hatte sich am eindeutigsten in der Anzeigenrubrik geirrt.

Karnak steckte den Schließfachschlüssel in die Hosentasche und den Zettel mit der Telefonnummer in sein Jackett. Die übrigen Blätter und die Kuverts schob er in einen Schnellhefter und ging damit in die Postabteilung. Er nickte dem Abteilungsleiter und den beiden weiblichen Angestellten zu und betrat den Nebenraum, in dem die Kopiergeräte und der Aktenvernichter standen. Er ließ den Inhalt des Schnellhefters durch das Schneidegerät laufen und beobachtete, wie Kuverts und Papierbögen in Spaghettiform in den angehängten Kunststoffsack fielen.

Seine Nachmittagsarbeit bestand im Überprüfen von Verschiffungsterminen und von Rechnungen und Exportdokumenten, die die Fakturenabteilung für die einzelnen Aufträge ausgestellt hatte. Er nahm anschließend den ganzen Packen unter den Arm und ging zu Munro. Wie stets, hatte er haargenau den Zeitpunkt der Nachmittagsbesprechung erwischt. Es ging um die Auftragsbestände, um Sonderbedingungen für einzelne Kunden und um die Reaktionen auf Offerten, die innerhalb der letzten vier Wochen hinausgeschickt worden waren. Karnak stand unter seinen Sachbearbeiterkollegen am besten da. Er hatte den höchsten Orderbestand und die höchste Quote an neuen Aufträgen aufgrund der Offerten im Vier-Wochen-Abschnitt.

So etwas nahm er schon nicht mehr als einen Grund zum Feiern.

Die letzte Stunde im Office verbrachte er mit dem

Sortieren alter Unterlagen, von denen er anschließend einen Teil dem Aktenvernichter übergab und den anderen Teil der Registratur. Nach Feierabend legte er den kurzen Weg zur Grand Central Station zu Fuß zurück und steuerte auf die Nebenhalle zu, in der sich die Schließfächer befanden. Er nahm den Schlüssel aus der Tasche, suchte die Nummer und vergewisserte sich, daß niemand in unmittelbarer Nähe war. Den dikken Umschlag aus Kraftpapier, den er aus dem Fach holte, verstaute er sofort in seiner Aktentasche.

Es war 5.30 Uhr, als er die Tür seiner Wohnung hinter sich verriegelte. Er öffnete den Umschlag und zählte die Dollarbündel durch. 10 000 Bucks in gebrauchten Hunderten, wie verlangt. Joe Custer war für lausige 10 000 gestorben. Ausgerechnet Joe Custer, die Nr. 1 auf Osburns Lohnliste.

Zum wiederholten Mal fragte sich Karnak, ob er nicht zu billig gewesen war. Aber nein. Er war neu im Geschäft. Er mußte sich erst einen Namen machen. Doch genau das hatte er mit einem Paukenschlag getan. Das Feine an der Sache war, daß die eine Seite niemals wußte, wann die andere einen Auftrag an XZ erteilte. Es sei denn, sie taten sich zusammen. Aber bevor das geschah, mußten Ostern und Pfingsten auf einen Tag fallen.

Er duschte ausgiebig und zog sich für den Abend um. Das Bargeld verstaute er in dem kleinen Wandsafe, den er sich vor einem Jahr zugelegt hatte. Sein Leben verlief nicht auffälliger als zuvor, trotz der beträchtlichen Nebeneinnahmen. Gelegentlich leistete er sich die schönen Dinge des Lebens. Ein Essen in einem der teuren New Yorker Restaurants. Ein Abend und eine Nacht mit einer netten Begleiterin, die er bezahlte. Oder ein Wochenende in einem der Love Hotels in den

Catskills. Das, was er von Frauen wollte, wollte er nicht für den Preis einer persönlichen Beziehung. Die Kompliziertheit der Frauen machte einen solchen Preis einfach zu hoch. Indem er sie bezahlte, wies er sie in die Schranken des kühlen männlichen Sachverstands.

In einem eleganten beigefarbenen Sommeranzug mit dunkelblauem Hemd darunter trat er auf den Balkon hinaus und pumpte die frische Luft des frühen Abends in seine Lungen. Unten im Innenhof bereitete der geselligere Teil der Hausbewohner eine Grillparty vor. Wenn er nicht etwas vorgehabt hätte, hätte er ihnen dabei für den Rest des Abends zugeschaut.

Er ging zum Telefon und tastete die Nummer von dem Zettel ab, den er bereitgelegt hatte. Eine Männerstimme meldete sich mit unverbindlichem Hallo. »Sie haben sich auf meine Anzeige gemeldet«, sagte Karnak.

»Übernehme Aufträge.«

»Richtig. Ich brauche einen zuverlässigen Burschen. Einen Einzelgänger.«

»Was springt heraus? Was für ein Job? Bis jetzt stimmen wir noch überein.«

»1000 Bucks sind für dich drin, Hombre. Der Job ist eine todsichere Sache. Mehr verrate ich nur, wenn wir uns einig werden.«

Karnak lachte. »Sorry. Todsichere Sachen übernehme ich nicht. Ich bin nur für die heißesten Aufträge da. Klar? Und unter 50 000 spielt sich überhaupt nichts ab. Wenn du mal was in der Richtung hast, können wir wieder miteinander reden.« Er legte auf, zerriß den Zettel und übergab ihn der Toilettenspülung.

Todsichere Sache!

Er stieß einen verächtlichen Laut aus. Solche Redewendungen standen für Kleinkariertes. Einbruch in einen Supermarkt oder so was. Aus und vorbei. Seine künftige Freizeitbeschäftigung würde in gehobenen Bahnen verlaufen.

Helga war so pünktlich, wie er es schätzte. Ein langbeiniges Geschöpf mit natürlichem Blondhaar. Eine, die alle Blicke auf sich lenkte, wo sie auch war. Er bezahlte sie im voraus und stellte ihr eine Prämie in Aussicht. Sie verstand und zeigte eben dies mit einem Lächeln, das seinen Pulsschlag hochjagte. Sie würde sich die Prämie im Laufe der Nacht verdienen. So viel war sicher.

Für den Anfang ging er mit ihr in ein französisches Restaurant an der Fifth Avenue.

Schüsse peitschten. Querschläger zirpten und schrillten. Automotoren brüllten und wurden dabei vom Kreischen mißhandelter Reifen begleitet. Nur die Schreie von Getroffenen und Niedergewalzten fehlten. Dafür gab es andere Laute als Untermalung. Etwa ein dumpfes »Plopp« von Tennisschlägern oder die elektronisch erzeugte Brüllstimme eines Löwen, der immer dann verstummte, wenn er einen vorwitzigen Safariteilnehmer verschlingen konnte.

Winter's Wonderland an der Nineth Avenue, Höhe West 50th Street, bot all den farbenfrohen Zauber der Bildschirm-Neuzeit. Die lärmenden Geräte wurden von schweigenden Menschen bedient — jugendlich und auch älter —, denen nur gelegentlich ein Triumphschrei oder ein Laut der Enttäuschung entfuhr.

Phil und ich betraten das Wunderland, in dem ein Bursche namens Gary Winter jede Menge Leasing-Gebühren für den neuesten Stand der Elektronik-Spieltechnik zahlte.

Die Kunden, die das Automatengetöse mittels Münzen hervorriefen, beachteten weder uns noch ihre sonstige Umgebung. In dem schlauchartigen Raum stand Zigarettenrauch in Schwaden. Hinten gab es an einer kleinen Theke Dosengetränke und Fertigsnacks.

Phil und ich schlenderten zum Hinterzimmer. Wir hielten Abstand dabei. Der weißgekleidete Portorikaner hinter der Theke wurde nervös. Ich hatte ihn im Auge, und er spürte es. Unauffällige Knöpfe konnte er nicht bedienen, ohne daß ich es mitkriegte. Klar, was er aufgrund unseres Äußeren witterte. Zu den Spielfans gehörten wir ganz und gar nicht. Seine Schlußfolgerung lag auf der Hand.

Es gab mehrere Türen, die nach hinten führten. Die zu den Waschräumen schied nach der Wahrscheinlichkeitsrechnung aus. Dann waren noch zwei weitere da, dunkelrot lackiert und in Schummerbeleuchtung verborgen. Das einzig anheimelnde, was es an dem Laden geben mochte. Die eine Tür war mit *Privat* gekennzeichnet, die andere mit *Lagerraum*. Wohl oder übel mußten Phil und ich uns das Nachsehen teilen. Möglich aber auch, daß wir zum selben Ziel vorstießen.

Der Portorikaner schob Mikrowellen-Sandwiches auf die Theke und stieß eine Bierdose um. Einer der Thekensteher fluchte, weil er den Gerstensaft-Segen auf die Hose kriegte.

Ich war mit zwei schnellen Schritten bei der privaten Tür.

Phil erreichte die Lagerraumtür in derselben Zeitspanne.

Dem Schwarzhaarigen hinter der Theke blieb eine Zehntelsekunde für seinen Alarmknopfdruck.

Ich tauchte in einen von blaßrosa Licht erhellten Korridor ein. Nur ein Gang mit gekalkten Wänden, knapp anderthalb Meter breit. Es gab nur eine weitere Tür, drei Meter entfernt. Dazwischen, auf der rechten Seite Nischen mit Zählern für Strom und Gas.

Ich erreichte die Tür mit einem Satz und packte den Knauf. Verschlossen. Blitzartig war ich mit dem Rücken an der Wand. Mit der Linken hämmerte ich gegen das Holz. Den 38er hatte ich im selben Moment aus der Halfter.

»FBI!« brüllte ich. »Aufmachen!«

Wer drinnen war, wußte, was das bedeutete. Ohne einen Durchsuchungsbefehl würde ich keine so dicke Lippe riskieren.

Sie antworteten überreizt.

Es krachte in rascher Folge. Holzsplitter wirbelten in den blaßrosakalkigen Gang. In der Tür entstand ein Punktmuster.

Grundausbildung für jeden Anfänger-Cop: Sie schießen immer zuerst durch die Tür. Also gehe nie geradewegs auf eine Tür zu. Nimm die Wand links oder rechts und versuche, so platt zu sein wie eine Flunder.

Die Schüsse verstummten. Von jenseits des durchlöcherten Holzes waren Poltergeräusche zu hören.

Ich jagte zwei Kugeln in die Gegend des Schlosses unter dem Türknauf. Das Krachen des 38er geriet zwischen den engen Wänden zu Donnerschlägen, die einen Direktangriff auf meine Trommelfelle starteten. Mühelos riß ich die Tür auf.

Phil stürmte von vorn, aus *Winter's Wonderland* herein, den Smith & Wesson im Beidhandanschlag, bereit, mir Feuerschutz zu geben. Der Lärm hatte ihm angezeigt, daß er im Lagerraum fehl am Platze war.

In flachem Sprung schnellte ich vor, in einen Nebel von Tabakrauch.

Eine grellrote Feuerblume erblühte aufplatzend in dem Nebel.

Das Geschoß fauchte über meinen Anzugstoff und zupfte irgendwo ein bißchen, in der Gegend des verlängerte Rückgrats.

Mit eingezogenem Kopf, über die Schulter, rollte ich mich auf dem Fußboden ab. Phils 38er hackte im selben Atemzug sein Blei aus dem Lauf. Zweimal hintereinander. Hart und trocken.

Ein Schrei gellte. Im Hochfedern stieß ich dünnbeinige Stühle um. Es polterte und schepperte. Halblinks sah ich eine Gestalt mit Korkenzieherbewegungen durch den Tabaknebel torkeln. Trotzdem entgingen mir nicht die anderen Schatten.

Zwei wischten kurz nacheinander durch einen Hinterausgang.

Der dritte war für die aufschiebende Wirkung vorgesehen. Geduckt, am Ende eines von Aschenbechern, Flaschen und Gläsern übersäten Tischs, fühlte er sich als der zuverlässige Abblocker, der es mit der Reaktionsschnelligkeit nicht zu genau zu nehmen brauchte. Durch einen sonderbaren Irrglauben schien er sich wie auf dem Schießstand vorzukommen.

Ich nahm ihm den Glauben, indem ich aus meiner Aufwärtsbewegung heraus feuerte.

Er brachte nicht einmal mehr die Kugel aus dem Lauf. Das 38er-Blei schmetterte ihm die Automatik aus der Hand und schrammte ihm etwas Haut ab. Trotzdem schrie er wie unter dem Bohrer eines sadistischen Zahnarzts. Seine Waffe polterte zu Boden. Er krümmte sich und preßte die schmerzende Hand an den Bauch.

Hinter mir stürmte Phil herein. Er würde sich um den immer noch Torkelnden kümmern, den er mit einem Schulterschuß erwischt hatte.

Ich flankte an der Tischkante vorbei und sprintete zum Hinterausgang. Den Schreienden beachtete ich nicht. Auf dem Hinterhof röhrte es, mindestens sechs Zylinder. Ein dunkelblaues Wagenheck wedelte in eine Ausfahrt, die unter dem benachbarten Wohnblock hinwegführte. Ein Oldsmobile Toronado. Oder ein Buick Riviera. Der Sekundenbruchteil reichte nicht, um festzustellen, um welchen der baugleichen Zwillingsbrüder es sich handelte. Vom Nummernschild ganz zu schweigen.

Ich versuchte es mit einer Fortsetzung meines Sprints. Doch als ich die Straße erreichte — die West 51st mußte es sein —, sah ich, daß die Nineth Avenue viel zu nahe war. Wieder war es nur ein Blick auf das Wedelheck, den ich erhaschte. Bestenfalls noch, daß zwei Figuren in dem Wagen saßen. Aber nicht einmal da war ich mir sicher. Wegen der hohen Kopfstützen auf den Vordersitzen konnte man sich leicht täuschen.

Ich halfterte meinen Smith & Wesson. Die Passanten taten, als sähen sie mich nicht. Alle wirkten so auffällig geistesabwesend, daß man den Eindruck bekommen konnte, in einer Stadt voller Traumtänzer zu leben.

New Yorker sind Weltmeister darin, etwas nicht mitzukriegen. In einem Sumpf des Verbrechens, der acht Millionen Einwohner beherbergt, ist jeder irgendwann an der Reihe. Es gibt keine Familie, die nicht mindestens einmal von einem Gewaltverbrechen betroffen war. Und die Angst vor den Folgen ist groß. Zeugen leben nur dann nicht gefährlich, wenn sie stumm bleiben. Also ist es besser, von vornherein nichts mitzukriegen.

Ein Lebensgrundsatz meiner Mitbürger. Und, verdammt, ich habe Verständnis dafür.

Ich kehrte in die Qualmbude zurück.

Der mit der angekratzten Hand schrie noch immer. Phil hatte den anderen auf einen Stuhl gesetzt. Er blutete an der rechten Schulter. Beide Waffen lagen bereits auf dem Tisch, außer Reichweite für die Kerle.

»Der, den wir haben wollten, ist nicht dabei«, sagte mein Freund.

Er meinte Josh Berigan.

Die Nr. 1 aus dem Perry-Syndikat, der Hauptverdächtige in der Mordsache Custer, war uns durch die Lappen gegangen. Nur knapp. Aber es änderte nichts am Ergebnis. Wenn ein zweiter Mann im Fluchtwagen saß, mußte es Wonderland-Winter sein. Er würde irgendwann wieder auftauchen müssen, wenn er seinen Elektronikladen nicht vernachlässigen wollte. Die beiden Verwundeten waren kleine Lichter.

Phil telefonierte. Er bat die Kollegen von der City Police um Amtshilfe. Wir brauchten einen Ambulanzwagen und ein Begleitkommando, das die beiden Festgenommenen sicher zum Gefängnishospital brachte. Natürlich waren sie stumm wie die Fische. Sie konnten sich nicht einmal an ihre Namen erinnern. Nicht einmal der Hinweis, daß sie wegen vorsätzlichen Angriffs auf Ermittlungsbeamte des Staates vor Gericht gestellt werden würden, machte sie redefreudig.

Ich ging nach vorn, ins Wonderland. Die Theke war verwaist. Der portorikanische Knopfdrücker hatte sich abgesetzt. Ich sah mir seine Apparaturen unter der Theke an. Er konnte alles Mögliche steuern. Beleuchtung, Fensterjalousien, Türschlösser. Und natürlich den Alarmton im hinten gelegenen Versammlungsraum.

Ich schickte die Wonderland-Gäste hinaus. Ein paar versuchten, mit Protest bei mir zu landen, wollten auf ihr Recht pochen, für den Dime oder den Nickel, den sie eben investiert hatten, auch zu Ende spielen zu dürfen. Ich belehrte sie, daß sie in einem Laden, der vom FBI wegen eines Durchsuchungsbefehls vorübergehend geschlossen wurde, keinerlei Rechte hatten. Während ich die letzten noch hinausdrängte, jagten bereits die ersten Radio Cars mit Sirenengeheul heran. Gleich darauf war auch der Ambulanzwagen zur Stelle. Die beiden Festgenommenen wurden uns abgenommen.

Phil und ich sahen uns kurz in den hinteren Räumen um. Wir konnten auf Anhieb nichts finden, was nicht mit *Winter's Wonderland* zu tun gehabt hätte. Nach einer Zigarettenlänge erschien das Spurensicherungskommando, das Phil ebenfalls angefordert hatte. Wir erklärten den Kollegen, worum es ging.

An diesem Tag, dem Dienstag nach dem Mord an Joe Custer, hatten wir noch immer nicht mehr als ein paar dürftige Fingerzeige. Den einigermaßen brauchbaren waren wir nachgegangen. Margie Grant hatte in ihrer schriftlichen Vernehmung ausgesagt, daß Joe Custer in vertraulichen Gesprächen von seinen geheimsten Gefühlen gesprochen habe. Auch davon, daß er kein Mensch ohne Angst war. Wenn er dieses Gefühl allerdings überhaupt kannte, dann nur deshalb, weil das mächtige Konkurrenz-Syndikat Edward Perrys dahintersteckte. Joe habe gewußt, sagte Margie Grant, daß Perry seinen Spitzenmann auf ihn angesetzt hatte. Josh Berigan, Profikiller Nr. 1 in der Perry-Organisation.

Der Hinweis eines V-Mannes hatte uns darauf gebracht, daß Berigan tagsüber fast immer in *Winter's Wonderland* zu finden sei. Mit seinen Handlangern, die er für untergeordnete Jobs einteilte. Berigan selbst, so hieß es, nahm seine Befehle telefonisch von Perry entgegen. Wobei Berigan nie genau wußte, ob er die Befehle tatsächlich von Perry erhielt. Denn der Syndikatsboß sprach natürlich nicht selbst. Dafür hatte er seine Body-guards.

Und die Gewißheit, daß ein Mann wie Berigan ihm

nie gefährlich werden konnte, falls wir vom FBI ihn einmal schnappten.

Es war der alte Mafia-Grundsatz, nach dem sie alle handelten. Ihre Organisation war eine hervorragend aufeinander eingespielte Kette. Und dennoch war es eine Kette ohne Glieder. Wer einen Teil der Kette packte, hatte den nächsten noch lange nicht in der Hand.

Trotzdem brauchten wir Berigan.

Immerhin stand er unter einem beweisbaren Mordverdacht.

Robert Karnak erhielt seinen zweiten Auftrag am Mittwoch.

Abends um 10 Uhr verließ er seine Wohnung, um die ersten Vorbereitungen zu treffen. Er nahm ein Taxi und ließ sich in den Süden Manhattans fahren, bis zur Kreuzung Broadway und Canal Street. Zu Fuß ging er die Canal Street entlang in Richtung Little Italy und Chinatown. Gruppen von Touristen waren noch unterwegs, um den wohligen Schauer zu genießen, den die weltberühmten Straßenzüge zu dieser späten Stunde vermittelten. Die Canal Street mit ihren düsteren Winkeln und ihren finsteren Figuren reichte allein schon aus, um bei vielen Unbehagen zu erzeugen.

Karnak hatte sich bewußt nachlässig angezogen — seine älteste Jeans und ein Sweatshirt, das überreif für die Wäsche war. Er wollte nicht gern zu denen gehören, die während der Nachtstunden zufällig von einem Streifen-Cop aus dem Rinnstein gezogen wurden. Und das nur deshalb, weil sie der Kleidung nach so aussahen, als ob sie mehr als einen oder zwei Dollar in bar bei sich hatten. Auf den federnden Sohlen seiner Basketballschuhe steuerte Karnak einen Torweg und einen Hinterhof an.

Die Lichter der rückwärtigen Fenster warfen einen matten Glanz auf uraltes Steinpflaster. Ein Autowrack wurde von den Anwohnern als Container für Schrott aller Art benutzt, vom ausgedienten Fahrrad bis zum geschwärzten Kochtopf. Zwischen den Mülltonnen huschten fette Tiere mit langen Schwänzen in ihre Verstecke.

Karnak näherte sich einer Kellerwohnung, deren Fenster mit Pappe zugeklebt waren. Er sah Licht durch die Ritzen schimmern. Die Adresse war in Ordnung, wie es schien. Er hatte sie sich empfehlen lassen. Das Klopfzeichen, dreimal lang, zweimal kurz, war Bestandteil der Mundpropaganda für den Mann, der hier hauste.

Die Tür wurde geöffnet. Karnak erblickte einen kleinen Mann mit einem Meer schwarzer Porenpunkte im farblosen Gesicht. Der Kleine trug einen grauen Kittel und roch nach Reinigungsöl, als hätte er sich damit von Kopf bis Fuß eingerieben.

Der Kleine erblickte einen Mann mit strohblonder, schulterlanger Mähne und einer Nickelbrille mit kreisrunden Gläsern.

»Sie sind mir empfohlen worden«, sagte Karnak und schloß die Tür hinter sich. Namen zu nennen, war in der Branche nicht üblich. Der andere erwartete ebensowenig von ihm, daß er sich vorstellte. »Ich brauche etwas Zuverlässiges im Kaliber 38 oder neun Millimeter.«

»Schallgedämpft?« fragte der kleine Mann im Kittel. Er forderte den Besucher mit einem Wink auf, ihm zu folgen.

»Nicht nötig«, antwortete Karnak und betrat ein

Chaos aus Regalen und Arbeitstischen. Seine Werkstatt hatte der Kleine als Kunstschmiede getarnt. Aber den Geruch von Waffenöl konnte er trotz allem nicht verheimlichen. Wenn seine Bude einmal gefilzt wurde, war er mit Sicherheit geliefert.

Der Kleine ließ Karnak warten und verschwand in einem Nebenraum.

Es dauerte fast fünf Minuten, ehe er mit vier flachen Holzkästen zurückkehrte. Er breitete sein Angebot vor Karnak aus. Eine Beretta 951, zwei FN Highpower, ein stupsnasiger Luger-Revolver und ein Smith & Wesson Police Special mit zehn Zentimeter langem Lauf.

Karnak nahm alle Waffen in die Hand und überprüfte sie auf ihre Funktion. Er entschied sich für eine der FN-Pistolen aus Belgien und fragte nach dem Preis.

»3000«, antwortete der Kleine.

»Mit Munition?«

»100 Schuß.«

»Allright«, lachte Karnak. »Ich brauche nur zwei gefüllte Magazine. Aber du kriegst deine 3000 Bucks trotzdem.« Er zählte 30 von den gebrauchten Hundertern in die ölige Hand des Mannes.

Er ließ sich die Waffe und die beiden Magazine in Packpapier einwickeln und in eine gebrauchte Tragetasche stecken. Dann ging er zur Canal Street und wartete an der Ecke Broadway, bis er ein Taxi heranwinken konnte.

Die Fahrt bis zur East 73rd Street dauerte eine halbe Stunde.

Er verstaute die Waffe, wie sie war, in einer Schublade des Garderobenschranks. Mit einem Glas Rotwein und einer Zigarette ging er auf den Balkon.

Die Voraussetzungen für den neuen Job am Sonntag waren so einfach wie beim ersten Mal. Mit einem

Unterschied. Er hatte seine Forderung hochgeschraubt, hatte sich zwar nicht auf 50 000, aber immerhin auf 30 000 mit dem neuen Auftraggeber einigen können. Natürlich hatte der Mann alles getan, damit er unerkannt blieb. Karnak hatte auch keinerlei Beweise für seine Vermutung, wer dieser Auftraggeber war.

Aber es war doch verdammt leicht, zwei und zwei zusammenzurechnen.

Der Name des Opfers machte es deutlich genug, wer ihm nach dem Leben trachtete.

Karnak grinste und beobachtete den Zigarettenrauch in der kühlen Nachtluft.

Es funktionierte rascher, als er geglaubt hatte. Er brachte sie aus ihrer selbstherrlichen Ruhe. Jetzt wurden sie wach, die Hundesöhne!

Mit seinen Erfolgsrezepten würde er ganz automatisch dafür sorgen, daß er die Spitzenstellung in seiner neuen Branche einnahm. Er verstand diese Burschen noch immer nicht, die tagaus, tagein mit demselben Schießeisen operierten. Irgend etwas mußte in ihren Gehirnwindungen nicht funktionieren, daß sie sich nicht selbst klarmachen konnten, wie gefährlich sie lebten.

Karnak war ohne langes Nachdenken auf dieses einfache Prinzip gekommen: Für jeden Job, den er übernahm, mußte er ein neues Werkzeug verwenden – sprich, eine andere Waffe. Und eine Waffe, die einmal benutzt war, mußte umgehend beseitigt werden. Unauffindbar.

Vielleicht gab es aber einen Grund, daß andere in seinem Fach noch nicht darauf gekommen waren. Ihnen mangelte es an Grips. Und das war vermutlich der springende Punkt. Mit seiner Intelligenz konnte es niemand aufnehmen.

Freitag.

»Ein Kollege aus Providence, Rhode Island, für Sie«, sagte Myrna, unsere Telefonistin mit der unvergleichlichen rauchigen Altstimme. »Es hat mit der Mordsache Custer zu tun, Jerry.«

Ich bedankte mich und schnalzte mit den Fingern der freien Hand. Phil, der über Akten brütete, fuhr hoch. Ich gab ihm das Zeichen mitzuhören.

Es knackte in der Leitung. »Lieutenant Ryley, Rhode Island State Police«, schnarrte eine energische Stimme.

Phil rollte mit dem Schreibtischstuhl herbei und stülpte sich die Plastikmuschel über das Ohr.

Ich nannte meinen Namen und erklärte, daß ich den Fall Custer bearbeite. Alle Dienststellen an der Ostküste waren inzwischen über die FBI-Zuständigkeit informiert worden. Was aber keineswegs bedeutete, daß Hinweise oder Spuren reichlicher vorhanden gewesen wären. »In Providence«, sagte ich, »haben wir jemand, der im Hotel Eagle, Manhattan, gewohnt hat. Stimmt's?«

»Das ist eben die Frage«, antwortete Ryley, und er hörte sich nun weniger schnarrend an. »Deshalb rufe ich an. Der Mann heißt Maynard Lewis, und er ist tatsächlich Verkaufssachbearbeiter bei den Rhode Island Paper Mills. Aber er schwört Stein und Bein, am Wochenende nicht in New York City gewesen zu sein.«

»Trotzdem hat die Sache einen Haken«, vermutete ich.

»Haargenau. Unser Freund Lewis war allerdings auch nicht zu Hause. Er behauptet, bei einer Freundin gewesen zu sein, hier in Providence. Aber das will er aus zwei Gründen nicht als Alibi geltend machen. Erstens: Seiner Frau hat er tatsächlich gesagt, er würde geschäftlich nach New York fahren. Jedenfalls soll seine bessere Hälfte auf keinen Fall etwas erfahren. Und zweitens das Verrückte: Wenn es hart auf hart geht, sagt er, würde er zugeben, doch in New York gewesen zu sein, obwohl es gar nicht stimmt. Weil nämlich seine Freundin hier in Providence die Frau eines bekannten Kommunalpolitikers ist.«

»Du liebe Güte!« stöhnte ich. »Das ist ja wie im Fernsehen!« Ich kam mir vor wie in einer dieser Serien, in der der Onkel nicht erfahren darf, daß seine zweite Frau ein Verhältnis mit dem aus der dritten Ehe seiner Schwester stammenden Neffen hat. Oder so ähnlich.

»Lewis hatte das Zimmer neben Custer!« flüsterte Phil.

Ich nickte und sah ihn verständnislos an, weil ich nicht wußte, weshalb er flüsterte.

»Soll ich Ihnen meinen persönlichen Eindruck sagen?« fragte der Kollege aus dem kleinen Bundesstaat Rhode Island.

»Lassen Sie hören!« bat ich.

»Lewis sagt die Wahrheit. Es hat ihn eine Menge Überwindung gekostet, überhaupt zuzugeben, daß er seine Frau betrügt. Aber dann noch den Namen seiner Geliebten rauszurücken – ich sage Ihnen, er ist dabei fast zusammengebrochen.«

»Wissen Sie, was das bedeutet?« entgegnete ich.

»Ich kann es mir denken. Der Lewis, der in Ihrem Hotel Eagle übernachtet hat, war nicht unser Providence-Lewis.«

»Alle anderen Namen auf der Gästeliste sind in Ordnung«, sagte ich. »Wir haben alle Rückmeldungen, auch von den Kollegen an den jeweiligen Heimatorten der Gäste.«

»Wollen Sie unseren Mann als Tatverdächtigen? Er ist bereit, sich Ihnen zur Verfügung zu stellen – entweder hier oder auch in New York. Es soll nur vertraulich behandelt werden.«

»Dagegen ist nichts einzuwenden, solange es beim Verdacht bleibt.«

»Fein. Sagen Sie, war dieser Custer tatsächlich ein Profikiller?«

»Wir wissen es«, antwortete ich. »Nur dürften wir es nicht öffentlich behaupten.«

»Verstehe. Ehrlich gesagt, Mr. Cotton, ich würde unserem Lewis nie im Leben zutrauen, auf einen Menschen zu schießen. Ist zwar ein gutaussehender Bursche, äußerlich richtig männlich. Aber ein Sensibelchen. Mit der Tour scheint er auch bei den Frauen zu landen.«

»Hm«, brummte ich, denn mir war etwas anderes eingefallen. »Was ist mit seiner Kreditkarte? Die Hotelrechnung im Village wurde mit einer Karte auf den Namen Lewis bezahlt. Auch die Adresse hat gestimmt. Wir haben die Belege eingesehen.«

»Richtig!« rief Ryley. »Das war in Ihrem Telex angegeben. Ich habe Lewis danach gefragt. Er hat sich mächtig erschrocken und in meiner Gegenwart seine Brieftasche aufgeklappt. Er hat ein halbes Dutzend Kreditkarten. Die Visa-Karte fehlte ihm. Sein Erschrecken war echt. Er meint, daß ihm das Ding gestohlen worden sein muß.«

Phil sprang auf und durchstöberte einen Schnellhefter, der auf seinem Schreibtisch lag.

»Moment...«, sagte ich in den Hörer.

Phil nickte.

»Stimmt«, bestätigte ich. »Wer es auch gewesen ist — im Hotel Eagle wurde eine Visa-Karte auf den Namen Lewis vorgelegt. Wir werden versuchen, eine Personenbeschreibung zu bekommen. Ich melde mich wieder bei Ihnen. Vielen Dank fürs erste.« Ich legte auf und sah Phil an.

Er schüttelte mit ungläubigem Stirnrunzeln den Kopf. Dann machte er abrupt kehrt, nahm seinen Telefonhörer und tippte eine Nummer, die er auswendig kannte. Zwei Sekunden später wußte ich, daß er das Hotel Eagle angerufen hatte. Und er hatte Glück. Die Rezeptions-Angestellte, die am Mordsonntag Dienst gehabt hatte, war auch jetzt im Einsatz. Das Gespräch war nur kurz.

»Etwa 1,80 groß, schlank, blondes Haar, Brillenträger«, sagte mein Freund und Kollege, nachdem er aufgelegt hatte.

Ich rief Myrna an. Sie hatte Lieutenant Ryleys Durchwahlnummer notiert. Ich bat sie, mir eine Verbindung herzustellen. Im Handumdrehen hatte ich den Kollegen aus Providence, Rhode Island, wieder an der Strippe.

»Ich werde verrückt«, entfuhr es dem Lieutenant, nachdem ich ihm die Personenbeschreibung durchgegeben hatte. »Das ist tatsächlich Lewis!«

Ich wechselte einen Blick mit Phil, der die Mithörmuschel wieder auf dem Ohr hatte.

Für mich stand in diesem Moment fest, daß ich mich mit Maynard Lewis noch sehr viel gründlicher befassen mußte.

***

Sie fuhren schon früh hinaus und erlebten den Sonnenaufgang über dem Atlantik. Staten Island, Brooklyn und Queens waren unendlich weit entfernt, kaum mehr als ein Dunststreifen am westlichen Horizont.

»Puh, wird das heiß!« rief Jill Sutton und richtete sich vom Vordeck der Segeljacht auf. Mit spitzen Fingern versuchte sie, die Mahagoniplanken außerhalb ihres

Badetuchs zu berühren, zog die Hand aber sofort zurück und stieß dabei einen kleinen Schrei aus. »Wenn wir so weitermachen, werden wir von unten geröstet, Josh.«

Berigan, der neben ihr auf dem Rücken lag, blinzelte in die Sonne, schirmte die Augen mit der Hand ab und betrachtete das nackte Girl amüsiert. Jill war nahtlos braun. Die reinste Pracht, von Kopf bis Fuß. Ihr flachsblondes Haar hob sich wirkungsvoll von ihrer Bräune ab. Große, pralle Brüste und ein Körper, der die richtigen Rundungen an den richtigen Stellen hatte. Keins von diesen dürren Wesen, die für Magersucht Reklame liefen.

»Mit anderen Worten«, sagte er gedehnt, »du brauchst ein bißchen Abkühlung.«

Sie blickte mißtrauisch auf ihn hinab. »Was willst du damit sagen? He, Josh Berigan, komm nicht schon wieder auf komische Gedanken! Du glaubst doch wohl nicht, ich lasse mich . . .« Sie kreischte los, versuchte aufzuspringen und fluchtartig das Weite zu suchen.

Sie schaffte es nicht. Berigan war grinsend hochgeschnellt. Er packte sie an den Hüften, bevor sie auch nur einen Schritt weit gekommen war. Mit Leichtigkeit hob er sie auf die Arme. Sie schrie, zappelte und kicherte. Er warf sie über Bord.

Klatschend landete sie in den lauwarmen Fluten der Lower New York Bay. Sie tauchte unter, für eine Weile waren nur Luftblasen zu sehen. Als sie wieder hochkam, prustete sie und schrie ihren Protest, der doch nur lockend gemeint war. »Du Schuft, oh du elender . . .«

Er stand bereits an der flachen, chromblitzenden Reling und federte in den Kniegelenken.

Jill warf sich im Wasser herum und floh mit wilden Kraulbewegungen. Vor ihr dehnte sich die Weite der

Bay und verschmolz übergangslos mit dem Atlantik.

Berigan sprang. Elegant tauchte er ein, und allein durch die Kraft seines Sprungs holte er das Girl innerhalb von Atemzügen ein. Sie wußte, daß sie ihm nicht entwischen konnte, und verdoppelte ihre Anstrengungen dennoch, nur um es ihm ein wenig schwerer zu machen.

Abermals schrie sie, als er plötzlich neben ihr war und sie erneut packte, wieder an den Hüften. Doch ihre Versuche, ihn wegzustoßen, waren nur ein Scheingefecht. Er zog sie an sich, hielt sie fest, trat Wasser und küßte sie. »Setzen wir das Abkühlen in der Kajüte fort«, sagte er dann. »Du weißt, wie gut die Klimaanlage funktioniert. Und ich brauche verdammt viel Zärtlichkeit, das weißt du auch.«

»Himmel!« rief sie. »Und das alles, weil ein paar FBI-Typen hinter dir her waren?«

Er grinste. »Ja, Baby, das geht mir mächtig an die Nieren. Und es gibt nur ein Mittel, damit ich möglichst schnell darüber hinwegkomme.«

»Was man dem FBI alles verdanken kann!« Sie verdrehte in gespielter Verzweiflung die Augen. »Ich bedauernswertes Geschöpf werde bis an die Grenze meiner Kräfte gefordert, nur weil diese elenden Kerle dich nicht in Ruhe lassen können.«

»Bislang hatte ich den Eindruck, daß du gern gefordert wirst«, entgegnete er und lachte.

Sie schwammen auf die Jacht zu. Berigan hatte die Segel geborgen und Treibanker ausgebracht. Das war schon vor zwei Stunden gewesen. Es regte sich kaum ein Windhauch, und die Sonne sengte von einem wolkenlosen Himmel. Es war ein Sonntag, von dem Millionen von New Yorkern noch die ganze Woche lang zehren würden.

Er hatte sich seit seinem fluchtartigen Aufbruch von *Winter's Wonderland* bei Jill verkrochen. Ihr Name und ihre Adresse waren in keiner Polizeiakte vermerkt, und ihr Apartment an der York Avenue, mit Blick auf den East River, war verdammt luxuriös. In aller Frühe hatten sie sich heute das erste Mal hinausgewagt und die Jacht gemietet, als er sah, wie sich das Wetter entwickeln würde.

Über die Heckleiter kletterten sie an Bord. Berigan tätschelte Jills eindrucksvolle Kehrseite und trieb sie zur Kajüte. Drinnen war es kühl.

»Jetzt wird mir kalt!« schmollte sie und wandte sich zu ihm um.

»Dem werden wir schnell abhelfen«, entgegnete er grinsend und zog sie an sich.

Sie drängte sich ihm entgegen, und er spürte den Druck ihrer Brüste, ihr Verlangen. Bereitwillig ließ sie sich mit ihm zu Boden sinken, auf den flauschigen Teppichboden. Sie küßte ihn mit jäher Gier, und mit all der Glut, die ihr Körper vermittelte, nahm sie ihn in sich auf. Erneut peitschte er ihre Empfindungen auf, und es war, als würde es an diesem Sonntagmorgen nichts anderes mehr geben – nur noch dieses Entfesseltsein, diesen Taumel bis hin zum schwindelerregenden Rausch.

Das Motorengeräusch drang selbst dann nicht in ihr Bewußtsein, als es schon ganz nahe war.

Erst ein leichter Stoß, der durch den Rumpf der Jacht ging, ließ sie aufschrecken.

Sie begriffen nicht, was es war. Berigan hob den Kopf, und sie verharrten, ohne sich voneinander zu lösen.

Plötzlich schnelle Schritte auf dem Achterdeck.

Das Schott der Kajüte flog auf.

Berigan schaffte es noch, sich herumzuwerfen.

Jill Sutton schrie gellend.

Die Gestalt trug einen wallenden schwarzen Umhang. Das Gesicht war kalkig weiß, spitze Zähne ragten aus den Mundwinkeln, und ein Blutfaden rann bis zum Kinn hinab. So rot wie Blut war der Seidenschal des Vampirs.

Berigan wollte hochschnellen, um diesem schlechten Scherz ein Ende zu machen.

Der schwarze Umhang flog auseinander, und der Seidenschal wallte wie eine blutige Woge.

Berigan wurde von den härtesten Faustschlägen seines Lebens getroffen. Zweimal, dreimal hintereinander. Das war sein Eindruck, wie er rücklings auf den Teppichboden geschmettert wurde.

Er sah keine Blitze, und er hörte kein Krachen. Jills Schreie verhallten in der Endlosigkeit eines schwarzen Tunnels. Mit dem Glauben, von diesen furchtbaren Fäusten in den Tunnel hineingetrieben worden zu sein, erlosch sein Bewußtsein.

Jill Sutton wurde getroffen und starb.

Dann kehrte Stille ein. Nur die kleinen Wellen waren zu hören, wie sie leise gegen den Bootsrumpf klatschten.

Karnak vergewisserte sich, daß noch immer kein anderes Wasserfahrzeug in Sichtweite war. Dann erst trat er auf das Achterdeck hinaus und stieg in den flachen Motorflitzer hinüber, mit dem er gekommen war. Er ließ das schwarze Cape zurück, nahm die akkubetriebene Bohrmaschine aus seinem Segeltuchbeutel und ging noch einmal an Bord der Jacht.

Er öffnete die Luke zum Stauraum an Backbord und beugte sich tief hinein. Rasch nacheinander bohrte er ein halbes Dutzend Löcher in den Kunststoffrumpf unterhalb der Wasserlinie. Sprudelnd weiß schoß es herein. Doch es würde seine Zeit dauern.

Karnak warf keinen Blick mehr in die Kajüte. Er hatte sich schon vergewissert, daß er 100prozentige Arbeit geleistet hatte. Das genügte. Er flankte in das Motorboot hinüber, verstaute die Bohrmaschine im Beutel und löste die Leine, die er um die Reling der Jacht geschlungen hatte. Der Innenborder sprang auf den ersten Schlag an.

Karnak ging auf Nordkurs in Richtung Long Island. Er schwitzte unter der Gummimaske. Doch erst, nachdem er eine halbe Seemeile Abstand von der Jacht gewonnen hatte, zog er die Dracula-Maske ab. Er warf auch den roten Seidenschal auf den Boden, wo das Cape und die FN-Pistole lagen.

Er sah sich um, als die Jacht schon fast außer Sichtweite war. Sie hatte nur wenig Schlagseite. Wahrscheinlich würde sie erst kentern und langsam sinken, wenn er schon wieder die Upper Bay erreicht hatte.

Als er die Segel einer anderen Jacht am nördlichen Horizont erblickte, ging er auf Gegenkurs, zurück in Richtung The Narrows, jener Meerenge zwischen Staten Island und Brooklyn, durch die man die Upper Bay und Manhattan erreicht.

Er stellte Ruder und Drehzahlregler fest und begann in aller Ruhe, die Sachen zum Versenken vorzubereiten. Sportboote und Jachten begegneten ihm jetzt häufiger. Aber niemand würde sich daran erinnern, ein Motorboot aus jener Richtung kommen gesehen zu haben, in der die Segeljacht Berigans gekentert war. Denn er rauschte von Long Island her auf The Narrows zu.

In Einzelteile zerlegt, warf er die Pistole über Bord. Dann das Kostüm und die Maske, jeweils mit Steinen verschnürt. Zuerst, als er Berigan und das Girl beim Verlassen des Apartments beobachtet hatte, war er unschlüssig gewesen. Da sie auf die Lower Bay hinausgesegelt waren, hätte er sich die Maskierung im Grunde schenken können. Aber es gab die verrücktesten Zufälle. Man konnte einen Menschen für tot halten, und er wachte dann doch plötzlich wieder auf.

Wenn es wirklich einen solchen Zufall gab, würden die Cops oder die G-men an ihrem Verstand zweifeln. Denn wer konnte schon ernsthaft glauben, daß Graf Dracula persönlich in New York erschienen war, um einen Profikiller zu beseitigen?

Karnak ließ sich noch einmal alles durch den Kopf gehen. Ja, er hatte auch diesmal jeden Punkt bedacht. Dabei war es schwieriger geworden, als er es sich zu Anfang vorgestellt hatte. Seine besten Kontakte zur Unterwelt, so hatte es ausgesehen, waren nutzlos gewesen. Berigan hatte sich abgesetzt, weil er wußte, daß die G-men sich für ihn interessierten.

Weil sie ihn verdächtigten, Custer umgebracht zu haben. Natürlich. Eine andere Erklärung gab es nicht.

Karnak grinste bei dem Gedanken.

Er hatte Berigan schließlich aufgespürt, als er nachgeforscht hatte, mit welchen Girls der Bursche gewöhnlich verkehrte. Jill Sutton war schon seit vier Tagen nicht mehr an ihrem Arbeitsplatz aufgekreuzt, einer Bar an der Ecke Broadway und West 48th Street. Ein nobler Schuppen, der vom Perry-Syndikat kontrolliert wurde.

Karnak brachte das Boot zurück zu dem Verleih oberhalb von Battery Park City. Es herrschte ein ständiges Kommen und Gehen. Vor allem Touristen nutzten die Gelegenheit, auf eigene Faust loszugondeln und ihre Erinnerungsfotos von der Wasserseite her zu schießen.

Karnak schulterte seinen Segeltuchbeutel und ging die Jay Street hinauf, bis ihm ein freies Taxi entgegenkam. Er ließ sich zur Fifth Avenue fahren und stieg an der Grand Army Plaza aus. Den Rest des Weges bis zur East 73rd Street legte er zu Fuß zurück.

Er überlegte, wie er den Abend verbringen sollte. Helga war ein Glückstreffer gewesen. Ein Girl mit Feuer unter dem hübschen Hintern. Andererseits hatten Wiederholungen meist etwas Fades. Er spürte, daß er sich zu nichts aufraffen und den Abend allein verbringen würde.

In seinem Apartment duschte er abwechselnd heiß und kalt und zog anschließend einen leichten Hausanzug aus reiner schwarzer Seide an. Der Stoff war kühl auf der Haut. Er fühlte sich wie neugeboren. Bevor er in die Küche ging, um sich ein Steak zuzubereiten, schaltete er die Stereoanlage ein und stülpte den Kopfhörer über.

Wenn sie die ersten Nachrichten über Berigans Bootsunglück überhaupt noch an diesem Tag brachten, würde er in aller Ruhe erfahren können, wie das Ergebnis seiner Arbeit aussah. Wurde das Bootswrack rechtzeitig gefunden, lief vielleicht sogar noch etwas in den Nachrichten der lokalen Fernsehsender.

Schmunzelnd stellte Karnak eine Pfanne auf den Herd und streifte Fett hinein.

Dave Osburn hielt den Hörer zehn Zentimeter vom Ohr weg, denn der Mann am anderen Ende brüllte, daß die Membrane klirrte. »Hast du deinen verdammten Flimmerkasten eingeschaltet?«

»Wer, zum Teufel, spricht da?« brüllte Osburn zurück, obwohl er schon eine Ahnung hatte.

»Als ob du das nicht wüßtest! Perry! Schalte deine Fernsehkiste an, verdammt noch mal! Ich rufe dich nachher wieder an, verlaß dich drauf!« Ein Schmettergeräusch folgte. Perry hatte seinen Hörer auf die Gabel geknallt.

Dave Osburn stand grinsend hinter dem Schreibtisch in seinem Arbeitszimmer auf. Es mußte sich also etwas abgespielt haben. Wenn es so war, dann mußte dieser große Unbekannte ein verdammt brauchbarer Bursche sein. Osburn wußte, daß er eine gute Nase hatte, einen sicheren Instinkt. Beides gehörte zu den Eigenschaften, die ihn an die Spitze gebracht hatten. Es sah also so aus, als ob er sich zu seiner Entscheidung, auf die Kleinanzeige in den *Daily News* zu reagieren, beglückwünschen konnte.

Was sonst sollte Perrys telefonischer Wutausbruch zu bedeuten haben?

Er ging in den Living-room. Brenda, seine derzeitige Lebensgefährtin, saß mit gekreuzten Beinen auf einem Smyrna-Teppich und hörte ihn nicht kommen, denn sie hatte Kopfhörer auf dem brünetten Haarschopf. Osburn sah, daß der CD-Player lief. Brenda huldigte ihrem Beethoven-Tick.

Er winkte ihr zu, nachdem er an ihr vorbeigegangen war. Er nahm den tragbaren Fernseher und trug ihn auf die Terrasse. Mittlerweile war es weniger schwül, und man konnte es im Freien aushalten. Er schaltete den Apparat ein, nahm die Fernbedienung und machte es sich im Sessel gemütlich.

NBC Local brachte bereits den Wetterbericht. Osburn schaltete die New Yorker Programme durch. Nur der italienischsprachige Lokalsender drüben in South Brooklyn strahlte Nachrichten in unterschiedlichen Abständen aus. Osburn erwischte eine Sendung, die sich mit Weltpolitik und Neuigkeiten aus dem Vatikan befaßte und dann zur Lokalberichterstattung überging.

Als Hintergrundbild erschien eine sonnenglitzernde Wasserfläche mit schwachem Wellengang. Das Boot, auf dem der Kameramann stand, näherte sich langsam der Rumpfunterseite einer gekenterten Jacht.

»Geht in New York der große, unbekannte Rächer um?« sagte der Moderator, ein schwarzhaariger Mann, im breiten Italienisch des eingebürgerten Sizilianers. »Das mag man sich fragen, nachdem bekannt wurde, was vermutlich heute vormittag an Bord einer Segeljacht auf der Lower Bay geschah.«

Kurze Pause.

Die Kamera holte den Bootsrumpf mittels Zoom heran. Dann schwenkte der Aufnahmewinkel langsam, und die im Wasser liegenden Aufbauten der Jacht waren zu sehen. Ein Motorboot der Coast Guard lag längsseits. Die Kamera erfaßte einen Coast-Guard-Kreuzer, der oberhalb des Havaristen vor Anker lag. Die Nußschale mit dem Außenborder mußte das Beiboot des Kreuzers sein. Zwei Taucher ließen sich ins Wasser gleiten.

Das Boot mit der Fernsehkamera kreiste um den Schauplatz des Geschehens.

»Zwei Menschen starben an Bord dieser Jacht«, fuhr der Sprecher fort. »Von mehreren Kugeln, vermutlich aus einer Pistole, wurden der 33jährige Josh Berigan und seine 26jährige Freundin Jill Sutton getötet. Von dem Täter fehlt bislang jede Spur. Erfahrene Kriminalreporter ziehen jedoch Parallelen zu einem Mordfall, der sich am vergangenen Sonntag in einem Hotel in Greenwich Village, Manhattan, ereignete. Dort wurde ein gewisser Joe Custer ebenfalls mit einer Pistole erschossen. In Fachkreisen spricht man bereits von dem Sonntagsmörder von Manhattan.«

Wieder eine Pause.

Das Fernsehboot durchfuhr die Gasse zwischen dem Coast-Guard-Kreuzer und der gekenterten Jacht.

»Übrigens befinden sich die Leichen nicht mehr an Bord«, sagte der italoamerikanische Sprecher. »Die Taucher versuchen gerade, Lecks abzudichten, die mit einer Bohrmaschine an Backbord in den Rumpf getrieben wurden. Die Coast Guard vermutet, daß dies das Werk des Täters ist, der seine Opfer offenbar auf Tiefe gehen lassen wollte. Es hat aber nicht geklappt, weil sich in dem gekenterten Rumpf an Steuerbord Luftblasen gebildet haben, die das Wrack zur Hälfte über Wasser ließen. Es waren Sportbootfahrer, die die Jacht fanden. Zu einem Zeitpunkt allerdings, als in der Umgebung kein anderes Wasserfahrzeug mehr zu sehen war. Der Täter muß also längst in Sicherheit gewesen sein. Übrigens hat der FBI – in Zusammenarbeit mit der Coast Guard – den Fall übernommen. Und damit wären wir bei den Parallelen zwischen der Mordsache Custer und der Mordsache Berigan.«

In einer abermaligen Pause schwenkte die Kamera zu dem Coast-Guard-Kreuzer, auf dessen Vorschiff Männer in Zivil standen und die Bergungsarbeiten beobachteten. Klar, daß man versuchen wollte, die Jacht an Ort und Stelle aufzurichten, indem man das eingedrungene Wasser nach dem Abdichten der Lecks abpumpte und den Rest mittels einer Seilwinde an Bord des Kreuzers erledigte.

»Custer«, sagte der Sprecher, »galt in eingeweihten Kreisen als Berufskiller, der auf der Lohnliste einer verbrecherischen Organisation stand. Wenn es nicht zu makaber wäre, könnte man Berigan als einen Kollegen

Custers bezeichnen. Beide sollen sich allerdings spinnefeind gewesen sein, da sie für unterschiedliche Organisationen arbeiteten. Was erst vor wenigen Tagen dazu führte, daß Berigan als Tatverdächtiger im Fall Custer festgenommen werden sollte. Nun scheint sich aber herauszustellen, daß der geheimnisvolle Sonntagsmörder sowohl den FBI als auch die betroffenen New Yorker Syndikate an der Nase herumführt. Als nächstes soll versucht werden, an Bord der Segeljacht Spuren zu sichern. Die Beamten hatten damit schon im Fall Custer kein Glück, und es ist zu erwarten, daß es auch diesmal nicht anders sein wird. Sobald von den zuständigen Pressestellen weitere Einzelheiten mitgeteilt werden, werden wir Sie über den Fortgang der Ermittlungen unterrichten, liebe Zuschauer.«

Osburn schaltete den Fernseher aus und lehnte sich zurück. Er wandte den Kopf halb nach rechts. Brenda saß noch immer mit geschlossenen Augen da, in ihre CD-Musikwelt entrückt. Er hatte also Ruhe zum Nachdenken.

Der Sonntagsmörder.

Eines mußte er anerkennen. Der große Unbekannte, den er da beauftragt hatte, war ein Meister seines Fachs. Er hatte es verstanden, Berigan in einer Situation zu erwischen, in der er am allerwenigsten Widerstand leisten konnte. Jedenfalls konnte man sich leicht vorstellen, was Josh mit dieser Jill an Bord getrieben hatte.

Aber in einer solchen Situation war auch Joe Custer getötet worden. Vom Sonntagsmörder?

Was die Kriminalreporter da an Parallelen gefunden haben wollten, war nicht vom Tisch zu fegen. Custer und Berigan, die Spitzenmänner zweier konkurrierender Organisationen. Gar nicht so dumm, darauf als erstes zu stoßen.

Wenn es tatsächlich stimmte, dann war dieser Sonntagsmörder ein gottverdammter Hurensohn, der zwei erbitterte Konkurrenten gegeneinander aufhetzen wollte. Perry und er, Osburn, hatten ihn beide beauftragt, ohne dabei voneinander zu wissen.

Osburn griff zum Haustelefon, das auf dem Tisch neben seinem Sessel stand. Er rief Brook an, den Leiter seiner Body-guard-Truppe. »Hast du die Fernsehnachrichten gesehen?«

»Gerade eben, Mr. Osburn.«

»Siehst du eine Chance herauszufinden, wer dieser Sonntagsmörder ist?«

»Ich kann ein paar von unseren Jungs herumhorchen lassen.«

»Tu das!« Osburn legte auf.

Zwei Minuten später rief Edward Perry wieder an. Brook stellte das Gespräch über die Hausvermittlung durch.

»Ist dir jetzt einiges klargeworden?« Perry schien sich etwas beruhigt zu haben.

»Eine Menge.«

»Du hast es von Anfang an gewußt, Dave. Du hast mir den Krieg erklärt, und nicht anders. Und, verdammt, du kannst mir glauben, daß ich nicht die Hände in den Schoß legen werde.«

»Mach, was du willst!« knurrte Osburn. »Aber du bist auf dem falschen Dampfer. Dieser komische Sonntags-Knilch will uns gegeneinander aufhetzen. Hast du das denn noch nicht kapiert?«

»Der Custer-Mord war nicht mein Auftrag, Dave.«

»Ach, nein?« grinste Osburn. »Wie kommst du dann darauf, daß der Berigan-Mord mein Auftrag war?«

»Mann, das liegt doch auf der Hand!« Perry steigerte sich wieder.

»Für mich liegt überhaupt nichts auf der Hand. Ich begreife nur, daß du keinen Waffenstillstand willst.«

»Du hast mir den Fehdehandschuh hingeworfen!« brüllte Perry in wiederaufflackender Wut. »Glaub nur nicht, daß ich mir das so ohne weiteres bieten lasse!«

»Du mußt wissen, was du tust. Denke daran, daß es vielleicht einen Kerl gibt, der sich über uns halbtot lacht!«

»Wenn es so wäre, würde er sehr schnell an seinem Lachen ersticken.«

Osburn legte auf, ohne eine Antwort zu geben. Es blieb nur eins: Er mußte seine Männer zu erhöhter Wachsamkeit aufrufen. Es gab Hunderte von Angriffspunkten, schwache Stellen, wenn man so wollte. Aber Perry war selbst genauso verwundbar. Durch einen Angriffskrieg würde er sich nur ins eigene Fleisch schneiden. Er war ein weltfremder Narr, wenn er das nicht begriff.

Der Montagmorgen war immer noch so sonnig wie der vorangegangene Sonntag. Nur die Druckerschwärze der riesigen Schlagzeilen konnte stimmungsdämpfend wirken.

Der Sonntagsmörder von Manhattan!
Das zweite Opfer des Sonntagsmörders!
New Yorks Killer sterben sonntags!
FBI und Polizei jagen den Sonntagsmörder!

Und so weiter.

John D. High hatte sämtliche New Yorker Morgenzeitungen auf dem Besprechungstisch in seinem Office ausgebreitet. Ich vergaß darüber fast die Tasse Kaffee, die Helen für mich bereitgestellt hatte. Die Sekretärin unseres Chefs ist wegen ihrer besonderen Fähigkeiten auf dem Gebiet des Kaffeekochens fast schon zur Legende geworden.

Ich setzte mich, nippte an dem Kaffee und zündete mir eine Zigarette an. Ein paar Zeitungen hatte ich schon gesehen. Phil und ich hatten sie in unserem gemeinsamen Office studiert. Mein Freund war jetzt unterwegs, um einen Ansatzpunkt für uns zu finden. Wir mußten dichter an das Osburn-Syndikat heran, denn dort hatte auch der unbekannte Killer angesetzt.

Ich berichtete dem Chef über Phils Vorhaben. »Ich selbst werde mich gründlicher mit Maynard Lewis befassen«, schloß ich. »Er ist der einzige Hotelgast, bei dem es Ungereimtheiten gibt.«

»Der Mann, der sich unter seinem Namen im Eagle einquartiert hatte, war Custers Zimmernachbar«, entgegnete John D. High. »Wenn es nicht der echte Lewis war, dann muß es ein Doppelgänger gewesen sein. Kein Zufall, meine ich. Wenn man eine Kreditkarte auf der Straße findet, weiß man noch lange nicht, wie ihr rechtmäßiger Besitzer aussieht.«

Ich nickte. »Haben Sie von der Gesellschaft etwas gehört?« fragte ich.

Der Chef zog einen Bogen Papier aus den Stapeln auf seinem Schreibtisch. »Fernschriftliche Antwort von heute vormittag. Die Kreditkartengesellschaft hat die Rechnung des Hotels Eagle tatsächlich noch auf dem Konto von Maynard Lewis belastet. Das war am Montag. Erst am Freitag hat Lewis dann die Karte als gestohlen gemeldet.«

»Das war der Tag, an dem Lieutenant Ryley aus Providence anrief. Bei ihm im Polizeihauptquartier treffe ich Lewis übrigens in drei Stunden. Ich habe einfach das Gefühl, daß wir nur weiterkommen, wenn ich selber mit ihm spreche.«

»Ihre Dienstreise nach Rhode Island ist bereits genehmigt«, entgegnete John D. High mit dem Anflug eines Lächelns. »Was haben wir an Erkenntnissen von der Spurensicherung?«

Ich klappte die Mappe auf, die ich mitgebracht hatte. »In beiden Fällen – Custer und Berigan/Sutton – wurden die Opfer durch Neun-Millimeter-Geschosse getötet. Die Ballistiker haben jetzt ihr Untersuchungsergebnis vorgelegt. Wenn es derselbe Täter war, dann hat er zwei verschiedene Waffen verwendet. Im Labor haben sie nach der Charakteristik der Züge und Felder immerhin die Waffentypen herausgefunden. Im Fall Custer war es eine Beretta 951, im Fall Berigan/Sutton eine FN Highpower.«

»Daraus könnte man bestenfalls konstruieren, daß der Mann eine Vorliebe für Automatikpistolen hat.«

»Ein Vergleich mit ballistischen Ergebnissen aus ungeklärten Mordfällen war negativ«, fuhr ich fort. »Beide Waffen, die der Sonntagsmörder benutzte, sind noch nie in Erscheinung getreten.«

»Sie glauben bereits, daß es ihn gibt? Als ein und dieselbe Person?«

Ich blies die Atemluft durch die Nase. »Noch sehe ich ihn eher als einen abstrakten Begriff, Sir.«

»Gut. Gibt es sonst noch etwas aus der gekenterten Jacht?«

»Keine Fingerabdrücke, nichts«, antwortete ich. »Nur eine persönliche Schlußfolgerung. Der Mörder muß die besseren Informanten gehabt haben. Wir haben alle verfügbaren V-Leute auf Berigan angesetzt, nachdem er verschwunden war. Aber keiner hat uns einen Hinweis geliefert. Nur Winter, der Inhaber des

Wonderland, ist wieder aufgetaucht. Mit der Behauptung, drei Tage Kurzurlaub in den Catskills gemacht zu haben. Natürlich können wir ihm das Gegenteil nicht beweisen.«

John D. High lehnte sich zurück, schob die Ellenbogen auf die Schreibtischplatte und legte die gespreizten Finger unter dem Kinn aneinander. Eine typische Haltung des Chefs, der mit seinen feinnervigen Händen und dem silbergrauen Haar mehr wie ein Künstler aussieht. Wer ihn nicht kennt, würde ihn niemals für den Mann halten, der an der Spitze des FBI-Distrikts New York auf die größten Erfolge im Kampf gegen das organisierte Verbrechen verweisen kann.

»Ich kann mir noch kein Bild über die Hintergründe machen«, sagte er gedehnt. »Aber eins scheint mir jetzt schon klar zu sein: Der Sonntagsmörder legt es darauf an, die beiden mächtigsten Syndikate gegeneinander auszuspielen. Ein gefährliches Spiel, das eigentlich nur ein Verrückter spielen kann. Aber unser Mann ist nicht verrückt. Das zeigen seine eiskalt geplanten Morde. Ausgerechnet die gefährlichsten Killer auszuschalten, erfordert Nerven aus Stahl. Wenn also Osburn und Perry nicht jeweils ein Zwillings-Phantom in die Welt gesetzt haben, um uns zu täuschen, dürften wir es mit dem raffiniertesten Burschen zu tun haben, der zur Zeit in der New Yorker Unterwelt herumläuft. Er wird es schaffen, einen Krieg zum Ausbruch zu bringen.«

Das war die Schreckensvision, die wir seit gestern vor Augen hatten. Bilder von hämmernden Maschinenpistolen, von Rollkommandos, die in Restaurants, auf Bürgersteigen oder in Hauseingängen ein Blutbad anrichteten.

Bilder, die es lange nicht gegeben hatte – seit wir die Syndikate zur Zurückhaltung gezwungen hatten.

Ich verließ das Büro des Chefs, bedankte mich bei Helen für den Kaffee und brachte die Ermittlungsakte in unser Office zurück. Zwei Minuten später stieg ich auf dem Hof der Fahrbereitschaft in den Jaguar.

Bis zum Downtown Heliport am East River brauchte ich zehn Minuten. Ich stellte den roten Flitzer vor der Start- und Landeplattform ab, die wie ein Pier auf das Wasser hinausgebaut war. Ein Bell Jet Ranger im Blau-Weiß der City Police wartete schon auf mich. Ich schwang mich in die Kanzel und schloß die Tür. Pilot und Copilot begrüßten mich mit Handzeichen.

Dann schwebten wir im Steigflug über die Brooklyn Bridge hinweg in Richtung Nordosten zum LaGuardia Airport.

Eine Viertelstunde später saß ich in einem zweistrahligen Jet der New Yorker Stadtverwaltung. Die Maschine hatte Kurs auf Rhode Island, einen der kleinsten Bundesstaaten der USA, wo die Yankees noch richtige Yankees sein sollen.

Lieutenant Ryley sah etwa so aus, wie man sich den typischen drahtigen Engländer vorstellt. Völlig klar, daß er von jenen englischen Puritanern abstammte, die einmal unsere Ostküste besiedelt haben.

Ryley holte mich mit seinem Dienstwagen vom Airport ab. Wir fuhren auf direktem Weg zum Police Headquarters im Zentrum von Providence, der Hauptstadt von Rhode Island. Das Verkehrsgetümmel erinnerte fast an Manhattan, doch die Größenordnungen der Stadt hatten eher etwas Provinzielles.

Maynard Lewis wartete bereits in Ryleys Office. Der schlanke blonde Mann mit der etwas altmodisch wirkenden Brille sah mich mit sichtlichem Mißtrauen an.

Ich brauchte mich nicht mit einer langen Vorrede aufzuhalten. Ryley hatte ihm schon vor meiner Ankunft das meiste erklärt. Lewis wußte, wer ich war.

Und er wußte, daß ich nicht hergekommen war, um mit ihm über die Papierproduktion in Rhode Island zu reden.

Ryley kehrte aus einem Nebenzimmer zurück, von wo das leise Klappern von Textverarbeitungs-Keyboards zu hören war, bis er die Tür schloß.

»Was verbindet Sie mit New York, Mr. Lewis?« fragte ich.

»Geschäftsbesuche«, antwortete er ohne Zögern. »Restaurantbesuche am Abend, dann weiter in eine Bar. Viel Alkohol und auch . . .« Er lächelte verlegen. » . . . heiße Girls.«

»Niemand wirft Ihnen irgend etwas vor, Mr. Lewis.« Ich lehnte mich zurück, fischte einen Glimmstengel aus meiner Packung und setzte ihn in Brand. »In New York interessiert es keinen Menschen, mit welcher Lady Sie ein Verhältnis haben. Und Sie können sicher sein, daß ich nach diesem Gespräch nicht zu Ihrer Frau laufen werde, um Sie zu verpfeifen.«

Er wirkte erleichtert.

Eine Angestellte erschien aus dem Nebenzimmer und trug ein Tablett mit Kaffeegeschirr und Sandwiches herein. Lieutenant Ryley gab ihr leise Regieanweisungen, wie sie die Sachen verteilen sollte. Ich bedankte mich mit einem Nicken und einem Lächeln. Das Girl war verteufelt hübsch. So etwas fällt mir viel zu oft dann auf, wenn ich am allerwenigsten Zeit habe.

»Sagen Sie mir mehr über diese Geschäftsbesuche«, bat ich.

Lewis atmete tief durch. »Sie wissen sicher, daß ich bei den Rhode Island Paper Mills im Verkauf arbeite.«

Ich nickte. »Was heißt das genau? Sind Sie für den gesamten Verkauf zuständig?«

»O, nein!« wehrte er ab. »Ich bin Sachbearbeiter für den Auslandsverkauf. Genauer gesagt, für die Verkäufe nach Übersee.«

»Und was ist es, daß Sie an den Mann bringen? Papier?«

»Zellstoff.« Er lächelte mit der milden Nachsicht des Fachmanns gegenüber dem Unwissenden.

»Sind wir da konkurrenzfähig?«

»Sie denken an die Kanadier? Nun, wir können ganz gut mithalten.«

»Allright. Sie müssen regelmäßig nach New York, um die Verschiffungen vorzubereiten, nehme ich an.«

»Nein, nein.« Er schüttelte den Kopf. »Damit hat unsere Firma überhaupt nichts zu tun, Sir. Wir unterhalten keine eigene Exportabteilung. Wir arbeiten noch nach der althergebrachten Methode, über ein Exporthandelshaus. Das heißt, wir überlassen alles, was mit der Abwicklung des Auslandsgeschäfts zu tun hat, einem Exporteur. In unserem Fall ist es die Firma Marshal-Landers & Co. Inc. in Manhattan. Das Officegebäude ist an der Ecke Madison Avenue und East 55th Street.« Sein Stolz darauf, sich in Manhattan auszukennen, war herauszuhören.

Ich nahm einen Schluck von dem brühheißen Kaffee und staunte. Das hübsche Girl von nebenan erreichte beinahe Helens Fähigkeiten.

»Sie haben also öfter in New York City zu tun?« sagte ich.

Lewis bewegte den Kopf von einer Seite zur anderen. »So würde ich es nicht ausdrücken, Sir. Es richtet sich im Grunde danach, wie oft ich von Marshal-Landers eingeladen werde. Sie tun das, weil sie natürlich ein

Interesse an der guten Zusammenarbeit mit uns haben.« Er hob abwehrend die Handflächen, weil ihm etwas einfiel. »Nicht, daß sie mich schmieren, das nicht! Es ist einfach das Übliche, was man im Geschäftsleben so tut. Im Schnitt bin ich vielleicht alle drei Monate einmal in New York.«

»Immer nur bei Marshal-Landers? Haben Sie keine anderen Geschäftsverbindungen in New York?«

»Nein, natürlich nicht. Man arbeitet mit einem Exporteur zusammen, nicht mit mehreren.«

Ich drückte die Zigarette aus und nahm mir einen Sandwich. »Okay. Wann waren Sie das letzte Mal in Manhattan?«

»Vor drei Wochen«, antwortete Lewis prompt. Natürlich hatte er mit der Frage gerechnet. »Fast ein ganzes Wochenende. Von Freitagvormittag bis Sonntagnachmittag. Ich bin mit dem Zug nach Hause gefahren.«

»Wie ist dieser Besuch abgelaufen?« fragte ich.

»Erst völlig normal. Gleich nach meiner Ankunft bin ich zu Marshal-Landers ins Office gefahren. Dort hatte ich ein ausführliches Gespräch mit Mr. Munro. Das ist der zuständige Abteilungsleiter. Später kam dann auch Mr. Karnak dazu, der Sachbearbeiter, mit dem ich unmittelbar zu tun habe. Wir telefonieren fast täglich miteinander. Oder wir schicken uns Fernschreiben. Am Nachmittag hatte ich mit ihm eine längere Besprechung, und am Abend sind wir dann zusammen essen gegangen.«

»Nur mit Mr. Karnak?«

»So ist es, Sir. Bob — Mr. Karnak — ist während meiner Besuche gewissermaßen für meine Betreuung zuständig. Nun, wir hatten einen sehr vergnügten Abend, bei dem wir uns dann zum Schluß aus den

Augen verloren haben. Wir sind in einer von diesen feinen Bars gelandet. Und ...« Er zögerte ein bißchen. »... am nächsten Morgen bin ich in meinem Hotelzimmer nicht allein aufgewacht. Nun, das Girl ist nach dem Frühstück nach Hause gegangen. Ich hätte im Grunde auch abreisen können. Aber ich konnte den Hals nicht vollkriegen, offen gestanden. Ich habe Bob angerufen und mich noch einmal für den Abend mit ihm verabredet.«

»In derselben Bar?«

»Ja, Sir. Der Laden nennt sich Petite Fleur, an der West 42nd Street, zwischen Seventh und Eighth Avenue. Es wurde noch einmal so ein verrückter Abend. Ich war dann erst am Sonntagnachmittag so weit klar, daß ich auf beiden Beinen stehen konnte.«

»In welchem Hotel haben Sie übernachtet?«

Er senkte den Kopf und atmete tief durch. »Im Eagle. Das ist in Greenwich Village, Manhattan Downtown, Waverly Street.« Seine Stadtplankenntnisse schienen ihn zu begeistern.

»Und Sie sind sicher, daß es vor drei Wochen war?« entgegnete ich. »Nicht vielleicht vor gut einer Woche?«

Er schüttelte energisch den Kopf. »Ich weiß es genau, Sir. Lieutenant Ryley wird Ihnen gesagt haben, in welcher Klemme ich stecke.« Die blaugrauen Augen hinter seinen Brillengläsern drückten Verzweiflung aus. Er sah nicht aus wie der Frauentyp aus dem Bilderbuch. Und doch war er einer. Jetzt begriff er, in welche Verstrickungen man geraten kann, wenn man es zu schlimm treibt.

Konnte sein, daß er sich allerhand leistete.

Aber er war nicht der Mann, der mit der Eisenbahn nach New York fuhr, um dort den Profikiller eines der großen Syndikate umzubringen – zufällig in dem

Hotel, in dem er auch bei seinen Geschäftsbesuchen wohnte.

»Also gut«, sagte ich. »Dann wäre da noch die Geschichte mit Ihrer Kreditkarte.« Ich leerte meine Kaffeetasse, und ich nickte, als Lieutenant Ryley sich mit einer Kopfbewegung erkundigte, ob er nachschenken solle. Lewis zog seine Brieftasche aus dem Jackett und klappte sie auf. Die Fächer mit den Kreditkarten waren zusätzlich durch eine Plastikhülle geschützt. Bevor man eine Karte herausnehmen konnte, mußte man die Hülle abziehen.

»Sehen Sie«, sagte Lewis. »Es ist einfach unmöglich, daß ich eine Karte verloren haben könnte. Ich habe hin und her überlegt, und ich kann es mir nur so erklären, daß man mir die Karte gestohlen hat. An einem von diesen beiden Saufabenden. Ich war bestimmt nicht mehr in der Lage, richtig aufzupassen. Und gemerkt habe ich nichts, weil ich hinterher noch keine Karte wieder benutzt habe.«

Ryley meldete sich zum ersten Mal zu Wort. »Ich habe mir das auch durch den Kopf gehen lassen, Mr. Cotton. Wäre es nicht denkbar, daß diese käuflichen Ladys in den Bars kleine Nebengeschäfte betreiben?«

Ich nickte. Ich wußte, worauf er hinauswollte. Eins der Girls, die Lewis umturtelt hatten, mußte ihm in einer schwachen Minute die Visa-Karte stibitzt haben. Und dann hatte sie das Stück Kunststoff auf dem Schwarzen Markt verscherbelt.

Möglich.

Ich erklärte Lewis, daß ich seine Angaben überprüfen würde. Er reagierte gelassen darauf und sah nicht so aus, als ob er Angst hätte. Die schien er nur vor seiner Frau zu haben.

Ich verabschiedete mich, denn die Zeit drängte.

Noch während der Kernarbeitszeit in den Offices war ich wieder in Manhattan. Vor dem Downtown Heliport stieg ich in meinen Jaguar und scheuchte ihn durch die Straßen und Avenues, in denen sich das abendliche Fahrzeuggewühl aufzubauen begann. Bis zur East 55th, Ecke Madison, schaffte ich es dennoch in einer knappen halben Stunde.

Munro war ein bläßlicher Typ, dem man die Führungsqualitäten, die er als Abteilungsleiter haben mußte, nicht ansah. Er blätterte ausgiebig in seinem Terminkalender, als ich ihm gegenübersaß. Vor und zurück, vor und zurück. Erst nachdem er seine Feststellungen mehrmals überprüft hatte, war er zu einer Erklärung bereit.

»Stimmt«, sagte er. »Mr. Lewis war vor drei Wochen hier. Genaugenommen vor drei Wochen und drei Tagen, denn der Geschäftsbesuch begann ja an einem Freitag.«

»Ist es üblich, diese Termine auf ein Wochenende zu legen?«

Munro grinste. »Wenn es die Geschäftsfreunde wünschen — durchaus. Es gibt viele, die sich die Gelegenheit nicht entgehen lassen wollen, in New York etwas zu erleben.«

»Einer Ihrer Mitarbeiter hat Lewis betreut, nehme ich an.«

»So ist es. In diesem Fall war es Bob Karnak. Robert Karnak, um genau zu sein. Einer meiner besten Männer. Er ist es, der mit Lewis direkt zusammenarbeitet. Möchten Sie ihn sprechen?«

Ich nickte.

Im Grunde brauchte ich Karnak nicht unbedingt. Denn für mich stand bereits fest, daß Lewis in allen Punkten die Wahrheit gesagt hatte. Also mußte er in

Manhattan einen Doppelgänger gehabt haben. Oder noch haben. Der Teufel sollte daraus schlau werden. Klar, wenn eins der Girls seine Kreditkarte stiebitzt hatte, dann hatte sie dazu auch eine Personenbeschreibung des Eigentümers mitliefern können.

Die Puzzlestücke fügten sich aneinander. Aber das Bild hatte noch eine große Lücke.

Es klopfte.

Der Mann, der mich aus dunklen Augen prüfend ansah, war so schlank, daß man ihn beinahe als dünn bezeichnen konnte. Hart an der Grenze zwischen beiden Begriffen.

»Ich bin 15 Jahre in der Firma«, sagte er, nachdem er mich begrüßt hatte. Er setzte sich auf einen freien Besucherstuhl. »Aber einen FBI-Beamten haben wir noch nicht hiergehabt.«

»Mr. Karnak hat ein glänzendes Gedächtnis«, erklärte Munro dazu.

Ich lächelte und sah Karnak an. »Mindestens die Hälfte der Leute, mit denen ich zu tun habe, sehen mich das erste Mal. Sie sind also kein Einzelfall.«

»Das beruhigt mich sehr«, entgegnete er. Sein Gesichtsausdruck war eine unergründliche Mischung zwischen Lächeln und eingefrorener Starre. »Ich höre, es geht um Maynard Lewis? Er braucht ein Alibi?«

»So könnte man es ausdrücken«, sagte ich.

»Verstehe. Nun, Maynard war vor drei Wochen zuletzt hier. Er kam am Freitagmorgen . . .« Karnak leierte den Bericht herunter, als läse er ihn von einem Protokoll ab.

»Vielen Dank«, sagte ich.

Er sah mich forschend an. »Sagen Sie . . .«

»Ja?« Ich wich seinem Blick nicht aus.

»Wenn Maynard Lewis nach New York fährt — muß

es dann unbedingt aus geschäftlichen Gründen geschehen?«

»Eine sehr kluge Frage«, sagte ich. Mehr nicht. Ich bedankte mich bei Munro und seinem Mitarbeiter und verließ das Office.

Es wurde Zeit, daß ich ins Distriktgebäude zurückkehrte. Bestimmt hatte Phil mittlerweile etwas angeleiert. Ich hatte dieses elende Gefühl, zu spät zu kommen.

Wir wußten, daß es nicht ausreichte, ein paar Kredithaie hochgehen zu lassen, wenn wir das Osburn-Syndikat an seinem Nerv treffen wollten. Wir mußten an die größeren Nummern heran, bevor es zu spät war. Denn wenn erst ein Krieg zwischen den Syndikaten ausgebrochen war, konnten wir die Dinge nicht mehr steuern. Und es war mehr als fraglich, ob wir dabei der lachende Dritte sein würden.

Ausgerechnet dieser Karnak hatte mich auf einen Punkt aufmerksam gemacht, der trotz allem ungeklärt war. Aber, zum Teufel, ich hatte denselben Eindruck gehabt wie Lieutenant Ryley. Lewis war kein Lügner. Was stimmte an der Geschichte nicht?

Windermeere, unser hauseigener Maskenbildner, hatte erstklassige Arbeit geleistet. Einen Tag nach meiner Rückkehr aus Rhode Island waren wir reif für den Einsatz.

Phil war flachsblond aus Windermeeres Hexenküche zurückgekehrt, und ich hatte im ersten Moment nicht glauben können, daß ich mit diesem Burschen nun schon seit Jahren zusammenarbeitete. Seine rotgeränderten Augen sahen so verteufelt echt aus, daß ich das Bedürfnis hatte, ihm drei Wochen Frischluft an einem Sonnenstrand zu verordnen.

Mein Freund und Kollege hatte allerdings einen ähnlichen Eindruck von mir. Mit dem buschigen Schnauzbart und einer Menge Sorgenfalten war ich ein anderer Mensch als sonst. Zusätzlich hatten wir uns mit diesen lässig-eleganten Sommeranzügen ausgestattet, die in Florida so beliebt sind.

Die Fahrbereitschaft stellte uns für den Job eine Jaguar-Limousine zur Verfügung. Dunkelgrün. Das Armaturenbrett holzgetäfelt. Ledersitze.

Auf Samtpfoten glitten wir in Richtung Uptown. Nicht einmal die Maschine teilte uns durch irgendeine Geräuschentwicklung mit, daß sie überhaupt vorhanden war.

Creep Joints sind die heimlichen Treffpunkte für verbotene Glücksspiele. Die Syndikate, die in dieser Branche tätig sind, bieten ihren spielbesessenen Kunden solche Treffpunkte an. Je sicherer die Creep Joints, desto besser der Ruf des Syndikats und desto größer der Spielumsatz.

Der Laden, den Phil ausfindet gemacht hatte, befand sich im nördlichsten Zipfel von Manhattan, nur einen Steinwurf weit von der Stelle entfernt, wo der Broadway über den Harlem River füht. Eine Großtankstelle an der Ecke West 220th Street. Phil, der das Vergnügen hatte, die Samtpfotenlimousine zu lenken, fuhr zielstrebig und ortskundig durch eine Gasse zwischen Waschhallen und Reparaturwerkstatt. Die Wagen, die auf dem hinteren Teil des Grundstücks parkten, waren von der Straße aus nicht zu sehen. Eine Mindestvoraussetzung, wie sie leidenschaftliche Pokerspieler erwarteten.

Wir waren nicht die ersten. Ein paar Cadillacs standen schon da, ein Lincoln Continental und ein Mercedes.

Wir stiegen aus. Der Geruch von Benzin und Dieselöl

empfing uns. Nichts, was einen hartgesottenen Pokerspieler störte. Und der vorbeirauschende Verkehr auf dem Broadway war als Geräuschkulisse sicher sogar willkommen. Wo Trubel herrscht, ist man unauffälliger als in stiller Abgeschiedenheit. Auch vorn auf dem Tankstellengelände herrschte Hochbetrieb. Eins von vielen legalen Aushängeschild-Unternehmen, die Dave Osburn betrieb. Kenner der Szene behaupten, daß es keine Branche gibt, in der die Syndikate nicht ihre Finger haben. Einschließlich der Politik.

Der Anbau hinter dem Verkaufspavillon der Tankstelle war ein rechtwinkliges, flaches Gebäude. Mauern in gleicher Höhe schirmten den Hinterhof zur Nachbarschaft hin ab. Die Leute in dem Anbau schienen Tageslicht nicht zu mögen. Denn die Fenster waren mit dunkelblauen Vorhängen dichtgemacht.

Es gab nur eine Stahltür, grau lackiert, mit einer in Kopfhöhe eingelassenen Luke. Wie bei einer Zellentür im Gefängnis. Auf die hypermoderne Technik eines Weitwinkelspions schienen sie hier noch nicht gekommen zu sein.

Ich betätigte den Klingelknopf. Kein vereinbartes Zeichen. Unsere Einlaßgenehmigung sah anders aus. Von drinnen war nur ein Summen zu hören. Wenn es das Glück wollte, würde unser Aufenthalt nur kurz sein. Was wir als Beweis brauchten, war nicht mehr als ein abgeschlossenes Spiel mit Gewinnauszahlung. Das genügte uns, um sämtliche Anwesenden festzunehmen. Die meisten Spieler waren wohlhabende Geschäftsleute, Mitglieder der sogenannten High Society. Sie konnten es sich selten leisten, vor Gericht in den Verdacht der vorsätzlichen Falschaussage zu geraten. Da sie unter Eid gestellt werden würden, war es nur ein kleiner Schritt, bis sie nicht mehr als Zeugen, sondern als Angeklagte wegen Meineids vor Gericht standen.

Die Gefängniszellenluke wurde geöffnet. Ein vollbartumrahmtes Gesicht erschien.

»Bruder Leichtsinn«, sagte ich grinsend.

Er lachte, wie über einen Witz, der mit seiner Branche nicht das geringste zu tun hatte. »Zuviele Krimis gelesen, was?«

Phil zeigte den bunten Plastikchip vor, den er in der Kneipe »Backroom Joys« an der Twelfth Avenue gekauft hatte. Einer unserer V-Leute hatte ihm den Kontakt ermöglicht. Der Barkeeper im »Backroom Joys« war Vermittler für Osburns Creep Joints. Der Chip berechtigte zum Eintritt für zwei Personen.

Der Bärtige öffnete die Tür für uns.

»Und wie ist es mit der Sicherheit?« fragte ich im Vorbeigehen, den Mißtrauischen spielend.

»Nicht mal eine Alarmanlage scheint's hier zu geben«, brummte Phil.

»Und durchsucht werden wir auch nicht«, fügte ich hinzu. »Ich könnte glatt meine Tommygun im Hosenbein haben.«

Der Bärtige lachte erneut, schallend jetzt. Er schloß die Tür hinter uns und legte sämtliche Riegel vor. »Mit der Tommygun haben Sie's, was, Sir? Ehrlich gesagt, ich hab so ein Monstrum noch nie in meinem Leben gesehen. Und hier . . . ausgerechnet hier? Nein, Sir! Machen Sie's sich gemütlich, und fühlen Sie sich wie in Abrahams Schoß!«

»Wir vertrauen Ihnen«, sagte Phil mit einem Blick, als müßte er sich für mich entschuldigen.

Wir traten in einen rechteckigen, schmucklosen Raum. An drei von vier Tischen wurde bereits gespielt. Über den Daumen zählte ich 22 Personen. Nur Männer, in den Altersgruppen von etwa 30 bis über 60. Alle, auch die Kartengeber und Bankhalter, die vom Syndikat gestellt wurde, waren elegant gekleidet. Die teuren Limousinen draußen auf dem Parkplatz paßten zu ihnen. Wir fühlten uns in unserer Maskerade und Staffage keineswegs fehl am Platze.

Der Bärtige führte uns an Tisch Nr. 4, an dem nur drei Mann saßen. Begrüßungszeremoniell und Höflichkeitsfloskeln gab es nicht. Ein flüchtiges Nicken, und man setzte sich. Fertig, aus. Der Bärtige schien eine Art Mädchen für alles zu sein. Er erkundigte sich nach unseren Wünschen, und wir sagten, daß wir mit einem alkoholfreien Orange Drink zufrieden waren. Die wenigsten Anwesenden riskierten es, ihren Spielverstand mit Alkohol zu umnebeln.

Aus Deckenlautsprechern plätscherte leise Musik, die man kaum wahrnahm. Während der Kartengeber an unserem Tisch in Aktion trat, brachte der Türöffner unsere Drinks. Eiswürfel klirrten leise in den Gläsern, die mit je einer Orangenscheibe dekoriert waren. Trotz aller Einfachheit der Umgebung legten Osburns Handlanger Wert auf Stil.

Unser Syndikatsmann kam über das erste Kartengeben nicht hinaus.

Die Welt ging unter.

Donner erfaßte das Gebäude wie eine Faust und schüttelte es durch.

Phil und ich reagierten so blitzartig, wie man nur reagieren kann. Wir lagen flach auf dem Boden, während die meisten noch entsetzt auf die Stahltür starrten, die wie ein Blatt Papier hereingesegelt kam. Zum Glück standen die Tische nicht in der Flugrichtung.

Im Nachhall der Explosion waren die Schreckenslaute der Anwesenden zu hören. Ein älterer Mann an unserem Tisch verdrehte die Augen und griff sich ans Herz.

Das Gebäude hielt stand. Die Syndikatsleute begriffen es und sprangen auf. Sie rissen ihre Schußwaffen unter den Jacken hervor. Ich wollte aufspringen, um dem Herzkranken zu helfen.

Im selben Moment schnellten die Gestalten herein.

Phil und ich zogen unsere Smith & Wessons.

Im kalten Licht der Leuchtstoffröhren nahmen die Gestalten klare Umrisse an. Maschinenpistolen im Hüftanschlag. Sie brauchten nur eine Zehntelsekunde, um zu feuern. Die Syndikatsleute konnten ihren Fehler nicht wiedergutmachen.

Zwei oder drei von ihnen brachten noch Kugeln aus dem Lauf. Dann erhielten sie die Quittung für ihr Aufspringen.

Der Bleihagel aus den MPi mähte sie zwischen die Spieler, die sich von den Stühlen warfen.

Das Hämmern der Schüsse erfüllte den Raum mit ohrenbetäubendem Lärm. Auch in unserer unmittelbaren Nähe wurde es eng. Der Syndikatsmann schlug zu Boden und versperrte für Phil und mich die Gasse, die in die Mitte des Raums führte. Schräg hinter mir sah ich den grauhaarigen Mann. Seine Augen waren blicklos, als er auf den Boden fiel.

Die Schießer hielten tiefer.

Tischplattenholz begann zu splittern.

Sie wollten keine Überlebenden.

Es wurde Zeit für uns.

Phil robbte einen Meter weit an dem toten Syndikatsmann vorbei. Aus der Bewegung heraus stieß er den 38er im Beihandanschlag vor. Der Kurzläufige ruckte in seinen Fäusten. Das trocken-harte Bellen der Schüsse ging im MPi-Hämmern unter.

Ich schnellte halb hoch, nach links, zwischen Wand und Nachbartisch.

Einer der Kerle flog nach hinten weg, von Phils Kugeln getroffen. Der Mann verschwand im Dunkel des Durchgangs zum Nebenraum.

Ich feuerte im Sprung, die Arme vorgereckt.

Der Schießer, der sich am weitesten vorgewagt hatte, knickte in der Körpermitte ein, krümmte sich und verlor die MPi.

Ich schlidderte über das Stück freien Fußbodens, das es noch gab.

Phil schaffte es mit seinen letzten beiden Kugeln.

Nach dem Bellen seines Smith & Wesson verstummte die dritte MPi.

Ich federte hoch, den 38er im Anschlag, bereit, die Gefahr endgültig zu beseitigen.

Es war nicht mehr nötig.

Phils Kugeln hatten gut getroffen.

Ich sah im Durchgang zum Nebenraum nach. Der Bärtige, der so wenig an Tommyguns geglaubt hatte, lag unmittelbar davor. Tot. Auch von dem Gangster, den es in den Durchgang geschleudert hatte, drohte keine Gefahr mehr.

Keiner der drei Schießer hatte es überlebt.

Schmerzerfülltes Stöhnen überlagerte die Stille, die eingekehrt war. Wir wußten noch nicht, wie viele Tote es gegeben hatte. Aber die Verwundeten brauchten rasche Hilfe.

Ich verständigte mich durch ein Handzeichen mit Phil und lief in den Nebenraum, in dem Getränkekisten lagerten. Ich fand eine Tür, die nach vorn in den Verkaufspavillon führte.

Keine Menschenseele. Auch das Gelände rings um die Zapfsäulen war leer.

Alles hatte sich in Sicherheit gebracht. Nur die Ahnungslosen, in den Autos auf dem Broadway, rollten noch vorüber.

Ich lief zum Telefon, tippte die Notrufnummer und machte die dringendsten Angaben.

Zehn Minuten später war das Tankstellengrundstück in ein Meer von Rotlicht getaucht. Immer neues Sirenengeheul jagte heran und erstarb.

Phil und ich hatten uns dem Einsatzleiter der Cops gegenüber ausgewiesen. Wir waren die einzigen, die es unverwundet überstanden hatten.

Sechs Tote mußten abtransportiert werden. Nur einer von ihnen war kein Syndikatsmann – der Grauhaarige, dem ich nicht mehr hatte helfen können. Keine Kugel hatte ihn getroffen. Der Schreck hatte ihn das Leben gekostet.

Herzversagen.

Die Spieler, die es überlebt hatten, hatten alle den einen oder anderen Kratzer abgekriegt. Sie wurden ins Hospital gebracht.

Ein Kommando des zuständigen Erkennungsdienstes traf ein und nahm als erstes Fingerabdrücke von den Toten. Im Fall der MPi-Schießer war es schon jetzt kein Rätsel mehr für uns. Es handelte sich um Perry-Leute.

Der Krieg war ausgebrochen.

Daß es beide Seiten gleichermaßen erwischt hatte, würde weder für Perry noch für Osburn etwas bedeuten. Denn sie verfügten über genügend Kanonenfutter, das sie verheizen konnten.

Wir hatten keinen Anlaß, uns übermäßig darüber zu freuen, daß wir den Sieg der einen Seite verhindert hatten.

Karnak war sich darüber im klaren, daß sein drittes Opfer möglicherweise Sicherheitsmaßnahmen eingebaut hatte.

Er verließ sein Apartment fast auf die Minute genau um 12 Uhr mittags. Manhattan brütete unter Sonnenschein. Fußgänger waren auf den Straßen kaum zu sehen. Die Autos krochen träge dahin, und der Abgasgestank vermischte sich mit dem Dunst, der aus dem aufgeweichten Asphalt aufstieg.

Karnak überquerte die Fifth Avenue und ging am Central Park entlang, bis hinunter zur Grand Army Plaza. Er fühlte sich leicht und beschwingt. Der Sonnenschein beflügelte seine Gedanken. Alles, was er an Ausrüstung brauchte, hatte er in einer Tragetasche aus Sackleinen untergebracht. Die Tennisschuhe machten seine Schritte federnd, und mit den dünnen Jeans, dem dunkelblauen Leinenjackett und dem weißen T-Shirt war die Hitze zu ertragen. Die blonde Perücke, in einem halblangen Haarschnitt, störte ihn'nicht. Ebensowenig die Brille, die aus einem schwarzen Drahtrahmen und kreisrunden Gläsern bestand. Vor jener Zeit, als er sich Kontaktlinsen zugelegt hatte, war er an Brillen gewöhnt gewesen.

Er winkte ein Checker-Taxi heran. In dem schweren Kasten funktionierte die Klimaanlage nicht. Der Driver hatte alle Fenster geöffnet, und doch kam sich Karnak wie in einer rollenden Sauna vor.

Er stieg trotzdem nicht wieder aus und nannte das Fahrtziel, die West 53rd Street, zwischen Eighth und Nineth Avenue.

Das dritte Opfer war nicht leicht aufzuspüren gewesen.

Denn der Bursche hatte sich verkrochen. Nach Custers und Berigans Tod mußte er kapiert haben, daß er in ähnlicher Gefahr schwebte. Karnak hatte überdies gemerkt, daß er beim Herumhorchen aufpassen mußte. Wohin man sich auch drehte, die Verbrechen des Sonntagsmörders waren überall Gesprächsthema. Und sowie von einem Syndikatsgangster die Rede war, spitzte natürlich jeder die Ohren.

Karnak hatte beschlossen, seine Masken häufiger zu wechseln. Wenn er abends oder nachts über die finsteren Bürgersteige von Manhattan schlurfte, dann sollte sich möglichst niemand an ihn erinnern können. Als Maynard Lewis würde er jedenfalls nie wieder losziehen. Der Custer-Job war die Generalprobe mit kleinen Fehlern gewesen. Den Berigan-Job konnte man dagegen als rundum erfolgreiche Premiere bezeichnen.

Das Auftauchen des FBI-Agenten Cotton hatte Karnak anfangs in Alarmstimmung versetzt. Aber er hatte sich rasch wieder beruhigt. Man mußte den Schnüfflern nur Futter hinwerfen, mußte ihnen etwas Neues geben, das sie zu verdauen hatten. Dann blieb ihnen gar nichts anderes übrig, als sich damit zu befassen und nicht mit dem Schnee von gestern. Und so schwerwiegend waren die Fehler im Custer-Job ohnehin nicht gewesen. Auch in den Zeitungen hatte die Personenbeschreibung gestanden, die die Rezeptionsangestellte vom Täter abgegeben hatte. Die Beschreibung paßte einwandfrei auf Lewis. Und wer konnte widerlegen, daß der echte Lewis an dem fraglichen Wochenende nicht doch auf eigene Faust in Manhattan gewesen war?

Cotton, der Special Agent, hatte daran auch zu kauen gehabt. Das war ihm deutlich anzumerken gewesen.

Karnak sah das Haus, das ihm die Bordsteinschwalbe beschrieben hatte. Ihr Zuhälter war ein Freund von Lon Gortroe, dem Mann, der das dritte Opfer sein sollte. Die

Kleine hatte es ihm abgekauft, daß er mit Gortroe aus geschäftlichen Gründen zusammenkommen wollte. In der Halb- und Unterwelt drehte sich alles ums Geschäft.

Es war eins dieser alten Brownstone-Wohnhäuser. Fünf Stockwerke, je ein Laden links und rechts im Erdgeschoß. Ein Uhrengeschäft und ein Käsehändler. Beide hatten ihre Schaufenster von außen mit Eisengittern und von innen mit Brettern verrammelt.

Karnak ließ das Taxi zwei Häuser weiter anhalten und bat den Driver, auf ihn zu warten. Kein Risiko. Den Mann, an den sich der Driver erinnern würde, würde es schon in einer Stunde nicht mehr geben.

Karnak gab ihm zehn Dollar im voraus und stieg aus.

Er schlenderte den Bürgersteig entlang, auf das Haus zu. Nr. 568. Haargenau. Die Kleine vom Straßenstrich hatte ihm nichts vorgeschwindelt.

Lon Gortroe lebte zu normalen Zeiten nicht in dieser schäbigen Gegend. Immerhin stand er auf Osburns Rangliste gleich unter Custer. Gortroe hatte ein Luxus-Apartment an der Lexington Avenue. Die Bude hier, an der West 53rd, gehörte einem seiner Handlanger. Die Zeiten waren eben nicht mehr normal. Nicht für Leute wie Custer, Berigan und Gortroe. Nicht, seit es den Sonntagsmörder gab.

Karnak fand die Wortschöpfung hervorragend. Er hatte ursprünglich überhaupt nicht daran gedacht, seinen Nebenjob nur sonntags auszuüben. Der Sonnabend paßte ihm genauso gut in den Kram. Aber jetzt, da die Zeitungsleute sich das feine Wort ausgedacht hatten, würde er seinem Namen auch alle Ehre machen. Wenn er etwas unternahm, dann nur noch sonntags.

Er betrat das Haus. Mittagsruhe. Nur irgendwo, in der unergründlichen Tiefe der Wohnhöhlen, lief ein Radio. Im Treppenhaus lastete die Geruchsmischung von ungefähr zehn verschiedenen Mittagsmahlzeiten. Die Trägheit, die alles im Haus bestimmte, war spürbar bedrückend. Nicht einmal Kinder spielten irgendwo. Ein heißer Sonntag in Manhattan. Mit all seinen typischen Auswirkungen.

Karnak grinste, während er die Treppe hinaufstieg.

Die Wohnung befand sich im 3. Stock, rechts, und sie gehörte einem Burschen namens Harrow.

Oben nahm Karnak die Pistole aus der Tragetasche. Eine Walther PP, Kaliber neun Millimeter. Der Schalldämpfer stammte von der Herstellerfirma in Deutschland und war auf die Waffe abgestimmt. Das Ding war so leise wie eine Luftpistole. Und nagelneu.

Karnak hatte die Walther nach dem Kauf in einem alten Pierschuppen an der Westside ausprobiert. Tatsächlich war es die leiseste Waffe, die er je in der Hand gehabt hatte. Die Deutschen, so hatte der Verkäufer gesagt, rüsteten damit ihre Spezialisten für Terrorbekämpfung aus. Der Teufel mochte wissen, wer die Waffe über den Großen Teich geschmuggelt hatte. Fest stand, daß Karnak zum ersten Mal in Versuchung war, eine Waffe zu behalten.

Im Stockwerk herrschte Ruhe. Karnak setzte Pistole und Schalldämpfer zusammen, lud durch und entsicherte. Er ging auf die Wohnungstür zu, entzifferte das Schild mit dem Namen Harrow und zerstörte das Schloß mit zwei Kugeln. Im entstehenden Spalt sah er die Sicherungskette und fegte sie mit der dritten Kugel weg. Es hatte sich angehört, als hätte jemand ein paarmal in die Hände geklatscht.

Karnak stürmte in die Wohnung und war schnell genug, um einen verschlafenen Burschen hinter einem Wald von leeren Flaschen auf dem Wohnzimmertisch hochfahren zu sehen. Die Couch knarrte.

Sie knarrte erneut, als Karnak den Mann mit einer einzigen Kugel erschoß.

Es war nicht Gortroe. Es mußte dieser Harrow sein. Rasch sah Karnak in den übrigen Zimmern nach. Außer Unordnung und Dreck fand er nichts. Der verschlafene Typ mußte Gortroes einzige Sicherheitsmaßnahme gewesen sein. Traurig.

Aber wo steckte Gortroe?

Karnak brauchte nicht lange nachzudenken, um darauf zu kommen. Es gab nur zwei Möglichkeiten, wenn Gortroe sich nicht ein anderes Versteck gesucht hatte.

Die erste Möglichkeit, der Gitterbalkon der Feuerleiter, schied aus. Karnak überzeugte sich mit einem raschen Blick, daß die Wohnung über keinen Gitterkasten verfügte. Nur die Feuerleiter führte vorbei.

Im Treppenhaus rührte sich noch immer nichts, als er die Wohnung verließ. Es wäre auch verdammt unwahrscheinlich gewesen. New Yorker sehen und hören nichts, das wußte er nur zu gut. Denn New Yorker wollen auf keinen Fall in irgendwelche unangenehme Dinge verwickelt werden.

Er stieg die restlichen Treppen hinauf.

Auf dem Absatz vor der Tür zum Dachboden war es fast stockfinster. Karnak sicherte die Walther, verstaute sie in der Tragetasche und legte sie vorsichtig auf den Boden.

Dann erfaßte er den Knauf der Stahltür mit beiden Händen und bewegte ihn vorsichtig. Es klappte, und es entstand kein Geräusch dabei. Die Tür klemmte allem Anschein nach nicht.

Glück muß der Mensch haben, dachte er und grinste in die Dunkelheit. Vielleicht folgte das Pech aber auf dem Fuße. Dann nämlich, wenn sich mehr als zwei oder drei Hausbewohner entschieden hatten, sich in der

Sonne braten zu lassen. Karnak hatte nicht vor, einen Massenmord zu begehen.

Es gelang ihm, die Tür lautlos aufzudrücken. Er stellte einen Fuß dazwischen und hob die Tragetasche behutsam auf.

Verglichen mit der bulligen Hitze im Treppenhaus war die Luft, die ihm von draußen entgegenwehte, geradezu frisch. Allright, fünf Stockwerke über der Straßenschlucht war es zweifellos auch erträglicher als unten auf dem Asphalt.

Keine Stimmen.

Niemand redete auf dem Dach. Der außergewöhnlich spärliche Verkehrsfluß in Manhattan war nur ein fernes Rauschen.

Karnak zog überrascht die Brauen hoch. Entweder schliefen sie alle, oder es befand sich keine Menschenseele hier draußen. Was wiederum bedeutete, daß Gortroe sich angstschlotternd an einen anderen Ort verzogen haben mußte.

Langsam und ohne das leiseste Geräusch drückte Karnak die Tür weiter auf. Das Sonnenlicht war grell. Von der schwarzen Teerpappe stieg ein durchdringender Geruch auf. Karnak kniff die Augen zusammen.

Im nächsten Atemzug sah er die Bewegung.

Der Kerl lag unter den Stahlbeinen des Wassertanks. Er fuhr hoch. Karnak stieß die Tür vollends auf. Seine Rechte fuhr in die Tragetasche. Im Hochreißen entsicherte er die durchgeladene Waffe.

Nicht zu fassen! Gortroe war tatsächlich mutterseelenallein!

Karnak ließ ihm keine Chance, auf die Beine zu gelangen. Die Entfernung betrug nur acht Meter. Schon die erste Kugel traf. Gortroe wurde zur Seite geschleudert, gegen ein Stahlbein des Tanks.

Der untersetzte dunkelhaarige Mann, der nur mit einer Badehose bekleidet war, sackte in sich zusammen.

Die Beschreibung stimmte. Es war Gortroe, kein Zweifel. Karnak verzichtete darauf, sich vom Tod des Mannes zu überzeugen. Er schloß die Tür wieder, ohne auf das Dach hinauszutreten. Denkbar, daß man ihn von den Nachbargebäuden aus beobachten konnte. Gortroe war zumindest nicht zu sehen, da er unter dem Wassertank lag. Günstige Fügung, dachte Karnak grinsend. Vielleicht würden abermals Stunden vergehen, bevor der Kerl gefunden wurde.

Karnak sicherte die Automatik, schloß die Tür und ging in aller Ruhe die Treppen hinunter. Wenn die Hausbewohner als Zeugen befragt wurde, würden sie sich zuallererst an eilige Schritte erinnern.

Er würde mit dem Taxi bis zum Central Park fahren, sich zurückverwandeln und anschließend mit dem Kajak hinausfahren. Wie üblich. Beweismaterial würde es auch in diesem Fall nicht geben.

Helles Lachen von Kinderstimmen hallte durch die Straße. Ein prasselndes Geräusch, und dann wieder dieses Lachen. Eine rauhe Männerstimme fuhr dazwischen. »Ihr verdammten kleinen Strolche! Paßt bloß auf, daß ich euch nicht die Ohren langziehe!«

Jayne Leland richtete sich von ihrem Liegestuhl auf.

Vom Gitterbalkon der Feuerleiter sah sie die Jungen ein Stück weiter vorn auf dem Bürgersteig. Sie johlten vor Vergnügen und vollführten dabei kleine Luftsprünge. Vier stämmige kleine Burschen waren es. Einer hatte eine Tüte aus braunem Packpapier in der Hand.

Sie griffen hinein und bewarfen das alte Checker-Taxi. Wieder entstand dieses Prasseln.

Jayne sah es jetzt, und sie mußte lächeln.

Getrocknete Erbsen.

Und der Driver, der sich hinter der offenen Wagentür ins Freie geschwungen hatte, brüllte und schüttelte seine Faust.

Er mußte im Wagen gedöst haben, und sie hatten sich einen Schabernack daraus gemacht, ihn mit dem Erbsenprasseln aufzuschrecken.

Ein stiernackiger Mann. Krauses rötliches Haar quoll unter einer abgegriffenen Ledermütze hervor. Er trug ein gelbes T-Shirt, das auf dem Rücken durchgeschwitzt war. Seine Jeans waren verwaschen. Erstaunlich waren die Holzpantoffeln an seinen nackten Füßen. Jayne fragte sich, wie er damit vernünftig fahren konnte.

Seine Wut steigerte sich noch, als sie erneut ihre Erbsen warfen. Ein harmloses Vergnügen in Jaynes Augen. Sie schaukelten sich gegenseitig hoch. Je mehr der Driver brüllte, desto mehr Spaß fanden die kleinen Schlingel daran, ihre Prasselerbsen zu schleudern.

Plötzlich rannte der Stiernackige los.

Die Jungen hörten auf zu johlen und ergriffen die Flucht. Jayne, schon von der kleinen Dramatik des Geschehens mitgerissen, erschrak, als einer der Jungen stolperte. Ein Blondschopf. Er fing sein Gleichgewicht nicht mehr, milderte aber seinen Sturz, indem er sich geschickt abstützte. Doch er kam nicht rechtzeitig wieder auf die Beine.

Der Driver war mit einem grimmigen Laut der Genugtuung zur Stelle und packte ihn. Der Junge schrie unter dem harten Griff. Und er schrie durchdringender, als der bullige Mann anfing, ihn zu schlagen.

Es ging Jayne durch und durch. Sie sprang auf und wollte den groben Kerl zornig zurechtweisen.

Doch in diesem Moment erschien der Kunde, auf den er wohl gewartet hatte. Ein schlanker Mann, blond, im Vergleich zu dem Driver geradezu elegant gekleidet.

»He, Mann, statt sich an Kindern zu vergreifen, sollten Sie mich lieber nach Hause fahren!«

Der Taxifahrer hielt inne. Der Junge nutzte den Moment, um sich loszureißen und zu fliehen.

Jayne atmete auf.

Der Driver brummte Unverständliches und gestikulierte dazu. Sein Fahrgast stieg bereits ein. Gleich darauf fuhr das Checker-Ungetüm ab. Jayne sah noch, daß alle Fenster des Wagens geöffnet waren. Der Mann im Fond schob seinen Ellenbogen aus dem rechten Fenster. Sie ließ sich wieder auf ihren Liegestuhl sinken und fuhr fort, ihre Illustrierte zu lesen.

3.30 Uhr nachmittags.

Der Alarmruf erreichte uns im FBI-Distriktgebäude. Phil und ich hatten an diesem Wochenende Bereitschaftsdienst. Wir machten aus der Not eine Tugend und arbeiteten den Papierkrieg auf, der aus abgeschlossenen Fällen noch erledigt werden mußte.

568 West 53rd Street.

Mit Rotlicht und Sirene scheuchte ich den Jaguar die Eighth Avenue hoch und bog dann nach links ab. Die Adresse war nicht zu verfehlen. Ein Pulk von Streifenwagen, neutralen Dienstlimousinen und Kastenwagen hatte sich vor dem Haus versammelt. Zwei Rotlichter kreisten noch. Vier uniformierte Cops standen Wache. Der Bereich vor dem Haus war abgesperrt. Fußgänger mußten auf die andere Straßenseite wechseln.

Wir zogen unsere Dienstausweise und wurden durchgelassen. Einer der Cops sagte uns, daß Lieutenant Stephen Clare die Mordkommission leite. Die Beamten hielten sich entweder in der Wohnung eines gewissen Dennis Harrow im 3. Stock auf oder auf dem Dach des Gebäudes, wo es Lon Gortroe erwischt hatte.

Phil und ich gingen die Treppe hinauf, die auch der Sonntagsmörder benutzt haben mußte. Denn einen Fahrstuhl gab es nicht. Es war erstaunlich ruhig im Haus. Nur das Gemurmel von Männerstimmen zeigte an, daß da oben Cops im Einsatz waren.

Wir fanden Lieutenant Clare in der Wohnung im 3. Stock. Ein mittelgroßer, breitschultriger Mann mit Schnauzbart. Solange er schwieg, wirkte er mürrisch. Doch dieser Eindruck trog. Clare gehörte zu jenen Beamten der City Police, mit denen wir hervorragend zusammenarbeiteten. Wir hatten bereits in einer Reihe von Fällen mit ihm zu tun gehabt.

»Die Leichen sind noch nicht abtransportiert worden«, sagte er. »Und die Sensationsgeier scheinen noch nichts gewittert zu haben. Wir sind also noch richtig unter uns.« Er lächelte.

Phil und ich folgten ihm in die Wohnung. Der Tote auf der Couch war nicht Gortroe, den wir von den Fotos in unseren Archivakten kannten.

»Dennis Harrow«, sagte der Lieutenant. »Eine der kleinen und unbedeutenden Figuren im Osburn-Syndikat. Gortroe liegt oben auf dem Dach unter dem Wassertank.«

»Schon bekannt«, nickte ich. »Der Funkspruch war genau genug. Was haben Sie bislang, Stephen?«

Er deutete mit einer Kopfbewegung auf die Spurensicherer, die rings um das Sofa mit dem Toten in Aktion waren. »Mit Fingerabdrücken rechnen wir diesmal gar nicht erst. Aber wir dürfen natürlich nichts unversucht lassen. Allright...« Er wandte sich der Wohnungstür zu. »Gehen wir einmal davon aus, daß wir es wieder mit dem Sonntagsmörder zu tun haben. Das Wesentliche dürfte sein, daß er auch diesmal eine Schalldämpferwaffe benutzt hat. Wie in Greenwich Village, im Hotel Eagle.«

Wir sahen uns das zerschmetterte Schloß und den Rest der weggerissenen Sicherungskette an. Alle Beamten, die in New York City und Umgebung in Mordabteilungen arbeiteten, waren von uns über sämtliche Einzelheiten der Sonntagsmorde unterrichtet worden.

»Was ist mit den Mietern in den anderen Wohnungen?« fragte Phil.

»Ich habe sofort vier Männern zu ersten Vernehmungen losgeschickt. Es hat sich noch keiner von ihnen gemeldet. Also haben sie bis jetzt niemand aufgetrieben, der etwas gehört hat.«

Unwahrscheinlich. Aber nicht auszuschließen. Es gibt heutzutage Schalldämpferwaffen, die so leise sind, daß das Husten eines Flohs dagegen dröhnend klingt. Aber das Bersten des Türholzes mußte zu hören gewesen sein. Wieder ein Beispiel, für wie ratsam New Yorker es halten, nichts zu sehen, nichts zu hören und nichts zu sagen. Wahrscheinlich wußten die Hausbewohner, auf welche Art und Weise Dennis Harrow sein Geld verdient hatte. Für solche Dinge haben die Leute ein feines Gespür.

Gemeinsam mit Lieutenant Clare begaben wir uns auf das Dach. Gortroe lag im Halbschatten unter dem Wassertank. Vier Kugeln hatten ihn getroffen. Wieder waren alle Geschosse so genau gezielt, daß jedes für sich schon tödlich gewirkt hätte. Der Doc hatte das bei einer ersten Untersuchung der Leiche festgestellt. Ein genaues Ergebnis würde natürlich erst die Obduktion bringen.

Auch die Schußrichtung war bereits festgestellt worden. Der Mörder hatte von der Tür aus gefeuert, die vom oberen Treppenabsatz auf das Dach hinausführte. Ein 14jähriges Mädchen, das mit Kofferradio und Jugendzeitschriften heraufgestiegen war, hatte den Toten entdeckt. Die Sachen lagen noch dort, vor der Tür, wo sie sie voller Entsetzen hatte fallen lassen.

Stephen Clare hatte seine Alarmmeldung an den FBI durchgegeben, sobald festgestanden hatte, wer die Mordopfer waren. Lon Gortroe hatte dem Osburn-Syndikat angehört und hatte seine Jobs als bezahlter Killer ausgeführt, ohne daß ihm auch nur irgendwann etwas nachgewiesen werden konnte. Auf der Rangliste der Gangsterorganisation hatte Gortroe unter Joe Custer gestanden, aber er war ihm in Grausamkeit und Skrupellosigkeit durchaus ebenbürtig gewesen.

Der Sonntagsmörder brachte die Top-Killer zweier konkurrierenden Syndikate um! Allmählich mußten wir unsere Gedankenarbeit darauf konzentrieren, was für ein Motiv dahinter stand. Ein Gangster, der schon für Osburn und auch für Perry gearbeitet hatte und von ihnen enttäuscht worden war? Hereingelegt? Rache als Motiv?

Der Mann mußte wissen, wie gefährlich das Ganze für ihn selbst war. Vielleicht handelte er aus einer Art Kamikaze-Denken heraus. Jedenfalls schien er es auch diesmal wieder geschafft zu haben, den Tatort völlig unbemerkt zu verlassen.

Einer von Clares Beamten kam im Eilschritt die Treppe herauf. »Endlich mal jemand, der nicht den ahnungslosen Engel spielt!« rief er. »Eine Zeugin! Eine richtige Zeugin!« Er atmete tief durch. »Jedenfalls ist sie aussagebereit. Ob ihre Beobachtung etwas taugt, ist eine andere Frage.«

Er führte uns zu ihr.

Sie wohnte im ersten Stock. Eine blonde, schlanke junge Frau, die noch den Bikini trug, mit dem sie sich auf dem Gitterbalkon der Feuerleiter gesonnt hatte. Jayne Leland.

Es fiel uns schwer, uns auf das Wesentliche zu konzentrieren.

Jayne schilderte uns, was sie so sehr in Empörung versetzt hatte. »Dieser Taxifahrer war ein ekelhaft grober Kerl!« ereiferte sie sich. »Ich war drauf und dran, hinunterzulaufen und dazwischenzugehen. Aber dann kam sein Fahrgast. Ein Fremder. Wenn man ein paar Jahre in einer Straße wohnt, kennt man die meisten Leute – wenigstens vom Sehen.«

Ich nickte. »War der Mann in diesem Haus?«

»Das kann ich nicht beschwören. Er tauchte jedenfalls unterhalb meiner Feuerleiter auf. Ich habe eigentlich auch mehr darauf geachtet, was mit dem kleinen Jungen passierte.«

»Können Sie den Mann beschreiben?« fragte Phil.

»Schlank, normale Größe, blond.« Jayne überlegte einen Moment. »Den Taxifahrer kann ich genauer beschreiben.«

»Tun Sie es!« bat ich.

Phil machte sich Notizen, während sie den stiernackigen Mann beschrieb, über den sie sich so erbost hatte.

»Erinnern Sie sich an die Uhrzeit?« erkundigte ich mich.

»So gegen zwei«, antwortete Jayne. »Ja, es muß so gegen zwei gewesen sein.«

Gortroes Leiche war eine Stunde später gefunden worden.

Wir bedankten uns bei Jayne Leland, nachdem Phil ihre Personalien aufgenommen hatte. Sie war kaufmännische Angestellte und hatte ihr freies Wochenende einmal mit nichts als Faulenzen innerhalb der eigenen vier Wände verbringen wollen. Davon, daß in dem Haus ein Doppelmord geschehen war, hatte sie erst durch den Beamten der Mordkommission erfahren.

Jayne hatte uns den einzigen Hinweis geliefert.

Dabei blieb es. Auch eine Stunde später waren wir nicht schlauer. Als wir den Schauplatz des Geschehens verließen, waren die Presseleute bereits in Scharen angerückt. Der Coroner hatte die Leichen der beiden Ermordeten übernommen. Die Journalisten stürzten sich auf die Cops und natürlich auf die Hausbewohner. Wir konnten sie nicht daran hindern. Stephen Clare verwies nur immer wieder darauf, daß der FBI den Fall weiterbearbeiten würde, sobald die Mordkommission ihre Arbeit abgeschlossen hatte. Wann allerdings eine Pressekonferenz stattfinden würde, stehe noch nicht fest.

Wir hatten im Augenblick andere Sorgen, als daran zu denken, daß Zeitungen, Rundfunk und Fernsehen ihre Informationen bekamen.

Der Meinung war auch Mr. High.

Phil und ich hängten uns in unserem gemeinsamen Office ans Telefon. Wir klapperten sämtliche Taxiunternehmen ab, die in Manhattan tätig waren. Die Firmen, die in ihrem Fuhrpark keine Checkers hatten, sonderten wir von vornherein aus.

Eine Dreiviertelstunde später hatten wir den Driver mit seinem schweren alten Schlitten auf dem Hof unserer Fahrbereitschaft. Phil und ich begaben uns hinunter, um ihn zu empfangen. Er hieß Willard Prewster und sah haargenau so aus, wie Jayne Leland ihn beschrieben hatte. Stiernackig, krauses rötliches Haar, speckige Ledermütze, gelbes T-Shirt, Jeans und Holzpantoffeln. Seine Sonntagsschicht war noch nicht beendet. Er hatte seinen Checker quer vor einer Reihe unserer Dienstwagen geparkt und stand mit verschränkten Armen vor der Motorhaube.

»Wird man jetzt schon vom FBI vorgeladen, wenn man ein paar kleinen Rabauken die Hammelbeine langzieht?« knurrte er.

Wir wollten mit ihm darüber nicht diskutieren, denn wir brauchten nicht zweimal hinzusehen, um zu erkennen, daß er zur Sorte der Unbelehrbaren gehörte. Wir erklärten ihm, was in dem Haus an der West 53rd Street passiert war.

»Gortroe und Harrow sind etwa um die Zeit ermordet worden, als Sie mit Ihrem Unbekannten unterwegs waren«, fügte ich hinzu. »Vielleicht war es die Zeit, als Sie auf ihn warteten.«

Er starrte mich an. »Sie meinen, ich hab den Killer gefahren? Diesen Sonntagsmörder?«

»Das können wir nicht einmal vermuten«, entgegnete ich. »Es kann sein, daß der Mann überhaupt nichts mit der Sache zu tun hat. Trotzdem wollen wir herausfinden, wer er ist.«

»Ich fürchte, da kann ich Ihnen nicht viel helfen«, sagte Prewster, indem er den Kopf hin und her bewegte. »Wenn ich mich an den Kerl erinnere, dann sowieso nur deshalb, weil er mich warten ließ. Auf Geld kam's ihm also nicht an.«

»Von wo nach wo haben Sie ihn gefahren?« fragte Phil.

»Warten Sie mal . . .« Prewster kratzte sich am Hinterkopf, wobei ihm der Schirm der Ledermütze auf die Nasenwurzel fiel. Er rückte die Mütze wieder zurecht.

»Das muß an der Grand Army Plaza gewesen sein. Ja, ich bin ziemlich sicher. Und abgesetzt habe ich ihn am Columbus Circle, das weiß ich genau.«

Beidemal also der südliche Central Park.

»Wie sah er aus?« Ich bot Prewster eine Zigarette an.

Er nahm sie und beugte sich über Phils Feuerzeugflamme. »Nicht übel, wenn Sie verstehen, was ich meine.« Er richtete sich wieder auf. »Keiner von der vergammelten Sorte. Er hatte so ein leichtes Jackett an, dunkelblau, glaube ich. Und eine Brille, richtig! Eins von diesen dünnen Dingern mit runden Gläsern, mit denen sie sich heutzutage verunzieren. Und dann diese Turnschuhe. Und Jeans, denke ich.«

»Haarfarbe?«

»Hm.« Wieder kratzte er sich am Kopf. »Blond, würde ich sagen. Ja, blond! Genau!« Er wirkte erfreut über die Leistungsfähigkeit seines Gedächtnisses.

»Und sonst? Groß, klein, dick, dünn?«

»Nichts Besonderes«, antwortete Prewster und zog die Schultern hoch. »Ich meine, da war nichts, was mir aufgefallen wäre. Dick war er nicht, und normale Größe hatte er auch. Ich würde eher sagen, er war schlank, der Junge. Mhm.«

Blond und schlank.

Ich wechselte einen Blick mit Phil, und ich sah, daß er dasselbe dachte wie ich.

Maynard Lewis.

Phil schrieb die persönlichen Daten des Taxi Drivers auf, und wir begaben uns auf schnellstem Weg in unser Büro. Ich rief Lieutenant Ryley in Providence, Rhode Island, an. Ich erreichte ihn in seiner Privatwohnung, nachdem ich mich in seiner Dienststelle durchgefragt hatte.

»Tut mir leid«, sagte ich, »aber ich denke, wenn es

um Lewis geht, spreche ich am besten mit Ihnen.«

»Vollkommen richtig«, antwortete er. »Für mich ist der Sonntagnachmittag genauso langweilig wie für die meisten Leute. Also schießen Sie los, Mr. Cotton!«

Ich erklärte es ihm.

Schon eine Viertelstunde später rief er zurück.

»Lewis ist am Boden zerstört«, sagte Ryley. »Aber nicht, weil er Ihr Sonntagsmörder wäre und sich entlarvt fühlt. Er erlebt sozusagen seine persönliche Katastrophe.«

»Seine Frau hat ihn erwischt«, tippte ich.

Phil, der sich die Mithörmuschel übergestülpt hatte, grinste.

»Noch schlimmer«, entgegnete der Lieutenant. »Mrs. Lewis und der gehörnte Ehemann – der besagte Kommunalpolitiker, wissen Sie – haben sich zusammengetan und die beiden Ehebrecher geschnappt. In einer Jagdhütte. Lewis und seiner Geliebten konnte lückenlos nachgewiesen werden, daß sie sich seit Freitagabend in der Liebeslaube aufgehalten haben.«

»Von wem haben Sie das?« fragte ich, noch ein wenig skeptisch.

»Von Mrs. Lewis. Sie hat mir haarklein alles erzählt. Sie hat jede Menge Beweise, mit denen sie ihren treulosen Gatten überführen konnte. Und er hat ein volles Geständnis abgelegt. Seine Geliebte ebenso. Wenn die Sache durchsickert, hat Providence den Skandal des Monats. Nicht wegen Lewis. Der ist unbekannt. Aber der Ehemann seines Betthäschens! Den kennt jeder in unserer Stadt.«

»Mit anderen Worten«, seufzte ich, »wir können uns Lewis endgültig aus dem Kopf schlagen.«

»So sehe ich es auch. Brauchen Sie einen schriftlichen Bericht?«

»Nicht nötig«, antwortete ich. »Wir wollen den Papierkrieg eindämmen, wo es geht.«

»Da haben Sie meinen Beifall. Wie sieht es sonst bei Ihnen aus? Sind Sie weitergekommen?«

Da ich ihn schon am Sonntagnachmittag aufgescheucht hatte, revanchierte ich mich mit einem knapp gehaltenen Bericht über den Stand unserer Ermittlungen.

Die Fortschritte bei den Maßnahmen gegen das Osburn-Syndikat waren mäßig. Bis auf die kleinen Erfolge im Kampf gegen die Kredithaie und die Glücksspieler hatten wir nicht viel erreicht. Dave Osburn war vermutlich mehr von den Leistungen des Sonntagsmörders beeindruckt als von uns.

Er hatte unterdessen angefangen, sich bei seinem ärgsten Konkurrenten zu revanchieren. Der Krieg zwischen den beiden Syndikaten war in vollem Umfang ausgebrochen.

Dabei war es leider höchst unwahrscheinlich, daß wir zum Schluß nur noch die übriggebliebenen Figuren einzusammeln brauchten.

Wenn der Krieg ausuferte, würden zu viele Unbeteiligte hineingezogen werden. In der Vergangenheit hatte es wahre Straßenschlachten zwischen den Rollkommandos von gegnerischen Syndikaten gegeben. Oftmals wurden Passanten oder Autofahrer dabei getötet.

Bis jetzt war es zwischen Osburn und Perry glimpflich abgegangen. Anfang der Woche, an einem Abend, waren Perry-Leute beim Abkassieren eines Bordells an der Eighth Avenue überfallen worden. Auf einem Hinterhof. Drei Männer aus Perrys Reihen wurden getötet.

Natürlich hatte er sich sofort revanchiert. Gleich am nächsten Tag überfielen seine Kerle einen Geldboten

Osburns und pumpten ihn mit Blei voll. Wie durch ein Wunder lebte der Mann noch ein paar Stunden und nannte die Namen der Täter.

Sie überlebten es nur um 24 Stunden. Osburns Rollkommando erwischte sie am Abend darauf in einem von Perrys Restaurants. Die Mörder des Geldboten wurden erschossen. Und dann gossen die Schießer Benzin in den Laden, während die unbeteiligten Gäste und das Personal noch fliehen konnten. Osburns Gangster zündeten das Benzin an und verschwanden. Bis zum Eintreffen der Feuerwehr war das Restaurant restlos ausgebrannt.

»Ihren Job möchte ich nicht haben«, sagte Ryley, und es klang ehrlich.

Phil und ich beratschlagten, was wir weiter unternehmen konnten. Uns fehlten einfach die Möglichkeiten, denn schließlich konnten wir nicht mit den Mitteln arbeiten, die der Sonntagsmörder anwendete.

Wir mußten uns die Gedanken an Maynard Lewis wirklich aus dem Kopf schlagen. Wenn jemand schlank und blond war, hieß das schließlich noch lange nicht, daß er wie unser Ehebrecher aus Rhode Island aussah.

Bing Farrell leerte sein Gas in einem Zug. Der Rotwein war samtig, nicht zu säurehaltig. »Die Sorte können wir auf die Getränkekarte setzen«, sagte er. »Wer notiert das?«

Der Geschäftsführer des Restaurants »Chez Pierre« an der East 44th Street hob die Hand. »Vin Catalan«, sagte er. »Ein ganz gewöhnlicher Tafelwein aus dem Roussillon.« Er nahm den Kugelschreiber und kritzelte etwas auf einen Notizblock.

Die Aufseher und die Kellner, die alle auf der Lohnliste von Edward Perry standen, verkniffen sich ein Grinsen. Farrell war in der Branche großgeworden. Er kannte sich darin aus, Kneipen, Restaurants und Clubs aus dem Boden zu stampfen und mit den richtigen Männern zu besetzen. Aber wenn er anfing, in gastronomischen Dingen mitzureden, konnte man nur noch über ihn lachen. Man mußte sich nur davor hüten, daß er es merkte. Farrell klemmte sich einen pechschwarzen Zigarillo zwischen die Zähne und nahm sich Feuer. Rauch hing bereits in dichten Schwaden unter der Decke des Hinterzimmers. Einmal in der Woche ließ er sich einen Überblick über den Geschäftsverlauf geben. Meist wurde eine einstündige Sitzung daraus. Mit Essen, Trinken und Rauchen.

»In Frankreich mag das was Gewöhnliches sein«, sagte Farrell und deutete auf die Flasche, die vor ihm stand. »Und wer von den Gästen in diesem Laden ist schon Weinfachmann, he? Sagt den Leuten einfach, daß dieser Vin Catasowieso eine Neuentdeckung ist, ein Geheimtip für Kenner. Und verlangt einen hohen Preis! Was teuer ist, ist auch gut.«

»Aber der Wein . . .«, setzte der Geschäftsführer an. Doch er kam nicht damit durch, Farrell zu erklären, daß der einfache Grundsatz im Fall des Rebensafts nicht anzuwenden war.

»Kein Aber«, knurrte der große, kantige Mann, der Schultern hatte wie ein Schrank. Er klatschte mit der flachen Hand auf den Tisch. »Ich muß doch wohl nicht extra darauf hinweisen, wie meine Vollmachten aussehen. Oder?«

Niemand wagte ein Widerwort. Auch der Geschäftsführer nicht mehr, denn er wußte nur zu gut, daß er von Perrys Gnade abhängig war. Und ein ungünstiges Wort von Farrell konnte bedeuten, daß er den Job los war.

Farrell schob sein Glas vor, und sein Nebenmann, einer der Aufseher, schenkte sofort nach. Farrell trank einen Schluck, lehnte sich zurück und blickte in die Runde. »Zum Schluß noch das leidige Thema, das ich jetzt überall anschneiden muß. Ich brauche euch nicht zu erzählen, was letzte Woche passiert ist. Normalerweise müßte jeder von euch wissen, daß verschärfte Vorsichtsmaßnahmen ein absolutes Muß sind. Denn wer garantiert uns, daß Osburns Leute nicht morgen hier in eurem Laden aufkreuzen und Benzin auskippen? Also: Was tut ihr für die zusätzliche Sicherheit?«

»Wir haben unseren Waffenschrank im Büro aufgefüllt«, antwortete der Geschäftsführer. »Jedem von uns steht jetzt nicht nur eine Pistole, sondern auch eine MPi zur Verfügung. Dann haben wir zusätzliche Alarmknöpfe unter der Theke eingebaut, direkt verbunden mit dem roten Licht und dem Summer in meinem Office. Insgesamt zehn Knöpfe. Selbst wenn nur ein Keeper im Dienst ist, kann er praktisch an jedem Punkt, wo er steht, schnell und unauffällig Alarm auslösen. Außerdem verstärken wir die Aufsicht im Restaurant. Jeweils zwei Mann halten unauffällig Wache. Ein weiterer Posten ist für die Kontrolle der hinteren Räume zuständig.«

»Sehr gut«, brummte Farrell und nickte zufrieden.

Der Geschäftsführer spürte, daß er wieder einen Pluspunkt errungen hatte. Deshalb setzte er noch eins drauf: »Und wann kriegen wir die Videoanlage? Damit hätten wir natürlich alles komplett.« Es war vorgesehen, eine Reihe von Monitoren in seinem Büro aufzubauen und mit Kameras in den verschiedenen Räumen zu koppeln. Wenn er selbst nicht anwesend war, um die Monitore im Blick zu haben, würde einer der Aufseher diesen Job übernehmen.

»Müßte in den nächsten Tagen geliefert werden. Der Boß hat bereits Dampf dahinter gemacht. Aber mit so einem Großauftrag konnte der Lieferant natürlich auch nicht rechnen.« Er unterdrückte ein Gähnen. »Allright, dann werde ich mal. Der Abend ist noch lang, und ihr seid nicht die letzten auf meiner Liste.«

»Fahren Sie wirklich allein durch die Gegend?« sagte der Geschäftsführer stirnrunzelnd.

»Wieso denn nicht?« Farrell stand auf.

»Ich denke nur an den Sonntagsmörder. Der soll erst heute nachmittag wieder einen erwischt haben.«

»Einen von Osburns Leuten!« Farrell lachte. »Solange er sich die vorknöpft, habe ich nichts dagegen.«

»Aber Berigan gehörte ja wohl zu unserem Verein.«

»Allright, allright. Was hat unsereins mit Burschen wie Custer und Berigan gemein? Und mit dem Kerl von heute nachmittag?«

Der Geschäftsführer wußte, worauf Farrell hinauswollte. Alle drei bisherigen Opfer des Sonntagsmörders waren Killer gewesen. Deshalb bauten manche darauf, daß er sich auch weiterhin an das Gesetz der Serie halten würde.

»Ich weiß, natürlich. Aber ich würde trotzdem vorsichtig sein.«

Farrell machte eine wegwerfende Geste und gab einen überlegenen Laut von sich. »Wenn ich dem Burschen tatsächlich mal begegnen sollte — was ich für unwahrscheinlich halte —, nun, dann würde er zum ersten Mal merken, was es heißt, Kontra zu kriegen.«

Unter dem Dutzend Männer, die sich im Hinterzimmer aufhielten, gab es mehrere, die dem großspurigen Kerl in diesem Moment eine wirkliche Begegnung mit dem Sonntagsmörder wünschten.

»Im übrigen«, fügte Farrell dröhnend hinzu, »ist der

Sonntag ja schon fast zu Ende!« Er lachte schallend.

Der Geschäftsführer war der einzige, der mit einstimmte. »Soll nicht doch lieber einer mitfahren?« fragte er vorsichtig. »Nur für alle Fälle. Schließlich sind Sie ja nicht irgendwer.«

»Aber ein Berufskiller bin ich ja wohl nicht, oder?« Farrell grinste. Er wandte sich zur Tür. »Geht an die Arbeit, Freunde! Ich will keinen von euch sehen. Ein hilfloser Greis bin ich auch nicht. Klar?«

Sie zuckten die Achseln und hielten sich an seine Anweisung.

Bing Farrell trat auf den Hinterhof hinaus. Vor der Tür blieb er einen Moment stehen, nahm den Zigarillo aus dem Mund und pumpte die frische Abendluft tief in seine Lungen. Drei Außenlampen erhellten den Hof, der zum Parkplatz für Mitarbeiter des Restaurants ausgebaut worden war. Hinter den Fenstern der umliegenden Häuser brannte Licht. Aus den meisten drang das bläuliche Flackern von Fernsehbildröhren.

Es war kühl geworden. Wind pfiff durch die Straßenschluchten Manhattans, und es sah so aus, als ob es Regen geben würde. Farrell sehnte sich nach der Behaglichkeit seines Apartments. Ein paar Drinks in aller Ruhe, ungestört. Vielleicht würde er sich ein Girl kommen lassen. Möglich aber auch, daß er den Abend allein verbrachte.

Zwei Läden hatte er noch abzuklappern, dann war Schluß für heute.

Er stieg in seinen Volvo, setzte zurück, wendete und ließ den schweren Wagen im Schrittempo auf die Durchfahrt unter dem Nachbargebäude zurollen, die zur East 43rd Street hinausführte. Die Scheinwerfer glitten wie breitkuppige gelbe Finger über den Beton.

In der Durchfahrt gab es beiderseits Hauseingänge.

Müllkübel standen links und rechts davon. Kinder hatten ein Go-Kart vergessen. Farrell schüttelte den Kopf. Im hinteren Bereich des Restaurants herrschte mehr Ordnung. Perry duldete bei seinen legalen Aushängeschildern keine Schlamperei.

Farrell glaubte, daß sich links in dem Hauseingang etwas bewegte. Ein Schatten nur. Er wendete den Kopf, um genauer hinzusehen.

Ein Schlag wie von einem Eisenhammer traf ihn.

Er wurde vom Lenkrad weggerissen und auf den Beifahrersitz geschleudert. Er sah die Mündungsblitze nicht, und den zweiten und dritten Schlag spürte er schon nicht mehr.

Es knirschte durchdringend, als der Volvo mit dem rechten Kotflügel gegen die Hauswand schrammte. Der Motor erstarb. Nur die Batterie betrieb noch die Scheinwerfer und die Rückleuchten.

Niemand sah den Schatten in der Dunkelheit. Niemand hörte die leichten Schritte von Turnschuhen.

Prachtpuppen!

Edward Perry beobachtete sie mit väterlich wohlwollendem Lächeln. Das kristallklare Wasser des Pools umspielte ihre Schwimmbewegungen mit schlängelnden Lichtreflexen. Stramme Girls. Und brandneu in Manhattan. Jetzt wollten sie in New York die große Welt erleben. Seine Schlepper hatten ihnen erklärt, daß sie dem großen Boß vorgeführt würden. Dem Mann, der über die teuersten Kneipen und Nachtclubs in Manhattan herrschte. Staunend hatte die beiden blondlockigen Süßen das Penthouse betreten, und ihre Augen waren noch größer geworden, als sie das Hallenbad gesehen hatten.

Klar, sagte sich Perry, für ein einfältiges Gemüt aus der ländlichen Weite mußte dies schon beeindruckend sein. Er hatte das Hallenbad in den Penthouse-Garten hineinbauen lassen, und die südliche Längswand bestand aus zwei Rolltoren, die er bei guten Wetter öffnete. Wie jetzt. Aus 30 Stockwerken Höhe, an der Second Avenue, Ecke East 65th Street, fiel der Blick weit über das abendliche Manhattan mit seinem Lichterglanz. Das leise Verkehrsrauschen, klassische Gitarrenmusik aus den Lautsprechern beiderseits des Pools und das schwache Plätschern des Wassers vereinten sich zu einer Geräuschkulisse, die Balsam für die Nerven war.

Als er ihnen befohlen hatte, sich auszuziehen, hatten die beiden Prachtpuppen keine Sekunde lang gezögert. Wahrscheinlich war ihnen von Anfang an klar gewesen, daß einiges auf sie zukommen würde. Ihre Bereitwilligkeit, sich zu entblättern, war beeindruckend. Kein Vergleich mit den hysterisch-neurotischen Großstadtpflanzen, denen man erst eine halbe Flasche Bourbon eintrichtern mußte, ehe sie sich bereit erklärten.

Edward Perry war ein großer, massiger Mann, der jedoch keineswegs fett wirkte. Mit seinen 48 Jahren, den mittelblonden Haaren und dem Vollbart war er eine Respekt gebietende Erscheinung. Sein Körper, im eigenen Bodybuilding-Raum getrimmt, konnte sich immer noch sehen lassen.

Er richtete sich im Liegestuhl auf, nippte an einem alkoholfreien Drink und zündete sich eine Havanna an. Er wollte die nackten Girls auffordern, die Schwimmvorführungen zu beenden und sich ein bißchen um ihm zu kümmern. In diesem Moment summte das Telefon, das auf der fahrbaren Bar neben dem Liegestuhl stand.

Perry nahm ab und meldete sich. Sein Blick, eben

noch auf die wasserumspielten Körper der Girls gerichtet, verlor sich im Leeren. Im nächsten Atemzug sackte ihm der Unterkiefer abwärts. Mit offenem Mund hörte er zu.

Dann schmetterte er den Hörer auf die Gabel, daß die Girls erschrocken verharrten und Wasser traten. Sie sahen Perrys wutverzerrtes Gesicht und konnten doch nicht begreifen, was geschehen war.

Er rammte seinen Mittelfinger auf die Taste der Hausrufanlage. »Murdock!« brüllte er, und seine Schläfenadern schwollen an. »Murdock, verdammt noch mal!«

»Ja, Boß?« tönte es krächzend zurück.

»Wie viele Männer hast du einsatzbereit?«

»Hier im Penthouse?«

»Wo denn sonst, du Idiot!« Perrys Gebrüll veranlaßte die Girls, ans andere Ende des Pool zurückzuweichen.

»Fünf Mann, Boß.«

»Okay, in einer halben Minute will ich euch hier sehen. Fertig zum Ausrücken. Tempo, Tempo!«

Perry wartete nicht auf die Antwort. Er sprang auf und begann, wie ein gereizter Tiger am vorderen Rand des Beckens auf und ab zu marschieren. In seinen karierten Badeshorts sah er riesenhaft aus.

Die Girls fielen ihm ein. Er blieb stehen. »Raus mit euch!« herrschte er sie über das Kristallwasser hinweg an.

Sie zuckten zusammen. Sie waren sich schließlich keiner Schuld bewußt. Hastig erklommen sie die Chromstahltreppe am anderen Ende des Beckens und liefen an der Längsseite entlang, um ihre Kleidung zu holen. Unter anderen Umständen hätte Perry sich am Anblick ihrer wippenden Brüste erfreut. Aber danach war ihm jetzt am allerwenigsten zumute. Mit der Handbewegung, mit der man Fliegen verscheucht, jagte er sie nach nebenan in den Living-room.

Die Männer, die ihnen im Eilschritt begegneten, erhaschten noch einen Blick auf wohlgerundete Kehrseiten. Dann waren sie der Stimmgewalt Perrys ausgeliefert.

»Eine Ahnung, was los ist?« donnerte er sie an, während sie sich noch zu einer Linie aufbauten. Auf den Zehenspitzen wippend, blieb er stehen und legte die Hände auf den Rücken.

Murdock, ein bulliger schwarzhaariger Mann, stand im Rang eines Unterführers und war für den persönlichen Schutz des Syndikatsbosses verantwortlich. »Alarmfall«, sagte Murdock trocken.

»Alarmfall?« schrie Perry. »Logisch, Mann! Aber was! Das ist noch nicht bis zu euch durchgedrungen, wie?«

Wie sollte es auch, hätte Murdock am liebsten gesagt. Die wirklich wichtigen Meldungen liefen immer zuerst beim Boß ein. »Wir haben noch keine Meldung erhalten«, sagte Murdock, indem er militärische Haltung annahm.

»Dieser verfluchte Hund hat Farrell erwischt!« Perrys Stimme überschlug sich fast. »Verdammt noch mal, es reicht jetzt! Jetzt schlagen wir den ganzen Laden kurz und klein! Wir stellen alles auf die Beine, was wir haben, und dann geht es rund!«

Murdock und die Body-guards erschraken, bemühten sich aber, es nicht zu zeigen. Doch sie wechselten betroffene Blicke. Mit dem verfluchten Hund, der Farrell erwischt hatte, meinte Perry zweifellos den Sonntagsmörder. Und der Laden, der kurz und klein geschlagen werden sollte, konnte nur das Osburn-Syndikat sein. Denn Perry glaubte offenbar immer noch, daß Osburn der Auftraggeber des Sonntagsmörders war.

Perry holte Luft und schnaufte. »Ich will, daß wir Osburns Prunkbude auf Staten Island in die Luft jagen! Direktangriff! Verdammt, jetzt kennen wir keine Verwandten mehr! Besorgt euch Panzerfäuste oder Granatwerfer oder wer weiß was! Aber jagt seine verdammte Bude in die Luft!«

»Jawohl, Boß«, antwortete Murdock gepreßt.

Perry wollte weiterbrüllen und sah, daß die Bodyguards betreten zu Boden blickten. Er runzelte die Stirn. »He, was ist los? Habt ihr plötzlich die Hosen voll?«

»Das nicht«, antwortete Murdock nach kurzem Zögern. Er überlegte angestrengt, wie er seine Worte so wählen konnte, daß der Syndikatsboß keinen erneuten Wutanfall erlitt. »Aber wir meinen, daß ... daß ...«

»Daß was?« schnaubte Perry.

»Daß das alles Wahnsinn ist! Wir machen uns doch nur gegenseitig kaputt. Wir jagen alles von Osburn in die Luft, was wir erwischen können. Und er tut umgekehrt genau dasselbe.«

»Das muß er erst mal schaffen«, knurrte Perry.

»Nichts für ungut, Boß, aber die letzte Woche hat gezeigt, daß wir Osburns Haufen nicht einfach überrennen können. Das ist doch kein Verein von Betschwestern! Außerdem glaube ich nicht, daß Osburn dahintersteckt.«

»Hinter was?«

»Hinter Farrells Tod.«

»Sondern?«

»Haben Sie die Nachrichten gesehen, Boß?«

»Nein. Hatte was anderes zu tun. Warum?«

»Heute mittag hat es zwei von Osburns Leuten

erwischt, wobei der eine eine große Nummer war. Lon Gortroe.«

Perry zog überrascht die Brauen hoch. »Was willst du damit sagen?«

»Daß dieser Sonntags-Hundesohn jetzt bestimmt nicht mehr für Osburn und auch nicht für Sie arbeitet, sondern gegen beide zusammen. Der Typ sitzt irgendwo in seiner Bude und lacht sich ins Fäustchen, wenn wir uns gegenseitig die Köpfe einhauen. Das ist es, was er bezweckt. Da bin ich sicher.« Die Bodyguards nickten beipflichtend.

Edward Perry rieb sich das Kinn. Es geschah selten, daß er den Argumenten seiner Untergebenen überhaupt Gehör schenkte. Aber dies war eine gottverdammte Ausnahmesituation.

Und eins wußte er genau: Er hatte den großen Unbekannten nicht beauftragt, Gortroe umzulegen. Murdock konnte also recht haben. Möglich, daß Osburn auch nicht den Auftrag gegeben hatte, Farrell zu beseitigen.

Wenn es so war, ließ es nur eine Schlußfolgerung zu.

»Haltet euch in Bereitschaft!« sagte Perry kurzentschlossen. »Ich muß telefonieren.«

Erleichterung zeichnete sich in den Mienen der Body-guards ab, als sie sich zurückzogen.

Perry griff zum Hörer und wählte Osburns Nummer. Das Gespräch wurde sofort zu seinem Konkurrenten durchgestellt.

»Hast du Farrell erledigen lassen?« fragte Perry, und er ließ es leise und drohend klingen.

»Wer ist Farrell?« Osburn blies unwillig die Luft durch die Nase. »Hör zu, Ed, wenn du glaubst, auf diese dämliche Tour bei mir mit der Tür ins Haus fallen zu können...«

»Langsam, langsam«, unterbrach Perry ihn. »Es geht

darum, daß wir uns jetzt schnellstens über eine Sache klar werden. Fangen wir anders herum an: Du hast heute diesen Gortroe und noch jemand verloren. Stimmt's?«

»Haargenau. Jetzt bin ich mal gespannt, was dir dazu einfällt.«

»Ich habe keinen Auftrag erteilt. Keinem. Der Mord an Gortroe ist nicht auf meinem Mist gewachsen.«

»Und was war mit Custer?«

»Schnee von gestern.«

»Aha, sieh mal an!«

»Dave, verdammt, ich hab's nicht nötig, mir so was anzuhören. Ich will wissen, ob du den Farrell-Auftrag erteilt hast!«

»Nein, zum Teufel. Ich kenne deinen Farrell nicht, und ich habe niemand einen Auftrag gegeben.«

»Okay.« Perry atmete tief durch. »Dann wird es jetzt höchste Zeit, daß wir diesem Drecksack von Sonntagsmörder das Handwerk legen.«

»Wie bitte?«

»War das so schwer zu verstehen? Ich sage dir, wir müssen etwas gegen den Schweinehund unternehmen.«

»Wir?«

»Ja, zum Teufel!«

»Du willst sagen, wir sollen uns zusammentun?«

»So ungefähr hatte ich's mir gedacht.«

»Himmel noch mal, das muß man erst verdauen!« Ein Klicken war zu hören. Osburn hatte sich eine Zigarette angezündet. »Aber deine Idee ist nicht schlecht, Ed. Gar nicht schlecht!«

»Allright. Dann machen wir Nägel mit Köpfen. Wir schnappen uns den Sonntagsmörder und werfen ihn der Presse zum Fraß vor. Als Leiche natürlich.«

Dave Osburn lachte. Seit jenen Anfangsjahren, in denen er mit Ed Perry noch zusammen in den Bars gesessen hatte, hatten sie sich nicht mehr so gut verstanden.

Karnak schenkte sich Kaffee ein und setzte sich an den Schreibtisch, um seinen Arbeitstag mit Zeitungslesen zu beginnen. Ausnahmsweise hatte er zusätzlich zu den *Daily News* zwei Boulevardblätter gekauft. Die Schlagzeilen waren zu riesig, schreiend und verlockend gewesen.

Und schmeichelhaft.

Gleich zweimal schlug der Sonntagsmörder zu!
Drei Opfer an einem Sonntag!
Der Sonntagsmörder jetzt im Blutrausch!

Karnak trank schlürfend einen Schluck Kaffee, zündete sich eine Zigarette an und nahm sich als erstes die *Daily News* vor, aus alter Gewohnheit. Immerhin widmeten sie ihm diesmal einen Zweispalter auf der ersten Seite, mit dem Hinweis auf die ausführlichen Berichte auf Seite 3. Er blätterte um. Eine Überschrift stach ihm ins Auge.

Gibt es die erste Zeugin?

Er beugte sich vor, als könne er den Text dadurch besser lesen. Die Unterzeile lautete:

Sah Jayne Leland den Sonntagsmörder?

Der Bericht fesselte ihn. Er las ihn Wort für Wort, gründlich, mit hochgezogenen Brauen.

. . . konnten die Beamten der Mordkommission erstmals ein Protokoll aufnehmen, das den Rahmen des bisher leider Gewohnten deutlich sprengt. Jayne Leland (26), kaufmännische Angestellte bei der Speditionsfirma South Brooklyn Forwarding, wohnt in dem Haus an der West 53rd Street, in dem gestern der brutale Doppelmord geschah. Eingeweihte Kreise sind sicher, daß es sich um eine neue Tat des Sonntagsmörders handelte, der dann am Abend überraschend noch einmal zuschlug (siehe Berichterstattung auf dieser Seite).

Miß Leland gab zu Protokoll, daß sie ihr freies Wochenende mit Nichtstun verbrachte, als ihr am frühen Sonntagnachmittag eine Szene auffiel, die sich nicht weit von der Feuerleiter vor ihrer Wohnung abspielte.

Auslösendes Moment war der Taxifahrer Willard Prewster, der sich über den harmlosen Streich einiger Halbwüchsiger aufregte . . .

Es folgte eine ausführliche Schilderung der Szene bis hin zu dem Zeitpunkt, als er in das Taxi eingestiegen und abgefahren war.

Karnak lehnte sich zurück, drückte die Zigarette aus und blickte ins Leere.

Wer war gefährlicher? Der Taxi Driver oder die kleine Angestellte?

Erstaunlicherweise regte ihn die Tatsache selbst, daß er gesehen worden war, nur wenig auf. Früher oder später hatte es geschehen müssen. Aber sie waren noch nicht einmal sicher, daß er aus dem Haus gekommen war. Auch Prewster wußte nicht, in welchem Haus er gewesen war. Und hinzu kam seine Verkleidung. Die Schnüffler hatten gar keine Chance, auf seine wahre Identität zu stoßen.

Nein, der Driver, dieser Prewster, war unbedeutend. Der Mann konnte sich vielleicht an ein paar Äußerlichkeiten erinnern. Mehr nicht.

Frauen dagegen hatten diesen Blick für Charakteristisches. Etwa die Art, wie er die Tragetasche gehalten hatte. Ob er den kleinen Finger dabei abgespreizt hatte. Oder so etwas. Solche Dinge sahen sie.

Er stand auf, schenkte Kaffee nach, setzte sich wieder und zündete eine neue Zigarette an.

Die restlichen Zeitungsartikel las er nicht. Er überflog nur die Überschriften. Der Inhalt brachte keine neuen Erkenntnisse, die ihn so verblüffen konnten wie die Zeugenaussage dieses Girls an der West 53rd Street.

Auch den Mord an Farrell schrieben sie ihm natürlich zu. Mittlerweile kannten sie seine Arbeitsweise. Sie wunderten sich auch nicht mehr darüber, daß er nie zweimal dieselbe Waffe verwendete. Besonders betont wurde, daß er mit Farrell erstmals einen Mann getötet hatte, der nicht in die Sparte der Berufskiller gehörte. Allerdings, so vermerkten die Zeitungsschreiber, hatte Farrell aber zur Führungsspitze des Perry-Syndikats gehört. Das wurde offen ausgesprochen. Rechtliche Folgen hatten sie deswegen nicht zu befürchten. Die Syndikatsbosse sonnten sich in dem Ruhm, Syndikatsbosse zu sein, ohne daß man es ihnen beweisen konnte.

Farrell nannten sie einen Kontrolleur. Den Mann, der sämtliche Lokalitäten Perrys überwachte. Ordnungsgemäß eingetragene Gewerbebetriebe. Ein Syndikat brauchte so etwas, um seine Schmutzgelder zu waschen. Gleichzeitig lief in Perrys Etablissements alles Mögliche an illegalen Sachen ab – von der Prostitution bis zum Glücksspiel. Farrell war in seiner Branche der wichtigste Mann des Syndikats gewesen. Edward Perry, so vermuteten die Reporter, würde allmählich

Schwierigkeiten kriegen, die entstandenen Lücken zu schließen.

Karnak grinste. Sie legten ihren Finger in die offene Wunde, die Schreiberlinge.

Er rollte die Zeitungen zusammen und steckte sie in den Papierkorb.

Dieses Girl.

Jayne Leland. South Brooklyn Forwarding.

Sein Gedächtnis funktionierte wie immer. Er brauchte den Artikel nicht zweimal zu lesen, um sich die Namen und die wichtigsten Punkte zu merken. Er begann mit einem systematischen Gedankenaufbau. Jayne Leland konnte ihm gefährlich werden. Er wußte, wo sie wohnte. Er brauchte also nur hinzugehen, sie zu erschießen – und fertig.

Er schmunzelte. Haargenau in diesen Bahnen würden sich die Überlegungen der Cops und der G-men bewegen. Es kostete sie also ein Lächeln, ihn dort an der West 53rd Street in die Falle gehen zu lassen.

Er brauchte Jayne Leland außerhalb ihrer Wohnung. Sie schwebte nicht in akuter Gefahr. Keine Dienststelle, weder City Police noch FBI, leistete sich den Personalaufwand, einen Zeugen ohne handfesten Anlaß ständig bewachen zu lassen.

Okay. Sie arbeitete bei einer Speditionsfirma.

Er brauchte eine Viertelstunde lockeren Nachdenkens, um seinen Plan zu entwickeln.

Er sah im Branchenregister nach und fand heraus, daß South Brooklyn Forwarding ein Außenhandelsspediteur war. Import und Export. Dann rief er die *Daily News* an und verlangte den Redakteur, der für die Berichterstattung über den Mordfall Gortroe/Harrow zuständig war. Der Mann war noch nicht im Dienst. Karnak reagierte nicht auf die Bitte der Sekretärin, ihr seine Telefonnummer zu nennen. Er sagte, er werde wieder anrufen.

Während der nächsten Stunde versuchte er, sich auf seine gewohnte Arbeit zu konzentrieren. Es gelang ihm nur halb. Immer wieder wanderten seine Gedanken ab und suchten nach einem anderen Weg als über die Zeitung. Aber er fand keinen.

Er versuchte es noch einmal und wurde erneut vertröstet. Erst nach einer weiteren Stunde war der Redakteur endlich in seinem Office eingetroffen.

»Smith«, sagte Karnak. »Ich lese Ihr Blatt seit zehn Jahren. Hab mich aber noch nie so geärgert wie heute.«

»Über unsere Zeitung, Sir?«

»Über Ihren Artikel, Mann!«

»Ich verstehe nicht ganz . . .«

»Ich hab ja auch noch nichts erklärt, oder? Nun, was ich meine, ist: Ein bißchen mehr Fingerspitzengefühl beim Schreiben würde Ihnen guttun. Es geht mir um den Taxifahrer, wie Sie den armen Kerl hingestellt haben. Der Mord selbst ist ja was anderes, interessiert in diesem Zusammenhang nicht. Ich finde jedenfalls, der Driver war voll im Recht. Von diesen kleinen Strolchen brauchte er sich nichts gefallen zu lassen. So fängt nämlich die Gewaltkriminalität in unserer Stadt an!«

»Aber ich verstehe noch immer nicht, Sir . . .«

»Sie haben die Sache nicht gründlich genug geprüft! Sie haben den Driver als krummen Hund dargestellt, nur, weil diese Tippse die Sache so betrachtet hat. Ich meine, Sie haben ihren Blickwinkel übernommen und als allgemeingültig hingestellt.«

»Zunächst muß ich darauf hinweisen, daß Miß Leland keine Tippse ist, Sir! Sie ist in ihrer Firma Leiterin der Abteilung Importspedition. Im übrigen ging es mir in dem Bericht nicht darum . . .«

Karnak hörte nicht mehr hin. Er ließ ihn reden. In seinem Kopf reifte bereits der zweite Teil des Plans.

Abteilungsleiterin der Importspedition. Hervorragend.

»... meine ich deshalb, Leser sollten die Artikel auch einmal unter dem Gesichtspunkt sehen, was für unsereinen machbar ist und was nicht«, schloß der Redakteur seine ausführliche Entgegnung.

»Ihre Argumente haben mich nicht überzeugt«, sagte Karnak feixend. »Ich werde Ihre Zeitung abbestellen.« Er legte auf, ohne eine Antwort abzuwarten. Er konnte sich das Gesicht des Mannes gut vorstellen.

Er nahm das Brooklyn-Telefonbuch aus einer der unteren Schreibtischschubladen und suchte die Nummer der Spedition heraus. Er durchdachte den Plan noch einmal, ehe er anrief. Er hatte alles berücksichtigt und keinen Fehler begangen.

»Karnak, Exportabteilung Marshal, Landers & Co. Inc.«, meldete er sich. »Bitte geben Sie mir Ihren Kollegen, der für einkommende Massengutpartien zuständig ist!«

»Ich verbinde mit Miß Leland, Sir. Sie ist die Abteilungsleiterin für den Import.«

Karnak bedankte sich höflich. Er brauchte nicht lange zu warten. Jayne Leland hatte eine sympathische dunkle Stimme, einen Hauch von Alt.

»Karnak«, sagte er. »Ich arbeite bei Marshal, Landers in der Exportabteilung, Madam. Jetzt werden Sie sich natürlich fragen, was ich von einer Importspediteurin will.«

»Sie werden es mir sicher gleich verraten, Mr. Karnak.«

Er lachte. »Natürlich. Es ist so: Es ist mir gelungen, einen ziemlich großen Auftrag für Indonesien an Land zu ziehen. Die gesamte Maschinenausstattung für eine Zinnmine in der Nähe von Djakarta. Die Anlagen werden dort erneuert, und sie wollen ihre Kapazität vervielfachen. Die Verschiffung der Maschinenteile besorgt natürlich unsere eigene Speditionsabteilung. Grund meines Anrufs ist ein Wunsch des Kunden in Indonesien. Wie gesagt, die Kapazität soll erheblich ausgeweitet werden. Man will insbesondere in Lieferungen nach den USA einsteigen. Unser Kunde hat mich daher gebeten, nach einem zuverlässigen Importspediteur in New York Ausschau zu halten. Es geht um regelmäßige höhere Tonnagen über Jahre – je nachdem, wie gut die Maschinen sind, die wir geliefert haben.«

Er lachte, und seine Gesprächspartnerin stimmte zu seinem Erstaunen mit ein. »Nun«, fuhr er fort, »der langen Rede kurzer Sinn: Ich habe bei meinen Kollegen vom Import nachgefragt, und man hat mir Ihre Firma empfohlen. Ich habe sämtliche Unterlagen hier. Unser Kunde wünscht natürlich eine möglichst baldige Antwort.«

»Warum kommen Sie nicht einfach her, Mr. Karnak? Ich bin natürlich froh, daß Sie ausgerechnet South Brooklyn Forwarding ausgewählt haben. Andererseits stehen Sie bei Ihrem Kunden auch in einem besseren Licht da, wenn Sie ihn in jeder Beziehung zufriedenstellen können, nicht wahr?«

Karnak begriff, daß diese Lady alles andere als auf den Kopf gefallen war. »Sie haben es haargenau erfaßt«, entgegnete er. »Eine Hand wäscht die andere – das Prinzip gilt doch weltweit, nicht wahr? Schlagen Sie einen Termin vor?«

»Sagen wir . . . heute nachmittag um drei?«

»Ich werde pünktlich sein. Vielen Dank.«

Er legte auf und erledigte sein restliches Arbeitspensum im Eiltempo. Innerhalb von einer Stunde hatte er alles geschafft. Sofort begann er mit den Vorbereitungen für den Nachmittag.

Aus seinem indonesischen Kundenregister suchte er sich eine Adresse heraus und änderte die Hausnummer und die Nummer der P.O. Box. Dazu erfand er den Firmennamen »Djakarta Tin Mines« und ging in die Abteilung Textverarbeitung hinüber. Er hatte Glück. Die meisten Angestellten hatten gerade Mittagspause. Er setzte sich an einen freien Computer-Terminal für Desk Top Publishing, gab das Editorial-Programm ein und begann, einen einfachen Briefbogen zu entwerfen. Er entschied sich für die Schrifttype Helvetica, gab die Adresse in Djakarta rechtsbündig ein und setzte den Firmennamen »Djakarta Tin Mines« in New Helvetica Narrow versal darüber — aufgeblasen auf etwa 24 Punkt Schriftgröße. Er kontrollierte sein Werk noch einmal auf dem Bildschirm und tastete dann den Befehl, der den Schreiber in Betrieb setzte. Zehn Exemplare des Briefbogens ließ er auf einfachem weißem Papier ausdrukken. Dann löschte er alle Angaben aus dem Arbeitsspeicher des Terminals. Die wenigen Girls, die noch ihre Keyboards klappern ließen, beachteten ihn nicht einmal.

Er kehrte in sein Büro zurück, schob neun Briefbögen in eine Schublade und spannte den zehnten in seine kleine elektronische Schreibmaschine ein. Er adressierte den Brief an Marshal, Landers & Co. Inc., zu Händen Mr. Karnak, formulierte eine Anfrage in holprigem Englisch und unterschrieb mit D. J. Soewardjono, Managing Director. Er legte den fertigen Brief zusammen mit Kalkulationsblättern und Offerten in einen Schnellhefter und ging damit zur Postabteilung. Dort sortierte er die Offerten in fertig adressierte Umschläge und drückte in einem unbeobachteten Moment einen Eingangsstempel mit dem Datum dieses Tages auf sein Indonesien-Machwerk.

Zurück in seinem Office, bereitete Karnak einen neuen Schnellhefter vor, den er mit dicken, schwarzem Filzstift mit »Djakarta Tin Mines« beschriftete. Er tippte eine Reihe von kurzen Briefen auf Marshal-Landers-Papier, die alle von den erfundenen Maschinenteilen handelten. Zusammen mit einigen handschriftlichen Kalkulationsblättern heftete er nur die Briefkopien in den Schnellhefter, dann den gefälschten Indonesien-Brief obenauf. Er schenkte sich den Weg zum Aktenvernichter, riß statt dessen die Originalbriefe in kleine Streifen und warf diese in den Papierkorb.

Die Fälschung knickte er ein paarmal und glättete sie wieder, damit sie aussah wie nach einer Luftpostreise über den Pazifik.

Er blickte auf die Armbanduhr. Die Zeit reichte für eine Zigarette. Er lehnte sich zurück und betrachtete sein Werk in aller Ruhe. Es war perfekt. Er konnte nicht den geringsten Fehler finden.

Um 2.30 Uhr verließ er sein Office, ohne sich abzumelden, den Djakarta-Schnellhefter in der Aktentasche. Ein Taxi brachte ihn über die Manhattan Bridge zur Atlantic Avenue, wo sich die Büros der South Brooklyn Forwarding befanden. Munro würde keinen Verdacht schöpfen. Die paar Stunden bis zum Feierabend spielten keine Rolle. Karnak war dafür bekannt, daß er versäumte Zeit peinlich genau nachholte. Es war oft genug vorgekommen, daß er nachmittags früher Schluß gemacht hatte, um einen Bootstrip zu unternehmen.

Eine streng blickende ältere Angestellte in einem Glaskasten meldete ihn bei Jayne Leland an und beschrieb im den Weg durch die Stockwerke und Korridore.

Überrascht stellte er fest, wie verteufelt ansehnlich das Girl war. Und sie verstand eine Menge von ihrem Fach. Nicht umsonst war sie Abteilungsleiterin.

In dem Besprechungszimmer neben ihrem Büro erklärte er ihr noch einmal alle Einzelheiten des angeblichen Djakarta-Geschäfts und ließ sie in aller Ruhe den gefälschten Brief lesen.

Ihr Interesse wuchs, er sah es ihr an. Es mußte geradezu ins Unermeßliche wachsen, wenn sie sich vor Augen hielt, welche enorme Zahl von Schiffsankünften sie abwickeln würde.

Sie lehnte sich zurück und sah ihn mit einem Lächeln an. »Daraus können sich natürlich fantastische Aussichten entwickeln, Mr. Karnak. Ich brauche Ihnen nichts vorzumachen: Für mich wäre es ein großer Erfolg, wenn ich einen solchen Auftrag für meine Firma annehmen könnte. Würden Sie Ihrem indonesischen Geschäftspartner mitteilen, daß die Firma South Brooklyn Forwarding gern bereit ist, ein Angebot zu unterbreiten?«

»Aber selbstverständlich«, antwortete er. »Deshalb bin ich ja hier.« Er stand auf und spielte den Zögernden, Verlegenen. »Darf ich ein offenes Wort riskieren, Madam?« Er legte den Schnellhefter in die Aktentasche zurück.

Sie hob erstaunt die Augenbrauen. »Warum nicht? Angesichts unserer möglichen Zusammenarbeit darf es nichts Unausgesprochenes geben.«

»Ich bin mir bewußt«, sagte er und senkte mit angedeutetem Lächeln den Kopf, »daß Sie mir vielleicht vorhalten, ich nutze die Situation aus. Wenn es so ist, schäme ich mich nicht, es zuzugeben.«

»Mr. Karnak!« Sie lachte. »So kommen Sie doch zur Sache!«

Er sah sie an. »Ich würde Sie gern zum Essen einladen. Am liebsten heute abend ...«

»Auf Geschäftskosten?«

»Aber nein. Das wäre rein privat.«

Sie stand ebenfalls auf, und ihr Lächeln verflog nicht. Er konnte ihre Figur in dem engsitzenden Kostüm bewundern, und er fragte sich, wie es sein mochte, eine solche Frau herumzukriegen. Doch er verscheuchte die Gedanken aus seinem Bewußtsein. Er bändelte nicht mit ihr an, um mit ihr ins Bett zu steigen. Wenn es sich am Rande ergab, okay. Aber sonst mußte er sein Ziel verfolgen. Nur das Ziel.

»Sie werden lachen«, entgegnete sie. »Ich bin einverstanden. Ich halte es nur für natürlich, wenn ein Mann eine Situation wie diese auszunutzen versucht. Wenn ich als Frau die Rolle des Mannes zu spielen hätte, würde ich es sicherlich genauso anstellen.«

»Genauso plump, nicht wahr?«

»Unsinn, ich habe schon viel plumpere Versuche erlebt.«

Beide lachten. Er einigte sich mit ihr, daß er sie ab 8 Uhr abends in dem mexikanischen Restaurant »Sonora« am Broadway, unmittelbar südlich des Times Square, erwarten würde. Sie schien dankbar für seine Zurückhaltung zu sein.

Er stieg in das wartende Taxi und ließ sich nach Hause fahren. In aller Ruhe bereitete er sich auf den Abend vor, duschte ausgiebig und zog einen eleganten dunklen Anzug an.

Der Abend verlief so, wie er ihn sich vorgestellt und auch geplant hatte. Das Essen war Spitzenklasse, und der Wein aus Kalifornien lockerte die Zunge. Dennoch drehte sich mehr als die Hälfte des Gesprächs um das famose Indonesien-Geschäft, an das er schon fast selber glaubte, als sie gemeinsam die Flasche Wein geleert hatten.

Gegen 11 Uhr bestellte er ein Taxi und nannte dem Driver zuerst die Adresse an der West 53rd Street. Als sie vor dem Haus hielten, blieb er sitzen. »Ich werde Sie nicht bitten, mir Ihre Briefmarkensammlung zu zeigen«, sagte er, leise genug, damit der Driver es auf der anderen Seite der Panzerglasscheibe nicht hören konnte. »Ich finde, ein Anfang sollte ein Anfang bleiben. Sonst wird allzu schnell ein Schluß daraus.«

»Das haben Sie nett gesagt, Bob«, flüsterte sie und hauchte ihm einen Kuß auf die Wange.

Als sie ausstieg, war er sicher, nur noch einen kleinen Schritt vom Ziel entfernt zu sein. Er hatte sich vorgenommen, nichts zu überstürzen, und wußte jetzt, daß es die richtige Taktik war. Falls Schnüffler ihre Wohnung und die Umgebung beobachteten, würden sie ihn kaum gesehen haben, da er im Taxi geblieben war.

Zu Hause ging er mit einem Glas Rotwein auf den Balkon. Er fühlte sich als wichtigster Teilnehmer einer rauschenden Siegesfeier. An diesem Abend störten ihn nicht einmal die Hausbewohner, die sich unten im Innenhof um die Reste einer Grillparty geschart hatten und Lieder zur Gitarre summten.

Phil und ich hatten an diesem neuen Wochenende frei. Aber die Kollegen in der Funkzentrale sollten uns trotzdem sofort benachrichtigen, falls sich etwas Wichtiges für uns ergeben würde.

Mich hielt es nicht in meinem Apartment. Es war 10.55 Uhr, als ich mich an diesem Sonntagmorgen in meinen Jaguar schwang, der Zentrale über Funk Bescheid gab und in Richtung Midtown fuhr. Wieder war der Himmel strahlend blau, und ich bedauerte alle, die jetzt in einem Auto ohne Klimaanlage unterwegs waren.

In den zurückliegenden Tagen war es erstaunlich ruhig gewesen. Keine blutigen Kämpfe an der Syndikatsfront, aber auch keine entscheidenden Fortschritte bei den Ermittlungen in Sachen Sonntagsmörder.

In der Nähe des Hauses an der West 53rd Street fand ich am Fahrbahnrand einen freien Platz für meinen Jaguar. Ich meldete mich bei der Funkzentrale ab und ging die paar Schritte zu Fuß. Jayne Leland war der einzige Ansatzpunkt, den ich noch hatte. Wir hatten noch ein paarmal mit Prewster, dem Taxi Driver, gesprochen. Aber er erinnerte sich an nichts weiter als an das, was er uns schon gesagt hatte.

Jayne Leland hatte mir am Telefon versprochen, noch einmal gründlich über ihre Beobachtung nachzudenken und all das aufzuschreiben, was ihr noch einfiel. Ich brauchte nicht bis zum Montag zu warten, um sie danach zu fragen.

Jaynes Wohnungsfenster im ersten Stock, das zum Feuerleiterbalkon führte, stand offen. Ein paar Decken und Kissen deuteten darauf hin, daß sie sich an ihrem gewohnten Sonntagmorgenplatz aufgehalten hatte. Irgend etwas mußte sie aufgescheucht haben.

Ich verspürte einen Anflug von Unruhe und beschleunigte meine Schritte. Wir hatten die Bewachung ihrer Wohnung abgezogen. Immerhin war ich es gewesen, der diese Entscheidung getroffen hatte.

Ich lief in den ersten Stock hinauf und klingelte.

Hinter der Tür hörte ich Schritte, von Teppichboden gedämpft. Es waren die kurzen, eiligen Schritte einer

Frau. Ich atmete auf. Sie öffnete die Tür einen Spalt breit und löste die Sicherungskette erst, als sie mich erkannt hatte. »Kommen Sie herein, Jerry, und warten Sie einen Moment. Ich telefoniere gerade!« Sie lief bereits wieder in die Wohnung zurück.

Erleichtert trat ich ein und schloß die Tür. Langsam schlendernd betrat ich den Living-room. Jaynes Altstimme klang heiter. Jayne stand bei einem der Fenster zur Straßenseite, den Hörer am Ohr und blickte hinaus. ». . . wirklich, ich habe gerade Besuch bekommen. Stellen Sie sich das vor, Bob! Es ist Jerry Cotton vom FBI. Da können Sie mal sehen, was für ein gefragtes Girl ich bin. Sie müssen sich schon anstrengen, wenn Sie . . .« Sie lachte, wohl wegen einer Bemerkung, die ihr Gesprächspartner gemacht hatte.

»Aber ja«, sagte sie dann. »Ich bin den ganzen Tag zu Hause. Ich habe nichts Besonderes vor. Es könnte Ihnen also bestenfalls gelingen, diesen Tag doch noch zu einem außergewöhnlichen Tag zu machen.«

Sie hörte ihm einen Moment lang zu und lachte wieder. »In Ordnung, Bob. Sagen Sie mir Bescheid, wenn Sie sich etwas überlegt haben! Bis dann . . . ja, bis später!« Sie legte auf und wandte sich zu mir um.

»Tut mir leid, daß ich Sie gestört habe«, sagte ich und hielt fragend meine Zigarettenpackung hoch. Jayne bediente sich, als ich ihr die Schachtel hinhielt.

»Hoffentlich hat es Sie nicht gestört, daß ich Ihren Namen erwähnt habe.«

»Warum sollte es?«

»Nun, wenn Sie dienstlich hier sind, könnte es ja sein, daß es vertraulich behandelt werden muß.«

Ich schmunzelte. »Ich würde Sie nicht so einschätzen, daß Sie Ihrem Freund etwas verheimlichen.«

Sie lachte. Es klang ein wenig verlegen. »Ihn Freund

zu nennen, wäre etwas übertrieben. Ich habe ihn erst vor ein paar Tagen kennengelernt, und wir sind über das Stadium der Förmlichkeiten noch nicht hinaus. Eigentlich haben wir mehr beruflich miteinander zu tun als privat. Möchten Sie einen Kaffee?«

Ich nickte. »Ein Kollege also.«

Jayne ging in die Küche, die durch einen offenen Durchgang zu erreichen war. »Nicht aus der Firma, in der ich arbeite. Das wäre denn noch ein wenig zuviel des Guten.« Sie klapperte mit Geschirr. »Aber er ist aus der Branche. Außenhandel, wissen Sie. Bob Karnak, ein Junggeselle, der es noch nicht verlernt hat, mit Frauen umzugehen.«

Mir fiel fast die Zigarette aus der Hand. Mir blieb nur eine Sekunde Zeit zu überlegen. Nein, ich würde ihr nicht sagen, daß ich Karnak kannte und woher ich ihn kannte. »Von dieser Sorte gibt es noch ein paar Exemplare«, sagte ich grinsend.

Jayne kam herein, stellte ein gefülltes Tablett auf den Tisch und schlug erschrocken die Hand vor den Mund. »Du liebe Güte, was rede ich! Sie sind ja auch . . . um Himmels willen! Hat es sich so angehört, als ob ich mich über Junggesellen lustig machte?« Sie schenkte Kaffee ein.

»Im Gegenteil«, antwortete ich. »Jetzt weiß ich wenigstens, wie bei Ihnen die Aussichten sind.«

Wir lachten beide. Ich nahm die Kaffeetasse entgegen, die sie mir hinhielt, und hatte einen Moment Zeit zum Nachdenken, als sie sich selbst bediente.

Die Spur Maynard Lewis hatten wir längst zu den Akten gelegt, weil es keine Spur war. Allright. Karnak war Lewis' New Yorker Betreuer und Geschäftspartner. Oder umgekehrt. Das erstere mochte für Lewis allerdings das Wesentlichere sein. Wie auch immer, ich konnte Karnak in keine direkte Beziehung zu unseren Ermittlungen bringen — außer, daß er Kontakt mit jemandem hatte, von dem ein Doppelgänger in Manhattan herumlief. Und, daß er nun Kontakt zu einer Zeugin hatte, die jemanden beobachtet hatte, der ein bißchen wie dieser Doppelgänger aussah.

Wir setzten uns.

»Haben Sie schon länger mit ihm zu tun?«

»Nein.« Jayne sah mich erstaunt an. »Ist das für Sie irgendwie wichtig?«

Ich lächelte. »Nur, um herauszukriegen, welche Chancen unsereiner bei Ihnen hat.«

»Keine schlechten!« Sie lachte wieder. Dann wurde sie ernst. »Ich kenne Bob erst seit einer knappen Woche. Insofern bin ich also durchaus zu spontanen Entschlüssen fähig.« Sie schilderte mir, wie er sich wegen des Indonesien-Geschäfts bei ihr gemeldet hatte.

Er war also gewissermaßen auf sie gestoßen. Ein Zufall. In dem Fall, den wir bearbeiteten, spielte ein großer Personenkreis eine Rolle. Es war also durchaus nicht unwahrscheinlich, daß einem dieselbe Figur mehr als nur einmal über den Weg lief.

Oder?

Ich zwang mich, zum eigentlichen Thema zu kommen. Ich wollte Jayne nicht mit unmotivierten Fragen auf die Nerven gehen. »Wir haben ein kleines Abkommen«, sagte ich. »Deshalb bin ich hier. Ist Ihnen noch etwas eingefallen?«

Sie lehnte sich zurück. »Ich habe gründlich darüber nachgedacht, wirklich gründlich. Ich habe auch verstanden, was Sie damit meinten, als Sie sagten, es gehe um Beobachtungen, die nicht alltäglich sind.«

Ich nickte. »Manchmal fällt einem etwas auf, das man nicht sofort mit Worten beschreiben kann.«

»Das ist wahr. Ich habe deshalb versucht, mich auf die Szene zu konzentrieren. Immer wieder. Der Punkt, auf den ich jedesmal komme, ist, daß ich hauptsächlich auf den Taxifahrer geachtet habe. Wissen Sie, über ihn habe ich mich aufgeregt. Ich sehe ihn noch genau vor mir, diesen Bullen von Kerl, wie er auf den hilflosen kleinen Jungen losgeht und seine Wut an ihm ausläßt. Wenn ich gekonnt hätte, wäre ich sofort dazwischengegangen.«

»Aber der Fahrgast war praktisch der Retter für den Jungen.«

»Das stimmt. Deshalb war ich auch sehr froh.«

»Also müßten Sie diesen Mann doch auch wahrgenommen haben. Deutlich wahrgenommen, meine ich.«

Sie drückte ihre Zigarette im Aschenbecher aus. »Es war so, Jerry: Als dieser Fahrgast auftauchte, war das der Moment, in dem mein Zorn auf den brutalen Kerl gerade verrauchte. Ich habe gehört, wie er den Fahrer rief, sah ihn auf das Taxi zugehen und dann einsteigen. Ich habe auch noch auf den kleinen Jungen geachtet, weil ich ja froh war, daß er nun endlich weglaufen konnte.«

»Ich verstehe. Also keine Chance.«

»Kaum. Ich habe von diesem Mann ja nur den Rücken gesehen. Und sein blondes Haar. Halt, etwas ist mir doch noch eingefallen!« Sie straffte ihre Haltung und hob den Zeigefinger. »In der rechten Hand hielt er eine Tragetasche. So eine aus Sackleinen.«

Ich zog die Brauen hoch. »Das hatten Sie noch nicht erwähnt. Auch der Taxifahrer konnte sich nicht daran erinnern.«

»Vielleicht, weil man es für unbedeutend hält.«

»Wie sah die Tasche aus? Prallgefüllt? Leicht oder schwer?«

Jayne dachte nach, nahm eine neue Zigarette und ließ sich von mir Feuer geben. »Die Tasche war dünn«, sagte sie schließlich. »Jetzt weiß ich auch, weshalb ich darauf komme. Dieser Mann, wissen Sie, wirkte sehr schlank in seinem Jackett, beinahe dünn. Diese hohe, schlanke Statur, diese schmale Tasche am ausgestreckten Arm und ein Gang – leicht tänzelnd, würde ich sagen. Das ist das Bild, an das ich mich erinnern kann. Mehr beim besten Willen nicht.«

»Immerhin«, sagte ich. Der elektronische Dreiklang des Telefons hielt mich davon ab hinzuzufügen, daß solche Beobachtungen durchaus etwas wert sein können.

Jayne lächelte mir entschuldigend zu, stand auf und lief zur Fensternische, um sich zu melden. »Einen Moment«, sagte sie dann, »er ist hier.« Sie nahm den Hörer herunter. »Jerry, für Sie! FBI-Distrikt New York.«

Ich beeilte mich, war mit zwei schnellen Schritten bei ihr.

»Jerry, wir haben den nächsten Fall«, sagte der Kollege in der Zentrale. »West 46th Street, zwischen Duffy Square und Eighth Avenue, Nr. 246, zweiter Stock. Mehr habe ich noch nicht. Es dreht sich um eine Zeugenbeobachtung. Phil ist auf dem Weg dorthin.«

»Wieso Phil?«

»Er war mit seinem Dienstwagen unterwegs, Höhe 44th Street. Ich nehme an, daß er noch vor der City Police am Tatort sein wird.«

»Ich melde mich über Funk wieder«, sagte ich und legte auf.

Ich bedankte mich im Hinauslaufen bei Jayne für den Kaffee und rief ihr noch zu, daß ich mich wieder bei ihr melden würde.

Eine halbe Minute später schwang ich mich in den

Jaguar und fegte los. Zum ersten Mal hatten wir eine Meldung unmittelbar nach der Tat erhalten. In allen übrigen Fällen, in denen der Sonntagsmörder uns in Atem gehalten hatte, waren jeweils Stunden vergangen, bevor die Leiche gefunden worden war.

Phil lenkte den Buick Skylark, einen blaugrauen Dienstwagen, vom Duffy Square her in die West 46th Street. Als er den Funkruf der City Police mitgehört hatte, war er kurzerhand nach links in die 44th abgebogen, dann die Avenue of the Americas und wieder nach links gejagt.

Auf Rotlicht und Sirene verzichtete er bewußt. Die Beobachtung war vor weniger als drei Minuten gemeldet worden. Er verringerte das Tempo und spähte nach den Hausnummern. Rechter Hand blieben die Fassaden der Hotels zurück. Die 246 mußte sich auf der linken Seite befinden. Zwei Sekunden später hatte er das Haus. Ein alter Brownstone-Kasten, fünf Stockwerke hoch, im Erdgeschoß ein Zeitschriften- und Büchergeschäft. Das Ganze verrammelt. Fensterläden hinter den Gitterstäben, die Einbrecher fernhalten sollten.

Phil rangierte den Buick kurzerhand an die Bordsteinkante, als er eine freie Parkbucht entdeckte. Über Funk meldete er sich bei der Zentrale ab. Er stieg aus.

Nirgendwo auf der Straße war etwas zu sehen, das nicht zur trägen Sonntagsvormittagsstimmung paßte. Keine Neugierigen, die sich zusammenrotteten. Kein Cop, der schon zur Stelle gewesen wäre. Niemand, der irgendwo aus einem Fenster linste. Phil war sich darüber im klaren, daß er tatsächlich als erster zur Stelle war.

Er betrat den Hausflur.

Es herrschte Halbdunkel. Es roch nach feuchten Wänden und nach dem Inhalt der Kochtöpfe, die in den verschiedenen Etagen auf den Herdplatten standen. Der Tote sollte sich im 2. Stock befinden. In der Wohnung zum Hinterhof. Die Notrufmeldung war von einem Rentner im Haus auf der anderen Seite des Hinterhofs gekommen. Der Mann vertrieb sich die Langeweile mit einem verbreiteten Hobby. Er benutzte ein Fernglas, um anderen Leuten damit in die Fenster zu spähen. Dabei hatte er gesehen, wie in der fraglichen Wohnung ein Mann plötzlich halb aus dem Fenster gefallen war und nun reglos über dem Sims hing. Obwohl er keine Schüsse gehört hatte, konnte der Mann mit seinem Fernglas deutlich Ausschußlöcher im Kopf des Toten erkennen.

Schalldämpfer.

Die Arbeitsweise des Sonntagsmörders.

Phil nahm zwei Treppenstufen auf einmal. Einen Fahrstuhl gab es nicht. Er schaffte es, kein Geräusch zu verursachen. Keine Menschenseele begegnete ihm.

2. Stock.

Das Halbdunkel wurde durch ein Treppenhausfenster gemildert. Eine kastenförmige Bahn von Sonnenlicht war voller Staub. Eine typische Mischung: Staubgeruch, Essensdünste und die Feuchtigkeit der Wände.

Es gab vier Wohnungen auf der Etage. Zwei zur Straße hin, zwei nach hinten.

Phil zog den 38er. Er sah eine nur angelehnte Tür. Sie führte in die rechte der beiden hinteren Wohnungen. Das etwas hellere Licht drinnen verursachte einen hellen Spalt von knapper Fingerbreite.

Nicht der leiseste Laut war zu hören.

Phil schnellte vor und stürmte die Bude schulmäßig.

Drei Schritte weit auf einem weichen Living-room-

Teppich verharrte er geduckt, den Smith & Wesson im Beidhandanschlag.

Ein gellender Schrei stach ihm entgegen.

Das Girl hatte starr vor Entsetzen bei dem Mann im Fenster gestanden, war herumgewirbelt. Und schrie und schrie.

Phil richtete sich auf, entspannte sich und ließ den Dienstrevolver sinken.

Die schrillen Schreie des Girls klirrten in seinen Ohren. Er versuchte, etwas zu sagen, versuchte es mit einer besänftigenden Geste und fühlte sich doch wie ein Monstrum, das allein durch seinen grauenerregenden Anblick Panik auslöste.

Das Gesicht des Girls war verzerrt vor Angst. Abwehrend streckte sie die Hände aus. »Nein, um Himmels willen, nein!« Ihre Stimme erstickte. Sie verschluckte sich und wich bis an den Fensterrahmen neben der Leiche zurück. Dann setzten ihre Schreie erneut ein.

Phil ging einen Schritt auf sie zu.

Das Schrillen ihrer Stimme steigerte sich noch. Sie begann zu zittern.

Er versuchte es, indem er sie anbrüllte: »Hören Sie auf, verdammt noch mal! Ich tue Ihnen nichts! Ich bin FBI-Agent!« Mit der Linken griff er in die Jackentasche, um den Dienstausweis hervorzuziehen.

Wegen der Schreie hörte er nichts. Er spürte auch die Bewegung hinter sich nicht.

Etwas Stahlhartes bohrte sich jäh in seine Nierengegend.

»Rühr dich nicht!« zischte eine harte Stimme. »Oder ich schieße!«

Das Girl verstummte und wirkte auf einmal erleichtert.

Kerle schoben sich links und rechts neben Phil herein. Einer schlug ihm den Smith & Wesson weg. Alles weitere ging sehr schnell.

Drei Männer.

Zwei hielten Phil in Schach. Einer hob den Smith & Wesson auf und schob ihn sich unter den Hosenbund. Der dritte kümmerte sich um das Girl.

»Er war es!« wimmerte sie. »O verdammt, er war es!« Anklagend reckte sie ihren zitternden Arm dem G-man entgegen. »Ich wußte, daß er noch einmal zurückkommen würde. Er muß mich doch gehört haben!«

Der Gangster versuchte, sie zu beruhigen.

Sirenengeheul wallte in den Straßen auf.

»Wir müssen weg«, knurrte der Mann, der Phil in Schach hielt.

»Ich bin FBI-Beamter«, sagte Phil. Aber wenn er geglaubt hatte, daß er die Kerle damit beeindrucken konnte, mußte er einsehen, daß er sich mächtig irrte.

Sie lachten.

»So nennst du dich also jetzt?« gluckste der Gangster hinter ihm. »Zieht nicht, Buddy, nicht bei uns! Dein Ruf ist mittlerweile so weit durchgedrungen, daß jeder weiß, was für ein Verkleidungskünstler du bist!«

Phil wurde es jäh klar.

Sie hielten ihn für den Sonntagsmörder!

Es gab nichts, womit er ihnen das Gegenteil beweisen konnte. Daß er gar keine Schalldämpferwaffe besaß, nahmen sie nicht zur Kenntnis. Für sie kreuzte er zum zweiten Mal in der Wohnung auf, und er konnte die Mordwaffe schon längst beseitigt haben.

Sie liefen mit ihm und dem Girl auf den Hinterhof hinaus und verfrachteten sie in einen weinroten Pontiac Bonneville. Die butterweich gefederte Limousine schaukelte in die sonntäglich ruhige West 45th Street, als vorn, in der West 46th Street, der erste Streifenwagen vorfuhr.

Das Girl saß neben dem Fahrer.

Er zog den schweren Wagen nach links in Richtung Downtown und gab Gas.

Die beiden anderen hatten Phil auf der Sitzbank im Fond in die Mitte genommen. Der Gangster zu seiner Linken spielte amüsiert mit der ledergefaßten ID-Card und dem FBI-Adler. »Wo du das Ding bloß aufgegabelt hast, Buddy!«

»So was kann man kaufen«, brummte der andere besserwisserisch. Die Automatik ruhte in seiner Faust auf dem rechten Knie. »Du mußt dir bloß mal die Anzeigen in den Boulevardblättern ansehen. Ausweise für Special Agents und all diesen Kram kannst du dir da bestellen. Und unser Freund, der Sonntagsmörder, ist ja wohl Fachmann für Maskeraden. Oder?«

Sie lachten.

»Ich bin wirklich G-man«, sagte Phil ruhig. »Ihr könnt es nachprüfen. Aber daran habt ihr wohl wenig Interesse.«

»Du hast es erfaßt«, knurrte der Gangster rechts neben ihm. »Du bist doch kein Anfänger, oder? Erzähl uns doch nichts, Mann! Wenn du dich als G-man verkleidest, dann machst du es so perfekt, daß man so viel nachprüfen kann, wie man will. Es kommt doch immer bloß wieder ein G-man dabei heraus!«

Abermals lachten sie.

Phil gab es auf. Er mußte an Maynard Lewis denken, und ihm wurde klar, daß der Gangster mit seiner Erklärung nicht einmal so unrecht hatte. Im günstigsten Fall würden sie ihn gefangenhalten und die nächsten zwei oder drei Sonntage abwarten. Wenn der Sonntagsmörder dann noch einmal zuschlug, hatte er vielleicht das

Glück, daß sie es nicht riskierten, sich an einem wirklichen FBI-Beamten zu vergreifen.

Wunschdenken.

Die Wirklichkeit würde verteufelt anders aussehen. Damit mußte er rechnen.

Aus dem Wortwechsel zwischen dem Girl und den Gangstern erfuhr er, was sich in der Wohnung abgespielt hatte.

Der Sonntagsmörder hatte sich auf ähnliche Weise Einlaß verschafft wie im Fall Harrow/Gortroe. Bruce Rocklin, so hieß der Tote in der Wohnung an der West 46th Street, hatte sich im Living-room aufgehalten, als die Tür plötzlich krachend aufgeflogen war. Das Girl, nebenan im Schlafzimmer, hatte nur klatschende Geräusche, Rocklins Schmerzenslaute und ein dumpfes Poltern gehört. Sie verkroch sich hinter dem Nachtschrank, aber niemand tauchte im Schlafzimmer auf. Dann hörte sie leise Schritte, die sich entfernten. Sie eilte in den Living-room und wählte sofort Osburns Telefonnummer.

Dann packte der Schock sie erst richtig. Fassungslos stand sie neben dem Toten.

Es war der Moment gewesen, in dem Phil Decker hereingestürmt war, der vermeintliche Sonntagsmörder. Bruce Rocklin, so hörte er noch, war einer der leitenden Body-guards im Osburn-Syndikat gewesen. Und die drei Gangster, die Osburn nach dem Anruf des Girls in Marsch gesetzt hatte, hatten sich nur einen Katzensprung entfernt in einer Kneipe an der Eighth Avenue aufgehalten. Sie brauchten sich nur in ihren Pontiac zu schwingen und waren zwei Minuten später an Ort und Stelle.

Osborn hatte eben seine Leute überall im Stadtgebiet sitzen. Er konnte jederzeit an jedem Ort losschlagen.

Stolz klang aus ihrer Feststellung. Und Hilfe aus den Reihen des Perry-Syndikats, so fügte der Wortführer hinzu, brauchte man im Grunde gar nicht.

Phil ließ sich nichts anmerken.

Ich sah Phils graublauen Buick Skylark am Fahrbahnrand stehen. Ich quetschte den Jaguar in die Lücke unmittelbar dahinter und lief über die Straße. Zwei Radio Cars mit kreisenden Rotlichtern standen quer vor dem Hauseingang. Die Cops vom Revier Midtown South an der West 35th Street hatten die Tatortsicherung aufgebaut. Ich zeigte meine ID-Card und wurde durchgelassen.

Unterwegs hatte ich über Funk erfahren, weshalb Phil eigentlich unterwegs war. Er mußte ähnliche Gedanken gehabt haben wie ich. Er hatte ins Office fahren wollen, um sich noch einmal gründlich mit den letzten Protokollen zu befassen. Mich wollte er nicht stören. Seit wir versuchten, den Sonntagsmörder zu erwischen, nahm Phil jeden Tag einen Dienstwagen mit nach Hause. Wir mußten unabhängig voneinander beweglich sein.

Ich erreichte die Wohnung. Der Tote war Bruce Rocklin, so viel wußte ich bereits. Ein Sergeant kontrollierte meinen Dienstausweis, gab ihn mir zurück und grüßte, indem er an den Mützenrand tippte.

»Wo ist mein Kollege?« fragte ich.

»Wer?«

»Phil Decker, Special Agent.«

»Hier in der Wohnung ist niemand, Sir. Sehen Sie sich um!«

Ich tat es. Mordkommission, einschließlich Erkennungsdienst, waren noch nicht eingetroffen. Der Tote hing über dem Fenstersims. Irgendwo drüben mußte der alte Mann mit dem Fernglas sein. Im Schlafzimmer sah ich das verwühlte Bett. Rocklin schien nicht allein gewesen zu sein. Aber eine zweite Leiche gab es diesmal nicht.

Und keine Spur von Phil.

Meine Nerven schrillten Alarm. Irgend etwas war hier anders gelaufen! Völlig anders als sonst. Ich nahm den Telefonhörer mit dem Taschentuch ab, wählte die Nummer des FBI-Distrikts und ließ mir den Kollegen in der Funkzentrale geben. Phil hatte sich abgemeldet, als er den Dienstwagen verlassen hatte, seither nicht wieder. Der alte Mann mit dem Fernglas hieß Henry Stein. Er wohnte im 3. Stock, genau gegenüber, an der West 45th Street.

Ich sagte dem Sergeant, wo ich zu finden sei, falls sich etwas Neues ergeben sollte. Ich glaubte selbst nicht daran.

Der alte Mann war klein, gebückt und weißhaarig. Witwer. Für jede Abwechslung dankbar. Sein Beobachterhobby mit dem Fernglas schien er für etwas völlig Normales zu halten.

»Das Girl haben sie nachher abgeholt«, sagte er. »Dieses Girl, ich kann Ihnen sagen! Gestern abend ... die ganze Nacht ... also, dieser Bursche da drüben hat in den letzten Stunden seines Lebens mehr Spaß gehabt als ich früher in einem ganzen Jahr.« Stein zwinkerte mir zu. »Die beiden hatten im Eifer des Gefechts vergessen, die Jalousien runterzuziehen, müssen Sie wissen.«

»Wer hat das Girl abgeholt?« fragte ich ungeduldig.

»Drei Kerle. Mit einem großen Schlitten. Pontiac, glaube ich. Nein, vier Kerle! Weinrot, der Wagen ...« Er schüttelte heftig den Kopf und grinste. »Sorry, so ein alter Knabe wie ich muß seine Gedanken immer erst sortieren. Also, den vierten haben sie wohl als Gefangenen gehabt. Sah nämlich so aus. Kam mir vor wie damals im Krieg, als wir die Germans aus ihren Bunkern gescheucht haben.«

Ich schaffte es, Personenbeschreibungen, so kurz wie möglich, aus ihm herauszukitzeln.

Sie hatten Phil geschnappt! Jetzt wußte ich es.

Ich versprach dem dienstbeflissenen alten Mann, daß Kollegen von der Mordkommission noch bei ihm aufkreuzen und ihn vernehmen würden. Ohne eine Sekunde zu verschwenden, lief ich hinüber. Die Beamten in Zivil waren inzwischen eingetroffen. Während ich den Telefonhörer noch einmal mit der gebotenen Vorsicht abnahm, erklärte ich ihnen, was sich vermutlich abgespielt hatte.

Phil Decker in den Händen der Syndikatsgangster!

Die Meldung würde sofort an alle New Yorker G-men und an alle Dienststellen der City Police weitergegeben werden. Ich ließ den Hörer in die Gabel sinken.

»Und Sie haben noch immer keine vernünftige Spur?« fragte der Leiter der Mordkommission, ein Lieutenant.

Es schien beinahe vorwurfsvoll zu klingen. Aber ich wußte, daß nur ich diesen Eindruck hatte, weil ich mir den Schuh anziehen mußte. Mir wurde bewußt, daß ich noch keine Zeit gehabt hatte, über Jayne Lelands Schilderung richtig nachzudenken.

Ihre Stimme, erst am Telefon und dann im Gespräch mit mir, wurde in meiner Erinnerung lebendig.

. . . ich bin den ganzen Tag zu Hause . . .
. . . in Ordnung, Bob . . . ja, bis später . . .
. . . eine Tragetasche aus Sackleinen . . .

... dieser Mann ... wirkte sehr schlank ...
... beinahe dünn ...
... ein Gang – leicht tänzelnd ...

Es durchfuhr mich wie ein Stromstoß.

Ich ließ die Kollegen allein, lief mit Riesensätzen zum Jaguar und fegte los.

Ich hatte den Mann nur einmal gesehen. Aber auf einmal sah ich seine Statur wieder vor mir, seine Bewegungen. Sehr schlank, beinahe dünn. Der Gang leicht tänzelnd.

Hölle und Teufel, Jayne hatte Karnak beschrieben, ohne es zu wissen!

Sie hatte ihn in der Nähe ihrer Wohnung gesehen, bevor er sie überhaupt gekannt hatte. Am Sonntag, an dem Gortroe und Harrow unter dem Kugelhagel des Unbekannten gestorben waren.

Ich brauchte Jayne für eine Gegenüberstellung.

Sofort.

Noch bevor ich die West 53rd Street erreichte, rief ich die Zentrale und bat den Kollegen, den Chef zu verständigen und Karnaks Privatadresse herauszufinden. John D. High war eben auf dem Weg ins Office, wie ich erfuhr. Ein Großeinsatz lief an, dessen Ziel es war, Phil aufzuspüren und zu befreien.

Es ballte sich alles zusammen.

Ich nahm eine halbe Treppe mit zwei Sätzen und erreichte die Wohnungstür. Ich klingelte und klopfte, aber niemand rührte sich.

Ich brach die Tür auf. Keine Sicherungskette von innen, kein Riegel. Nur zwei Minuten brauchte ich, um die Wohnung zu durchsuchen.

Keine Spur von Jayne.

... in Ordnung, Bob ... ja, bis später ...

Ich jagte zur Fifth Avenue und dann nordwärts, Richtung Central Park. East 73rd Street. Über die Firma Marshal, Landers & Co. Inc. hatten die Kollegen Karnaks Privatadresse im Handumdrehen herausgekriegt. Möglich aber, daß er noch gar nicht mit Jayne dort angekommen war. Vielleicht ging er erst mit ihr aus – in ein Restaurant, ins Kino, in einen Vergnügungspark ... Es gab unendlich viele Möglichkeiten.

Ich überlegte, daß es das beste sein würde, Kollegen auch in Jaynes Wohnung abzustellen – für den Fall, daß sie zurückkehrte. Mit oder ohne Karnak. Aber verdammt, welchen Illusionen gab ich mich denn hin, daß ich glaubte, er würde Jayne je wieder aus seinen Klauen lassen!

Das Funkgerät machte mit Flackerlämpchen auf sich aufmerksam.

»Jerry!« rief der Kollege in der Zentrale. Seine Stimme klang nach Alarmstufe eins. »Sie haben unseren Mann in seiner Bude aufgestöbert! Geiselnahme! Er hat eine junge Frau bei sich, auf die Jayne Lelands Beschreibung paßt!«

Mir floß das Blut plötzlich wie flüssiges Eis durch die Adern.

»Ich bin schon fast da!« stieß ich hervor. »Over und Ende.« Ich hängte das Mikro weg. Während ich schon das Gaspedal durchtrat, pappte ich das Magnetrotlicht aufs Dach. Dann scheuchte ich die Sonntagsfahrer mit Konzert und Lichtorgel von der mittleren Fahrspur.

Streifenwagen und neutrale Dienstwagen bestimmten das Bild in der East 73rd Street.

Als ich den Jaguar hinter einem Radio Car zum Stehen brachte, kamen Steve Dillaggio und Zeerookah aus dem Pulk der Kollegen in Uniform und Zivil auf mich zu. Ich sah eine Gruppe von Beamten im Kampfanzügen. Die Gewehre, die sie trugen, waren mit Zielfernrohren ausgerüstet. Scharfschützen! Sie warteten auf den Befehl, in Stellung zu gehen. Ich nahm mein Walkie-talkie aus dem Wagen, steckte es in die Tasche und lief Steve und Zeery entgegen.

»Er verläßt das Haus, Jerry!« rief der blonde Kollege mit dem italienischen Namen.

»Wir waren oben, um in der Wohnung nachzusehen«, fügte Zeery hinzu. »Da riß er die Tür auf und stand plötzlich vor uns. Mit Jayne Leland im Griff. Eine Automatik an der Stirn.«

»Und jetzt?« fragte ich.

»Er verlangt freien Abzug«, antwortete Steve. »Zu Fuß. Das muß man sich vorstellen!«

Uns blieb keine Zeit für eine Besprechung.

Ich sah Karnak 100 Meter entfernt, schräg links im Hauseingang.

Noch auf dem Eingangspodest, war sein glatt anliegendes schwarzes Haar über den Köpfen der Polizeibeamten deutlich zu sehen. In Höhe seines Kinns Jaynes schreckensbleiches Gesicht. Der schwarzgraue Stahl der Waffe an ihrer Schläfe.

Er setzte sich in Marsch, ohne ein Wort mit dem Beamten zu wechseln. Die Zahlenstärke der aufmarschierten Cops schien ihn nicht zu beeindrucken.

Mir blieb nur übrig, mich mit Steve und Zeery durch ein Handzeichen zu verständigen. Ich schnellte von der Fahrbahn weg und duckte mich hinter den Jaguar. Mich hatte Karnak hier am Einsatzort noch nicht gesehen. Er würde es nicht mitkriegen, wenn ich mich in Bewegung setzte.

»Wenn mir einer folgt, kriegt sie die erste Kugel!« rief er schneidend, als er schon 50 Meter vom Hauseingang entfernt war.

Die Cops hatten die Straße abgesperrt. Vorerst kam ihm niemand in die Quere.

Dann aber, schon an der Fifth Avenue, mußte er auf den Verkehr achten. Ich schlich ihm vorsichtig auf der anderen Straßenseite nach, hinter die parkenden Wagen geduckt. Über eine Stoßstange hinweg sah ich, daß er die Automatik offenbar in die Jackentasche gesteckt hatte und dort festhielt. Mit dem anderen Arm hielt er Jayne, als hätte sie sich bei ihm eingehakt.

Ein paarmal sah er sich um. Die Kollegen standen alle unverändert auf ihrem Fleck. Karnak und seine Geisel überquerten die Avenue.

Ich folgte ihm nach 30 Sekunden, als er im Eingang des Central Parks verschwunden war. Regungslos verharrte ich neben den steinernen Torpfeilern und blickte den asphaltierten Weg hinunter.

200 Meter entfernt führte er Jayne mit schnellen Schritten, ohne sich noch umzudrehen. Es waren genügend Menschen unterwegs. Der Park füllte sich mit Spaziergängern.

Ich schaltete das Walkie-talkie ein und informierte die Kollegen, daß ich die Verfolgung fortsetzte. Jetzt mit geringerem Risiko. Denn Karnak fühlte sich bereits sicherer.

Er floh tatsächlich den ganzen Weg zu Fuß.

Bis hinüber zum Riverside Park.

Ich glaubte meinen Augen nicht, als ich ihn auf das Gelände eines Bootsclubs zutraben sah.

Ich verharrte hinter einer Säulenzypresse rechts vom Eingang des Clubgeländes.

Karnak bedrohte einen Mann, der Bootswart oder Hauswart oder ähnliches sein mußte. Ich sah, daß der Mann fassungslos war, denn er schien Karnak gut zu kennen. Aber seine Versuche, den Sonntagsmörder zur

Vernunft zu bringen, gingen nur in Karnaks kalten Befehlen unter.

Er veranlaßte den Bootswart, ein Zweier-Kajak zu Wasser zu bringen. Ich schilderte den Kollegen die Lage über Walkie-talkie. Karnak zwang seine Geisel, den vorderen Platz im Boot einzunehmen. Paddeln mußte sie auch. Rasch trieb er das Kajak zur Flußmitte und dann stromabwärts.

Ich hatte genügend Zeit gehabt, um einen Plan festzulegen. Steve und Zeery, die mit dem Dienstwagen zum Riverside Park unterwegs waren, bat ich, die Flußpolizei zu verständigen.

Fast eine halbe Meile oberhalb des Bootsclubs ging ich in einem Jachthafen an Bord eines flachen Flitzers mit Außenborder. Das Boot war mit zwei Sergeants besetzt. Es war das Beiboot des Polizeikreuzers »Talkowsky«. Sie hatten die Ausrüstung mitgebracht, die ich brauchte.

Steve und Zeery blieben am Pier des Jachthafens. Die Kollegen im Polizeiboot hatten ein Funkgerät, mit dem sie meine Lagemeldungen an die G-men durchgeben konnten.

Wir jagten los.

Der Sergeant, der den Flitzer steuerte, trug einen schwarzen Vollbart im kantigen Gesicht. Die Aufgabe des anderen war es, das Funkgerät zu bedienen. Er hatte blondes Haar mit einem rötlichen Schimmer. Die irische Abstammung war unübersehbar.

Wir erreichten die Flußmitte, und unser Steuermann legte den Flitzer in einem rasanten Bogen nach Backbord und flußabwärts. Geschwindigkeit und Lage des Boots stabilisierten sich. Ich fing an, mich umzuziehen.

Der rotblonde Sergeant hob ein Fernglas an die Augen. Es waren fast ausschließlich Sportboote unterwegs. Karnak würde versuchen, im Gewirr der Hafenanlagen auf der New Jersey-Seite zu verschwinden. Möglich auch, daß er ernsthaft annahm, nicht verfolgt zu werden. Ich stieg in den Neoprene-Taucheranzug und legte den Gurt um. Daran befand sich ein wasserdichtes Futteral, in dem ich meinen Smith & Wesson verstaute. Nach den Vorratsbehältern des Atemgeräts streifte ich die Maske über den Kopf und die Schwimmflossen über die Füße.

Ich würde es mit einem schnittigen Kajak aufnehmen müssen, das von zwei Personen gepaddelt wurde.

Der Sergeant erblickte das Boot in Höhe von Pier 83. Das war in der Nähe der West 42nd Street. Karnak und seine Geisel paddelten inmitten von Segelbooten, Segeljachten und allen möglichen motorisierten Wasserfahrzeugen, die sowohl flußaufwärts als auch flußabwärts unterwegs waren. Ich bat den Sergeant, die Standortmeldung an meine Kollegen durchzugeben.

Wir schlossen weiter auf. Noch waren wir mehr als 300 Meter entfernt. Wir konnten Karnak also kaum auffallen. Captain Spier, der Kommandant der »Talkowsky«, hatte klug gehandelt, nur das Beiboot zu schicken. In der Form unterschied es sich nicht von einem gewöhnlichen Sportflitzer. Nur wenn man nahe genug heran war, konnte man die Beschriftung erkennen.

Ich bereitete mich auf meinen Taucheinsatz vor, indem ich das Mundstück des Atemgeräts ausprobierte und Flußwasser in die Taucherbrille schöpfte, um das Beschlagen zu verhindern.

Karnak paddelte unbeirrt. Er drehte sich nicht um. Wollte er nicht wissen, ob er verfolgt wurde?

In 200 Meter Entfernung nahm der vollbärtige Sergeant Gas weg, und der Bug des schnittigen Boots senkte sich, so daß es platt wie eine Flunder auf dem leicht kabbeligen Wasser lag. Wellengang trieb von der Upper Bay herein. Erste Wolkenstreifen zeigten sich am südlichen Horizont. Möglich, daß es gegen Abend ein Gewitter geben würde.

Ich ließ mich ins Wasser gleiten und ging sofort auf Tiefe. Das Atemgerät funktionierte einwandfrei. Etwa zwei Meter unter der Wasseroberfläche glitt ich in südlicher Richtung dahin.

Ich teilte meine Kraft ein, legte aber so viel wie möglich davon in meine Arm- und Beinbewegungen. Die Flossen halfen mir, eine beträchtliche Geschwindigkeit zu entwickeln.

Ich achtete auf die um ein Vielfaches stärkeren Motorengeräusche, die ich unter Wasser von den Booten hören konnte. Keins war bis jetzt zu nahe, um mir mit seiner Schraube gefährlich werden zu können. Durch das isolierende Neoprenematerial spürte ich die Kälte des Wassers nicht. Nur an der Oberfläche war das Hudson-Wasser durch die Sonne erwärmt. Die Strömungsverhältnisse ließen schon in geringeren Tiefen keine höheren Temperaturen aufkommen.

Vier Minuten mochten vergangen sein, als ich zum ersten Mal auftauchte. Mit der schwarzen Taucherhaube war ich vor dem Hintergrund der grau-schwarzen Fluten kaum zu erkennen.

Ich war überrascht.

Der Abstand war nicht etwa gleichgeblieben, wie ich befürchtet hatte. Nur noch etwa 70 Meter trennten mich von dem Kajak. Ich erkannte Karnaks Bewegungsansatz, als er sich umdrehte. Blitzschnell tauchte ich wieder unter. Es waren keine Motorboote oder -jachten in der Nähe. Ich konnte mich ganz auf die Verfolgung konzentrieren.

Und ich verdoppelte meinen Kraftaufwand. Jetzt, da ich das Ergebnis meiner Anstrengungen abschätzen konnte, war es kein Verschwenden von Reserven. Meine Vermutung hatte sich bestätigt. Jayne strengte sich beim Paddeln kaum an. Möglich, daß Karnak sich doch in Panikstimmung befand und deshalb nicht begriff, daß er die ganze Last allein zu bewältigen hatte.

Ich glitt durch die trübgrauen Fluten und trieb mich mit wirbelnden Flossenbewegungen immer rascher voran. Keins der fernen Motorengeräusche näherte sich deutlich. Die Boote und Jachten hielten ihren Kurs. Ich war beruhigt.

Nach schätzungsweise drei weiteren Minuten riskierte ich es, erneut aufzutauchen. Dabei schwamm ich mit behutsamen Flossenschlägen weiter, um keine auffällige Wasserbewegung zu verursachen.

Aber Karnak hatte keinen Verdacht geschöpft. Er tauchte die Paddelblätter im raschem Rhythmus ein. Dies und die Tatsache, daß er sich bei dem Bootsclub auskannte, bewies, daß er ein geübter Wassersportler war. Er hielt nun mehr auf die rechte Flußseite zu. Was ich erwartet hatte. Er würde am New Jersey-Ufer zu verschwinden versuchen.

Die Entfernung hatte sich auf 50 Meter verringert. Der Abstand von den Piers und Hafenbecken betrug noch mindestens 30 Meter. Kein anderes Wasserfahrzeug lag in diesem Bereich auf Kurs, das Karnaks Fahrtrichtung kreuzen konnte.

Ich wußte, mir blieb nicht mehr viel Zeit bis zur Entscheidung.

Das Polizeiboot würde Fernglas-Sichtweite als Abstand halten. Anders war es nicht möglich, selbst auf die Gefahr hin, daß die Kollegen nicht rechtzeitig eingreifen konnten.

Ich tauchte von neuem und nahm meine ursprüngliche Geschwindigkeit wieder auf. In dem trüben Grau war es wie ein Vorstoßen ins Nichts. Ein plötzliches Hindernis hätte ich praktisch nur auf ein paar Zentimeter Entfernung sehen können. Aber noch war ich den Piers von Union City nicht zu nahe. Noch brauchte ich mich mit meiner Kraft nicht zurückzuhalten.

Ich tauchte in kürzeren Abständen auf, doch jeweils nur für einen Moment. Karnak hatte seinen Kurs noch nicht nenneswert geändert. Aber er hielt weiter nach rechts. Unvermittelt sah ich sein Ziel.

Die Einmündung in ein Hafenbecken, gut 100 Meter entfernt. Rechter Hand glitten die Piers vorüber. Und ich war auf fast 30 Meter an ihn herangekommen.

Wieder tauchte ich und legte einen Unterwasserspurt ein.

Kurze Zeit später hörte ich seine Paddelschläge.

In meinem Spurt erlahmte ich keine Sekunde lang. Die Paddelschläge nahmen an Lautstärke zu. Ich konnte mich daran orientieren und brauchte nicht mehr aufzutauchen. Ich achtete darauf, gut anderthalb Meter Wassertiefe zu halten.

Dann sah ich unvermittelt den schlanken Bootsrumpf schräg über mir. Vor der Helligkeit der Wasseroberfläche zeichnete er sich wie ein torpedoförmiger Schatten ab. Ich sah auch das Eintauchen der Paddel. Karnaks Schläge verursachten jedesmal ein Perlen von Luftblasen. Jaynes Paddeltätigkeit war dagegen kaum zu sehen.

Ich wußte, daß man die Luftblasen meines Atemgeräts sehen konnte. Deshalb mußte das Nächste innerhalb von Sekundenbruchteilen geschehen.

Ich legte noch einmal alle Kraft in einen pfeilschnellen Endspurt. Im nächsten Moment war ich unter der hinteren Hälfte des Boots, wich ein Stück nach rechts und stieg mit rasanten Beinbewegungen auf. Den Smith & Wesson hatte ich nur für den Notfall. Klar, daß ich ihn nicht einsetzen durfte. Ich hätte nur Jayne in unnötige Gefahr gebracht.

Unmittelbar hinter Karnaks Paddel schoß ich mit dem Kopf über die Wasseroberfläche. Reaktionsschnell packte ich zu.

Mit beiden Fäusten riß ich ihm das Paddel weg und schleuderte es nach rechts.

Er brüllte vor Wut und ruckte mit dem Oberkörper vor.

Wie von einem Blitzlicht aus der Dunkelheit gerissen, sah ich seine Automatik. Er hatte sie vor sich mit einem Klebestreifen auf den glatten Bootskörper gepappt. Er brauchte nur zuzugreifen.

Jayne schrie auf, als sie sich erschrocken umdrehte.

Karnaks Rechte zuckte auf die Pistole zu.

Ich stieg mit den Flossen hoch, warf mich nach vorn, brachte meinen rechten Arm hoch.

Und schlug zu.

Meine Handkante traf ihn in dem Moment, in dem er die Automatik von dem glasfaserverstärkten Kunststoff löste. Er kreischte vor Schmerz und vor Wut, als die schwere Waffe seinen plötzlich kraftlosen Fingern entglitt und in den düsteren Fluten versank.

Er versuchte, Jayne mit der anderen Hand zu packen. Doch instinktiv beugte sie sich vor. Er schaffte es nicht.

Erneut kam ich hoch und erwischte ihn am Oberarm. Mit der Linken schlug er auf mich ein. Ich kassierte harte Treffer in der rechten Schultergegend. Aber ich ließ nicht locker. Mit der Kraft meines Körpergewichts zog ich ihn nach rechts. Er kreischte von neuem. Seine Linke peitschte das Wasser.

Das Boot kenterte.

Ich sah noch, daß Jayne sich geistesgegenwärtig aus dem Rumpf befreite und in wilder Hast nach vorn davonschwamm.

Karnaks Linke krallte sich in Brusthöhe in meinen Neopreneanzug.

Ich drückte ihn unter Wasser. Sein Kreischen vergurgelte.

Motorengeräusch näherte sich rasend schnell.

Karnak versuchte es mit aller Tücke, die ihm noch blieb. Er krümmte und wandte sich unter meinen Fäusten. Er riß die Knie hoch, um mich empfindlich zu treffen. Es gelang ihm, die Linke noch einmal freizubekommen. Indem ich mich abduckte, vermied ich einen Kopftreffer.

Ich sah sein triumphierend verzerrtes Gesicht. Er wollte sich herumwerfen und schien seinen rechten Arm wieder gebrauchen zu können. In seinem Wahnwitz glaubte er wohl, daß er Jayne noch einholen könnte.

Einen Schwimmzug lang ließ ich ihn in dem Glauben.

Dann war ich mit wenigen schnellen Flossenschlägen bei ihm und verpaßte ihm die erste Handkante der neuen Serie.

Es wurde eine Serie mit nur drei Folgen, wobei er die dritte schon nicht mehr richtig miterlebte. Bevor er mit verdrehten Augen wegsackte, griff ich ihn mir und hielt ihn über Wasser, bis das Polizeiboot heran war. Auf meine Kopfbewegung hin nahmen die Sergeants erst Jayne an Bord, bevor sie mich von der Last des Bewußtlosen befreiten.

Der rotblonde Sergeant hatte das Funkgerät in Betrieb, als ich mich über die Bordkante stemmte. Sein bärtiger Kollege legte Karnak Handschellen an. Ich kam noch dazu, mir das Atemgerät, die Maske und die Flossen abzustreifen. Dann sank Jayne mir in die Arme und schmiegte sich zitternd an mich. Es störte sie kein bißchen, daß es nur diese glitschig-kalte Neoprenehaut war, an der sie Schutz suchen konnte.

Als wir die alten Westside-Piers von Manhattan erreichten, warteten Steve und Zeery und ein ganzer Pulk von weiteren Kollegen bereits auf uns. Nur die Reporter waren noch nicht da.

Sie verpaßten den Moment, in dem wir den Sonntagsmörder wie einen schlaffen Fisch an Land brachten.

Aber sie würden sich ihn noch rechtzeitig vor die Linsen holen.

Sie hatten Phil Decker in einen Raum geworfen, der nur aus weißen Wänden bestand. Kein Fenster, kein Einrichtungsgegenstand. Nur ein Lüftungsloch in der Decke.

Schritte näherten sich in dem Kellerkorridor, der genauso kahl war wie das weiße Verlies.

Phil Decker stellte sich mit dem Rücken an die Wand, der Tür gegenüber. Sie hatten ihn nicht gefesselt, ihn nur gründlich durchsucht. Aber da er außer dem Dienstrevolver nichts bei sich gehabt hatte, hatten sie ihm nichts weiter abgenommen.

Ein Schlüssel knirschte. Die Tür schwang auf.

Zwei Männer traten ein, beide mit Anzügen und Krawatte. Der eine untersetzt, der andere schlank und hochgewachsen. Sie wichen nach links und rechts auseinander und schlugen ihre Jacketts ein Stück zur

Seite. Keine Frage, daß sie ihre Waffen in Schnellziehhalftern trugen. Phil geriet ins Staunen, als er die beiden anderen erblickte, die sich nun durch die Tür schoben. Er hatte es seit der Fahrt in dem Pontiac zwar vermuten können. Aber es war ihm trotz allem unmöglich gewesen, es sich als Wirklichkeit vorzustellen.

Osburn und Perry.

Die beiden Syndikatsbosse, die sich bis aufs Blut verfeindet hatten, erschienen hier in trauter Zweisamkeit! Der Sonntagsmörder hatte das fertiggebracht.

Perry trat als zweiter ein. Er riß die Brauen hoch, als er den G-man sah. »Verdammt!« entfuhr es ihm. »Welche gottverdammten Idioten haben diesen Mann geschnappt?«

Osburn ruckte herum. »Meine Leute. Warum, zum Teufel?«

»Das ist nicht der Sonntagsmörder! Das ist Decker, ein echter G-man!«

»Danke für die Schützenhilfe«, sagte Phil mit angedeutetem Lächeln. »Mr. Osburns Handlanger haben tatsächlich geglaubt, ich hätte meine ID-Card bei einem Versandhaus für Kindsköpfe gekauft.«

Perry grinste.

Osburns Gesicht verzerrte sich. »Blasen Sie sich nicht auf, Mann!« knurrte er den Gefangenen an. »Wer Sie auch sind, es ändert nicht viel an Ihrer Lage.«

Phil bewegte den Kopf von einer Seite zur anderen. »Da würde ich nicht so sicher sein. Sie haben mich gewissermaßen kidnappen lassen. Wenn wir Ihnen auch nichts anderes nachweisen können, haben wir Sie jetzt zumindest wegen Kidnapping. Und Sie wissen, was darauf steht.«

Lebenslänglich. In einigen Staaten sogar die Todesstrafe.

Seit der Entführung des Lindbergh-Babys wird in den Vereinigten Staaten für dieses Delikt die Höchststrafe verhängt.

Die Mienen der Syndikatsbosse verfinsterten sich.

Wie zur Bestätigung von Phils Worten war unvermittelt Hubschraubergeräusch zu hören. Bis in den Keller des prachtvollen Hauses oberhalb der Bay Street in Staten Island.

Osburn und Perry wandten sich ruckartig ab und eilten hinaus.

»Geiselnahme verschlimmert die Sache im übrigen noch!« rief Phil hinter ihnen her.

Der untersetzte Body guard trat drohend auf ihn zu. »Reiß die Klappe nicht zu weit auf, Freundchen! Du bist noch lange nicht raus aus diesem Haus. Und ich glaube auch nicht, daß es dazu kommen wird.«

»An dir ist ja ein Verseschmied verlorengegangen«, sagte Phil grinsend.

Der andere schlug ohne Vorwarnung zu. Der Schlag explodierte auf Phils Zwerchfell. Er klappte zusammen. Aber er gab nicht den leisesten Schmerzenslaut von sich. Denn er gönnte dem Kerl keinen Triumph.

Einen Moment zögerten die beiden Body guards. Phil sah aus den Augenwinkeln, daß sie sich gern ausführlicher mit ihm befaßt hätten. Aber sie ließen es. Denn das Hubschraubergeräusch entfernte sich jetzt. Sie ahnten, daß sie in Kürze gebraucht wurden.

Wir erhielten die Funkmeldung, als ich eben meine Sachen wieder angezogen und den Smith & Wesson in der Schulterhalfter verstaut hatte. Jayne wurde vom Notarzt im Ambulanzwagen untersucht. Karnak war bereits auf dem Weg ins Gefängnis von Rikers Island.

Steve und Zeery hatten insgesamt sechs Hubschrauber der City Police in Marsch gesetzt. Suchobjekt: ein weinroter Plymouth Bonneville. Eine große Limousine, die nicht gerade häufig zu sehen ist.

Ein halbes Dutzend Meldungen war schon vorher eingegangen, erfuhr ich. Aber die Ortsangabe war immer negativ gewesen.

Diesmal brauchten wir nicht erst zu rätseln, als wir die Durchsage der Hubschrauber-Crew aus Staten Island hörten.

Ein Grundstück oberhalb der Bay Street, groß wie ein Park, mit einem Haus wie ein Palast und mit Blick auf die Upper Bay von New York. Der Eigentümer dieses prachtvollen Anwesens war niemand anders als Dave Osburn.

Zwei Hubschrauber waren in der nächsten Minute bei uns zur Stelle. Sie landeten auf der freien Fläche eines alten Piers. Nachdem wir uns mit Waffen und Munition versorgt hatten, schwang ich mich gemeinsam mit Steve und Zeery in eine der beiden Maschinen. Wir starteten sofort. Joe Brandenburg, Les Bedell und Hyram Wolfe besetzten den zweiten Helicopter.

Während des kurzen Fluges über der Upper Bay erhielten wir vom zuständigen Revier in Staten Island die Funknachricht, daß Streifenwagenbesatzungen das Osburn-Grundstück umstellt hatten. Die Bewohner waren bereits mit Megaphonen aufgefordert worden, herauszukommen.

Natürlich wußten die Beamten, daß Phil Decker sich in der Gewalt der Gangster befand.

Welche teuflische Lage sich daraus entwickelte, sahen wir eine Minute später, als wir auf das parkartige Grundstück zuschwebten.

Sie standen sich gegenüber. Cops und Body guards.

Mit schußbereiten Waffen. Maschinenpistolen, Schnellfeuergewehre, Pistolen, Revolver. Die vereinte Leibwächtertruppe von Osburn und Perry bestand aus zwei Dutzend Männern. Keine der beiden Seiten wagte es, das Feuer zu eröffnen.

Die Gangster nicht, weil sie sich einer überlegenen Feuerkraft von mehr als 30 Cops gegenüber sahen.

Die Polizeibeamten nicht, weil sich die Entscheidung auf der Terrasse des Luxushauses abspielte.

Wir sahen sie durch das Kanzelglas des Hubschraubers.

Osburn und Perry.

Phil Decker war dabei. Gefesselt. Hände auf dem Rücken.

Osburn hielt ihm die Mündung einer Automatik unter das linke Ohr.

Perry war ebenfalls bewaffnet. Sein vernickelter Revolver war aus einem Meter Abstand auf Phil gerichtet.

Die Syndikatsbosse starrten uns entgegen, als wir in langsamem Sinkflug auf sie zuschwebten. Der Copilot gab mir das Mikrofon für den Lautsprecher unter dem Bauch der Maschine. Steve und Zeery öffneten die Kanzeltüren an beiden Seiten. In zehn Meter Höhe über dem Rasen ließ der Pilot die Maschine stehen.

Der zweite Hubschrauber, mit den Kollegen an Bord, war unmittelbar hinter uns.

»Osburn und Perry!« Meine Stimme klang wie Donner durch das Rotorengetöse. »Geben Sie auf! Sie werden diese Geiselnahme nicht zu Ende führen! Beide Hubschrauber sind mit FBI-Beamten besetzt. Ich weise Sie darauf hin, daß wir in dieser Situation zur Anwendung des Todesschusses berechtigt sind. Sofort danach wird das Feuer auf Ihre Body-guards eröffnet. Ich gebe

Ihnen 20 Sekunden Zeit, die Waffen fallenzulassen und die Hände zu heben.«

Ich gab das Mikro zurück und schnappte mir das Zielfernrohrgewehr, das ich bereitgestellt hatte.

Steve und Zeery waren bereits auf der linken Seite der Maschine in Stellung gegangen. Die Präzisionsgewehre ruhten an ihren Schultern.

Ich stützte mich mit den Füßen auf der Landekufe ab, mit dem Rücken an der hinteren Kante der offenen Luke.

Durch das Zielfernrohr hatte ich im nächsten Moment Osburns Kopf wie in Großaufnahme. Furchen der Wut kerbten sein Gesicht.

Immer noch lag die Mündung der Automatik unter Phils Ohr.

Im Gesicht meines Freundes zuckte kein Muskel.

Ich lud durch und entsicherte.

Osburn machte noch immer keine Anstalten, die Waffe zurückzunehmen.

Die Hubschrauber rumorten. Der Pilot hielt die Maschine ruhig, obwohl Wind aufgekommen war. Mit halbem Auge sah ich Perry. Er war unsicher. Sein Revolver hatte sich bereits gesenkt. Ich konzentrierte mich auf Osburn. Schräg von oben sah ich seinen Oberkörper, sein Gesicht, die Hand mit der Waffe. Plötzlich dieses winzige Muskelzucken. Dieser Bewegungsansatz im Zeigefinger.

Ich zog durch.

Das Peitschen des Gewehrs hörte ich nicht einmal.

Osburn sackte nach hinten weg.

Phil stand kerzengerade.

Perry ließ den Revolver fallen wie ein Stück heißen Stahls.

»Die Waffen weg!« dröhnte die Stimme des Copiloten aus dem Lautsprecher. »Oder das Feuer wird eröffnet!«

Sie hatten gesehen, daß Osburn von der tödlichen Kugel getroffen worden war. Sie hatten gesehen, daß Perry aufgab. Sie hatten keine Lust, ins Gras zu beißen.

Sie ergaben sich.

Beide Hubschrauber landeten. Ich lief auf Phil zu und befreite ihn von seinen Fesseln.

Die Kollegen führten Perry und die Bodyguards ab.

Der Ordnung halber bestellten wir einen Ambulanzwagen, da ein Arzt Osburns Tod feststellen mußte, bevor er ins Leichenschauhaus abtransportiert werden konnte.

Phil drückte mir schweigend die Hand. Worte waren nicht nötig. Sie hätten nur aufgesetzt geklungen.

Wir trafen uns einen Tag später mit Jayne Leland. Phil und ich entschieden uns gemeinsam mit ihr für ein italienisches Restaurant an der Lexington Avenue.

Es wurde ein entspannter, heiterer Abend. Jayne hatte den Schreck längst überwunden, und sie erzählte uns ausführlich, mit welchem Trick Karnak sie hereingelegt hatte. Mit Hilfe von Karnaks Abteilungsleiter hatte sie inzwischen aufgedeckt, wie er die Indonesien-Unterlagen gefälscht hatte.

»Was ist inzwischen aus ihm geworden?« fragte sie.

»Er hat alles gestanden«, sagte ich. »Und das Erstaunliche ist, daß er auf seine Taten stolz ist.«

»Die Psychiater werden wohl eine Erklärung dafür finden«, meinte Phil.

Jayne sah uns fragend an. »Woher wissen Sie, daß er stolz ist? Ich nehme an, er wird es nicht gerade gesagt haben.«

»Das nicht«, antwortete ich. »Aber er hat einer Illustrierten die Exklusivrechte an seiner Geschichte verkauft. Wahrscheinlich hat der Reporter ihm vorgeflunkert, daß er nach 25 Jahren auf Bewährung entlassen wird.«

»Wird er das nicht?«

»Ausgeschlossen«, antworteten Phil und ich wie im Chor. Wir wechselten einen Blick und erklärten Jayne, daß der Sonntagsmörder zu mehrfach lebenslänglich verurteilt werden würde.

Er hatte keine Chance, je wieder in Freiheit zu leben.

ENDE